二見文庫

あなたに出逢うまで

ジュディス・マクノート／古草秀子＝訳

Until You
by
Judith McNaught

勇気と誠実さ、ユーモア精神と高潔な心を持ち、他人を心から思いやれる——そんな特別な人物をわたしは小説の世界で描いています。

そうした虚構の世界の人物に勝るとも劣らない、すばらしい実在の人々、友人と呼ばせていただいているおふたりにこの本を捧げたいと思います。

パウリ・マーにはひとかたならずお世話になりました。心からの感謝と賞賛をお贈りします。楽しいときも苦しいときも、つねにすべてを分かちあってくれたことに、あらためて御礼を申し述べます。

そして、キース・スポルディングへ。甲冑姿の騎士が槍を手に軍馬に乗って助けに来てくれる場面を、わたしはいつも思い描いていましたが、ブリーフケースを手にBMWで駆けつけてくれる騎士がいるとは思いもよりませんでした！　乗り物と手にした武器は違っても、いにしえのどんな騎士も高潔さや誠実さ、親切心やユーモア精神で、あなたを超えることはできません。あなたという知己を得たおかげで、わたしの人生はよりよいものになりました。

さらに、四人の方々の理解と協力に感謝せずに済ますことはできません。ブルック・バーホースト、クリストファー・フェリグ、トレーシー・バーホーストに心からの愛を。そして、比類なき若きレディ、ミーガン・ファーガソンに心からの感謝を。

あなたに出逢うまで

登　場　人　物　紹　介

シェリダン(シェリー)・ブロムリー	アメリカの女学校教師
スティーヴン・ウェストモアランド	ラングフォード伯爵
パトリック・ブロムリー	シェリダンの父
コーネリア	シェリダンの伯母
シャリース・ランカスター	アメリカ人令嬢
バールトン卿	男爵。シャリースの婚約者
クレイトン・ウェストモアランド	クレイモア公爵。スティーヴンの兄
ホイットニー・ウェストモアランド	クレイトンの妻
アリシア・ウェストモアランド	公爵未亡人。スティーヴンの母
ニコラス(ニッキー)・デュヴィル	フランス人貴族
ジェイソン・フィールディング	ウェイクフィールド侯爵。スティーヴンの友人
ヴィクトリア	ジェイソンの妻
ジョーダン・タウンゼンド	ホーソーン公爵。スティーヴンの友人
アレグザンドラ	ジョーダンの妻
ヒュー・ホイッティコム	ウェストモアランド家の主治医
チャリティ・ソーントン	シェリダンの付き添い老婦人

1

ヘリーン・デヴァネイはサテンの枕の山にもたれ、しわの寄ったベッドリネンに横たわって満足げな笑みを浮かべていた。その視線の先では、ラングフォード伯爵、エリングウッド男爵、第五代ハーグローヴ子爵、アシュボーン子爵の称号を持つ、スティーヴン・デイヴィッド・エリオット・ウェストモアランドが、昨晩ベッドの脚に投げかけたフリルつきのシャツを着ようとしている。「来週は予定どおり観劇に出かけるのね？」ヘリーンが尋ねた。

クラバットを拾いあげながら、スティーヴンはけげんな顔を彼女に向けて「もちろんだ」と答えた。そして、暖炉の上の鏡に向きなおって、きめの細かい白い絹地を複雑な結び方で手際よく首に巻きつけながら、鏡に映ったヘリーンと視線を合わせた。「なぜ、そんなことを訊《き》くのかな？」

「だって、来週には社交界シーズンがはじまって、モニカ・フィッツウェアリングがロンドンへやってくるからよ。仕立屋がそう言っていたわ。彼女も同じ仕立屋を使っているから知っているの」

「それで？」スティーヴンは鏡のなかのヘリーンをじっと見ていたが、その表情からは感情の動きがまったく読みとれなかった。

ヘリーンはため息をつくと、横を向いて顔をそむけ、口にしなければよかったと後悔をにじませながらも、うちとけた調子で言った。「モニカと父親が三年間も待ち焦がれた結婚の申し込みを、あなたがとうとうするだろうと、もっぱらの噂《うわさ》なのよ」

「そんな噂が立っているのか？」スティーヴンは軽い口調で尋ねたが、かすかに眉を上げた。よけいなことに口を出してはいけないと、無言のうちにきっぱり伝えようとしたのだ。

ヘリーンは彼が自分のおしゃべりを非難し、警告を発していることに気づいたが、自分たちはもう何年もこうして深い関係を続けているのだと思い返して、いっそう大胆になった。

「これまでだって、あなたがだれかに求婚しそうだという噂は何度も流れたわ。でも、いままで、その真偽を尋ねたことなんて一度もなかったはずよ」

スティーヴンはそれには答えず、鏡に背を向けると、花模様の長椅子からイブニングジャケットをとった。上着にさっと腕を通して、つかつかとベッドに近づき、やっとそこに横たわっているヘリーンに全神経を集中した。そうして彼女を見おろしていると、苛立《いらだ》ちがおさまってきた。片肘をついて、裸の背中から胸を金色の髪でおおった姿は、すばらしく美しい。そのうえ、彼女は知的で率直で洗練されている。まさに、ベッドのなかでも外でも申し分のない愛人だ。自分の立場をわきまえているから、彼の妻になろうなどという身の程知らずの望みを持ったりはしないし、独立心が強いから、一生だれかに縛られたいと本気で願ったりもしない。だからこそ、ふたりの関係はたしかなものになっていた。少なくともスティーヴンはそう考えてきた。「それなのに、いまになって、ぼくがモニカ・フィッツウェアリングに求婚するかどうか知りたいのか？　そんな気はないと否定してほしいのか？」彼は静かに尋ねた。

いつもなら求めずにはいられなくなるほど魅惑的な微笑《ほほえ》みを浮かべて、ヘリーンは「ええ、そうよ」と答えた。

スティーヴンはジャケットの裾を後ろに払いのけ、両手を腰にあてて、彼女に冷たい視線を投げかけた。「もし、モニカに求婚すると言ったら？」

「もしそうなら、閣下、あなたは大変な過ちを犯そうとしているわ。たとえ彼女に好意を抱いていても、それは本物の愛でも情熱でもない。彼女があなたに差しだせるものは、美貌と血筋、そして跡継ぎを産むことだけ。あの女《ひと》はあなたほどの意志の強さも知性も持ってはいない。尽くしてくれるかもしれないけれど、決して理解してはくれないわ。彼女はあなたをベッドで退屈させるし、あなたは彼女を怯《おび》えさせ、傷つけ、怒らせるに決まっている」

「礼を言うよ、ヘリーン。ぼくは果報者なのだろうな。私生活にそれほど関心を寄せてくれ、人生について助言をしてくれる女性がいるなんて」

辛辣《しんらつ》な言葉にヘリーンはいくぶん顔をくもらせたが、微笑みは消さなかった。「ほうら、わかるかしら？　そういう物言いをされても、わたしなら鍛えられて心の準備もできているけれど、モニカならすっかりうちひしがれてしまうか、ひどく腹を立てるかのどちらかね」

スティーヴンの表情がみるみるこわばり、口調は背筋がぞっとするほど丁寧になった。

「おわびを申しあげましょう、マダム」スティーヴンはわざとらしく頭《こうべ》を垂れた。「もし、このぼくが、少しでも礼を失する物言いをしたとしたら」

ヘリーンは彼をとなりに座らせようとして、手をのばして上着の裾をひっぱった。それが失敗すると、手をひっこめたが、今度は機嫌をとろうとしてあでやかな笑顔を見せた。「あなたはだれに対しても、礼を欠いたことなど一度もないわ、スティーヴン。それどころか、不愉快になればなるほど、あなたは〝礼儀正しく〟なるわ。どこまでも礼儀正しく、非の打ちどころがないふるまいだから、本当に効果はてきめん、にらまれた相手は不安に襲われる。というより、むしろ……恐怖に怯えるほどよ！」

ヘリーンが身震いしてみせたので、スティーヴンは思わずにんまり笑った。

「そういうことが言いたかったのよ」彼女は美しくほほえんだ。「あなたが腹を立てて冷酷な気分になるとどうなるか、わたしはよく――」がっしりした彼の手がシーツの下にすべりこんで、胸に届いたとたん、彼女は息をのんだ。

「きみを温めてやりたい」とささやく彼の首に、ヘリーンが両腕を巻きつけ、ベッドへ引きこんだ。

「こうしてごまかす魂胆なのね」

「毛皮のほうがずっと、効き目があるかもしれない」

「温めるのに、ということ？」

「きみをごまかすのに、だよ」スティーヴンは唇でヘリーンの唇をふさいで、彼女をごまかすための楽しい作業にとりかかった。

彼がふたたび服を身につけたのは、朝の五時になろうとするころだった。

「スティーヴン？」身をかがめて整った眉に別れの口づけをした彼に、ヘリーンは眠そうにささやいた。

「なに？」

「打ちあけなければいけないことがあるの」

「なにも打ちあける必要はない。それについては、最初から合意していたはずだ。告白はなし、非難もなし、約束もなし。おたがいにそういう付き合いを望んだはずだ」

ヘリーンは否定しなかったが、この朝は、その言葉にうなずけなかった。「打ちあけたかったのは、自分でもいやになるほど、モニカ・フィッツウェアリングに嫉妬を感じているということなの」

彼女がなんとしても話すつもりなのだとわかったので、スティーヴンはもどかしげにため息をつきながら背筋をのばしたが、話をうながしはしなかった。ただ眉を上げて、彼女を見つめていた。

「跡継ぎが必要だというのは、わかっているわ」彼女はふっくらした唇に気まずそうな笑みを浮かべて話しだした。「でも、わたしよりも少しだけ見劣りして、気立てがよくない女性と結婚してくださらない？　鼻が少し曲がって、目が小さいガミガミ女なら最高だわ」

スティーヴンは彼女のユーモアに笑みをこぼしたものの、この話題に二度と触れたくなかったので、はっきり答えた。「モニカ・フィッツウェアリングはきみの存在を脅かしたりしないさ。彼女がぼくらの関係を知っているのは疑いようもないし、それを妨害しようなんて、思ってもみないはずだ」

「どうして、そんなふうに断言できるの？」

「彼女がそう言っていたからだ」スティーヴンはこともなげに言ってのけ、まだ合点がいかない顔をしているヘリーンに言い添えた。「きみの心配をぬぐい去って、この話題を終わりにするために言えば、ぼくにはすでに、兄の息子という完璧に申し分のない跡継ぎがいる。さらに言えば、自分の血を分けた嫡出の跡継ぎをもうけるためだけに、妻という足かせを自分にはめるつもりは、いまもこの先も毛頭ない」

スティーヴンの歯に衣《きぬ》着せぬ言葉を聞いているうちに、ヘリーンの表情は驚きから当惑へと変化した。彼女は疑問を投げかけた。「跡継ぎをもうけるためでないのなら、あなたのような男性にとって、結婚する理由なんて、なにかあるのかしら？」

スティーヴンはいかにも無関心そうに肩をすくめて笑みを浮かべ、結婚するための世間一般の理由をすべて、つまらない戯言《たわごと》として片づけた。「ぼくのような男にとって」彼は笑みを浮かべ、結婚の喜びと神聖さという二本立ての茶番を――どちらも、彼の属する冷たく洗練された社交界にさえ蔓延《まんえん》している幻だ――心の底から軽蔑《けいべつ》していることを隠そうともせずに「結婚の誓約をしなければならない理由は、ひとつとして存在しないようだ」と続けた。

好奇心にかられたヘリーンは、警戒しながらも瞳を輝かせて、しげしげと彼を見た。「あなたがなぜエミリー・ラスロップと結婚しなかったのか、ずっと不思議だったわ。評判の美人で、ウェストモアランド家に嫁いであなたの跡継ぎを産むのにふさわしい生まれと育ちを兼ねそなえた、イングランドでも数少ない女性のひとり。エミリーのためにあなたが彼女の夫と決闘をしたのはだれもが知っている。老いぼれのラスロップ卿《きょう》を、あなたは決闘で殺さなかったし、一年後に彼があの世へ行っても、エミリーと結婚しなかった」

ヘリーンがラスロップの死について妙にくだけた言い方をしたのがおもしろくて、スティーヴンは眉を上げ、彼女と同じくくだけた言い方で決闘の話をした。「あの老いぼれは、エミリーの愛人とされる男を決闘で倒せば、悪い噂を清算して彼女の名誉を守れると思いこんでいた。決闘相手の候補は山ほどいただろうに、なんでぼくが選ばれたのかは、まったくの謎だね」

「なんのつもりだったにせよ、年のせいで頭がどうかしていたのは明らかね」

スティーヴンは彼女におもしろがるような視線を送った。「なぜそう思う？」

「銃でも剣でも、あなたの腕前は伝説と言ってもいいくらいだもの」

「ラスロップとの決闘なら、十歳の子供でも勝てたさ」スティーヴンはその褒め言葉を受け流した。「すっかり耄碌《もうろく》していて、銃をかまえて狙いをつけることさえできなかった。両手を使っていたよ」

「だから、無傷でロックハムグリーンから帰してあげたの？」

スティーヴンはうなずいた。「あんな状況で命を奪うのは礼儀に反する気がしてね」

「無理やりに決闘を承諾させて、見物人の目の前にあなたを引きずりだしたのは向こうなのに、彼のプライドを傷つけないように撃ちそこねたふりをするなんて、やさしすぎるわ」

「撃ちそこねたふりなどしていないよ、ヘリーン。わざと空へ向けて撃ったんだ」

それは謝罪したということで、ゆえに、罪を認めたことを暗示していた。決闘の場で、ラスロップ卿に銃を向けず、わざと空に向けて発砲したことには、別の理由があったのかもしれないと思ったヘリーンは低い声で尋ねた。「あなたは本当にエミリー・ラスロップの愛人だったということかしら？　本当に罪人だったの？」

「ああ、ぼくは罪深い人間だ」スティーヴンははっきり認めた。

「もうひとつ訊いてもいいかしら、閣下？」

「訊くのはきみの自由だ」いつになく熱心に私生活を詮索してくる彼女に、不快感を募らせていることをなんとか隠して、スティーヴンは答えた。ヘリーンは珍しく女らしいためらいを見せて、勇気を振りしぼるかのようにいったん目をそらした。そして、恥じるような、誘うような微笑みを浮かべて彼を見つめた。スティーヴンは思わず抱きしめそうになったが、ヘリーンの口から出たのは、女性にはつねにやさしくするよう心がけている彼の行動基準を忘れさせるような、ぶしつけな質問だった。「エミリー・ラスロップのなにが、あなたをベッドに引きこんだの？」

スティーヴンはその質問に嫌悪感を覚えたが、つぎの質問はさらにおぞましいものだった。

「つまり、あの人はあなたに、わたしがベッドでしてあげないようなことを、なにかしたのかしら？」

「率直に言うと」彼はゆっくりと答えた。「エミリーはぼくがとくに好きなことをひとつしてくれた」

ほかの女性の秘密を知ろうと熱心になっていたせいで、ヘリーンは彼の言葉に含まれている皮肉に気づかなかった。

「あなたがとくに好きなことって、なに？」

スティーヴンは暗示するような視線を彼女の口もとに落とした。「教えてやろうか？」問いかけに彼女がうなずくと、枕の両側に手をついておおいかぶさるようにして、腰を彼女の顔にふれそうなほど近づけた。「いまここで、本当にやってみたいかい？」わざと誘いかけるような声でささやいた。

彼女のきっぱりとしたうなずきはなんともいたずらっぽく、不快な気分を帳消しにするほど魅力的だったので、スティーヴンは楽しんでいるのか怒っているのかわからなくなった。

「さあ、あなたのとくに好きなことってどんなことなのか、教えてちょうだい」ヘリーンは両手を彼の両腕に沿って上にすべらせながらささやいた。

と、スティーヴンが右手で彼女の口をぴったりおおった。ヘリーンがびくっとすると、彼は笑顔になった。「きみと違って、エミリーはだれについても質問をしないように心がけていた。それこそ、ぼ﹅く﹅が﹅と﹅く﹅に﹅好﹅き﹅な﹅こ﹅と﹅だ﹅」

ヘリーンは彼をじっと見つめた。青い瞳は悔しさのあまり見開かれていたが、今度は彼の柔らかい口調が強い警告を含んでいるのだとわかっていた。「これでぼくたちはわかりあえただろうか、質問好きの美しい人？」

彼女はうなずくと、大胆にも立場を逆転させて優位に立とうと、彼の手のひらにそっと舌を這《は》わせた。

スティーヴンはヘリーンの策略にくすっと笑って手をどかしたが、それ以上を求める気持ちも、会話を楽しみたい気持ちもなかったので、彼女の額に軽くキスして家を出た。

外には湿った夜霧が立ちこめて、通りに沿って並ぶ街灯のぼうっと光る明かり以外には、なにも見えなかった。スティーヴンは従僕を解放して手綱を受けとると、蹄《ひづめ》を踏み鳴らし、たてがみを振り乱している、二頭立ての栗毛の若馬をなだめるように声をかけた。二頭が街に出るのはこれがはじめてで、速歩《はやあし》をさせてやろうと手綱を緩めたとき、スティーヴンは歩道側の馬が霧にまかれて極端に気が立っているのに気づいた。石畳に響く自分の蹄の音から街灯の影にいたるまで、あらゆるものが馬の神経に障った。道路の左側で勢いよくドアが開いた瞬間、馬はびっくりして飛びあがり、駆けだそうとした。スティーヴンは反射的に手綱を引き、馬車を方向転換させて、ミドルベリーストリートを下る道に曲がった。馬たちはやや興奮ぎみに速歩で進んでいたが、先ほどより少しは落ちついてきたように見えた。突然、のら猫が一匹、金切り声をあげて果物売りの屋台から飛びおり、リンゴが通りに音を立ててなだれ落ちた。ちょうどそのとき、パブの扉が勢いよく開いてまぶしい明かりがぱっと照らした。とたんに通りは修羅場と化した。犬が吠《ほ》え、驚いた馬たちは勢いよく駆けだす。黒い影がひとつ、ふらふらとパブから出てきて、歩道沿いに停《と》めてあった二台の馬車のあいだに消えた……と思ったら、馬車の前に、ふいに現われた。スティーヴンは大声で危険を知らせたが、すでに遅かった。

2

みすぼらしい応接間で、年老いた執事は杖《つえ》を頼りに立ち、ついいましがた雇い主が若くして命を落としたと、見るからに高貴な訪問者が告げるのを、敬意を表しつつ無言で聞いていた。執事のホジキンは眉ひとつ動かさずに話を聞き終えると、スティーヴン・ウェストモアランドになぐさめの言葉をかけた。「さぞおつらかったことでしょう、お気の毒なバールトン様も、あなた様も。けれど、事故というものは、起きるときには起きてしまうものではありませんか。だれも責めることはできません。不運な災難は不運な災難です。だからこそ、そう呼ぶのです」

「人を轢《ひ》き殺したことを、〝不運な災難〟だとはとても言えないが」スティーヴンは執事ではなく、自分に向けた皮肉をこめて言い返した。未明の事故で、大きな落ち度があったのは、酔ってスティーヴンの馬車の前に転げでた若い男爵のほうだったとはいえ、手綱を握っていた自分はけがひとつなく、その一方で、若いバールトンが死んでしまったのは事実なのだ。さらに、バールトンには死を悼《いた》む家族もいないようで、それがあまりにも哀れだとスティーヴンには思えた。「きみの雇い主には、どこかになんらかの縁者がいるはずだろう？　その人に直接会って事故について説明したいのだが」

ホジキンは首を横に振るばかりだった。突然またしても職を失ってしまい、おそらくもう一生仕事は見つからないだろうという恐ろしい事実に気づいて、頭がいっぱいになっていたのだ。いまの職を得たのは、バールトンが支払えるばかばかしいほど少ない給金で、執事、近侍、従僕、料理人の役をひとりでこなす者がほかにだれもいなかったからだった。

いっとき自己憐憫《れんびん》に陥ったせいで作法を欠いてしまい、気まずさを感じたホジキンは、咳払《せきばら》いをしてから、あわてて言い添えた。「バールトン卿にご健在の近しいご親戚がいらっしゃらないことは、先ほど申しあげました。ただ、なにぶんお仕えするようになってからまだ三週間ほどですので、じつのところ、お知りあいに関してはよくわかりません——」そこで言葉を切った彼の顔が恐れで引き攣《つ》った。「あまりのショックにすっかり忘れておりました、婚約者がいらっしゃることを！　婚礼は今週の予定でした」

それを聞いたスティーヴンはまたしても強い罪悪感に襲われたが、うなずいてからきびきびした口調で尋ねた。「相手はどんなかたで、どこに行けば会えるのだろう？」

「私が存じあげているのは、アメリカの女相続人でバールトン卿が外国にいらしたときに知りあわれたということと、植民地からの船で明日到着する予定だということだけです。父上は病気のため船旅ができないとかで、おそらく御親戚か女性の話し相手《コンパニオン》とご一緒でしょう。昨晩バールトン卿は、独身時代の最後の夜を祝っておいででした。私が申しあげられますのはこれだけです」

「その女性の名前くらいは知っているはずだ！　バールトンはなんと呼んでいた？」

スティーヴンの必死な勢いに圧倒され、衰えつつある自らの記憶力を恥じながら、あわてたホジキンはやや言い訳がましく答えた。「申しあげましたように、雇われてから日が浅いものですから。まだ十分に信頼を得ていなかったのでございます。私の前では、バールトン卿は〝ぼくのフィアンセ〟あるいは〝ぼくの女相続人〟と呼んでいらっしゃいました」

「思い出してくれ！　一度くらい婚約者の名前を耳にしているはずだ！」

「いいえ……その……お待ちください、そうです！　思い出しました……そのお名前を聞いて、子供のころランカシャーへ行くのがとても楽しみだったことを思い出したのです。お名前はランカスター！」ホジキンはうれしそうに大声をあげた。「婚約者の姓はランカスター、そして名はシャロン……いや違う、シャリース！　シャリース・ランカスターです！」

スティーヴンは軽くうなずいてホジキンの努力を認めてから、またしても質問した。「船の名前は？」

考えこんだホジキンは、答えがひらめいた瞬間に、喜びのあまり手にした杖を床に打ちつけた。「〈モーニングスター号〉です！」と叫んでから、騒がしい口調と品のないふるまいを恥じて、顔を赤らめた。

「ほかになにか思い出せないか？　どんな些細《ささい》なことでも、その女性と話すときに役に立つはずだ」

「細かいことで覚えていることはあるにはありますが、根も葉もない噂話をしたくはございません」

「聞こうじゃないか」スティーヴンは故意ではなく、ぶっきらぼうな口調で言った。

「その女性は若く、バールトン卿は〝本当にきれいで、かわいい子〟だとおっしゃっていました。どちらかといえば、女性のほうがバールトン卿にすっかり夢中で、女性のお父上のいちばんの関心は、男爵という爵位だったのではないでしょうか」

娘のほうが婚約者に〝すっかり夢中だった〟と聞いて、単なる便宜上の結婚だったのではないかというスティーヴンの淡い期待はむなしく消えた。「バールトン卿のほうは？　彼が結婚を望んだ理由は？」手袋をはめながら、スティーヴンは尋ねた。

「あくまでも私の憶測ですが、同じような思いでいらしたかと思います」

「すばらしいことだ」スティーヴンは険しい顔でつぶやくと、戸口のほうを向いた。

ウェストモアランド卿を見送ってから、ホジキンは自身の窮状を嘆いた。またしても職を失い、これでは貧しい暮らしに逆戻りだ。だれかに推薦してくれるようウェストモアランド卿に頼もう、いや懇願しようかとさえ考えたが、そんなことをしても無駄だろうし、弁解の余地がないほど厚かましいことだ。やっとのことでバールトン卿のもとに職を得るまでの二年間にわかったことだが、老いて手にしみができ、腰が曲がり、姿勢をきちんと正すことも、きびきび歩くこともできない執事や近侍や従僕など、だれも雇いたくないのだ。

ホジキンは痩《や》せた肩をがっくり落とし、足腰にひどい痛みを感じながら、自室としてあてがわれている粗末な部屋へ向かってとぼとぼ歩きだした。廊下のなかほどまで進んだとき、伯爵の苛立ったようなするどいノックの音が聞こえ、正面玄関まであわてて戻った。「はい、閣下、なんでございましょう?」

「帰ろうとして、ふと気づいたのだが」スティーヴンの声は、ぶっきらぼうで事務的だった。「雇い主が亡くなったせいで、おまえはもらえるはずの給金をもらえなくなったのではないかな。その分はこちらが負担するよう、ぼくの秘書のウィートンに手続きをさせておく」そして、去り際に振り向いてこう続けた。「わが屋敷では、いつでも有能な人材を求めている。もし、すぐに引退したいのでないなら、その件についてもウィートンに相談してみればいいだろう。細かいことはすべて、彼にまかせてあるから」言い終わると、スティーヴンは立ち去った。

ホジキンは扉を閉めて向きなおると、信じがたい出来事に薄汚れた室内をぼうっと見つめていたが、にわかに若さと活力が湧いて、体内を勢いよくめぐりだしたのを感じた。職を得たのだ、しかもヨーロッパでもっとも称賛され、影響力を誇る貴族の屋敷で働けるのだ! お情けでもらった職ではない。それについてホジキンはほぼ確信していた。なぜなら、ラングフォード伯爵は、使用人にせよだれにせよ、他人を甘やかすタイプではないと評判だからだ。それどころか、噂によると、冷やかで厳しく、使用人には最高の水準を求める人だという。

とはいえ、伯爵が自分を哀れんで、雇うと提案してくれたのかもしれないという屈辱的な疑いは否定しきれなかった。だが、伯爵の言葉をもう一度思い出して、彼の心は喜びと誇りで満たされた。〝有能な人材〟と伯爵は言っていた。自分に向かって、間違いなく、そう言っていた！

有能な人材！

ホジキンはゆっくりとホールの鏡に向きなおり、黒い杖の柄に片手をのせ、自分の姿を見つめた。有能な人材……。

体の節々が多少痛かったが、なんとか背筋をのばして、薄い両肩を張ってみた。杖を持っていないほうの手で、色褪《いろあ》せた黒い服の打ち合わせを念入りに撫《な》でつけた。それほど老いぼれには見えないと、ホジキンは自分に言い聞かせた――七十三歳以上にはとうてい見えない！　きっと、ウェストモアランド卿は彼を老いぼれとも役立たずとも思わなかったろう。そうだとも！　ヨーロッパ全土に領地を持ち、母親からも、彼を相続人と指名したふたりの先祖からも引き継いだ複数の爵位を持つ、あのラングフォード伯爵スティーヴン・エリオット・ウェストモアランドは、有能な人材をひとり手に入れるのだ！

ホジキンは首をかしげて、緑色と金色の優雅なラングフォード家のお仕着せを着た自分の姿を想像しようとしたが、視界がぼやけて揺らいで見えた。手を上げて、長く細い指で目尻にふれると、思いがけないことに湿っていた。

涙をぬぐい、杖を振りまわしながらジグを一節踊りたいというばかばかしい衝動も一緒にぬぐい去った。威厳こそ、ウェストモアランド卿の屋敷の一員に加わろうとしている者にふさわしい資質なのだと強く感じたからだ。

3

朝から待っていた馬車に向かって、ようやく船の到着を知らせる船員が桟橋から歩いてきたのは、太陽が紫色の水平線にすべりこむころだった。「来ましたよ、〈モーニングスター号〉です」

そう声をかけられたスティーヴンは、馬車の扉にもたれて、近所のパブの店先で酔っぱらいが喧嘩《けんか》しているのをぼんやり眺めていた。船員が片手をのばして船を指し示しながらふたりの御者に目をやると、彼らは目立つように拳銃を携え、無頓着に見える主人とは違って、警戒を怠っていないようすだった。

「ほら、あの船ですよ。たいした遅れではありませんでしたね」ちょうどそのとき港へ入ってきた小さな船を示して、船員はスティーヴンに言った。夕暮れの色が深まるなか、船の帆がぼんやりと影のように見えた。

スティーヴンが居住《いず》まいをただして、御者のひとりにうなずきかけると、御者は船員に手間賃の硬貨を投げ与えた。埠頭《ふとう》をゆっくり歩きだしたスティーヴンは、船から降りてくるバールトンの花嫁がだれか身内と一緒ならばいいがと心配していた。悲劇的な知らせを伝える場に気遣ってくれる女性たちがいれば、少しは衝撃をやわらげる助けになるかもしれない。なにしろ、うら若い娘の夢をぶち壊す知らせなのだから。

「まるで悪夢だわ！」紳士が桟橋で待っていると、二度目に告げに来た船室係のボーイに向かって、シェリダン・ブロムリーは取り乱して叫んだ。紳士とは、当然ながらバールトン卿だろう。「もう少し、待っていただいて。いっそ、わたしは死んでしまったとお伝えして。いいえ、気分が悪いのでまだご挨拶できないとお伝えしてちょうだい」シェリダンは力を込めてドアを閉めると鍵をかけ、壁板に背中を押しつけた。そして、船室の狭い寝台の縁に腰かけて肉付きのよい両手でハンカチを握りしめ、怯えている侍女に視線を送った。「これは悪夢なのよ。朝になって目が覚めれば、すべて終わっているはず、そうよね、メグ？」

メグが勢いよく首を横に振ったので、かぶっている白いキャップのリボンが大きく揺れた。「夢ではありません。男爵様に事情をお話ししなければなりませんよ――怒らせないような、信じていただけるような説明が必要です」

「つまり、ありのままを洗いざらい話すことはできないということね」シェリダンは困りはてた。「ちょっとした手違いで、イングランドのどこかの港にあなたの婚約者を置いてきてしまいましたとでも言えばいいのかしら。本当は、いなくなってしまったというのに」

「いなくなってしまったんじゃありません。シャリース様は逃げたんです！　ひとつ前の港に停泊したときに、ミスター・モリソンと駆け落ちなさって」

「だとしても、わたしは彼女の世話を任されていたのよ。要するに、彼女のお父様と男爵に対して、義務を果たせなかったことになる。こうなったら、下船して、男爵に正直にお話しするしかないわ」

「そんなこと、絶対にいけません」メグが大声をあげた。「たちまち牢屋《ろうや》送りになってしまいます。それに、頼る人もいないし、行くあてもないのですから、なんとかして同情してもらわなくてはなりません。お金はシャリース様が全部持っていかれたので、帰りの船賃どころか一シリングもないのですよ」

「なにか仕事をさがすわ」自信ありげな言葉とはうらはらに、シェリダンは緊張で声を震わせながら、無意識に隠れる場所を求めて狭い船室を見まわした。

「身元保証人もいないのに？」メグが涙声で反論した。「今晩の宿も、宿代もないんです。このままじゃ道端で眠るはめになりますよ。悪くすれば、もっとひどいことになるかも！」

「もっとひどいことって？」シェリダンはメグが答えようとするのを手で制して、いつものユーモアと元気の片鱗《へんりん》が感じられる口調で続けた。「答えないで、お願いよ。奴隷に売られるなんて、考えるだけでぞっとするわ」

メグはさっと青ざめて口をあんぐり開けると、呆然《ぼうぜん》としたようすで小さくくりかえした。

「奴隷に……売られる」

「メグったら、まったくもう！　冗談で言っただけなのよ。悪趣味な冗談だったわ」

「もし本当のことを話したら、わたしたちふたりとも牢屋へ入れられてしまいます」

「どうして、さっきから牢屋の話ばかりするの？」シュリダンはいつになくヒステリックな調子で尋ねた。

「だって、世の中には法律というものがあって、あなたが……いいえ、わたしたちが……それに背いたからですよ。もちろん、わざとではありません。でも、そんなことだれも斟酌《しんしゃく》してはくれません。きっと牢屋へ入れられてしまいます。事情なんか聞いてもくれないに決まっています。ここでは、重要なのはごく一部の人たちだけ、貴族の方々だけです。もし、わたしたちがシャリース様を殺してそのお金を盗んだと、男爵が思ったらどうなります？あるいはシャリース様を売ったとか、そういう悪事を働いたのだと思ったら？男爵の言い分を信じるか、あなたを信じるかということになるでしょう。そして、あなたは貴族でもなんでもない。となったら、法律は男爵の味方です」

シェリダンはなにか冗談でも言って元気づけをしたかったが、長い船旅で緊張とストレスを強いられたせいで体調が悪いうえに、二日前のシャリースの駆け落ちで、肉体的にも感情的にも限界だった。そもそもこんな大変な役目を引き受けなければよかったのだと、つくづく感じていた。シャリースが通っていたミス・タルボットの女学校で行儀作法を教えてきた経験もあるし、旅行中にどんな困難が起きてもきちんと対処できると自分に言い聞かせ、甘やかされた愚かな十七歳の少女とうまくやっていけると、自分の能力を過信していたのだ。シャリースの厳格な父親は、シェリダンのきびきびした有能そうな態度をよほど信用したのか、心臓の持病のせいでイングランドへ娘と同行できなくなったとき、もっと年上で経験豊富な志願者が複数いたにもかかわらず、付き添い役《コンパニオン》にシェリダンを選んだ——娘とわずか三歳しか年齢が違わないというのに。もちろん、その決定にはシャリースが一枚嚙《か》んでいたに違いない。ねだったりすねたりして、付き添いはミス・ブロムリーじゃなきゃいやだと言い張ったあげくに、父親が折れたのだろう。男爵に手紙を書くのを手伝ってくれたのもミス・ブロムリーだったとか、ミス・ブロムリーはお父様が面接したしかめ面のコンパニオンたちとは違うとかなんとか、あれこれ言ったに決まっている。そしてずる賢くも警告したに違いない。ミス・ブロムリーとなら楽しく過ごせるけれど、ほかのコンパニオンと一緒では、ホームシックにかかるに決まっているし、男爵との結婚なんかやめてパパのいるアメリカへ帰りたくなってしまうわ、と。

シェリダンは強い後悔の念にかられた。シャリースが初対面も同然の男性と駆け落ちしたことに責任がまったくないとは言えない。なぜなら、シャリースの衝動的な行動は、旅に出てからふたりで読んでいたロマンス小説の筋書きにどことなく似ているからだ。コーネリア伯母さんはそういう小説を〝くだらないロマンティックな絵空事《えそらごと》〟と呼んでひどく嫌っていたので、シェリダンはいつもベッドの周りのカーテンを閉めきって、隠れて読んでいた。そうしてひとりで本の世界に没頭していると、ハンサムな貴族の男性とひと目で恋に落ち、愛され求められる甘い興奮を経験することができた。枕にもたれて横たわり、目を閉じればヒロインになれた。淡い金髪を美しく結いあげ、豪華なドレスに身を包んで、舞踏会で踊ったり、男性の袖に華奢《きゃしゃ》な手をあずけ、淡い金髪が縁からちらっとのぞく流行の帽子をかぶって公園を散歩したりできた。どの本もくりかえし読んだので、お気に入りのシーンはすっかり覚えてしまい、主人公の名前を自分の名前に置き換えて諳《そら》んじることができた。

男爵はシェリダンの手をとると、唇を押しつけながら、永久の愛を誓った。「きみだけをいつまでも愛している」

シェリダンの美しさに魅了された男爵は自分を抑えきれず、彼女の頬に唇をつけた。

「許してくれ、どうしても我慢できない！　心から愛しているよ！」

そして、彼女が一番好きな場面、しばしば想像をめぐらせるのは、こんな場面だった。

王子はたくましい両腕で彼女を引き寄せ、胸もとにひしと抱きしめた。「きみを手に入れるためならば、百の王国さえも差しだしても惜しくはない。最愛の人よ。きみに出会うまで、ぼくにはなにもなかった」

シェリダンは心のなかで自分を小説のヒロインに仕立てて、話の筋や会話を変え、さまざまな想像をめぐらせたが、ヒーローとして思い描くのはいつも同じ男性だった。そして、その男性について、どんな細かいことでも知り尽くしていた。なぜなら、彼は彼女自身がつくりあげた理想のヒーローだからだ。強くたくましく男らしく、親切で賢明で忍耐強く、そのうえウィットに富んでいる。背が高くハンサムでもある——黒みがかった豊かな髪、美しい青い瞳は愛を誘い、知性を輝かせ、ユーモアをたたえている。ふたりで一緒に笑うことが大好きなので、彼女は彼の笑顔が見たくて、おもしろい話をする。彼は読書も好きで、彼女よりも知識が豊富で、世事に通じてもいる。それでいて俗っぽくはなく、プライドが高すぎもせず、洗練されすぎてもいない。シェリダンは傲慢で頑固な男性は好きではないし、とりわけ偉そうに命令されるのは苦手だ。女学校で教えている生徒の父親が相手なら我慢できるが、夫がそんな男性だったら耐えられないだろう。

そう、当然ながら、想像の世界でヒーローは彼女の夫になる。彼はひざまずいて愛の言葉を口にする。「ぼくは幸福を知らなかった……愛も知らなかった……ぼくは半分しか心がない男だった、きみに会うまでは」と。理想のヒーローに心から必要とされ、美しさ以上の価値を認めてもらう――そんなことを考えるのがシェリダンは好きだった。抗《あらが》いようのない甘い言葉で求婚されたら、受け入れずにいられないに決まっている。ヴァージニア州リッチモンドのだれもが驚きと羨望の目で見守るなか、ふたりは結婚する。そして、彼は彼女と伯母のコーネリアを丘の上の豪邸に住まわせ、ふたりを幸せにするために献身してくれる。心を煩わすことといったらドレスを選ぶことしかないような、幸福な暮らし。生き別れた父親とも彼の配慮で再会し、やがて一緒に暮らすようになる。

実際には、そんな男性に会えるチャンスはまずないし、もしなにかの偶然でそういう完璧な男性に出会ったとしても、相手は一介の教師にすぎないシェリダンに目もくれないだろうが、暗闇のなか、ひとりで想像しているときには、どうでもよかった。朝になれば、彼女は豊かな赤い髪をとき、額にかかるほつれ髪を撫《な》でつけ、うなじのところできっちりまとめて、学校へ出かける。生徒からも同僚からも生徒の親からも〝オールドミス〟とみなされている、堅苦しいブロムリー先生がじつは救いようのないロマンティストであることは、だれひとり知らない。

シェリダンは自分自身を含めて、みんなをだましていた。自分は実直でしっかりした人間なのだと。そうしてシェリダンが自分を過信していたために、シャリースは閣下と呼ばれる貴族ではなく、平民の男の妻として一生を送ることになったのだ。場合によっては、どん底の人生を送ることになるかもしれない。シャリースの父親は、怒りと心痛で命を落とさなければ、きっとシェリダンと伯母のコーネリアに仕返しする方法を考えることに残りの人生を費やすだろう。そして、かわいそうなメグは、シャリースの侍女として五年間もこき使われたあげく、紹介状もなく放りだされるだろうし、そうなったら将来きちんとした職につく見込みはまずなくなってしまう。しかも、下手をすれば、そんなことではすまないかもしれないのだ！

この先の見通しは、シェリダンとメグがなんらかの方法で帰郷できることを前提とした話だ。もしメグの考えが正しければ、彼女は残りの一生を地下牢で過ごすことになり、シェリダン・ブロムリーは――〝聡明《そうめい》で有能な〟シェリダン・ブロムリーは――その同房者になるだろう。そんな心配が差し迫って感じられた。

自ら招いた災難について考えると、恐ろしさと後悔とで涙が流れ、目にしみた。すべては、世間知らずな自信過剰と、光り輝くロンドンの街や小説で読んだおしゃれな貴族社会を見てみたいという愚かな望みのせいだった。コーネリア伯母さんの言うことを聞くべきだった。何年も前から言い聞かされていた。目を見張るような景色を見たいという願いは、分不相応な地位を得ようとするのと同じくらい悪いことであり、神様の目にはプライドは強欲や怠惰と同じくらい罪深く映るものだと。そして、女性の謙遜は、男性にとって美しさよりもずっと魅力的だと。

コーネリア伯母さんの言葉は正しかったと、シェリダンは遅ればせながら気づいた。伯母の警告を心に留めようとはしてきたのだが、伯母と自分とのあいだには大きな相違点がひとつあって、イングランド行きに反対する意見を無理やり押し切ったのはそのせいだった。伯母は平穏無事をなによりも大切にして、同じことを日々くりかえすことだけを考えていた。来る日も来る日も同じことのくりかえしで、シェリダンはときどき泣きだしたくなるような絶望感を抱いていた。

4

シェリダンは狭い船室の隅でうなだれている哀れなメグのほうへ視線を向けながら、ここがリッチモンドのわが家であってほしいと心底願っていた。三部屋しかない、伯母とのふたり暮らしのこぢんまりした家が恋しかった。差し向かいで座って静かにお茶を飲む、変化のない退屈な暮らしがとても懐かしかった。

もしメグの言うとおりにイングランドの法律で罰せられるならば、もう二度と家に帰ることはできないし、伯母の顔を見ることもできない。そんなことになったら、まさに身の破滅だ。

六年前、母親の姉であるコーネリア・ファラデーにあずけられたとき、シェリダンはいやでたまらなかった。だが、父親は選択の余地を与えてくれなかった。それまで、父親はシェリダンを連れて旅をしていた。毛皮や香水から、鉄鍋や干し草用の熊手まで、贅沢品《ぜいたくひん》も生活必需品もありとあらゆる商品を荷馬車に積んで、行く先々で売ったり、交換したりする行商の旅だった。

旅の道筋は足の向くまま気の向くままだった。通常は、冬は東海岸沿いを南へ向かい、夏は北へ向かった。すばらしい夕日に招かれるように西に進路を変えることもあり、とうとうと流れる川の流れに沿って、南西へ折れることもあった。冬に雪で道が閉ざされれば、アイルランド生まれのシェリダンの父親パトリックは、人手を必要としている農家や商店を見つけ、労働力を提供して数日間の宿を得た。

そんな生活を続けて十二歳になるころには、シェリダンは干し草棚で毛布にくるまって寝たこともあれば、乳房がこぼれ落ちそうなほど胸もとが開いた色鮮やかなサテンのドレスを身につけた女性たちが笑いさざめいている家の、羽根布団のベッドで眠ったこともあった。けれど、宿の女主人たちは、農家の陽気な主婦だろうが、まじめな顔をした牧師の奥さんだろうが、黒い羽根で縁どられた紫のサテンのドレスを着た女性だろうが、だれでもみんな結局はパトリックに心を開き、母親のようにシェリダンの世話を焼いてくれた。パトリックのすばらしい笑顔と礼儀正しさ、宿と食事を提供してもらうためには骨身を惜しまず働く殊勝な心がけに魅了され、女性たちは彼の食事を大盛りにしたり、好みのデザートを焼いたり、服のつくろいを申しでたりするのだった。

彼女たちはシェリダンにもやさしかった。燃えるような赤い髪を親しげにからかったり、パトリックが〝おちびのニンジン〟と呼ぶと一緒になって笑ったりした。シェリダンが皿洗いの手伝いをしたいと言えばスツールを踏み台にしてくれ、別れ際には、人形のアマンダの布団や服を縫えるようにと、端切れや貴重な針をくれた。アマンダも自分もとても感謝していると、シェリダンが抱きついて礼を言うと、彼女たちは本心からの言葉と感じてほほえん

さやいた。シェリダンは、まさかそんなことはありえないと笑い飛ばした。シェリダンと父親を乗せた荷馬車が去るとき、彼女たちは手を振りながら、「幸運を！」「また来てね」と叫んだ。

逗留先《とうりゅうさき》の人々が、自分の娘や近所の娘と所帯を持ってはどうかと、パトリックにほのめかすこともあった。だが父は、アイルランド人らしいハンサムな顔に微笑みを浮かべて、「ありがたいけれど、それはできません。シェリーの母親がまだこの胸のなかにいるので、重婚になってしまいますよ」と答えるのだった。

母の話にふれるたびに父の瞳が翳《かげ》るので、微笑みを浮かべた表情に戻るまでシェリダンはいつもあれこれ気を配った。赤痢で赤ん坊だった弟と母親が死んでから何カ月ものあいだ、父は狭い小屋の炉辺に座ってウイスキーをあおり、作物が枯れるのも、つぎの植え付けのことも考えず、まるで魂を失った人のようにぼうっとしていた。話もせず、ひげものばしたまま、なにも口にせず、飼っているロバが飢え死にしてもどうでもいいかのようだった。シェリダンはまだ六歳だったが、母の手伝いをするのには慣れていたので、幼いながらもなんとか家事をしようとつとめた。

シェリダンがどれほど努力しても、どんな失敗をしても、いくら悲しんでも、父はまるで気づかないようだった。そして、ある日、父のために料理をしていた彼女は卵を焦がし、腕に火傷《やけど》を負った。腕の痛みと心の痛みに泣きだしそうになるのをこらえ、洗濯物と残り少ない石鹸《せっけん》を持って小川へと下りていった。土手に膝をついて、父のフランネルのシャツをそっと水に浸すと、幸せだったころの思い出がまざまざとよみがえってきた。この場所で、母は洗濯しながら歌を口ずさんでいた。シェリダンは幼い弟のジェイミーに水浴びをさせていた。ジェイミーは流れのなかに座ってうれしそうにはしゃぎ、ふっくらした手で楽しそうに水をバシャバシャさせていた。母は歌うのが好きだった。イングランドの歌を教えてくれて、家事をしながらよく一緒に歌ったものだ。母がふと歌うのをやめて、シェリダンの歌を聞いていることもあった。首をかしげて、なんとなく誇らしげな微笑みを浮かべていた。シェリダンをぎゅっと抱きしめて、褒めてくれたりもした。「あなたの声は本当にきれいね——お顔もとてもかわいいけれど」と。

小川のほとりにひざまずいてのどかな日々を思い出すうちに、彼女は目頭が熱くなった。母が好きだった調べが心に響き、母の微笑みが目の前に浮かんだ。笑い声をあげながら水を跳ね散らしているジェイミーに、そして、ずぶ濡《ぬ》れのシェリダンに、母はほほえみかけ、「歌ってちょうだい。お願いよ、天使さん……」と言った。

シェリダンは思い出の歌を口ずさもうとしたが、声にはならず、涙があふれた。両手の甲で涙をぬぐっているうちに、気づくと、父親のシャツが川下へと流されていた。もう手が届かないと思った瞬間、気丈にふるまおうと張りつめていた心が折れた。彼女は両膝を抱え、母のエプロンに顔をうずめると、悲しみと恐れのあまり泣きじゃくりだした。夏の野花に囲まれ、新鮮な草の香りに包まれて、体を大きく揺らしながら、のどが嗄《か》れるまで泣いた。

「ママ、会いたいの。ママに会いたい、ジェイミーに会いたい。帰ってきて、お願いだから。ひとりぼっちじゃ、なんにもできないわ。ねえママ、わたし、できないの――」

シェリダンの悲しい祈りは、父親の声で突然さえぎられた――この数カ月続いていた生気のない恐ろしげな声ではなく、聞きなれた懐かしい声だった――心配と愛情とでかすれてはいたが。となりに身をかがめた父は、シェリダンを両腕のなかへ抱えこんだ。「パパもひとりじゃなんにもできない。でも、おまえと一緒なら、きっとやっていける」父は彼女をぎゅっと抱きしめた。

しばらくして、父はシェリダンの涙をぬぐった。「ここを離れて旅に出るのはどうだろう？　おまえとパパとふたりだけで。毎日が冒険になるぞ。パパは昔、何度もすごい冒険をしたことがある。ママに出会ったのも旅の途中だった。イングランドを旅して、シャーウィンズ・グレンという土地でママに出会ったんだ。いつか、ふたりでシャーウィンズ・グレンへ帰ろう。ママとパパがあそこを出てきたときとは違う形で。大手を振って帰るんだ」

生前の母は、生まれ育ったイングランドの絵のように美しい村の話を懐かしげに語っていた。美しい田園、並木道、集会所でのダンスパーティ。シェリダンという名前は、牧師館に咲いていたバラの品種にちなんでいるのだとも言っていた。牧師館を囲む白いフェンスに沿って、陽気にたくさんの花をつけていた赤いバラだそうだ。

シャーウィンズ・グレンに帰ることへの父のこだわりは、母の死後にはじまったようだった。けれど、なぜ父がそれほどその土地へ帰りたがるのか、シェリダンはずっと不思議に感じていた。なぜなら、村一番の名士であるファラデーという大地主は、意地が悪く横柄で、周囲に威張り散らすとんでもない男だという話で、よい隣人になるとは思えないのに、父はその男の家のとなりに大邸宅を建てるつもりだと言っていたからだ。

父がはじめてファラデーと会ったときのことは、シェリダンも知っていた。ファラデーが娘のために買った貴重な馬を、父はアイルランドから届けに行ったのだ。そして、アイルランドに健在の身寄りがいなかった父は、そのままイングランドに残って、馬の調教師として地主のもとで働くようになったのだとも聞いていた。だが、ひねくれ者で冷淡で憎らしい、傲慢な大地主のファラデーが母のじつの父親だと知ったのは、十一歳になってからだ。

なぜ父が母を愛する故郷の村から遠いアメリカにまで連れてきたのか、シェリダンはいつも不思議に思っていた。しかも母の姉まで一緒に。母の姉はリッチモンドに落ちついてから、ずっとそこに住んでいる。イングランドを去った彼らの持ち物が、衣服と少額の現金以外は、フィニッシュ・ラインという名前の馬一頭だけだったというのも、理解に苦しむ話だった。高い船賃を払ってまでも連れていきたいほど母はその馬を愛していたのに、アメリカに着くとすぐに売ってしまったという。

両親はイングランドを離れたときの話はめったに口にしなかったし、たまにそんな話が出ると、いつもすぐに話を終わらせようとしていたので、なんとなく訊いてはいけないような雰囲気だったが、その理由はシェリダンには想像もつかなかった。残念なことに、父は過去のことを決して話そうとはせず、シェリダンは好奇心を抑えて、シャーウィンズ・グレンに大きな屋敷が建って真相が明かされるまで待つしかなかった。いつか本当にその土地に帰ったら、注意深く遠まわしにいろいろ質問して真相をつきとめようと心に決めていた。どうやら父はギャンブルで目標を達成しようとしていたらしく、機会を見つけては、有り金全部を賭けていた。カードでもサイコロでもまったくツキがなかったが、父はいつかすべてが変わると信じていた。「必要なのは、たった一度でいいから、おれが座ったテーブルで幸運な手が続くことだ。若いころには何度かそういうことがあった。きっとまた、おれの時代が来る。おれにはわかる」父はそう言いながらにんまり笑った。

父は嘘《うそ》をついたことがなかったから、シェリダンはそれを信じた。そして、ふたりは旅を続け、日々の生活で生じるごく身近な疑問から宇宙の創造といった壮大な話題にいたるまで、いろいろなことを語りあった。そんな放浪生活を奇妙だと思う人もいただろう。最初はシェリダンも、不安でたまらなかった。でも、まもなくそんな暮らしが大好きになった。旅立つまでは、世界はどこも、それまで住んでいた小さな農場と変わりないと信じていたし、よその土地にどんな人が住んでいるかなど考えてもみなかった。ところが、旅に出てみると、角を曲がるたびに新しい景色が現われ、道すがら、おもしろい人々と道連れになったりもした。旅人たちはミシシッピやオハイオ、そしてメキシコなど、遠い見知らぬ土地を行き来していた。

旅人たちは、はるか遠くの土地の風物や習慣や暮らしぶりなど、さまざまな話をしてくれた。そして彼女はだれに対しても父がするのと同じように——友好的に、礼儀正しく、そして興味を持って――接したので、多くの人々が、何日も、ときには何週間も、ブロムリー親子の荷馬車と並んで旅をした。そうして旅を続けながら、シェリダンはさらに多くのことを学んだ。なめらかに輝く石炭のような黒い肌と縮れた黒髪で、ためらいがちな笑みを浮かべたエゼキエルとメアリーの夫婦は、アフリカという遠い土地の話をしてくれた。そこでは彼らは別の名前で呼ばれていたそうだ。ふたりが教えてくれた力強いリズムの短い歌は、シェリダンの気持ちを高揚させ、元気づけてくれた。

エゼキエルたちと別れてから一年後、あるどんよりした冬の日、風雨にさらされた革のように干からびてしわが刻まれた肌をした白髪のインディアンが、美しいまだら模様の馬にまたがって曲がり角に立っていた。老いた乗り手と対照的に、馬は若く、全身に力をみなぎらせていた。シェリダンの父が熱心に勧めると、白髪のインディアンは馬を荷馬車の後ろにくくりつけて乗りこんできた。シェリダンが名前を尋ねると、横たわって眠る犬《ドッグ・ライズ・スリーピング》と答えた。その晩、焚き火を囲んで座っていたとき、シェリダンの問いかけに応えて、彼はインディアンの歌を披露してくれた。両手のひらでリズミカルに膝を叩《たた》き、のどを鳴らして音を出す歌だった。とても奇妙な響きで旋律もさだかでなかったため、シェリダンは彼の気持ちを傷つけまいと、笑いをこらえて歯を食いしばった。それでも、シェリダンが戸惑いながらおもしろがっているのが感じ取れたようだった。彼はふいに中断し、目を細めて言った。「今度は、おまえが歌え」ぶっきらぼうだが威厳のある声だった。

そのころにはシェリダンはもう、見知らぬ人と話をするのにも焚き火を囲んで歌うのにも慣れていたので、ためらわずに歌いだした。父から教わったアイルランドの歌で、恋人を失った若者の歌だった。美しい少女を思って若者が涙を流すくだりにかかると、ドッグ・ライズ・スリーピングは、鼻息のような笑い声のような音をのどの奥から絞りだした。炎の向こう側の彼にさっと目をやると、驚いたような表情をしていたので、シェリダンは歌うのをやめた。

「泣くのは、女だ」彼はシェリダンを指差しながら、教え諭すような口調で言った。

「そうかしら。たぶん、アイルランドの男は違うみたいね。だって、男の人が泣く歌があるのだし、この歌はパパに教わったんですもの。パパはアイルランド人なのよ」シェリダンは助けを求めるように父親のほうを見て、ためらいがちに問いかけた。「ヨーロッパでは男の人も泣くのよね、パパ?」

父はカップの底に残ったコーヒーを焚き火に投じながら、娘に笑いかけた。「さてどう答えようかな。もしパパが〝イエス〟と答えて、ドッグ・ライズ・スリーピングがアイルランドは胸も張り裂けんばかりに泣いている哀れな若者だらけの悲しい場所だと思いこんでしまったら、どうする? それはあんまりよいことではないと思わないかい? かといって、〝ノー〟と答えたら、おまえはパパが嘘をついたと思うだろう。それもよいことではないね」いわくありげなウィンクをして、父はこんな結論を出した。「ならば、もし歌を間違えて覚えていたんだと言ったらどうだろう? 泣くのは、本当はイタリア人だったんだよ」

父はまるで大好きなゲームの「もし○○だったら?」をしているかのような口調で言った。

これはふたりが考えだした遊びで、旅を続けてきたこの三年間、暇を見つけてはよくこのゲームをしていたのだった。「もしこの馬が歩けなくなったら?」というような深刻な問題を考えることもあれば、「もし妖精が願いをひとつ叶《かな》えてくれるとしたら?」といった現実離れした内容のこともあったが、どんな内容だろうと、目標はつねに最短の時間で最良の答えにたどりつくことだった。シェリダンはこのゲームがとても得意で、父は負けないためには必死で考えなきゃいけないと誇らしげに言っていた。

シェリダンはちょっと眉をひそめて集中してから、楽しそうに笑いながら答えを発表した。

「ほかのことで忙しくて質問に答えられないふりをするのがいいと思うわ。どう答えても、厄介なことになるのは確実だもの」

「たしかにそうだな」父は笑いながら言うと、ドッグ・ライズ・スリーピングに丁重におやすみの挨拶をして、娘のアドバイスに従った。その愉快なやりとりに、寡黙なインディアンはにこりともせず、焚き火の向こう側からシェリダンをじっと見つめていた。そして、ゆっくり立ち上がるとひと言も発しないまま、眠るために森へ入っていった。

翌朝、ドッグ・ライズ・スリーピングはシェリダンを馬に乗せてくれると言った。名誉なことだが、もしかしたら、本当は自分が快適な荷馬車に乗っていたいからかもしれないとシェリダンはふと思った。荷馬車を牽《ひ》く背骨の曲がった老馬にしか乗ったことがなかったので、少しわくわくしながら、その一方で不安におののきながら、シェリダンは美しい溌剌《はつらつ》とした馬に目をやった。断わろうかと思った瞬間、ドッグ・ライズ・スリーピングの目に挑むような色が浮かんでいるのが見てとれた。彼女はいかにも残念そうな口調で、その馬には鞍《くら》がついていないと指摘した。するとドッグ・ライズ・スリーピングは、またしても教え諭すようなまなざしをシェリダンに投げかけて、自分の部族の娘たちは鞍なしで馬を乗りこなすと言った。

まばたきひとつしない目でじっと見つめられ、怖がっているのを見透かされたと感じたシェリダンは耐えきれなくなった。自分をはじめ、アイルランドの少女全員を見くだされるくらいならば、いっそ命や手足を危険にさらすほうを選ぼうと心を決めて、シェリダンはしっかりした足取りでドッグ・ライズ・スリーピングに歩み寄り、手綱を受けとった。彼はまたがるときも手を貸そうとはしなかったので、まずは馬を引いたまま荷馬車に乗りこみ、数分間の格闘のすえ、ようやく馬にまたがった。

そうして馬にまたがった瞬間、やめておけばよかったと後悔した。馬の上から見ると、はるか下の地面はひどく固そうに見えた。結局のところ五回も落馬して、ドッグ・ライズ・スリーピングはもちろん、馬までもが自分を笑っているように感じられた。六回目に乗る準備をしていたとき、あまりに腹が立ったので、手綱をぐいっと引いて馬の片耳をつかみ、「この悪魔め」と悪態をついた。それも、ペンシルヴェニアに向かうドイツ人の夫婦に教わったドイツ語で。それから、荷馬車の上に乗って、怒りにまかせて乱暴に馬にまたがった。しばらくして気づいたが、インディアンの馬はおどおどした態度を見せずに、乱暴に扱ったほうがよく言うことを聞くのだった。馬はもう横歩きをしたり急に駆けだしたりせず、落ちついたようすで軽快に速歩をした。

その晩、シェリダンは焚き火の近くに座って父が夕食をつくるのを眺めていたが、痛む背中をかばって姿勢を変えた拍子に、思わずドッグ・ライズ・スリーピングと目を合わせてしまった。昼間、慣れない馬に乗って醜態を見せてしまったので、彼とは目を合わせないようにしていたのだ。インディアンの少女たちにくらべて乗馬が下手だとあからさまに貶《けな》されるかと思いきや、ドッグ・ライズ・スリーピングは、揺らいだりはじけたりする炎の明かりのなかじっと彼女を見つめてから、まるで思ってもみなかった質問をしてきた。「おまえの名前、どういう意味だ？」

「名前の意味ですって？」シェリダンは戸惑って訊きかえした。

ドッグ・ライズ・スリーピングがうなずいたので、シェリダンは海の向こうの母の故郷、イングランドに咲く花の名前からつけられたのだと話した。彼は気に入らないとばかりにうなった。シェリダンはびっくりした。「それじゃ、どういう名前ならいいの？」

「おまえ、花ではない」彼はシェリダンのそばかすが散った顔と乱れ髪をしげしげと見て、「火だ。炎だ。明るく燃えている」と言った。

「なんですって？　まあ！」ようやく相手の意図がわかって、彼女は笑い声をあげた。「髪の色が赤いから、燃えているように見えるのね？」他人を寄せつけない雰囲気を漂わせる彼からぶしつけな言葉を投げつけられても、気性の荒い彼の馬にひどい目に遭わされても、根っから自然体で親しみやすく好奇心旺盛なシェリダンは、長い時間よそよそしくすることはできなかった。

「髪の色がこんなだから、パパはわたしをニンジンって呼ぶのよ。ニンジンっていうのはオレンジ色の野菜で……野菜は知っているわよね……だから、ニンジンなんて呼ぶのよ」

「白人は、インディアンと違って、名前をつけるのが下手だ」

犬と呼ばれるのがニンジンと呼ばれるよりもいいとは思えなかったものの、それにはふれずに、シェリダンは尋ねた。「じゃあ、どんな名前がいいのかしら?」

「炎の髪《ヘア・オブ・フレームズ》だ」彼が答えた。「だが、もしおまえが男だったら、年齢よりも賢い《ワイズ・フォー・イヤーズ》」

「なんですって?」シェリダンは呆気《あっけ》にとられて訊いた。

「おまえは賢い。でも、まだ、若い」彼がたどたどしく説明した。

「まあ、賢いだなんて、うれしいわ!」シェリダンは大声をあげ、それまでの感情をたちまち棚上げにして、彼のことを心から好きになった。「ワイズ・フォー・イヤーズねえ……」

彼女は笑みを浮かべている父に得意げな視線を送りながらくりかえした。

「だが、おまえは女だ」ドッグ・ライズ・スリーピングが男尊女卑の発言をして、シェリダンはたちまちがっかりした。「女は賢くない。私、おまえをヘア・オブ・フレームズと呼ぶ」

シェリダンはそれでも彼のことは好きでいようと決めた。そして、パパはわたしを本当に賢いと思っていると言い返したいのをぐっとこらえた。「ヘア・オブ・フレームズも、とてもいい名前だわ」

すると、ドッグ・ライズ・スリーピングがはじめて笑顔になった。心の奥まで見通すような笑みのせいで、彼の顔は数十歳も若返ったように見えた。その笑顔は、シェリダンが挑発にのらずに自分を抑えたことを知っていると伝えていた。

「おまえ、やはりワイズ・フォー・イヤーズ」ドッグ・ライズ・スリーピングはシェリダンの父のほうを見てうなずき、満面に笑みを浮かべた。

シェリダンの父はうなずいて同意を示した。シェリダンは、人生はすばらしく心躍るものだし、人はたとえ外見がどれほど違っていても心は通じあえるのだと、あらためて感じていた。だれもみな、笑ったり、話したり、夢見たりすることが好きなのだ……そのうえ、つねに勇敢で、苦痛など感じず、悲しみはすぐに過ぎ去るかのようにふるまおうとする。そうしていれば、たいていの場合、現実もそのとおりになるのだ。

5

　翌日の朝食のとき、ドッグ・ライズ・スリーピングが鹿革のズボンの腰に巻いていたビーズで飾った組み紐《ひも》の美しいベルトを、シェリダンの父親が褒めた。話を聞けば、彼の手づくりの品だという。たちまち商談が成立して、ドッグ・ライズ・スリーピングがつくるベルトとブレスレットを、シェリダンの父親が行商の商品にすることになった。

　こうして〝パートナー〟となったドッグ・ライズ・スリーピングの許可を得て、シェリダンは彼の馬に速く走る《ランズ・ファスト》という名前をつけ、その後何日も乗っていた。父とドッグ・ライズ・スリーピングが荷馬車でゆったりと進む前で、シェリダンは馬を走らせては戻ってきた。馬の首の上に低く身をかがめ、馬のたてがみと一緒に髪を風になびかせる彼女の笑い声が、明るい青空の下に響きわたった。全速力で馬を走らせる恐怖を克服したその日、シェリダンは誇らしげにドッグ・ライズ・スリーピングに、そろそろインディアンの少年並みに乗馬ができるようになったのではないかと尋ねた。彼はそんなことはありえないと言いたげな視線を送ると、食べていたリンゴの芯を道端の草むらに放って指さした。「ワイズ・フォー・イヤーズ、おまえは馬を走らせながら、あれを拾えるか？」それが彼の答えだった。

「そんなの、できっこないわ」シェリダンは途方にくれた。

「インディアンの少年なら、できる」

その後三年のうちにシェリダンはそれができるようになり、ほかにもみごとな技をたくさん身につけた。そのいくつかは、父が心配してやめさせようとしたほど危険なものだった。彼女が新しい技をひとつ習得するたびに、ドッグ・ライズ・スリーピングはぶっきらぼうなうなり声でそれを認めては、すぐにあらたな無理難題をふっかけ、シェリダンはそれをまたしてもやり遂げる。そんなくりかえしだった。ドッグ・ライズ・スリーピングの手工芸品のおかげで収入が増え、狩猟と釣りのすぐれた腕前のおかげで食生活もかなり改善された。世間の人の目には、奇妙な三人組と映ったかもしれないが——老いたインディアンと、鞍なしの馬を全速力で走らせるばかりか曲乗りもできる鹿革のズボンを穿《は》いた少女と、ギャンブル好きの穏やかな口調のアイルランド男——シェリダンはそんなことはまるで意に介さなかった。それどころか、ボルティモアやオーガスタやシャーロットのようなごみごみした都会に住んでいる人々のほうこそ、とても奇妙な、息の詰まりそうな生活をしていると考えていた。それどころか、父がシャーウィンズ・グレンに大邸宅を建てる資金をなかなか稼げなくても、少しも気にかけていなかった。

彼女はラファエル・ベナヴェンテにその話をした。セント・オーガスティンから来たラファエルが、サヴァナまで三人に同行することを決めた数日後のことだった。彼は二十代半ばのハンサムな青い瞳のスペイン人だった。

「愛しい人《カラ・ミーア》」彼は愛想よく笑いながら言った。「きみが急いでいなくて、よかったよ。だって、きみのパパはギャンブラーとしてはまるでだめだ。昨日の晩、マダム・ガートルードのところでちょっとしたゲームをしたとき、ぼくもその場にいたんだが、いかさまばかりだった」

「わたしのパパは、いかさまなんか絶対しないわ！」シェリダンは憤慨のあまり、はじかれたように立ち上がって抗議した。

「もちろんだ。信じているよ」彼女が振りまわす手首をつかんで、ラファエルがなだめた。「だが、きみのパパはやつらのいかさまに気づかなかった」

「だったら、あなたが——」シェリダンはラファエルの腰の拳銃に目を落とした。父が懸命に稼いだ金をだましとる悪党がいると思うと、怒りが激しく煽《あお》られた。「撃ってよ！　そうよ、全員撃ってしまえばよかったのよ！」

「そんなことできないよ」そう言ったラファエルの顔には、愉快そうな表情が浮かんだ。「だって、ぼくもいかさま師のひとりなんだから」

シェリダンはつかまれていた手首をぐいっと引き離した。「あなたもパパをだましたの？」

「そうじゃない」彼は冷静な表情をつくろうとしたが、うまくいかなかった。「ぼくは百パーセント必要なときしかいかさまはしない。ぼくをだまそうとするやつらを相手にするときだけだ」

あとでラファエルが打ちあけた話によれば、彼はギャンブルのプロで、〝いろいろな悪さ〟

をしたために、大農場を経営している父親に勘当されたということだった。

シェリダンは自分の小さな家族をとても大切に思っていたので、実際に息子を家から追いだす親がいると知って戸惑いを感じた。そして、ラファエルはそうされても仕方がないような、口に出せないようなことをしたのかもしれないと思うと、そのことにも困惑した。彼女が恐る恐るそんな心配を口にすると、父は安心させるように彼女の肩を抱いて、ラファエルが勘当された本当の理由は、人妻だった女性を深く愛してしまったからだと教えてくれた。

シェリダンはそれ以上追及せずに、父の説明を素直に受け入れた。それはひとつには、父はいつも、ある程度長く旅の道連れにするときには相手がどんな人間かをとても注意深く吟味するからだったが、ラファエルをなるべくよく思いたかったからでもあった。シェリダンは当時まだ十二歳だったけれど、ラファエル・ベナヴェンテはとびきりハンサムで、だれよりも魅力的――もちろん、父親をのぞいての話だが――に思えたのだ。

ラファエルはいろいろな話をしてくれ、彼女の男の子のようなふるまいをからかった。そして、いつかきみは、とても美しい女性になるよと褒めてくれた。嵐を呼ぶ灰色の雲を思わせる瞳は、髪に宿る炎と釣りあうように神様が与えてくれたものだと。シェリダンはそのときまで、自分の容姿を気にしたことは一度もなかった。だが、自分がいつかラファエルが予言したとおりの女性になれるように、そして、それまで彼がそばにいてくれるようにと心から願った。そのときが来るまでは、ただの旅の道連れで、子供扱いされても仕方がないと思っていた。

それまで出会った多くの旅人と違って、ラファエルはお金には不自由していないようだったし、行き先や目的地を心に決めているようには見えなかった。彼はシェリダンの父親よりも頻繁にギャンブルをして、勝てば気ままに使った。あるとき、ジョージア州サヴァナの近くで荷馬車の準備を整えたあとで、丸四日も姿を消したことがあった。五日目に現われたときには、香水とウイスキーの匂いをぷんぷんさせていた。その前の年、家族とミズーリに向かっていた既婚女性たちの会話を聞きかじった知識から、たぶんラファエルは〝売春婦〟という人と一緒にいたのだと見当をつけた。〝売春婦〟がどんな人間なのかはっきりとは知らないものの、尊敬できない女性で、〝男に道を踏みはずさせる〟邪悪な力を持っているということも耳にしていた。どんな理由で尊敬できないのかはわからなかったものの、本能的になんとなく想像はついた。

その日、ひげも剃《そ》らず〝売春婦〟のにおいをさせてラファエルが帰ってきたとき、シェリダンはひざまずいて、心配のあまり泣きださないよう我慢しながら彼の安全を祈っていた。彼の姿を見たとたん、不安は嫉妬へ、そして怒りへと変化して、それきり一日じゅうずっと、彼と口をきかないで過ごした。やさしい言葉をかけても彼女の態度が冷たいままだったので、ラファエルは肩をすくめ、気にしていないような態度をとったが、つぎの晩、ギターを手にしていたずらっぽい微笑みを浮かべ、シェリダンたちのキャンプへふらりとやってきた。わざと彼女には声をかけず、焚き火の向かい側に座って演奏しはじめた。

それまでにもギターの曲を聴いたことはあったが、ラファエルの演奏は彼女の心をすっかり奪った。彼の指がなめらかに動くと、体の奥へと響くリズムで弦が震えた。彼女の鼓動は速まり、つま先は曲のテンポに合わせて小刻みに動いた。ふとテンポが変わると、旋律は信じられないほど切なく、まるでギターそのものが泣いているかのように悲しげになった。三番目の曲は、軽やかで明るかった。彼は焚き火の向こうから彼女にウィンクを送り、曲に合わせて、まるで彼女に語りかけるように歌いはじめた。それは、愛してくれる女性を大切にしなかった愚かな男が、やがてすべてを失ってしまう物語だった。シェリダンがすっかり聴き入っていると、彼はまた別の曲を弾きはじめた。美しく、やさしい旋律の、彼女が知っている曲だった。「一緒に歌っておくれ、愛しい人《ケリーダ》」彼は明るく呼びかけた。

旅人には歌好きが多く、ブロムリーの一団もそうだった。けれどその晩、シェリダンはなぜか恥ずかしくて居心地が悪い気がして、まずは目を閉じ、音楽と空と夜のことだけを考えようとつとめた。そして、彼の深いバリトンをひきたてるように高音で歌った。

歌い終えて拍手喝采の音に目を開けると、道の向こうで野営していた人々までもが集まってきていたので、シェリダンは言葉も出ないほど驚いた。

その後、ラファエルの演奏で彼女が歌い、人々が集まってくる晩が何度もあった。村や町にいれば、お礼にと食べ物が差し入れられることもあり、お金を払う人もいた。ラファエルほどうまくは弾けなかったが、シェリダンはギターの弾き方を習った。スペイン語も教わって、彼と同じくらい上手に話せるようになり、つぎはイタリア語となったが、これはふたりともそれほどうまく話せなかった。ラファエルはシェリダンに頼まれて、彼女の父親がギャンブルをするときに相手を見張るようになり、そのおかげで父親の獲得金は増えはじめた。そのうちに彼らは一緒に事業をしようとあれこれ計画しだした。どれも聞いているとわくわくするけれど、とうてい実現不可能な計画だったが、父親はいつも興味津々で耳を傾けていた。

ラファエルの存在を喜んでいないのは、ドッグ・ライズ・スリーピングだけのようだった。あんな男は認めていないと明言していたし、なにか話しかけられても、うなるような声を出すだけで会話する気持ちはさらさらないかのようだった。シェリダンの目には、彼が自分の殻にこもっているように見えたので、どうしたらいいかと父に尋ねてみた。すると、ラファエルが道連れに加わってから、おまえと一緒に過ごす時間が少なくなって、ドッグ・ライズ・スリーピングは気分を害しているのだろうと、父は答えた。そこでシェリダンは、なにかにつけドッグ・ライズ・スリーピングに助言を求めるようにし、荷車ではラファエルよりも彼のとなりに乗るように気をつけた。

すると、この小さな商団に調和が戻ってきた。そして、すべてが完璧で、それが永遠に続くかのように思えた――パトリックがヴァージニア州リッチモンドに住む妻の未婚の姉を訪ねると決めるまでは。

6

シェリダンは父以外にはこの世にたったひとりしかいない血縁である伯母に会うのを楽しみにしていた。が、コーネリアの狭くて風通しの悪い家を訪れると、なんだかひどく場違いな気分になった。室内に飾ってある華奢な品物を壊したり、あちこちにかけてあるレースの覆いを汚したりしてしまいそうで心が休まらなかった。いくら注意していても、伯母にすっかり嫌われているような、することなすことすべてを否定されているような気がした。それが思いすごしでないことは、伯母の家に到着してたった二日後、偶然耳にした伯母と父との腹立たしい会話で確認できた。シェリダンがフットスツールに腰かけて窓の外を眺めていると、となりの部屋から押し殺した声が聞こえてきた。驚いた彼女が好奇心にかられてそちらを振り返ると、自分の名前が聞こえてきた。

シェリダンは立ち上がってドアに近づき、聞き耳を立てた。一瞬のうちに、やはり思っていたとおりだとわかった。裕福な家庭の令嬢のための学校で行儀作法を教えている伯母のコーネリアはシェリダンについて不満だらけで、父親であるパトリックに向かって、あまりにも無責任だと非難していたのだ。「あの娘をあんなふうに育てるなんて、あなたは鞭《むち》で打たれても仕方がないわ」伯母はあきれはてたと言わんばかりの口調でまくしたてた。そんな言い方をされたら、普段の父ならば決して我慢などしないだろうに、どうしたわけかおとなしく耐えていた。伯母はさらに続けた。「読み書きもできないし、お祈りを知っているかと聞けば、長い時間ひざまずくのは苦手だと答える始末。そのうえ、こんなことを言ったのですよ。あの娘の言葉をそのまま使えば、『神様はたぶん、男性を誤った道に誘う売春婦をお好きでないように、聖書をバンバン叩きながらするお説教を聞くのは好きじゃないと思うわ』ですって」

「まあ、まあ、コーネリア――」父親は笑いを押し殺しているように聞こえる声でなだめた。コーネリアは彼が笑ったと思ったのだろう。なぜなら、一気に興奮して、ラファエルが〝悪魔の怒り〟と呼ぶ状態になってしまったからだ。

「やさしい顔と声でわたしを言いくるめようとしないで――あなたは悪党よ。妹をそそのかして結婚し、アメリカでの新生活だとかなんとか夢みたいなことばかり並べて地球の裏側まで連れてきたのだから。そして、わたしは愚かにも妹を止めようとしなかった。それどころか、一緒に来てしまった！　でも、今度ばかりは、黙って見過ごすわけにはいきません。妹のたったひとりの忘れ形見をあんなふうに育てるなんて。そろそろ結婚を考えるほどの年齢になっているのに、あの娘は女らしいふるまいさえできない。見た目だって、女性には見えません。きっと、自分が女だという自覚がないのでしょう。いつもズボンとブーツを身につけて、野蛮人のように日焼けして、乱暴な言葉を使うのですから！　態度は嘆かわしく、ずけずけと乱暴な物言いで、髪はぼさぼさ。〝女らしい〟という言葉の意味も知らないのでしょう。ラッパのような大声で、こう言ったのですよ。すぐに結婚するつもりはないけれど、ラファエル・ベナヴェンテとかいう男をすてきだと思っていて、いつか結婚を申しこもうと思っていると。年若いレディが――シェリーをレディと呼ぶには、かなり抵抗がありますけれど――自分から結婚の申し込みをしようと本気で思っているのですよ。しかも、その相手の男は、どうやらスペイン系のならず者で、あの子が誇らしげに教えてくれたところによれば、大切なことはすべて知っているのだそうですね――賭けトランプでのいかさまのやり方も含めて！」コーネリアは怒りに満ちたかん高い口調で締めくくった。「さあ、できるものなら反論していただきましょうか！」

シェリダンは息をのんだ。伯母はあれこれ質問をして秘密を探り、彼女が素直に話した内容を攻撃の材料に使っている。シェリダンは父がしかめ面をした憎らしい伯母を相手に、自分をかばって弁舌をふるってくれるのを待った。

「シェリーは乱暴な言葉など使わない！」父の反論はやや腰が引けた感じだったが、怒りが爆発しそうな危険な状態であることは伝わったようだ。

だが、コーネリアはパトリック・ブロムリーが癇癪《かんしやく》を起こしそうになっても、まったくひるまなかった。「いいえ、使います　今朝、肘をぶつけたとき、ひどく乱暴な言葉を口にしていました。それも二カ国語で！　この耳でたしかに聞きました！」

「本当に？　いったい、なんと言っていたんだい？」

「わたしにもディオス・ミオ《オー・マイ・ゴッド》を理解するくらいのラテン語の知識はあります」

「うっかり口から出ただけさ」パトリックは弁護したが、ふと後ろめたそうな声になって、

「たしかに、あの子はきみがしてほしくないことをいろいろやっているな」とつけ加えた。

シェリダンは腰をかがめて鍵穴からとなりの部屋をのぞいた。父は気まずさからか、怒りからか、顔を紅潮させて体の両脇で拳を握りしめており、伯母は石のように冷たい表情で身動きひとつせず、父の正面に立っていた。

「その言葉を聞けば、あなたが祈りについても自分の娘についても、ほとんどなにも知らないのだとわかります」コーネリアは軽蔑するような口調だった「あなたがあの娘をどんな人たちとお付き合いさせていたか想像するだけでゾッとするけれど、あの娘がギャンブルや汚い言葉づかいを経験してきたのは明らかです。それに、あんな身なりのまま、例のミスター・ラファエルのような酒飲みのいかさま師の目に触れることを許していたなんて。ふしだらな女のように赤毛を振り乱したあの娘の姿を目にした男たちが、どんな不道徳な思いを抱いたかは、神様だけがご存じでしょう。そのうえ、あの娘のもうひとりのお気に入りの仲間については、口にしたくもありません——犬と一緒に眠るとかいうインディアンの男です！まったく、あんな野蛮人と——」

　伯母がドッグ・ライズ・スリーピングの話をしたとたんに、父が怒りで歯を食いしばるのが見えた。一瞬、シェリダンは父が、ひどいことを並べたてる伯母の目を突くのではないかと怖くなった。心の片隅ではそれを期待してもいた。だが、父は暴力に訴えることはせず、

軽蔑を込めた声で言い返した。「口汚くていやなオールドミスになってしまったね、コーネリア。男はみんなけだもので、目に入る女すべてに欲望を抱くと言いたいようだが、本心では怒っているんだろ。きみにそういう感情を抱いた男が、これまでひとりもいなかったから！　そのうえ……」すっかり抑制がきかなくなった父の話し方は、アイルランドなまりが強く感じられた。「シェリーはもうすぐ十四歳だが、まるで木の枝みたいに飾り気がないし、きみと同じくらい胸もたいらだ。このままだと、かわいそうなシェリーは、きみにそっくりになりそうだ。そして、神がつくったこの地上には、男がきみに欲望を抱くには酒が全然足りない。だから、あの娘は安全だと思うよ」

父の皮肉が〝口汚くていやなオールドミス〟を打ちのめしたのを見て、鍵穴からのぞいていたシェリダンは思わず歓声をあげそうになった。だが、残念ながら、伯母は義弟に侮辱されても、期待したほどのダメージを受けていなかった。彼女はつんとあごを上げ、相手の目をまっすぐに見つめて、冷たくさげすむように言い返した。「あなたにも酒など必要じゃないときがあったのではないかしら、パトリック？」

シェリダンは伯母がなにを言っているのかまるで理解できなかった。父もちょっとぽかんとしたが、すぐに怒った顔になり、それから……妙に穏やかな表情になった。「やられたよ、コーネリア」柔らかな口調だった。「いかにも大地主ファラデーの誇り高い長女だ。きみがそういう人だったことを忘れかけていた。だが、きみは忘れてはいなかった、そうだね？」殺風景な狭い部屋を見まわした彼の表情からは、怒りの痕跡がすっかり消えていた。そして、父は悲しげな笑みを浮かべながら、かぶりを振った。「実家の屋敷とくらべて物置みたいな家に住んでいることなど、決して気にしてはいけないよ。他人の子にマナーを教えて生計を立てていることも、気にすることはない。きみは今も昔も変わらず、誇り高く高慢な大地主ファラデーの娘なのだから」

「それなら、たぶん、このことも覚えているでしょう?」コーネリアはさっきまでよりも静かだが凜《りん》とした声で言った「シェリーの母親はわたしのたったひとりの大切な妹でした。お願いだからわかってちょうだい、パトリック。もし妹が生きていて、あなたが育てたあの子の物笑いの種のような有り様を目にしたら、きっと震えあがったに違いないわ。いいえ、それどころか、恥ずかしいと思ったでしょう」コーネリアはきっぱり断言した。

シェリダンは思わず驚きで身をこわばらせた。**ママがわたしを恥ずかしいと思う、ですって?** いいえ、絶対にそんなことはない、そんなことはありえない。ママはわたしを愛していたのだから。農場で暮らす母の姿がシェリダンの心に鮮明に浮かんだ。テーブルに夕食の皿を並べている母は髪をうなじできちんとまとめ、きれいに糊《のり》のきいたエプロンをつけている。シェリダンの髪を丁寧にブラシでとく母。明かりに身を寄せて、もらったレースや木綿の端布《はぎれ》でシェリダンのために〝特別なドレス〟をつくっている母。

母の糊のきいたエプロンとつややかな髪のイメージを浮かべたまま、シェリダンは両腕を広げて自分の姿を見た。靴紐をいちいち結ぶのが面倒なので、男物の大きなブーツを履いている。しかも、かかとが擦りへり、泥だらけ。鹿革のズボンは染みだらけで、すっかり古びて薄くなっている。ウェストに巻きつけた、ドッグ・ライズ・スリーピングの手づくりの編みこみベルトは、ずり落ちそうなズボンをとめるだけでなく、ジャケットの前を閉じる役目を果たしている。**ママが恥ずかしく思う……。**

シェリダンは伯母の洗面台の上の小さな鏡に近づいて、自分の顔と髪を恐る恐る眺めた。鏡に映った姿に驚いて、思わず後ずさりして、目をしばたたき、首を振ってその姿を心から追いはらおうとした。どうしたらよいのかと途方にくれ、じっと動かずにいた。やがて両腕を上げて、もつれきった赤い長い髪を手ぐしでとこうとしたが、すぐに指が髪にからまってしまい、手の施しようがなかった。両手で髪を強く押さえつけて、おずおずと鏡に近づいた。ゆっくりと手を離すと、髪はばねのように元通りにはねた。彼女は母親にちっとも似ていなかった。それどころか、これまで出会ったどんな女性にも似ていなかった。それは、その瞬間まで、彼女が気づいていていながら気にしていなかった事実だった。

伯母さんはわたしを物笑いの種だと言った。あらためて考えてみると、最近どうも変な目つきで見られるようになっていた——とくに男の人から。妙な視線を感じるのだ。あれが、みだらな視線なのか？　どうやら父は気づいていないようだが、一年ほど前から胸が気恥ずかしくなるほど大きくなって、どんなに注意深くジャケットの前を合わせようとしても隠しきれなくなってきていた。

伯母さんはわたしがふしだらに見えると言った。ふしだら、ですって？　シェリダンは眉間にしわを寄せて、これまでその言葉をどんなときに耳にしたか思い出そうとした。〝ふしだら〟は売春婦と関係がある……そうだ、だれかが〝ふしだらな〟あばずれと言っていた！それがわたしだというのだろうか？

そこまで考えたとたん、涙がこみあげてきた。たぶん、伯母の言っていることは正しいのだろう。ほかのことすべてについても。なによりも悲しいのは、母が自分のいまの姿を恥ずかしく思うだろうということだった。


恥ずかしい。


あまりにショックで、シェリダンは身動きもできず立ちつくした。しばらくして彼女は状況を理解した。伯母はきちんとした家でまともにしつけるために、シェリダンを自分にあずけてほしいと望み、父は形ばかり抵抗しただけでその申し出を拒絶しなかった。話の成り行きを知った彼女は急いでドアを開けてとなりの部屋へ飛びこんだ。「いやよ、パパ！　わたしを置いていかないで、お願いだから！」

父親はぼうっとして、どうしたらよいかわからないようすだったので、シェリダンは腕に飛びこんで必死に頼んだ。「お願いよ、女物のブーツを履くし、髪もきれいにする。なんでもするわ。ここに置いていかれるのだけはいや！」

「もうなにも言うな」父はそれきり黙りこんだ。そして、シェリダンは戦いに負けたのだと知った。

「パパやラファエルやドッグ・ライズ・スリーピングと一緒に行きたいの。そこがわたしの居場所なのよ、伯母さんがなんと言ったって！」

翌朝、父たちが出発するときにも、シェリダンはまだ同じことを訴えていた。だが、父はきっぱりと言った。「あっという間に帰ってくる。ラファエルがいい儲《もう》け話を持っている。山のように金を稼いで、みんなそろって帰ってくる、一年以内に――長くても二年だ。そのころにはおまえはすっかり成長しているだろう。それから一緒にシャーウィンズ・グレンに行こう。約束どおり大邸宅を建ててやる。楽しみにしていろよ」

「大邸宅なんかいらない」シェリダンが大声をあげながらラファエルを見ると、彼はハンサムな顔に厳しい表情を浮かべて立っていた。ドッグ・ライズ・スリーピングの表情からはなにも読みとれなかった。「パパと、ラファエルとドッグ・ライズ・スリーピングがいれば、なにもいらないの！」

「またたくまに戻ってくるよ」父は泣きじゃくるシェリダンに約束し、女性を虜《とりこ》にせずにはおかないアイルランド男の魅力的な微笑みを浮かべた。そして、「戻ったときに、おまえが女らしい服を着て、伯母さん譲りのすてきなレディになっていたら、ラファエルがどれほどびっくりするか、想像してごらん」と甘い言葉でなだめた。

シェリダンが反論できないうちに、父は首に巻きつけられた彼女の腕をといて、帽子をかぶり、数歩後ずさりしてから、コーネリアを見つめた。「金ができたら送るから、家計の足しにしてくれ」

コーネリアは農民からなけなしの施しを受け入れるかのように、ひと言も発せずにうなずいたが、父はその態度を少しも気にしていないようだった。

彼はいたずらっぽい笑みを浮かべて言った。「きみも一緒にイングランドに連れて帰るのはどうだろう。それもいいと思わないか、ネリー？　実家の目と鼻の先にあっちより大きな家を建てて、蝶《ちょう》よ花よと暮らすんだ。そういえば、あの家の客間にはいつもきみに求婚する男があふれていたな」そして、からかうような微笑みでこう加えた。「きみの眼鏡《めがね》にかなう男はひとりもいなかったけどね。そうだろう、ネリー？　だが、やつらも年齢を重ねて、あのころよりもましになっているかもしれないぞ」

シェリダンは赤ん坊のように泣きじゃくるのをやめようとして、ゆっくり息をしようとつとめ、伯母のかたくなな沈黙を受け流して肩をすくめる父を眺めていた。すると、振り返った父がシェリダンを強く抱きしめた。「手紙をちょうだいね」シェリダンは哀願した。「ああ、書くよ」父は約束した。

父たちが行ってしまうと、シェリダンはゆっくり向きなおって、彼女の人生を完全に破壊した元凶であり、たったひとりの同性の身内である伯母の、無表情な顔を見た。そして、灰色の瞳に涙をいっぱいにためて、静かに、はっきりと言った。「ここに来なければよかった。あなたになんか、会わなければよかった！　あなたのことが大嫌いよ」

ぶたれても仕方がないと思っていたが、伯母は彼女をまっすぐに見つめて言った。「そうでしょうとも、シェリダン。あえて言うけれど、この先もっとわたしを嫌いになると思いますよ。それでも、わたしはあなたを少しも嫌ってはいません。さて、お茶を一杯いただいてから、あなたのレッスンをはじめましょうか？」

「お茶も、大嫌いよ」シェリダンは伯母の冷たい視線を見返しながら、それ以上ないほど生意気な角度にあごを上げてみせた。なにげなくそうしたのだが、伯母の姿勢とそっくりだった。ふたりがよく似ていることにシェリダンは気づいていなくても、コーネリアは気づいていた。

「そんな目つきでじろじろ見るのはおよしなさい。まったく同じ見つめ方を、わたしははるか昔にマスターしているから、痛くもかゆくもありませんよ。大地主ファラデーの孫娘として認知されているということは、イングランドでならなにかと役に立ったかもしれません。でも、ここはアメリカで、わたしたちはもう、誇り高き大地主の身内でもなんでもなくて、落ちぶれてなんとか体裁は保っているといったところです。わたしはここで行儀作法を教えています。生徒たちは、昔なら自分より劣るとして見下していただろう人々の子供たちですが、それでも仕事があるのはありがたいことです。この居心地のよい家を自分の家とすることができていることを神様に感謝して、過去は振り返りません。ファラデー家の人間は後悔しないのです。それを覚えておきなさい。わたしは自分の選択をみじんも後悔していません。ひとつには、わたしはもうだれの操り人形でもありません。今日はどんな大騒ぎが起こるだろうかと考えながら、目覚めることもありません。秩序のある、静かな、きちんとした毎日を送っています」

彼女は話し終えると、一歩後ろへ下がり、どこか楽しそうな表情を浮かべながら、身動きひとつしない姪《めい》をじろじろ眺めた。「ねえ、シェリー、その鼻をくったような態度をもっと効果的にしたいのなら、ほんの心もち、鼻先をこちらに向けるといいわよ――そう、まさにそれよ。わたしだったら、最初からそうしていましたよ」

そのときシェリダンがそれほど絶望的な気持ちで憤慨していなかったら、きっと笑ってしまっただろう。そして、時がたつうちに、彼女はまた笑うようになった――ラテン語や淑女らしい物腰を身につけるのと同じように。伯母は厳しい教師で、自分が知っているすべてをシェリダンに身につけさせようと決意を固めていたが、伯母のよそよそしい堅苦しさの奥に、気まぐれな姪に対する心配と愛情があることに、シェリダンはすぐに気づいた。やがて怒りがおさまると、シェリダンは優秀な生徒になった。まだらの馬を荒っぽく乗りこなしたり、星空の下でギターをつま弾きながら鼻歌を歌ったり笑いあったりする機会を奪われた退屈をまぎらわすには、本を読んで勉強するのがもってこいなのだとわかった。異性に会釈して視線を交わすことさえ、身持ちが悪いとして禁じられていた。見知らぬ人に話しかけることなど、犯罪に等しかった。歌うことは教会でのみ認められていて、どのような形であれ、それでお金をもらうことは決して許されなかった。父との旅の生活は毎日が楽しい発見に満ちていたが、ここでは正しい角度でポットを持ってお茶を注ぐことや、食事がすんだらフォークとナイフを正しい位置に置くことなど、意味不明の課題を学ぶ日々が続いた。どれもこれも些細なことばかりだったが、伯母はこう言った。「正しいふるまいを身につければ、もっとも貴重な財産になるのです。いまのわたしたちの状況では、それがただひとつの財産です」

シェリダンが十七歳になると、その教えがたしかだとわかってきた。髪をきちんと結いあげて自分で編んだレースの帽子で留め、飾り気のない褐色のドレスに身を包んだシェリダン・ブロムリーは、コーネリアが教鞭《きょうべん》をとる学校の校長であるアドリー・レイバーン夫人に紹介された。コーネリアの招きで家を訪れたレイバーン夫人は、シェリダンの髪と顔をほんの一瞬見つめた――最近ますます目立ってきた、街の人々からの奇妙な反応だった。数年前、もっと若く、しつけもできていず、しとやかでなかったシェリダンなら、自意識過剰になってブーツに視線を落としたり、帽子を引きおろして顔を隠したり、さもなければ初対面の相手になにを見ているのかと問いただしたりしたことだろう。

けれど、シェリダンはすっかり成長して、自分が経済的な負担になっていることを自覚するようになっていた。そして、給金を稼げるようになろうと決意を固めていた。伯母のためだけではなく、当座のお金を稼ぐためだけでもなく、自分自身のために長く続けられる仕事を求めていた。街で彼女は、貧困と飢餓が広がっているのを目の当たりにした。以前はこの国では珍しいと思えたことだった。シェリダンはいまでは街の住人で、この先も一生そうでありたいと願っていた。ここ二年間、父からの手紙は最初こそ頻繁に届いたものの、そのうちに途絶えてしまった。パパはわたしがここにいることを簡単に忘れるはずがない。それについては、確信があった。だが、父が生きていないかもしれないと思うことは、耐えきれないほどつらかった。となれば、自分で生きていく道を見つけて、父とラファエルが迎えに来るまで待つのだと自分に言い聞かせる以外に選択肢がなかった。「あなたはとても優秀だと伯母様からいろいろ聞いていますよ、ミス・ブロムリー」とレイバーン夫人が礼儀正しく言ったとき、シェリダンはそのことを自分に言い聞かせていた。

以前のシェリダンならば無愛想にはにかんで、両手をズボンのウェストにつっこみながら、なんの話やら見当もつかないと答えたところだが、いまでは相手と同じ礼儀正しさで、「わたしもすばらしい方だとうかがっています、ミセス・レイバーン」と言いながら手を差しのべた。

そして時は流れ、いま〈モーニングスター号〉に乗っているシェリダンは、懐しい人々に、二度と会えない可能性が高いことに気づいた。コーネリア伯母さんにも、生徒たちにも、毎週土曜に家に集まってお茶とおしゃべりを楽しんだ教師仲間にも、二度と会えないかもしれない。あの人たちの笑顔を二度と見られないかもしれない。それに、ラファエルにも……パパにも。

二度と会えないかもしれない父を思うと、口の渇きを感じ、涙が両目に染みてきた。シェリダンに会いたい一心で父がやっとの思いで伯母の家に姿を見せても、長く連絡をとらなかった理由を説明する場に、シェリダンはいないのだ……父になにが起きたのか、決して知ることはできない。

目を閉じると、ラファエルとドッグ・ライズ・スリーピングと父が、伯母の客間で自分を待っている姿が見えるようだった。こんな恐ろしい状況に陥ったのは、すべて、シャリースの船旅の付き添い役を志願したせいだ。それは、お金のためだけではなかった。まったく違う。ロマンティックな小説を読みはじめてからずっと、イングランドを夢見ていたのだ。小説をきっかけに、冒険への憧れに火がつき、伯母の教えで抑えてきた夢見がちな無謀さに火がついてしまったのだ。

これはまさに冒険そのものだ！　教室に座って、熱心に耳を傾けている少女たちに囲まれて物語を読んでやったり、上品な歩き方を教えたりしていたシェリダンは、見知らぬ国へ降りたった。しかも身動きのとれない状況で、身を守るすべもなく、これまで自負していた知恵も勇気もなんの役にも立たない状況で、ひとりの貴族と対面しようとしているのだ。侍女のメグの話では、シャリースに逃げられたことを話せば、その貴族は怒ってイングランドの法律に訴え、シェリダンをひどい目に遭わせるに違いないという。

恐れるのは心が弱いからだと軽蔑してきたが、恐れまいと必死に努力しても、心のうちに恐怖がみるみる広がった。自分を信頼し愛してくれる人々が、さぞがっかりするだろうと思うと、体が芯から震えだした。これまでずっと楽観的に力強く生きてきた彼女だったが、すっかり弱気になり、どうしたらいいのかわからなかった。ふいにめまいに襲われて、椅子の背をつかんで体を支えた。しばらくして、無理やり目を開けて深呼吸をすると、髪をとかしてきっちりと結いなおした。コートに手をのばしながら、怯えている侍女のメグに向かって、安心させるようにほほえみかけた。

わざとおどけたような口調で「さあ、恐ろしい男爵に会って、運命を確かめる時間よ」と言った。そして、まじめな表情になって、虚勢をはるのをやめ、メグに言った。「あなたはここに隠れていなさい。もし、数時間待ってもわたしが迎えに来なかったら、そっとここを立ち去って。もしかしたら、ずっと船に隠れているのもいいかもしれない。運がよければ、朝になって船が出港するまで、だれにも見つからないですむでしょう。たとえ男爵が激怒しても、ふたりそろって逮捕されるのだけは、なんとか逃れなくては」

7

狭くて薄暗く大きな物音が届かない船室から出てみると、騒音のなかカンテラに照らされて人があわただしく行きかう甲板は、心地よい場所ではなかった。トランクや木箱を担いだ港湾作業員が群れをなし、渡り板を上り下りして貨物を積みおろしたり、明日の航海に備えて物資を積みこんだりしていた。頭上でウィンチが軋《きし》みをあげ、網で覆われた貨物が舷側《げんそく》から桟橋へ吊《つ》りおろされていた。シェリダンは足もとに気をつけて渡り板を下りながら、悪辣なイングランド貴族のイメージに合う男性を群衆のなかにさがした。痩せて青白い顔色をした、甘やかされて育った尊大な男——サテンの膝丈ズボンを穿き、懐中時計用のポケットと紋章で飾りたてている男を。

　桟橋で、背の高い浅黒い肌の男性が、いかにももどかしげに手袋で自分の腿を打っているのが目についた瞬間、それが彼だとわかった。サテンの膝丈ズボンではなく地味な色合いの長ズボンを穿いていたし、風が吹いて上着の前がはだけても懐中時計用のポケットも金色の紋章も見えなかったにもかかわらず、彼をとりまくすべてが特権階級の一員であることをはっきり示していた。がっしりしたあごには意志の強さが見え、たくましい肩から磨きぬかれたブーツのつま先まで、全身に自信をみなぎらせている。彼女が近づくのに気づいて、彼はさっと顔をくもらせた。シェリダンの恐れが急激に膨らんだ。この二日間というもの、自分ならばきっと、腹を立てた花婿をなだめすかして納得させることができると信じていたが、不機嫌そうに黒い眉をひそめているその男性は堅固な花崗岩《かこうがん》を思わせ、他人の言うことなど聞き入れそうになかった。彼は自分の婚約者はいったいどこだといぶかり、なぜシャリース・ランカスターではなくシェリダン・ブロムリーがやってくるのか不審に感じているに違いない。しかも、あきらかに怒っている——。

スティーヴンは怒っていたのではなく、驚いていたのだった。シャリース・ランカスターは、動くたびにカールした髪を揺らすバラ色の頬をした十七、八歳の小娘で、フリルやレースで飾りたてた服を着ていると予想していた。ところが、松明《たいまつ》の揺らめく炎に照らしだされたのは、色白で頬骨の高い女性だった。とてつもなく大きな瞳は明るい色で、輝くばかりの長いまつげに縁どられ、赤褐色の眉は優雅な弧を描いている。髪は額にかからないようにきっちりなでつけられ帽子に隠れているので、どんな色かわからない。身につけているのはフリルなどついていない、趣味はいいが美しくもない茶色のマントで、握手をしようと手を差しだしたスティーヴンがまず思ったのは、こういう女性を〝きれいで、かわいい子〟と表現するなんてバールトンは頭か目がどうかしていたに違いない、ということだった。

外面の落ちつきとはうらはらに、彼女はまるで最悪の事態が起きているのを察知しているかのようにひどく緊張し、怯えているように見えた。そこでスティーヴンは、さっさと重要な話をすませるのがおたがいのためにいいのだろうと心を決めた。

短く自己紹介をしてから、スティーヴンは切りだした。「ミス・ランカスター、残念ながら事故が起きてしまいました」罪の意識にさいなまれながら、しっかりとつけ加えた。「バールトン卿は、昨日事故で亡くなりました」

と、ショックで理解できないのか、彼女はじっと彼を見つめた。「亡くなられた？　バールトン卿はここにいらしていないのですか？」

きっと彼女は泣き崩れるだろうと、スティーヴンは思った。もしかしたら、パニック状態に陥りかねないと恐れていた。ところが、彼女は握手していた冷たい手をひっこめて、当惑した口調で「なんて悲しいことでしょう。どうぞご家族に、心からのお悔やみをお伝えください」と言った。まさに予想外だった。彼女がきびすを返して船のほうへ栈橋を数歩進むのを見送るうちに、ようやく彼女があきらかに完全なショック状態にあるのだと気づいた。

「ミス・ランカスター――」呼びかけたスティーヴンの声は、危険を知らせる叫び声にかき消された。網でおおわれた貨物がウィンチで吊るされて、大きく揺れていた。「そこをどけ！　危ないぞ！」

危険を察知したスティーヴンが彼女めがけて突進したが、間に合わなかった――貨物が大きく横に振れて、背後から彼女の頭にぶつかり、彼女は飛ばされて栈橋にうつ伏せに倒れた。あわてて御者を大声で呼びながら、スティーヴンはかがみこんで彼女を腕に抱いてあおむけにした。頭が力なくがっくり垂れ、後頭部の膨らんだこぶから血が流れだしていた。

8

「今日はけが人の具合はいかがかな?」執事にラングフォード伯爵スティーヴン・ウェストモアランドの書斎へと通されるなり、ホイッティコム医師は尋ねた。きびきびした口調だったものの、けが人の回復の可能性について、医師はスティーヴンと同じく悲観的だった。スティーヴンは暖炉のそばの椅子にかけ、膝に両肘をついて頭を抱えていた。

「変化はない」疲れたようすのスティーヴンは両手で顔をこすってから、視線を上げた。「死んだように静かに眠っている。あなたに言われたとおり、話しかけつづけるよう侍女に指示してある。先ほど、ぼくも話しかけてみたが反応はなかった。もう三日になるというのに。なにか打つ手はないのだろうか?」苛立ちを隠しきれない口調で医師に尋ねた。

ホイッティコム医師はスティーヴンのやつれた顔から目をそらして、少し休みなさいと言いたい衝動を抑えた。言っても無駄だとわかっていたので、こう答えた。「あのかたの命は、私ではなく神のご意思にゆだねられている。もちろん、私も二階へ上がって診察はしますけれど」

「それはじつにありがたいことだ。さぞかし効果があるだろう」スティーヴンは部屋を出ていく医師の背中にそう投げつけた。

非難の言葉を意に介さず、ホイッティコム医師は正面の大階段をゆっくり上りきると、左へ進んだ。

しばらくして書斎に戻ると、スティーヴンは相変わらず同じ椅子に座っていたが、ホイッティコム医師の表情は目に見えて明るく輝いていた。「どうやら私の診察は多少なりとも効果があったらしい。もしかしたら、侍女の声よりも私の声のほうがお気に召しただけなのかもしれませんが」

スティーヴンははじかれたように顔を上げ、するどいまなざしで医師を見つめた。「彼女が気がついたのか？」

「いまは眠っていますが、先ほど意識を回復して、二言三言話すこともできました。昨日なら、回復の可能性に一ファージングだって賭けなかったでしょうが、若いし体力もあるから、このぶんならばよくなられると思いますよ」

患者の容体について言うべきことをすべて言い終えると、ホイッティコム医師は疲労と緊張でしわが深く刻まれたスティーヴンの目もとや口もとに目をやり、彼を心配した。「ですが、閣下、あなたはひどいお顔だ」長年の家族ぐるみの友人ならではの親しみを込めて語りかけた。「夕食が終わったら一緒にけが人のようすを見に行こうと誘うつもりでした——もちろん、あなたが夕食に招待してくだされば、の話だが。けれどそんな顔色では、けが人が怯えてまた悪くなりかねない。まずは少し休んで、ひげを剃ったほうがいい」

「眠る必要はない」きっぱりと言ったスティーヴンは、大きな安堵感《あんどかん》のせいか目に見えて元気になり、立ち上がって銀盆のところへつかつかと近づいて、クリスタルのデキャンタの栓を抜いた。「だが、ひげについては反論するつもりはない」かすかに笑みを浮かべて、二脚のグラスにブランデーを注ぐと、ひとつを医師に差しだした。そして、グラスを掲げながら「彼女を回復させた、みごとな腕前に！」と言った。

「私の腕前などではありません。これは、むしろ奇跡ですな」医師は乾杯のグラスを飲み干すのをためらった。

「ならば、奇跡的な回復に！」スティーヴンはグラスを唇の高さに上げたが、そこで動きを止めた。ホイッティコムが首を横に振って、またもや乾杯を拒否したのだ。

「まだすっかり回復したとは言っていませんよ、スティーヴン。とにかく意識が戻って、話ができるようになったと言ったのです」

スティーヴンはその口調の歯切れの悪さにするどい青い瞳を細めて、ホイッティコム医師の顔を射るように見つめながら説明を求めた。

気が進まないと言わんばかりにため息をつきながら、医師はその求めに応じた。「このことを伝えるのは、あなたが少し休息をとられてからにしようと思っていたのだが、じつは、あの女性の体が回復に向かっているにしても――それもまだはっきり約束することはできませんが――もうひとつ問題がある。合併症です。もちろん、一時的なものである可能性もあるが、そうでないかもしれません」

「いったい、なんの話をしている?」

「あのかたは、すっかり記憶を失っているのですよ」

「なんだって?」

「二階の寝室で目覚めたとき以前の出来事は、なにひとつ覚えていないのです。自分がだれなのかも、なぜイングランドにいるのかも、まるでわからない。名前を訊いても答えられなかった」

9

装飾された真鍮《しんちゅう》のドアノブに手をかけて、ホイッティコム医師は患者が寝ている部屋に入る前にひと呼吸置いた。スティーヴンに向きなおって、抑えた声でいくつかの警告と指示を与えた。「頭のけがは、経過の予測がまるでつきません。もし、彼女が数時間前に私と話したことを覚えていなくても、驚かないように。その逆に、すでに記憶をすっかり取り戻している可能性もある。昨日、医者仲間のひとりに相談してみました。頭部の重傷に関しては私よりも経験豊富な男です。患者の頭痛がどんなにひどくても、アヘンチンキを投与しないほうがいいと彼は言っていました。なぜなら、痛みはとれるかもしれないが眠りに落ちてしまうからです。意識のある状態で話を続けることが重要だという点で、私も同意見です」

スティーヴンはうなずいたが、医師の話はまだ終わりではなかった。「先ほど会話をしたとき、なにも思い出せないことで、彼女は心配のあまり怯えていた。ですから、なんとしても、その心配を助長するようなことを言ったりやったりしてはいけません。部屋に入ったら、穏やかな気持ちで安心していられるようにつとめてください。それについては、あの部屋に入る使用人全員に、同じことを徹底させてください。くりかえしになりますが、頭部の傷は非常に厄介で、経過の予測が難しい。だから、彼女が命を失わないように細心の注意を払う必要があるのです」伝えるべきことを伝えて満足した医師は、ようやくドアノブを回した。

明かりを落とした部屋で、灰色の霧のなかに浮かびながら、眠りに落ちたり、目覚めたりしていたシェリダンは、だれかが部屋にいるのを感じた。恐怖も不安もなく、ただ軽い混乱を感じていた。彼女はその平穏な状態にしがみついていた。なぜなら、そうしていれば、得体のしれない恐怖や頭の隅にある消せない疑問から逃れられるからだ。

「ミス・ランカスター、聞こえますか？」

耳のすぐ近くから声が聞こえた。やさしげだが執拗《しつよう》で、なんとなく聞き覚えのある声だ。

「ミス・ランカスター？」

男性の声が自分に話しかけている。彼女はなんとか目を開けて、まばたきして焦点を合わせようとしたが、視界が奇妙にぼやけていて、なにもかもがダブって見えた。

「ミス・ランカスター？」

もう一度まばたきすると、重なっていた像が分かれてふたりの男性になった。ひとりは白髪まじりの中年男性で、金縁の眼鏡をかけ、口ひげをきちんと整えている。親切で頼もしげに見え、その風貌にぴったりの声をしている。もうひとりは若く、ハンサムな男性。あまり親切そうでもないし、頼もしげでもなく、ひどく心配そうに見えた。

年長の男性が柔らかい笑顔で話しかけてきた。「私を覚えていますか、ミス・ランカスター？」

シェリダンはうなずこうとしたが、ひどく頭が痛んで、思わず涙があふれそうになった。

「ミス・ランカスター、私を覚えていますか？　私がだれだかわかりますか？」

頭を動かさないように気をつけながら、彼女は質問に答えた。「お医者様ですね」乾いた唇がひび割れたが、しゃべっても頭痛がひどくなることはなさそうだった。それに気づいたとたん、疑問がいっせいに浮かんできた。「ここはどこ？」

「安全な場所です」

「どこですか？」彼女はどうしても知りたかった。

「イングランドですよ。あなたはアメリカから船でやってきたのです」

それを聞くと、なぜか不安になり気持ちが沈んだ。「どうして？」

ふたりの男性は目配せしあうと、医師が安心させるように言った。「しばらくしたら、そういうこともすべて思い出せますよ。いまはなにも心配しないで休んでいてください」

「わたし……知りたいのです」ささやくような彼女の声は、不安でしわがれていた。

「気持ちはよくわかりますよ」医師は落ちつかせるように彼女の腕にそっとふれた。少したらってから、うれしい知らせを届けるときの笑顔で言った。「あなたは婚約者に会うためにここへ来たのです」

婚約者ですって？　どうやら自分は結婚することになっていたらしい……たぶん、相手はここにいる若いほうの男性なのだろう。ひどく心配そうな顔で自分を見つめている。心労のあまり疲れ果てているようだ。彼女は視線を彼に向け、安心させようとして蒼白《そうはく》な顔でほほえんだが、彼は医師に向かって顔をくもらせた。医師はまるで警告するかのように、彼のほうへ頭を振ってみせた。若い男性のくもった顔も、医師の警告するような視線も気にかかったが、どういう意味なのかはわからなかった。自分がだれなのか、どこにいるのか、どうやってここに来たのか、なにもかもわからないことだらけだったが、ただひとつたしかだと感じられたのは、だれかを心配させたら謝らなければならないという思いだった。それが礼儀なのだし、そうしなければいけないのだと、心の奥のなにかが彼女に強く訴えた。

その心に押されて、シェリダンは自分を見つめている婚約者とおぼしき男性に、消え入るようなか細い声で言った。「ごめんなさい」

その言葉に傷つけられたかのように、男性はたじろいだ。そして、彼女が覚えているかぎりではじめて、声を出した。低い、自信に満ちた、とても心地よく響く声だ。「謝らないでくれ。なにも心配はいらないから。あなたにいま必要なのは休養だ」

しだいにしゃべるのが苦痛になってきた。疲れと困惑に負けてシェリダンが目を閉じると、ふたりが出ていこうとしている気配が感じられた。「待って……」なんとか言葉を絞りだした。ひとりになれば、なにもない真っ暗な闇にひきずりこまれて、二度と戻ってこられなくなりそうだった。たまらなく恐ろしくなって、彼女は懇願するような目で婚約者をじっと見た。彼は強く、若く、活力にあふれている――もし闇の悪魔がわたしを苦しめようとしても、この人ならば強い意志の力で追い払ってくれるだろう。「ここに、いて。お願い」彼女は最後の力を振りしぼって、かすれた声で言った。彼が躊躇《ちゅうちょ》して医師の顔を見たので、シェリダンはひび割れた唇を湿らせて、苦しそうに息を吸いこみ、ありったけの感情を込めて「怖いの……」と言った。

まぶたが鉛のように重く、意思に反して閉じてしまい、死の世界にひきずりこまれそうになるのを感じた。パニックに襲われ、息をしようともがいた……そのとき、ベッドの横にどっしりした椅子が引き寄せられ、磨きあげられた床に椅子の脚がこすれる音が響いた。「なにも怖くはないよ」婚約者が言った。

まるで親の庇護《ひご》を求める子供のようにシェリダンは上掛けから手を一インチだけ出した。頼もしい男性の手がその手を包みこんだ。「怖がるなんて……だめなの」彼女はつぶやいた。

「どこにも行かない、約束する」

シェリダンは彼の手と声と約束にすがりついて、夢も見ない深い眠りに落ちた。

深い眠りのなかで漂っている彼女を見つめながら、スティーヴンは罪悪感と恐れに胸を痛めていた。頭に包帯を巻かれた彼女の顔は幽霊のように青白い。だが、なにより彼に衝撃を与えたのは、枕やリネンに埋もれている彼女が驚くほど小さく見えることだった。

非はすべてこちらにあるのに、彼女は謝った。婚約者の命と夢を奪っただけではなく、こんな不幸な事故に遭わせてしまった。荷揚げ作業をしている桟橋が危険なのはわかっていたのに、うかつにも彼女をウィンチの通り道の真下に立たせてしまった。それに、バールトンの訃報に対する彼女の反応に気をとられて、貨物が山のように入った網が彼女に近づくのを見落としていた。しかも、作業員の警告の大声にすばやく反応できなかった。そもそも、婚約者の訃報をあんな不意打ちのようなやり方で伝えなければ、彼女はショックで呆然とすることもなく、事故に遭わずにすんだかもしれないのだ。

つまり、彼女を危険な場所へ連れだし、守ることもできず、そのうえ彼女が自分の身を守ることもできないようにしてしまったのだ。もし彼女が命を落としたら、それはすべてぼくの落ち度なのだ。そう考えると生きた心地がしなかった。彼はすでに、若いバールトンの命を奪った罪の意識から、昼も夜も苦痛にさいなまれていた。

彼女の呼吸が急に荒くなったとたん、恐れがスティーヴンの胸を締めつけた。やがて呼吸が規則正しいリズムを取り戻したのを確かめて、彼はほっと大きく息をついて、自分の手にゆだねられた彼女の手を見た。その指は長く優雅でなめらかで、爪はきれいに短く切りそろえられていた。いかにも貴族的な手だが、きちんとした堅実な生活を好む几帳面《きちょうめん》な女性のようだ。

スティーヴンは彼女の顔へと視線を上げた。もし、これほど強い恐れと過労にさいなまれていなかったなら、ぼくはきっと、この女性は自分の顔をどう思っているだろうと考えながら笑みを浮かべていただろう。ふっくらした唇は少しも几帳面さを感じさせず、頬に影を落としているカールした長い睫毛《まつげ》は、堅実さとは正反対に思える。髪と目の色はわからないが、頬骨は繊細な輪郭を描き、象牙色の肌は透きとおるようだ。華奢で女らしい顔立ちなのに、かわいらしいあごには意志の強さが感じられる。いや、そうではない、とスティーヴンは気づいた。意志の強さというよりも勇敢さだ。どれほど痛くても、どれほど怖くても、一度も泣かなかった。怖がるなんてだめだと言っていた。つまり、恐れて尻込みするよりも、戦うほうを好むのだろう。

彼女が勇気を持った女性であり、やさしさも備えていることは疑う余地がないと、スティーヴンは確信した。心配をかけてすまないとぼくに謝るほどの思いやりを持っている。勇気とやさしさを兼ね備えている女性はすばらしいが、これほど若い女性にはとても珍しいことだ。

それでいて、彼女はいまにも壊れてしまいそうだった。時おり呼吸が乱れて胸が大きく上下するたびに、スティーヴンは強い恐れを感じた。彼女の手を強く握りしめ、空気を求めてもがいているように見える姿を見つめていると、激しい恐怖がのどの奥で膨れあがるような気がした。神よ！　どうか彼女を死なせないでください！「だめだ！　死んではいけない！」スティーヴンは彼女の耳もとでささやきかけた。

10

シェリダンがふたたび目を開けたとき、部屋の奥の緑色のカーテンの隙間から、明るい日の光が漏れていた。婚約者は彼女の手を握ったまま、ベッドの傍らの椅子でぐっすり眠っている。上着を脱ぎクラバットをはずして襟もとをはだけ、ベッドの上に投げだした両腕に頭をあずけた格好だ。顔は彼女のほうを向いていたので、シェリダンは恐る恐る枕の上で頭を動かしてみた。そして、できるだけそっと動けば、頭がずきずき痛まないとわかると、ほっとため息をついた。

深い眠りのあとの穏やかなまどろみのなかで、シェリダンは自分が結婚することになっている男性をぼんやりと眺めた。肌が日に焼けている。戸外で過ごしているようだ。豊かな髪は黒みがかった濃い茶色で、襟足がシャツの襟にかからない長さに美しく切りそろえられていた。窮屈な格好で眠っているので、髪が乱れていたが、長い黒い睫毛と相まって、どこか少年のような愛らしさを感じさせた。だが、そのほかには少年を感じさせる部分はひとつもなく、彼女は魅力を感じるとともに説明できない不安も覚えた。うたた寝をしているときでさえ、意志の強さがうかがえるあごには、ひげがうっすら影のようにのびはじめている。まっすぐな濃い眉は、夢のなかでだれかをにらみつけているかのようだ。上等な白いシャツから透けて見えるのは、力強く張りつめた肩や腕。胸毛が開いた襟もとからのぞき、前腕をうっすらと毛がおおっている。形のよい鼻、輪郭の整ったあご、長い指。どこから見ても男らしい魅力にあふれ、頑固で妥協を許さない性格を感じさせた。

そして、たとえようもなくハンサムだった。

ああ、なんてすてきな男性だろう!

彼の顔からしぶしぶ視線をそらし、シェリダンははじめて周囲を見た。緑色と金色で統一された部屋のまばゆい豪華さに驚いて、目を見張った。淡いアップルグリーンの絹が壁と窓をおおい、ベッドの天蓋から優雅に流れ落ち、輝く金色の紐や房飾りで結びつけられている。部屋の奥にある大きな暖炉はみごとな緑色の大理石で、四隅には金の小鳥が飾られ、真鍮の装飾金具がつけられていた。暖炉の前には、淡い緑色の波紋柄の絹地を張った曲線を描くソファが向かい合わせに二脚、そのなかほどに低い楕円形《だえんけい》のテーブル。

彼女は視線を自分のすぐそばで眠っている、黒っぽい髪の男性に戻した。すると、少しだけ力が湧くような気がした。どうやら、自分はとても幸運らしい。婚約者は息をのむほどハンサムなうえ、あきらかに非常に裕福な男性だ。しかも、こんなに苦しい体勢のまま晩じゅうついていてくれた。ということは、自分をとても愛してくれているに違いない。

彼はきっと、情熱的に求愛して、結婚を申しこんだのだろう。シェリダンはきつく目を閉じて、彼について、あるいは自分の過去について、どんな小さなことでも思い出せないものかと探ってみたが、頭のなかには真っ暗な闇があるだけだった。これほどの男性に求められ愛された記憶を忘れられる女性などいないだろう。そんなことはありえない。どんなに細かいことでもすべて覚えているはずだ。急に激しい狼狽《ろうばい》を感じながら、心を強く持つようにと、彼女は自分に強く言い聞かせた。彼がささやいたに違いない言葉を、心のなかで言ってみた。「どうか、ぼくの妻になってほしい、ミス……」自分の名前がわからなかった。わたしはいったいだれなのかしら？

落ちつかなければ！　なにかほかのことを思い出そう……彼がささやいてくれた甘い言葉を。シェリダンは必死で自分に言い聞かせた。呼吸が速くなっていることも、爪が食いこむほど強く彼の手を握りしめていることも気づかずに、意識を集中しようとした。ふたりで一緒に過ごした記憶を呼び覚まそうとした。彼はすばらしい求婚者として、礼儀正しく優雅にわたしに接していたはずだ。花を贈ってくれ、きみは美しく頭もよく魅力的だと褒め言葉も贈ってくれたことだろう。そんな女性でなくては、彼のような最高の男性の心を射止めることはできないはず……。

わたしはなんと答えたのだろうか。気のきいた答えをさがしたが、頭のなかは空白だった。なにか魅力的な言葉を考えようとしたが、頭は真っ白なままだった。なんとか平静を保とうとして、自分の顔を思い出そうとしてみた。わたしの顔は……。

自分の顔がわからない。

よく知っているはずの自分の顔が心に浮かばない。

なんとか心を落ちつかせようと必死になったけれど、恐怖で全身が震えだした。自分の名前が思い出せない。彼の名前も思い出せない。自分の顔さえ、わからないのだ。

まどろんでいたスティーヴンは、急に手を万力で強く挟まれたような感覚を覚えた。痛みから逃れようとしたが、しっかり挟まれていて、どうしても手が抜けない。手の感覚がなくなるほどの苦痛の正体を確かめようと、三日間眠っていなかったせいで重くてたまらないまぶたをやっとのことで開いた。ベッドに横たわっている女性が見えた。それは飛び起きるほど驚く光景ではないように思えたので、彼は強く握られていた手を動かして少し緩めただけで、ふたたび目を閉じた。だが、女性に対する礼儀は幼少のころから頭に叩きこまれていたし、彼女がかなり取り乱したようすだったので、しっかり目を閉じて深い眠りに沈む前に、自然に「どうしたのかい？」と問いかけることができた。

彼女の声は驚きで震えていた。「自分がどんな顔をしているのか、わからないんです！」

自分の容姿にこだわる女性は多いが、この女性の心配事は、妙にばかばかしいもののようだ。彼女に手を強く握られて「わたしはどんなふうに見えますか？」と必死に訊かれても、目を開ける気にはなれなかった。

「すばらしく美しい」彼は口先だけで答えた。体じゅうが痛くてたまらなかった。どうやら彼女だけがベッドに寝ているようだ。そこで一緒に眠らせてほしいと頼もうとした矢先に、押し殺した泣き声が聞こえてきた。その声から顔をそむけ、自分はいったいなにをして彼女を泣かせたのかと考えた。なんであれ、罪滅ぼしにちょっとしたプレゼントを――ルビーのブローチがいいだろうか――贈るよう秘書のウィートンに言っておこう。女性が急に涙を流すとき、たいていの場合、それは高価な宝飾品が欲しいからなのだ。うとうとしながらスティーヴンはそんなことを思っていた。

泣き声はますます激しくなり、彼女は体を震わせてしゃくりあげだした。これほど感情を爆発させるからには、たんにドレスを褒めなかったとか、劇場へ連れていく約束を破ったとかではなく、もっとひどいことをしてしまったに違いない。この代償は、ダイヤモンドのネックレスになりそうだ!

すすり泣きが激しくなり、彼女が体を波打つように大きく震わせるのが伝わってきた。これでは、ネックレスとおそろいのブレスレットも必要かもしれない。

心も体も疲れはてたスティーヴンは夢とうつつのあいだを漂っていた。深い眠りの至福に手をのばしかけたとき、彼女が発した言葉が彼を強く引きとめた。「自分がどんな顔なのかわからない……わからない……わからないの」

スティーヴンはぱっと目を開けて、体を起こし、彼女を見た。彼女は反対側を向いて、泣き声が漏れないように左手で口をふさぎながら、苦しげに全身を震わせていた。目を閉じていたが、涙が長い睫毛を濡らして流れ、青白い頬を伝っている。心が張り裂けんばかりの悲しみようだ。ただ、意識はしっかりとしているようなので、スティーヴンは彼女の涙に対する罪悪感よりも、安堵感のほうを強く感じた。

「すまなかった。うつらうつらしていたので、きみの質問を理解できなかった」スティーヴンは早口に言った。

彼の声にシェリダンは一瞬身をこわばらせたが、なんとか感情を抑えようとつとめてから、枕の上で頭を巡らせて彼のほうを見た。

「どうしたの？」彼は意識して落ちついたなだめる口調で言った。

彼がひどく消耗しきっているのに気づいて、シェリダンははっと涙をのみこんだ。何日ものあいだ、死ぬほど心配していたに違いない。それを思えば、一時的に思い出せないだけなのに子供のように泣いたことが愚かで、恩知らずな行為に感じられた。たしかに理解しがたい恐ろしい状況に陥ってはいるが、手足を失ったのでも、あとわずかの命だと宣告されたのでもない。シェリダンはどんなに苦しくても希望を失わない天性の心の強さで、震えながら息をつくと、申し訳なさそうにほほえんだ。「変だと思われるでしょうけど、自分がどんな顔をしているのかわからないんです。だから——」それがどれほど恐ろしいかを話して彼を苦しめるのは気がひけたので、彼女はひと呼吸置いた。「些細なことに思われるかもしれませんけれど、ちょうどあなたも目を覚まされたようなので、わたしがどんなふうか、少しだけ教えてくれませんか？」

恐怖心を必死に抑えて、安心させようと気丈にふるまっているのだと、スティーヴンにはわかった。その涙ぐましい勇気が彼の心を打った。「どんなふうかと訊かれても……」彼は時間を稼ごうとした。彼女の髪の色を知らないし、もし彼女が鏡で自分の姿を見たらどんな反応を示すかが怖かったので、なんとかしてジョークでやりすごそうとした。「泣いていたせいで、目が真っ赤に腫れている」彼はほほえみながら彼女の目を盗み見て、もっと情報を集めようとした。「でも……とても大きくて……色は灰色だな」そう言いながら、彼は感嘆せずにはいられなかった。

すばらしい瞳だ。中心部は明るい銀灰色、縁の部分は黒で輪郭がくっきり描かれ、長い睫毛で縁取られている。

「灰色なのですか？　好きになれそうにないわ」彼女はがっかりした。

「きっと、涙をためたら水銀みたいに輝くだろうよ」

「なら、そんなに悪くもないのでしょうね。ほかの部分はどうですか？」

「そうだな、顔色は青白く、頬には涙の跡がある。だが、かなりの美女だ」

一瞬、彼女は泣いているのか笑っているのか怯えているのか、曖昧な表情になった。やがて微笑が浮かんだので、スティーヴンは驚きつつも安心した。「髪の色は何色？」

「いまは……髪は大きな白い……その……ターバンに隠れている。きみも知ってのとおり、ベッドの中でもターバンをするのが、すっかり流行《はや》っているね」スティーヴンは言葉をにごした。事故の晩、明かりは暗かったし、髪はおおわれていた。最初に会ったとき、彼女は帽子をかぶっていたし、すぐに事故のせいで血に染まってしまった。それでも、睫毛が茶色なので、髪も茶色だろうと推測した。「きみの髪は茶色だよ。ダークブラウンだ」彼は断言した。

「答えるのにずいぶん時間がかかりましたね」

彼女は彼をじっと見た。疑っているのではなく、困惑しているようすだ。

「観察力がうまく働かなくなることがあってね——対象によって」言い返しはしたものの、説得力が弱いと彼は思った。

「鏡を見せてもらえます？」

もし鏡で見ても自分の顔だとわからなかったら、彼女がどのような反応を示すのか想像がつかなかったし、頭に巻いた大きな包帯と、こめかみにどす黒く残るあざを見たら、パニックを起こしてしまうかもしれない。鏡を見せるならば、投薬や治療が必要になる場合に備えてホイッティコムに同席してほしかった。「それはまた今度にしよう。明日なら大丈夫かもしれない。あるいは、包帯がとれてから」スティーヴンは言った。

シェリダンは彼が鏡を見せたくない理由が想像できた。ショックのあまりパニックに陥りたくはなかったし、もうこれ以上彼に負担を強いるのもいやだったので、先ほどのターバンの話を蒸し返した。「ターバンはとても実用的だわ。ブラシやくしを使わなくてもいいから」

「そのとおりだ」こんなに苦しい状態なのに彼女が優雅さと勇気を失っていないことに、スティーヴンは感心していた。こうして話ができるほど回復してくれたことに感謝し、さぞ苦しいだろうにこちらを配慮して自然な口調を心がけていることに感嘆する。彼は思わず彼女の手をやさしく握り、すばらしい銀色がかった瞳を見つめてほほえみながら、「痛みは大丈夫かい？　気分はどう？」と尋ねた。

「頭が少し痛いけれど、大丈夫です。見た目ほど気分は悪くないので、どうぞ心配しないで」彼女はかすかにほほえみながら、またしてもさりげない口調で答えた。

　彼女の声は柔らかくやさしく、言葉は率直で飾り気がなかった。さっきまでは女らしく外見を気にしていたのに、今度は自分がかなりひどいようすであることを冷静に受けとめて、さらにそれをジョークにまでしてみせた。ここまでのやりとりからして、どうやら気取りや自惚《うぬぼ》れとは縁のない、驚くほどユニークな女性で、きっとそのほかにも美点がたくさんありそうだ。

　それに気づいた瞬間、スティーヴンは残念なことにもうひとつ気づいてしまった。喜びは消え、握っていた彼女の手をあわてて放した。自分がしていることも、彼女について考えていることも、自然ではなく、正しくもないのだ。彼女が信じている事実とは違って、自分は彼女の婚約者ではない。それどころか、婚約者を死に追いやった男なのだ。一般常識に照らしても、死なせてしまった若者への贖罪《しょくざい》という点からしても、彼女とは精神的にも肉体的にも距離を保つべきだ。自分はこの地上でもっとも彼女にふれることが許されない男、いかなる立場でも個人的に彼女に思いを寄せることが許されない男なのだ。

　これ以上ここにいるべきではないと思ったスティーヴンは、両肩を回して痛みをほぐしながら立ち上がった。そして、最後にもうひと言ささやいた。「結局のところ、いまのきみがどう見えるかといえば、おしゃれなミイラ、といったところだな」

　その言葉に彼女は少しだけ笑みを浮かべたが、すっかり疲れているのは一目瞭然だった。

「あとで朝食を侍女に運ばせよう。ほんの少しでもいいから、食べると約束してほしい」彼女がうなずくのを見届けて、スティーヴンはドアへ向かった。

「ありがとう」背中に向かって彼女が静かに声をかけると、彼は困惑したように振り返った。

「なにが？」

気取らない瞳が、なにかをさがすように彼を見ていた。まるで彼の汚れた魂までまっすぐ見通せるかのように。けれど、彼女はあきらかに彼の本当の姿を誤解していた。なぜなら、その柔らかな唇に温かい笑みを浮かべて、「ひと晩じゅう一緒にいてくれて」と言ったからだ。

純真な感謝の言葉が彼の罪悪感を強くした。本当は悪者なのに、勇敢な白馬の騎士だと思いこませているような、後ろめたさを感じた。スティーヴンはわざとらしく小首をかしげながら、自分の正体を明かすべくにやりと笑った。「ともに一夜を過ごした美女から感謝されたのは、これがはじめてだ」

彼女は混乱した表情を浮かべたが、スティーヴンは安堵感を覚えていた。自分の本性についての告白めいた言葉を口にしたのは、罪の赦《ゆる》しを望んだからでもなく、償いのつもりでもなかった。彼にとってそのとき一番重要だったのは、彼女と正直に接することによって、強い罪悪感から少しでも逃れることだった。

自分の部屋に向かって長い廊下を歩きながら、スティーヴンは数週間、いや、数カ月ぶりに気力がみなぎるのを感じていた。シャリース・ランカスターは完治に向かっている。それについては百パーセントの確信が持てた。彼女はきっと危機を乗り越えるだろう。となれば、そろそろ彼女の父親にこの事故について報告し、しばらくすれば回復する、と伝えられるということだ。とにかく父親をさがさなければ。事務的な手続きはすべて、顧問弁護士のマシユー・ベネットとその部下たちにまかせることにしよう。

11

スティーヴンは読んでいた手紙から目を上げ、部屋へ入ってきた三十代前半の明るい髪色の男性にうなずきかけた。「すまないね、パリで休暇を楽しんでいたのに。緊急なうえに、デリケートな問題なので、直接きみに頼みたいと思って」彼はマシュー・ベネットに言った。

「お役に立てれば幸いです、閣下」弁護士はためらいなく答えた。スティーヴンが机の正面の革張りの椅子を身振りで示し、ベネットはそこへ腰をおろした――やっととれた休暇から呼び戻され、今度は手紙を読み終わるまで待たされていることに、ベネットはなんの疑問も感じていなかった。ベネット家は何世代にもわたってウェストモアランド一族の弁護士を務めるという栄誉を与えられてきた。その栄誉と莫大《ばくだい》な報酬には、いつどこにいても求めに応じて駆けつける義務がついているのは十分承知していた。

ベネットは親族が営む弁護士事務所ではまだ若手だったが、ウェストモアランド一族の事業内容に精通していたし、数年前には伯爵の兄であるクレイモア公爵から、とてつもなく珍しい個人的な仕事を依頼されたこともあった。そのときベネットは公爵の仕事をまかされたことに少々気おくれして狼狽もし、いざ仕事の内容を聞いたときには、見苦しく冷静さを失ってしまった。だが、その後、年齢を重ね、知識や経験も豊かになり、伯爵から特別に指名される〝デリケートな〟問題だろうとなんだろうと、きちんと処理できると自信満々だった。そこで、彼は完璧に落ちついて、その〝緊急〟案件の内容が伝えられるのを待っていた。なにかの契約の条件を変更したり、遺言書に変更を加えたりする場合に備えて、助言する心の準備をしていた。〝デリケートな〟と言うからには、おそらく個人的な事柄が含まれている可能性が高いだろう。だとしたら、伯爵が現在交際している愛人への資産分与か、秘密裏の慈善のための寄付かもしれない。

スティーヴンはベネットをそれ以上待たせるのをやめ、管財人から来たノーサンバーランドの領地に関する手紙を脇に置いた。椅子の背に頭をもたせかけて、高い天井に描かれている手の込んだフレスコ画をぼんやり眺め、管財人の手紙から、もうひとつの問題、つまりもっと複雑なシャリース・ランカスターの問題へと、気持ちを切りかえた。話をはじめようとしたところで、執事が礼儀正しく空咳をしてから深刻な口調で言った。「閣下、ミス・ランカスターがどうしてもベッドから出るとおっしゃっています。どうしたらよろしいでしょうか?」スティーヴンは遅ればせながら、それがバールトンに仕えていた年配の男であることに気づいた。

スティーヴンは頭を動かさずに視線だけを執事へ向けた。彼女の具合がよくなっている証拠なので、小さく笑みを浮かべていた。「少なくとも一週間はベッドから出ていただくわけにはいかないと言ってくれ。それに、夕食の後でぼくが行くと伝えてほしい」冷静沈着が売り物のマシュー・ベネットの顔にショックと驚きと困惑がありありと浮かんだことにも、自分の言葉から彼が誤った結論を導きだしたことにも気づかず、スティーヴンはいよいよ本題に入ろうとして「じつは婚約者がこの家にいる」と切りだした。

「それは、心からお祝い申しあげます！」ベネットがすかさず言った。

「ぼくの婚約者ではない。アーサー・バールトンの婚約者だ」

かなり長い間《ま》があって、ベネットは驚くべき事実を耳にしたときの適切な反応をなんとかひねりだした。「でしたら、その……その紳士に私の祝意をお伝えくださいますか？」

「それはできない。バールトンは死んだ」

「お気の毒に……」

「ぼくが殺した」

「となると、ひどく厄介ですね」驚きのあまりベネットは思ったままを口にした。決闘は法律で禁じられているし、最近では裁判所の対応も厳しい。そのうえ、死んだ男の婚約者が伯爵のベッドにいるという事実は、裁判になればすこぶる都合が悪い。早くも、弁護士はどのように弁護すればいいかと考えはじめていた。「凶器は剣ですか、拳銃ですか？」

「いや、馬車だ」

「なんとおっしゃいました？」

「馬車で轢いたのだ」

「それはまた、変わったやり方ですね。ですが、そちらのほうが弁護はしやすいです」ベネットは必死に頭を回転させているために、伯爵が自分に向けている奇妙な視線にも気づかずに続けた。「もし本気で殺意を抱いたとしたら、あなたは決闘を選択したはずだと主張すれば、判事を説得できるかもしれません。なにしろ、あなたの拳銃の腕前は有名ですから。それを証明する証人なら何十人だって集められます。たとえば、セオドア・キタリングなら申し分のない証人でしょう――あなたが肩を撃ち抜くまでは、射撃の名手でしたから。いやいや、彼ははずすべきだな。恨みを持っているかもしれないし、あの決闘のことが法廷で公表されてしまいます。キタリングの証言などなくても、バールトンの死はあなたが意図したものではないと、法廷で証明できるはず。成り行きで偶発的に起きたこと、要するに事故みたいなものだと証明すればいい」自分の論理にすっかり満足したベネットは、あらぬ方向を見つめていた思慮深い視線を戻して、ようやく伯爵をまともに見た。

伯爵はとてもゆっくりした歯切れのいい口調で言った。「こんな質問をするのは恐ろしいほどばかげているが、きみはいったい、なんの話をしている？」

「と、おっしゃいますと？」

「もしかしたら、ぼくが故意に轢き殺したと思っているのか？」

「はい、そのとおりかと」

「もうひとつ訊きたいのだが、ぼくがそんなまねをするとしたら、どんな理由があってのことかな？」

「おそらくは、なにかしらの関係があるのではないでしょうか……その……あなたの……寝室を離れることを許されない若い女性の存在と……」

とたんに、伯爵ははじけるように大きな笑い声をあげたが、それはまるで笑いを禁じられているかのような、ぎごちなさを感じさせる笑い声だった。

「なるほど。ぼくはなんと愚かなのだろう。きみがそう思いこむのは無理もないことだな」

スティーヴンは椅子にかけたまま姿勢を正すと、歯切れのよい事務的な口調で説明しだした。

「先週のことだが、上の階にいる若い女性——シャリース・ランカスター嬢が、アメリカからイングランドに到着した。ランカスター嬢はバールトン卿の婚約者で、ふたりはその翌日に結婚する予定だった。ぼくは彼の死に責任があったし、事の次第を彼女に話す必要があると思ったから、当然ながら船の到着に合わせて桟橋へ出向き、悲報を伝えた。桟橋で話していたら、どこかの愚か者が吊りあげた積み荷の操作を失敗して、不幸にもそれが彼女の頭を直撃した。侍女以外に同伴者がなく、重傷なので当面はイングランドから動けない。そこで、頼みだが、彼女の家族に事情を知らせ、家族がこちらへ来たいということならば、迎えに行って連れてきてほしいのだ。もうひとつ、バールトン卿が残した問題をすべて後始末したい。必要な措置を講じられるように、彼に関して可能なかぎり完璧な調査書を作成してくれ。少なくとも、死ぬまでに返済する暇がなかった負債をきれいにすることはできるだろう」

「はい、わかりました！」ベネットは伯爵の意図が正しく理解できたことにほっとして、ようやく笑みを浮かべた。

「それは結構だ」

机の上の鷲《わし》ペンと紙を手にして、ベネットは尋ねた。「では、その女性のご家族はどこにお住まいですか？　それから、親族のお名前は？」

「わからない」

「……ご存じないのですか？」

「知らない」

「もしできれば」ベネットは細心の注意と敬意を払いながら提案した。「その令嬢にお尋ねすることはできますでしょうか？」

「できるかもしれない。たぶんなにも聞きだせないだろうが」スティーヴンは淡々と答えた。だが、弁護士が気の毒に思えて続けた。「彼女は頭にけがをした。重傷だったので記憶を失ってしまった。ホイッティコム医師は一時的な症状だと診断しているが、けがはだいぶ回復したものの、残念ながら記憶はまだ戻らない」

「それはじつに残念です」ベネットは心から言って、その令嬢を心配するあまり伯爵が心ここにあらずの状態になっている場合を考えて、そつなく提案した。「もしかしたら、令嬢の侍女が力になってくれるのではありませんか？」

「たしかにそのとおりだろう。侍女がどこにいるかわかれば、の話だが」スティーヴンは弁護士が感情を顔に出さないように懸命になっているようすを、心の奥で楽しんで見ていた。「事故のあと、すぐに船室へ人をやったのだが、侍女は見つからなかった。船員のひとりによれば、侍女はイングランド出身なので家族のもとへ帰ったのだとか」

「なるほど」

ベネットはまたしてもあまり動揺を表に出さないようにつとめた。「でしたら、まず船の聞き込みからはじめましょう」

「船は翌朝出港してしまった」

「うーん、そうですか。では、荷物は？　家族の所在地について、なにかヒントになるようなものがありましたか？」

「あったかもしれない。残念ながら、トランク類は船に積んだままだった」

「それはたしかですか？」

「間違いない。事故の直後は、けがの手当てを受けさせることだけで手一杯だった。翌日、荷物をとりに行かせたが、〈モーニングスター号〉はすでに出航したあとだった」

「となれば、船会社に問い合わせましょう。乗客名簿とトランクのリストがあるはずです。アメリカのどこから乗船したかもわかるでしょう」

「船会社をあたってくれたまえ」スティーヴンは賛成して、話はここまでだと立ち上がり、ベネットも与えられた仕事に早くとりかからねばと席を立った。

「植民地には一度しか行ったことがありませんが、もう一度訪問するのにやぶさかではありません」ベネットが言った。

「すまないね、休暇中だったのに」スティーヴンはふたたび言った。「だが、急を要する理由がもうひとつあるのでね。彼女の記憶が戻りそうなきざしがまるで見えないので、ホイッティコムが心配しはじめている。家族や知人に会えば、いい影響があるのではないかと、ぼくは期待しているのだ」

12

約束どおり、スティーヴンはその晩、彼女に会うために二階の部屋を訪れた。毎日二回、ここを訪れるのを日課にしていた。訪問はできるだけ短くして、事務的にすますようつとめていたのだが、いつしかこの部屋へ来るのを楽しみにするようになっていた。ドアをノックしたが返事がなかったので、少しためらってから、もう一度ノックした。それでも返事がない。つねに侍女が付き添うようにと指示したのに、あきらかに守られていないようだ。さもなければ、使用人が居眠りでもしているのだろうか。どちらにしても腹立たしいが、とにかくなによりも、けが人の身が心配だった。彼女はベッドから出たがっていた。もし、ぼくの言いつけにそむいて勝手にベッドから出て、手を貸す者がだれもいない部屋で転んだりしたら……もしや、ふたたび意識を失っていたりしたら……。

スティーヴンはドアを押し開けて、大股でなかへ入った。部屋は空っぽだった。困惑と苛立ちに襲われながら、ベッドを見た。きちんと整えられている。あの愚かな女性は、ぼくの言葉に従わず、しかも侍女までもが指示を守っていない！

柔らかな音がして、彼ははっと振り返った。そして、凍りついた。

「入っていらっしゃるのに、気づかなくて」客人である女性が化粧室から出てきた。彼女はサイズが大きすぎる白い化粧着を着て、頭を青いタオルでゆるやかにおおい、ヘアブラシを片手に素足で目の前に立っていた。気取りもなく、彼の指示を無視したことへの反省の色もまったくない。

ほんの一瞬だったとはいえ、気が動転するほど心配したスティーヴンは、思わず怒りを感じたが、それはすぐに安堵に変わり、やがてどうしようもなく楽しい気持ちになった。彼女はカーテンから拝借した金色の紐を腰のあたりに結んで、白い化粧着の前をとめていた。長い裾からのぞくつま先と、頭からベールのように垂れている薄い青色のタオルのせいで、まるで素足の聖母マリアのようだ。ただし、その表情は本物の聖母のように神々しい微笑みをたたえているのではなく、途方にくれているようにも、非難しているようにも、悲しんでいるようにも見えた。まもなく、その原因がわかった。

「あなたはよほど不注意なのですね、閣下。さもなければ目がどうかしているわ」

なんの話かまったくわからず、スティーヴンは慎重に言った。「なにが言いたいのかわからないが」

「わたしの髪です」彼女はタオルに隠した髪を非難するように指さしながら、情けない声で答えた。

スティーヴンは血でべっとり濡れて乱れた彼女の髪を思い出し、ホイッティコムが縫合した傷がまた出血したのだろうと思った。「大丈夫だよ、洗えば落ちるから」彼女をなだめようとした。

「いいえ、そうは思いません」彼女が暗い口調で言った。「もう試してみましたから」

「いったい、なにが――」彼は言いかけた。

「この髪は茶色ではありません――」彼女はタオルをさっととるなり、はっきり見えるように髪をひと房つかんだ。「よく見てください。これは赤でしょ！」

彼女はいやでたまらないといった口調だったが、スティーヴンはすっかり言葉を失って、カールして波打つように肩や胸もとへ流れている鮮やかなつやのある豊かな髪に、完全に目を奪われていた。彼女がつかんでいた手をゆるめると、髪はまるで液体の炎のように指をすり抜けた。「なんという……」彼は思わず息をのんだ。

「こんな……こんな恥ずかしい色だなんて！」彼女は悲しげに言った。

本物の婚約者ならば髪の色を知らないはずがないし、じっと見つめて立ちつくしたりするはずもないと、ようやく気づいたスティーヴンは、これまで一度も目にしたことのないすばらしく個性的な髪から、しぶしぶ目をそらした。「恥ずかしい色、かな？」彼は笑いだしそうになった。

彼女はうなずいて、我慢できないというように、額から落ちて左目にかかったつややかなおくれ毛を乱暴に払いのけた。

「気に入らないのだね」彼は手短に言った。

「もちろんです。だから、本当の色を教えてくれなかったのですか？」

彼女が意図せずに差しだしてくれた言い訳に飛びついて、スティーヴンは首を縦に振り、視線をその魅惑的な髪に戻した。磁器のような肌と繊細な顔立ちを際立たせる、最高の額縁に思えた。

彼の表情に嫌悪感がみじんもないことに、シェリダンはようやく気づいた。むしろ、彼は……称賛しているようだ。「あなたは気に入っているの？」

そのとおりだ。彼女のことはなにからなにまで気に入っていた。「ああ、好きだよ」彼はさりげなく答えた。「赤い髪はアメリカでは好かれないのかな？」

シェリダンは答えようと口を開いたが、答えがわからないことに気づいた。「わたし……わかりません。それに、イングランドでも好かれないと思います」

「なぜそんなふうに思うんだい？」

「身のまわりの世話をしてくれた侍女に何度も訊いたら、やっと教えてくれました。こんな色の髪は一度も見たことがないって。すごく驚いていたわ」

「一番大切なのは、だれの意見かな？」スティーヴンは上手に言い返した。

「ええ、そう言われたら……」彼の温かい微笑みを受けて、シェリダンははにかみながら体を火照らせた。彼は本当に美しい。男らしい、強い美しさだ。彼から目を離すのは難しいし、イングランドの大勢の女性を差しおいて、本当に自分が選ばれたと信じるのはもっと難しかった。一緒にいるととても心地よく、彼のユーモアややさしい態度も好ましかった。彼が部屋を訪れるのを楽しみに待っていた。けれど、訪問はいつもとても短く、ゆっくり話すこともなかった。そのため、彼女はいまだ自分自身についても彼についても、あるいは過去のふたりの関係についてもなにも知らないままだった。すぐに戻るかもしれない気まぐれな記憶が答えをくれるのを待ちながら、毎日あてもなく過ごすのには我慢ならなくなっていた。

彼の言うことも理解できた。頭に負担をかけすぎると体に悪いというのだ。でも、もう体は回復している。だから、ベッドから出て、入浴し、髪も洗い、化粧着を身につけた。すっかりよくなったから、質問をしたり、答えを聞いたりできるのだと、証明してみせるためだった。足もとはふらついたが、それはずっとベッドで寝ていたせいかもしれないし、彼がいるとときどき感じるなんとも言えない緊張感のせいかもしれない。

暖炉のそばに、座り心地のよさそうな絹地張りのソファが置かれていた。彼女はそちらへうなずきかけて尋ねた。「座ってもいいでしょうか？　ずっとベッドにいたので、足が弱って疲れやすくなってしまったようです」

「もっと早く言えばよかったのに」スティーヴンは彼女が通りやすいように少しさがった。

「許されるのかどうか、わからなかったので」

彼女はソファの上で素足を抱えて体を丸め、化粧着で体をしっかりおおった。彼女が忘れてしまっているのは名前や髪の色だけではないと、スティーヴンは気づいた。育ちのいい若い女性は、夫でもない男性の目の前でそんな姿を見せたりはしない。彼のほうは、それを忘れてはいなかったし、その場にいることに罪の意識を感じてもいた。だが、そこにいたい気持ちに負けて、どちらの問題にも目をつぶることにした。「なぜ、座ることが許されるのかどうかわからないのかな?」

困惑した彼女が視線を暖炉へ移すと、スティーヴンは美しい顔を眺められなくなってがっかりしたが、彼女がふたたび自分のほうを見ると、単純にもそれだけでうれしくなった。

「侍女のコンスタンスから聞いたのです——あなたは伯爵だと」

彼女の表情は、それを否定してほしいと望んでいるように思えた。そんな女性にはこれまで出会ったことがなかった。

「それで?」黙ってしまった彼女に、スティーヴンは続きをうながした。

「礼儀作法を守って〝閣下〟と呼ばなければいけないのですよね」彼が眉を上げただけでなにも答えなかったので、彼女はさらに続けた。「記憶にあるかぎりでは、王様の前では命じられるまで座ってはいけないはず」

スティーヴンは大声で笑いだしそうになる衝動を抑えた。「だが、ぼくは王様じゃない。ただの伯爵だ」

「ええ、でも、この場合どんな礼儀作法がふさわしいのか、よくわからなくて」

「王様とは違うさ。それに侍女だが、いったいどこにいる? きみをひとりにしないよう、念を押しておいたのに」

「わたしが下がるように言いました」

「きみの髪について失礼な態度をとったからか?」彼は大声になった。「それなら——」

「いいえ。明け方からずっと付き添ってくれていて、とても疲れているようだったからです。

部屋の掃除も終わったし、それに子供のようにお風呂に入れてもらうのはいやですもの」

スティーヴンは驚きながら話を聞いていたが、そもそも彼女には驚かされるばかりだった。決心したような表情で、かすかに震えながら宣言した内容にも驚かされた。「今日、決めたことがひとつあります」

「もう決めたのだね」彼女の真剣な表情にスティーヴンはほほえんだ。実際にはなにひとつ決められる立場にないのだが、それを指摘する気にはなれなかった。

「はい。記憶をなくしたことに対処する最善の方法は、それが一時的な不都合にすぎないと信じて、そのつもりで暮らすことだと決めました」

「それは、すばらしい考えだ」

「でも、いくつかお訊きしたくて」

「なにを知りたい？」

「ごく普通のことです」彼女は笑いでむせそうになりながら言った。「何歳かとか、ミドルネームがあるか、とか」

冷静を保とうとしていたスティーヴンだったが、すばらしく勇敢なユーモアのセンスに笑いだしたくなった。同時に、彼女をソファに押し倒してつややかな髪に手を差し入れ、唇を重ねたい衝動にかられた。彼女は愛らしく魅惑的で、化粧着とカーテンの紐という姿なのに、彼がこれまで出会った、どんなに豪華に着飾った――あるいはなにも着ていない――高級娼婦《しょうふ》よりも魅力的だった。

バールトンは彼女をベッドへ連れていきたくて、身を焦がす思いだったに違いない。到着したら翌日に結婚するつもりだったというのも当然だ……。

ふいに罪の意識が襲ってきて、彼女の魅力に酔っていたスティーヴンの心を、後悔が酸のように蝕《むしば》んだ。彼女の向かいに座っているのは、自分ではなくバールトンのはずだった。彼女とともに心地いい瞬間を楽しむのも、素足の彼女がソファの上で丸くなっているのを見るのも。頭のなかで服を脱がせ、ベッドに連れていく権利があるのも。きっとバールトンは、船を待つあいだ、そればかりを考えていたに違いない。

ところが、バールトンは棺《ひつぎ》に横たわり、彼の命を奪った男が花嫁との夕べを楽しんでいる。いや、心地よい夕べを楽しんでいるだけではなく、彼女にみだらな欲望さえ抱いたのだ。

彼女に惹《ひ》かれるなんて、節度を欠いている！　正気とは思えない！　気晴らしが必要なら、ヨーロッパじゅうの美女たちから、いくらでも選ぶことができる。洗練された女性、純朴な女性、機知に富んだ女性、まじめな女性、積極的な女性、ひっこみ思案の女性、ブロンド、ブルネット、もちろん赤毛も――望みさえすれば、思いのままだ。この女性に道ならぬ思いを抱く理由など、いくらさがしても見つからない。欲情した若者や老いぼれた好色漢のように、熱をあげる理由などない。

彼女の静かな声で、スティーヴンは激しい自己嫌悪からふと我に返ったが、強い罪悪感はまだ残っていた。「それがなんにせよ」彼女はわざと深刻ぶった口調で言った。「早く消えてほしいわ」

スティーヴンの視線は、一瞬で彼女の顔へと戻った「なんだって?」

「さっきから、わたしの左の肩越しになにかにらみつけているけれど――それがなんにせよ、すぐに消えるものだといいけれど」

彼は軽く笑った。「物思いにふけっていた。すまなかった」

「いいえ、謝る必要などないわ!」彼女は心配そうな表情を見せた。「ひどく顔をしかめていたから、それがさっきの質問の答えを考えていたせいじゃないとわかって安心しました」

「悪いが、質問のことはすっかり忘れてしまっていた」

「わたしの年齢は?」彼女は繊細な眉を上げて、もう一度尋ねた。「ミドルネームがありますか?」その気軽な口調とはうらはらに彼女がとても注意深く観察しているのにスティーヴンは気づいた。探るように見つめられて、一瞬たじろぎ、当面の話題に集中しなければと自分に言い聞かせる。と、彼女のほうが先に、わざと大げさに深刻なため息をついて沈黙を破り、こんな警告をした。「ホイッティコム先生は、わたしの症状は記憶喪失と呼ばれるもので、伝染しないとおっしゃいました。ですから、もしあなたが自分も同じ症状のふりをして、それが普通なのだと思いこませようとしても、だめですよ。では、もう少し簡単な質問からはじめましょうか? あなたのフルネームを教えていただけませんか? あなたの年齢は? どうぞ、ゆっくり考えて答えてくださいね」

もし、彼女に惹かれるのは罪深いことだと思っていなかったなら、スティーヴンは笑い声をあげていただろう。「年齢は三十三歳。名前はスティーヴン・デイヴィッド・エリオット・ウェストモアランド」

「なるほど、それでわかったわ！　そんなに長い名前では、思い出すのに時間がかかっても無理ありません！」彼女は冗談を言った。

思わず笑みがこぼれそうになって唇が引き攣れたが、スティーヴンはわざと彼女をたしなめて笑みを消した。「ずいぶん生意気な口をきくんだな。もう少し敬意を払ってもらえるとありがたいが」

しおらしい態度をとるわけでもなく、反省するでもなく、彼女は首をかしげて興味深げに尋ねた。「それはあなたが伯爵だから？」

「いいや、ぼくのほうが大柄だからだ」

彼女の笑い声は鐘の音が奏でる調べのように響いた。思わず誘いこまれて一緒に笑いそうになったスティーヴンは必死に表情を保った。

「これまでのところ、わたしは生意気な女で、あなたのほうが大柄だということがわかりました」彼女は無邪気な表情で笑いかけた。「では、あなたはわたしよりも年上なのですよね？」

スティーヴンはうなずいた。

「何歳違いなの？」彼女はすかさず尋ねた。

「しぶとい性格のようだな？」自分の質問へ話題を戻す彼女の巧みさに、スティーヴンは舌を巻きつつも、それを楽しんでいた。

まじめな表情になった彼女の灰色の瞳はとてつもなく魅力的だった。「わたしが何歳なのか教えてください。ミドルネームがあるかどうかも。それとも、ご存じないの？」

彼は知らなかった。それに、これまでベッドをともにした女性たちの年齢やミドルネームも知らないことが多かった。彼女が婚約者のバールトンと過ごした時間は短かったはずだから、真実を伝えるのが最良の策に思えた。「じつのところ、そのふたつはどちらも話題にならなかったことがない」

「それなら、家族は――わたしには家族がいるのでしょ？」

「母上はすでに亡くなられて、父上はひとり身だ。兄弟姉妹はいない」スティーヴンは、バールトンの執事から聞いた話を思い出しながら、なんとか切り抜けた。

彼女はうなずいて納得してから、彼にほほえみかけた。「わたしたちはどうやって知りあったの？」

「生まれてすぐ、きみの母親に引きあわせられたのだろう」

それをジョークだと受けとって彼女は笑った。スティーヴンは顔をしかめた。思ってもみない質問をされて、それにうまく答えることも軽く受け流すこともできないと感じていた。そもそも、なにをしても言っても、結局のところ彼女をだますことになってしまう。

「父との対面じゃなくて、あなたとどうやって出会ったかが知りたいの」

「ありきたりな出会いだ」スティーヴンはそっけなく言った。

「つまり？」

ヤンタがあったはずだ。

「紹介された」困惑が見える彼女の大きな灰色の瞳でじっとのぞきこまれるのに耐えられなくなって、彼は立ち上がり、サイドボードへ近づいた。そこにはたしか、クリスタルのデキャンタがあったはずだ。

「閣下?」

彼は肩越しに振り返りながら、デキャンタのふたをはずしてグラスに注ごうとした。

「なんだね?」

「わたしたちは深く愛しあったのですか?」

ブランデーが指を濡らし、グラスの縁から金色の盆にこぼれた。声に出さないように罵りながら、スティーヴンは考える。たとえなんと答えようと、記憶を取り戻したら彼女はだまされたと思うだろう。しかも、彼女が愛した男性が死んだのはぼくのせいなのだから、きっと結局は、ぼくをひどく憎むようになるに違いない。だが、ぼくが自分自身を憎む気持ちにくらべれば、たいしたことはない。グラスに注ぐことができたわずかなブランデーを飲み干すと、振り返って彼女に向きあった。ほかに選択肢がなかったので、にべもない答えを口にした。「ここはイングランドで、アメリカではない――」と切りだしたのだ。

「ええ、知っているわ。それはホイッティコム先生から聞きました」

彼女はこんなことまで教えてやらなくてはならない状態なのだと、心のなかでスティーヴンは顔をしかめた。それはぼくのせいなのだ。「ここはイングランドだ」彼はぶっきらぼうにくりかえした。「イングランドの上流階級では、男女が結婚する理由はいろいろあるが、どれもほぼ例外なく実利的な理由だ。アメリカ人と違って本心を露骨に表わすことは相手にも自分にも望まないし、〝愛〟と呼ばれる曖昧な感情について美辞麗句をつらねたりもしない。そういうことは、農民や詩人にまかせておく」

彼女がまるで平手打ちを食らったような顔になったのを見て、グラスを置いた手に思いのほか力が入ってしまった。「単刀直入すぎて、きみを動揺させていないといいが」と言いながら、ひどい冷血漢になった気分に襲われた。「もう遅くなった。休んだほうがいい」

かすかに会釈をして話はこれまでだと伝えてから、彼女が立ち上がるのを待ち、化粧着の前あわせからのぞいた形のよいふくらはぎから目をそらした。彼女が最後に口を開いたとき、彼はすでに手をドアノブにかけていた。

「閣下？」

「なんだね？」彼は振り返りもしなかった。

「それでも、あなたにはありますよね。そうでしょ？」

「なにがあると？」

「心、です」

「ミス・ランカスター――」スティーヴンは自分自身に腹を立て、こんな耐えがたい状況に陥ってしまったことにも腹を立てて、口を開こうとした。振り返ると、彼女はベッドの傍らで片手を支柱に置いて美しくたたずんでいた。

「わたしの名前は――」彼女が言いよどんだのを見て、自分の名前さえ思い出せないのだとあらためて思うと、彼はたまらない罪悪感に襲われた。「シャリースです。どうぞ、そう呼んでください」

「わかった」口では答えたが、彼はそうするつもりはなかった。「では、よろしければ、片づけなければならない仕事があるので失礼する」

彼が後ろ手でドアを閉めるなり、彼女はめまいと吐き気に打ちのめされて、片手で支柱をつかんだ。恐る恐る、なんとかサテンのベッドカバーに腰をおろした。疲労と恐怖のせいで、心臓が早鐘のように打っていた。

自分はなんという人間なのだろうか。あんな考えの男性と結婚したいと思ったなんて。彼はどういう人間なのだろう？　冷淡な視線や、愛について語ったときの思いやりのない態度がよみがえって胃が締めつけられた。

あんな男性に愛を誓ったなんて、いったいわたしはなにを考えていたのかしら？　なぜ、そんなことをしたの？　シェリダンは苦々しく考えた。

それでも、もしかしたらという答えが心に浮かんだ。その答えは、彼が垣間《かいま》見せたすばらしい笑みにあった。

だが、部屋を出ていくとき、彼の顔に笑みはなかった。愛について話したせいで、うんざりさせてしまったのだ。明日の朝になって、彼が来たら謝ろう。それとも、なにも言わずに、気軽で楽しい話し相手でいるよう心がけるほうがいいだろうか。

やっとのことでベッドにもぐりこんで、上掛けをあごまで引きあげた。目が冴《さ》えていたし、泣いたせいでのどが痛かった。彼女は頭上の天蓋を見つめた。もう泣いてはだめと自分に言い聞かせた。今夜、彼との関係に大きな傷をつけてしまったのは間違いようがない。でも、つまるところ、結婚の約束をしているのだ。わたしの考えに多少の誤りがあったとしても、あの人はきっと見逃してくれるだろう。でも、わたしは彼に心があるかどうか尋ねてしまった。それを思い出したとたん、こみあげていた涙があふれそうになった。

明日になれば、なにもかもよくなるわ。そう自分に言い聞かせた。まだ体が弱っているから、入浴したり髪を洗ったりしたことで疲れているだけなのだ。

明日になれば、彼がまた来てくれて、きっとすべてがうまくいくだろう。

13

三日後、ホイッティコム医師がやってきたとき、スティーヴンは秘書に口述筆記をさせている最中だった。執事に案内されて開け放たれた書斎の二重扉の前を通った医師の表情に笑みが浮かんでいるのに、スティーヴンは気づいた。だが、三十分ほどして診察を終えて階下にやってきた医師の表情はひどく厳しかった。「ふたりきりで話したいことがあります。少し時間をいただけますか?」医師は戸口に立った執事に手を振って追いやった。

いったいどんな話かとスティーヴンはいやな予感を覚えた。いらだたしげにため息をついてから秘書を下がらせ、書類を片づけて、椅子の背にもたれた。

「きちんと申しあげたはずです」秘書が後ろ手にドアを閉めて出ていくなり、ホイッティコム医師が切りだした。「絶対にミス・ランカスターを動揺させてはいけないと。記憶喪失の専門家から、厳しく念を押されているのです。それについては、しっかりお話ししたはず。あのときの話の内容は覚えておいでかな?」

スティーヴンは医師にするどく言い返したい気持ちを抑えて、「覚えている」と短く答えた。

「ならば、これはどういうことでしょうか？」医師はスティーヴンが口調に込めた警告に気づき、穏やかな口調になった。「なぜ三日間も彼女に会いにいらっしゃらなかったのです？記憶喪失のことばかり考えないように、気分転換が重要だと申しあげたはずですが」

「たしかにそう聞いた。だから、女性らしい気晴らしができるようにといろいろ手配した。本やスタイル画、刺繍《ししゅう》や水彩画の道具まで」

「あなたが提供しなかった〝女性らしい気晴らし〟がひとつあります。それは彼女が当然ながら求めているものです」

「それは？」訊いたものの、スティーヴンは答えを知っていた。

「婚約者と語りあうひととき、です」

「ぼくは彼女の婚約者ではない」

「ですが、彼女が婚約者を失ったのは、過失とはいえあなたにも責任があります。それをお忘れになったとは思いませんが」

「いまの侮辱は大目に見よう」スティーヴンは冷たく警告した。「家族ぐるみの友人である年寄りが、興奮のあまり口にした言葉として」

ホイッティコム医師は、作戦を間違えたばかりでなく、相手を追いこみすぎたのだと気づいた。机の向こうに座っている、この冷静で妥協を許さない伯爵は、もうかつてのいたずら坊主ではないことを忘れていた。新しい牡馬《ぼぼ》に乗りたくて夜中に厩《うまや》に忍びこんだあげくに骨折し、彼が手当てをしながら危険を招くことの愚かしさについて説教するあいだ、泣きもせず我慢していた勇敢ないたずら坊主は立派に成長したのだ。「興奮しすぎたようですな。椅子にかけてもよろしいですか？」

「おっしゃるとおり」医師は柔らかい口調で認めた。

スティーヴンは軽くうなずいて謝罪を受け入れた。「どうぞ」

「年寄りは興奮するとすぐに疲れてしまうもので」医師はにやりと笑い、スティーヴンの表情がやわらいだのを見てほっと一息ついた。そして、時間を稼ごうとして、象嵌《ぞうがん》細工が施された革製のテーブルの上に置かれた真鍮の葉巻入れに手をのばした。「上等の葉巻が無性に欲しくなることがありまして。よろしいですかな？」

「もちろん」

葉巻に火をつけながら、ホイッティコム医師はシャリース・ランカスターの治療に協力するようスティーヴンを説得する新しい作戦を考えていた。そして、先ほどの軽率な発言のせいで生じた不和が十分に薄れるころあいをはかっていた。「二階に上がってみたところ」手にした葉巻からうっすらした白い煙が渦を巻いて立ちのぼるのを目で追いながら、医師は話しだした。「哀れな患者はベッドでうめき声をあげていました」

スティーヴンが驚いて立ち上がろうとしたが、医師は手でそれを押しとどめた。「彼女は眠っている。うなされていたのですよ。ただ、熱が少しあるようだ」医師は目的を達成するために誇張して話した。「あまり食事が進まないらしい。そのうえ、孤独に耐えかねるあまり、部屋付きの侍女や従僕に話しかけるのだそうです――この屋敷のことや、彼女自身のこと、そして彼女の婚約者であるあなたについて」

ホイッティコム医師がシャリース・ランカスターの苦しむようすをくわしく語ったせいで、スティーヴンの罪悪感は三倍になり、そのせいで彼はさらにかたくなになった。「ぼくは彼女の婚約者ではない。彼の死に責任のある人間だ！　まず彼を殺し、つぎは彼になりかわる。そんなのは人の道にはずれた行為だ！」スティーヴンは怒りをあらわにした。

「あなたは彼を殺してはいません」ホイッティコム医師はスティーヴンの罪の意識の深さに驚いた。「相手が泥酔して、あなたの目の前に飛びだしてきたのです。あれは事故だった。仕方がなかったのです」

「もし、あの場にいたら、そんなふうに簡単に片づけることはできないはずだ」スティーヴンは激しく言い返した。「馬の下から彼を引きずりだした。首が折れて、目を見開いていた。かすかな声でなにか言おうとしていた。まだ若い！　息をしようとあえいでいた。くそっ！　まだ若い男だ。ひげそりも必要なさそうなほど若い！　必死になにか言おうとしていた。ぼくになにかを頼んでいるようだった。『結婚する』と言おうとしていたのだと、翌日になってようやく思いあたった。もし、あの場に居合わせて一部始終を見聞きしていたならば、きっとわかるはずだ！　彼を轢いた自分を許し、その婚約者にやましい気持ちを抱くなど、あっていいはずがない！」

ホイッティコム医師はスティーヴンが自分の罪についての演説を終えるのを待ってから、噂によるとバールトンは無軌道で、大酒飲みで、ギャンブル好きな男で、いずれにしろミス・ランカスターのよき夫にはなれそうにない、たとえ生きていたとしても、と指摘しようと思っていた。だが、スティーヴンが心のうちを吐露した最後の部分を聞いたとたん、なにもかもが頭から消えてしまった。その言葉のおかげで、彼女を二階にたったひとりで置き去りにしている、スティーヴンらしくない冷たい仕打ちの理由がわかったのだ。

　ホイッティコム医師は葉巻を口にくわえているのも忘れたまま椅子の背にもたれて、スティーヴンが怒りにかられているようすをほほえましく眺めた。「つまり、彼女はあなたから見て魅力的だ、ということだね？」

「そのとおり、非常に魅力的だよ」スティーヴンは嚙《か》みつくように言った。

「なるほど、それで彼女を避けていた、というわけだ」葉巻の煙に目を細めたホイッティコム医師は状況を注意深く見きわめてから続けた。「あなたが彼女にそこまで惹かれるのは、不思議でもなんでもありません。私だって彼女といるとなんだか元気が湧いてくるし、晴れ晴れとして楽しい気持ちになるからね」

「それはすばらしい！」スティーヴンは辛辣に言った。「だったら、じつは自分がバールトンだと言って、彼女と結婚すればいい。そうすれば、すべてが解決する」

　その最後のひと言には彼の心が見え隠れしていてとても興味深く、ホイッティコム医師はスティーヴンの顔からゆっくり視線をはずした。葉巻を口から離して指先で持ち、とてもおもしろいものを観察しているかのようにそれをじっと見つめる。「それはとても興味深い考えですね。とりわけ、あなたにしては。ひょっとして、あなたの本心を吐露しているのかな」

「いったいなんの話だ？」

「さっきのあなたの発言ですよ。もしだれかが彼女と結婚すれば、〝すべてが解決する〟という部分ですが」スティーヴンに反論する隙を与えずにホイッティコム医師は続けた。「あなたはバールトンの死と彼女の記憶喪失に責任を感じている。そして、彼女に魅力を感じている。にもかかわらず――あるいはそのすべてのせいで――彼女の婚約者のふりをするという単純かつ治療効果のある行動をとるのを拒絶している、ここまでは正しいですね？」

「そういう言い方をしたいのなら、勝手にどうぞ」

「やはりそうだ」ホイッティコム医師は、満足げにほほえんで膝を叩いた。「これでパズルが全部ぴったりはまりました」いらだつ相手から求められるまでもなく、彼は説明しだした。「避けられない悲劇だったとはいえ、自分に責任の一端がある事故のせいで、ミス・ランカスターは婚約者を失った。さて、あなたが彼女の婚約者のふりをして、もし彼女がそのあなたを深く愛するようになったとしたら、彼女はおそらくあなたが演技を真実に変えることを望むかもしれません――いや、むしろ、望む権利があると言うべきかもしれない。

女性に対するあなたのこれまでの態度のせいで、お母様はあなたが一生結婚できないのではと深く嘆いておられますが、ミス・ランカスターがそれをすぐに解決してくれるとは思えません。とはいえ、状況からして、ミス・ランカスターは他の女性のように簡単に捨てられる相手ではない。あなたは彼女に惹かれているが、同時に、長時間一緒にいれば彼女を自分のものにしたくてたまらなくなってしまうかもしれないと恐れてもいる。そうでなければ、ご自分の屋敷のなかで彼女から身を隠すようなことはしないはず。あるいは、思いやりを必要としている女性を、冷たく避けるようなことはしないでしょう。

もし、なにも恐れる必要がなければ、あなたは彼女を避けるはずがない。それは自明の理だ。だが、あなたはたしかになにかを恐れている。人生ではじめて、これまで大事にしてきた独身生活を失うかもしれないと恐れる理由があるというわけだ」

「話は終わりかな？」スティーヴンが無表情に尋ねた。

「ええ。私の見立てをどう思いますか？」

「ありえない可能性といいかげんな論理の組み合わせで、これまでになく印象的だな」

「だとしたら、閣下」ホイッティコム医師は人なつこい笑みを浮かべ、眼鏡の縁越しにスティーヴンを見つめた。「どうして彼女のそばに付き添って慰めてやらないのですか？」

「いまここでは答えられない。あいにく、自分がなにを恐れているかとか、いちいち分析する趣味はないからね」

「でしたら、あなたが恐れを抱く必要がないように、ちょっとした動機づけをしてさしあげよう」ホイッティコム医師はきびきびした断定的な口調になった。「記憶喪失に関する文献を読みあさり、治療した経験のある数少ない同僚から話を聞きました。この症状は頭部への外傷のみならずヒステリーによっても引き起こされ、最悪の場合には、その両方の組み合わせによっても生じるようです。これまでの症例からして、ミス・ランカスターが記憶を取り戻そうと必死になればなるほど、それがうまくいかない場合に激しく動揺したり、落ちこんだり、ヒステリーを起こしたりします。そして、動揺が激しくなるほど記憶を取り戻すのが難しくなるでしょう」スティーヴンが心配で顔をくもらせるのを、医師は満足げに眺め、さらに続けた。「逆に、もし彼女に安心と幸福を与えられれば、当然ながら、記憶を取り戻すのが容易になるでしょう。ただし、あくまでも記憶がいつか戻ると仮定しての話だが」

スティーヴンの濃い眉が、不安そうな青い瞳の上で寄せられた。「〝いつか戻ると仮定して〟とは、どういう意味だ？」

「言葉どおりの意味です。永遠に記憶が戻らない症例もありますから。読み書きから食事の作法まで、いちいち教わらなければならない気の毒な症例もありました」

「なんということだ」

ホイッティコム医師は大きくうなずいてから、さらに続けた。「私の提案を実行するのを躊躇なさっているのなら、少しでも心を軽くする事実をお教えしましょう。あの令嬢は、自分が婚約者とそれほど多くの時間をともにしていないことを知っている。なぜなら、私がそう話したからです。そして、この屋敷もこの国もはじめて訪れた場所だと知っている。それも私が教えたのです。なじみのない場所でなじみのない人々に囲まれていると自覚しているからこそ、大きな不安になんとか耐えてきました。だが、アメリカから家族が到着する前に記憶を回復しなければ、事態は深刻でしょう。家族に会っても思い出せなかったら、精神的にも肉体的にも崩壊に向かってしまいかねない。そこで、彼女をその運命から救うために、あなたはどんな犠牲を払う覚悟がありますか？」

「なんでもする」スティーヴンはきっぱり答えた。

「状況がどれほど深刻かを理解なされば、そう言ってくださるとわかっていました。ところで、ミス・ランカスターには、もうベッドで寝ている必要はないと言ってあります。ただし、あと一週間はあまり無理のかかるようなことはしないという条件で」ホイッティコム医師は懐中時計をとりだして時間を確かめると立ち上がった。「もうお暇《いとま》しなければ。それはそうと、美しいお母様からお手紙をいただきました。社交シーズンがはじまるので、あなたのお兄様ご夫妻と一緒に、一週間もしないうちに出ていらっしゃる予定だとか。お目にかかるのが楽しみですな」

「ぼくも楽しみだ」スティーヴンはうわの空で言った。ホイッティコムの後ろ姿を見送りながら、スティーヴンは気づいた。これから本腰を入れようと決心した問題はただでさえ難問なのに、そのうえ家族を巻きこまなくてはいけないのだ。しかも、それだけでは十分ではないと、手紙類を机の抽斗《ひきだし》に押しこみながら思った。一週間もすれば、社交シーズンのために家族がロンドンに出てくる。それはつまり、社交界の面々も全員出てくるということだ。舞踏会などへの招待状が何百通も届いて、訪問客も毎日ひっきりなしにやってくる。

抽斗に鍵をかけてから、椅子の背にもたれ、どうすればいいかと考えて彼は顔をしかめた。たとえ招待をすべて断ったとしても――むしろ喜んでそうしたいところだが――それではなにも解決しないだろう。友人や知人が訪ねてきて、社交シーズンにロンドンに来ていながら隠者のように暮らしている理由をほじくりだそうとするに決まっている。

唯一の選択肢は、ミス・ランカスターをロンドンから連れだしていくつかある所有地のひとつに行くことだろう。それも一番遠い場所がいい。となれば、母と義姉に言い訳をしなければならない。そもそも彼が社交シーズンにロンドンに来たのは、ふたりのたっての願いに応えたからだった。ふたりはとても魅力的な口調で、この二年間ほとんど彼に会っていないと嘆いてみせ、一緒にいてくれたらとても楽しいだろうと熱心に彼を説得した。それが本心なのはわかっていた。理由がもうひとつあるのを、ふたりは口にしなかったが、スティーヴンにはそれもわかっていた。彼女たちはモニカ・フィッツウェアリングとの結婚を決めようと思っているのだ。このところ母と義姉はその作戦を楽しみながら、とてもねばり強く根回しをしてきた。彼がロンドンを離れる事情を打ちあければ、きっと理解してくれるだろうが、ふたりががっかりするのは間違いなかった。

14

彼女の記憶を取り戻すために献身的な婚約者の役割をつとめてほしいというホイッティコム医師の言い分に納得したからには、すぐに行動に移そうとスティーヴンは心を決めた。彼女の部屋のドアの前に立って、いきなり泣かれたり責められたりしても大丈夫なように心の準備をしてから、ノックをして、彼女に会いたいと申し入れた。

シェリダンは彼の声が聞こえたので一瞬びくっとしたが、応対した侍女から彼の来訪を告げられると、新聞から情報を書き写す作業に視線を戻して、しっかりした口調で言った。

「わたしは気分がすぐれないと伯爵に伝えてください」

ミス・ランカスターは気分がすぐれないと侍女から伝えられて、スティーヴンは心配で顔をしかめた。自分がほったらかしたせいで、体調を崩してしまったのだろうか。「ぼくが会いに来たことと、一時間後にまた来ることを伝えてくれ」

シェリダンは彼がもう一度来ると聞いて、少しでも喜んだり安心したりするものかと思った。なにがあろうと彼には頼らないほうがよいのだと思っていた。午前中に診察に来たホイッティコム医師は彼女の状態をとても心配して、心遣いがひしひしと伝わってくるほどだった。そのおかげで、彼女は惨めな放心状態からとにかく立ち直った。完全に回復するためには、彼女自身が体に気を遣って精神を活発に保つことが絶対に不可欠だと、医師は助言した。

ホイッティコム医師は婚約者が彼女を放っておいたことについて、〝仕事に追われていて〟とか〝社交上の義理を欠くわけにはいかない〟とか〝所有地の財産管理が大変だから〟などと理由をつけたけれど、シェリダンにしてみればどれも納得できず、嘘ばかりのように感じられた。伯爵は最近あまり調子がよくないとまで、医師は言いだしそうだった。医師の親切はすっかり裏目に出て、ウェストモアランド卿がなぜあれほど冷淡なのか彼が説明しようとすればするほど、シェリダンは自分の存在や病気が、伯爵にとってはビジネスや社交などよりもあきらかに重要でないのだと感じられた。さらに、愛などという話題を持ちだしたことにあきれて、残酷な教訓を与えようとしているのではないかとさえ思えてきた。

そんなことを思って彼女は何日も煩悶《はんもん》し、心を持っているのかと彼に尋ねた自分を責めたのだ。けれど、本気で心配してくれるホイッティコム医師の話を聞きながら、その真剣な表情を眺めているうちに、彼女の後悔と罪の意識は怒りに変わっていた。この医師は自分と婚約していたわけでもないのに、こんなにも心配してくれる。治療のために心を砕き、わざわざ訪ねてきてくれた。もし、洗練されたイングランド貴族にとっては愛など価値がない感情なのだとしても、せめて伯爵はわたしが記憶を失っていることを気にかけてくれてもいいのではないだろうか！

あんな男性と婚約するなんて、自分がどんな気の迷いでそんな決心をしたのか想像もできなかった。これまでのところ、彼の唯一の長所はすばらしくハンサムだということで、当然ながら、それだけでは結婚する理由として十分とは思えない。もし記憶が戻っても、これまでの彼の印象をがらりと変えてしまうような出来事でも思い出さないかぎり、婚約はなかったことにして別の結婚相手を見つけるよう彼に頼むつもりだった。相手の女性は、結婚に対して彼と同じように冷たく人間味のない考えを持っていなくては！　自分が愛のない結婚を選んだなんて信じられない。たぶん、伯爵はよい夫になると父から信じこまされて、結婚を強く勧められたのだろう。そうだとしたら、父のところへ行って、この結婚は無理だと話そう。ここ数日、何度も父のことを考えようとしたのだが、どうしても顔を思い出すことができなかった。ただ、かすかな気持ちのざわつきを感じることができた――やさしい温かさ、愛情あふれるふれあい、会いたくてたまらない気持ちと喪失感。思い出そうとするとこんな気持ちになるのだから、娘に愛のない結婚を強いる父であるはずはない。

きっかり一時間後、彼はもう一度ドアをノックした。

シェリダンは炉棚の上の時計を見て、少なくとも時間には正確だと腹立たしげに思ったが、それで決心が変わりはしなかった。窓辺の机に広げた新聞から目を離さず、「わたしは休んでいると伝えてください」と侍女に言った。彼女は誇り高くふるまっている自分に満足した。シャリース・ランカスターとしての記憶はなにもないが、少なくとも決断をくだす心は備えているようだ！

扉の反対側では、スティーヴンの罪の意識が不安に変わりはじめていた。「彼女はそんなに具合が悪いのか？」彼は侍女を問いただした。

侍女はすがるような視線を送ったが、シェリダンが首を横に振ったので、そうではないとスティーヴンに答えた。

一時間後、ふたたびドアをノックしたスティーヴンは、彼女は入浴中だと伝えられた。

さらに一時間後、彼はもう心配はしていなかった。ひどくいらだっていた。するどくノックをしたが、「お嬢様は眠ってらっしゃいます」という返事が返ってきた。

「では、その〝お嬢様〟に伝えてくれ」警告するような恐ろしい口調で言った。「きっかり一時間後にもう一度来る。そのときには、清潔で睡眠も十分とり、階下《した》で夕食をとる支度のできた彼女と会えると期待している。食事の時間は九時だ」

一時間後、伯爵がドアを叩いたとき、シェリダンは満足感に浸っていた。彼女は微笑みを浮かべて、大理石のバスタブからあふれだしそうな温かい泡に深く身を沈めた。「今夜はこの部屋で食事をしたいとお伝えしてください」気の毒だと思いながらも侍女にそう言った。侍女は鞭打ちの罰を受けるほうがましだとでも言いたげな顔をしていた。

侍女が伝言を言い終わらないうちに、スティーヴンはさっとドアを開け、侍女をなぎ倒すほどの勢いでつかつかと寝室に入り、嚙みつくように言った。「彼女はどこだ？」

「よ、浴室で、ございます、閣下」

スティーヴンは数年前にこの寝室にしつらえた大理石の浴室へと続くドアへ向かったが、侍女の仰天した表情を見て向きを変えた。窓辺に置いた机に近づいて、開いたままの新聞にちらっと視線をやると、置いてある便箋《びんせん》が目に入った。「ミス・ランカスター！」スティーヴンは大声を張りあげて哀れな侍女を青ざめさせた。「いまからきっかり十分後に階下に来ていなければ、ぼくがここに来て連れおろす。そのとき、きみがなにを着ていようがいまいがかまわない。わかったか？」

信じられないことに、浴室の小娘は最後通告に返事さえしなかった。手紙を書くあてなどあるのだろうかといぶかりながら、スティーヴンは便箋を手にとった。

もしかしたら、気の毒なバールトンは死んでかえってよかったのかもしれない。なにしろ、シャリース・ランカスターはとんでもなく強情だから、あの気性では彼もひどく手を焼いたに違いない。皮肉っぽくそんなことを考えながらスティーヴンは便箋を手にとった。彼女はきまじめな美しい字で『ポスト』紙の朝刊から集めた事実を記録していた。以前なら知っていたに違いない事柄、そして、記憶を失ったいまでは、一から覚えなおさなければならなくなった事柄だ。それはぼくのせいなのだ。

イングランド王—ジョージ四世、一七六二年生まれ。

ジョージ四世の父親は、ジョージ三世。二年前に崩御。国民から〝農民ジョージ〟と呼ばれていた。

現在の国王が好きなものは、女性、きれいな服、すばらしいワイン。

いくつか事実を記録するごとに、彼女は自分に関する同様の事実を並べて書こうとしていた。本来ならば簡単に答えられるところが、むなしく空欄になっていた。

生年——一八??年
父親の名前——?????
好きなもの——?????

罪の意識と悲しみで胸が詰まり、スティーヴンは目を閉じた。彼女は自分の名前も、父親の名前も、生まれた年も知らないのだ。さらに悪いことに、記憶が戻れば、なにより大きな悲劇を知ることになる——婚約者の死という悲劇を。なにもかも……すべてがぼくのせいなのだ。

書かれた言葉が指先を焼くように感じられて、スティーヴンは便箋を机の上に落とした。深く息を吸ってから、部屋を出ようとした。彼女がなにをしようと、どんなことを言おうと、二度と叱りつけたりするまいと彼は誓った。怒ったりいらだったりする権利などもともとない。罪悪感と責任感以外、なにも感じてはいけないのだ。

自分がほったらかしにしたせいで彼女に負わせた心の傷、そしてこの先、本当の婚約者が死亡していると知ったときに負うことになる心の傷を癒すために、自分のできることはなんでもすると決意して、スティーヴンは戸口へ向かった。けれど、彼女が浴室を出てくれないことには手の出しようがないので、さっきよりは穏やかだが毅然《きぜん》とした声で警告を発した。

「あと八分だぞ」

沿室で水を跳ねちらす音が聞こえたので、彼は満足げにうなずいて部屋を出た。二階の廊下を階段に向かって歩くうちに、彼女をほったらかしにしていたことに関しては謝罪するだけではすまないだろうと気づいた。納得させられるような説明を考えなければならない。記憶を失う前のシャリース・ランカスターは、愛や結婚について乙女らしい理想や希望を抱いていたに違いない。ふたりが心から愛しあっていたのかと尋ねたことからも、それはあきらかだ。あのとき、スティーヴンはその言葉を聞いてたじろいだ。年齢と経験を重ねるにつれてわかってきたが、女性はだれでも呼吸するのと同じくらい当然のこととして愛を語りたがるけれど、愛という微妙で壊れやすい感情を本当に抱いて、それを行動で示すことができる女性はごくわずかしか存在しない。じつのところ彼は、愛という言葉にも、それをたやすく口にする女性にも不信感を抱いていた。

その点に関しては、ヘリーンも同じ考えを持っていて、それが一緒にいて楽しい理由のひとつだった。そのうえ、ヘリーンは彼を裏切ることなどない。貴族の妻たちよりも、よほど誠実だ。だからこそ、彼は彼女のために貴族の正式な妻と同じ待遇を与えている。ロンドンの美しい邸宅、大勢の召使い、ドレスや毛皮がずらりと並ぶクローゼット、そして、淡いラヴェンダー色のビロードで内装した銀色のすばらしい馬車――この配色はヘリーン・デヴァネイのトレードマークになっていて、それを試してみようという女性はほとんどいなかった。

あえて試した女性が、彼女ほど美しく魅力的に見えることは決してなかった。彼女はみごとに洗練され、じつに官能的だ。ルールをわきまえ、愛と男女の営みを混同したりはしない。あらためて考えてみると、それなりの付き合いをして婚約の噂が立ったような女性でさえも、愛ゆえに結婚してほしいと言ったり、愛の言葉を期待したりすることは一度もなかった。

　彼女たちとは違って、シャリース・ランカスターは計算とは無縁だ。婚約者からの愛の言葉を期待しているのだ――しかも、たっぷりと。これまで自分のためにも彼女のためにも、それを意図的に避けてきた。いざ記憶が戻れば、彼女はぼくの偽りの行為をなにもかも憎むようになるだろう。そのうえ、感じてもいない不滅の愛を告白したりすれば、それは彼女を侮辱することにほかならず、憎しみをいっそう募らせるに違いない。

　スティーヴンが居間の前に立つと、ふたりの召使いがさっと進みでて両側からドアを開いた。しかめ面で考え事をしながらドアを通り過ぎ、サイドボードに歩み寄った彼は、シェリー酒をグラスに注いだ。背後で扉が静かに閉じると、彼は考えに注意を集中させた。先日彼女と話したときの婚約者らしからぬ行動について、そしてあのあと彼女を避けていた理由について、もっともらしい理由をなんとか見つけて釈明しなければならない。最初に二階の部屋に彼女を訪ねたときには、とりあえず謝罪して、ありきたりの曖昧な理由を並べてなだめるつもりだった。だがいまでは、彼女の気性がよくわかったので、きっとそんなやり方では納得させられないだろうと感じていた。

15

伯爵の横暴さに怒りを抑えきれないシェリダンは、ラヴェンダー色のロングドレスの前をとめながら寝室から出た。廊下を走り、待機していたふたりの従僕がその勢いに驚いてあんぐり口を開けて見守るなか、階下へ向かった。白い大理石の手すりがついたバルコニーから、一階の広い玄関広間へと優雅な螺旋《らせん》階段が続いていた。

ドレスの裾をさっとつかんで、階段を駆けおりた。あの傲慢《ごうまん》無礼《ぶれい》な伯爵の十六代にわたる先祖らしき肖像画の額をいくつも通り過ぎた。彼がどこにいるのか、こんな広大な屋敷のなかでどうやってさがせばいいのか、まるで見当もつかなかった。とにかくたしかだったのは、彼の性格はいやなところばかりだということ。そのうえまるで彼女が自分の持ち物のひとつであるかのような口のきき方をしたことだ。そして、彼女がもし時間に遅れれば、使用人たちが見ているなかで彼女を小麦粉の袋のように抱えておりていくに違いないということだった。

絶対にそんなことはさせまいと思った。自分がまともな精神状態だったとしたら、どうしてあんな男に一生縛りつけられることに同意できたのか！　とうてい想像できなかった。父が到着したらすぐにでも婚約を破棄して、さっさと家に連れ帰ってもらおう！

　彼女は伯爵が好きではなかったし、たぶん彼の母親とも共通点などまったくないだろう。侍女によれば、このドレスは伯爵の母親のものらしい。けれど、彼の母親のような年配の貴族の未亡人はもちろんのこと、きちんとした女性ならだれだろうと、銀色のリボンだけで身ごろをとめる薄っぺらでふわふわなラヴェンダー色のドレスを着て舞踏会で踊ったり、訪問客をもてなしたりする気にはなれないはずだ。あまりに腹が立って、こんな状況にはとうてい我慢できなかった。そんなわけで、精緻なフレスコ画の描かれた壁と複雑な漆喰《しっくい》仕上げの天井に囲まれ、きらめくダイヤモンドをふんだんにちりばめた四つの大きなシャンデリアが輝く広間の壮麗さも、彼女の目にはまったく入らなかった。

　もう少しで階段をおりきるというとき、黒いスーツに白いシャツを着た老人が、広間の左側の部屋のなかへ急いで入っていくのが見えた。「ご用でしょうか、閣下？」戸口で尋ねる老人の声が聞こえた。しばらくして、彼は恭しくお辞儀をしながら後ずさりして出てきて、両開きの扉を閉めた。

「すみませんが——」きまり悪そうに声をかけたシェリダンは、ドレスの裾に足をとられてよろめき、壁に手をついて体を支えた。

　振り返って彼女を見たとたん、老人が身をこわばらせた。ひどく驚いたのか、表情がゆがんで顔の筋肉が引き攣っている。

「わたしは大丈夫ですよ」シェリダンは彼を安心させようと、あわてて左足で踏んでいた裾をひっぱって背筋をのばした。それでもまだ相手のようすが妙なので、手を差しのべて言った。「ホイッティコム先生からもう動いてもかまわないとお許しが出たんです。はじめてお会いしますよね、わたしはシャリース……シャリース・ランカスター」自分の名字を口にするのにちょっと時間がかかってしまった。老人は彼女のほうへ手を差しのべかけたものの、どうしたらよいか迷っているようだったので、彼女はその手を握った。そして、ほほえみかけながら尋ねた。「それで、あなたは……?」

「ホジキンで……」彼はのどがふさがれたような声で答え、咳払いをしてから言いなおした。「ホジキンでございます」

「お目にかかれてうれしいわ、ミスター・ホジキン」

「いいえ、お嬢様。〝ホジキン〟とお呼びください」

「呼び捨てにするなんてできないわ。失礼ですもの」

「ここではそうするように言われています」彼は困ったようすだった。

シェリダンは左手でドレスの前をぎゅっとつかんだ。「年上の人に〝ミスター〟をつけて呼ぶという敬意も払わないなんて、あの尊大な人らしいやり方だわ!」

ホジキンはまたしても表情をゆがめて、まるで息苦しいかのように首をのばした。「どなたのことをおっしゃっているのか、わかりかねます」

「わたしが言っているのは……」彼女は伯爵の名前を思い出そうとした。たしか恐ろしいほど長々とした名前だったような……姓はたしか……ウェストモアランド! そう、それだ。

「ミスター・ウェストモアランドのことです」わざと爵位をつけずに名前を言った。「だれかがあの人のお尻を叩いて、常識的な礼儀を教えなければ」

上のバルコニーでは、小間使いといちゃついていた従僕がくるりと向きを変えて、呆然と玄関広間を見つめていた。侍女はもっとよく見ようと、彼を押しのけて手すりから身をのりだした。シェリダンから数ヤード離れたところでは、四人の使用人がきちんと列をつくって食堂に皿を運んでいたが、先頭のひとりが立ちどまったせいで、つぎつぎにぶつかりあった。ホジキンよりは若いがそっくりな服装をした白髪の男性が食堂から現われて、音を立てて大理石の床に落ちた銀の卓上鍋のふたが足もとに転がってくるのを、鬼のような形相で見つめた。「この騒ぎはいったい――」と使用人たちを叱りつけようとしたが、シェリダンを見つけて、彼女の髪やドレスや素足のつま先に視線を走らせると、たちまち表情が変化した。

周囲の大騒ぎにもかまわず、シェリダンはホジキンにほほえみかけた。「だれだろうと、自分の間違いに気づくのに遅すぎるということはありませんよね。伯爵にはよい折を選んで、あなたほどの年齢の男性にはミスター・ホジキンと呼びかけるべきだとお話ししてみましょう。ご自分があなたの年齢になったらどう感じられるか、想像してみてはと言ってもいいかもしれない……」

シェリダンは困惑して言葉を切った。老人の白い眉は生え際まで吊りあがり、色褪せた目が飛びださんばかりに見開かれていた。伯爵への怒りで心がいっぱいになっていた彼女は、気の毒な老人がよけいな口出しをされて職を失うのを恐れているのだと、ようやく気づいた。

「わたしときたら、とても愚かだったわ、ミスター・ホジキン」彼女は素直に謝罪した。「このことについて、口出しはしないと約束するわ」

二階のバルコニーと階下の玄関広間で、従僕たちがいっせいに安堵のため息をついたが、ホジキンが客間のドアを開けると、アメリカから来た年若い令嬢が当主に向かって少しも臆することなく高飛車に話しかけるのが聞こえてきた。「お呼びですか、閣下?」

振り返って彼女を見たスティーヴンは、ぴたりと動きをとめた。驚きと称賛の笑いをぐっとこらえて、彼は目の前に立っている女性をじっと見た。小さく形のいい鼻をつんとさせて、灰色の瞳は大きな二つの火打ち石のように火花を散らしていた。冷たく尊大な彼女の姿勢や表情とはまるで対照的に、身にまとっているのは柔らかく波打つラヴェンダー色の絹の化粧着だ。美しい両肩をあらわにして、襞《ひだ》になった生地が裾へと流れている。前身ごろを重ねて閉じているので、裾から素足のつま先が少しだけのぞいている。まだ毛先が湿っている赤毛が背中や胸もとをあでやかにおおって、ボッティチェリの裸婦像を思わせた。

淡いラヴェンダー色は彼女の髪の色には似合わないはずなのに、クリームがかったみごとな白い肌のせいで、かえって劇的な効果をもたらしていた。それどころか、スティーヴンはその刺激的な組み合わせにすっかり見とれてしまい、彼女がヘリーンの化粧着を選んだのにはなにも意図はなく、ほかに着るものがなかったからだと気づくのにかなり時間がかかった。彼女のトランクが船と一緒に出航してしまったのは忘れていたが、もしあのとき着ていた地味な茶色のマントが彼女の服の好みを表わしているのなら、彼としてはヘリーンの化粧着をまとった姿のほうが好みだった。もちろん、従僕たちはそうは思わないだろうから、明日の朝一番に彼女のドレス類を手配しなければと、スティーヴンは考えた。とりあえずいまは、その化粧着がなんとか良識的と思える程度に彼女の体をおおっていることに感謝するしかなかった。

彼の凝視にさらされてもたじろがない彼女に、スティーヴンは称賛の笑みを浮かべそうになった。そうしてじっと黙って立っている彼女の姿は驚くほど雄弁だった。大人の女性になる一歩手前の無邪気さ、とんでもなく大胆でいながら、知恵を働かせるほどの経験も妨げになる警戒心もない。きらきら光る彼女の髪が美しい胸にかかる光景が脳裏にちらついた。スティーヴンがそれを振り払ったとき、彼女が沈黙を破った。「じろじろ見るのは終わりましたか?」

「じつは、きみに見とれていたのだよ」

シェリダンは対決する覚悟で階下にやってきた。そうしなければと思っていた。だが、なんとも言えない表情を浮かべた青い瞳で見つめられたせいで、すでに一歩後退していた。そして、彼の微笑みと賛辞で、もう一歩後退した。この男は冷血漢で、たとえどんなに見つめようと、やさしく話しかけてこようと、結婚するつもりはないと自分に言い聞かせながら、シェリダンは言った。「お呼びになったのは、なにか理由があると思いますが、閣下?」

驚いたことに、スティーヴンは彼女の辛辣な言葉を受け流した。むしろ楽しそうに、軽くうなずきながら答えた。「たしかに、理由はいくつかある」

「と、おっしゃいますと？」彼女は無表情に尋ねた。

「まず、謝罪をしたかった」

「本当に？」彼女は肩をすくめた。「どうして？」

スティーヴンはとうとうこらえきれずにほほえんだ。彼女は勇気があり……とても誇り高い。たったいま彼女がやっているように、臆せず彼に向かい、対等に話しあおうとする人間を思い出そうとしたが、女性はもちろん男性もひとりも思いつかなかった。「この前の晩、ぼくは一方的に会話を打ち切ったし、その後きみに会いに行かなかったから」

「謝罪は受け入れます。では、もう二階で休んでもいいですか？」

「いや、だめだ」もっと弱いところを見せてくれれば、やさしくしてやれるのにとスティーヴンは思った。「どうしてあんなことをしたのか説明しなければ……いや、説明したい」

彼女は彼を冷たい目で見た。

男性にとって勇敢さは称賛すべき特質だ。だが、勇敢な女性とは腹立たしいもののようだ。

「たったいまはじめたところだが」彼はするどく言った。

相手が少々落ちつきをなくしたようで、シェリダンは気分がよくなった。「どうぞ続けてください。聞いていますから」

「座ってもらえないかな」

「そうするかもしれません。あなたがなにをおっしゃるかで決めます」

彼は眉をひそめて目を細めたが、冷静な口調を保ったまま、話しはじめた。「この前の晩、きみは気づいていたようだが、ぼくたちの関係は……きみが婚約者に期待するものとはまったく違っていた」

　シェリダンはかすかにうなずいて、それを認めた。

「その理由を説明しよう」スティーヴンは居心地の悪さを感じながら話しだした。辻褄《つじつま》が合って、相手を納得させせられそうな理由はひとつしか考えつかなかった。「アメリカで最後にふたりで過ごしたとき、ぼくたちは口論をした。きみの具合が悪いあいだはそれをすっかり忘れていたが、この前の晩、きみはだいぶ回復していた。気づいてみたら、まだ心の隅にわだかまりがあったんだ。だから、あのときのぼくは、きみから見たら、まるで……」

「冷たくて、思いやりのかけらもない男？」彼女の声には怒りよりも困惑と傷心の響きがあった。

「そのとおりだ」スティーヴンは認めた。彼女が腰をおろしたので、これで面倒な弁解と嘘は終わりだと彼は心のうちでため息をついたが、安心は長くは続かなかった。

「どうして口論などしたの？」

　このアメリカから来た爵位にも身なりにも無関心な赤毛の女性は、なにかと予想外の行動をとるのだから、あっさり謝罪を受け入れて問題に終止符を打つはずがなかったと思いつつ、スティーヴンは「きみの態度に気に入らないところがあった」と答えた。

　当惑した灰色の瞳が、まっすぐに彼を見つめていた。「わたしの態度ですか？　なにがいけなかったの？」

「ぼくからすれば……生意気だった」

「なるほど」

婚約者が病気だというのに、たった一度の口論のことをずっと根に持っているほど了見が狭い男なのだろうか。そう考えている彼女の声が聞こえてきそうだとスティーヴンは感じた。

彼女はまるで急に彼と顔を合わせられなくなったかのように、膝の上にきちんと重ねた手を見おろしていたが、がっかりしたような口調でためらいつつ尋ねた。「つまり、わたしが口やかましい女だと？」

彼女のうなだれた頭とがっくり落とした肩を見つめているうちに、スティーヴンは自分の心に奇妙なやさしさが湧きあがってくるのを感じた。「そうは言っていないよ」心ならずも機嫌をとるような口調になった。

「わたし……自分の性格がどんなものか、よくわからないのです」彼女は素直に認めた。

ホイッティコム医師は、彼女がとても楽しい人だとわかったと話していたが、それはかなり控えめな表現だとスティーヴンは感じた。「こんな状況なのだから、それももっともな話だ」

彼女は頭を上げて、彼と視線を合わせようとした。まるで彼のことを見なおそうとしているかのように。「最後にふたりで過ごしたときの口論の理由を、もっとくわしく教えてくれませんか？」

抜き差しならない状況に追いこまれたスティーヴンは飲み物の盆のほうを向いて、彼女を納得させられる答えを考えながら、シェリー酒の入ったクリスタルのデキャンタを手にした。「きみが別の男に関心を抱きすぎると思ったんだ」彼は思いつきを口にした。「つまり嫉妬したんだ」嫉妬など一度も経験したことはなかったが、女性は男が嫉妬すると喜ぶものだ。肩越しにちらっと見ると、彼女がうれしそうに見えた。その一点においてはほかの女性と変わりないとわかって、スティーヴンはほっとした。彼は笑みを隠して、シェリー酒を小さなクリスタルのグラスに注いだ。それを渡そうと振り返ると、彼女はまだ自分の両手を見つめていた。「シェリーは？」彼は尋ねた。

シェリダンはぱっと顔を上げた。説明できない喜びが胸にあふれていた。「はい」

スティーヴンがグラスを差しだすと、彼女は期待するように彼を見つめ、グラスには目もくれなかった。「では、飲むかい？」スティーヴンはあらためて尋ねた。

「いいえ、いりません」

彼はグラスをテーブルの上に置いた。「さっきは、〝はい〟と言ったのに」

彼女は首を横に振った。「わたしになにか話しかけているのかと思ったのです、お呼びになったでしょ――シェリーと」彼女は急に立ち上がって叫んだ。その顔は、たしかに紅潮していた。「わたしのことだと思ったの。思い出したわ……そう呼ばれていたの……シェリーと」

「そうか、わかった」スティーヴンは彼女と同じく心からほっとした。ふたりは手をのばせば届くほどの近さで、たがいにほほえみかけながら、勝利の瞬間を分かちあっていた。それがふたりを結びつけ、思いをひとつにさせたようだった。ホジキンはバールトンが彼女に〝ひどく夢中になった〟と力説していたが、スティーヴンは急にその理由が理解できた。彼の青い目をのぞきこんだシェリダンは、そこに温かさと魅力を発見して、自分がなぜ彼への愛を誓ったのかわかった気がした。不思議なことに、彼女の記憶の闇の奥からいつか読んだ文章が、まるでこれから起こることを予言するかのように浮かんできた。

男爵は彼女の手をとって唇を押しつけ、永遠の愛を誓った。「あなたはたったひとりの愛する人……」

王子は彼女を強く抱きしめ、たくましい胸に引き寄せた。「たとえ百の王国があっても、すべて差しだしてあなたを手に入れるよ、愛しい人。あなたに出会うまで、ぼくには無に等しかった……」

伯爵は彼女の美しさにすっかり心を奪われ、思わずその頬に口づけた。「許してくれ、でも、どうしようもないのだ。愛している」

シェリダンの目が誘うように揺らいでいるのを見たスティーヴンは、ふたりの心が結びついたこの瞬間、その誘いに応えようと感じた。あごに手を添えて上に向け、そっと唇にふれると、彼女が驚いてはっと息をのみ、体をこわばらせるのがわかった。その反応が思いのほか大きかったので、スティーヴンは唇を離した。長く感じられる時間が過ぎて、彼女が目を開けた。長い睫毛が震えながらようやく開かれたとき、彼女は混乱したようすだった。なにかを期待しているようでもあり、少々がっかりしたようにも見えた。「なにかまずかったかな?」スティーヴンは慎重に尋ねた。

「いいえ、なにも」彼女は礼儀正しく答えたが、それは本心とは思えなかった。

スティーヴンは黙ったまま見つめていた。そうしていれば、たいていの相手は話を続けるからだ。この戦術はここでもうまくいった。

「なんとなく、自分がなにか別のものを期待していたような気がして」彼女は説明した。

記憶を呼び起こすのに力を貸そうとしているのだと自分に言い聞かせながら、彼は訊いた。

「きみが期待したものは、なんだい?」

彼女はなめらかな額にしわを寄せ、彼を見つめたまま首を横に振った。「わかりません」

言葉にはためらいがあったが、しっかりした視線には情熱が感じられた。きっと彼女の本当の婚約者は、その情熱をもっと自由に表現させていたに違いない。誘うような銀色を帯びた瞳を見つめているうちに、スティーヴンは彼女のなかにあるバールトンの記憶をなぞってやらなければと思った。それは身勝手な理屈をつけているだけだと、良心が非難する声が聞こえたが、無視することにした。結局のところ、彼女を安心させ幸福を感じさせると、ホイッティコム医師に約束したのだ。「たぶんきみが期待していたのは――」彼は腕を彼女の腰にすべらせ、唇を耳に触れながらやさしく言った。「もっとこういう感じなのだろう」

温かい息が耳にかかると、彼女は背筋を震わせ、顔をそむけた。彼はたちまち唇をとらえた。スティーヴンはバールトンがそうしたであろうやり方でキスしようとしたが、彼女の柔らかな唇が震える息を吐いて開くと、そんな目的はすっかり頭から消え去った。

両腕で強く抱きしめられ、重ねられた彼の唇がむさぼるように動きだした瞬間、想像したこともない感覚がシェリダンを襲った……その嵐のような感覚は彼女をあえがせ、彼にしっかりとすがりつかせた。探るような舌に無理強いされて唇を少し開くと、指がうなじから髪に強く差しこまれた。心臓が早鐘のように激しく打つのを感じながら、夢中でしっかりと唇を押しつける。体はまるで彼とひとつに溶けあいたいと願っているようだった。

彼女がそっと全身をゆだねてきたのを感じて、スティーヴンは欲望を煽られ、われを忘れた。ようやく唇を離して、薄紅色に染まった美しい顔を見おろすと、彼のキスにどう応えればいいのかも知らないようなほんの小娘を相手に、これほど燃えあがってしまった自分がどうにも信じられず、そのまま言葉を失っていた。自制心を失ったことに戸惑い、それが素朴な若い女性のせいだという事実を楽しみながら、彼女の閉じていたまぶたが動いて、まどろんでいるような瞳が開くのを見つめていた。

三十三歳の彼は、情熱的で経験豊富な、喜びの与え方も受け方も心得た洗練された女性を好んでいた。彼の愛人の持ち物である、似つかわしくない化粧着をまとっている、純真な女性にこれほど激しく欲情させられたのが、まるで喜劇のように感じられた。それにひきかえ、彼女のほうは彼の腕に抱かれていた短いあいだに、誘惑者としての天性の才能を開花させたかのようだ。たったいま、彼の腕のなかで視線をそらしもせずに見つめ返しているようすからは、乙女らしい恥じらいはあまり見あたらなかった。

あれこれ考えた結果、スティーヴンは結論を出した。彼女は経験がまるでないわけではなく、おそらくバールトンやそれ以前に交際した男たちから、それなりの知識を与えられているのだ。むしろ自分のほうが純真だったのかもしれないと気づいたスティーヴンは、眉を上げながらにやりと笑って、冷やかかに尋ねた。「きみはもっとすごいことを期待していたのかな？」

「いいえ」彼女がきっぱり首を横に振ると、輝く髪が右の肩にこぼれた。声は震えていたが、彼女は彼の目をまともに見つめて、静かに告白した。「さっきのことは絶対に忘れられないわ」

おもしろがっていた心は消えて、スティーヴンはふいに胸の痛みを感じた。自分がなにをしているのかわからないまま、彼女の頰に手をあてた。その指にふれたのは、信じられないほど柔らかい肌だった。彼はそのとき思ったままを口にした。「きみは見た目と同じくらい、すてきな女性なのだろうか？」

その思いは声に出して言うつもりではなかったし、答えを期待してもいなかった。だが、恐ろしい秘密を打ちあけるかのように彼女は言った。「わたしはちっともすてきなんかじゃありません、閣下。あなたは気づいていないかもしれないけれど、わたしには反抗的なところがあるようだわ」

スティーヴンは吹きだしそうになるのを抑え、必死にまじめな顔を保ったが、なにも言わないのは否定しているのだと彼女は誤解した。「どうやら」彼女は震える声でささやきながら、罪を告白するかのように彼のシャツへと視線を落とした。「記憶をなくす前のわたしは、あなたに悟られないように、うまく立ちまわっていたのね」

彼が返事をしないでいると、シェリダンは腰に回された男らしい腕に包まれながら、雪のように白いシャツの前立てできらめいている小さなルビーの飾りボタンを見つめていた。そして、自分がしていることはなにか違っているという、ぼんやりした感覚を抱いていた。さらに意識を集中し、なんとかはっきりした形にしようと努力したが、うまくいかなかった。彼が自分の婚約者だということにも実感が持てなかった。いや、実際には、婚約者にかぎらず、すべてが夢のなかの出来事のように感じられた。ドレスも、婚約者も、記憶を失ったことも、なにもかもがいやでたまらなくなるときもあった。けれど、彼の温かい微笑みやまなざしには……そして、キスには……すべてを変える力がある。彼がたった一度ほほえんだだけで、ドレスはすばらしく、自分は美しく、記憶は失われてよかったのだと感じてしまう。どうしてなのかはわからないが、むしろ思い出したくないと感じる瞬間さえあった。ああ、彼のキスのなんとすばらしいこと！　全身が溶けて燃えだすようで、その感覚は心地よいと同時に、不安と罪の意識と謎をもたらす。そのすべてをなんとか彼に説明したい、できることならば相談したいと思っているうちに、呼吸がひどく乱れ、シェリダンは彼のシャツの胸に向かって打ちあけた。「わたしをどんな人間だとあなたが思っているのかわからないけれど、わたしにはどうやら……手に負えないところがあるようなの。もしかしたら……

とても奔放《ほんぽう》な性格なのかもしれません」

その率直さにすっかり魅了されたスティーヴンは、指を彼女のあごの下にあててあおむかせ、視線を合わせた。「気づいていたよ」かすれた声で言った。

表情豊かな瞳が、彼の視線を探った。「それでも困らないの?」

その時点でスティーヴンが〝困る〟ことはいくつかあったが、それは彼女の性格とは無関係だった。豊かな胸が押しつけられ、赤く輝いて波打つ髪はさらさらと手にふれ、形のいい唇はキスをそそるかのようにふっくらとして柔らかい。〝シェリー〟という名前は彼女にぴったりだった。清らかでありながら男を酔わせずにはおかない美女。彼女はぼくの婚約者ではないし、愛人でもない。欲情の対象としてはいけない、敬意と保護を授けるべき相手だ。頭ではそうわかっていたが、まるで彼女の微笑みと声に催眠術をかけられたようで、全身がしびれるほどにそそられている。彼が硬くなっていることに彼女は気づいていないのか、それとも気にしていないのだろうか。「きみはぼくをとても困らせている」

「どんなふうに――」シェリダンは彼の視線が唇に落ちるのを見て、自分の鼓動が三倍の速さになるのを感じながら尋ねた。

「教えてあげよう」スティーヴンはかすれ声でつぶやくなり唇を奪った。

まずはゆっくりと唇を味わい、受け入れるだけでなく応えるようにうながした。彼女はそのかすかな誘いを感じとった。彼の片手がうなじに沿って感じやすい肌をやさしく撫《な》で、腰に回されたもう一方の腕が彼女をぐっと抱き寄せる。少し開いた彼の唇が彼女の唇の輪郭をたどるように味わい、早く開けと催促した。シェリダンはおずおずと、ためらいがちに反応した。うながされて唇の動きに応えているうちに、彼の温かい男らしい唇にふと舌先がふれた瞬間、腰に回された彼の腕に力が込められるのを感じた。

シェリダンはつま先で立って、両手を彼の胸板に沿って上にすべらせ、彼を引き寄せながら体をそらした……すると急に、彼の両腕が鉄の帯のように彼女に巻きつき、口づけは恐ろしいほど激しく、深くなった。彼の舌が彼女の舌を愛撫《あいぶ》し、口のなかをまさぐった。シェリダンの全身にさざ波のような震えが走った。震える体をかばうように彼女はしっかりと彼にしがみつき、口づけを返した。彼の両手が両脇をすべりあがり、豊かな胸を愛撫しはじめる……。

本能に警告されて、なにもわからないまま、シェリダンは無理やり彼から顔を引き離し、もう一度キスしてほしいと猛烈に望んでいながらも、夢中で頭を振って彼を拒否した。

スティーヴンはしぶしぶ手の力を緩め、おとなしく両腕を横におろした。そして、たったいま自分を夢中にさせたうら若い女性を、信じられない気持ちで見おろした。彼女は頬を紅潮させ、荒い呼吸で胸を上下させ、睫毛に色濃く縁取られた瞳を混乱と欲望で見開いている。そのようすは、まるで自分がなにをしたいのかわからないと訴えているように見えた。「ぼくらはそろそろ別のことをするべき時間のようだ」スティーヴンはおたがいのためを思って言った。

「なにをするつもりなの?」彼女は震えながら尋ねた。

「ぼくの頭にあることと、これからしようとしていることは、まるきり違う」スティーヴンは皮肉な口調で答えた。彼女にチェスの基礎を教えようと決めていたのだ。

それは失敗だった。シェリダンは連続して二回も彼を負かした。どうやら彼はゲームに神経を集中できないようだった。

16

翌日、スティーヴンは細心の注意を払って彼女のことはなにも考えないようにしていたが、近侍が夜用の服をそろえているのを見て、自分がシェリーとの夕食を楽しみにしていることに気づいた。そんな気持ちになることは、もう長いあいだなかった。ヘリーンが贔屓《ひいき》にしている仕立屋に、彼女のためのきちんとしたドレスを数着注文して、少なくとも一着はその日のうちに、残りはできたらすぐに届けるよう強く言った。社交シーズンがまもなくはじまるのでお針子はみな徹夜で働いているのですと、仕立屋が必死に訴えたので、スティーヴンはとにかく全力を尽くしてくれるよう頼んだ。その高級店でのヘリーンの買い物額は天文学的な数字になっていたので、きっとなんとかまともな服をひとそろい準備してくるだろうし、急がせたことで途方もなく高い金額を請求してくるのだろうと確信していた。

数時間すると、三人のお針子がやってきたので、スティーヴンはそんなに短時間で最上級のドレスができると思うほど無知ではなかったものの、まともなドレスを着た彼女がどんなようすか見てみたいと思った。近侍にひげを剃らせながら、シェリーは、カーテンをとめる金色の紐だろうが、舞踏会用のドレスだろうが、なにを着ても独特の優雅な着こなしをするだろうと、スティーヴンは思っていた。

その期待は裏切られなかった。彼女は美しい顔を縁取る赤い髪を肩に垂らして、魅惑的で純情な少女役の女優のような姿で、ダイニングルームに入ってきた。胸もとが四角く開いた柔らかい水色のウールのドレスは、ぴったりと体に沿った身ごろが豊かな胸と細いウェストを強調し、シンプルなスカートがゆったりと床へと流れていた。スティーヴンのあからさまな称賛のまなざしを照れくさそうに避けながら、彼女はサイドボードのそばに控えている従僕に上品に会釈をして、銀の鉢に挿した白バラを楽しみ、テーブルに並んでいる銀の燭台《しょくだい》を褒めてから、彼の向かいの席に優雅にかけた。そこではじめて顔を上げて彼を見たが、浮かべた微笑みは温かさに満ちていた。彼女はドレスのことで感謝しているだけなのだとスティーヴンが気づくのには、少し時間がかかった。「……ドレスのせいでずいぶんお金を使わせてしまって」彼女は落ちついた口調で言った。

「そのドレスはたいして高価ではないし、着ている女性の美しさとくらべれば話にもならないさ」スティーヴンが答えると、彼女はその言葉に恥ずかしがって目をそらした。彼女はとろけるような微笑みや、優雅に揺れる腰や柔らかな胸のふくらみで、誘惑しようとしているわけではないのだと、彼は自分に強く言い聞かせた。サテンの枕の上に横たわり、豊かな胸を彼の思いのままにさせる姿を妄想してはいけない、いまここで彼女を前にしてそんなことを考えるのは不埒《ふらち》きわまると、自分に念を押した。より安全な話題へと思考を切り替え、今日はなにをして過ごしていたのかと、スティーヴンは尋ねた。

「新聞を読んでいたの」彼女は答えた。そして、蠟燭《ろうそく》の炎が髪を照らすなか、笑顔を輝かせながら、社交シーズンのロンドンの上流階級の人々の動向について、これまで新聞で読んだたくさんの記事について、あれこれ解説して彼を楽しませた。彼の知り合いはもちろん社交界の人々について、じかに紹介される前に新聞から知識を仕入れておきたかったのだと彼女は説明した。だれにも会わせない予定なのに、そんなことをさせてしまったことに、スティーヴンの良心は痛んだが、その作業に没頭していたせいで元気が出たようだと理由をつけて自分を納得させ、これまでのところどんなことを学んだのかと尋ねた。

彼女の答えと、夢中になって話す表情は、夕食のあいだずっと彼を楽しませ、慰め、魅了しつづけた。新聞で読んだおもしろい話やとんでもない出来事を、彼女は小さくかわいい鼻にしわを寄せたり、信じられないとばかりに目をむいてみせたりして、表情豊かに語ったので、彼はたびたび笑いたくなった。そうしているうちに、彼女は急に考え深げな表情になり、質問を静かに投げかけて、彼を完全に面食らわせた。彼女は記憶を失ったせいで、彼が属する社会階層の人々——ついでに言えば、アメリカの彼女自身の階層の人々——が、特定の行動をとる理由をうまく理解できなくなっているようだった。そのため、彼が当然と思っている慣習について、あらためて考えてみざるをえないようなするどい質問を投げかけた。

「『ガゼット』紙によると、エヴァンデール伯爵夫人のドレスは三千粒の真珠で飾られているんですって。それは正確な数字だと思う?」鴨《かも》料理を前にして、彼女は笑いながら尋ねた

「『ガゼット』紙の社会面の記者はジャーナリストとしては優秀だろうが、数字には強いか

な」スティーヴンは冗談まじりに答えた。

「もし、正確な数字だとしたら」彼女は見とれてしまうような微笑みを浮かべて言った。「たぶん、真珠がものすごく小粒なのか、それとも夫人がものすごく大柄な女性なのね」

「なぜ？」

「だって、真珠が大粒で夫人が小柄だったら、王様の前で膝を折って挨拶をしたあと、立ち上がるのにウィンチが必要になるわよ」

冷やかで威厳があり、まるまる太った伯爵夫人が空中に吊りあげられ、王座の前から運ばれる場面を思い浮かべてスティーヴンがにやにや笑っているあいだに、シェリダンはさっさと話題を変えた。彼女は組みあわせた指の上にあごをのせて、ダイニングテーブルの反対の端から彼をじっと見つめて尋ねた。「四月から社交シーズンのために貴族は全員ロンドンに集まって、六月まで滞在するのよね。そのとき子供たちはどうするのかしら？」

「ベビーシッターや家庭教師と一緒に田舎に残っているよ」

「秋のシーズンのときも、同じなの？」

スティーヴンがうなずくと、彼女は頭を傾けて暗い顔で言った。「そのあいだずっと、イングランドの子供たちはずいぶん寂しい思いをしているでしょうね」

「だから、ひとりで置いておかれるわけではないよ」スティーヴンは忍耐強く強調した。

「寂しさはひとりでいるかどうかとは関係ないわ。子供でも大人でも」

ふたりのあいだの子供というありえない話に進みそうな気配を感じて、スティーヴンはなんとかして話題を変えたいと願うあまりに、口調が冷淡になり、傷つきやすい状態の彼女への配慮がいつのまにかおろそかになっていた。「それはきみの経験から出た言葉かい？」

「さあ……わかりません」彼女は言った。

「残念だが、明日の晩きみは」

「ひとりにされる……のですね」

スティーヴンがうなずくと、彼女はさっと視線を目の前の皿のパイ料理に移し、勇気を奮い起こすように深く息を吸うと、彼をまっすぐに見つめた。「わたしがこんな話をしたせいで、出かけることにしたの？」

彼女にひどい仕打ちをしてしまったような気がして、スティーヴンはあわててつけたした。

「先約があってどうしようもないんだ」そして、こうして言い訳をする自分の姿が、みっともなく映らないようにと願いながらもさらに続けた。「それから、きみが少しはほっとするかと思って話しておくが、ぼくの両親は社交シーズンのあいだ、兄とぼくを二週間に一回はロンドンに連れてきていた。それに、兄夫婦や彼らの友人の一部はシーズンのあいだずっと、家庭教師をつけて子供たちを連れてきているんだ」

「まあ、それはすてき！」彼女は大きな声をあげ、太陽のような微笑みを浮かべていた。

「社交界のなかにそんな子供思いの両親がいることがわかって、とても安心したわ」

「たいていの人々は、子供のために時間をたくさん割く親たちをおもしろがっているけれどね」彼は冷やかに彼女に教えた。

「人はそれぞれ考えがあるのですから、他人があれこれあげつらうべきではないわ。そうでしょ？」少し眉をひそめながら彼女は尋ねた。

スティーヴンの心はすっかりかき乱されていた。意識的なのか無意識なのかはわからないが、シェリーは彼を試している。将来の夫としてのみならず、将来のわが子の父親としてふさわしいかどうか見極めようとしているのだ。だが、彼は彼女の夫にも子供の父親にもならないはずだ。それはそれで幸いだと彼は思った。なぜなら、第一に、彼女の評価では彼の点数はあまりよくはなさそうだったし、第二に、他人の意見に耳を貸さない彼女の性格では、たとえ社交界へ足を踏み入れたとしても一週間もすればはじきだされてしまうに違いない。スティーヴンは他人の意見に耳を貸したことなど一度もないが、男と女では話が違うし、とくに彼は財産と華々しい名声のおかげで、心ゆくまで自由にふるまっても絶対にとがめだてされないのだ。社交界の口さがない夫人たちは、スティーヴンを自分の娘と結婚させようと熱心なせいで彼の欠点には喜んで目をつぶるが、シェリーに対してはなんの遠慮もなく、社交上のささいな失敗をたてにしてやり玉にあげるだろう――ましてや、今晩のようにスティーヴンとふたりきりで夕食をとったりすれば、許されるはずがない。

「自分の行動を他人の意見で左右されるべきだと思いますか？」彼女がくりかえした。

「いや、まったくそうは思わない」彼はおごそかに断言した。

「それを聞いてうれしいわ」

「残念ながら、そうだろうと思ったよ」スティーヴンは笑いを抑えながら言った。

食事を楽しみ、客間に移ってからも彼はずっと上機嫌だったが、お休みの挨拶をするときになってみると、彼女の頬に兄のような軽いキスをするだけで自制するのはとても難しかった。

17

「あなたがなにをしたのかは知らないが、なんにせよ、効果はてきめんだね」翌日の夕方、ホイッティコム医師が客間に顔をのぞかせて言った。スティーヴンは一緒に夕食をとろうとシェリーを待っていた。

「では、彼女は調子がいいんだね？」スティーヴンは返した。情熱的で前向きな〝婚約者〟がにわかに乙女らしい罪の意識を感じて、前日の晩に彼がうっかりしでかしたことの一部始終を医師に打ちあけたりしなかったのに胸をなでおろしていた。スティーヴンは終日、書斎にこもって来客と仕事に明け暮れていた。まずは管財人のひとり、つぎに所有する屋敷の一軒の改築をまかせている建築家と会っていたので、彼女と会う時間はまったくなかったのだ。もっとも、召使いたちからは、広大な屋敷のどこに彼女がいるのか何度も連絡させ、彼女が元気そうにしていると報告を受けていた。今晩は心ゆくまで楽しもうと、彼は楽しみにしていた。シェリーと食事をして、その後はヘリーンと……。どちらをより楽しみにしているかについては、あえて考えないようにしていた。

「調子がいいどころではありません」医師は言った。「満ち足りていると表現してもいいほどです。すぐにおりていくとあなたに伝えてほしいと言っていましたよ」

せっかく楽しい夜を想像していたのに、台無しにされた気分だった。というのも、医師が招かれてもいないのに――そして望まれてもいないのに――さっさと部屋に入ってきて、スティーヴンをあからさまに興味津々で観察しているのだ。彼のような目のきく人間にそんなことをされるのは、はっきり言って迷惑だった。「あれほど奇跡的な変化を遂げさせるとは、いったいなにをしたのかな？」

「お勧めにしたがっただけさ」スティーヴンはあたりさわりなく答えて医師に背を向け、シエリー酒のグラスが置いてある炉棚へと移動した。「つまり……彼女が……安心と幸福を感じられるように心を砕いた」

「もう少し具体的に教えてもらえませんか？　仲間の医師たちが――ミス・ランカスターの記憶喪失について相談していたので――あなたの治療方法に関心を抱くでしょう。まさに驚異的な効果だ」

スティーヴンは炉棚に肘をついて、答えを待っている医師にからかうように片眉を上げてから、そっけなく言った。「つぎの往診の時間に遅れてはいけないよ」

遠まわしに帰れと言われたヒュー・ホイッティコムは、スティーヴンが彼女とふたりきりで夜を楽しみたいと思っているのだと思った。もしくは、彼女の献身的な婚約者という役を演じなければならないせいで、その茶番をだれにも見られたくないのかもしれない。前者であることを確認したいと思いながら、医師は愛想よく言い返した。「たまたま今夜はなんの予定もありません。よろしければ夕食に同席させていただいて、あなたがミス・ランカスターをどんなふうに扱っているのか、じかに拝見させてはもらえませんか？」

スティーヴンは内心を押し隠して穏やかな表情を浮かべ、声にさまざまな意味を込めて言った。「それは無理な相談だね」

「たぶんそうだろうと思っていました」ホイッティコム医師はにやりとした。

「かわりに、マデイラ酒を一杯いかがかな」スティーヴンはそしらぬ表情と口調で医師に勧めた。

「おお、ありがとう。もちろん、いただきますよ」スティーヴンがなぜ帰らせようとするのかの詮索は、ホイッティコム医師にとってもうどうでもよくなっていた。デキャンタやグラスがずらりと並ぶキャビネットのそばに控えていた従僕に、スティーヴンが黙って首を振って指示を出すと、ほどなくマデイラ酒のグラスが医師に渡された。

来週になって社交シーズンがはじまり、人々が大挙してロンドンにやってきたら、シャリース・ランカスターの存在をどう説明するつもりなのかと医師が訊こうとしたとき、暖炉の前でくつろいでいた伯爵がすっと背筋をのばして、戸口のほうへ視線をやった。その視線を追ってホイッティコム医師も振り返ると、ミス・ランカスターが部屋に入ってくるのが見えた。豊かな巻き毛に幅広の黄色のリボンを編みこんで結いあげ、魅力的な黄色のドレスをまとっている。医師を見つけた彼女は礼儀作法を守って年配の医師に敬意を払い、まっさきに挨拶をしに近づいてきた。「ホイッティコム先生」彼女はうれしそうにほほえんだ。「ここで待っていてくださるなんて、さっきはおっしゃらなかったわ！」

彼女は両手を差しのべたが、それはイングランドの育ちのいい娘が知りあってまもない相手に見せるには親しすぎるしぐさだった。だが、ホイッティコム医師は面倒な礼儀作法はさておいて、彼女の気取りのなさを好ましいと思って、その手をとった。とにかく、彼女はとても好ましかった。「じつに、美しい」医師は後ずさりしてドレスを眺めつつ、心を込めて褒めた。「まるでキンポウゲの花のようですな」それはまさにぴったりな表現だった。

シェリダンは婚約者のスティーヴンにドレス姿を見せると思うととても緊張してしまい、顔を合わせる瞬間を先のばしにしていた。「でも、さっき診ていただいたときのわたしとなんの変わりもありませんわ。もちろん、そのとき服は着ていませんでしたが」最後のひと言を聞いてスティーヴンがむせるほど笑ったので、シェリダンは穴があったら入りたい気持ちになった。

「正確に言えば」彼女はスティーヴンのハンサムな笑顔を見上げて、すばやく訂正した。「この服は、着ていなかったという意味よ」

「説明してくれなくてもわかっている」スティーヴンはドレスの四角い襟ぐりからのぞく磁器のような白い肌とバラ色に紅潮した頬に見とれていた。

「すてきなドレスをいただいて、どうやってお礼をしたらいいかと」シェリダンはそう言いながら、彼の青い瞳の深みで溺れてもいいと感じていた。「じつは、ドレスが届いたおかげでとてもほっとしたの」

「そうなのか?」スティーヴンは思わず笑顔になった。彼女が部屋に入ってくると、理由もなく幸福な気分になるし、急ごしらえのシンプルなドレスを数着プレゼントしただけで素直に喜びを表現する彼女に見つめられると、自然とうれしくなってしまうのだ。「なぜ、ほっとしたのかな?」彼は尋ねた。彼女がホイッティコムには両手を差しのべたのに、自分にはそうしないのに気づいていた。

「それは私もなぜかと思ったよ」ホイッティコム医師が言うと、彼女はためらいながら答えた。「二日前の夜に着ていたドレスと同じようなものだったらどうしようかと心配していたんです」彼女は医師に説明した。「あれは、とても美しいドレスだったけれど……なんと言うか……風通しがよすぎて」

「風通し、というと?」ホイッティコム医師はわけがわからず訊いた。

「ええ、あの……ひらひらして、しっかりしたドレスというよりは、ラヴェンダーのベールのような感じで。あの銀色のリボンがほどけたら大変だと心配で……」医師の視線が彼女からスティーヴンに移ったので、彼女は口をつぐんだ。「つまり、そのドレスはラヴェンダー色だったのですね」医師は視線をスティーヴンに据えたまま彼女に訊いた。「生地がひどく薄っぺらで?」

「ええ。でも、イングランドでは認められている服装だとか」医師がスティーヴンに向けている視線がますます非難がましくなるのを感じて、シェリダンはあわてて言い添えた。

「だれがあなたにそう言いました?」

「侍女の――コンスタンスです」医師が目を細めてにらんでいる前で、なにやら楽しげに見える婚約者への誤解を解こうと決心した彼女は、しっかりした口調で続けた。「ホイッティコム先生、侍女がそれは〝正餐のベルがひとつ鳴ったとき用の《フォー・ワン・ディナー・ベル》〟ドレスだと言っていました。侍女がたしかに言ったんです――フォー・ワン・ディナー・ベルと！」

それを聞いたとたん、男ふたりは視線を戦わせるのをやめ、彼女を見つめた。「なんだって？」ふたりは声をそろえた。

こんなことを言わなければよかったと後悔しながら、シェリダンは長いため息をついて、呆気にとられているらしい彼らに辛抱強く説明した。「侍女が言うには、あのラヴェンダー色のドレスは〝ワン・ディナー・ベル〟のためのものだと。あのときは、ベルが鳴らされたかどうかわからなかったし、正餐《ディナー》ではなく夕食《サパー》だと知ってはいたけれど、ほかに着るものがなにもなくて、とにかくどうにか……」スティーヴンの顔にやっと事情をのみこんだらしい表情が浮かんだので、彼女は話をそこでやめた。彼は吹きだしたいのを我慢しているように見えた。「なにか、おかしなことを言いましたか？」

ホイッティコム医師はスティーヴンを見て、ちょっといらついたように問いただした。「いったい彼女はなにを言っているのかね？」

「〝アン・デザビエ〟、つまり〝ネグリジェで〟ということです。その侍女はフランス語の発音がまるでなってない」

ホイッティコム医師はすぐに理解してうなずいたが、その説明で笑う気にはなれなかった。

「ミス・ランカスターのために、すぐにも立派な淑女にふさわしい侍女を見つけてくれるでしょうね。そうすれば、服装の問題はすっかり解決され、二度とこんな誤解は起きませんよ」

ホイッティコム医師はマデイラ酒を飲み干すと、銀の盆を掲げて近づいた召使いにグラスを渡した。それから、スティーヴンがまだ返事をしていないことに気づいた。返事を強く求めようとして振り返ると、スティーヴンは返事をするどころかホイッティコム医師の存在すら忘れているのだと気づいた。彼はシャリース・ランカスターに笑顔を向けて、軽く叱るような調子で話しかけていた。「きみはまだ、夜の挨拶をしてくれていないよ、マドモアゼル。おかげで、ひどく打ちのめされた気分がしてきた」

「まあ、たしかにそんなお顔ね」シェリダンは相手の口調に合わせてわざと大げさに答えた。青い瞳で彼女の瞳をとらえ、そのハンサムな顔に柔らかい笑みを浮かべながら、さりげなく炉棚にもたれているスティーヴン・ウェストモアランドは、男らしさと自信をみなぎらせていた。にもかかわらず、彼のからかうような言動と微笑みの温かさには彼女の気分を引きたたせる効果があって、つい釣りこまれてしまう。「すぐにご挨拶しようとは思っていたの。でも作法を忘れてしまって、あなたに訊かなければと思って」

「どういう意味だ?」

「膝を折って、きちんと挨拶するべきなのかしら?」言葉に窮してかすかに笑いながら説明する彼女を、スティーヴンは心からかわいらしいと思った。彼女はなにか大きな問題にぶつかると、ほほえみながら正直にその障害を越えていくが、本当に信じがたいほど勇敢だと彼は感心していた。どう挨拶してほしいかと訊かれれば、ホイッティコムにしたのと同じように両手を差しだしてくれるか、願わくは、唇を差しだしてキスを受けてくれることだったが、どちらもその場では無理だったので、彼はうなずいて、簡単に答えた。「習慣なのでね」

「やはり、そうなのね」シェリダンは優雅にさっと膝を曲げて挨拶をした。「これで、よろしいかしら？」差しだされたスティーヴンの手のひらに自分の手を軽く置きながら訊いた。

「とてもよくできたよ」スティーヴンが笑って答えた。「さて、今日はなにをして過ごしたのかな？」

ふたりのようすを、ホイッティコム医師は視線の隅で注意深く観察していた。スティーヴンの微笑みの温かさ、彼女を見つめる視線、必要以上にあるいは礼儀上許される以上に彼女から近い位置に立っていること。たとえ、与えられた役割を演じているだけだとしても、彼がそれを楽しんでいるのはあきらかだった。そして、もし、演じているだけではないとしたら……。

ホイッティコム医師は後者の可能性を確かめてみようと決心した。そして、軽く冗談めかした口調で、ふたりの横顔に向かって話しかけた。「このまま夕食をご一緒してもいいかな、もし招かれればだが――」

彼女は医師のほうを見たが、スティーヴンはちらりとも見ずにそっけなく言った。「それは無理だな。帰りたまえ」

「気のきかない人間だと言われたくありませんので」ホイッティコム医師はあっさり納得した。いつになくつれないスティーヴンのようすなど、見聞きしたすべてのことに勇気づけられ、うれしく感じていたので、執事が玄関で帽子と杖を渡してくれたとき、医師はその手を思わず握りそうになった。

「あの若いお嬢さんを、私の代わりに見守っておくれ」医師はそう言うと、いわくありげに片目をつぶってみせた。「これは私ときみとの小さな秘密だよ」玄関前の階段を半分ほどおりたところで、さっきの執事がコルファックスではなく、もっと年配の男だったと気づいた。

だが、どちらでもかまわなかった。とにかくとても気分がよかったからだ。

馬車を待たせてあったが、あまりに気持ちのよい夜だったので、少し歩きたくなり、ホイッティコム医師は御者についてくるように身振りで伝えた。彼とウェストモアランド家の人々は、もう何年ものあいだ、女性たちがスティーヴンの前に身を投げだすのをなすすべもなく見てきた。彼女たちはみな、自分の身と引き換えにスティーヴンの爵位や財産、そしてウェストモアランド家との姻戚関係をなんとしても手に入れようとして躍起になったので、かつてはエレガントな魅力と気取らない温かさが持ち味だったスティーヴンを、頑固な皮肉屋に変えてしまった。

スティーヴンはイングランドのすべての仲人好きの婦人に追いまわされた。莫大な財産と強力な一族の一員であるという理由で別格の敬意を受け、もっとも望ましい結婚相手と尊ばれた——それは、彼の人となりではなく、肩書や財産ゆえのことだった。

独身でいる期間が長引くほど、未婚既婚を問わず女性たちにとって、スティーヴンはますます挑戦しがいのある標的となり、しまいには、舞踏会に現われればその場の女性たちが文字どおり熱狂するほどになった。そんな状況に置かれて、彼は女性はみな欲得ずくだと思うようになった。その結果、女性たちへの態度はますます辛辣になって、自分と同じ階級の女性よりも愛人をおおっぴらに同伴するようになっていた。ここ二年は社交シーズンにロンドンに来ることはめったになく、来たとしても舞踏会や晩餐会《ばんさんかい》などの社交の場に顔を出すのを嫌って、男性の友人たちとギャンブルに興じるか、愛人のヘリーン・デヴァネイを伴って劇場や歌劇場を訪れるかして過ごしていた。彼に反感を抱いている上流階級の人々の前でも、あまりにあからさまに愛人を見せびらかすようにするので、それがスキャンダルのもとになり、彼の母親である公爵未亡人と義姉ホイットニーはひどく悩まされていた。

一、二年前までは、自分を誘惑しようとする女性たちを、スティーヴンはそれなりに大目に見ていた。見くだしながらもおもしろがる程度だったが、最近では、彼の忍耐力は限界に来たようだ。ここのところ、すり寄ってくる相手には屈辱の涙を流させ、女性の身内が聞けば間違いなく激怒するような言葉を投げつけたり、恐ろしく無礼な態度をとったりするようになっていた。

ところが……今夜はシャリース・ランカスターの瞳を見つめて、かつての温かさが戻ったような微笑みを投げかけていた。その態度のいくらかは、彼女の婚約者の死に責任を感じているという事実から来るものに違いない。たしかに責任がないとは言いきれない。彼女は彼を強く必要としているが、ホイッティコム医師の見解では、彼もまた同じくらい強く彼女を必要としている。スティーヴンの人生には穏やかさと美しさが必要なのだ。この世界には、爵位や財産や縁故の利用価値だけでなく、彼自身を心から必要とする未婚の女性が存在するという、たしかな証拠を見つけてもらわなければ。

シャリース・ランカスターは、彼の爵位も邸宅の大きさや豪華さも、まったく重要視していないようだ。彼自身にも彼の財産にもおじけづくことなく、見つめられてたじろぐ気配もなかった。今夜の彼女はホイッティコム医師にとても自然な温かさを込めて魅力的に挨拶したあと、スティーヴンの言葉に声をあげて笑っていた。はっとさせられるほど率直で気取りがなく、そのうえ美しく愛らしい。それでいて、スティーヴンに放っておかれたときは、すっかりうちひしがれていた。自分よりも他人の心を思いやることができ、たとえ腹を立てても、品位を失わず寛大な心で許せる数少ない女性だ。彼女は意識が戻った当初、必ず傷を治し記憶も回復するから伯爵には必要以上に心配しないよう伝えてほしいと、ホイッティコム医師に何度も頼んだ。さらには、彼が事故のことで自責の念にかられるだろうと心配するほど、思いやりにあふれ、洞察力がするどい。それに加えて、スティーヴンにも従僕たちにも、だれに対しても親しみやすく真心で接しているようすに、ホイッティコム医師は心から感心していた。

モニカ・フィッツウェアリングは性格も育ちもすばらしい若き美女で、ホイッティコム医師も好意を感じるものの、スティーヴンの妻には向いていないと思っていた。彼女は――教えこまれてきたとおり——美しく、優雅で、穏やかだったが、そうした育ちのよさゆえに、夫を深く愛し愛されたいという欲望もなく、そうするための能力も備えていなかった。スティーヴンの激しさとはまるで釣り合いがとれない。彼がモニカと一緒のときに、ついさっきシャリース・ランカスターに見せたような温かいやさしげなまなざしを見せたことは一度もなかった。モニカはスティーヴンのために女主人役を立派に務め、魅力的な夕食の相手にはなれるだろうが、決して彼の心にふれることはできないだろう。

しばらく前にスティーヴンは家族の前で宣言していた。モニカだろうとだれだろうと、跡継ぎをつくるためだけに結婚するつもりはないと。それならばまだ希望が持てると、ホイッティコム医師は思った。彼は上流階級に蔓延している便宜上の結婚をまったく認めていなかった。自分が大切に思っている人々にはだれひとりそんな結婚はしてほしくなかった。そして、ウェストモアランド家の人々をとても大切に思っていた。だから、スティーヴンにはぜひとも、兄のクレイトン・ウェストモアランドとホイットニーのような結婚を、ホイッティコム自身と亡き妻マーガレットのような結婚をしてほしかったのだ。

愛する妻、マーガレット……。

いまでも、アッパーブルックストリート沿いの豪壮な邸宅街を散歩すると、彼女を思い出してほほえんでしまう。そういえば、シャリース・ランカスターはマーガレットを思い出させると、ホイッティコム医師は気づいた。もちろん姿形《すがたかたち》ではなく、思いやりが深くて勇気があるところが同じだった。

あれこれ考えたすえに、ホイッティコム医師は強く確信した。運命がようやく、スティーヴン・ウェストモアランドにふさわしい幸運をもたらしたのだ。とはいえ、スティーヴン自身は、そのような幸運は望んでいないだろうし、シャリース・ランカスターは自分の〝婚約者〟と主治医にだまされたと知ったら、〝幸運〟に恵まれたとは感じられないだろう。それでも、ホイッティコム医師は運命の味方をしようと心に決めた。必要ならばどんな助力も惜しまないつもりだった。

「愛するマギー」ホイッティコムは妻の名前を呼んだ。妻は十年も前に他界していたが、いまだにすぐそばにいるように感じられ、彼女に話しかけるといつも心が癒された。「この手でここ数年来最高のカップルを誕生させることができる気がするが、どうだろう?」

杖を振り、首をかしげて耳を澄ましてから、彼はくすっと笑った。懐かしい妻の答えが聞こえるような気がしたのだ。「マギーではなく、マーガレットと呼んでくださいね、ヒュー・ホイッティコム!」

「ああ、愛するマギー」ホイッティコムは顔をほころばせて、いつものようにささやいた。「きみはいつだってマギーさ。馬の背中から、この腕のなかにすべり落ちてきたときからずっと」

「すべり落ちたのではないわ。馬から下りたのよ。ただちょっと不器用だっただけ」

「マギー、きみがここにいてくれたらな」

「いつもそばにいるわ、あなた」

18

その日スティーヴンは、夜はヘリーンと過ごそうと思っていた。劇場へ行って、それから彼女のベッドへ。だが、家を出てから三時間後、彼は自宅の玄関前に戻ってきていた。ノックをしても返事がなく、彼は顔をしかめた。玄関広間に入って、執事か召使いがいないかと見まわしたが、まだ早い時間にもかかわらずだれもいないようだ。手袋を小机に置くと、大広間へと足を進めた。いつもなら上着を脱がせてくれる執事さえ姿を見せなかったので、自分で脱いだ上着を椅子の肘かけにかけた。それから、時計がとまっているのかもしれないと気づいて、とりだして確かめた。

時計の針は十時半を指していた。念のために炉棚の上の金時計を確かめると、やはり同じ時刻だ。ヘリーンの家へ出かけたりクラブで過ごしたりするときには、いつも戻るのは明け方で、帰宅すると眠そうな目をした従僕に玄関広間で迎えられるのだった。

スティーヴンは先ほどまでの、ヘリーンと過ごしていた夜を振り返った。そして、今夜ずっと心をおおっていたわけのわからない不満と退屈をこすり落とそうとするかのように、だるそうに手を上げて首のうしろをこすった。劇場のボックス席に座っていても、舞台を楽しむ気にはなれなかった。そうしているうちに、役者の演技も音楽も、舞台のセットも、となりのボックス席の年配の未亡人の香水の香りまで、ありとあらゆるものが癇に障るように思えてきた。どうしようもなくいらいらして、すべてが退屈で気分が悪かった。

シェリーとともにした早めの晩餐では、彼女が最新の新聞記事の話題をするどい指摘をまじえながらおもしろく語ってくれたせいか、いつになく楽しい時間を過ごしたが、屋敷を出たとたんに、その高揚した気分が薄れはじめたのだ。

一幕目が終わるころには、彼の不機嫌さを感じとったヘリーンが扇で口もとを隠しながら、誘うような笑みを浮かべてささやいた。「ここを出て、もっと心地のいい場所でふたりだけの〝第二幕〟を演じましょうか？」

スティーヴンはその誘いに喜んで応じたが、いざベッドに入ると、やはり劇場にいたときと同じくまるで気分が浮きたたなかった。服を脱ぎ、普段ならゆっくりと前戯を楽しむところだが、どうしてもその快楽に没頭できなかった。求めていたのは、彼女のなかに自分を吐きだすことだけだった。官能的な喜びではなく肉体的な解放が欲しかったのだ。自分勝手に欲しいものを手に入れて、相手にはなにも与えなかった。

ヘリーンはもちろん気づいていた。そして、彼が起きあがろうと上掛けを押しやると、彼女は片肘をついて彼が服を着るのを見ていた。「今夜、あなたの頭をいっぱいにしているのはなんなの？」

罪の意識と苛立ちを感じたスティーヴンは、腰をかがめて彼女の額に弁解がましいキスをした。「複雑で厄介な難問を抱えているが、きみは心配しなくていい」それが言い逃れなのはふたりとも承知していたし、普通なら愛人には説明を求める権利も非難する資格もないこともわかっていたが、ヘリーンは普通の愛人の範疇《はんちゆう》をはるかに超えていた。抜きんでた美と知性を誇り、名家出の社交界の美女に勝るとも劣らない人気があり、高い評価を受けていた。彼女は自分にふさわしい恋人を選んだ。裕福な貴族の男たちはみな、スティーヴンがしたように彼女のベッドと同伴を独占することと引き換えに〝庇護〟を提供する機会を待っていた。

ヘリーンは彼の逃げ口上に微笑みを浮かべ、V字形に深く開いた彼のシャツを指先でたどりながら、さりげない口調で尋ねた。「マダム・ラサールの店のお針子が話していたのだけれど、大急ぎであなたのお屋敷にドレスを届けさせたそうね、滞在中のゲストのために。うまくいっているの、その……難問は？」じつに微妙な訊き方だった。

スティーヴンは背筋をのばして、おもしろがるような、いらだつような、賢さを称賛するような視線で彼女を見つめた。「その難問は、複雑で、厄介だ」素直に認めた。

「やっぱり思ったとおりね」ヘリーンは世慣れた笑みを浮かべたが、スティーヴンは彼女の声に悲しげな響きが含まれているのを感じた。屋敷に知らない女がいるのを心配しているのだ。それに気づいて彼は困惑した。彼のような階級の人々にとって、たとえ妻がいても愛人を持つのは男の自由だ。結婚は条件の釣りあう者同士のあいだで成立し、跡継ぎを得ることが第一の目的とされる。夫も妻もそれぞれに好きな生活をするし、浮気はごくあたりまえだ。

上流階級の結婚において、大切なのは倫理観ではなく思慮深さなのだ。ヘリーンも彼もそうしたことはすべて承知しているし、ましてや結婚しているわけでもないのだから、彼女が彼の屋敷にいる女性客のことを多少なりとも気にしているという事実に、スティーヴンは驚いた。かがみこんで彼女の唇を奪いながら、絹の感触の太腿に手をすべらせた。「大げさに考えすぎだ。けがをして行き場のない哀れな小娘を、家族が迎えに来るまでうちの屋敷で養生させているだけだよ」

だが、ヘリーンを住まわせている家を出たスティーヴンは、シェリーには哀れな小娘という表現はまるであてはまらないと認めずにはいられなかった。彼女は勇敢で頭がよく、生き生きとして楽しく、天性の官能的な魅力があり、いつも周囲を明るくする。そして、驚くべきことだが、今夜は彼女と一緒にいた時間のほうが、ヘリーンとオペラを観てベッドをともにするよりも、ずっと楽しく過ごせたのは事実だった。彼と話すときも、彼の腕に抱かれるときも、彼女は心からうれしげで……。

アッパーブルックストリートの自宅へ向かう馬車のなかでそんなことを考えるうちに、スティーヴンはありえない可能性について思いをめぐらせていた。バールトンは二流貴族の称号と妻の座以外に、彼女に与えられるものはなにも持っていなかった。それなのに、彼女とその父親は喜んで結婚の話を決めたのだ。バールトンが死んでまもなく、スティーヴンは葬儀の手配をして、彼の私生活について調べさせた。なにか心配りが必要なことがあるかどうか確かめるためだった。その結果、バールトンはとんだギャンブル好きだとわかった。今朝マシュー・ベネットの事務所から届けられた最終報告書によれば、彼はささやかな相続財産を残らず使い果たしていた。ギャンブルで残った借財はスティーヴンが肩代わりするつもりだが、その借財以外にはなにひとつ遺《のこ》されていなかった――不動産も、先祖伝来の宝石も、馬車一台さえ。シェリーとの結婚に合意して得た持参金さえも、すでに食いつぶしてしまっていた。

結婚して一、二年もすれば、シェリーは貴族とは名ばかりの貧しい生活をすることになっていただろう。結婚で得たものといえば、貴族の称号がひとつだけ、それもスティーヴンが有する称号とは比べ物にならないお粗末なものだ。スティーヴンは結婚する気はなかったが、彼女に贅沢な暮らしをさせる力はある――いや、喜んでそうさせたい。彼女さえその気になって、決まり事を理解し条件をのんでくれるのなら、おたがいに楽しく暮らせる……。

自分がよこしまな考えにふけっているのに気づいて、スティーヴンは驚き、心底ぞっとした。シェリーは汚れない乙女であり、高級売春婦ではない。それに男女のその種の関係については、なにひとつ知らないだろうし、たとえ知っていたとしても、彼女はあまりに若く、自分ははるかに年長だ。

だが、彼は幸運にも、彼女に対してそんな邪悪な申し出をするほど年寄りではないし、女性の将来を台無しにするほど堕落してもいないし、それほど退屈しているわけでもない。花婿になるべき若者を殺し、二週間もしないうちに、その男の花嫁になるはずだった女性を囲おうと考えられるほど、自分が倫理観を欠いた下劣な人間であるはずがない。そんなことを、たとえ一瞬でも念頭に置くなど、不快どころか頭がおかしくなったとしか思えない。年月とともに自分が理想を失ってしまったのは否定できないけれど、心まで失ったと感じたのは、それがはじめてだった。

自分がすっかり堕落してしまったような気がして、スティーヴンはたったいまからシェリーの当面の保護者としての役割に専念して、個人的な接触はなるべく避けようと決心した。そのためには、彼女が安心と幸福を感じて暮らせるように心を配るだけでなく、彼女にふれたりしないようくれぐれも自制しなければ！

彼女は彼と婚約していると思っているかもしれないが、ぼくは真実を知っているし、それを忘れてしまうことはない！　記憶を失った人間はひとりで十分だ！

スティーヴンは、シェリーが早くよくなるようにと熱心に願ったが、本当の婚約者を奪ったことについては、以前ほど強い罪悪感はなくなった。彼女はあんな青二才にはもったいない。バールトンは彼女にふさわしい男ではなかった。未熟で無責任で財産もない男だった。彼女は毛皮をまとって、贅沢な品々に囲まれて暮らすのが似つかわしい。

そんな暮らしをさせられる結婚相手を見つけてやる責任は、おそらく自分にあるのだろうとわかってはいたが、それについてあまり深く考えたくなかった。いまはただ、残りの夜を彼女とふたり楽しく過ごしたかった。

スティーヴンはだれもいない応接間に立って、いったいいつのまに、炎の色をした髪の乙女にこれほど肩入れするようになったのだろうかと疑問に感じつつ、大切な客人である彼女をぞんぶんに歓待し、保護者としての役目を果たさなければとあらためて思った。

だが、屋敷内はだれもいない墓地のように静まりかえっていた。

ポケットに手をつっこんで、シェリーか召使いかがいまにも空っぽの部屋から姿を見せるのではと期待しながら、ゆっくりと向きを変えた。それでもだれも現われなかったので、このまま寝室へ向かうかだれかを起こそうか決めかねたまま、二、三歩進んだ——いつもは有能な従僕たちなのに、いったいどうしたのだろうか。呼び鈴の紐に手をのばしかけたとき、奥のほうのどこかから、いっせいに大勢の声がかすかに響いたと思ったが、すぐになにも聞こえなくなった。

不思議に思ったスティーヴンは、声が聞こえたほうへ向かった。ブーツの靴音を響かせながら、円柱が並ぶ玄関広間を横切り、奥へと続く長い廊下を進んだ。廊下のはずれで足をとめ、首をかしげて聞き耳を立てた。きっとシェリーはもう何時間も前に自室へひきとったに違いない。となれば、あれほど歓待してくれる愛人を置いて、わざわざ彼女の世話をしようと急いで帰宅した自分がいらだたしく思えてきた。

うんざりしてきびすを返そうとしたところで、廊下の奥の厨房のほうからシェリーの楽しそうな声が耳に届いた。「いいわ、みなさん。もう一度やってみましょう。ミスター・ホジキン、あなたはわたしのとなりで、もう少し大きな声で歌ってね。わたしがまた歌詞を間違えないように。さあ、いきますよ」

ふいに、イングランドの子供ならだれでも歌える古いクリスマスソングのコーラスがはじまった。スティーヴンはつかつかと厨房へ向かった。自分に仕えるはずの使用人たちが仕事をなまけてシェリーと一緒に厨房にいるのだと思うと、苛立ちを抑えられなかった。タイル敷きの広い厨房の入口で足をとめたスティーヴンは、目の前の信じられない光景に思わずにやりとした。

それぞれの役目に応じたお仕着せを着た五十人の使用人たちが五列に並んで、シェリーと老執事のホジキンがその前に立っている。普段から屋敷内のスタッフは、執事頭と家政婦を筆頭に何世紀も続く厳格な序列を守っていたが、どうやらシェリーは階級にも作法にも無頓着に、おそらくは歌唱力にしたがって隊形を組ませたらしかった。誇り高い執事頭のコルファックスは気の毒にも後列で小間使いと洗濯女に挟まれ、屋敷内で彼と序列を争っている近侍頭のダムスンは、なんとか前列を確保していた。厳格なダムスンは紳士のなかの紳士で、スティーヴン以外とはめったに口をきかないのだが、それがいまは、従僕と肩を組んで頭を寄せあい、うっとりと天井を見あげながら楽しげに声を合わせていた。

あまりにも意外なその光景は想像をはるかに超えていたので、スティーヴンはしばしその場に呆然と立ちつくした。お仕着せで正装をした馬丁や門番や従僕が、小間使いや洗濯女や汚れた白いエプロンをつけた太った皿洗い女と、仲よく声を合わせて歌うのを眺めていた。その場の全員が、合唱隊を指揮しているかのように大きく両手を振っている、背中の曲がった老いた副執事の指示にしたがっていた。

目の前の光景にすっかり目を奪われて、ダムスンととなりの従僕、そして他の数人がとてもよい声をしていることに気づくのに数分かかった。さらに数分後、自分が劇場でのプロの舞台よりも自宅の厨房の素人の歌声をはるかに楽しんでいることに気づいた。

春の盛りになぜクリスマスソングを歌っているのか不思議に思っているうちに、シェリーがコーラスに加わった。彼女の声が、自称テノールやバリトンが出す声よりはるかに高い音程までやすやすと上昇するのに、スティーヴンは息をのんだ。音程が低い部分では、彼女はその場しのぎのコーラス隊の気取りのない調子に合わせて歌い、高音部分になると、広い部屋の隅々まで共鳴するような、天にも昇る美しい声を響かせた。

歌が感動的に終わりを迎えると、七歳くらいの給仕の少年が進みでて、包帯を巻いた前腕を彼女に差しだした。そして、照れくさそうに笑いながら言った。「もしもう一曲楽しい歌を聴けたら、この腕はもっとよくなると思います」

戸口にいたスティーヴンは背筋をのばし、その少年に彼女を困らせないよう注意しようと口を開きかけたが、ダムスンが前へ出たので、たぶんそういう指示を与えるものと思った。だがダムスンは予想外の発言をした。「お嬢様、ここにいる全員がこう感じているに違いありません。今夜ご一緒させていただいて、あなたの――どうか厚かましい発言をお許しください――美しい声を聞かせていただいて、まさに至福のひとときでございました」

長くて大げさな演説に、彼女はおずおずと困ったようにほほえみ、少年の腕の分厚い包帯を直そうとしゃがんだ。「ミスター・ダムスンが申しあげたかったのは」執事頭のコルファックスが近侍頭をうんざりしたように見ながら言いなおした。「私どもは全員、今夜とても楽しい思いをいたしました、ということです、お嬢様。そして、もしあとほんの少しだけこの時間をのばしていただけたら深く感謝いたします」

少年は執事頭と近侍頭をあきれ顔で見てから、シェリダンに輝くような笑顔を向けた。彼女は少年の目の高さで、包帯の下を確かめて顔をしかめた。「ふたりとも、もう一曲歌えませんかって言っています」少年が言った。

「まあ」シェリダンは笑って立ち上がりながら、スティーヴンの見ている前で執事頭と近侍頭に向かってかわいらしくウィンクした。「そういう意味なのですか?」

「そのとおりです」ダムスンがコルファックスをにらみつけながら答えた。

「おっしゃるとおりかと」コルファックスも負けずににらみかえした。

「それで、もう一曲いいですか?」少年が言った。

「ええ、もちろん」シェリダンは厨房のテーブルに腰をおろし、少年を膝に抱きあげながら言った。「でも、今度はあなたたちが歌うのをわたしが聴くわね。そうすれば、あなたたちの歌をもう一曲覚えられるから」彼女は笑顔で指示を待っているホジキンのほうを向いた。

「ミスター・ホジキン、あの最初の歌――みなさんが歌ってくれた、大薪《おおまき》が明るく燃える雪降るクリスマスの夜の歌がいいわ」

ホジキンはうなずくと、痩せた両手を上げて静粛にするよう求めてから、情感込めて腕を振りだし、使用人たちもスティーヴンには気づかないまま熱心に歌いだした。シェリダンは膝の上の少年にほほえみかけ、なにかささやいていたが、ふと手で少年の頬にふれ、その汚れた顔をドレスの胸もとに抱き寄せた。その光景には母性的なやさしさが強く感じられた。スティーヴンは思わずはっとして、なぜかそのイメージを頭から消したくなって前に進みでた。「もうクリスマスだったかな？」彼はそう言って、部屋へ足を踏み入れた。

彼の突然の登場は、わきあいあいと楽しんでいた人々に、両手に銃を持った男が乱入した以上に大きな衝撃を与えた。五十人の使用人たちはあわてて黙りこんで、押しあいへしあいしながら後ずさりしてその場からいなくなった。シェリダンの膝にいた少年も身をよじらせて、とめるまもなく逃げていった。コルファックス、ダムスン、ホジキンの三人だけが威厳を残して——だが、ひどく用心深いようすで——後ずさりして、お辞儀をしてから出ていった。

「みんなあなたをとても怖がっているのね？」シェリダンは彼が早く帰宅したのがうれしくて、顔をほころばせて尋ねた。

「持ち場を簡単に離れるくらいだから、それほどでもないさ」スティーヴンはそう言ったが、彼女があまりに後ろめたそうな表情になったので、気持ちとはうらはらにほほえんだ。

「わたしのせいなの」

「そうだろうと思っていた」

「どうしてわかったの？」

「こう見えても推論するのは得意でね」彼は大仰にお辞儀をしてみせた。「彼らの歌を聴いたのははじめてだ。ちなみに、帰宅して、だれも迎えに出てこなかったのもはじめてだが」

「なんとなくつまらなくて、ちょっと探検してみることにしたの。歩きまわってここに来たら、アーネスト――あの小さい子ですけど――あの子がちょうど腕をやかんで火傷《やけど》してしまって」

「それで、使用人を集めてコーラスをさせ、あの子を元気づけることにしたのかい？」

「いいえ。みんなもわたしも、ちょっとした元気づけが必要なように見えたので」

「気分でも悪かったのかな？」スティーヴンは彼女の顔を確かめるようにして心配そうに尋ねた。具合が悪そうには見えなかった。顔色はいい。美しく、生き生きとして――そして、恥ずかしそうだった。

「いいえ。わたし……」

「なんだい？」ためらっている彼女を彼が促した。

「あなたが出かけてしまったせいで、寂しくて」

率直な答えにふいを突かれて、彼は心臓がどきりとした。なにか別の、もうひとつの感情にも襲われたが、それがなにかはよくわからなかったし、わかりたくもなかった。ついさっき、彼女とは完璧にプラトニックな関係を保とうと心に誓ったばかりなのに、こうして目の前にいる彼女は婚約者なのだから、身をかがめて紅潮した頬にキスするのはなんの問題もないし、それでいいのだと思えてきた。そして、そのキスが彼女の唇をとらえ、両手が彼女の肩を抱いてさっと引き寄せても、なんの害もないように思えた。だが、彼女が軽く体を押しつけて両手を胸に置いた瞬間、自分の体が反応した。心に満ちた思いに気づいたとき、それはいけないことだと感じた。**今晩はきみと一緒に過ごしたかった。**そう思ったのだ。

まるで火傷でもしたかのように、ぱっと彼女を放したスティーヴンは、混乱した苛立ちを悟られないように無表情を保った。あまりに頭がいっぱいで、なにか飲み物をつくるから待っていてと彼女に言われて返事をしたものの、まるでうわの空だった。

シェリダンはカップをふたつとポットを用意してから、戻ってきてテーブルの彼の向かい側に座った。

彼女は両手で頬杖をついて、かすかな微笑みを浮かべながら彼をじっと見ている。スティーヴンは暖炉の炎が彼女の髪や頬を輝かせるさまを見つめていた。「伯爵でいるのは、とても大変なのでしょうね」彼女は言った。「どうして、なったのですか？」

「伯爵に？」

彼女はうなずくと、ポットをちらっと見て、さっと立ち上がった。「この前の晩、夕食のあとで話してくれたでしょ。お兄様は公爵で、あなたは法律によって爵位の後継者にすえられたとか」

「ぼくはずいぶんおしゃべりだな」なにかをつくっている彼女の機敏で優雅な動作に目を奪われながら、スティーヴンはぼんやり答えた。「兄はほかのいくつかの称号と合わせて公爵の爵位を父から受け継いだ。ぼくの爵位は叔父から来たものだ。数代前の先祖に与えられた特許証と特別な覚書の条件によって、ラングフォード伯爵は子供がいない場合、後継者を指名することを許可されてきたのだ」

彼女は飲み物をつくるのに忙しくて、気もそぞろにうなずいただけだった。知り合いの未婚女性ならだれでも熱心に耳を傾けるだろう話題に、彼女が特別な関心は抱いていないことに気づいて、スティーブンは驚いた。

「さあ、ココアができたわ」彼女はポットやカップやスプーンに加えて、戸棚で見つけたらしい小さなペストリーをいくつか盆にのせて持ちあげた。

「お口に合うといいけれど。どうやらわたし、ココアの作り方はわかっているようだわ」彼女はごく自然なしぐさで盆を彼に手渡しながら、「ただ、おいしくできているかどうかはわからないわね」と言った。飲み物の作り方を覚えていたのをとても喜んでいるように見えたが、普通ならば使用人にまかせる仕事をなんなくこなしたのが、スティーヴンにはやや不自然に思えた。だが、アメリカの女性はイングランドの女性よりも料理になじみがあるのかもしれないと納得した。

「お口に合うといいけれど」応接間のほうへ向かいながらシェリダンは心配そうにくりかえした。

「絶対に口に合うとも」スティーヴンは嘘をついた。最後にココアを口にしたのは、まだよちよち歩きもできないころだったろう。この時間に飲むのなら、なんといっても年代物のブランデーだ。そんな気持ちを読まれないように、彼は続けて強調した。「おいしそうな香りがする。雪やクリスマスの大薪についての歌を聞いたので、こういうものが飲みたくなったのだろう」

19

スティーヴンは飾りのついた銀の盆を持って廊下を進み、呆気にとられた三人の従僕の前を通りすぎた。コルファックスがご主人様に盆を持たせるなど恐れ多いとばかりに、いつもの持ち場である玄関ドアのそばから走り寄ってきたが、スティーヴンは手出しは無用だと視線で制止した。

もうすぐ応接間というところで、ドアノッカーの音が響いた。だれが来ても不在だと答えるようにあらかじめ指示を出していたので、スティーヴンは意に介さなかったが、まもなく陽気な一団の声が聞こえてきて、彼は内心うめき声をあげた。

「あの子はこの屋敷にいるのでしょ、コルファックス」スティーヴンの母である公爵未亡人が執事に言っている。「二時間前にロンドンに着いたら、田舎に移るつもりだというあの子からの伝言が届いていて。わたくしたちの到着が予定よりも数日早くなければ、行き違いになってしまうところだったわ。さあ、息子はどこに隠れているかしら?」

スティーヴンが声に出さずに罵りながら背を向けようとしたとき、ちょうど兄と兄嫁とその友達が母親に付き添って応接間に入ろうとしていた。彼が社交の場に姿を出さないのでしびれを切らしてのりこんできたのだ。

「逃がしませんよ、スティーヴン！」公爵未亡人が息子の頬にキスしようと近づいてきた。「あなたときたら、いつだって」シェリダンの存在に気づいたとたん、彼女の目は釘付《くぎづ》けになり、声は尻すぼみになった。「こんなところに……ひとりで」

「まったく、度が過ぎるわ！」兄嫁のホイットニー・ウェストモアランドは、背を向けてコルファックスにケープを脱がせてもらいながら声をあげた。「クレイトンとわたしは、これから六週間、すべての大切な舞踏会にあなたを出席させるつもりですから」彼女は夫の腕に腕をからめながら前を見つめて続けた。応接間に一、二歩入ったところで彼ら全員が立ちどまって、驚いた表情でシェリダンを見つめた。

スティーヴンは申し訳なさそうにシェリダンをちらっと見た。彼女が完全にうろたえているようすだったので、やさしくささやいた。「心配しないでいいよ。驚きから立ちなおれば、あの人たちはきみを好きになるだろうから」緊張の数秒間にスティーヴンはすばやく頭をめぐらせた。このとんでもない状況を丸くおさめて、全員を納得させられるもっともらしい方法はないものか。しかも、シェリーにこの場を去るように指示することなしに――そんなことをしたら彼女を侮辱し、悩ませるだけだ。となれば、即興で家族の前で茶番を演じ、シェリーが寝室に下がってから、真実を家族に説明するしか選択肢はなかった。

スティーヴンはまず、兄のクレイトンになにも言わず協力するようにと視線で警告した。「非常だが、クレイトンはシェリダンとスティーヴンの手にある銀の盆に興味津々だった。

に家庭的だね、スティーヴン」クレイトンはあっさりと言った。

スティーヴンはすかさず盆をおろすと、戸口に目をやった。そこでコルファックスが飲み物を用意して待っていたので、スティーヴンは力強くうなずいて、すぐに持ってくるよう伝えた。それから、待ちかまえている集団に向きなおって、紹介をはじめた。「ミス・シャリース・ランカスターをご紹介します」

シェリダンは義母となる人を見て、このかたは公爵未亡人なのだと気づくと、途端になんと言っていいのかわからなくなってしまった。進退きわまった目でスティーヴンを見て、静まりかえった室内に悲鳴のように響くささやき声で言った。「膝を曲げてご挨拶すればよろしいのですか？」

スティーヴンは、ひとつには支えるために、もうひとつには前に出るよううながすために、彼女の肘を手で支え、安心させるような笑みを投げかけて言った。「そうだ」

シェリダンはがくがく震える膝を曲げて挨拶した。そして、ありったけの勇気を奮って立ち上がった。公爵未亡人の射るような目をまっすぐ見つめて礼儀正しく言う。「お目にかかれて、とてもうれしいです。マダム……いいえ、御前様」つぎにスティーヴンが義姉に紹介してくれるのを待った。ホイットニーと呼ばれたみごとな黒髪の女性は、緑の瞳で困惑したようにこちらを見つめている。この人も公爵夫人だ！　シェリダンは必死に頭をめぐらせた。年上だが、それほど年齢差はない。膝を折るべきか、折らざるべきか？　相手の女性は彼女が決めかねているのを感じとったかのように手を差しだして、ためらいがちにほほえんだ。

「はじめまして、ミス・ランカスター」

その心遣いはシェリダンにとってありがたかった。握手を交わすと、つぎは公爵に紹介された。顔立ち、身長、そして肩幅の広い体格など、スティーヴンとよく似ている。とても背の高い黒みがかった髪の男性だった。「閣下」彼女は、ふたたび膝を折りながら小さく呼びかけた。

四人目は、ニコラス・デュヴィルという三十代半ばのハンサムな男性で、彼女の手の甲に礼儀正しくキスをすると、彼女と会えて〝恍惚《こうこつ》となった〟と言い、さらにすばらしい称賛の言葉をかけるように目をのぞきこんでほほえみかけた。

紹介がすむと、彼女はスティーヴンの身内のだれかが家族として歓迎してくれるか、少なくとも彼女の幸せを願ってくれるのを待ったが、だれも口をきくことができないようだった。「ミス・ランカスターは病気だったのです」スティーヴンが言うと、彼女が気絶することを心配するかのように三組の目が彼女のほうを向いた。すると、本当に気絶するかもしれないと思えてきた。

「正確には、病気ではなくて」彼女は訂正した。「けがなのですけれど――頭に打撲傷を負ったのです」

「みなさん、座りませんか？」スティーヴンが提案した。ただでさえ困難な状況をさらに悪くしてくれた意地の悪い運命を呪っていた。彼の家族がなにを考えているか、彼女は理解していないだろうが、スティーヴンにはわかっていた。うっかり入ってきてしまったら、彼が付き添い《シャペロン》をつけていない女性を家でもてなしているところだったのだ。ということは、その女性の貞操観念が問題にされるし、そういう女性を家に入れた彼自身の判断力も言うまでもなく問題だ。それも、訪問客が到着するかもしれないときに。しかも、もし彼女が、彼が戯れに相手にしている売春婦かなにかだったら、それを身内の女性に紹介するという、許されない無礼を犯したことになる。彼がそこまで堕落したとは信じられず、彼らは忍耐強く待つことにしたようだった。彼女がだれなのか……あるいは彼女のシャペロンはどこにいるのか……あるいは彼はいったいなにを考えているのか、とにかくなんらかの説明を待っているのだ。時間を稼ぐためにスティーヴンが立ち上がると、執事が何種類かのデキャンタとグラスをのせた盆を掲げてやってきた。「ああ、コルファックスが来ましたよ」彼は絶望のあまり投げやりに言った。「母上、なにを召しあがりますか?」

彼の口調に母親は驚いたような目で息子を見たが、なにも訊かずに協力することを息子が求めているのを察して、とりあえず応じることにした。礼儀正しく笑みを浮かべながら、彼女は、執事がソファの前のテーブルに置こうとしている盆には首を横に振って、スティーヴンがそこにすでに置いた盆に目をやった。「ココアの香りがしているのは、それかしら?」彼女は明るく訊いて、答えを待たずに執事に言った。「わたくしはこちらをいただくわ、コルファックス」

「シェリー酒のほうがいいように思うが」スティーヴンが、心からのアドバイスをした。

「いいえ、ココアをいただくわ」彼の母親はかたくなに言ってから、シェリーに向きなおって、伝説に残るほどの追い詰められたときの優雅さを披露した。「ミス・ランカスター、あなたはアメリカの訛《なま》りがあるようですね。イングランドにいらしてから、どれくらいたつのですか？」丁寧に尋ねた。

「一週間と少しです」シェリダンは言った。その声は混乱と疑念で緊張していた。彼女は彼らの家族の一員と結婚することになっているのに、その部屋にいるだれひとりとして、彼女のことをなにひとつ知らないようだった。なにかがおかしい――とんでもなく、奇妙だ。

「イングランドははじめてですか？」

「はい」心配と、わけのわからない不吉な予感に胸が締めつけられ、スティーヴンに助けを求める視線を送りながらやっとの思いで答えた。

「それで、こちらへはどんなご用でいらしたの？」

「ミス・ランカスターは、イングランドの男性と結婚が決まって、こちらに来たのです」スティーヴンは言った。母親の心臓が強靭《きょうじん》であることを祈りつつ、この場をおさめるための茶番劇をはじめたのだ。

公爵未亡人の全身の緊張がゆるみ、表情に温かみがさしたように見えた。「なんて喜ばしいことでしょう！」そう言うなり口をつぐんで、ココアが欲しいとはっきり言ったにもかかわらず、シェリー酒をグラスに注いで差しだしている執事にしかめ面をしてみせた。「コルファックス、わたくしの鼻先にそのグラスをちらつかせるのはやめなさい。ココアがいいと言ったでしょ」コルファックスがグラスをほかの客たちに配っているあいだ、公爵未亡人はシェリダンにほほえみかけた。「ミス・ランカスター、あなたの結婚のお相手は、どなたですの？」彼女はココアのカップをとりながら明るい口調で尋ねた。

「彼女は、ぼくと婚約しているのです」スティーヴンが淡々と答えた。

一瞬で、室内が静まり返った。状況がこれほど深刻でなかったら、スティーヴンは自分の宣言に対するそれぞれの反応に笑いだしていただろう。「相手は……あなた、ですって？」公爵未亡人は呆然として尋ねた。それきりひと言も発せず、ココアのカップを置くと、テーブルの上にあったコルファックスの盆からシェリー酒のグラスをひったくった。スティーヴンの右側では、兄のクレイトンが弟を信じがたい思いで眺めていた。そして、彼の妻ホイットニーは微動だにせず、まるでだれかのために乾杯しようとしたかのようにシェリー酒のグラスを掲げたきり、手をとめていた。コルファックスは苦渋に満ちた同情の表情で公爵未亡人とシェリーを交互に見やり、ニコラス・デュヴィルは自分の上着の袖口をなにやら熱心に見ていたが、この場にいなければよかったと思っているのは疑う余地がなかった。

さしあたり、彼らの反応には目をつぶって、スティーヴンはシェリーを見た。家族となるはずの人たちから驚くほど冷たい扱いを受けたと感じているようで、悲しみのあまり頭を垂れて自分の膝を見つめていた。スティーヴンは彼女の手を握って安心させ、頭に浮かんだもっともらしい説明をした。「まず家族に会ってからぼくたちの婚約を打ちあけようと、きみは言っていたのだよ」なんとか説得力がある表情をつくりながら、微笑みを浮かべて嘘をついた。「みながこれほど驚いているように見えるのは、そういうわけなんだ」

「わたくしたちが驚いているように見えるのは、実際に驚いているからです」彼の母親は息子が正気を失ったかのようにぴしゃりと言った。「あなたがたは、いつ出会ったの？　どこで出会ったの？　あなたはたしか——」

「質問にはすべて、のちほど答えます」何年もアメリカには行っていなかったはずだと言われる前に、彼はきっぱりと母親を黙らせた。そして、シェリダンのほうに向きなおってやさしく言った。「顔色がひどく悪いよ。二階で休みたいのではないかい？」

シェリダンは、緊張と憶測が渦巻くその部屋から逃げだしたかったが、すべてにあまりに合点がいかないので、その場を去りかねてもいた。「いいえ、わたし——ここにいたいと思います」

スティーヴンは彼女の傷ついた灰色の瞳をのぞきこみながら、もし自分がバールトンを殺していなかったら、婚約者の家族に紹介される瞬間は彼女にとってどんなものだったろうかと考えた。たしかに、バールトンは結婚相手としてそれほどすばらしいとは言えないが、ふたりは愛しあっていたのだ、そして、もしバールトンに家族があったのなら、彼女はこんなにも奇異な目で見られ、招かれざる客のような扱いを受けることはなかっただろう。「もしきみがどうしてもここにいたいのなら」スティーヴンはからかうような口調で言った。「ぼくが二階に行って休むから、きみはここに残って、ぼくがとても……感傷的な愚か者であることをみんなに説明してほしい。きみに言われるままに、まず家族に会ってきみのことをよく知ってもらってから、婚約のことを打ちあけるべきだと思いこんでしまったのだから」

それを聞いて、シェリダンは肩の重荷がなくなったかのようにほっとした。「まあ」彼女は気まずそうに笑って、室内の人々を見まわした。「そんなことがあったのですね？」「あなたは知らないのですか？」公爵未亡人はスティーヴンの記憶にあるかぎりはじめて、完全に冷静さを失っていた。

「ええ――あの、わたし、記憶を失ってしまったのです」彼女があまりにも美しく勇敢に答えたので、スティーヴンは心を痛めながらも感心した。「こんな状態はひどく不便なのですが、でも、少なくとも、これは遺伝的な病ではないと保証できます。じつは、船のそばで起きた事故のせいで……」

彼女の声はしだいに小さくなった。スティーヴンは、彼女がふたたび答えにくい質問の集中砲火を浴びるのを防ぎ、あとは自分ひとりで対処しなければと思って立ち上がり、彼女にも立つようにうながした。「だいぶ疲れてしまったようだね。明日の朝、ヒュー・ホイッテイコムが来たときに、きみが元気にしていないと、ぼくは彼にひどい目に遭わされる」彼はやさしく諭した。「寝室までぼくが送ろう。みんなに、おやすみの挨拶をしなさい。どうしても、そうしないといけないよ」

「おやすみなさい、みなさん」シェリダンは不本意な微笑みを浮かべて挨拶した。「ご存じのことでしょうけれど、ウェストモアランド卿はとても過保護なのです」そう言って背を向けようとして気づくと、その場の全員が彼女を奇妙な表情で見ているのに、ニコラス・デュヴィルだけはかすかな笑みを浮かべていた。その表情は、妙な女性だとあきれているというよりも、彼女に興味を持っているように感じられた。寝室のドアを閉めてベッドに腰かけたとき、頭には恐ろしい疑念や答えのない疑問が渦を巻くなか、シェリダンは勇気づけるような彼のまなざしの記憶にしがみついていた。

20

応接間に戻ったスティーヴンは、全員の視線が集中するのを痛いほど感じた。彼が腰をおろすまでだれもなにも訊かなかった。だが、椅子に座った瞬間、ふたりの女性が同時に口を開いた。

母親は「事故ってなに?」と。

義姉は「船がどうしたの?」と。

スティーヴンは兄のほうを見て最初の質問をうながしたが、クレイトンは彼を見て眉を上げると、そっけなく言った。「おまえが〝感傷的な愚か者〟であるばかりか〝とても過保護〟でもあるとはね。驚くべき話を聞いたショックからまだ抜けだせないよ」

ニコラス・デュヴィルは礼儀正しく発言を控えていたが、このフランス人が彼の窮状をむしろ楽しんでいるのが、スティーヴンにははっきり感じられた。そこで、礼儀には反するがデュヴィルに馬車を出して帰ってもらおうかと考えた。だが、なにしろホイットニーの長年の友人であるうえに、威厳ある母親が生涯初のヒステリーの発作を起こすのをなんとかこらえているのは彼がここにいるおかげらしい。

事情を知りたくてうずうずしている面々を前にして、スティーヴンは椅子の背に頭をもたせかけ、天井に向かって落ちついた声で話しだした。「さっきごらんになった、ぼくとシャリース・ランカスターとの場面は、じつはとてつもない茶番です。こんな混乱が生じた発端は、一週間以上前に起きた、ある馬車の事故にあります。その事故の責任はぼくにあり、その結果、これからみなさんに話す一連の出来事が起きたのです。先ほどご紹介した若い女性は、事故で命を落とした彼女の若き婚約者、アーサー・バールトン男爵と同様に被害者なのです」

部屋の反対側から、ホイットニーがあきれたような声をあげた。「アーサー・バールトンといったら、完全なろくでなしです——いえ、でしたよ」

「そうかもしれませんが」スティーヴンは大きくため息をつきながら言った。「ふたりは思いあっていて、結婚する予定でした。シャリース・ランカスターは本当に頭がおかしいか、ぼくを陥落させて結婚させようと画策する財産狙いのどちらかだと、みなさんお疑いかもしれない。だが、説明すればわかることですが、実際の彼女はなんの罪もないとても不憫《ふびん》な女性で、ぼくの過失と嘘の犠牲者なのです……」

スティーヴンが話をして、全員の質問に答え終えると、室内には長い沈黙が流れた。全員がそれぞれに自分の考えをまとめようとしていた。スティーヴンはワイングラスを手にとって、あたかも自分が感じている苦しみと後悔の念を洗い流そうとするかのように、一気に飲んだ。

まずクレイトンが口を開いた。「もしバールトンが、霧のなかで公道を走る馬車の前に飛びだすほど酒に酔っていたのなら、命を落としたのは本人の責任だ」

「責任はぼくにある」スティーヴンは罪悪感をやわらげてやろうとしたクレイトンの思いやりをはねつけた。「手綱を握っていたのはこのぼくだ。自分の馬を制御しなければならなかった」

「そして、その論理にしたがって、シャリース・ランカスターにけがを負わせた船の積荷についても同じく責任を感じているのだな」

「もちろんそうさ」スティーヴンは嚙みついた。「バールトンの死を唐突に知らされて頭がいっぱいでなければ、彼女は危険な場所に立ったりしなかっただろうし、ぼくだってそんなことはさせなかった。いずれにしろ、ぼくの不注意さえなければシャリース・ランカスターはイングランドの男爵に嫁いで、目の前に望みの人生が開けているはずだった」

「それがすべて自分の罪だと認めるのならば」クレイトンは一瞬デュヴィルの存在を忘れて言い返した。「罰についても、もう決めたのか?」

クレイトンが気色ばんだのは、弟の声ににじむ自己批判に苛立ちと危険を感じたせいだった。すると、ゆったりしたおどけた口調で割って入り、緊張をやわらげたのは、ニコラス・デュヴィルだった。「きみたちふたりが夜明けに決闘するなんていう最低の事態になると、介添人として駆りだされるぼくは、はなはだ迷惑だし、そんな野蛮な時刻に起きるのはごめんだ。それを避けるために、敬意をもって提案をさせてもらってもいいだろうか。ふたりとも原因ばかり掘りさげるのはやめて、その優秀な頭脳で問題の解決策を見つけてはどうだろう？」

「まったく、ニコラスの言うとおりです」くもった表情の公爵未亡人は心ここにあらずのようすでつぶやいた。目を上げてニコラスと視線を合わせると、彼女は続けた。「わたくしども家族の問題にあなたを巻きこむのは心苦しいですが、どうやらあなたのほうがきちんと考えられるようですね。なにしろ、あなたは部外者ですもの」

「ありがとうございます、御前様。それでは、この問題に対する私見を申しあげてもよろしいでしょうか」ふたりの女性が力強く首を縦に振り、兄弟のどちらも異議を唱えなかったので、デュヴィルは続けた。「ぼくの理解が正しければ、ミス・ランカスターの婚約者は一文無しのろくでなしで、彼女はその男を慕っていたが、彼は爵位ひとつ以外彼女に与えられるものはなかった。ここまでは、間違いありませんか？」

スティーヴンはうなずいた。慎重に無表情を保っていた。

「そして、スティーヴンが責任を感じている二件の事故のせいで、ミス・ランカスターは婚約者も記憶も失ってしまった。正しいですか？」デュヴィルは続けた。

「正しい」スティーヴンは言った。

「また、主治医によると、彼女の記憶は時期が来れば回復するだろうと。それも正しいですか？」

スティーヴンがうなずくと、デュヴィルは言った。「ゆえに、彼女が永遠に失って――それについてきみが責任を感じる可能性がある唯一のものは――意味のない爵位をひとつと、あまり感心しない婚約者である。ならば」彼は自分の理性をたたえるために乾杯するかのようにグラスを掲げた。「バールトンの代わりになる婚約者を彼女に見つけてやりさえすれば、きみの借りは返せるのではないか。そして、きみが選んだ婚約者が、彼女にまともな暮らしをさせてやれるきちんとした男であれば、きみは自分の罪をあがなえるばかりでなく、彼女を苦しい人生から救いだしたと感じることができるだろう」彼はホイットニーをちらっと見てからスティーヴンを見た。「ここまでのところ、どう思う?」

「その意見はたしかに一理あるとは思う」スティーヴンはかすかな笑みを浮かべた。「同じようなことをぼくも考えたが、そううまくいくだろうか」

「でも、みんなで知恵を出しあえば、うまくやれるはずよ」ホイットニーはなんとかしてスティーヴンの罪の意識を軽くして、すべてうまくいく方法をさがそうと声をあげた。「社交シーズンには何百人という花婿候補が集まるのだから、よい人を見つけて彼女に紹介すればいいのよ」ホイットニーが同意を求めて義母を見ると、彼女は不安を隠して笑顔を浮かべた。

「じつは、その計画については、いくつか小さな問題がある」スティーヴンは義姉の提案にもろ手を挙げて賛成する気にはなれず、淡々と言った。だが、身内の女性たちが熱心に手を貸してくれるとなれば、計画を実現させる可能性はずっと高くなるだろう。「計画全体を慎重に考えなおしてみてはどうだろう? 明日にでも、その件について、あらゆる面から話しあってみましょう。ここで、午後一時からでは、いかがですか?」彼は提案した。全員が合意すると、彼は釘を刺した「シェリーのために、われわれが起こりうる問題を予測して、前もって回避することが重要です。なによりもまず、そのことを念頭に置いてください。ぼくはヒュー・ホイッティコムに連絡して、ここに来て話し合いに参加してくれるよう頼みます。彼女の回復をいかなる面からも危険にさらすことがないように」

全員が立ち上がると、スティーヴンは母親とホイットニーを見つめて言った。「ぼくの勘がはずれていなければ、シェリーはまだ目を覚ましていて、自分に対する今夜のみなさんの反応についてあれこれ疑問を抱いて苦しんでいるでしょう」頼みごとをすべて言葉にする必要はなかった。ふたりの女性はすぐに二階へと向かった。自分たちのせいで苦しい思いをしているシェリーの心をやわらげるために。

21

窓辺に立って、自分の記憶と同じくらい暗い、漆黒の夜の闇に目をやっていたシェリダンは、寝室のドアを叩く静かなノックに振り返った。そして、どうぞお入りくださいと答えた。

「わたくしたち、あなたに許しを請いたくて来たのです」スティーヴンの母親が窓のほうへ歩きながら言った。「わたくしたち、なにもわかっていなかったのです――婚約についても、事故についても、とにかくなにもかも。スティーヴンの説明を聞いて、ようやく腑《ふ》に落ちました」

「あなたがまだ起きていてくださって、本当によかったわ」スティーヴンの美しい義姉が言った。後悔で満たされた緑の瞳が、シェリダンの瞳をのぞきこむ。「階下であなたにあのような態度をとってしまったままでは、眠りたくても寝つけなかったもの」

ふたりの立派な公爵夫人から謝罪を受けたシェリダンは、どうふるまえばいいのか社交上の決まりごとがわからずに一瞬戸惑ったが、礼儀作法の心配はあきらめて、あきらかに困惑しているふたりに誠実に向きあうことにした。「そのことは、どうぞお気になさらないでください」心を込めてやさしく言った。「婚約したことを秘密にしておきたいだなんて、自分がどんなつもりだったのか、全然わかりません。でも、ときどき思うことがあります、こんなふうに記憶を失う前から、わたしはたぶん少し……変わったところがあったのではないかと」

「わたしから見ると」ホイットニー・ウェストモアランドは、悲しみを抑えてほほえもうとしているかのような表情で言った。「あなたはとても勇気があるわ、ミス・ランカスター」そして、まるでとってつけたように両手を差しだして、明るい笑顔で声をあげた。「ようこそ、うちの家族に。妹がほしいとずっと思っていたわ！」

その声には無理やり元気づけるような響きがなんとなく感じられた。シェリダンの頭のなかで警報が鳴り、将来の義理の姉に向かって差しだす両手が震えるのを感じた。「ありがとうございます」その言葉があまりに場違いに思えて、気まずい沈黙が続いた。シェリダンはなぜか笑ってしまいそうになるのを必死でこらえながら説明した。「記憶がないので、はっきりとはわかりませんけれど……でも、わたしもきっと姉が欲しかったのに違いありません。それも、あなたのような美しい姉だったらうれしいと願っていたことでしょう」

「まあ、なんてすてきなことを言ってくださるのかしら」公爵未亡人は短い抱擁でシェリーを包みこんだ。そして、まるで子供に言い聞かせるように言った。「早くベッドに入って眠りなさい」

ふたりは翌日会いに来ると約束して部屋を出ていった。シェリダンはふたりの後ろで閉じた扉を、ぼうっと眺めていた。婚約者の身内は、彼自身と同じくらい予測がつかなかった。

冷淡で手の届かない存在かと思うと、温かく、愛情深く、親切になる。彼女は彼らの行動の落差になんとか説明がつかないか考えながら、困惑で眉根を寄せたままベッドに沈みこんだ。

この一週間『ポスト』紙や『タイムズ』紙で読んださまざまな意見によると、アメリカ人はイングランド人から、いろいろな意味であまりよくない見方をされているらしい。育ちが悪いおかしな植民地人というものから、粗野な野蛮人というものまであった。それなのにアメリカ人と結婚したいと思うなんて、ウェストモアランド卿はいったいどうしたのかと公爵夫人たちが不思議に思っているに違いない。そう考えれば、最初の出会いの反応は説明がつく。その後、ウェストモアランド卿がなにか説明して安心させたのだろうが、どんな説明をしたのだろうか……。シェリダンは心につぎつぎに湧いてくる終わりのない疑問に疲れはてて、額にかかった髪をかきあげると、ベッドに倒れこむようにして横たわり、真上の天蓋を見つめた。

クレイモア公爵夫人ホイットニーは横たわって、ベッドサイドのたった一本の蠟燭の明かりで夫の男らしい顔をじっと見つめながら、心のなかではスティーヴンの〝婚約者〟のことを考えていた。

「クレイトン？」彼女は無意識に指先で夫の腕をなぞりながらささやいた。「起きている？」

夫の目は閉じたままだったが、彼女の指が肩のほうへと進むと、唇がだるそうに動いて半分ほほえんだ表情になった。「起きていてほしいかい？」

「ええ、そうかも」

「はっきりしたら、教えておくれ」彼はつぶやいた。

「今夜、スティーヴンの行動がなにか変だと思わなかった？——ミス・ランカスターに対する態度だとか、ふたりの婚約だとか、全部ひっくるめての話だけれど？」

クレイトンの目が薄く開いて、妻を横目でちらっと見た。「会ったばかりの、愛してもいないし結婚も望んでいない……そのうえ彼のことを別のだれかだと思っている女性と、一時的に婚約している……そんな行動のうち、〝奇妙〟だと考えられるのはどんなことかな？」

夫の的確な表現に、ホイットニーはため息まじりに笑ったが、またしても物思いにふけった。「言いたかったのは、なんだか彼が穏やかになったように見えたことなの。ここ数年見たことがなかったくらい」夫がすぐには答えずにいると、彼女はさらに言った。「あのミス・ランカスターは、とてつもなく魅力的だと言えるかしら？」

「きみを抱かせてくれるなら、そうでなければ眠らせてくれるなら、ぼくはなんでも言うよ」

ホイットニーは夫にもたれかかって、やさしく唇にキスをしたが、彼が自分に向きなおると阻むように彼の胸に手をあてて、笑いながら言った。「あのミス・ランカスターは、とてつもなく魅力的ではないかしら？　これまで会ったことがないほど個性的でしょ？」

「もしイエスと答えれば、キスをさせてくれるかい？」彼はすでに妻のあごを上げさせておいて、からかうように言った。

彼がキスを終えると、ホイットニーは深呼吸をひとつして体勢を整え、夫の魅惑的な誘いにからめとられないうちに、思っていることを口にすることにした。「スティーヴンが彼女に特別な好意を抱きはじめている、というのはありうると思う？」彼女はささやいた。

「考えるに」彼は手を妻の鎖骨から乳房にすべらせながら茶化した。「きみはそうだったらいいと期待しているんじゃないかな。たぶん、デュヴィルのほうがスティーヴンよりも彼女を気に入る可能性があるだろう。そうなれば、ぼくもとてもうれしいのだが」

「どうして？」

「なぜなら」彼は肘をついて体を支え、片手で彼女の背中を枕に押しつけて言った。「もしデュヴィルに妻ができれば、ぼくの妻を思うこともなくなるだろうから」

「ニッキーは、これっぽっちもわたしのことを〝思って〟などいないわ！　あの人は――」

ホイットニーは夫の唇に言葉を奪われ、なにも考えられなくなって、反論の残りを忘れ去った。

22

シェリダンはつま先立ちして、アメリカについての本を一冊、図書室の本棚からとりだし、部屋のところどころに配置されている磨きあげられたマホガニーのテーブルのひとつに運んで腰をおろした。記憶を呼び起こすなにかをさがしながら、見覚えのありそうな情報を求めて、ページを繰っていく。たくさんの船がひしめきあう港や、馬車が何台も行き交う広い街の通りなどの精緻な絵が数枚あったが、ほんの少しでも親しみを感じられるものはひとつもなかった。その分厚い一冊は、項目がアルファベット順に記載されている。書かれた言葉よりも絵のほうが記憶を呼び覚ますにはよいと思えたので、彼女は最初に戻って、挿絵をさがしてゆっくりとページをめくりだした。〝A〟のところに農業関連の項目があって、背景になだらかな丘が連なるあおあおとした小麦畑のイラストが添えられていた。さらにページをめくるうちに、一瞬、頭のなかに別の光景がよぎった。すぐに消えてしまったその光景には、てっぺんにふさふさした白い毛がついている作物が並んでいた。画像は一瞬で消えてしまったが、どういうわけか、ページをめくる手が震えはじめた。炭鉱の絵にはなにも感じなかった。つぎのページにも。そして、高い鼻と長く垂らした黒髪の、いかつい顔をした男性の絵が目に入った。「アメリカ・インディアン」というキャプションがついている。その顔を熱心に見つめているうちに、シェリーはこめかみで血管が脈打ちはじめるのを感じた。なじみのある顔なのか……それとも？　彼女は頭のどこかで点滅している像に意識を集中しようと、目をぎゅっとつぶった。草原……荷馬車……歯が欠けた老人。彼女を見てにやりと笑っている醜い男。

「シェリー？」

シェリダンは驚きの悲鳴を抑え、椅子に座ったまま振り向くと、普段ならその声にときめかずにはいられないハンサムな男性を見つめた。

「どうかしたのか？」スティーヴンは、ショックを受けて血の気が引いた彼女の顔に気づき、近寄りながら心配のあまりするどい声で問いただした。

「なんでもないわ、閣下」彼女は立ち上がりながら弱々しい笑みをつくって嘘をついた。

「あなたの声に、びっくりしたの」

顔をしかめたスティーヴンは彼女の肩に両手を置いて、青白い顔を隅から隅までじっくりと確かめた。「それだけかい？　そこでなにを読んでいたんだね？」

「アメリカについての本よ」肩をつかんでしっかり支えてくれている彼の力強い手の感覚を、彼女は楽しんでいた。ときどき、彼が本心から気にかけてくれているように感じられる。そのとき、また別の光景が彼女の頭をよぎった。かなりぼんやりしているが……心が落ちつき、とても心地よい光景。彼女の前で手に花を抱いてひざまずいている、ハンサムな黒っぽい髪の伯爵がこう宣言した。「きみがぼくの惨めな人生に足を踏み入れるまで、ぼくにはなにもなかった……きみに出会うまで、だれもきみのような愛を与えてくれなかった……なにもなかった……きみに出会うまで」

「ホイッティコムを呼んだほうがいいか？」スティーヴンは彼女を軽く揺さぶりながら、大きな声で尋ねた。

その瞬間に彼女は夢想から覚め、笑顔で首を横に振った。「いいえ、大丈夫です。ただ、あるものを思い出していたの。もしかしたら、そういうことが起きたと空想していただけなのかも」

「なにを思い出した？」スティーヴンは彼女の肩をつかんでいた手を放した。

「言いたくないわ」彼女は頬を紅潮させて拒んだ。

「いったい、なにを？」彼はくりかえした。

「話したら、笑われるだけだわ」

「試してごらん」彼は引きさがらなかった。

狼狽のあまり目を白黒させながら、シェリダンは後ずさりして図書室のテーブルの上に開いた本のとなりに腰を軽くのせた。「そんなに無理強いされては、困るわ」

「どうしても、聞かせてもらおう」彼女の柔らかい唇に浮かんでいる微笑みに惑わされることを拒みながら、スティーヴンはしつこく言い募った。「たぶんそれは、ただの想像ではなく、本当の記憶だったのだろう」

「それを知っているのは、あなただけのはずだわ」彼女は親指の甘皮を調べながら認めた。長い睫毛の下から横目で彼を見ながら尋ねる。「ひょっとして、わたしに結婚の申し込みをしたとき、わたしに出会うまで自分にはなにもなかったと言った？」

「なんだって？」

「考えるだけでぞっとすると言いたげね。そのようすからすると」彼女はあっさり言った。「求婚したとき、ひざまずいてはいないわよね？」

「まずないな」スティーヴンはそっけなく言った。彼女に求婚したことは一度もなかった。かりそめの婚約者というあまりに愚かな役割を引き受けた自分にひどく腹が立った。

自分の答えに彼女が失望したのに気づいて、彼の狼狽はますますひどくなった。「花束はどうですか？『シェリー、きみがぼくの惨めな人生に足を踏み入れるまで、ぼくにはなにもなかった』と言ったとき、花束を差しだしたりした？」

スティーヴンはそこまで聞いてようやく、シェリーがじつは彼の戸惑いを楽しんでいるのだと気づいた。そして、彼女のあごの下を軽くつかんで「うるさい小娘だ」と冗談まじりに言ってみたが、彼女はまったくおじけづいたりしてはいなかった。「一緒に書斎に来るようにと、きみを誘いに来た。家族がもうすぐ〝会議〟のために集まることになっている」

「どんな会議かしら？」彼女は本を閉じて棚に返しながら尋ねた。

「じつは、きみについての会議だ——きみを社交界に送りだす最良の方法についての」スティーヴンは彼女がつま先立って上に手をのばしているのをうっとりと眺めながら答えた。一見シンプルなピーチ色のドレスは、高めのハイネックで肌をほとんど露出しないデザインだが、体にぴったりした身ごろが彼女の魅惑的な体の線を巧妙に際立たせている。スティーヴンはその服を着た彼女がいかに魅力的に見えるかに思いを集中しないようつとめた。

ひと晩ゆっくり眠って心地よく目覚めたスティーヴンは、シェリーの婚約に関して、桟橋で彼女が倒れたとき以来、もっとも楽観的に感じていた。家族も協力と支援を申しでてくれたので、彼らの手助けがあれば、この社交シーズンのあいだに彼女にふさわしい夫候補を見つけるというのは理想的な解決方法であるだけでなく、十分に達成できそうにも思えた。善は急げとばかりに、今朝早くみなに伝言を送って、それぞれ二種類のリストを持ってくるように頼んだ。ひとつは、結婚相手としてふさわしい男性、そしてもうひとつは彼女を立派に送りだすために処理しなければならない事柄を箇条書きにしたものだ。

具体的な目標ができたいま、スティーヴンはつねにひとつのことに邁進《まいしん》する効率のよさと、ビジネス上の成功をおさめるために発揮してきた決断力を発揮して、わき目もふらず着々とことを進めはじめた。兄やごく少数の貴族の男たちと同じように、彼は事業や財政的な問題のほとんどを自分の手で対処することを好み、大きな成功からすばらしい評判を得ていた。商取引のすべてを〝商人階級〟の領域とみなし、すなわち見くだして、その結果として経済的に没落する多くの貴族とは対照的に、スティーヴンは莫大な所有財産を着実に増やしていた。彼が事業を実践するのは、それが理にかなっているからであり、自分の判断とタイミングを試す挑戦を心から楽しんでいるからだった。資産をうまく獲得したり、処分したりしたときに伴う高揚感が好きだった。

スティーヴンは自分が所有している非常に価値の高い資産を処分するのと同じように、シェリーを処分しようと思っていた。彼女は希少な美術品や貴重な香辛料が詰まった倉庫ではなく、ひとりの女性であるという事実は、彼の思考や戦略に少しも影響を与えなかった。ただし、彼女の価値を知り、責任を持つ相手でなければ購入させないつもりだという点だけが、異なっていた。唯一残っている困難は、〝処分〟されることについて本人の協力を得ることだった。

少し前、入浴中にもスティーヴンはそのデリケートな問題について考えた。近侍のダムソンが淡褐色の最高級の上着を衣装ダンスから出して、それでいいかどうかスティーヴンに確かめるころには、彼は唯一にして最高の解決策を思いついていた。すでに彼女が聞かされているいくつかの嘘に、さらにもうひとつ嘘を加えるより、むしろ部分的な真実を話そうと思った。だが、それは、彼が家族と会ってからのことだ。

シェリダンは読むつもりだった残りの本も片づけた。机の抽斗から出した鵞ペンと便箋も片づけた。それから振り返ると、彼が腕を貸してくれた。その仕草はとても男らしく、瞳に浮かぶ微笑みはとても温かだったので、彼女はどうしようもない喜びと誇りがあふれるのを感じた。明るい茶色の上着を身につけ、長い脚をコーヒーブラウンのズボンと磨きあげた茶色の乗馬靴に包んだスティーヴン・ウェストモアランドは、夢がそのまま歩いているような存在だった……背が高く、肩幅が広く、そして息をのむほどハンサムだ。

ふたりで階段をおりはじめたところで、シェリダンはもう一度彼の整った横顔を盗み見た。日に焼けた、非の打ちどころのない美しい顔のすみずみにまで刻みこまれた強さと誇りに驚嘆した。独特の親密な微笑みとあの深い青色の、突き刺すような瞳――ああ、彼は何年にもわたってヨーロッパじゅうの女性の心を震わせてきたに違いない！　多くの女性たちと口づけを交わしてきたのも疑いない。その証拠に、彼はなんのためらいもなく、ごく自然にわたしをキスへと誘った。おそらく何千人もの女性たちが、彼の抵抗しがたい魅力に心を奪われてきたことだろう。それなのに、なにか理解できない理由によって、彼はあまたの女性たちのなかからわたしを選んだのだ。それがあまりにもありえないことに思えて、不安になった。だが、疑いと不安に身をゆだねるのはやめて、彼と図書室で交わした楽しい会話を思い出すことにした。

書斎の開け放たれたドアに近づきながら、シェリダンは彼にかわいらしく笑いかけた。

「あなたからの結婚の申し込みは思い出せないけれど、少なくとも、正式なやり方でひざまずいて申しこんだふりをしてもよかったのではないかしら？　わたしの体調を考えたら、そうするほうが、騎士道にのっとった態度でしょうに」

「ぼくは、すこぶる非騎士道的な男だから」スティーヴンは悪びれるでもなく笑った。

「それなら、その申し出を受けるまでに、わたしがあなたをすこぶる長く待たせるくらいの分別を持っていたならいいけれど」彼女は戸口で足をとめてぴしゃりと言い返した。そして、思い出せない自分の無力さを笑いながら言った。「わたしはあなたを待たせたかしら、閣下？」
からかうように戯れる彼女の新しい一面にどうしようもなく心を奪われながら、スティーヴンは知らず知らずのうちに彼女の雰囲気に合わせていた。「いや、少しも待たされなかったね、ミス・ランカスター。それどころか、ぼくというすばらしい贈り物を差しだすと、きみはたちまち足もとにすがりついて、感謝の涙を流していたよ」
「傲慢で、嘘だらけの話ばかり――」彼女はあきれ返って笑いに息を詰まらせながら言った。「わたしはそんなことはしていないわ！」シェリダンは同意でも求めるかのように、姿勢を正して書斎のドアを開けたまま押さえているコルファックスへちらっと目をやった。彼はふたりの冗談の応酬を聞いていないふりをしながら楽しんでいた。スティーヴンを見ると、あまりに自信たっぷりな表情だったので、シェリダンは彼が真実を話しているのではないかと想像して怖くなった。「本当に、わたしはそんなこと、していません――よね？」彼女は弱々しく尋ねた
下から見あげる彼女の愕然《がくぜん》とした表情を見て、スティーヴンは両肩を揺らして笑った。「それから、首を横に振った。「ああ、していないよ」彼は言った。スティーヴンは自覚していなかったが、使用人たちの目にも、先に書斎に着いてふたりのようすを眺めていた家族や友人の目にも、彼の表情はここ何年かでもっとも幸せそうに映っていた。「みなさんに挨拶したら、きみは馬車で公園へ行ってくればいい。景色を楽しんで、少し外の空気を吸ってきなさい。そのあいだに、ぼくたちはきみの社交界入りについて戦略を練るから――」書斎から

のかすかな気配に気づいて、彼は言葉を切った。そして周囲を見まわして、自分とシェリーが、部屋にいる全員の注目の的になっていることに、いささか驚いた。奇妙なことに、だれも来ていることを彼に知らせようと、物音ひとつ立てることもしなかった。

スティーヴンはシェリーを書斎へと導き、彼女が全員に温かい挨拶をするのを待った。彼女の真心は、使用人であろうが、主治医であろうが、だれに対してもいつも変わらないようだった。早く本題に入りたい一心で、彼はヒュー・ホイッティコムをさえぎった。医師はシェリーの回復力と勇敢さについて、熱を込めて話そうとしているところだった。「もう全員そろっているのだから、シェリーの社交界入りを助ける手立てについて、話し合いをはじめていてくれないか。彼女を馬車まで送ってくるから」そして彼女に向かってひと言添えた。「待っているからなにか軽くはおるものを持っておいで。それから馬車のところで、御者とどの道を行くか相談しよう」

シェリーは彼の手が肘を強くひっぱるのを感じた。その場にいる人々と、もっと一緒に過ごせたらいいのにと願いながらも、彼に言われたとおりにしてみなに別れを告げた。

ふたりを見送ると、ホイッティコム医師がコルファックスに合図を送ってドアを閉めさせた。スティーヴンの家族を見まわすと、全員がぼうっと物思いにふけるような顔をしていた。ほんの少し前、スティーヴンとシャリース・ランカスターがドアの外に立っていたとき目に入った光景は、彼の想像をうらづけた。そしてこの部屋にいるほかの人たちが彼と同じくスティーヴンの喜ばしい変化に気づいたのは、ほぼ間違いない。

ホイッティコム医師はややためらってから、彼らの考えが本当に自分と同じかどうかを慎重に確かめようとした。何気ない口調を保ちながら、公爵未亡人に話しかけてみる。「美しい女性ですね」

「ええ、本当に」スティーヴンの母親は迷うことなく同意した。「スティーヴンはあの娘を守ろうと一生懸命ね。息子が女性をあんなふうに扱うのを見たのは、これがはじめてです」未亡人の微笑みが物思いに沈んだように翳った。「あの娘も息子のことをとても好いているように見えます。あの娘の結婚相手を見つけることに、息子があれほど熱心になるのは困ったことです。おそらく、時間がたてば、息子も――」

「私もまったく同感です」ホイッティコム医師は言った。あまりに力を込めたので、公爵未亡人は驚いたような妙な表情になった。意外にも彼女の後ろ盾を得たことに満足して、医師はスティーヴンの義姉のほうを向いた。「公爵夫人、あなたのお考えはいかがですかな?」

ホイットニー・ウェストモアランドはほほえみかけた。ゆったりとした、すべてわかっていると言いたげな微笑みで、全面的に協力すると約束していた。「あのお嬢さんは申し分なく感じのよい方だと感じました。そして、スティーヴンも同じ気持ちなのでしょう。ただし、彼がそれを認めたがるかどうかは疑わしいわね」

彼女に向かってウィンクをしたいという衝動を抑えながら、ホイッティコム医師はニコラス・デュヴィルを見た。ウェストモアランド家が親しい友人と認める外部の人間は、自分だけだったはずだった。デュヴィルは家族の一員ではないし、家族にとっての親しい友人でもなかった。そのうえ、かつてホイットニーをめぐってクレイトンと争ったことがある。ホイットニーは彼を大切な親しい友だちだとみなしていたが、クレイトンが同じように彼に好意を抱いているかどうかは疑わしいと、ホイッティコムは思っていた。なぜデュヴィルが、非常に私的な家族の話し合いに招待されているのか理解しかねた。

「じつに魅力的ですね」静かにほほえみながらデュヴィルが言った。「それに個性的だ。この目で見た印象からすれば、スティーヴンが彼女に魅力を感じないはずがない」

全員から支援を集められたことに満足して、ホイッティコム医師はクレイトン・ウェストモアランドを見た。この一団のなかで彼は特別な存在だ。異議を唱えればすべてをくつがえすことができるし、そうする可能性は否定できなかった。「公爵閣下は？」ホイッティコムが尋ねた。

公爵は落ちついた目で彼を見て、ひと言だけはっきり答えた。「反対だ」

「反対ですか？」

「なにを考えているか知らんが、忘れることだ。スティーヴンは私生活に介入されるのを歓迎しないだろう」妻がすばやく息を吸って反論しようとしたがとりあわず、彼は続けた。「そのうえ、ミス・ランカスターとともに彼が巻きこまれている状況は、すでにありえないほど複雑で、嘘だらけだ」

「でも、あの女性には、あなたも好感を持ったのでは？」ホイットニーが少々強引に割って入った。

「あの娘について知っているごくわずかな情報に基づいてだが」クレイトンは強調した。「あの娘を非常に気に入っている。けれど、あの娘にとってなにが一番いいかをも考えている。この先記憶を取り戻したとき、スティーヴンが婚約者の死に責任があると気づいたら、そのうえ、彼がすべてに嘘をついていたと知ったら、彼女は彼に好意を抱けなくなるだろう。それどころか、そのときになったら、彼女は私たちに対しても、あまりよい感情は抱かないのではないだろうか」

「スティーヴンに会ったのは、先週が初めてだということを知ったら、彼女はきっと困惑し、憤慨するでしょう」ホイッティコム医師は認めた。「ですが、まだ回復が十分でないときから、彼女はスティーヴンのことを非常に気にかけていた。心配しないように彼に伝えてほしいと、くりかえし言っていました。そこには、じつに深い思いやりが表われていた。そういう気持ちを備えている彼女なら、私たち全員がなぜ嘘をつかなければならなかったか、わかってくれるのではないかと思いますが」

「先ほど言ったように」クレイトンはきっぱりと言った。「スティーヴンは、私生活へのわれわれの介入を歓迎しない。もし彼を説得して、彼女の結婚相手を見つけるのをやめさせる必要があるのだとしたら、それは公明正大にやるべきだ。それも今日。さもなければ、この件はスティーヴンとミス・ランカスターと運命とにゆだねるべきだろう」

妻から反対意見が出なかったことに驚いたクレイトンは、黙ってしたがうとは彼女らしくないとからかおうと振り返ったが、妻はデュヴィルに向かって顔をしかめていた。そして、デュヴィルはどこかとても楽しそうな表情をしていた。その無言のやりとりについてクレイトンが考えていたとき、スティーヴンが颯爽《さっそう》と書斎に入ってきた。

23

「シェリーは屋敷を出ましたから、もう聞かれる心配はありません」スティーヴンは、後ろで書斎の扉を注意深く閉めながら宣言した。「お待たせして申し訳ありませんでした。それにしても、みなさんずいぶん早くからおそろいで」彼は自分の机にかけて、机の向かい側に半円を描いて座っている共犯者たちをさっと見渡した。そして、いきなり本題に入った。「シェリーを社交界に送りこむことについて、あれこれ細かい話で時間を使うよりも」彼はざっくばらんに事務的な口調で言った。「さっさと花婿候補について話しましょう。ふさわしい知り合いのリストを持ってきてくれましたか？」

女性たちは衣擦れの音をさせながらバッグを探り、ホイッティコムはポケットに手をつっこんでその朝用意したリストをひっぱりだした。公爵未亡人は身をのりだして、折りたたんだ便箋を手渡した。そこで彼女は重大な問題を指摘した。「持参金がなければ、ミス・ランカスターはとても不利です。彼女自身がどれほど好ましいかにはかかわりなく。もし彼女の父親が、あなたが思っているような資産家でなかったら——」

「ぼくが高額の持参金を提供します」スティーヴンは便箋を開きながら言った。そして、リストの最初にあるいくつかの名前に目をやったが、彼の反応は驚きから笑いへと変化していった。「ギルバート・リーヴズ卿ですか？」彼はリストの名を読みあげて母親を見た。「サー・フランシーズ・バーカー？　サー・ジョン・ティーステデール？　リーヴズもバーカーもシェリーより五十歳は年上でしょう。それに、ティーステデールは孫が大学でぼくと同級でしたよ。この人たちは過去の遺物だな」

「そう言われても、わたくしが過去の遺物ですから！」彼女は言い訳するように反論した。「未婚の知り合いで、個人的に保証できる人物をすべて書きだすように言ったでしょ。それにしたがっただけです」

「なるほど、わかりました」スティーヴンは、笑いをこらえてまじめな顔を苦労して保ちながら言った。「それほど個人的にはよく知らなくても、評判のいい、もう少し若い男の名前を考えていただけますか？」母親がうなずいて賛同を示すと、スティーヴンは義姉にほほえみながら彼女のリストに手をのばした。

しかし、名前が書き連ねられた長いリストを見るうちに、彼の微笑みは消えた。

「ジョン・マークマン？」彼は顔をしかめた。「マークマンは病的なくらいの狩猟好きだ。もし彼と結婚したら、シェリーはスコットランドとイングランドの小川をくまなく歩きまわり、残りの人生を狩猟場で過ごすことになるじゃないか」

ホイットニーは無邪気なふりをして言い返した。「でも彼はとてもハンサムだし、楽しい人でもあるのよ」

「マークマンが？」スティーヴンは信じられないというように聞き返した。「あいつは女性恐怖症だぞ！　美女と同席すると、いまだに頰がぽっと赤くなる。もうすぐ四十歳なのに！」

「それでも、親切でいい人よ」

スティーヴンはうわの空でうなずきながら、つぎの名前を見た。「ド・サール侯爵、この男はまるっきりだめだ。浮気者で完全な快楽主義者だ」

「そうかもしれないわ」ホイットニーは潔く認めた。「でも、とても魅力的だし、財産はあるし、お屋敷の立地もすばらしいのよ」

「クロウリーもウィルトシャーも、どちらも青二才で、短気すぎる」彼はそのふたつの名前をばっさり切り捨てた。「クロウリーもあまり頭がいいとは言えないが、その友人のウィルトシャーの頭は完璧にからっぽだ。このふたりは数年前に決闘をして、クロウリーが自分の足を撃ったんだった」義姉の驚いたような笑い声を気にとめず、スティーヴンはうんざりした口調でさらに続けた。「その一年後、ふたりはもう一度決闘したが、ウィルトシャーが撃った弾が木にあたった」笑っている義姉を非難するように横目で見た。「笑い事じゃありません。クロウリーが撃った弾が木にはね返って、ジェイソン・フィールディングにあたったんですよ。ジェイソンは仲裁するために走りでていったのだが。もし彼の右腕にあたっていなかったら、クロウリーは無事には帰れなかっただろう。万が一にでもシェリーがふたりのどちらかと結婚したら、どちらにしても、彼女を未亡人にするはめになるでしょうね。この言葉を肝に銘じておいてくださいよ」

彼はつぎのふたつの名前を見て、ホイットニーをにらみつけた。「ウォーレンは上品ぶった気取り屋！　セラングリーは死ぬほど退屈。こういう男たちが結婚相手にふさわしいと思っているなんて信じられない。彼女は知的で聡明な若い女性なのに」

それから十分間、スティーヴンはリストに書かれたすべての名前を却下した。彼にとっては非常に理にかなったさまざまな理由を挙げていたが、机の周りに集まった人たちは、彼が花婿候補を次から次へと拒否するのをしだいにおもしろがるようになっていた。

ホイットニーのリストの最後の名前を見たとたん、スティーヴンの顔がこわばり、微笑みが消えた。「ロディ・カーステアーズ！」彼はうんざりして大声をあげた。「あの着ぶくれのエゴイストの皮肉屋で、いつも噂ばかりしている小男に、シェリーを近寄らせるつもりはない。彼は一度も結婚したことがないが、それは高望みしすぎているからだ」

「ロディは小柄ではないわ」ホイットニーはぴしゃりと指摘した。「背が高いとは言えないということは認めますけど。でも、彼はわたしの特別な友だちのひとりなのよ」微笑みを隠すために唇を噛みながら、彼女は続けた。「あなたは細かいことにうるさすぎるわ、スティーヴン」

「ぼくは真剣に考えているんだ！」

ホイットニーのリストを放りだした彼はヒュー・ホイッティコムのリストに手をのばしたが、ひと目見て顔をしかめた。「母とあなたには共通の友人が大勢いるようだ」いらいらとため息をつきながら、彼は立ち上がり、落ちつきなく歩きまわると机の前まで来た。机の縁に尻をもたせかけ、胸の前で腕を組んで兄を見た。「兄さんはリストを持ってきていないようだが、彼女にふさわしい人をだれか知っているだろう？」

「じつを言うと」兄は皮肉っぽい声で答えた。「おまえが候補者を排除していくのを聞きながら、それを考えていた」

「それで？」

「ある人物を知っていることに気づいた。おまえの高尚な基準のすべてを満たしているわけではないが、彼女にとってふさわしい相手であることは疑う余地がない」

「よかった！　それはだれなんだ？」

「おまえだよ」

その皮肉な答えをスティーヴンが理解するにはちょっと時間がかかった。「ぼくは、候補じゃない！」彼は冷淡に言った。

「すばらしい――」ニコラス・デュヴィルがうれしそうな声をあげて、自分の家紋がついた一枚の紙をポケットからとりだした。「そういうことなら、ぼくはリスト作りに無駄な時間をかけたりしなかったんだが」スティーヴンがゆっくりと組んでいた腕をほどいて、その紙へ手をのばすと、彼は続けて言った。「この場に招かれたということは、ぼくもリストを持ってくるべきだったんだろ？」

「面倒なことに協力してくれてありがたいと思っている」スティーヴンは言った。デュヴィルに対する兄のつまらない嫉妬心に、自分は影響されてはいないと思っていた。ニコラス・デュヴィルは、ハンサムで教養があり、育ちがいいだけでなく、機知に富み、信頼できる男だ。スティーヴンはそのリストを開いてそこに書かれたただひとつの名前を見て顔を上げると、目を細めてデュヴィルを見た。「これはきみの考えたジョークなのか？」

「きみがそれを笑い飛ばそうとは、予想していなかった」彼はすらすらと言い返した。スティーヴンは彼が真剣だとは信じられず、冷静に黙ったまま観察した。そして、デュヴィルの顔に腹立たしい傲慢さがあるのにはじめて気づいた。彼の微笑み、椅子の座り方や片手に何気なくぶらさげている乗馬用の手袋、すべてにそれが感じられた。スティーヴンはようやく口を開いて、デュヴィルがまじめに出した答えかどうか問いただそうとした。「シャリース・ランカスターの結婚相手として真剣に検討してほしいというのか？」

「なぜいけない？」デュヴィルは彼の狼狽ぶりを楽しみながら言い返した。「ぼくは年寄りではない、小柄でもない、自分の足を撃ったこともない。釣りは嫌いだし、狩猟にも特段の興味はない。たしかに欠点はいくつかあるが、着ぶくれとか、皮肉屋とか、噂好きなどと非難されたことはない」

だが、エゴイストと言われたことはあるぞ！　スティーヴンはさらに敵意を感じながら思った。**それに遊び人だ**。脳裏に、人当たりのよいこのフランス男がシェリーと情熱的に抱きあっている姿が浮かんだ。彼女の髪がサテンの炎のように男の腕にあふれている場面が想像されて、思わず対抗心を激しく燃やした。彼女の温かさ、無邪気さ、反抗的で粋な心意気、そして勇気と思慮深さはすべて、デュヴィルのものになってしまうのか……。

もし彼が彼女の夫になれば。

考えてみれば、たしかにデュヴィルは完璧な結婚相手だ。じつのところ、上流社会の人々のあいだで、すばらしい結婚相手とみなされていた。

「きみの沈黙は、承認と受けとってもいいのかな?」まるでスティーヴンが彼の求婚に反対できるはずがないのはわかりきっているかのように、デュヴィルは尋ねた。

礼儀の大切さを思い出したスティーヴンはうなずいて、慎重に丁寧な言葉を選んだ。「そのとおりだ。ぼくはきみを祝福する、彼女の……」保護者として、と彼は言いかけてやめた。なぜなら、法的な保護者ではなかったからだ。

「彼女の気の進まない婚約者として、かな?」デュヴィルが挑発《かしやく》した。「つまり、彼女が本当の婚約者を失ったことに責任を感じてはいるが、良心の呵責というようんざりするような重荷を負うことなく独身生活を続けられるように、彼女と結婚する義務から解放されることを願っている婚約者として、かな?」

ホイットニーはスティーヴンの口がきゅっと引き結ばれるのを目にし、細めた青い瞳が不穏に光るのに気づいた。このような雰囲気になったら、相手が彼女の友だちであろうと、家に招いた客であろうと、彼はデュヴィルを罵倒しかねない。その恐れは現実となり、彼はふたたび腕を組みかえ、侮辱的な視線をゆっくりと相手の全身に走らせた。スティーヴンがなんとかデュヴィルの餌《えさ》に食いついて、自分がシェリーと結婚すると言いださないかと、ホイットニーは待っていた。だが、彼は侮辱するように宣言した。「きみにその資格があるかどうかについては、もう少し掘りさげて検討すべきだな、デュヴィル。たしか、さっき〝好色漢〟という理由で却下された候補者がいたはず——」

「いいえ、それは違うわ！」ホイットニーが必死で大声をあげたので、スティーヴンは彼女を見た。一瞬、彼が勢いをそがれた隙に、彼女は辛辣に言った。「スティーヴン、お願いだから、自分の苛立ちをデュヴィルにぶつけるのはやめて。彼は力を貸そうとしているのよ」

彼女はさっとデュヴィルへ視線を走らせた。彼はスティーヴンの長広舌がはじまった瞬間から完全に口をつぐみ、結婚よりも殺人を考えているように見えた。彼女の夫はその場に座って、男ふたりのつば迫り合いを楽しんでいるかのように見ていたが、妻の無言の訴えに応じて割って入った。

「本当だぞ、スティーヴン、将来おまえの義理の息子になるかもしれない相手に対して、この扱いはないだろう」緊張を解こうとしてユーモアをまじえながら、クレイトンはそっけなく言った。

「なんだって？」スティーヴンは嫌悪感をあらわに反応した。

　クレイトンはからかうような笑いを浮かべて答えた。「おまえはただ持参金を払うことを約束したばかりでなく、〝高額な〟持参金と言った。となれば、それは父親代わりになるということだろう。さて、デュヴィルは候補者のひとりとして名乗りをあげただけなのだから、彼を敵に回すのは、結婚式がすむまで待ってからでもいいのではないか」

そのばかばかしい意見にふたりとも肩の力が抜けたのが見てとれ、スティーヴンがやっと和解のしるしにデュヴィルに手を差しだしたので、ホイットニーはようやくほっとした。

「これで家族の一員だな」スティーヴンは皮肉たっぷりに言った。

「ありがとう」デュヴィルは前かがみになって握手を受け入れた。「どれくらいの持参金を期待できるのかな？」彼は冗談を言った。

スティーヴンはそれにはとりあわず、机の向こう側へ戻って腰をおろしながら言った。

「では、彼女を社交界に紹介するときに直面しそうな問題に関する話し合いに移ろうか」

ホイットニーが即座に異議を唱えた。「その必要はないでしょう。ニッキーが名乗りをあげているのですもの」

スティーヴンは威圧的な視線を彼女に向けながら、机から紙を一枚ひっぱりだした。「シェリーが自分で選択できるように、ふたり以上の求婚者が必要だ。ということは、彼女は社交界に出なければいけないということだ。また、彼女の記憶が戻るころまでには、もし可能なら、彼女がだれかに愛情を注ぐようになっていてほしいとも思っている。それが、バールトンの死を知ったときに感じるだろう悲しみを少しでもやわらげる助けになるだろうから」

デュヴィルがすかさず反論した。「それは、あまりに欲張りすぎだろう」

スティーヴンは首を横に振って、その発言を却下した。「そんなことはない。そもそも彼女はバールトンをほとんど知らなかった。アメリカにいた短期間で、彼が彼女の世界の中心になれたはずはない」

その発言にはだれも異論を唱えなかった。その後は、実際に彼女を社交界に送りだす手はずについてえんえんと話が続いた。妥当なものからばかげたものまで、シェリーが社交界の人々に紹介される際に遭遇するかもしれないさまざまな隠れた危険や問題を、みながあれこれ持ちだすのを、スティーヴンはいらいらしながら聞いていた。

24

一時間たつころには、スティーヴンは苛立ちのあまり、ついにすべての反論を無視するようになった。すると突然、ヒュー・ホイッティコムが、シェリーの主治医として医学の専門家の立場から意見を述べた。「すまないが、それは許可できません」彼はあっさり言った。

「その理由について、聞かせてもらおうか」スティーヴンがするどく訊いた。

「もちろん。ミス・ランカスターはアメリカ人なのでイングランドの流儀に知識がなくても社交界は見逃すだろうという主張は、それなりに正しいかもしれない。しかしながら、敏感な女性だから、社交の場で上手にふるまえなければ、だれよりも厳しく自分を責めるのではないでしょうか。それがすでに抱えているストレスをさらに悪化させてしまいかねない。医者としてそんなことを許すわけにはいきません。シーズンがはじまるまであと数日だが、彼女のような頭のいい女性が本格的なデビューをするために知っておくべきことをすべて学ぶには、ありえないほど短い時間でしょう」

「かりにそれが障害にならないとしても」ホイットニーがつけ加えた。「そんなに短い準備期間では、ドレス類を十分に調えるのは不可能よ。仕立屋のマダム・ラサールに便宜をはかってもらうにしても、ほかの上手な仕立屋に頼むにしても、常連客からの依頼だけでもすでに手いっぱいの時期に、ミス・ランカスターのために衣装を一式そろえる仕事にかかってもらうには、相当の圧力をかけなければならないわ」

ホイットニーの意見はさておいて、スティーヴンはホイッティコムに向けて言った。「彼女を隠しておくわけにはいかない。それでは、花婿候補と出会う助けにならないし、そのうえ、なぜ隠す必要があるのかと、人々が噂をし、妙なかんぐりをはじめるだろう。さらには、シェリー自身がそのことを疑問に感じて、ぼくらが彼女のことを恥じているという、誤った結論を導きだしてしまうかもしれない」

「それは、考えなかった」ホイッティコム医師は、悩ましい表情でその可能性を認めた。

「とにかく、ある程度は妥協しよう」なぜみんな解決策ではなく問題を見つけるのに熱心なのかといぶかりながら、スティーヴンは言った。「彼女を公の席に出すのは最小限に控えよう。なんらかの催しに出席するときは、いつでもぼくらのだれかがそばについているようにすれば、質問の的にならないですむように守ってやれる」

「完璧に守るのは無理だろう」ホイッティコム医師が反論した。「彼女がだれなのか、どうして記憶を喪失したのかと訊かれたら、どう答えるつもりですか?」

「真実を話すさ、ただし、あまり細かいことまでは言わないように。彼女はけがをしたので、ぼくら全員が彼女の身元と人柄を保証することができるが、本人はしばらく質問に答えられないと説明すればいい」

「社交界の人たちが残酷なことは、知っているでしょう？　彼女の知識のなさが、愚かだと非難されるかもしれないのよ」

「愚かだって？」スティーヴンはするどい声をあげて冷笑した。「もう何年、お披露目《ひろめ》の舞踏会に通っているのかな？　毎年、デビューしたての小娘と気のきいた会話をするのに、大変な思いをしているだろう？」答えを待たずに彼は続けた。「ぼくが知るかぎり、彼女たちの半数は最新ファッションか天気の話題以外どんな会話もできなかった。残りの半数は、頬を赤らめて作り笑いをするだけだ。シェリーはとても頭がいいし、それはそれなりの理性を備えた者なら、だれにでも明白にわかるだろう」

「たしかに、彼女ならだれが見ても愚かには見えないわ」ホイットニーはゆっくりと意見を言った。「むしろ、すばらしく神秘的だと思うでしょう。とりわけ、若い洒落《しゃれ》男たちは」

「それなら、都合がいい」スティーヴンはこれ以上の議論は不要だとばかりに容赦なくきっぱりと言った。「ホイットニー、きみと母上は、彼女がふさわしい服装ができるよう手配してくれ。それから、ぼくらが後ろ盾になって彼女を社交界に紹介するのだから、いつでも少なくともだれかひとりが彼女に付き添うように。まずは、オペラに連れていくことからはじめよう。それなら、目に留まるかもしれないが、だれもそう簡単には接近できない。その後は、音楽会、お茶の招待を数回。容姿がとても目立つから、かなりの注目を集めることになるだろう。そして、彼女が舞踏会に頻繁に出席するわけではないとなれば、ホイットニーが指摘したように、彼女を取り巻く神秘性は増して、それが結局有利に働くはずだ」これでもう、考えなければならない重要問題はすべて解決できたと満足したスティーヴンは、まわりを見まわした。「ほかになにか相談しなければならないことがありますか?」

「ひとつだけ」公爵未亡人が非常に強い口調で言った。「彼女はあとひと晩たりとも、あなたのところに滞在するわけにはいきません。彼女が付き添いもなくこの家に滞在していたことが知られたら、わたくしたちがなにをしようが、なにを言おうが、評判を保つこともふさわしい相手を見つけることもできないわ。まだ使用人たちのあいだで噂話が広まっていないだけでも、奇跡と思わなければ」

「使用人たちは彼女を敬愛しています。彼女を傷つけるようなことはひと言だって口にしませんよ」

「たとえそうだとしても、どこから話が漏れるかは保証できません。うっかり話したことが街じゅうに広まるころには、彼女はあなたの愛人だという話になっていることでしょう。そうした噂が広まる危険を冒すわけにはいかないわ」

「クレイトンとわたしがわが家へ招待して、滞在してもらうこともできるとは思うけれど」

ホイットニーはスティーヴンが申し出を待っているようだったのでしぶしぶ言ったが、じつはあまり気が進まなかった。シェリーをスティーヴンの屋敷に置いておきたかったのだ。いったん一連の社交の行事がはじまったら、人々が大挙して押しかけるだろうし、となればスティーヴンは何日も続けて彼女に会えなくなり、会えたとしてもほんの短い時間しかとれなくなってしまう。

「わかった。彼女は兄さんのところに滞在することにしよう」スティーヴンが答えた。

ホイッティコム医師が銀縁の眼鏡をはずし、ハンカチでレンズを磨きはじめた。「申し訳ないが、その案は受け入れられない」

スティーヴンは頑固な医師にあきれ、苛立ちを必死に抑えて冷静に訊いた。「どういうことだ？」

「知らない人に囲まれたなじみのない環境に、彼女を移すわけにはいかないということです」スティーヴンが眉根をさっと寄せて反論しようとしたとき、ホイッティコム医師は全員を見わたしてするどい警告の口調になった。「ミス・ランカスターは、自分がスティーヴンと婚約していて、彼が愛情を注いでくれていると信じています。生死の境をさまよっていたとき、ベッドのそばについていたのは彼でしたし、彼女が頼りにしているのも彼です」

「ここに残ることで被る危険がある社会的不名誉について、ぼくが彼女に説明しよう」スティーヴンが言い返した。「そうすることが適切でないということを、彼女はわかってくれるだろう」

「なにが適切な行動で、それがどれほど重要かなんて、彼女はこれっぽっちも考えていませんよ、スティーヴン」ホイッティコムもすかさず言い返した。「もし考えていたら、私が往診に立ち寄った先日の晩に、ラヴェンダー色の化粧着で階下へ来たりしなかったはずだ」

「スティーヴン！」公爵未亡人が叫び声をあげた。

「彼女はちゃんと全身をおおっていましたよ」彼は肩をすくめながら言った。「それに、あれしか着るものがなかったから」

ニコラス・デュヴィルが割って入った。「彼女は付き添いなしにここに滞在することはできない。ぼくがそれを許可しない」

「きみはこの件については口出し無用だ」スティーヴンはぴしゃりと言った。「そんなことはない。将来の妻の名誉が汚されるのを許すわけにはいかない。ぼくにだって家族があって、彼女を受け入れてもらわなければならないのだから」

スティーヴンは椅子の背にもたれて、両手の指を尖塔《せんとう》の形に合わせ、嫌悪感を隠すことなく、しばらくデュヴィルを見つめてから、そのまなざしと同じくらい冷淡な声で言った。「デュヴィル、きみが実際に彼女に求婚したと聞いた覚えはない」

デュヴィルは挑戦的に眉を上げた。「たったいま、ここで聞きたいか?」

「彼女には求婚者の選択肢を与えたいと言ったはずだ」スティーヴンは威圧的な声で言った。「兄はなぜ、こんな傲慢な男が自分の妻の半径一マイル以内にいるのを認めることができるだろう。「きみは彼女をめぐって競争する可能性がある者のひとりにすぎない。もしその地位をいまここで失いたくないのなら、言っておくが――」

「わたくしがここにとどまってミス・ランカスターに付き添ってもかまわないわ」公爵未亡人があわてて言った。

ふたりの男はにらみあいをしぶしぶやめ、ホイッティコム医師に視線を送って決定をゆだねた。ホイッティコムはすぐには答えずに、花が開きかけているロマンスの足を引っぱることになるだろう、未亡人の影響について考えながら、もう片方のレンズを磨きはじめた。五十代後半になっているとはいえ、公爵未亡人は威厳のある堂々とした女性であり、あまりにも厳格で、スティーヴンとシェリー・ランカスターのあいだに親密な雰囲気を許すはずはなかった。そのうえ未亡人は、本人がどれほど配慮したとしても、シェリーを委縮させてしまうことになるだろう。説得力のある反論をすばやく考えながら、彼は言った。「あなたご自身のご健康のために、常時付き添いをするというのは責任が重すぎるでしょう。昨年のような問題が再発するのは見たくありませんので」

「でも、あれは深刻なものではないとあなたは言いましたよ、ヒュー」彼女は抗議した。

「深刻にならないようにしたいのです」

「彼が正しいですよ、母上」スティーヴンは医師の意見に賛成した。「いつも彼女と一緒にいられる人をだれか見つける必要がある。人柄も評判も申し分のないシャペロンで、貴婦人と同席する役割を立派に果たせる人物を」

「ルシンダ・スロックモートン・ジョーンズがいるわ」公爵未亡人はちょっと考えて言った。「彼女が付き添っていれば、だれも文句のつけようがないはずよ」

「それはだめだ！」ホイッティコム医師が声をあげた。あまりに強い口調だったので全員が唖然《あぜん》として彼を見た。「あのとがった顔の付き添い老婦人《ドラゴン》はたしかに信用はあるが、ミス・ランカスターをまた病床に引き戻しかねません！　彼女が担当していた娘のひとりが親指を火傷して、私が軟膏《なんこう》を塗ろうとしてもなかなか許さなかった。まるで、この私があの愚かな小娘を誘惑するかもしれないと疑っているかのように」

「なるほど。それでは、だれを推薦する?」スティーヴンは頑固で役に立たない医師にいらだちながら訊いた。

「その件はまかせてください」ホイッティコム医師はそう言いきって、スティーヴンを驚かせた。「ちょうどいいご婦人を存じあげていますので。ただし健康状態が今回の役目に耐えられればの話ですが。彼女はまったくのひとり暮らしで、最近は生きがいをなくしているようですし」

公爵未亡人が興味深げに彼を見つめた。「どなたのこと?」

ホイッティコム医師は目先のきく女性に即座に自分の選択を否定される危険を冒すよりも、この件をまずは自分の手のうちに置いて、その後既成事実として全員の前に示すことに決めた。「候補をひとりに絞る前に、もう少し考えさせてください。明日にでも連れてきます。スティーヴンの家にあとひと晩泊まっても、これ以上シェリーに害があるということはないでしょう」

コルファックスが扉をノックして、ミス・ランカスターが馬車で戻ってきたと伝えたので、彼らは話し合いを中断した。

「話すべきことはすべて話したようだ」スティーヴンは立ち上がって話をまとめにかかった。「ふたつの点を除けば」クレイトンが指摘した。「ひとつは、おまえの婚約者に別の夫を見つけるという計画に、彼女の心を傷つけることなく、侮辱することもなく、協力してもらえるのかな？　もうひとつは、彼女がおまえと婚約しているとだれかに話したら、どうするつもりだ？　聞いた者は笑い飛ばして彼女をロンドンから追放しかねないだろう」

自分は彼女の婚約者ではないと、スティーヴンは反論しかけてあきらめた。そして、こう言った。「その件は、今夜か明日、ぼくがなんとかする」

「彼女が取り乱さないように、慎重にお願いします」ホイッティコム医師が警告した。

ホイットニーは立ち上がり手袋をはめた。「すぐにマダム・ラサールを訪ねなければ。なんとか説得して、他のすべてに優先して、衣装をひと揃いすぐにつくってもらわないと。この時期では奇跡が必要ね」

「奇跡よりも、必要なのはスティーヴンの財産だな」彼女の夫は思わず笑いをもらしながら言った。「〈ホワイツ〉に行く途中、ラサールの店まで送っていこう」

「〈ホワイツ〉はまったく逆方向だろう、クレイモア」デュヴィルが指摘した。「きみの奥方をラサールの店までエスコートすることをもし許してくれるなら、ミス・ランカスターの信頼を勝ち得るにはどうすべきか、道すがら教えてもらいたいのだが」

とくに反対する理由もなかったので、クレイトンはあいまいにうなずき、デュヴィルはホイットニーに腕を差しだした。ホイットニーはクレイトンの頬にキスをした。四人が出ていくとき、兄弟はふたりとも苦い顔をして、デュヴィルの背中を見つめていた。

「これまでに何回くらいデュヴィルをぶちのめしてやりたいと思った？」スティーヴンは皮肉な口調で訊いた。

「この先おまえが思うほど頻繁ではないだろうよ」クレイトンはあっさり答えた。

「どう思う、ニッキー？」ホイットニーは後ろをちらっと見て、スティーヴンの執事が扉を閉め、戸口で聞き耳を立てていないのを確かめてから訊いた。

デュヴィルは彼女に向かって横目でほほえみかけながら、自分の馬車を指し示した。「いまごろ、きみのご主人と弟さんは、ぼくをぶちのめしたいと思っているだろう」

従僕が馬車に乗り込む踏み段をおろすために走ってきたので、ホイットニーは笑いを押し殺して馬車に乗りこんだ。「きっと、クレイトンよりもスティーヴンのほうが熱心でしょうね」

「おお、怖いな」彼はくすっと笑いながら言った。「彼のほうが短気だし、射撃の名手としての評判もあるからね」

彼女は真顔になった。「ニッキー、夫はわたしたちが介入すべきではないとはっきり言っていたの。ミス・ランカスターの求婚者として名乗りでるべきではないわ。あなたなら、それをわかってくれると思っていたのよ。つぎに機会があれば、まっさきに辞退してちょうだい。夫はわたしの行動にあれこれ文句は言わない人だけれど、もしなにかを禁じられたら、それにしたがうつもりよ」

「ご主人に反抗することなどないよ、愛しい人。彼は〝家族が〟介入することはできないと言っただけだ。きわめて残念ながら、ぼくは家族の一員ではない」

彼は重苦しさを払拭するために、にやっと笑ってみせた。そしてホイットニーは、彼がただ楽しんでいるだけだとわかっていた。「ニッキー——」

「なんだい、マイラブ？」

「その呼び方はやめてちょうだい」

「なんですか、公爵夫人閣下？」彼は茶化した。

「あなたがわたしを社交界に送りだすのに力を貸そうと決めたとき、わたしがひどく世間知らずで未熟だったことを覚えている？　あなたはわたしのお披露目のときに、いろいろ気を配ってくれていたでしょ」

「きみが未熟だったことは、一度もないよ。はっとするほど無邪気で型破りだったけれど」

ホイットニーはなおも言った。「シャリース・ランカスターは、あのころのわたしと同じように経験がない。いいえ、わたしよりもずっと。あなたの気配りを本当の情熱だと彼女に勘違いさせないでね。つまり、あなたに好意を抱きすぎないように注意してほしいの。もし、わたしたちのせいで、彼女がこれまで以上に傷つくようなことがあったら、耐えられないわ」

デュヴィルは長い脚を前に投げだして、しばし物思いにふけっていたが、やがて流し目気味に彼女にほほえみかけた。「きみのお披露目に同席したとき、害のない遊びのような甘い言葉と、意味のある言葉とを混同してはいけないと警告したのを思い出したよ。傷つかないようにそうしたんだ。あのときのことを覚えているかい？」

「そして結局、きみはぼくの申し出を断わった」

「ええ、もちろん」

「そのあと、あなたは大勢の貴婦人たちのお相手をして、〝傷ついた心〟を癒したんだったわね」

彼はそれを否定しなかったが、その代わりに言った。「シャリース・ランカスターは、ひと目見たときから、きみを思い出させた。なぜ彼女が特別だと感じるのか、きみとどのくらい似ているのかはわからないが、それを発見するのが楽しみだよ」

「彼女にはスティーヴンの結婚相手になってほしいのよ、ニッキー。彼女は彼にふさわしいわ。ホイッティコム先生も同じように考えているはずよ。だからお願い、彼女に十分気を配って、スティーヴンを少し嫉妬させて――」

「それなら、難なくできるだろう」彼は思わず笑いをもらした。

「――彼女がどれほどすばらしいかをスティーヴンにわからせるため、そしてほかの人に彼女をとられてしまう危険があることを知ってもらうためよ」

「もしきみが、介入するなという公爵の指示を守りたいのなら、方法はぼくにまかせてもらうよ。いいかな?」

「わかったわ」

25

伯爵の図書室に呼ばれたシェリダンは、二階の広間ですれ違う使用人たちに元気よく朝の挨拶をし、金色の額に入った鏡の前で立ちどまって髪が乱れていないのを確かめ、新しいライム色のワンピースのスカートのしわを直して、開け放った書斎の戸口に控えていたホジキンの前に進みでた。ホジキンは従僕たちが優雅なテーブルを蜜蠟《みつろう》で磨き、銀の燭台につや出しをかけるのを監督していた。「おはよう、ホジキン。今日はとてもすてきね。それは新しいスーツなの？」

「はい、お嬢様。ありがとうございます」ホジキンが答えた。毎年二回新調してもらえるスーツを着るとどんなに格好よく見えるか、彼女が気づいてくれた嬉しさを必死に隠そうとしたができなかった。背筋をのばして肩を張ってみせる。「昨日、テイラーから届いたのです」

「わたしも新しいドレスなのよ」彼女がお返しに打ちあけ、スカートをつまんで副執事のためにわざわざゆっくりと回ってみせているのを、スティーヴンは顔を上げて見ていた。「どう、すてきでしょ？」彼女が尋ねていた。

気取りのない光景に見とれながら、スティーヴンは笑みを浮かべ、副執事より先に答えた。

「とてもすてきだ」その声にホジキンがあわてて飛びあがった。シェリダンはつまんでいたスカートを放したが、持ち前の愛嬌《あいきよう》のある微笑みをたたえて、腰をやさしく揺らしながら彼の机へ近づいてきた。スティーヴンが知っているたいていの女性は、歩き方やふるまいを正確に教わっていたので、だれもがきちんと訓練を受けた軍隊のような正確さで行動する。だが、彼女はごく自然な歩調でとても優雅に歩いていた。

「おはようございます」彼女が言った。机の上の書類や書状のほうを示して続ける。「お邪魔をしたのでないといいけれど。すぐにお呼びだと思ったから」

「邪魔などしていないさ」スティーヴンは安心させた。「じつは、ふたりきりで話をするために秘書をさがらせたところだ。さあ、座って」ホジキンをちらっと見て、扉に向けてうなずきかけて閉めるよう無言の命令を出した。丈の高いオーク材の扉が静かにあるべき位置におさまった。シェリダンはスカートの裾を直した。スティーヴンの目の前で、しわに手を走らせ、足もとを見おろして、裾が室内履きのつま先の下に入っていないことを確かめ、新しいドレスを念入りに整えていた。すべてがきちんと整えられたことに満足し、美しい目を好奇心でいっぱいにして期待を込めて彼を見た。それは、信頼に満ちたまなざしだった。

彼女が信頼してくれていることは、スティーヴンも気づいていた。それなのに、彼はその信頼を利用して彼女を操ろうとしていた。沈黙が気まずいくらい長く続いて、彼は自分でも気づかないほど、この瞬間を恐れていることを実感した。昨晩はともに夕食を楽しみたかったので延期したほどだった。しかし、もうこれ以上遅らせることには意味がない。

彼はあわてて話題をさがそうとしたが、見つけられず、とりあえず思いついた言葉を口にしてみた。「気持ちのよい朝を過ごしているかな?」

「答えるには、まだ過ごした時間が短すぎるわ」彼女はまじめに答えたが、その目は笑いで輝いていた。「ほんの一時間前に、一緒に朝食を終えたばかりですもの」

「一時間しかたっていなかったのか? もっと長かったように感じるな」スティーヴンははじめて異性とふたりきりになった経験のない若者のように、居心地の悪さを感じていた。

「では、食事のあとはなにをしていたんだい?」彼は辛抱強く続けた。

「図書室で読むものをさがしていたら、あなたから来るようにと呼ばれたのよ」

「きみにあげた雑誌類をすべて読み終わってしまったのか! 積みあげたら、ぼくの腰くらいの高さがあったが」

彼女は唇を嚙んで、彼に笑顔を向けた。「あのなかの一冊でも、目を通しました?」

「いいや。なぜ?」

「ちらっとでも見たら、あまり啓発的だとは感じないはずだもの」

スティーヴンは女性たちが熱心に読むということ以外、女性誌についてなにも知らなかったが、とにかく会話を続けようとして、どんな雑誌を読んだのかと尋ねた。

「そうね、たとえば、こんなとても長い名前のものがあったわ。たしか、『月刊淑女博物館、または洗練された娯楽と教養の宝庫――想像力を育み、精神に道を示し、イングランド人らしい公正な人格を高めるための集大成』」

「そのすべてが、一冊の雑誌に書かれているのかい?」スティーヴンはからかった。「だとしたらまったく、野心的な事業だ」

「わたしもそう思ったわ、記事に目を通すまでは。そのなかの記事になにが書かれていたか、わかる?」

「きみの表情からして、想像もできない答えなんだろうな」彼は笑いながら言った。

「頬紅のつけ方よ」彼女が答えを教えた。

「なんだって?」

「頬紅をどうつければいいか書いてあったの。すっかり夢中になって読んだわ。それがタイトルの『精神に道を示す』とか『人格を高める』とかにあてはまるかしら?」スティーヴンが彼女のウィットにこらえきれずに肩を震わせて笑っていると、彼女はさらに続けた。

「ほかの雑誌にはもっと大切なことが書いてあったわ。たとえば、『ラ・ベル・アソンブレ』、または、ベルによる淑女のための宮廷とファッションの雑誌』という雑誌には、膝を折ってお辞儀をするときの正しいスカートの持ち方が長々と説明されていたの。これにもすっかり夢中になってしまったわ! スカートを広げるときは、神様からいただいた指を全部使うよりも、親指と人差し指だけを使うほうが好ましいなんて、思いもよらなかったから。なにしろ完璧に優美なしぐさは、女性ならだれでも目指すべき理想ですものね」

「それはきみの考えかい? それとも雑誌の?」スティーヴンは笑いながら訊いた。

彼女は彼を横目で見ながら、信じられないほど魅力的で生意気な笑みを投げかけた。「どちらだと思う？」

スティーヴンは、完璧な優美さよりも彼女の魅力と生意気さを選ぶと思った。「そのごみを、きみの寝室からさっさと片づけよう」

「いいえ、それはだめ。本当にそれはやめて。毎晩ベッドで読んでいるんですもの」

「本当に？」彼女が真剣そのものに見えたので、スティーヴンは尋ねた。

「ええ、もちろん。一ページ読んだら、たちどころにまぶたが重くなるから。睡眠薬よりもよほど効果的なのよ」

スティーヴンは彼女のうっとりするような顔から目を離して、その指先がかきあげる額のほつれ髪を見ていた。じれったそうに髪を揺すると、赤銅色の髪のベールが肩にかかった。先ほどまでのように右胸の上に何気なくかかっているのがいいと、彼は思った。自分の思考がいけない方向に向かってしまうことに困って、スティーヴンは唐突に言った。「頰紅とお辞儀は別として、きみはなんに興味があるの？」

シェリダンは思った。わたしはあなたに興味があるわ。なぜあなたがいま、困っているように見えるのか。なぜ、あなたがわたしだけを見ているように思えるのか。なぜ、あなたにとって大事なのはわたしだけだと思えるような微笑を向けるときがあるのか。なぜ、目の前にいても、わたしになど会いたくもないと思っていると感じさせるときがあるのか。そして、あなたにとって大事なこと、すべてに興味がある。なぜなら、あなたにとって大事な存在になりたいから。わたしは歴史に興味がある。あなたの歴史、そして、わたしの歴史に。「歴史よ！　わたしは歴史が好きなの」彼女は少し間を置いてから答えた。

「ほかには、なにか？」

思い出して話すことはできなかったので、シェリダンは心に浮かんだ唯一の答えを彼に伝えた。「馬がとても好きみたい」

「なぜ、そう言えるんだい？」

「昨日馬車で公園に連れていってもらったとき、女性が何人か馬に乗っていたの。それを見たら、なんだかとても……幸せな気分になって、わくわくしたの。わたしはきっと乗馬が好きなのではないかしら」

「そういうことなら、きみにふさわしい馬をさがして確かめなければならないな。タッターソールに連絡して、だれかを送り、おとなしい小形の牝馬を選ばせよう」

「タッターソール？」

「競売場だよ」

「一緒に見に行ってもいいかしら？」

「大騒動になってもいいなら」彼女が驚いたように彼を見ると、彼はほほえんだ。「タッターソールは女性の出入りが禁じられているんだ」

「ああ、そうなの。本当は、わざわざお金をかけて馬を買う必要はないの。まったく乗り方を知らないということがわかるだけかもしれないのだし。まず、あなたの馬の一頭をお借りすることはできない？　御者に頼んで――」

「そんなことは考えるな」スティーヴンは厳しく警告した。「どんなに乗馬が得意だとしても、ご婦人が乗るのにふさわしい馬はここにはない。ぼくの馬は、公園を軽く走らせるような馬ではない」

「わたしが昨日想像したのは、そういうことではないわ。ギャロップで顔に風を感じながら走りたいの」

「ギャロップはだめだ」彼は宣言した。どれほど乗馬の経験があったとしても、彼女はおてんばな田舎娘ではない。華奢で繊細な女性には、ギャロップはとうてい無理だ。訳がわからず不満そうな顔をしている彼女に、彼はぶっきらぼうに説明した。「意識をなくしたきみを家まで運ぶのは、二度とごめんだ」

腕のなかでぐったりした彼女のことを思い出して、スティーヴンは身震いを抑えた。そして、もうひとつの事故……もうひとりのぐったりした体のことを、将来があり、婚約者の到着を心待ちにしていただろう若い男爵のことを思い出した。その恐ろしい記憶に背中を追されて、彼女を呼びだした本当の目的にとりかかることにした。

椅子の背にもたれながら、スティーヴンは温かみの込もった微笑みを彼女に向けた。そして、彼女の将来についての計画を話しだした。「喜ばしいことに、義姉がロンドンでもっとも人気のある仕立屋を説得した。一年でいちばん忙しいこの時期に店からお針子を引きつれてここに来てもらい、社交シーズンの行事にきみが着る衣装を一式つくってもらえることになった」それを聞いて彼女は、わくわくするどころか、顔を少ししかめた。「まさか、それがいやだというのかい?」

「もちろん、そんなことはありません。ただ、ご承知のように、もうこれ以上、ドレスは必要ないわ。まだ一度も袖を通していないものが二着もあるのだから」

彼女は合計五枚の昼間用の普通のドレスを持っていて、それで十分だと信じているようだった。スティーヴンは彼女の父親は節約家に違いないと確信した。「いま持っているほかにも、いずれたくさん必要になる」

「どうして?」

「ロンドンの社交シーズンには、いろいろ衣装が必要だから」彼はあいまいな言い方をした。

「それから、今日の午後、ホイッティコム医師が知り合いの年配の女性を連れてくることも伝えたかった。彼からの伝言によると、その女性はどこに出しても恥ずかしくないシャペロン役を務める能力があり、意欲も持っているそうだ」

その言葉に彼女は、思わず吹きだしてしまった。「シャペロンはいらないわ」彼女は笑った。「わたしは――」胃が痛み、ふいに言葉が出てこなくなった。その原因になった思いは、たちまち消えてしまった。

「きみは、なに?」スティーヴンはうながしたが、よく見ると彼女が動揺しているのに気づいた。

「わたしは――」彼女は言葉を、説明を必死にさがしたが、それらは彼女の手をすり抜けて、どうしても届かない頭の奥のほうへ隠れてしまった。「わたし――わからない」

不快な用件を早くすませてしまいたい一心で、スティーヴンはこれを無視してしまった。「心配することはない。ときが来れば、なにもかも思い出せるさ。それより、きみと話しあいたいことがもうひとつあって……」

スティーヴンが躊躇していると、彼女はあの銀色を帯びた大きな瞳を彼に向け、話を続けても問題ないと彼を安心させるかのようにかすかにほほえんだ。「なにをおっしゃろうとしたの？」

「じつは、ぼくはあることを決心し、それには家族も賛成してくれているんだ」彼の家族も同じ意見だということをあらかじめ知らせることによって、抗議する道を閉ざしてから、スティーヴンは慎重に言葉を選んだ最後通告をした。「きみには社交シーズンを楽しんでほしい。そして、ほかの男性から注目を浴びることも楽しんでほしいんだ。ぼくらの婚約を発表するのは、そのあとにしたい」

シェリダンはまるで平手打ちをされたような気分だった。見知らぬ男性たちからの注目など望んでいなかったし、彼がなぜそうしたいのか想像もできなかった。声が乱れないように気をつけながら彼女は言った。「どうしてなのか、うかがってもいいかしら？」

「もちろんさ。結婚というのはとても重大なことだから、軽々しく取り扱うべきではない――」スティーヴンはなんとかして説得力のある説明ができるように、必死になっている自分を心のうちで罵った。「きみがイングランドに来るまで、おたがいをよく知るための期間が短かったから、ぼくを夫と定める前に、このロンドンで社交界にデビューして、結婚相手にふさわしいほかの男性のことも知ってみるべきだと思う。そういうわけで、しばらくのあいだ、ぼくらの婚約については内密のままにしておきたい」

シェリダンは心の奥でなにかが壊れるような気がした。彼はわたしにだれか別の男性を見つけてほしいと願っている。自分のそばから、排除しようとしている。彼女にはそう感じられた。そして、それは道理だとも思えた。自分は名前さえ思い出せず、昨日公園で見たような明るく美しい女性たちとはまるで違う。彼の母親や義理の姉のような、落ちついた堂々としたふるまいはとうていできない。あきらかに彼らは、わたしを家族の一員として求めてはいなかった。あのとき示された親しみは、見せかけだったに違いない。

屈辱の涙で、目の奥が熱くなった。彼女はあわてて立ち上がり、自制心を取り戻し、ずたずたになった誇りをなんとか支えようとした。彼の顔を見ることはできず、本音を伝えるまでは部屋から出ていくこともできなかったので、慎重に彼に背を向けたまま、ロンドンの通りを見渡せる窓際まで歩いていった。「それは、すばらしい考えね、閣下」彼女は見るともなく窓の外に目をやり、必死で平静な声を保ちながら言った。背後で彼が立ち上がり、近寄ってくる気配がした。彼女はつばをのみこんで、深呼吸をしてからやっと続けた。「わたしも……わたしたちが釣りあっているかどうかについては決めかねていました……ここに来てからずっと」

スティーヴンは彼女の声がとぎれるのを耳にして、心の痛みに苦しんだ。「シェリー」彼女の肩に手を置いた。

「お願いだから、手をどけて……」彼女は深いため息をついた。

「こちらを向いて、聞いてくれないか」

シェリダンは自分を抑えているなにかが崩れるのを感じた。しっかりと目をつぶっていたにもかかわらず、熱い涙が頰を伝いはじめた。いま振り返ったら、泣いているのを見られてしまう。そんな屈辱を味わうくらいなら、死んだほうがましだった。頼れるものを失い、すっかりこうべを垂れて、鉛の窓枠を指でなぞることに没頭しているふりをしていた。

「ぼくは最良の道を選んでいるつもりだよ」スティーヴンは彼女を腕で包みこみ、許しを請いたい気持ちを抑えながら言った。

「当然よ。あなたのご家族はわたしがあなたにふさわしいと思われるはずがないもの」シェリダンはなんとか穏やかな声で言うことができた。「それに、わたしの父がどうして、あなたがわたしにふさわしいと思ったのか見当もつかないわ」

彼女の声は十分落ちついていたが、ドレスに涙がこぼれているのを見てスティーヴンは我慢しきれなくなった。彼女の両肩をつかんで振り向かせ、腕に抱き寄せる。「お願いだ、どうか泣かないで」いい香りのする彼女の髪にささやいた。「泣かないでくれ。よかれと思ってのことなのだから」

「だったら、手を放して！」彼女は肩を震わせながらもきっぱり言った。

「だめだ」スティーヴンは彼女のうなじを抱いて揺するようにしながら、彼女の上気した頰を自分のシャツに押しつけ、涙がシャツを通して染みてくるのを感じていた。「すまない」

こめかみにキスしながらささやく。

耳元でそうささやかれて、シェリダンは彼に対して弱腰になってしまう自分を感じていた。どうすればいいかわからず彼に抱擁されるままになって、声を殺したすすり泣きで体を震わせていた。

「きみを傷つけたかったわけではない」スティーヴンはなだめようとして、彼女の背中とうなじを手でやさしく撫でた。「きみを傷つけたくない」無意識のうちに彼女のあごを手で上に向かせると、その頬に唇をふれ、彼女の涙を感じながら、なめらかな肌を軽いキスでたどった。思えば彼女が意識を取り戻した夜、記憶を失ったことや傷の激しい痛みに、彼女はひと粒の涙もこぼさなかった。けれどいまはさめざめと泣いている。ふと気づくと、スティーヴンは我を忘れていた。震える彼女の唇に自分の唇を押しあて、涙を味わい、ぐっと抱き寄せた。舌で繊細に彼女の唇をいたぶりながら開かせようとする。彼女はこの前のようにやさしく唇を差しだすのではなく、彼から顔をそむけようとした。その拒絶のせいで、なんとかしたがわせようと彼は必死になった。激しく口づけしながら、頭では数分前に自分を見あげた微笑みや、厨房で使用人たちのコーラスを指揮していた姿や、昨日自分とふざけていたときの彼女を思い浮かべていた。

「それなら、その申し出を受けるまでに、わたしがあなたをすこぶる長く待たせるくらいの分別を持っていたならいいけれど」

ふざけてそう言った彼女は美しかった。彼女はいまぼくを完全に拒絶している。そう思うと、スティーヴンの心の深くにあるなにかが、彼女のやさしさと情熱と温かさを激しく求めた。髪に手を差しこみ、顔をあおむかせると、傷ついて敵意をみなぎらせた灰色の瞳をのぞきこむ。「シェリー」彼は身をかがめ、彼女の口もとに唇を近づけてささやいた。「キスを返してくれ」

彼女はそれを振り払えずにいたが、なんとかして無関心を装おうとしている。するとスティーヴンはいっそう熱くなった。二十年にわたる異性との付き合いから身につけた技巧を駆使し、経験の浅いうら若い乙女の防御を容赦なく攻めたてた。彼女の背中を支える腕に力を込め、きつく抱きしめて指先と唇と声で誘惑した。「きみはいずれほかの求婚者たちとぼくを比較することになるのだから」彼は自分の計画を自分で台無しにしていることに気づかないままささやいた。「ぼくがどの程度なのか、知っておくべきだとは思わないか？」

シェリダンの抵抗を崩したのは指先や唇の誘惑ではなく言葉だった。女性ならではの防衛本能が警告していた。彼を信頼してはいけない、もう二度とふれさせてもキスをさせてもいけない、と。でもこの一度だけ……あともう一度だけ、執拗な愛撫に溺れてみたい。

彼女の唇から抵抗する力が抜けたのに勝利を感じたスティーヴンは、すばやく武器をやさしさに替えた。

しばらくして、ようやく現実に戻ったスティーヴンは彼女の唇から口を離し、つかんでいた腕から力を抜いた。彼女は後ずさりし、魅力的な微笑みを輝かせながら、激しく呼吸していた。「実演をしてくださって、ありがとうございます、閣下。比較検討するときが来たら、あなたを公正に評価するよう努力するつもりです」

スティーヴンはその言葉をほとんど聞いていなかった。立ちつくす彼を残したまま、きびすを返していくシェリダンをとめようともしなかった。彼は窓枠に手をかけ、屋敷の前の見慣れた景色をぼんやり眺めていた。「くそっ！」彼は小さな声で乱暴に言い放った。

自分の気持ちを知られないために、すれ違う従僕の一人ひとりにほほえみかけるよう気を配りながら、シェリダンは二階に上がった。すべてを焼き尽くすような、奪いつくすような口づけのせいで、唇が腫れあがっているような感覚があった。

家に帰りたい。

一歩一歩気をつけて進み、やっと自室でひとりになれるまで、何度もそうくりかえした。ベッドの上で、膝を胸もとに引き寄せて身を守るように丸くなり、両手でしっかりと抱えこむ。手を放したら、自分が砕け散ってしまいそうな気がした。枕に顔を押しつけて泣き声を殺しながら、シェリダンは絶望的な未来を、そして記憶にない過去を思って、涙を流した。

「家に……帰りたい」彼女はとぎれとぎれにくりかえした。「家に帰りたいの、パパ……なぜ迎えに来るのに、こんなに時間がかかるの？」

26

美しいまだらの馬が一頭、すぐそばで草を食《は》んでいる。シェリダンは元気いっぱいに起きあがり、その背中に飛び乗るや、笑い声を響かせながら風を切って月明かりのなかを走りだした。馬と彼女は、宙を飛んでいた……飛んでいた……。「危ないよ、愛しい人《カーラ》」若い男性が呼びかけて、猛烈な勢いで追いかけてきた。彼の馬の蹄の響きがだんだん近くなり、ふたりで笑いながら草地を飛ぶように横切った……。

「ミス・ランカスター！」女の人の声が遠くから呼んでいる。「ミス・ランカスター！」肩に手がふれて、軽く揺すられ、厳しい現実に引き戻された。「お休みのところ、申し訳ございません、お嬢様」小間使いが言った。「ですが、公爵夫人閣下が仕立屋と一緒に裁縫室においでになっていて、お嬢様にもいらしていただけるかどうか訊いてくるようにとおっしゃったものですから」

シェリダンはベッドカバーに繭《まゆ》のように包まれたまま夢を追いかけたいと思ったが、公爵夫人たちに、夢を見たいから出ていってくれなどと言えるはずもなかった。家族から望まれない婚約者だったら、なおさらだ。気が進まないまま、起きあがって顔を洗い、小間使いに導かれて、さらに上の階の日当たりのいい大きな部屋へ向かった。そこで待っていた公爵夫人は、伯爵の母親ではなく義理の姉のほうだった。

感情を隠して、シェリダンは公爵夫人に冷たくも温かくもない、几帳面で丁寧な挨拶をした。

ホイットニー・ウェストモアランドは、そんな態度の変化には気づかず、彼女を最新流行のファッションで飾りたてようと夢中になっていた。

ホイットニーは上機嫌で舞踏会や大夜会やヴェネチア風朝食会について話し、お針子たちがブヨのように彼女のまわりを取り巻くなか、シェリダンは永遠とも思える長い時間、日当たりのよい広い部屋の一段高い壇の上に立って寸法を測られ、針を打たれ、押されたり、引っぱられたり、回されたりした。だが、いまの彼女は、ホイットニーの温かい微笑みと励ましの言葉が心から出たものと信じるほど単純ではなかった。この人はわたしを義弟以外のだれかと婚約させて、よそへやりたいだけなのだ。衣装ひとそろいはその目的のための最初の一歩なのだろう。だが、彼女には自分なりの計画があった。家に帰るのだ。それがどこであろうとも。そして、それは早ければ早いほどいい。このドレスをめぐるばかげた騒ぎがおさまったら、公爵夫人に話をして安心させるつもりだった。ところが、やっと壇からおりて化粧着をはおっていいと許されたものの、お針子たちは部屋から出ていかなかった。それどころかトランクをいくつも開けて、家具や窓際の椅子、絨毯《じゅうたん》の上などに、ぐるぐる筒状に巻いた生地を広げだした。やがて部屋全体がエメラルドグリーンからサファイアブルー、明るい黄色からごく薄いピンク色、そしてさまざまな濃淡のクリーム色まで、ありとあらゆる色彩で埋められた。

「どう思うかしら？」ホイットニーが尋ねた。

シェリダンは贅沢な絹や、柔らかい軽《バチスト》やかな平織りや、蜘蛛《くも》の糸で織りあげたようなシフオンや、繊細なローン生地が大量に並んだ、目のくらむような光景を見まわした。小粋な縞《しま》模様《もよう》、金や銀で豪華に飾られた絹地、あらゆる種類の花々がびっしりと刺繡されたバチスト。ホイットニーはにこにこしながら、シェリダンが好みを口に出すのを待っていた。この人はなにを考えているのだろうか？　すっかりわからなくなった。あごを上げてフランス語訛りで話し、将軍のようにふるまっている、マダム・ラサールという名前の女性を見つめた。シェリダンはふと自分の好みを口にしたが、それがどこから来たのかはわからなかった。「赤い生地はありますか？」

「赤ですって！」相手の女性は目をまん丸にして驚いてみせた。「ノー、ノー、いけません、マドモアゼル。髪にお似合いになりません」

「赤が好きなんです」シェリダンは頑固に言い張った。

「でしたら、なにか赤いものをお持ちになればよろしいでしょう」マダム・ラサールは如才ない態度を取り戻しながらも、譲歩するつもりはないようだった。「赤を使うなら、布張りの家具や窓にかけるカーテンなどになさいませ。ですが、お美しいあなた自身が身につけるべき色ではございません。天はあなたにまれに見る美しい赤い髪をお与えになり、祝福しています。ですから、その特別な天の賜物《たまもの》をひきたてない色を身につけるのは間違いです、いえ罪深いとさえ言えましょう」

その大げさな演説があまりにばかばかしくて、シェリダンは笑いを嚙み殺しながら、必死にまじめな表情を保とうとしているらしい公爵夫人のほうを見た。ホイットニーが友好的なふりをしているだけで、実際にはまったく異なる人物なのかもしれないということを、一瞬忘れていた。「つまり、わたしには赤は全然似合わない、という意味ですね」

「ウィ!」マダムがきっぱり答えた。

「そして、たとえわたしがどれほど欲しいと言っても、無理やり赤いドレスをつくらせることは絶対にできない、ということですね」シェリダンはつけ加えた。

公爵夫人は笑みを含んだ視線を返しながら言った。「マダムはそんなことをするなら、すぐにでもテムズ川に身を投げてしまうでしょうね」

「ウィ!」お針子全員が声をそろえた。そして、しばしのあいだ、室内は八人の女性の愉快な笑い声で満たされた。

それから数時間、シェリダンはほとんど傍観者となって、公爵夫人とマダムが望ましいスタイルと使うべき生地について話しあった。すべてが決まったと彼女が思ったとたんに、今度は装飾について話しはじめ、そしてさらに、リボンやレースやサテンの縁取りの話が続いた。お針子たちがこの家にとどまって、この部屋で日夜働くことになるのだとやっとわかったとき、シェリダンはなんとかしてそれを断わろうとした。「もう五枚もドレスを持っていますから——一週間は毎日着替えられます」

会話が突然とまり、視線が彼女に集まった。「面倒かもしれないけれど」ホイットニーがほほえみながら言った。「一日に五回はドレスを着替えることになるわ」

シェリダンはそれにかかる時間を思って顔をしかめたが、裁縫室を出るまで沈黙を保っていた。公爵夫人にウェストモアランド家に嫁ぐつもりはまったくないことを告げて、自室に引きあげてひとりになろうと考えていた。「本当に一日に五回もドレスを替えられません。すべて無駄になってしまうし——」彼女は言った。

「いいえ、そんなことにはならないわ」ホイットニーは自信たっぷりの微笑みを浮かべながら言ったが、相手からは笑顔は返ってこなかった。なぜ今日はこんなによそよそしく遠慮がちなのか心配しながら彼女は言った。「シーズンのあいだ、きちんとした服装をしようと思ったら、馬車に乗るとき用、散歩用、乗馬用、晩餐用、朝食用のドレスと、イブニングドレスが必要よ。それでも必要最小限で、スティーヴン・ウェストモアランドの婚約者ならば、オペラ観劇用のドレス、劇場用のドレス——」

「わたしは彼の婚約者ではありません、それに、そうなりたいとも思っていません」シェリダンはドアノブに手をかけ、公爵夫人をさえぎって言った。「今日一日じゅう、なんとかして、わたしにはたくさんの衣装は必要ないし、欲しくもないことを、はっきりお伝えしようとしていたのですが。父にその代金を払わせていただくのでなければ、すべてキャンセルしてください。では、よろしかったら、もう部屋に——」

「あなたが婚約者ではないとは、どういう意味なの？」ホイットニーは驚いて、シェリダンの腕に手を置いた。「なにがあったの？」洗濯女が腕いっぱいにリネンを抱えて廊下を歩いてきた。「あなたの寝室でお話しできないかしら？」

「礼を失するつもりはないのですが、公爵夫人、お話しするようなことはなにもございません」シェリダンはきっぱり言った。自分の声が少しも揺らがなかったことと、口調が毅然としていたことを誇らしく思った。

だが、驚いたことに、公爵夫人はあっさり反論した。「わたしはそうは思わないわ」あくまでも微笑みを浮かべながら言うと、扉を押し開けようと手をのばした。「お話しすることは、とてもたくさんあるのよ」

きっと、無礼な態度か感謝の心のなさを非難されるのだろうと思いながら、シェリーは寝室に入り、公爵夫人がそれに続いた。シェリダンは委縮したり謝罪したりはするまいと決心して、公爵夫人に向きなおり、黙ったまま待った。

ホイットニーは突然の婚約拒否についてすばやく考えをめぐらせた。彼女のいつもの温かさがすっかり消えていることからして、誇り高く無関心を装っているのは、なんらかの形で深く傷ついているのを隠すためだろう。彼女を手ひどく傷つけることができるのはスティーヴンだけなので、この問題の原因は彼に違いない。

愚かな義弟が、本当に彼にふさわしい女性にどんなダメージを与えたにせよ、それを修復するためには相当な手間がかかると覚悟して、ホイットニーは注意深く口を開いた。「ステイーヴンとは婚約していないし、したいとも思わないと言うなんて、いったいなにがあったの?」

「お願いです!」シェリダンは思わず感情をあらわにした。「わたしは自分がどこのだれかもわかりません。でも、嘘やまやかしに対して、自分のなかのなにかが反発の叫びをあげているのはしっかりとわかるのです。これ以上耐えなければならないのなら、いまこの場で間違いなく悲鳴をあげてしまいます。どうか、義理の妹としてわたしを望んでいるふりはやめて。そんなことをしてもなんの意味もありません。だから、どうか、もうやめて!」

「大変よくわかったわ」公爵夫人はあっさりと言った。「見せかけは終わりにしましょう」

「ありがとうございます」

「わたしがどれほど心から、あなたを義理の妹にと望んでいるか、あなたは全然わかっていないわ」

「彼が本当にわたしとの結婚を望んでいると、説得するつもりなのでしょう」

「そんなこと、とうてい言えません」公爵夫人は陽気に認めた。「ましてや、説得することなどできません」

「えっ?」シェリダンは驚いた。

「スティーヴンは、相手がだれであれ、結婚したいとは思っていないはずだもの。あなたとの場合はとくにそう。そして、それには、相応の理由があるの」

シェリダンは肩を震わせてこみあげる笑いを抑えた。「みなさんはわたしとの結婚に反対しているものとばかり思っていました」

「そう思うのも、無理はないわね」ホイットニーは大きなため息をついて言った。「ねえ、座らない？　わたしにできる範囲でスティーヴンについてお話しするから。でも、彼があなたと結婚したいとは思っていないとあなたに思わせたのは、今朝彼がなんと言ったせいなのか、まず先に聞かせてほしいの」

謎だらけの男性についての情報を提供するという申し出はうれしかったが、シェリダンにはなぜその申し出がなされたのか、それを受けるべきなのか、確信が持てなかった。「なぜ、そんなにまでこの結婚話に関わろうとなさるのですか？」

「その理由は、あなたがとても好きだから。そして、あなたにもわたしのことを好きになってほしいから。なによりも、あなたがスティーヴンにとって完璧な伴侶《はんりょ》になれると心から信じているから。そして、いまの状況ではあなたたちふたりともそのことに気づくころには、修復できないほど関係がこじれてしまうのではないかと心底恐れているから。さあ、なにがあったのか話して。そうしたらわたしも、できるかぎりお話しするわ」ホイットニーが言葉を選んで、すべてを話すと言わなかったのは、これで二回目だった。彼女が使った言い回しには問題があったが、少なくとも新たな嘘はなかった。

シェリダンはホイットニーの顔に悪意の兆候が見られるかどうか探りながらためらっていたが、そこに見えたのは誠実さと気づかいだけだった。「なんの害もないことなのかもしれません――ただわたしのプライドが傷ついた以外は」彼女は軽くほほえもうとした。なるべく感情を押し殺した声で、彼女はその日の朝に伯爵の書斎で起きたことをなんとか話し終えた。

ホイットニーは彼女に社交界デビューを納得させるためにスティーヴンが選んだ方法があまりにも単純で巧妙なことに感心したが、同時に、異国で見知らぬ人々に囲まれ、過去の記憶さえ失ったうら若い娘が、彼がすらすらと語った策略を見透かしていたことにも感心した。そのうえ、彼女はひと言の反論も口にしなかったほど、賢明で誇り高い。さっき裁縫室へ上がる前に挨拶したときスティーヴンがあれほど苦い顔をしていたのは、そんなことがあったからなのだと、ホイットニーは内心笑みを浮かべた。「それで全部なの？」

「いえ、じつはまだ」シェリダンは気まずそうに目をそらしながら怒ったように言った。

「ほかになにがあったの？」

「選択肢を与えたい云々《うんぬん》の大仰な話を聞いて、わたしはとても腹が立って、混乱して、その——少し感情的になっていました」

「もし、わたしがあなたの立場だったら、なにかで彼を殴りたくなったと思うわ！」

「残念ながら」シェリダンは体を震わせて笑いながら言った。「ちょうどよさそうなものが見あたらなかったので、わたし——泣きたいという愚かな衝動に駆られたんです。それで、自分を落ちつかせようとして窓際へ行きました」

「そうしたら？」ホイットニーがうながした。

「そうしたら、彼は厚かましい行為に及んだのです、傲慢にも——なんと、わたしにキスしようと！」

「あなたはそれを許したの？」

「許したくはありませんでした」それは完全な真実ではなかった。そしてシェリダンは、惨めな気持ちに耐えかねて、ふたたび目をそらした。「そんなことしたくはありませんでした、最初は」彼女は訂正した。「でも、わかります？　彼はとても上手なの、そして――」ふとあることに思いあたって彼女は言葉を切った。そして、それを言葉にしながら怖い顔になっていた。「彼はとても上手で、そのうえ、そのことを本人もよく知っていた。だから執拗に迫ってきて。まるで、それですべてがまたうまくいくようになるとでも言いたげに。そしてある意味で彼は勝利をおさめました。なぜなら、結局わたしは言いなりになったのですから。ああ、彼はとても誇らしく思っているに違いないわ」

ホイットニーは思わず吹きだした。「それは非常に疑わしいわね。だって、わたしがここに着いたとき、彼はひどく気分が悪そうに見えたの。婚約を破棄したくて、順調にそれを達成できそうだと思っている男性にしては、全然うれしそうではなかったわ」

その言葉にいくらか元気づけられて、シェリダンはほほえんだ。だが、微笑みはすぐに消え、彼女は首を横に振った。「なにもかもまったく理解できません。たぶん、けがをする前からわたしには理解力が足りなかったのね」

「あなたには、目を見張るような洞察力があると思うわ！」ホイットニーは心を込めて言った。「それに、勇敢よ。そして、とても温かい心の持ち主だわ」表情豊かな灰色の瞳に疑念がちらつくのが見えた。ホイットニーは彼女を信頼してすべての真実をゆだねたくなった。バールトンの死とそれにスティーヴンがどう関わっていたかをはじめ、あらゆる細かいことを含めたすべてを打ちあけたい気持ちにかられた。スティーヴンが指摘していたように、彼女は実際にはバールトンのことをほとんど知らないと言ってもいい。それに、スティーヴンに対して強く思いを寄せているのは明白だった。

とはいえ、ホイッティコム医師は、彼女を動揺させすぎるのは危険だと強調していた。もしバールトンの死と、スティーヴンの関わりを話したら、まさにそういうことになるのではないかと、ホイットニーは強く恐れてもいた。

そこで、その部分以外のすべてを話すことに決め、相手の冷静な視線を受けとめながら、悲しげな微笑みを浮かべた。「これから、とても特別なある男性について話をするわね。だれの話なのか、最初はわからないかもしれない。その男性はとてつもない魅力とすばらしいマナーを兼ね備え、わたしが四年前にはじめて会ったときには、すでにとても高い評価を受けていたわ。男性たちは彼のギャンブルや狩猟の腕前を尊敬し、女性たちはハンサムな彼から文字どおり目を離せなかった。その人の母親とわたしは、女性たちの反応を見て、思わず声をあげていたくらい。社交界にデビューしたばかりの純真な若い娘ばかりでなく、洗練された遊び慣れた女性もすっかり魅了されていたわ。彼本人は、自分の外見に対する女性たちの反応を、ひどく愚かしいと思っていた。でも、すべての女性に対して、紳士らしい態度をとっていたわ。そして、そのうち、彼を大きく変えてしまう、三つの出来事が起きたの——

三つのうちふたつは、いいことだったわ。まず、事業の問題や投資にもっと関心を持とうと決心した。わが家では夫がそういうことに対処しているけれど、夫なら決して考えない、ましてや他人のお金を使っては手を出さない、大口でリスクの多い事業に、彼は大胆に投機をはじめた。何度も大きなリスクを背負い、何度も大きな利益を得た。そんな矢先、別の出来事があり、最終的に彼を、気さくで男らしい紳士から冷淡な皮肉屋へと変えてしまったの。もうわかったでしょ？ これはスティーヴンの話なの。彼は父親の従兄《いとこ》から、三つの爵位を相続した。そのひとつが、ラングフォード伯爵よ。通常なら、爵位は特別な例をのぞいて長男が引き継ぐわ。ラングフォード伯爵の爵位は、特例のひとつなの。ウェストモアランド家が持っているいくつかの爵位は三百年以上前の、ヘンリー七世の時代までさかのぼる。そのなかには、初代クレイモア公爵の要請により、通常の世襲の例外として記録されている、ヘンリー七世直々に認められた三つの爵位が含まれている。その例外によると、爵位を持つ者は、もし跡継ぎがいなければ、クレイモア公爵の直系の子孫であれば相続人を指名することができる、というものだった。

彼が受け継いだ爵位は古く、誉れの高いものだったけれど、それに伴う土地と収入はたいしたことはなかった。でも――そしてここからあらゆることがいまのように悪いほうへ転がりだしたのだけれど――彼はすでに自分の財産を二倍に、さらには四倍にしていた。彼は建築が大好きで、大学で勉強もした。それで、すばらしい美しい丘陵地を五千エーカー購入して、本宅となる家の設計にかかっていた。その家がまだ建築中のあいだに、三カ所の古い美しい不動産をイングランドの別の地域に購入し、それらも同様に改築をはじめた。さあ、これで、全体像がわかるでしょう？　もともと裕福で、ハンサムで、イングランドでも有数の家系出身のひとりの男性が、突然三つの爵位を獲得し、莫大な財産を築き、四件のすばらしい不動産を得た。つぎになにが起きるか、想像できるわよね？」

「新しい家のひとつに引っ越したのだと思うわ」シェリダンが答えた。

ホイットニーはうれしそうに笑いながら彼女を呆然と見つめ、計算高さのまるでない彼女の純真さに喜びを感じた。「たしかにそのとおりよ」ホイットニーは少し間を置いてから続けた。「でもわたしが言いたかったのは、そこではないわ」

「わたしには、わかりません」

「なにが起きたかと言うと、娘の嫁ぎ先として、少なくとも爵位のある相手を選ぼうとしていた親たち――そして自分のためにそれを望んでいた娘たち自身が――突然、スティーヴン・ウェストモアランドを望ましい夫のリストにのせた。しかも、リストのトップに。スティーヴンの人気はたちまち爆発的になって、しかも、それはあまりにも――あまりにも目立ったので、傍目《はため》にはむしろ恐ろしいほどだった。当時の彼は三十歳に近かったので、そろそろ結婚しなければならないと、みんな信じていた。それが人気に拍車をかけたのね。彼を見かければ、だれもが彼のもとへ押しかけて、行く手を阻むようにして、てんでに娘を突きだした――もちろん、何気ないふうを装ってだけれど――どこに行っても同じ状況だったわ。

爵位と財産を持った男性の大半は、わたしの夫のように、生まれつきその地位にあり、それを受け入れて、すべて意に介さないようにすることを学んでいく。ただし、夫も狩りで追われる野兎《のうさぎ》になった気分を感じたそうだけれど。スティーヴンの場合は、すべてが一夜にして変わったみたいなもの。もしそうでなければ、変化がそれほど突然で、激しいものでなければ、スティーヴンはもう少し忍耐強く、それに順応できたかもしれないわ。あるいは、少なくとももう少し寛容に対処できたかも。そして、エミリーと関わっていなければ、まだ彼がうまくやっていける可能性はあったと、わたしは思っている」

シェリダンは彼が〝関わった〟という女性の名前が出たことで、胃が締めつけられるような気持ちになった。同時に、好奇心を抑えられなくなった。「なにがあったのですか?」ためらっているホイットニーに彼女は尋ねた。

「それを話す前に、これから話すことはひと言も、だれにも漏らさないと誓いを立ててもらわなければ」

シェリダンはうなずいた。

ホイットニーは立ち上がり、落ちつかないようすで窓際までぶらぶらと歩いた。それから振り返って、窓にもたれかかった。両手を背中の後ろに回し、顔を憂鬱そうにくもらせた。

「スティーヴンは爵位を受け継ぐ二年前にエミリーと出会っていたの。彼女はわたしがいままで会ったなかでも飛び抜けて美しい女性だった。そのうえ、機知に富んだ楽しい人だった……そして、高慢な人でもあったわ。たしかに、高慢な人だった。とにかく、イングランドの独身男性の半分は彼女に夢中だった。そしてスティーヴンもそのひとりだったけれど、彼は賢かったので彼女にそんなそぶりは見せなかった。彼女はあまたの男性をひざまずかせていたけれど、スティーヴンは彼女に屈しなかったから、それが彼女を惹きつけたのでしょう――挑戦するかいがあったのね。その結果、ほんの一時の気の迷いだったとしか思えないけれど、スティーヴンは彼女に求婚した。そうしたら、彼女は言葉を失ったの」

「彼に愛されていると知ったから？」シェリダンは尋ねた。

「いいえ。彼女に求婚するなどという恐るべき行為をしたから」

「なんですって？」

「スティーヴンから直接この話を聞いた夫によると、エミリーの最初の反応はショック、それから彼が自分にそんな無理な申し出をしたことに対する苦悶《くもん》だったとか。彼女は公爵の娘だったので――いえ、いまもそうよ――彼女の家族は爵位のない男性との結婚には反対した。当時、彼女はまもなくグレンガーモン侯爵ウィリアム・ラスロップと結婚することになっていたの。侯爵の父親の領地がエミリーの父親の領地と隣り合わせにあって、もう老齢の男性よ。婚約が成立したばかりだったので知っている人はいなかった。エミリーはわっと泣きだし、スティーヴンに言ったそうよ。もしもう少し早かったなら、ラスロップ卿との結婚を辞退することはできただろう。でも、いまからでは、彼女の人生は、耐えられないものになるだろうと。スティーヴンは彼女が老人のために〝人生を無駄にする〟ことに憤慨したけれど、彼女は父親を諭そうとしても意味がないと彼を説得した――家族の意志によって、どこにでも嫁ぐのが娘の義務だと。それでも、スティーヴンは説得したかったのね」

彼女はひと呼吸置いて、ばつが悪そうな微笑みを投げかけてから言い添えた。「わたしの父がわたしの夫を選ぶ権利を主張したとき、わたしは必ずしも同意できなかったけれど」話を戻して彼女は続けた。「いずれにしても、スティーヴンがまだ彼女の父親に話をつけると言い張っていたとき、エミリーは彼に訴えたそうよ。運命について、ラスロップ卿への気持ちについて、スティーヴンに不平を言っていると父が知ったら、きっと殴られると」

「それで、ふたりは別れたのですか？」ホイットニーがためらっているように見えたのでシェリダンは思いきって尋ねた。

「そうだったらよかったのに！　なんとエミリーは、彼から愛されていると知ったいま、自分が運命を耐えられるたったひとつの方法は、結婚してからもふたりの……友情を……続けられるかどうかにかかっていると彼を説得したの」シェリダンの顔がくもった。なぜなら、彼が別の女性のことをいかに愛していたかを聞くのがつらかったからだ。ホイットニーは彼女のしかめ面を非難と誤解し、かばいきれるはずのないことをかばおうとあわてた。それはスティーヴンへの忠誠心からでもあり、彼女が軽々しく彼を責めることがないようにという思いからでもあった。スティーヴンを悪く言いたくないせいで、ホイットニーは目に見えて狼狽した。「それは、あまり珍しいことでもないし、スキャンダルになるようなことでもないの。上流階級の人々のあいだでは、多くの女性たちが……注目されることを望み……知り合いの魅力的な男性と一緒にいることを望み……そして……それは……その……いろいろな面から見てとても……楽しいことだと……」

ホイットニーははらはらしながら言い終えた。「もちろん、すべてごく内密に行われるのだけれど」

「つまり、秘密の友情を築く、ということ?」

「そういう言い方もできるでしょう」ホイットニーは、ひょっとしたら、シェリーは幸せなことに、スティーヴンがエミリーの結婚後に〝友達〟以上の存在だったことにも、じつは話の核心は友情などではないということにも、気がついていないのかもしれないと思いながら答えた。振り返ってみると、さもありなんと彼女は気づいた。育ちのよいイングランドの娘は、男女が寝室ですることについてははっきりとは知らないことも多いからだ。けれど、たいていは姉たちや結婚した女性たちの噂話を小耳にはさんだことくらいはあった。そして、シェリーくらいの年齢になれば、少なくとも友情あふれる握手以上のなにかが起きているであろうと想像するものだった。

「もし真実が公になったら、どうなるのですか?」

核心にふれるのを慎重に避けながらここまで来てしまったので、ホイットニーは最後まで同じやり方を貫くことにした。「たいていの場合、夫は憤慨するでしょうね。とりわけ、ゴシップのネタになりそうなことがある場合ならば」

「その場合、妻が付き合う相手を、女性だけにするようにかぎるのかしら?」

「ええ。でも、夫が相手の男性と話し合いをすることもあるわ」

「どんな話し合いを?」

「明け方に二十歩離れて行われる話し合いよ」

「決闘？」シェリダンは叫んだ。たかが異性間の親しすぎる友情に対する反応としては、あまりに厳しすぎると思ったのだ。

「ええ、決闘よ」

「それで、ウェストモアランド卿は続けることに同意したのかしら、エミリー・ラスロップの――」シェリダンはひと呼吸置いて〝求婚者〟という言葉を使わないことにした。相手の女性がすでに結婚している場合、そぐわないように思えたからだった。「――親しい友人としての関係を」彼女はふさわしいと思う言葉をさがした。「彼女が結婚したあとも？」

「そう。それが一年以上続いて、彼女の夫がついに気づいた」

シェリダンは尋ねるのが怖くて深く息を吸った。「決闘をしたの？」

「ええ」

ウェストモアランド卿はいまでも顕在だということは、ラスロップ卿が亡くなったのかとシェリダンは考えた。「彼は彼女の夫を殺したのね」淡々と言った。

「いいえ。殺してはいないわ。そうなってもおかしくなかったと、わたしは思うけれど。彼はエミリーを心から愛していたから。まるで彼女以外はなにも見えないほど一途《いちず》に。彼はラスロップ卿を嫌悪していたわ。そもそも、エミリーに求婚したことで。エミリーの若さと人生を奪った、おぞましい老いぼれの放蕩者《ほうとうもの》で、そのうえ老いて彼女に子供を授けることさえできないという理由で。決闘の朝、スティーヴンはそうした思いを相手にぶつけた。もちろん、もっと上手に表現したでしょうけれど」

「それで、どうなったのですか？」

「侯爵の心臓はとまりそうになった。でもそれは、拳銃で撃たれたからではなく、ショックのせいよ。結婚に熱心だったのは侯爵ではなく、エミリーと彼女の父親だったとか。エミリーは公爵夫人になりたかったのね。ラスロップ卿の高齢の父親が亡くなって、その爵位を相続すれば、彼女は公爵夫人になるはずだったから。決闘の朝、スティーヴンはラスロップ卿の言葉を信じた。あんなにも愕然とした反応は本物に違いないと言っていたわ」

「それでも、決闘はしたの？」

「したとも言えるし、しなかったとも言えるわ。スティーヴンは、空に向けて発砲したの。それは、謝罪したという意味になる。エミリーの父親は一週間もしないうちに娘をスペインに送ったわ。ラスロップ卿が亡くなるまで、彼女は一年以上もその地に滞在し、すっかり見違えるような女性になって帰宅した――以前よりもさらに美しく、より穏やかで、前ほど高慢ではなくなって」ホイットニーはそこで話を終わらせようとしたが、シェリダンの質問で最後まで話さざるをえなくなった。

「ふたりはもう一度、会ったのですか？」

「ええ。そして、そのとき、スティーヴンはすでに爵位を得ていた。とても奇妙なことに――あるいは、タイミングを考えればちっとも奇妙ではないのかもしれないけれど――まずスティーヴンに会いに行ったのはエミリーの父親だった。彼はスティーヴンに、以前からずっとエミリーは彼を愛していて、それはいまも変わらないと言った。彼女自身の身勝手な愛し方であれ、それは本当だったと、わたしは思うわ。そして、彼はスティーヴンに、とにかく言葉くらいはかけてやってくれと頼んだの。

スティーヴンが承知したので、父親はそれですべてがうまくいき、娘はラングフォード伯爵夫人になれるだろうと期待を抱いて帰った。つぎの週、エミリーがスティーヴンに会いに来たわ。そして、自分が利己的だったことや彼をだましたことまで、すべて告白した。彼に許しを請い、本当に愛していることを証明する機会をくれるよう、自分が変わったことを示す機会をくれるよう、彼に懇願したのよ。

スティーヴンは考えてみると答えた。その翌日、彼女の父親がスティーヴンのもとを〝ちょっと挨拶に寄った〟という形で訪れ、結婚の約束についての話題を持ちだしたの。スティーヴンは自分でなんらかの案をつくると答えたので、父親はスティーヴンが最高に寛大で心の広い男だと信じて帰ったわ」

「ひどいことをされたのに、スティーヴンは彼女と結婚しようとしたの？」シェリダンは信じられないというように言った。「彼がそんなことをするなんて、とても信じられません！彼は、頭がどうかしていたに違いないわ」そのときの気持ちが義憤というよりも嫉妬だったと気づいたのは、言葉が口から出たあとだった。「それで、どうなったのですか？」彼女は心を抑えて尋ねた。

「エミリーと彼女の父親が、約束をしたうえで会いに来たわ。でも、スティーヴンが彼らに手渡した書類は結婚の契約書ではなかった」

「なんだったのですか?」

「彼女の再婚相手として勧める相手のリスト。そこに書かれていた男性は全員が爵位の持ち主で、六十歳から九十二歳の高齢だった。それは、単純な侮辱ではないわね。自分と婚約できると相手に信じこませたことで、二重に痛烈な仕打ちよ」

シェリダンは一瞬言葉を失った。「彼はあまり寛大ではありませんね。あなたがさっきおっしゃったように、彼女が結婚している女性によくあることをしただけで、それほど珍しいことではないのだとしたら、なおさら」

「彼はそもそもラスロップ卿との結婚を望んだことで、彼女を許せなかったのでしょう。相手の爵位めあての行動が許せなかったのね。それに、自分に嘘をついたことも許せなかった。でも、なによりも、決闘で彼に夫を殺させようとしたことを許せなかったんじゃないかしら。

いま話したことすべてを考えれば、なぜ彼が女性に対する自分自身の判断を信じられないのか、なぜ女性の心を信じられないのか、だんだんにわかってきたでしょう。永遠に彼を愛すると決める前に、あなたをほかの男性に会わせたいという彼の望みでさえ、それほど間違ってもいないし、ましてや残酷なことでもないのかもしれないわ。なにも彼が正しいと言うつもりではないけれど」ホイットニーはさらに続けた。「正しいかどうかはわたしにはわからないし、いずれにしてもわたしがどう思うかは、関係のないことね。ただわたしはあなたにお願いしている——いいえ、提案しているの。彼について、いま知った新しい情報に基づいて、自分の心に耳を傾け、自分で判断するようにと。あなたに話せることが、もうひとつあるわ」

「それはなんですか？」

「スティーヴンがあなたを見るときの目はとても温かくて愛情深いわ。夫もわたしも、彼がそんな目を女性に向けるのを見たことがなかったの」すべてを言ってしまうと、ホイットニーは立ち上がって自分の荷物を置いたソファへ近づいた。そしてシェリダンも立ち上がった。

「ご親切にありがとうございます、公爵夫人」シェリダンは真心を込めて言った。

「わたしのことはホイットニーと呼んで」公爵夫人はバッグを手にすると、笑みを浮かべながらつけ加えた。「それに、親切なんて言わないで。そんなことを言われたら、真実を告白しなければならなくなるもの。じつは、わたしにもあなたに家族の一員になっていただきたい身勝手な理由があるの」

「どんな理由ですか？」

きちんと向きなおって、ホイットニーは落ちついた率直な口調で答えた。「これは、わたしにとって、妹が持てる最良の機会だと思っているの。そしておそらく、あなたなら申し分のない妹になれるわ」

知らない人々に囲まれて、なにも頼るべきものがないように見える世界で、その言葉と同時に向けられた穏やかな微笑みは、シェリダンの心を強く動かした。ふたりはほほえみあった。シェリダンは握手しようとホイットニーへ手を差しだし、ホイットニーがその手を握ると、礼儀正しい握手のはずがどちらからともなく強く手を握りあう励ましになり、必要以上に長く続いた。それから、抱擁になった。どちらが先に動いたのかシェリダンはわからなかったが、たぶん自分ではないような気がした。そんなことは、どうでもよかった。ふたりは一歩ずつ下がって離れると、少々きまり悪そうにほほえんだ。知りあってから、少なくとももう一年は、「ミス・ランカスター」「閣下」と呼びあっているはずの、ほとんど他人のふたりのあいだでは、作法に合わないふるまいだった。でも、そんなことはすべてどうでもよかった。なぜなら、もう戻るには遅すぎたからだ。結びつきはすでに感じられ、認められ、受け入れられた。ホイットニーは、唇の端に楽しげな微笑みをたたえて、静かに立っていた。そして、喜んでいるとも困惑しているともとれるように首を横に振った。「わたしは、あなたのことがとても好きよ」飾り気のない言葉を残して、最新流行のドレスを翻《ひるがえ》して去っていった。

扉が閉じてから一秒後、ふたたび開いて、ホイットニーがほほえんだまま顔を出した。「ところで、スティーヴンのお母様もあなたのことが好きなのよ。それでは、夕食のときに会いましょうね」彼女はささやいた。

「まあ、うれしい」

ホイットニーはうなずいて、もう一度笑みを浮かべた。「わたしはこれから階下《した》で、スティーヴンと話してみるわね」

そう言うと、ホイットニーは去っていった。

シェリダンは、アッパーブルックストリートを見渡す窓際へ歩み寄った。腕を組み、流行の服に身を包んだ男女が馬車から降りて通りを歩き、うららかな午後を楽しんでいるのをぼんやり眺めた。

さっき聞いたことすべてを何度も頭のなかでくりかえしながら考えていると、伯爵がまったく違った姿に見えてきた。自分自身ではなく、所有しているものによって望まれることがどんな気持ちなのか、想像することはできた。そういう注目のされ方やご機嫌取りを喜ばなかったという事実は、彼が自慢好きの自惚れ屋ではないことを証明していた。

彼が愛していた女性との友情を捨てなかったという事実は、誠実で信念に基づいた行動をとる人である証拠だった。そして、決闘で自分の命をも危険をさらす覚悟があったという事実は……それは、まぎれもなく気高い行為だった。

それなのに、エミリー・ラスロップは彼をだまし、利用し、裏切った。それを考えると、妻を選ぶにあたってふたたび過ちを犯さないよう、慎重すぎるほどになるのはわからないでもなかった。

シェリダンはなんとはなしに手で肘をこすりながら、高い御者席のある馬車が歩行者を蹴散らして通りを急いでいくのを眺め、彼が一度はたしかに愛した女性に対して強行した復《ふく》讐《しゅう》について考えていた。

彼は高慢でも自惚れ屋でもない……。

彼は寛容でもない。

シェリダンは窓から目を離し、机に近づいて朝刊のページをなにげなく繰りながら、もうひとつの真実から気持ちをそらそうとしていた。今日もこれまでも、彼が彼女に対して特別な感情を抱いているかどうかを示すことは一度もなかった。

彼は彼女にキスをした。だが、失われた記憶のどこかに、それが必ずしも愛していることを意味しないという感覚があった。彼は彼女と一緒にいると楽しそうなときがある。そして、彼女と一緒に笑うことはいつも好きだった。それは、彼女にも感じられた。

記憶が戻ってほしいと、シェリダンは強く望んだ。必要としている答えはすべて、そこにあるはずだ。

落ちつかない気持ちで、腰をかがめて絨毯の上に落ちた紙切れを拾いながら、これから先、彼に対してどういう態度をとるかを決めようとしていた。自尊心は、階下で聞かされた彼の痛烈な宣言に影響されていないようにふるまえと命じた。本能は、彼女を傷つける機会を二度と彼に与えてはいけないと命じた。

できるだけ自然にふるまおうと、彼女は心を決めた。ただし、一定の距離を保つために、ある程度よそよそしい態度をとろう。

そして、キスされたときに彼の手が背骨をなぞり、肩を撫でた感覚を……彼の指が髪にうずまり、いくらふれても足りないかのように唇を強く押しあてた感覚をなんとかして忘れなくては。執拗にむさぼるようなあの口づけを、体に回された両腕の感触を、忘れてしまいたかった。そして、なによりも、彼の微笑み……日に焼けた顔にゆっくり広がって、彼女の心臓をとめそうになる、あの物憂いまばゆいばかりの微笑みを二度と思い浮かべまいと誓った。それから、あの濃い青い目、ほほえむと目尻にしわが寄るようすも……。

考えまいと自分に言い聞かせながら、結局そのことを考えている自分がすっかりいやになって、机に座り全神経を新聞に集中させようとした。

彼はエミリー・ラスロップを愛していた。

シェリダンはいらだちながらも、そうすれば彼を心から追いだすことができるかのように、目をしっかりと閉じた。けれど不可能だった。彼は破滅するほどエミリー・ラスロップを愛していた。愚かなことだとわかっていても、それを思うと心がひどく痛んだ。なぜなら、彼を愛しているから。

27

ホイッティコム医師からシャペロンをしてくれる人に会うようにと呼ばれたとき、シェリダンはまだ頭が混乱していた。その日知ったことについて考えるのに、もっと時間が欲しかった。冷たい目をした厳しいイングランド婦人に監視されて生活するのだと思って憂鬱な気持ちで応接間に顔を出してみると、ホイッティコム医師がソファに座ってうつらうつらしている年配の女性のそばでうろうろしていた。シャペロン役を務める女性は、想像したようないかめしい婦人ではなく、ピンク色の頬をして銀色の髪をフリルのついた白い帽子の下にきちんとしまった、ふっくらした小さな陶器の人形のように見えた。

彼女はいま、あごを胸もとに押しつけて居眠りをしている。

「こちらがミス・チャリティ・ソーントン」ホイッティコム医師がささやいた。「――スタンホープ公爵の未婚の姉上だ」

この眠っている小柄な人が、自分のお目付役になるということのばかばかしさに、思わず吹きだしそうになりながら、シェリダンも声を落として礼儀正しく答えた。「わたしの面倒を見るためにわざわざ来てくださるなんて、とてもいい方ですね」

「いや、頼まれてとてもうれしいと、意欲満々だったのだが」

「たしかに」年配の淑女の胸が穏やかに上下するのを眺めながら、シェリダンはなんと答えていいかわからず冗談で応じた。「お見受けしたところ、意欲満々ですね」

シェリダンからは見えない隅のほうで、彫刻のある栴檀《せんだん》のテーブルにもたれて顔合わせのようすを見ていたスティーヴンは、気のきいた彼女の言葉にほほえんだ。

「妹さんのホーテンス嬢も同行したいとおっしゃったのだが」ホイッティコム医師は声を落として告白した。「おたがいの年齢にはじまって、なにかにつけてひっきりなしに言い争いをなさるので、あなたの穏やかな生活が乱されるのを恐れてお断りした」

「妹さんはおいくつですか？」

「六十八歳だとか」

「そうですか」笑ってしまうのを隠そうとして震える唇を噛みしめながら、シェリダンはささやいた。「起こしてさしあげるべきですか？」

部屋の隅から、スティーヴンが会話に加わった。「そうするか、または」彼は冗談を言った。「いま腰かけている場所に埋めてしまうこともできるな」

シェリダンは彼の存在に驚いて体を固くしたが、そのとたんにミス・チャリティがぱっと目を覚ました。「まあ、大変。ヒュー！」彼女は大声で叱りつけた。「なぜ起こしてくれなかったの？」

彼女はシェリダンを見て、ほほえみながら手を差しだした。「あなたのお手伝いに参上するのはうれしいかぎりです。ホイッティコム先生からうかがいましたよ。けがをなさったのですってね。そして、ラングフォードの屋敷に滞在するあいだ、申し分のない評判のシャペロンを必要とされているとか」彼女は滑らかな眉を困惑したようにひそめた。「ところで、どんなおけがだったかしら？　思い出せないわ」

「頭のけがです」シェリダンは助け船を出した。

「ええ、そうですとも」彼女は明るい青い目をまっすぐにシェリダンの頭に注いだ。「もう治っているようですね」

ホイッティコム医師が割って入った。「けがは治っていますよ。ただ、まだ厄介な後遺症があるのです。ミス・ランカスターは、記憶を失っているのです」

ミス・チャリティの顔がくもった。「お気の毒に。ご自分がだれだかわかります？」

「はい」

「わたくしがだれだか、わかりますか？」

「はい」

「わたくしは、だれでしょう？」

くすくす笑いがとまらなくなりそうで、シェリダンは必死に落ちつこうとして顔をそむけた。そして、うかつにも伯爵のにやにや顔と同情するようなウィンクを見てしまった。もう少し自分の気持ちを整理する時間が持てるまで、彼の親しげなそぶりは無視するのが一番だと心に決めて、視線をシャペロンに戻し、質問に律儀に答えた。「あなたはミス・チャリティ・ソーントン。スタンホープ公爵のお姉様にあたる方ですね」

「まさしく思ったとおり！」ミス・チャリティほっとして大声をあげた。

「お、お茶を持ってこさせましょう。べ、ベルを鳴らしてきます！」シェリダンは手を口にあてて、こらえきれない笑いに肩を震わせ、部屋から逃げだした。

その後ろで、ミス・チャリティが悲しげに言った。「あんなに美しい子なのに、いまのは吃音《きつおん》でしょうか？　そうだとしたら、いいお婿さんを見つけるのは大変かもしれませんね」

ホイッティコム医師は安心させるように彼女の肩を強くつかんだ。「でも、あなたならできるはずだ、チャリティ」

「とにかく、社交界でのふるまいをお教えします」シェリダンが戻ってきたのは、ミス・チャリティがそう言っているときだった。もう完全に目覚めていたので、先ほどより頭が冴えているように見えた。そして、彼女はソファの自分のとなりの席を軽く叩いて、座るように誘いながら明るく笑いかけた。「わたくしたち、楽しく過ごせそうね」誘いを受けて腰かけるシェリダンに彼女は約束した。「ご一緒に、夜会や舞踏会に出席したり、ボンドストリートで買い物をしたり、ハイドパークやペルメル沿いに馬車を走らせたりいたしましょう。ああ、そうそう、それから〈オールマックス〉での舞踏会には、絶対にすぐに出席しなければなりませんよ。〈オールマックス〉についてはご存じかしら？」

「いいえ、知りません。ごめんなさい」シェリダンは、そんな忙しい生活にこの人がどうやったらついてこられるのだろうかと考えながら答えた。

「あなたも、きっと気に入りますよ」ミス・チャリティは、両手を組みあわせ、恍惚として祈るような表情で言った。「あそこは〝社交界の至福の場所〟ですよ。そして、宮廷でのお披露目よりも重要なのです。舞踏会は水曜の夜に開かれて、ごく限られた人たちだけが出席できます。いったんパトロネスの方々から入ることを認められたら、上流階級のどの催しにも受け入れられると保証されたのと同じことです。最初のときは、伯爵がエスコートしてくださるでしょうが、それだけで、きっとあなたはすべてのご婦人の羨望の的になり、その場にいる殿方全員の特別な関心の的となるでしょう。〈オールマックス〉は、あなたが社交界にデビューするのにうってつけの場所ですよ――」そこで言葉を切って、心配そうに伯爵を見た。「ラングフォード、このお嬢さんは〈オールマックス〉の招待状を持っていますか?」

「申し訳ありませんが、ぼくは〈オールマックス〉のことは一度も考えたことがなかった」スティーヴンは、くだらない場所だと思っていることを隠すために、そっぽを向いたまま答えた。

「では、それについては、あなたのお母様にお話ししましょう。うまくやるには、公爵未亡人の影響力を駆使していただかなくてはならないでしょうけど、きっとパトロネスの方々を説得してくださるわ」彼女は伯爵の仕立てのよい赤紫の上着とズボンをとがめるように見て、警告を発した。「きちんとした服装をしていないと、〈オールマックス〉には入れませんよ、ラングフォード」

「近侍によく言っておきましょう。ぼくの服装が間違っていたら、社交上の大失態になると」スティーヴンはまじめな顔で約束した。

「正式の黒燕尾服《くろえんびふく》をお召しにならなければならないと伝えておいてね」彼女は、優秀なダムスンの能力をまだ疑っているように強調した。

「一言一句たがわぬよう、伝えておきます」

「それに、正式の白いベストも」

「もちろん」

「それから、白いクラバットも」

「当然です」彼はお辞儀をするように少し頭を下げながら、重々しい口調で答えた。

スティーヴンにあらかじめ十分に警告できたことで満足したミス・チャリティは、シェリダンのほうを向いて打ちあけた。「あるとき、パトロネスたちがウェリントン公爵を追い返したことがあるのですよ。最近の殿方がお召しになる、感心しない長ズボンでお出ましになったからって」突然、彼女は話題を変えた。「あなた、ダンスはできますね?」

「わたし――」シェリダンはためらってから、首を横に振った。「よくわかりません」

「それならいますぐに、ダンスの先生を見つけなければね。メヌエット、カントリーダンス、コティヨン、それにもちろんワルツ。でも、〈オールマックス〉のパトロネスたちが認めるまではワルツは踊ってはいけませんよ」彼女は恐ろしい声で警告した。「もし踊ったりしたら、ラングフォードが適切でない服装をするよりもよくない結果になります。というのも、服装が認められない場合は、入場できませんからだれにも知られませんが、あなたが〝礼儀知らず〟とみなされて、そのせいで汚名を着せられることになるのです。最初のダンスでは、ラングフォードがあなたをリードしてフロアに出ます。そして、彼はもう一曲、あなたと踊ることができます。でも、それ以上はだめよ。二曲踊るだけでも、彼だけに特別に目をかけているとみなされて、そうなることは極力避けなければなりません。ねえ、ラングフォード」急に呼びかけられて、しみひとつないシェリダンの横顔をじっくり見ていたスティーヴンははっとした。「あなた、ちゃんと全部聞いていますか？」

「ひと言も漏らさないよう、聞いていますよ」スティーヴンは答えた。「しかし、ミス・ランカスターをエスコートして、フロアで彼女の最初のダンスの相手をする名誉は、ニコラス・デュヴィルが望んでいるはずです」自分の言葉に対するシェリーの反応をよりよく見るために、ほんのわずか横に体を傾けながら彼は続けた。「今度の水曜、ぼくは先約があるので、その晩の彼女のダンスの相手は、もっとあとの順番で満足するしかありません」彼女の表情は変わらなかった。膝の上に置いた自身の手を見つめている。見たところ、彼女に結婚を申しこむ男性を惹きつけるためにあれこれ話しあっていることに屈辱を感じているように見えた。

「〈オールマックス〉の扉は十一時ちょうどに閉まります。時間を過ぎると入場できませんから注意してね、ラングフォード」ミス・チャリティは警告した。そして、思いのままに記憶したり忘れたりできる彼女の能力にスティーヴンが驚いているうちに続けた。「デュヴィルですって？　いつだったか、あなたの義理のお姉さまに交際を申しこんだ、あの若い殿方ですか？」

「ぼくが思うに」スティーヴンは注意深く質問をはぐらかしながら言った。「いま彼はミス・ランカスターに夢中らしい」

「すばらしいわ！　イングランドであなたのつぎに望まれる結婚相手はその男性ですから」

「それを知ったら、彼はとても喜ぶでしょう」スティーヴンは答えながら、〈オールマックス〉に自分が到着するまでの時間、デュヴィルにシェリーのエスコートをさせるというふいにひらめいた考えに、心のなかで拍手を送っていた。あの温厚なフランス人が罠《わな》にかかった野兎のように、社交界にデビューしたばかりの娘たちと強欲なその母親たちとに取り囲まれている姿を思い描くだけでも、楽しかった。女性たちはデュヴィルの資産を計算し、それに加えて爵位を持っていることを願いながら、料理を選ぶような目で彼を見つめることだろう。

スティーヴンは十年以上もこの〝結婚市場〟とも呼べる舞踏会場に足を踏み入れていないが、その場所のことはよく覚えていた。待合室でできるギャンブルの掛け金はばかばかしいほど少なく、料理もまた、それに負けず劣らず退屈なものだ。薄い紅茶、ぬるくなったレモネード、味気ないケーキ、アーモンドシロップ、そしてパンとバターといった具合だ。シェリーと二曲踊ってしまったら、その夜の残りはデュヴィルにとって煉獄《れんごく》そのものになるだろう。

だがスティーヴンは、その翌日シェリーをオペラに連れていくつもりだった。彼女は音楽が好きだ――彼女が従僕たちと一緒にコーラスを楽しんでいるのを見つけた夜から、彼はそのことを知っていた――だから、間違いなく、『ドン・ジョヴァンニ』を楽しんでくれるだろう。

スティーヴンは胸の前で腕を組んで、ミス・チャリティがシェリーに講義をしているのを眺めていた。この新任のシャペロンを最初に見たときには、ホイッティコムが正気を失ったのかと疑った。だが、彼女の幸せそうなおしゃべりを聞くうちに、ホイッティコム医師はじつはスティーヴンにとっても全員にとっても都合のよい、すばらしい人選をしたのだという結論にいたった。居眠りをしていなければ、あるいは記憶の断片を必死に思い出そうとして黙っているのでなければ、彼女は同席していて楽しい人だった。シェリーは委縮したり動揺したりするどころか、おもしろがっているようだ。彼がそんなことをあれこれ考えていたとき、ミス・チャリティがシェリーの髪について話しているのに気づいた。

「赤い髪はあまり感心しませんけれど、わたくしの優秀な侍女が短く切ってスタイルを整えれば、それほど目立たないようにすることができますからね」

「そのままにしておけ！」スティーヴンは自分を抑えることも、声の調子をやわらげることもできないうちに、大声で命令していた。その場の三人がみな、呆然と彼を見つめた。

「ですが、ラングフォード」ミス・チャリティは反論した。「最近、若い女性のあいだでは短い髪が流行なのですよ」

その件には口を出すべきではないとスティーヴンは承知していた。髪形については完全に女性の領域で、判断に口をはさむ立場ではない。けれど、シェリーの豊かでつややかな髪が床の上で赤く輝く山になっているところは考えたくもなかった。「彼女の髪は、切らないように」たいていの人間なら隠れる場所を探して逃げだすような、厳しい命令口調で彼は言った。

　どういうわけか、その口調にホイッティコム医師がほほえんだ。

　ミス・チャリティはしゅんとなった。

　シェリダンは一瞬、うなじでばっさり髪を切ろうかと考えた。

28

新しい侍女がシェリーの髪に最後の仕上げをするのを、ホイットニーはほほえみながら見ていた。階下では、〈オールマックス〉でロンドン社交界に正式にデビューする彼女に同伴しようと、ミス・チャリティとデュヴィルが待っていた。スティーヴンは現地でのちほど合流することになっている。四人になってから、ラザフォードの舞踏会へと出かけて、そこでホイットニー、クレイトン、公爵未亡人が協力して、社交シーズンでもっとも重要な幕開けの舞踏会で、確実になにも問題が起きないように配慮する手はずになっていた。「あなたの髪を切らないように言ったスティーヴンは正しかったわね」

「正確に言うと、切らないように言ったのではなくて、切ることを禁じたんです」

「わたくしも、息子に同意せざるをえません」スティーヴンの母親が言った。「そのようなみごとな髪を切るのは犯罪にもひとしい行為ですよ」

シェリダンは反論できずに、仕方なく公爵未亡人にほほえみかけた。ひとつには、礼儀を考えてのことだったが、スティーヴンが他の花婿候補も考慮に入れるようにと言ったあの日からまもなく、ホイットニーと公爵未亡人のことを大好きになっていたからだった、ふたりは外出先に付き添ってくれるのはもちろん、ダンスの指導を受けるときは見守ってくれ、これから出会う人々についてのおもしろい話を聞かせてくれた。夜になると、伯爵やその兄も加わって食事をとった。

昨日は、ホイットニーが三歳の息子ノエルを伯爵の屋敷へ連れてきていた。シェリダンは舞踏室で、将軍にでもなったほうが似合いそうな、ユーモアのかけらもないダンス教師からレッスンを受けていた。幼いノエルを膝にのせたホイットニーと、となりに座った公爵未亡人は、彼女が一度も経験がなさそうに見えるダンスのステップを習得しようとしているのを見ていた。早口でまくしたてる教師の命令にいたたまれなくなって、ホイットニーが立ち上がり、自分が踊って見本を見せようと名乗りでた。シェリダンはうれしそうに彼女と交代して、膝にノエルを抱いた。しばらくすると、今度は公爵未亡人が若いころに踊っていたダンスを見せることになり、レッスンが終わるころまでには、三人の女性はそろって笑い転げ、教師が怒りの視線を送るなか、たがいに組んで踊りはじめた。

その晩の夕食の席で、彼女たちはそのレッスンとダンス教師のようすをおもしろおかしく話して男性ふたりを楽しませた。シェリダンはスティーヴンと同席する夕食を恐れていたが、公爵未亡人とホイットニー、そして公爵がいることで気がまぎれた。彼らがそろって夕食にやってきたのは、まさにそのためだったのではないかと、シェリダンは考えるようになった。それが彼らの計画だったとしたら、たしかに効果的で、その夜が終わるころには、伯爵と同席しても自然に礼儀正しく接することができるようになっていた。彼女のそんな態度がステイーヴンをいらだたせているようで愉快な気持ちになれたし、公爵と彼女が笑いあっていると、伯爵はまるで自尊心が傷つけられたかのようなしかめ面をしていた。そして、クレイトン・ウェストモアランドは、弟の予測しがたい性格を十分に知りつくしていて、どういうわけかそれを楽しんでいるのではないかと思えたりもした。シェリダンにとって、クレイモア公爵はこれまでに出会っただれよりも親切で、感じのよい、魅力的な男性だった。彼女は翌朝、それをそのままスティーヴンに告げた。彼は朝食にはまだ早い時間におりてきて、彼女を驚かせた。彼と出くわさないように早めに午前中用の部屋《モーニングルーム》で食事をとるようにしていたので、豪華なダイニングルームで食事をするはずの伯爵が、いつもここで朝食をとっているかのようにさりげなく入ってきたときは驚いた。彼女がクレイモア公爵を称賛すると、彼は突然皮肉っぽくなり、「きみが理想の完璧な男性に出会えたと知ってうれしく思うよ」などと言った。彼は朝食の途中で席を立ち、仕事があるからと言い訳をして去っていった。ひとり残されたシェリダンは後ろ姿を見送ることしかできなかった。昨夜の夕食後、彼は友人と劇場に出かけ、その前の晩も夜遅くの催し物に出かけていた。そして、ホジキンによると、両晩とも彼は、夜明け前に帰宅したとのことだった。

彼女がテーブルに向かって座って、彼の機嫌が悪いのは睡眠不足のせいかどうか考えているところへ、ホイットニーと公爵未亡人がやってきた。ふたりに彼の機嫌の悪さとその前になにがあったかを説明すると、彼女たちは顔を見あわせ、声をそろえて叫んだ。「やきもちを焼いているのよ!」と。まさかそんなことはないだろうと思ったが、その日の夕食前に応接間で会ったときには、午後にニコラス・デュヴィルが訪ねてきて公園までちょっとドライブに連れだしてくれた話をして、デュヴィルと一緒にいると楽しいとわざと言ってみた。スティーヴンの反応は朝と似ていたが、言葉は違っていた。「きみを喜ばせるのは、本当に簡単だな」と見くだすように言ったのだ。

ホイットニーと公爵夫人から、スティーヴンの言葉を逐一報告するように言われていたので、翌朝、シェリダンは彼の感想を話した。すると、ふたりはまた声をそろえた。「嫉妬しているわ！」と。

シェリダンは自分がうれしいのかどうか、よくわからなかった。ただ、彼が本当に自分に好意を寄せていると信じるのが怖いのだけはたしかだった。それでいて、そうであってほしいと願わずにはいられなくなっていた。

今夜、彼は〈オールマックス〉に来ることになっていた。彼が目をかけていることを人前で見せれば、シェリーは確実に人々の注目を集めると、ミス・チャリティが考えたからだ。人気を得られようと得られまいと、彼女自身はどうでもよかった。ただ、自分や彼の家族や彼を、辱《はずかし》めるようなことだけはしないようにと考えていた。午後はずっと、来るべき夜のことで緊張していたが、ホイットニーが思いがけずやってきて、夜のために支度をするあいだ付き添ってくれることになった。支度は本当に長い時間がかかり、途中でもう出かけたくなったほどだった。

できあがったばかりの目を見張るようなドレスを持ったお針子たちの前で、シェリダンはふたたび時計に目をやった。「ムッシュ・デュヴィルをずっと待たせてしまっているわ」いらいらしたように言った。

「ニコラスは待たされるつもりで来ているから、大丈夫よ」ホイットニーはあっさり言ったが、シェリダンが本当に心配していたのはニコラス・デュヴィルではなかった。スティーヴンが階下にいて、この大がかりな支度がどんな変化をもたらすかを見ようと待っているのだ。

「これで、できあがり……いいえ、まだ見てはだめ」シェリダンが新しい髪形を見ようと鏡を傾けようとすると、ホイットニーが言った。「ドレスを着るまで待ってね。そうでないと全体が見えないでしょ」ほほえみながら彼女は続けた。「社交界にデビューしたとき、わたしはパリの叔父と叔母のもとにいたの。叔母が鏡を見せてくれるまで、ドレスを着た自分を見たことなんて一度もなかったのよ」

「本当ですか?」見たり読んだりしたかぎり、イングランドの裕福な少女たちは幼少のときから王女のように着飾っているはずなのに、そんなことがありうるだろうかと考えながら、シェリダンは訊いた。

ホイットニーは、失礼を恐れて彼女が訊けずにいる疑問を察して笑った。「わたしは〝奥手〟だったから」

シェリダンは、ベッドの端に腰かけている華麗なブルネットの貴婦人が、人生のなかで一瞬でも気まずい思いをしたことがあるなど想像できなかった。

「そのパリでの夜の少し前まで、わたしにはふたつ野心があったわ。ひとつは、パチンコの使い方をマスターすること、もうひとつは、ある青年を自分に夢中にさせることだった。だからこそ」彼女は秘密をうちあけるときの笑みを浮かべた。「フランスに送りこまれたのよ。どうすればいいのか、だれもほかの方法を考えつかなかったから」

シェリダンが冗談まじりに返した言葉は、ちょうどお針子と侍女がドレスを頭からかぶせたので聞こえなかった。背後では、公爵未亡人が寝室に入ってきていた。「ラザフォードの屋敷で会うまで待ちきれないほど、あなたがどんなに変身したか見たくてたまらなかったのですよ」背後に立って支度の進み具合を眺めながら言った。

「これほど時間がかかって、ムッシュ・デュヴィルにご迷惑ではありませんか？」シェリダンは腕を下げて、お針子たちがドレスの背中の小さなフックをとめられるように、回転しながら尋ねた。

「そんなことちっともありません。あの人はスティーヴンと一緒に、シェリー酒を飲みながら──まあ！」シェリダンが正面を向くと、公爵未亡人はため息をついた。

「お願いですから、どこかがまずいとはおっしゃらないでください」シェリダンは言った。「もうこれ以上、一秒だって、支度に時間をかけるのはいやですから」

公爵未亡人が口をきけずにいるようなので、シェリダンはホイットニーのほうを向いた。そして、ゆっくりと立ち上がった。

「どなたか、なにかおっしゃって」心配そうに言った。

「ミス・ランカスターにご自分の姿を見せてさしあげなさい」ホイットニーは侍女に言った

が、この変身を目にしたときのスティーヴンの反応を見るのが楽しみでたまらなくなっていた。「いいえ、待って――まず、手袋をはめて、それから扇子を持って。自分の姿を見るときには、すっかり仕上げてから見なければなりませんからね。そうでしょう?」

なんと答えたらよいのか、シェリダンはよくわからなかった。期待といやな予感が入りまじった感覚で、象牙色の肘まである長い手袋をはめ、侍女が差しだした象牙色と金色の扇子を手にして向きを変えると、ゆっくりと視線を上げて、侍女が支えている全身が映る鏡を見た。

自分を見返している華麗にドレスをまとった女性の姿を見て、喜びと信じられない気持ちで彼女の唇がほころんだ。

「わたし……とてもすてきだわ!」彼女は叫んだ。

公爵未亡人は、信じられないというように首を横に振った。「ずいぶんと控えめに言うと、そういうことですわね」

「芸術的に控えめな表現ですわ」ホイットニーも同意した。スティーヴンの反応が見たくてたまらず、彼女の手をつかんで、彼がデュヴィルやミス・チャリティと一緒に待っているはずの階下の応接間へひっぱっていきたい衝動を抑えるのに必死だった。

29

最初のうちスティーヴンは、ニコラス・デュヴィルを〈オールマックス〉で過ごさせる――しかもミス・チャリティの厳しい監視のもとで――という計画をおもしろがっていたが、いざ一行の出発時間が迫ってくると、自分のしかけた悪ふざけを楽しむ気分はさらさらなくなっていた。応接間に座って、ミス・チャリティとデュヴィルがシェリーを待ちながらしゃべっているのを聞いているうちに、この老婦人はデュヴィルの発言にいちいち反応し、ひどく好意的な笑顔を向けているようだと気づいた。女たらしというデュヴィルの評判を考えると、シャペロンとしては大変不適切のみならず、まったく不可解な態度だ。

「さあ、おりてきましたよ！」ミス・チャリティが玄関広間のほうを向いて興奮気味に言い、勢いよく立ち上がった。「さあ、とてもすばらしい夜になりますよ！　行きましょう、ムッシュ・デュヴィル」彼女はそう言って、自分のショールとバッグを抱えた。

スティーヴンが一行について玄関広間に出ると、そこではデュヴィルが称賛の笑みを満面に浮かべながら、釘付けになったかのように階段のほうを見つめて立ちつくしていた。スティーヴンもその方向に目を走らせたが、シェリーの姿を見たとたん、誇らしい思いで胸がいっぱいになった。アイボリーのサテンに金のスパンコールを散らしたドレスに身を包み、階段をおりてくるのは、サイズが大きすぎる化粧着をまとって素足で彼と夕食をともにしたあの女性だった。そのような服装でも、彼女がどれほどすばらしく見えたかを考えると、華麗なドレスをまとえば大評判を巻き起こすほどの美しさを発揮することは、十分に予想できた。だが、どういうわけか、彼は心の準備ができていなかった。彼女の髪は後ろに撫でつけられ、何本もの細い真珠の連なりが編みこまれて、赤く輝く波になって流れ落ちていた。その姿に、彼は息をのんだ。

彼女もそれを予期していたと、スティーヴンは気づいた。なぜなら、この四日間まるで視線を合わせなかった彼女が、ついに彼を見つめたからだ……もちろん、長い時間ではなかったが。反応を確かめるためにちらっと視線を走らせただけだったが、彼は称賛のまなざしを見られてしまった。

「マダム」スティーヴンが呼びかけた。「今夜以降、シャペロンを一部隊ほど雇わなければならなくなりそうだね」

その瞬間まで、こんなふうに飾りたてるのは求婚者を引き寄せるためで、スティーヴンは自分を別のだれかに引き渡そうとしているのだということを、シェリダンは忘れていた。けれど、自分が美しく見えることを知った喜びのせいで、そのつらい現実を思い出してしまった。彼に自分の姿をすてきだと思ってほしい。そう思うと心が切り裂かれるように痛んだ。彼のキスを受けるために手を差しのべ、静かな決意を抱いて彼女は言った。「本当にそれが必要になるくらい、精一杯つとめます」

その答えを聞いて、スティーヴンは黒い眉を不愉快にしかめた。「それほど熱心になる必要はないさ。評判というのは自然にできていくものだから」と彼は言った。

30

「ダムスン、いったいそれはなんだ?」スティーヴンは鏡に映った近侍に目をやった。彼はスティーヴンの白いクラバットを器用に結んでから、前にかがんであごにさっと手を走らせ、ひげがきれいにそれているかを確かめていた。

「お出かけになる前に、この手紙をお渡しするべきだと、ミスター・ホジキンが持ってまいりました。重要なものかもしれませんので」ダムスンはずたずたになった書状をベッドの上に置くと、主人が〈オールマックス〉での夜にふさわしく身支度を調えているかを確認しはじめた。衣装ダンスのひとつから、長い燕尾のついた正装用の黒い上着をはずすと、ありもしないしわを消すように振りながら部屋を横切り、それを掲げ持って、スティーヴンが両腕を袖に差し入れるのを待った。そして両肩を撫でるように手で払い、前開きを整え、一歩下がって確かめた。

「ホジキンはだれからの手紙だと言っていた?」スティーヴンはシャツの袖口をひっぱって位置を直し、サファイアのカフリンクスをはめながら尋ねた。

「バールトン卿の以前の家主から旦那様へ転送されてきたものです。あて先が男爵の以前の住まいになっておりましたもので」

スティーヴンはさして関心も示さずにうなずいた。彼は家主へのバールトンの負債を清算し、バールトン宛の郵便物はすべて自分へ転送するように指示した。これまでのところ、郵便物はバールトンが買い物をして支払いがすんでいなかった購入先からの請求書ばかりだった。バールトンの命を奪い、負債を清算する機会を奪うことになったスティーヴンは、道義上、彼の肩代りをしなくてはならないと感じていた。

「ならば秘書に渡しておいてくれ」スティーヴンは急いで出かけようとした。〈ストラスモア〉で、気楽なトランプのゲームかファロをすると兄に約束していた。一、二時間、高い賭け金のギャンブルをしたあとで〈オールマックス〉に顔を出す予定だった。そして、できるだけ早い時間に彼女を〝結婚市場〟から連れだして、ふたりでもっとずっと楽しめるはずの、ラザフォード卿主催の舞踏会に行くつもりだった。デュヴィルにはミス・チャリティをラザフォードの舞踏会へエスコートすることで満足してもらおうと、彼は勝手に決めていた。

「ミスター・ホジキンに、手紙は秘書に渡すよう提案したのですが」ダムスンは大切なお召物に塵《ちり》ひとつ残してはいけないと精力的にブラシで払いながら答えた。「重要な知らせだといけないので、どうしても目を通していただくようにと言い張るのです。アメリカからの書状でして」

おそらくバールトンが訪米中に購入した品物の請求書だろうと思いながら、スティーヴンは手紙に手をのばし、それを開けながら階下へ向かった。

「マクリーディが馬車を玄関につけています」コルファックスが手袋を差しだしながら声をかけたが、スティーヴンには彼の姿は目に入らず声も聞こえていなかった。

彼の視線は、シャリース・ランカスターの父親の弁護士からバールトン宛に送られた手紙に釘付けになった。

コルファックスは主人が手紙にすっかり気をとられて、表情がみるみる暗くなっているのに気づき、手紙の中身がなんらかの形で、伯爵の今夜の予定を変更させるのではないかと心配になった。「ミス・ランカスターは〈オールマックス〉に向けて出かけたとき、これまでで一番おきれいでした――そしてとても――今夜を楽しみにしていらっしゃるようでした」彼ははっきりと言った。それは真実だった。同時に、コルファックスは念入りに言葉を選んで〈オールマックス〉への伯爵の出席が彼女にとってとても重要だということを伝えようとしていたのだった。

スティーヴンはゆっくりと手紙を畳みなおした。視線は執事を通りこして遠くを見つめている。彼の思いは〈オールマックス〉からはるか離れたなにかにあった――しかも非常に切迫していた。彼はひと言も発さずに家を出ると、決然とした足取りで待っている馬車に向かった。

「残念ながらよくない知らせだったらしいよ、ホジキン」コルファックスは玄関広間を心配そうにうろうろしていた副執事に言った。「まったくもって、非常によくない知らせだったようだ」憶測をするのは沽券《こけん》に関わる気がしてためらったが、アメリカから来た愛らしい令嬢を心配する気持ちが、品位を尊ぶ気遣いさえも圧倒した。「あの書状はバールトン卿宛だった……男爵だけにあてられたもので、ミス・ランカスターとは無関係かもしれない」

31

〈ストラスモア〉の入り口は、セントジェイムズスクエアの濃い緑の木々の奥にあった。ここは〈ホワイツ〉のにぎやかなゲームルームよりも豪華な雰囲気の部屋でギャンブルを楽しみ、〈ブルックス〉や〈ホワイツ〉で出されるような味気ない鶏肉料理やステーキやアップルタルトではなく、値段相応の食事をしたいという少数の選ばれた貴族が集う場所だ。〈ブルックス〉や〈ホワイツ〉や〈ウェイティアーズ〉とは対照的に、〈ストラスモア〉は外部の経営者ではなく、百五十人の高名な会員によって創設され、所有されていた。会員資格は代々受け継がれ、もともとの創設者の子孫だけに厳密にかぎられている。この会員制クラブの目的は営利ではなく、会員たちが大金を賭けてカード遊びを楽しんだり、心置きなく内輪の話をしたり、フレンチやイタリアンのシェフがつくるすばらしい料理を味わったりするための、居心地のいい隠《かく》れ家《が》を提供することだった。会員一人ひとりに慎重さが求められ、それが守られていた。〈ホワイツ〉や〈ブルックス〉では、だれかが大損したり大儲けしたりすれば、たちまち噂がロンドンじゅうに野火のごとく広がったが、〈ストラスモア〉ではそんなことはまず起こりえず、館《やかた》を囲む緑の森を越えて噂話が広がることはまったくなかった。けれど、館のなかでは、噂話は人から人へ、部屋から部屋へと驚くべきスピードで伝わり、紳士たちの楽しみのひとつになっていた。

会員本人以外はたとえ会員の同伴があっても大理石の柱の奥へは足を踏み入れられず、ロンドンじゅうの紳士クラブでもてはやされた、かの有名な洒落者ブランメルでさえあるとき門前払いを食って立腹したことがあったほどだ。王族さえも例外ではない。当時の摂政皇太子も創設メンバーの子孫ではないという理由で入会を許されず、ブランメルと同じく立腹したが、いかにも彼らしいやり方で対応した。あらたな紳士クラブをつくって、ふたりの有名シェフを雇い入れ、そのひとりの名前にちなんで〈ウェイティアーズ〉と名づけたのだ。だが、さしもの摂政皇太子も〈ストラスモア〉に満ちている、完璧な排他性と控えめな豪華さが醸しだす威厳をそのままに再現することはできなかった。

スティーヴンは入口で頭を下げて挨拶する支配人に機械的にうなずいて、オーク張りの大きな部屋へ入ったが、深緑色の革張りの椅子でくつろいだり、賭博テーブルに集まったりしている会員たちにも、クラブの使用人たちにも、まったく目もくれなかった。奥のほうの部屋は人の姿がなかったので、彼はこれ幸いとばかりに、三脚の椅子が並べられたテーブルにひとりで腰かけた。火のない暖炉にぼんやりと視線を向けながら、手紙の内容について考え、人生でもっとも重要な決断に思いをめぐらせた。

手紙がもたらした問題について考えれば考えるほど、解決策はわかりきっていると思われ、そうするのが一番だと感じられた。半時間ほどのあいだに、スティーヴンの心は大きく変化した。驚きから思いやりへ、そして悟りへ。そして、ついには喜びで満ちたのだ。たとえこの手紙がなかったとしても、結局は同じことだったろう。けれど、手紙のおかげで結婚する必要性が生じて、つまりは名誉や体面を犠牲にすることなく願いを叶えられるわけだ。シェリーに求婚者をさがせと言った瞬間から、心の底ではその言葉を後悔していた。彼女がデュヴィルを褒めればたまらなく嫉妬心をかきたてられるし、求婚者が列をなしたらどう対処すべきか頭を痛めていた。近いうちに、彼女にのぼせあがった男が結婚の許しを求めてくれば、きっと殴り倒してしまうに違いない。

シェリーと同じ部屋にいると、スティーヴンはついじっと見つめてしまい、ふたりだけでいれば、彼女にふれないでいるために自制心を振りしぼらなければならなかった。たとえ彼女がいなくなっても、絶対に忘れることなどできないだろう。彼女も彼を求めている。それは最初からはっきり感じていたし、彼女がいくら他人行儀にふるまっても、その気持ちは隠しようがなかった。もし、もう一度この腕のなかに抱きしめたなら彼女は心を開くに違いない。スティーヴンはそう確信していた。

兄のクレイトンが冗談っぽく話しかけてきたので、スティーヴンははっとして顔を上げた。

「なんだか難しい問題を自分につきつけているみたいだな。なんだったら、一緒にその問題を考えてやってもいいが。それともカード遊びでもしようか?」クレイトンがのんびりした口調で言った。スティーヴンが周囲を見まわすと、目の前のテーブルには飲みかけのグラスが置かれていて、どうやらそれはすでに二杯目のようだった。

眉を上げて答えを待つクレイトンを前にして、スティーヴンは椅子の背に体をもたせかけて、自分がくだした判断について最後にもう一度考えた。そして、すぐに実行に移すのがいいと心を決めた。自分がそれを望んでいるのはたしかだったので、行動を急ぐのになんの不都合もないどころかむしろ好都合だった。「カードをする気分じゃないんだ。それより、話がしたい」

「そうだろうと思ったよ。おまえがなにか考え事に没頭していて相手をしてくれないから、ようすを見てくるようにと、ウェイクフィールドとホーソーンから頼まれたのでね」

「彼らが来ているとは知らなかった。どこにいる?」スティーヴンは肩越しにふたりの友人の姿をさがした。

「賭けトランプのテーブルで時間をつぶしている」クレイトンはさりげない口調だったが、スティーヴンの心に重大なものがあるのに気づいていた。なにか説明してもらえるのをしばらく待ったが、しびれを切らして自分から口を開いた。「特別な話題について話したいのか、それともぼくが話題を選ぶべきなのか?」

するとスティーヴンはポケットに手を入れて、シェリーの父親の弁護士からの手紙をとりだした。「これが考え事の原因だ」スティーヴンは手紙と、一緒に送られてきた少額の送金小切手を一緒にしてクレイトンに差しだした。

親愛なるミス・ランカスター

この手紙をあなたの新婚のご主人に託します。彼はきっとあなたが悲しい知らせを受けとめるのを助けてくれるでしょう。

私の友人でもあるあなたの父上、サイラスの死を伝えなければならないのは、残念でたまりません。私は父上の臨終に立ちあい、彼が最後に残した言葉を伝えることがあなたのためになると思いました。父上はあなたに望むものをなんでも与えて、甘やかして育てたことを後悔していました。

父上はあなたを最高の学校で学ばせ、すばらしい結婚をさせたいと望まれました。そして、それを実現させましたが、目的を達成するために、さらには巨額の持参金を持たせるために、財産をほぼ全額注ぎこんだうえに借金までしました。同封した小切手は、私の知るかぎり彼の全財産です。

あなたと父上とのあいだにはさまざまな意見の相違があったと理解していますが、願わくは、父上があなたのためを思って重ねた努力の数々に、いつの日か感謝してあげてください。父上もそれを願っていらしたに違いありません。サイラスもあなたも頑固で短気な性格でした。おそらく、それがおたがいをよりよく理解するうえで障害になったのでしょう。

現在は遠く離れて暮らしているおかげで、もしかしたら父上の死に耐えやすいかもしれません。また、いつの日か、おたがいのあいだの溝を埋める機会はもうないのだと実感したとき、あなたは深い後悔にさいなまれるかもしれません。

あなたがそんな悲しい思いをするのを避けるために、父上はこう伝えるように私に依頼しました。父上は言葉や態度には示さなかったけれど、あなたを心から愛していたし、あなたも彼のことを愛してくれていると信じていました。


手紙を読み終えて返したクレイトンの表情には彼女への同情があり、そして、書かれている内容についての違和感が浮かんでいた。「彼女の父上のことはとても残念だ。まったくひどい不運続きだな」クレイトンが言った。ちょっと言葉を切って眉をひそめてから続けた。「それにしても、弁護士の表現がどうも気になるな？　ぼくらが知っているシェリーは、〝甘やかされたわがままな令嬢〟ではない」

「同感だよ。意志の強さと短気なところはあたっているかもしれないがね」スティーヴンがにやりと笑って同意した。「それ以外はどうも変だ。彼女の父上は――そして弁護士も――女子の教育に関してひどく保守的で、女性が自分の意見を持つのを反抗とみなしていたのではないだろうか」

「うちの義父の考え方からしても、きっとそうだと思うよ」

「船で彼女が着ていた茶色の実用的なドレスからして、〝望むものをなんでも与えた〟というのなら、彼女の父親はかなり吝嗇《けち》だったようだ」スティーヴンは長い脚をのばして、足首で交差させ、くつろいだ格好で座りなおした。両手をポケットに突っこむと、肩越しに振り返って従僕に合図を送り、「シャンパンを頼む」と言った。

この悲しい知らせを聞いてシェリーがどんなに嘆くかを思えば、スティーヴンが落ちつきはらってシャンパンを飲もうとしているのが、クレイトンにはとても奇異に感じられた。その知らせをいつどんな形で彼女に伝えるつもりなのか、スティーヴンが話すのを待ったが、彼は従僕がふたつのグラスにシャンパンを注いでテーブルに置くのを満足げに眺めているだけだった。

「これから、どうするつもりだ？」クレイトンはとうとう口を開いた。

「乾杯しよう」スティーヴンが答えた。

「ちゃんと説明してくれ」クレイトンはわざともったいぶっているような弟の態度に業を煮やして訊いた。「手紙のことは、いつ伝えるつもりだ？」

「結婚したあとで」

「なんだって？」

答えをくりかえすかわりに、スティーヴンは兄を見て片方の眉を楽しげに動かし、シャンパングラスを手にとって、乾杯のしぐさをした。「われわれの幸福に」そっけなく言った。

スティーヴンがシャンパンを飲み干すあいだに、クレイトンは弟の思いがけない決心を喜ぶ気持ちを悟られないように、椅子にゆったり座りなおした。シャンパングラスを持ちあげたものの口をつけず、うれしさを隠して弟を眺めていた。

「ぼくが求婚に失敗すると思っているのか？」スティーヴンが尋ねた。

「とんでもない。ただ、彼女がおまえに対してちょっとした反感を抱いているのを知っているのかなと思っているだけさ」

「まさか、ぼくの申し出に対して、水をかけて追い払いはしないだろう。彼女がぼくに近寄りたがらないのは事実だけれど」スティーヴンは兄に反論しなかった。

「近寄りたがらないことは求婚の妨げにはならない、というのかね?」

「たぶん」スティーヴンは低い声で笑った。

「だとしたら、どうやって結婚を承諾させるつもりだ?」

スティーヴンはまじめな顔で嘘をついた。「彼女がぼくの考えを誤解したり、ぼくの高潔さを理解していなかったりする点を、あれこれ指摘するつもりだ。そして、求婚することで、それを証明する。そのあとで、もし彼女が謝罪の言葉が欲しいというのなら、そうするつもりだ」

スティーヴンが予想したとおり、クレイトンはあきれて皮肉っぽい顔をした。「それで、どうなると思う?」

「その後数日間は、居心地よく家にこもるだろうよ」

「彼女とふたりで、かな?」クレイトンがからかった。

「ああ、両目をしっかり閉じて」

ホーソーン公爵ジョーダン・タウンゼンドとウェイクフィールド侯爵ジェイソン・フィールディングがやってきて、クレイトンとスティーヴンのやりとりはそこでとぎれた。彼らは高額の掛け金でゲームをはじめた。

だが、スティーヴンはシェリーのことを考えずにはいられなかったので、ゲームに集中するのは難しかった。どうやって彼女に求婚するか、冗談はさておき、実際になんと言えばいいのかわからなかった。けれど、それはさほど重要ではないとも思えた。重要なのはたがいの気持ちだ。とはいえバールトンの若い婚約者を奪うのだと思うと、やはり心がひるんだ。だが、父親がこの世を去ってしまったのだから、彼女を世話してやる人間がどうしても必要なのだ。

いずれにしろ、結婚する運命にあったのだ。スティーヴンはいま、その事実を受け入れた。思い返してみれば、金色のカーテン紐で化粧着をとめ、青いタオルを髪に巻きつけた彼女が、まるで裸足《はだし》の聖母《マドンナ》のように目の前に現われた瞬間から、ぼくはそれを知っていたのかもしれない。あのとき彼女は、自分の髪の色に目を見張って、「これは赤でしょ」と言った。

いや、もっと前から特別な感情を抱いていたのかもしれない……。彼女に付き添ってベッドの横で目覚めた朝、自分はどんな顔をしているかと彼女は彼に尋ねた。のぞきこんだうっとりするような銀灰色の瞳は、勇気とやさしさに満ちていた。それをきっかけにして、彼女への思いがどんどん強くなった。彼女の物怖《ものお》じしないウィットを愛し、知性に感心し、出会う人すべてに温かく接する心をいとおしく思った。両腕で抱きしめたときの情熱的な反応を愛し、唇のぬくもりを愛した。勇気と情熱と美しさを愛した。そして、とりわけ彼女の誠実さを愛した。

誘いかける微笑に強欲さを隠し、意味ありげな視線に野心を隠した女性や、男性を愛するふりをしながら実際には財産にしか愛情を抱けない女性に囲まれて暮らしてきたスティーヴン・ウェストモアランドは、ついに彼だけを求める女性を見つけたのだ。

スティーヴンはあまりにも幸福すぎて、彼女にまずなにを買ってやればいいのか決められなかった。宝石にしようと、彼は回ってきたカードの手に賭けながら決めた。馬車に馬、ドレスに毛皮。だがまずは宝石だ……あのこのうえなく美しい顔に釣りあうような豪華な宝石、そしてつややかな髪をひきたてる宝石。ドレスの飾りは……。

真珠だ！　シェリーがエヴァンデール公爵夫人のドレスについて楽しげに話していたのを思い出して、スティーヴンは心を決めた。三千と一粒の真珠で飾られたドレス。彼女はドレスにはあまり関心がないようだが、そんなドレスならきっと気に入るだろう。プレゼントすれば喜ぶに違いない。

なぜなら、ぼくからのプレゼントなのだから……。

シェリーはプレゼントを喜ぶに違いないし、ぼくを求めているに違いない。そっと口づけしたとき、彼女の唇は震えていたが、本能的に身を寄せてきたようすからして、ぼくを求めているのだとわかった。世慣れていないせいで感情を隠すすべも知らず、素直すぎて隠そうともしない。

彼女はぼくを求めているし、ぼくは彼女を求めている。すぐにでも結婚して、おたがいを自分のものにすることの喜びを教えてやろう。

ジェイソン・フィールディングに名前を呼ばれてスティーヴンがはっと顔を上げると、彼が賭けるのを全員が待っていた。スティーヴンはテーブルの中央にチップを投げた。

「この勝負はもうおまえが勝ったじゃないか。早くそのチップを全部引きとってくれないか、そうしたら、もっとぼくらの金を巻きあげられるだろ？」ジェイソンがからかうように言った。

「スティーヴン、なにかすごく楽しいことを考えているみたいだな」ジョーダン・タウンゼンドはおもしろがっている口調だ。

「いつもならぼくらの心などお見通しなのに。おかげですっかり負け続きだ」ジェイソン・フィールディングがカードを切りながら言った。

「今日のスティーヴンはなにかにすっかり心を奪われてしまったらしい」クレイトンが冗談を言った。

そのときちょうど、独身の中年男であるウィリアム・バスカーヴィルが新聞を片手にテーブルへやってきて、彼らの勝負を見学しはじめた。

シェリーに求婚すれば、その話は一夜にして広まるだろうし、週末までには婚約が既成事実になるのだから、スティーヴンはもう決心を隠す理由がなかった。「じつは——」と話しかけて、彼はふと時計を見た。すでに三時間が過ぎていた。「遅くなった！」彼は大声をあげて全員を驚かせ、カードを放りだして立ち上がった。「十一時までに〈オールマックス〉に入らないと、ドアを閉められてしまう」

クレイトンたちは足早に立ち去るスティーヴンの後ろ姿を驚いた表情で見送った。行き先は、洗練され成熟した男がいそいそと向かうにはおよそふさわしくない場所だ。学校を卒業したての若い娘たちが結婚相手探しに夢中になっている場所へ、スティーヴン・ウェストモアランドが急いで出かけていくなど、普通ならありえないし、ばかげたことだ。バスカーヴィルが最初に口を開いた。「なんとも、まあ!」彼は大きく息を吸って、驚きあきれている面々を見まわしながら続けた。「ラングフォードは〈オールマックス〉へ行くって?」

スティーヴンが出ていったドアをにやにやしながら見つめていたウェイクフィールド侯爵ジェイソン・フィールディングもみんなの顔を見まわした。「たしかに、そう聞こえた」

ホーソーン侯爵がうなずいて、あっさり言った。「〈オールマックス〉へ行くと言っただけじゃなく、かなりあわてているようだった」

「あそこから生きて出られたら、彼は幸運だろうな」ジェイソンが茶化した。

「ああ、独身のままで生還できたら、な」ジョーダン・タウンゼンドはにやりと笑って同意した。

「気の毒に!」バスカーヴィルは怯えたような声で言い捨てると、首を横に振り、玉突き台の友人たちのほうへ向かった。ラングフォード伯爵が〝結婚市場〟のドアが閉まる前にとあわてて出ていったと彼らに伝えるために。

これから勝負をはじめようと玉突き台の上にサイコロを投げたプレーヤーは、きっとスティーヴンは死の床にある病人に懇願されて、その病人の娘か姪にでも会うために〈オールマックス〉へ行ったのだろうと想像した。

緑色のフェルトが敷かれたファロのテーブルで、掛け金を張ろうとしていた紳士たちは、スティーヴンはきっとカードで大負けして、その罰として、〈オールマックス〉でひと晩過ごさなければならなくなったのだろうと考えた。

ルーレットで賭けていた紳士たちの意見は、バスカーヴィルは耳が悪くなったに違いないというものだった。

ホイストで自分の手持ちのカードに集中していた紳士たちは、バスカーヴィルは頭がおかしくなったのだろうと片づけた。

とはいえ、一人ひとりがどんな判断をしようと、彼らはみな浮かれ騒いでいるだけだった。〈ストラスモア〉はどの部屋も高笑いとさざめく含み笑いに満ち、その晩スティーヴン・ウエストモアランドが〈オールマックス〉へ出かけたという話は、鼻にかかった笑い声と一緒に会員の口から口へと広がっていった。

32

スティーヴンが〈オールマックス〉の前で、レディ・レティシア・ヴィッカリーに閉めだされて馬車へ戻ってきた若者ふたりとすれちがったのは、十一時五分過ぎだった。建物の扉を閉めようとしていたパトロネスのレティシアをとがめるように、スティーヴンは低い声で言った。「レティ、まさかぼくを閉めだしたりはしないだろうな！」

無礼な声かけにいらだったレティシアはドアを閉めながら、明るく照らされた入口から暗い外へ視線をやった。「たとえだれだろうと、十一時を過ぎたらここへは入れません」

スティーヴンは靴のつま先をドアの隙間にねじこんだ。「たまには、例外も考えるべきだな」

細く開いたドアから彼女が尊大な顔を見せた。「例外など、絶対にありえません！」相手がだれなのか確認すると、石のように硬い彼女の顔に信じられないと言いたげな表情がぱっと浮かんだ。「ラングフォード、あなたなの？」

「ああ、ぼくだ。さあ、ここを開けてくれ」スティーヴンは静かに言った。

「いいえ、だめです」

「レティ」スティーヴンは忍耐強く抑えた口調で続けた。「こんなことは言いたくないが、ここなんかよりもっと、入ってはいけない場所へ、ぼくを招待してくれたことが何度もあっただろう――きみの哀れなご主人に声が届きそうな場所へも」

彼女はドアを開けたものの、入り口に立ちふさがっていた。体ごと抱えあげてどかして入ろうかと思案するスティーヴンに、彼女はきつい口調でささやいた。「スティーヴン、お願いだからおとなしくして！　あなたをなかへは入れられない。特別扱いすれば、ほかのパトロネスたちに見透かされてしまうわ」

「彼女たちはきっと、きみの両頬にキスして、ぼくを例外と認めたことを歓迎するさ」スティーヴンはあっさり言った。「ぼくが今晩、十五年ぶりにこの退屈な場所に登場したと知れれば、明日の晩ここはもっと盛況だろうよ」

たしかにそうだろうと思った彼女は、どうしようかと躊躇した。「ロンドンじゅうの結婚適齢期の男性が、ここにはあなたの気を惹くほどすばらしい女性がいると知って、押しかけてくるでしょうね」

「そのとおり」スティーヴンは皮肉っぽく言った。「適齢期の男たちであふれ返るだろうから、レモネードもパンもバターもいつもより多く用意しなければならないぞ」

自分がパトロネスを務めている期間に数多くの縁談がまとまる可能性を考えるとうれしくて、彼女は〈オールマックス〉には人も料理も少ないというスティーヴンの皮肉を受け流した。「わかったわ。どうぞ入って」

その晩は、シェリダンにとって、恐れていたほどひどいものではなかった。ダンスを踊りながら、彼女はその場に受け入れられているのを感じた。じつのところ、多少の違和感はあってもかなり快適に過ごしていたのだが、少し前に時計が十一時を告げるまでは緊張と期待とで胸がどきどきしていた。十一時を過ぎて、スティーヴンが姿を現わす可能性がなくなってひどく落胆したものの、こんなふうに拒絶されても気にしないでいようと思った。彼がここに来たくないのは感じていたし、わざわざ彼女のために嫌いな場所へやってくると期待するのはばかげていた。もし、彼がやってきたなら、それは彼女になんらかの関心や感情があるという意味だが、やはりそんなことはなかったのだ。ホイットニーや彼の母親は間違っていたのだ。これ以上彼のことは考えないでいようと心に決めて、シェリダンは周囲を取り囲むようにしている若いレディやその母親たちとの会話に集中しようとした。

レディたちの大半は彼女よりも若く、とりわけ知的ではないにしても、とても感じがいい女性ばかりだった。だれもがこの場にいる独身男性の収入や将来性や家柄について驚くほどよく知っていて、シェリダンがいずれかの男性に二度視線を送れば、彼女たちが――あるいは母親やシャペロンたちが――知っている情報をすべて耳打ちしてくれた。あまりにもたくさんの情報を聞かされてミス・チャリティは混乱し、シェリーは困惑したりおもしろがったりした。

厳しい表情をしたクレアモント公爵夫人は、アメリカからやってきた孫娘のドロシー・シートンを紹介し、シェリダンにダンスを申しこんだハンサムな若い男性のほうに首を傾けて、こう警告した。「わたくしなら、あの若いメイクピースとはあまり親しくしませんことよ。あの若者はただの準男爵で、収入は五千ポンドしかないのですもの」

ずっとカードルームで過ごしていたニコラス・デュヴィルが、ちょうどシェリダンのそばに戻ってきて、その話を耳にした。彼はかがみこんで彼女の耳に楽しげにささやいた。「困ったような顔をしているね、シェリー。驚いただろ。洗練されたマナーを誇るこの国の人たちは、あんな話をすることになんら良心の呵責を感じないのだよ」

飲み物でひと息入れた楽団がふたたび演奏をはじめて、舞踏室に音楽があふれた。「ミス・チャリティはお疲れのようですね」シェリーは音楽と会話にかき消されないように声を大きくした。

ミス・チャリティは自分の名前を聞いて、ぱっと顔を上げた。「疲れてなどおりませんよ。ラングフォードが約束したのに姿を見せないので怒っているのです。あなたをこんなふうに軽んじるなんて、きつく叱ってやるつもりです！」

周囲の人々が振り向き、会話がとぎれ、そしてささやき声の会話がしだいに広がっていたが、シェリダンはその原因に気づかないでいた。「そんなことかまいません。彼がいなくても、わたしは大丈夫ですもの」

ミス・チャリティは納得しなかった。「この三十年のあいだ、これほど腹が立ったことは記憶にないほどよ！　もし、三十年間にあった出来事をすべて思い出せたとしても、これほど怒ったことはないに違いありません！」

となりにいたクレアモント公爵夫人がミス・チャリティの怒りの言葉に聞き耳をたてるのをやめて、顔を上げた。彼女の視線は室内を横切るなにかに釘付けになっている。「自分の目が信じられないわ!」クレアモント公爵夫人が突然言った。急に周囲の話し声が高くなるなか、公爵夫人はそれに負けじと声を高くして、孫娘に「ドロシー、髪とドレスをきちんと直しなさい。これは二度とないチャンスかもしれないから」と言いつけた。公爵夫人のしわがれ声を聞きつけてシェリーがドロシーに目をやると、彼女はもちろん、見渡すかぎりすべての若い令嬢たちが必死に髪を整えていた。髪を直していない者たちはドレスの裾をそろえている。着付けを直そうと控え室へ急ぐ令嬢たちもいた。「いったい、なにが起きているの?」シェリダンは視界を妨げるように立っているデュヴィルに問いかけた。

彼は頬を染め食い入るようになにかを見つめているブロンドやブルネットの令嬢たちを眺めて、振り返りもせずに答えた。「たぶん、舞踏室の真ん中で火事が起きたのか、さもなければラングフォードが現われたのだろう」

「彼が来るはずがないわ!　もう十一時を過ぎたから、扉が閉まっているはずですもの」

「ラングフォードが原因だと賭けてもいいよ。女性の狩猟本能はなかなか侮れないものだし、どうやら最高の獲物が目に入ったようだ。ようすを見てこようか?」

「あまり目立たないようにね」

彼はそれに応じ、さりげなく後ろを向いて、周囲を確かめた。「彼は立ちどまってパトロネスたちに挨拶している」

シェリダンはスティーヴンが来ても絶対にするまいと決めていたことをした。急ぎ足で控え室へ向かったのだ。だが、身だしなみを確認したりするためではなかった。心を静めようとしたのだ。そして、ほんの少しだけドレスを整えた。

控え室へ入ろうとして待っているあいだに、スティーヴンについての噂話が耳に入った。

「自分が来ていない晩にラングフォードがここに来たと知ったら、きっと姉は卒倒するわ!」令嬢のひとりが友人たちにそう言っていた。「去年の秋、レディ・ミリセントの舞踏会で彼は姉をダンスの相手に選んだのだけれど、それっきり見向きもしないの。姉はずっと彼に夢中なのだけれど」

友人たちは驚いた表情になった。そのひとりが「でも、去年の秋といえば、ラングフォードはモニカ・フィッツウェアリングに結婚を申しこもうとしていたはずよ」と言った。

「あら、ありえないわ。姉たちが話しているのを聞いたのだけれど、去年の秋、彼は――」令嬢が口もとを手でおおったので、シェリダンはなんとか聞きとろうと必死になった。「既婚の女性と熱いつきあいをしていたそうよ」

「彼の愛人を見たことある?」別のひとりが尋ねると、全員が身をのりだした。「叔母がおとといの晩、劇場で彼を見たのよ」

「愛人ですって?」抑えるまもなくシェリダンの口から質問がこぼれでた。わたしや家族たちと食事をしたあとで、彼は女性と劇場へ出かけたのだ。

令嬢たちはすでに紹介されていたので、社交界の新参者であるアメリカ人の彼女にスティーヴンをめぐる噂話の内容を詳細に教えてくれた。

「愛人は高級娼婦、つまり、男性のあさましい情熱を満たす女性のことよ。なかでもヘリーン・デヴァネイはとびきり美しいのよ」

「うちの兄たちは、ヘリーンはこの世のものとは思えないほど美しいと話していたわ。なんでもラヴェンダー色が好きで、ラングフォードは彼女のためにラヴェンダー色のクッションで飾った銀色の馬車をあつらえたとか」

ラヴェンダー色。ホイッティコム医師が話を聞いて、意味ありげに「そのドレスはラヴェンダー色だったのですね」と言ったふわふわのドレスを思い出した。あれは彼が〝あさましい情熱〟を交わす女性のものだったの？　キスをするのは〝情熱〟のしるしだと、シェリダンは知っていた。〝あさましい〟というのがどういうことなのかはよくわからなかったが、なにやらうしろめたく秘密めいたことであるのは感じられた。そして、彼は望まない婚約者であるわたしと食事をした数時間後に、別の女性とその〝あさましい情熱〟を交わしあったのだ。

シェリダンが戻ったとき、ミス・チャリティはスティーヴンが舞踏室のどこかに来ているとすでに知っていたが、怒りはまったくおさまっていなかった。「ラングフォードの仕打ちは彼のお母様に報告するつもりです！　きっと呼びつけてきつく叱ってくれるはず」

そのとき、スティーヴンが背後から近づいてきて、ミス・チャリティに話しかけたので、シェリダンは思わず身をこわばらせた。「いったい、どんなわけで母に呼びつけられなければいけないのですか？」彼は無邪気な笑みを浮かべて尋ねた。

「時間に遅れたことですよ、本当に悪い人だこと！」ミス・チャリティは彼をなじったものの、輝くばかりに魅力的な笑顔を向けられ、じっと見つめられたせいで、その声からはとげとげしさがすっかり消えていた。「パトロネスたちと話をするのに時間がかかったのね！　あなたがあまりにすてきだからいけないのよ！　では、わたくしの手に礼儀正しくキスをしてから、シェリーをダンスフロアへ連れていきなさい」彼女はもうすっかり許していた。

デュヴィルが背を向けてシェリーを守っていたが、横へどかないわけにはいかなかった。ミス・チャリティがあまりにも簡単にスティーヴンを許してしまったのでシェリダンは腹が立った。振り向いて楽しげな青い瞳で見つめられると、怒りはさらに倍増した。シェリダンはマナーにしたがって、いやいやながら片手を差しのべた。

「ミス・ランカスター、つぎの曲で踊っていただけますか？」スティーヴンが彼女の手の甲にさっと口づけして、その手を握ったまま問いかけた。

「手を放してください。みんなが見ています！」シェリダンは怒りを込めて言った。

彼女の上気した頰と輝く瞳を見たスティーヴンは、怒りが彼女をこれほど美しくするのに、なぜ今まで気づかなかったのだろうかと驚いた。時間を守らないと彼女がこんなふうに怒ると数日前に知っていたなら、食事のたびに遅れて席についただろう。

「わたしの手を放してください！」

自分が早く来なかったせいで彼女はがっかりしていたのだと思うとうれしくて、スティーヴンは軽口を叩いた。「ぼくがこのままきみをダンスフロアへひきずっていくとでも？」

ところが、シェリダンは「やめて！」と手を振りはらった。

一瞬ひるんだスティーヴンが横へ動いた隙に、若い紳士が彼女の前へ進みでてお辞儀をした。「つぎはぼくと踊っていただく順番です。もしお許しいただけるのなら、閣下」彼女がその紳士に手をとられてダンスフロアへ向かうのをスティーヴンはなすすべもなく眺めていた。となりでデュヴィルが楽しそうにそれを眺めていた。「どうやら、手ひどくやられたようだな、ラングフォード」

「そのとおりだ」スティーヴンは愛想よく答えて、背後の柱にもたれた。幸福すぎてデュヴィルに言い返す気持ちになどなれなかった。「ここには酒はなにひとつ置いていないんだったな？」踊っているシェリダンに見とれながら言った。

「ああ」

居合わせただれもが、ウェストモアランド卿とニコラス・デュヴィルがシェリダン以外のどの女性にも踊りを申しこまないので、ひどくがっかりしていた。曲が終わっても彼女がダンスフロアにとどまって、同じ若者と二曲続けて踊ろうとするのを見て、スティーヴンが眉をひそめた。「同じパートナーと続けて踊ってはいけないと、だれか教えてやらなかったのか？」

「なんだか嫉妬している恋人みたいな発言だな」デュヴィルがおもしろがるような視線をス

ティーヴンへ送った。

その言葉を無視したスティーヴンは、期待に満ちた物欲しそうな目で自分を見つめている周囲の女性たちをさっと見まわして、まるで優雅に着飾った食人鬼たちの饗宴《きょうえん》に招かれた気分だと感じた。音楽が終わると、「つぎの曲の彼女の相手が決まっているかどうか知っているか？」と彼は尋ねた。

「どの曲も全部、彼女の相手は予約済みだ」

シェリダンのパートナーが作法を守って彼女をチャリティ・ソーントンのもとへ連れてきた。つぎのワルツがはじまるところで、男性はてんでにパートナーのもとへ移動していた。スティーヴンと同じ柱にもたれていたデュヴィルが「たしか、つぎはぼくの番だ」と言った。

「残念だが、そうじゃない」スティーヴンは言った。「もし、文句があっても、絶対に受けつけないぞ」彼はデュヴィルをぴしゃりと制した。そして、柱から離れると、振り返りもせずに彼女のところへ向かった。

「つぎのお相手はニッキーのはずよ」シェリダンは愛称を使ってデュヴィルとの親しさをことさら強調した。

「彼はその特権を譲ってくれた」

その口調に有無を言わせぬ強さを感じたシェリダンは決心を翻した。ここで無理に拒絶したり押し問答したりせず、一緒に踊るほうが賢明だろう。「わかったわ」

「楽しい夜を過ごしているかな？」音楽がはじまるとスティーヴンが尋ねた。彼女は腕のなかで身を固くしている。優雅に踊っていた先日とはまるで違っていた。「とても楽しい夜を過ごしていました。ありがとうございます」

スティーヴンは彼女の輝く髪を見おろし、怒った顔をちらりと見た。ポケットにある彼女の父親の手紙のことを考えると、そんな反抗的な態度にも怒る気にはなれなかった。「シェリー」彼は心を決めて静かに呼びかけた。

彼女は彼の声にいつにないやさしさを感じたが、顔を上げなかった。「はい?」

「きみを傷つけるようなことを言ったりやったりして、本当に悪かった」

彼には傷つけているという自覚があって、きっとまたやるに違いないと思ったとたん、これ以上は耐えられないと思った。心にぱっと火がついて、炎が燃えあがった。「謝っていただく必要はないわ」そんな退屈な話はしたくないと言わんばかりに彼女は答えた。「きっと今週末までにはふさわしい求婚者が何人か現われるはずよ。あなたが出会いの機会を与えてくださったのは、わたしにとってこのうえない幸福だわ」彼女の声は心底からの怒りで震えはじめていた。「イングランドの男性は自分勝手で移り気で薄情な人ばかりかと思っていたけれど、そうではないと今晩ようやくわかったわ。そんな人はあなただけよ!」

「残念だが、きみはすでにこのぼくと婚約している」スティーヴンは遅れてきたことへの彼女の怒りが思いのほか激しいのに驚きながら言った。

すっかり怒りの波にのみこまれていたシェリダンは、なおさら言いつのった。「今晩お目にかかった紳士はみなやさしい人ばかりで、あなたよりずっと好ましいわ!」

「本当か？　どんなふうに？」スティーヴンはにやりとして尋ねた。

「たとえば……みんなあなたよりも若いわ。あなたはわたしよりもずっと年上ですもの。今晩、それに気づいたの」シェリダンは傲慢きわまりない彼の笑顔を平手打ちしたい気持ちにかられて言い返した。

「そうなのかい？　本当に？」スティーヴンの視線が意味ありげに彼女の唇へと下がった。

「ならば、ぼくのことをとても好ましく思ったときのことを思い出す必要があるようだ」

シェリダンは顔をそむけた。「そんなふうに見ないで！　上品なふるまいではないし、噂の種にされるわ！　みんながわたしたちを見ているじゃない！」彼女はなんとか逃れようともがいたが、彼が腕に力を込めたので、いっそう強く抱きしめられる格好になった。

スティーヴンはまるで最新の噂話でもするような軽い口調だった。「もし、ぼくが自分のしたいことをすると決めて、きみをひきずってここから連れ去ったり、この場で熱く口づけしたりしたら、いったいどうなるかな？　まずは、ここにいる男たちはだれもきみに手出しできなくなるな。それに、当然ながら、自分勝手で移り気で薄情だと言われても、ぼくはまったく気にしない――」

「そうでしょうとも！」彼女はかっとなった。

ふたりがにらみあいながらやりあっていると、周囲で踊っている男女はみなステップを忘れて、謎めいたアメリカ人の令嬢とラングフォード伯爵との口論に耳をそばだてた。スティーヴンは口の端に笑みを浮かべて、怒りのあまり紅潮してうっとりするほど魅力的な彼女の顔に見とれていた。「そのとおりだよ、いとしい人。そんなこと、ぼくは気にしない」

「ひどいことをしておきながら、どうしてわたしに〝いとしい人〟なんて呼びかけるの？」

　スティーヴンは自分にとってはありふれた男女間のやりとりが彼女の心を大きくかき乱すことを一瞬忘れて、大きく開いたドレスの胸もとへ意味ありげに視線を移した。「ぼくが本当はどうしたいか、きみはなにも知らない」彼は物憂げな笑みで警告した。「それはそうと、ぼくはもう、きみのドレスを褒めたかな？」

「お世辞も、あなたと一緒にいるのも、もう結構です」シェリダンはするどくささやいて、腕を振りほどき、彼をダンスフロアに置き去りにした。

「いやはや」メイクピースが一緒に踊っていた女性に言った。「あれを見たかい？　ミス・ランカスターがラングフォードをダンスフロアに置き去りにしたぞ」

「きっと、彼女は頭がどうかしたのね」女性は驚いた声で答えた。

「いや、そんなことはない。ミス・ランカスターはぼくを粗末に扱わなかった。まさに礼儀正しく愛情深い女性だ」若い准男爵は得意げに断言した。曲が終わると、メイクピースは仲間のところへ急ぎ、アメリカから来た美女がラングフォードよりも自分を大切に扱ったと自慢話を披露した。

　その驚くべき事実はまたたくまに舞踏室の紳士のあいだに広がった。ラングフォードが入ってきたことを快く思っていなかった彼らは、この場に少なくともひとりは、ラングフォードよりもメイクピースを好む趣味のいい女性がいると知って、おおいに溜飲《りゅういん》を下げたのだった。

しばらくすると、舞踏室ではメイクピースの株がすっかり上がっていた。そして、女性たちから絶大な人気を得ているラングフォード伯爵よりもメイクピースを選んだアメリカ娘は、たちまちにしてヒロインになった。

スティーヴンは壁際に立って、ひどい仕打ちに怒りを感じながら、独身男たちが自分の婚約者に群がるのを眺めていた。シェリダンはすっかり取り囲まれて褒めそやされたりしているうちに、彼らの勢いに押されて、スティーヴンの方向へ助けを求める視線を送ってきた。だが、スティーヴンは、その視線が求めているのは自分ではなくデュヴィルだと気づいた。デュヴィルはレモネードのグラスを置いて助けに行こうとしたものの、独身男たちの勢いに圧倒されたシェリダンは後ずさりし、足早に控え室へと消えた。デュヴィルはなすすべもなく後ろの柱に寄りかかって、スティーヴンと同じく胸で腕を組んだ。黒い夜会服に身を包んだハンサムな男がふたり、そうして並んで立つ姿は人目を引くものだった。「きみに冷たい態度をとったせいで、今晩の彼女はすっかり人気者だな」デュヴィルが感想を言った。

デュヴィルが自分と同じく苛立っているのを感じて、スティーヴンの心はほんの少しなだめられた。「明日には、ぼくの求婚相手はロンドンじゅうの上品ぶった洒落者や放蕩者たちから、ジャンヌ・ダルクみたいに崇《あが》められるだろうよ。たしかきみは、ぼくを求婚者のひとりとして認めたよな」とデュヴィルは続けた。

「きみの求婚はもう断わった」スティーヴンは満足げに言い返した。そして、部屋の反対側に並んでいる若い女性とその母親たちのほうへ顔を向けながら言った。「あちらの意欲満々の女性たちに関心を持てば話が早いぞ。今晩求婚すれば、明日には一族郎党の祝福を受けて結婚できるだろうよ」

デュヴィルがスティーヴンの視線の先を見る。ふたりは敵意をしばし忘れて、すばらしい結婚相手とみなされることがどれほど厄介なことか、共感しあった。「自分が大皿に盛られたうまそうなマス料理みたいだと感じたことはあるかい？」遠くから招くように扇子をはためかせている女性にうなずきかけながら、デュヴィルが尋ねた。

「金額を書きこんでいない小切手みたいに見られていると感じることはある」スティーヴンはそう答えてから、彼に意味ありげな視線を送りながら娘になにかささやいているレディ・リプリーに視線をやった。レディ・リプリーの美しい娘に視線を移すと、彼女はこの会場のなかでは珍しく、彼らに熱い視線を向けてはいなかった。「少なくとも、リプリーの娘はぼくらを無視するだけのプライドがあるらしい」

「きみを彼女に紹介させてくれよ。そうすれば、いい時間つぶしになるだろ。ぼくはもう、すばらしい赤毛の美人と仲よくなったから」

「デュヴィル？」スティーヴンが愛想のいい表情とはうらはらに厳しい声を発した。

「なんだい？」

「ばかな冗談はやめろ」

「きみは心変わりしたのか？　ミス・ランカスターに対する責任から自由になりたいとは思

っていないのだな？」デュヴィルがなじった。

「夜明けに人気のない渓谷で、ぼくと会いたいのか？」スティーヴンは嚙みついた。

「そんなつもりはなかったが、いい考えかもしれない」デュヴィルは言い捨てて、カードルームへ向かっていった。

混みあっている控え室へ入ったシェリダンは、女性たちの自分に対する態度が変わったのを感じ、その理由に気づいた。会話がぴたりとやんで、好奇の視線が集まった。親しげな笑みを浮かべた骨太な娘が声をかけてきた。「あんなふうに伯爵をやりこめるなんて、すごくおもしろかったわ、ミス・ランカスター。たぶん、彼には生まれてはじめての体験よ」

「きっと、これからは何百回も体験することになるわよ」シェリダンは心のうちの怒りと困惑を隠そうとつとめながら答えた。

「何百回も体験するですって？　とんでもない。だって、彼はとてもハンサムで男らしいわ。そうじゃない？」

「いいえ」シェリダンは嘘をついた。「わたしはブロンドの男性が好きなの」

「アメリカではブロンドが人気なの？」

シェリダンにはそんな記憶はなかったので「わたし個人の好みよ」と答えた。

「あなたは事故で記憶をなくしたと聞いたけれど？」娘たちのひとりが同情と好奇心が入りまじった口調で尋ねた。

その質問にはミス・チャリティが教えてくれたとおり、謎めいて見えるそっけない笑みを浮かべて、ホイットニーの指示どおりに「ほんのしばらくのあいだだけ」と答えた。そして、「短いあいだだけでも、世のなかのことをなんの心配もせずにいられたのは、すばらしい経験だったわ」と即興でつけ加えた。

舞踏室へ戻るまでに、彼女はスティーヴンについて新しい情報をたくさん耳にしていたが、どれも気分が悪くなるような話ばかりだった。それによれば、ホイットニーの意見とは逆に、どう考えてもスティーヴンは放蕩者であり、快楽主義者で、悪名高い浮気者だった。情事の噂は数えきれず、彼の好色ぶりは社交界では知らない者がいないほどなのに、だれもが彼をイングランド随一の花婿候補とみなしている！ さらにひどいことに、彼はかりそめにもわたしと婚約していながら、愛人を囲っている。しかも、ただの愛人ではない。息をのむほど美しく魅力的な高級娼婦だというではないか。

自分がつまらない存在に思うとともに、激しい怒りを感じたシェリダンは舞踏室へ戻ると、社交性を発揮してにぎやかにふるまった。ミス・チャリティのまわりで彼女の帰りを待っていた紳士たちに陽気に笑いかけ、このあとラザフォード家での舞踏会に招かれている彼らと踊る約束をした。婚約者であるスティーヴンは、彼女が紳士たちにちやほやされているのに気づかないのか、気にしていないのか、少し離れた場所からそしらぬ顔で眺めていた。

にぎやかにふるまってもスティーヴンがまったくの無関心を決めこんでいたので、彼女は彼が近づいてきてラザフォード家へ行く時間だと告げたとき、なんの不安も感じなかった。彼女はニコラス・デュヴィルやミス・チャリティと並んで、馬車の支度ができるのを待っているときにも、彼は不機嫌な表情などみじんも見せなかった。ミス・チャリティが興奮したようすで「今晩のシェリーは最高よ、ラングフォード！　なにもかもうまく運んでいると、あなたのお母様たちに報告するのが楽しみですよ！」と言ったときにも、彼は穏やかな笑みを浮かべていた。

ニコラス・デュヴィルの幌《ほろ》を畳んだ四輪馬車はとても美しかったが、スティーヴンの豪華な街用馬車がすべるように進んできて目の前に停まったとき、シェリダンは思わず目を見張った。銀の馬具をつけた六頭のみごとな葦毛《あしげ》の馬に引かれた馬車は黒く輝き、ドアの部分には伯爵の紋章が鮮やかに描かれている。御者や馬丁たちにはアッパーブルックストリートの厨房ですでに会っていたが、今晩の彼らは、白い革の膝丈ズボンに金ボタンと肩章を飾った濃緑色の外套《がいとう》、濃緑色のストライプの胴着という正式なお仕着せ姿だった。ぴかぴかの黒いブーツを履いて、白いシャツにクラバットと白手袋をつけた彼らを見て、シェリダンは〈オールマックス〉のなかにいたおしゃれな紳士たちに劣らないほど立派だと思った。そして、それをそのまま彼らに言った。

本心からの褒め言葉に御者らはやさしい笑顔になり、ミス・チャリティは驚きあきれた。伯爵だけがまったくの無表情なのを見て、シェリダンの心に不吉な予感がよぎった。だから、伯爵がラザフォード家までふたりだけで馬車に乗るつもりなのだと知ったとき、彼女はすっかり尻込みした。「ミス・チャリティやムッシュ・デュヴィルとご一緒したいわ」馬車に向かいながら、そう言ってみた。

ところが、恐ろしいことに、伯爵はシェリダンの肘を強く握ったまま、自分の馬車へと連れていった。「さあ、乗るんだ！　これ以上関心の的になる前に」厳しい口調だった。

涼しげな仮面の下で、じつは激しい怒りをたぎらせていたのだと、いまさらながら気づいたシェリダンは、先に去っていくミス・チャリティとニコラス・デュヴィルの姿を心細げに見送った。周囲では、〈オールマックス〉から出てきた人々がそれぞれに自分の馬車を待っている。ここで騒いではいけないと思った彼女は、言われるままに馬車へ乗った。

あとから乗りこんだスティーヴンは、ステップを片づけていた馬丁に「遠まわりして公園を通ってくれ」と指示した。

シェリダンは豪華な銀色のクッションに無意識に背中を押しつけて、きっと彼は烈火のごとく怒るのだろうと覚悟しつつ、黙ったまま身を固くしていた。彼は向かい側に座って口を引き結んで窓の外を見ている。ずっとそうしていてほしいと彼女は祈った。やがて彼が冷たい視線を向けて、低い荒々しい声で話しだすと、どうかさっきまでの謎めいた沈黙に戻ってほしいと彼女は心のうちで願った。「もし、またぼくに恥をかかせたら、公衆の面前で鞭打ってやる。わかったか？」彼がぴしゃりと言った。

シェリダンはごくりと唾をのみこんで、震える声で答えた。「わかったわ」

それで終わりだろうと思っていたら、そうではなかった。「ダンスに誘う男たちに対して、まるで育ちの悪い尻軽女のようにふるまって、いったいどういうつもりなんだ？」彼は轟《とどろ》くような低い声で訊いた。「ぼくをダンスフロアに置き去りにしたのは？　デュヴィルの腕に

するふるまいを非難されるのはあまりにも理不尽だ。シェリダンの怒りに火がついた。「あなたのような人と婚約した愚かな女に、ばかなふるまいをするなと言うほうがおかしいわ!」言い返した彼女は、彼の怒った表情が驚きに変化したのを見て溜飲を下げた。「今晩、あなたのうんざりする噂話をたくさん聞いたわ。愛人だとか、既婚女性との火遊びだとか! イングランド随一の放蕩者のあなたが、いったいどうしてわたしに礼儀作法を教えられるの?」

今晩耳にした噂話に強い怒りを感じるあまり我を忘れていたシェリダンは、彼のあごの筋肉が引き攣っているのに気づかなかった。「花嫁をさがしにわざわざアメリカへ行くのも当然ね。あなたの評判がアメリカまで届いていないのは驚きだわ。稀代《きだい》の浮気者ですもの!〈オールマックス〉のだれもが、あなたはモニカ・フィッツウェアリングに求婚するとばかり思っているときに、アメリカでわたしと婚約したんですものね。きっと、これまでに何人もの不運な女性を甘い言葉でだましたんでしょ。わたしにしたのと同じように——秘密に婚約したうえで、別の結婚相手をさがせと言ったんだわ!」彼女は怒りにまかせて一気にまくしたてた。「わたしはもうあなたと婚約しているつもりはありません。聞こえたかしら、閣下? たった今、婚約を破棄するわ。ですから、わたしはいつでもだれとでも楽しく会話しますし、それがあなたの名前を傷つけることもありませんし、あなたの知ったことではありません。わかりましたか?」彼の口調をまねてしゃべり終え、激しい反論を待ったが、彼はひと言も発しなかった。

信じられないことに、スティーヴンは眉を上げ、謎めいた青い目で彼女をじっと見つめてから、やや前かがみになって手を差しのべてきた。別れの握手だと、シェリダンは思った。婚約を破棄することに彼がひと言も異議を唱えなかったことに傷つきながらも、誇り高い彼女は彼の目を見つめ返し、手を彼の手にゆだねた。

彼の長い指に手がそっと包みこまれるのを感じた瞬間、ぐいっと引き寄せられた。なんとか悲鳴をこらえたものの、彼のとなりに勢いよく横倒しにされた。両肩をドアに押しつけた格好の彼女にのしかかるようにして、彼の輝く瞳がすぐそばに迫っていた。「いまここでお仕置きをしてやりたい気分だ」スティーヴンがぞっとするほど低い声で言った。「おたがいに痛い思いをしないですむように、話をちゃんと聞け。ぼくの婚約者は礼儀作法をきちんと守るし、ぼくの妻は決してぼくの名誉を傷つけない」彼は冷たく傲慢な口調で言った。

「相手はどなたか知らないけれど、本当にかわいそう。同情するわ。わたしは——」シェリダンは恐れを怒りの仮面の下に隠してあえいだ。

「まったく、手に負えない！」スティーヴンは荒々しく言った。片手で彼女のうなじをつかみ、まるで罰するかのようにキスをしようとした。シェリダンは必死に抵抗し、やっとのことで顔をそむけて逃れた。「やめて！」彼女は強くこばんだ。「お願いだからやめて！」

その声がスティーヴンに届き、彼は手の力は緩めないまま顔を起こし、彼女のこわばった蒼白な顔と、彼女の胸にある自分の片手を見て、いつになく興奮して抑制を失ってしまったことに驚いた。彼女の目は恐怖で見開かれ、胸は荒い呼吸のせいで大きく波打っている。自分の話に耳を傾けさせようとしただけで、彼女を卑しめるつもりなどまるでなかった。こうして彼に押さえつけられてなすがままになっていても、長い睫毛に縁取られた灰色の瞳と頑固そうなあごには反抗心が感じられ、彼が動きをとめた数秒のあいだにみるみる力を増したのがわかった。

彼女の頰にかかる炎のような巻き毛を見つめながら、この娘は怒っていてもすばらしく美しいとスティーヴンは思った。生意気で誇り高く、かわいらしく、勇気があり、賢い……それが彼女だ。

そして、彼女はぼくのものになる。この腕のなかにいる赤褐色の髪の女性はぼくのために子を産み、食卓で客をもてなし、自分の意見を主張し、絶対にぼくを退屈させはしない——ベッドのなかでも外でも。二十年にわたる女性たちとの親密な付き合いから判断して、それはたしかだ。彼女が記憶を失っていて、自分がだれかも、ぼくがだれかもわからないことなど問題ではない。記憶を取り戻したあかつきにぼくをあまり好きにならないかもしれないことも、問題ではない。

重傷を負った彼女が手をゆだねて眠ったときから、ぼくらのあいだには強い絆《きずな》が生まれたのだ。今晩の彼女の言葉や態度はその絆を壊したいと思っているからではなく、彼を求めていないからのものでもない。たんに今晩耳にしたぼくについての噂話にショックを受け、それらが根も葉もないことだと知らないだけなのだ。

そんなこんながスティーヴンの脳裏を駆けめぐったわずか数秒のうちに、シェリダンは彼が怒りで完全に我を忘れてしまってはいないと察知して、毅然とした態度で訴えた。「ちゃんと座らせて」静かに言った。スティーヴンは彼女が持つ妻としてふさわしい特質に〝するどい洞察力〟をつけ加えた。彼女の目を見つめたまま、彼は落ちついた揺るぎない口調で言った。「この場でおたがいに理解しあう必要がある」

「理解しあうって？」

「これさ」とスティーヴンは言って、片手の指を彼女の髪に差し入れると、もう片方の手をあごにあてて顔を自分のほうへ向けさせ、ゆっくりと顔を近づけた。

シェリダンははっと息をのみ、なんとか顔をそむけて避けようとした。どうしても逃れられず、罰するようなキスに襲われるものと身を固くしたが、そうではなかった。彼の唇はこれ以上ないほどやさしく彼女の唇にふれ、注意深く固めた守りを壊そうとしていた。彼の唇が彼女の唇にそっとふれ、焦らすように、輪郭をなぞるように動き、彼女の髪をつかんでいた手がうなじへと下がった。彼のキスはまるで彼女の唇を味わい尽くそうとするかのように長く続いた。シェリダンは胸の鼓動が早鐘のように打ち、抵抗する気持ちが崩れはじめたのを感じた。頭に重傷を負ってベッドで眠る彼女の傍らで、椅子に座ったまま眠っていた婚約者の姿が、ふと心に浮かんだ。婚約者は彼女をからかって笑わせ、口づけをしてぼうっとさせた。今日の彼はいつもとはどこか違って、いつも以上に抗えない魅力を発揮している。苦しいほどに長く熱いキスにも、抱きしめる腕にも、押しつける唇にも所有欲が感じられた。

その違いがなんのせいであれ、彼をこばむのはとうてい無理だった。力強い腕にすっぽり包まれ、唇で愛撫され、うなじをゆっくりとさすられているうちに、馬車の揺れさえもが心地よく感じられてきた。彼の舌先が閉じた唇に沿ってたどり、早く開けと急《せ》かしたが、シェリダンは残されたわずかな意志の力を振りしぼって、かろうじて抵抗した。スティーヴンは無理強いをやめて唇を離し、別の手段に訴えた。彼女の頰からこめかみへ、そして目もとへと、キスの雨を降らせた。うなじにあてた手に力を込め——動きを封じようとしているのか、支えてくれているのか彼女にはもうわからなかった——耳を舌先でそっとなめてから、繊細な曲線に沿って舌先を動かすと、彼女の全身に欲望の震えが走った。勝利が目前に迫っているのを感じているかのように、彼が唇を彼女の頰に荒っぽく擦りつける。その唇が彼女の唇の端にふれた瞬間、シェリダンは負けた。全身を震わせて服従すると、力を抜いて顔を傾け、彼のキスをなすすべもなく受け入れた。閉じていた唇を開くと、彼の舌先がそっと侵入して、口のなかを探った。

　スティーヴンは彼女の手が胸にあてられ、柔らかい体が押しつけられるのを感じた。勝利を主張するかのように彼女の口を深くまで探り、焦らしたりいたぶったりしているうちに、ごく自然に彼女がそれに応えはじめた。体に火がついて、情熱をたぎらせ、荒々しい官能の炎が燃えあがる。キスをしながらそれを感じたスティーヴンは、自分を抑制できなくなった。手がひとりでに彼女の胸へ動き、ふくらみを包むと、彼女は抵抗するどころか、彼のキスに情熱的に応えた。

スティーヴンは先に進みたい気持ちを抑えていっそう深く口づけして彼女に甘い声を漏らさせたが、彼女の舌先がほんの少し唇にふれたとき、思わずうめき声を漏らしたのは彼のほうだった。豊かな髪に指先を差し入れると、編みこんであった真珠の糸が切れて、彼の手にも腕にも、白く輝く真珠と赤く輝く髪が流れ落ちてきた。熱い口づけを交わすうちにふたりとも我を忘れ、スティーヴンの手は彼女の胸を愛撫していた。舞踏会へ向かう途中で、ここは馬車のなかだと、彼は自分に言い聞かせようとした。だが、すでにドレスの身ごろの打ち合わせはかなりはだけて、彼女の乳房は手のなかにあった。それに気づいたシェリダンはパニックになって彼の手首をつかんだが、彼は笑うようにうめくと、抵抗を無視して顔を美しい胸に近づけた……。

33

自分のしていることが怖くなったシェリダンが、手をスティーヴンの肩から胸へとすべらせると、彼の心臓が激しく鼓動しているのが感じられ、彼もまた口づけのせいで動揺しているのだとわかった。背中をやさしくなでられているうちに、恐怖が心から消えていった。今晩の彼は、いつもとはまるで違って、とてもやさしかった。いつもよりも頼れる雰囲気もあった。その理由はわからなかったが、ふと思いついたことがあった。額を彼の胸に押しつけたまま、彼女はその思いを口にした。

「こうしていることが——これが、わたしがあなたとの結婚を考えた本当の理由なの？」

自分が彼と情熱的な口づけを交わしたことに驚いたシェリダンは、ひどく打ちひしがれた口調だった。スティーヴンは彼女の髪に顔を寄せてほほえんだ。そして、「これが、きみがぼくと結婚する理由だよ」と訂正した。

「わたしたちは違いすぎるわ」

「そうかな？」スティーヴンは彼女の腰に腕を回して引き寄せながら言った。

「ええ、そうよ。あなたにはいやなところがたくさんあるもの」

スティーヴンは笑いだしそうになるのをこらえた。「ぼくの欠点をあげつらうのなら、土曜日まで待てばいい」

「どうして土曜日なの？」

「もし口やかましい妻になりたいのなら、結婚式まで待たなければ」

彼女は身をこわばらせ、ゆっくり顔を上げて彼を見つめた。その目はまだ気だるそうだったが、口から出たのは強い拒絶の言葉だった。「土曜日にあなたと結婚なんてできません」

「ならば、日曜日にしよう」スティーヴンは嫁入り支度をするのに時間がいるという女性らしい理由からの拒絶だろうと考えて、寛大に提案した。

「それもだめ」彼女は重ねて拒絶したが、口調はするどくはなかった。「そんな大切なことを決めるのは、記憶を取り戻してからでないと」

それはスティーヴンの目論見《もくろみ》とはまるで逆だった。「そんなにのんびりしてはいられない」

「どうして？」

「身をもって教えてやろうか？」そう言うなり、彼はむさぼるような口づけをした。体を離すと、彼女の顔をのぞきこみ、どうだったかと尋ねるかのように片方の眉を上げた。

「だからって、式を急ぐ理由としては十分じゃないわ」と認めた彼女の口調や表情に、スティーヴンはまたしても笑いをこらえた。

「日曜日だ」彼はにべもなく言った。

シェリダンは首を横に振ったが、心が揺らぎはじめているのは明らかだった。

「わたしはまだ、あなたの思いのままになるつもりはないわ、閣下。だから、そんなふうに頭から決めつけた口調はやめて。有無を言わせぬ言い方をされると、なんだか反発したくなるの。どうぞ選択の余地をください――な、なにをしているの?」不意を突いて身ごろのなかへすべりこんだ彼の手が、胸のふくらみをつかんだ。

「では、選択の余地を与えよう」スティーヴンが言った。「きみは自分がぼくを求めていると認めて、日曜日にぼくの妻になることができる。もし、それがいやだと言うのならば……」

スティーヴンはひと呼吸置いた。「もし、わたしがいやだと言えば……」シェリーが穏やかに先をうながした。

「その場合は、これからラザフォードの舞踏会へ行かずに屋敷へ戻って、きみがぼくを求めていると認めるまで、さっきの続きをやろう。いずれにしても、結局ぼくらは日曜日に結婚する」

なめらかに響く低い声には、いったん決めたことは必ず思いどおりにするという、揺るぎない決意と自信が感じられ、シェリダンはいっそう無力感を覚えた。彼はどうしても思いのままにする気なのだ。さっきのように口づけされれば、たちまち彼の望みどおりになってしまうだろう。「昨日は結婚する気などなかったし、わたしとの婚約を認めてさえいなかったのに?　いったい、なぜ急に心変わりしたの?」

きみの父上が亡くなって、頼れるのはぼくだけになったからだ。スティーヴンはそう思ったが、口にしたのはそれなりに説得力のある理由だった。「昨日はまだ、ぼくらがそれほど強くおたがいを求めているとは思わなかったからだ」

「たしかに、そうね。ついさっきまで、わたしはあなたを求めていないと思っていたの。待って、提案があるわ――」シェリダンが顔を輝かせて言った。スティーヴンは彼女の提案を受け入れる気などまったくなかったが、美しい顔が輝いたのを見て、思わずにやりとした。彼の体内には五百年ものあいだ受け継がれてきた誇り高い貴族の血が脈々と流れていて、自分の意思をすべてに優先させると心に決めていた。重要なのは、彼女が彼を求め、彼が彼女を求めていることだった。それにも増して、彼が結婚を急ぐ理由は、シェリーが父親の死という悲しい現実に直面する前に、愛される妻として楽しい時間を過ごしてほしいと願うからだった。

「もし、このままうまくやっていけて、あなたが不機嫌になることもなく、こんなふうにキスできるなら、結婚できるかもしれないわ」

「なかなかいい提案だね」スティーヴンは礼儀正しく嘘をついた。「だが、結婚となればキスだけではないし……こんな話はちょっと居心地が悪いけれど……その点については、おたがいに十分満足できるようにするつもりだよ」

その言葉に対する反応は、彼女が結婚の本当の意味をまったく知らないことを証明していた。世のなかの令嬢たちと同じく、新婚初夜になにが起こるか、知らされていないのだ。彼女はアズキ色の繊細な眉をひそめて言った。「あなたがなにを言いたいのかわからないわ。

どんなつもりなのか想像もできないけれど、もしわたしのせいで居心地が悪いのならば、それは当然ね。だって、あなたの膝の上に座っているような格好ですもの」

「ぼくがなにを言いたいかについては、あとで話すことにしよう」スティーヴンは笑いながら約束した。

「いつ話すの？」シェリーは彼の向かい側に座りなおして尋ねた。

「日曜日の夜」

彼の強い視線に耐えてそれ以上やりあう気力がなかったので、シェリダンは馬車の窓のカーテンを開けて、外を眺めた。すぐにふたつのことに気づいた。ひとつは、馬車はすでに大きな屋敷の前に到着していることだった。屋敷の前の階段に松明を持った従僕が一段ごとに並んで照らすなか、着飾った客たちがこの馬車のドアに描かれた紋章にちらちら視線を送りながら、列をなして屋敷のなかへと入っていく。もうひとつは、馬車の窓に映る自分を見て、入念に結いあげた髪がスティーヴンのせいですっかり乱れてしまったのを知ったことだ。はっとして髪に手をやって確かめたが、やはり巻き毛がほつれて肩に垂れている。一方、スティーヴンは内心でそれがすばらしく魅力的だと感心していた。「こんな姿で人前に出られないわ。きっと、だれもが――」シェリダンが羞恥心のあまり言葉に詰まると、スティーヴンの口の端がぴくりと動いた。

「彼らはどう思うというんだい？」スティーヴンは彼女の赤く染まった頬とバラ色の唇を見て、その答えを想像した。

「考えたくもないわ」シェリダンが身震いして、髪からさっとピンを抜き去ると、豊かな髪がさっと肩をおおった。

シェリダンはじっと見つめてくる彼の視線に困惑しながら、髪をとかした。「そんなふうに見ないで」

「自分はどんな顔をしているのかと訊かれたときから、きみを見つめるのが趣味になった」スティーヴンは彼女の目を見つめながら、まじめな表情で言った。

低い声でなめらかに発せられたその言葉は、キスよりも魅力的だった。シェリダンは結婚の申し出を拒絶する気持ちが一気に薄れるのを感じたが、プライドのおかげでかろうじて踏みとどまった。「あなたが日曜日の結婚について考える前に、ひとつ知っておいてほしいことがあるわ」シェリダンはためらいながら言った。「イングランドのご婦人方は気にしないようだけれど、わたしは嫌いなものがあるの。それほどいやだとは、自分でも今晩気づいたばかりだけれど」

いったいなんの話かとスティーヴンは尋ねた。「なにがそれほど嫌いなんだい？」

「ラヴェンダー色よ」

スティーヴンは彼女の大胆さに驚くとともに、その勇気に感心した。

「婚約者でいようとおっしゃるのならば、それについてよくよく考えて」

「そうしよう」彼は答えた。

スティーヴンは彼女が求めた答えはくれなかったものの、少なくとも怒らなかったし、真剣に受けとめてくれた。彼女はそれに満足して、ふたたび髪を直しはじめた。称賛するようなまなざしで見つめられて、シェリダンは困惑の笑みを浮かべ、「そんなふうに見られていては、恥ずかしくてうまくできないわ」と言った。

34

スティーヴンはしぶしぶ視線をはずしたが、数分後、彼にエスコートされてラザフォード家の混みあった舞踏室へ入っていくシェリダンは、人々の視線を一身に集めた。堂々と顔を上げた彼女の唇は先ほどのキスの余韻でバラ色に染まり、きめの細かい肌は輝くばかりだった。身につけたアイボリーのドレスとは対照的に、炎を思わせる色の髪は優雅に波打ちながら肩に広がっている。

スティーヴンと連れだって、そこかしこで立ちどまって招待客と話しながら舞踏室へと進んでいくのは、とても長い時間のように感じられた。たくさんの人たちからスティーヴンとのことをあれこれ冗談の種にされるのが、たまらなく居心地悪く思えたのだ。舞踏室の入り口でふたりの名前が紹介されるや、そばにいた紳士が笑いながら言った。「やあ、ラングフォード。急に〈オールマックス〉が好きになったそうだね!」

それはほんの序の口だった。そのすぐあとに、給仕がふたりに盆にのせたシャンパンを差しだすと、それを見た紳士が割って入って、「いいや、これじゃない! 閣下は最近、レモネードがお気に入りだ。しかも、〈オールマックス〉で出しているような、なまぬるいレモネードが」と言ったのだ。

　スティーヴンはその紳士になにか耳打ちして笑わせたが、そのあとも行く先々で悪気のないジョークをつぎつぎに浴びせられた。

「ラングフォード、信じられない話を耳にしたが本当なのか？〈オールマックス〉のダンスフロアで赤毛の小娘に置き去りにされたというのは？」ようやく舞踏室のなかへ入ると、中年の紳士が話しかけてきた。スティーヴンは意味ありげにシェリダンのほうへ首を傾けてみせ、その話は本当で〝赤毛の小娘〟はここにいると答えた。

　人々の注目を集めるなか、別の紳士が紹介を求め、にやりとして話しかけてきた。「お目にかかれて非常に光栄です」挨拶した彼は、彼女の手の甲にキスしてから続けた。「悪魔の魅力に惹かれない女性がこの世にいるとは存じませんでしたよ」

　しばらくして、杖をついた年長の紳士が近づいてきて、のどをぜいぜい鳴らして笑うと、「きみのダンスは流行遅れらしいな。明日もここへ来るのなら、稽古をつけてやってもいいが」とスティーヴンに言った。老紳士は自分の冗談に満足して、杖を床に打ち鳴らしてかん高い声で笑った。

　スティーヴンは人々の軽口にいちいち応えず、その大半を笑って受け流していたが、シェリダンはやっとのことで平気な顔を装っていた。彼がこれほど人々の関心の的であり、彼についての噂話がこれほどすばやく広まることに、彼女は恐怖さえ感じていた。みんながこの数時間の彼の行動を知っていて、今もじっと観察し、耳をそばだてているのだ。

馬車のなかでの出来事をだれかに見られでもしたらと想像すると、頬が赤く染まった。ホイットニーやクレイトンやウェストモアランド家の親しい人々と一緒に立っている彼女を見るなり、ミス・チャリティが上気した顔に気づいた。「あら、まあ。顔色がよくなったこと。ストロベリーのクリーム添えを連想する色ね。伯爵と一緒に馬車に乗るのは、あなたのためにいいことです！〈オールマックス〉を出たときには、青白い顔をしていたのですから」

シェリダンはあわてて顔を手であおいだが、ウェストモアランド家に連なる人々が挨拶をしようと列をなしているのに気づいて、そちらを振り返った。横に並んで挨拶を受けていたスティーヴンが意味ありげな笑みを浮かべて、彼女の耳もとでささやいた。「ぼくはきみのためにいいことをしたのかな？」

シェリダンは身の置きどころがないほど恥ずかしさを感じながらも、彼の笑顔に負けて、思わず笑ってしまった。「まったく悪い人だわ！」彼女は首を横に振りながら小さな声で言った。

不運にも、その動きのせいで、ミス・チャリティがそれまで見過ごしていた事実に気づいた。「あら、あなたの髪、〈オールマックス〉を出たときには結いあげてあったのに！ピンが落ちてしまったの？　屋敷へ戻ったら、今晩のうちに、髪はきちんと結うよう侍女に注意しておかなくては」ミス・チャリティが心配そうに言った。

その言葉で、シェリダンは周囲の人々が自分の髪に注目するのではないかと心配になった。シャペロンとして彼女の評判を高めるのが役目のはずのミス・チャリティが、かえって貶《おとし》めるような発言をしたのだ。クレイモア公爵が意味ありげな目配せを送ってきたが、そのしぐさがあまりにもスティーヴンに似ていたので、シェリダンは大胆にも彼に向かって目を回してみせた。彼女の怖いもの知らずぶりに公爵は笑い、一緒にいた二組の男女に引きあわせた。ホーソーン公爵夫妻とウェイクフィールド侯爵夫妻だ。二組とも親しげに心からの挨拶をしてくれたので、シェリダンはたちまち彼らを好きになった。「スティーヴンを〈オールマックス〉に引き寄せたのは、きみの魅力だったんだね」とホーソーン公爵が言うと、公爵夫人が「前からぜひお目にかかりたいと思っていました。やっと思いが叶ったわ」と笑顔で続けた。そして、「彼があわてて〈ストラスモア〉から出ていったのも当然ね」とウェイクフィールド侯爵に同意を求めた。

ミス・チャリティは彼らの会話にはうわの空で、〈オールマックス〉からやってきた六人ほどの若い男性たちが、混みあった舞踏室を横切ってまっしぐらに近づいてくるのを見ていた。スティーヴンもそれに気づいた。ミス・チャリティが口を開いた。「ラングフォード、若者たちがシェリーめがけてやってきますよ。そこで不機嫌な顔で待っているくらいならば、追いはらってしまいなさい」

「そうよ、スティーヴン」ホイットニーがからかうように笑って、彼の腕に手を置いた。ふたりはもうすぐ結婚するとクレイトンから聞いたのだ。「ロンドン社交界でも有数の望ましい結婚相手たちに、シェリーが囲まれるのはいやでしょう?」

「ああ」スティーヴンはそっけなく答えて、シェリダンの腕をとって舞踏会の主催者に挨拶に向かった。

マーカス・ラザフォードは背が高く堂々とした人物で、親しげな笑みがくつろいだ雰囲気を感じさせ、すばらしい血統に裏打ちされた揺るぎない自信に満ちていた。シェリダンは彼にたちまち好意を持ったが、〈オールマックス〉から追いかけてきた男性たちが彼女に話しかけたりダンスの申し込みをしたりするので、残念ながらそちらの相手をしなければならなかった。

「競争相手が多いようだね。驚くにはあたらないが」メイクピースがシェリダンをダンスフロアへ連れだすのを、ミス・チャリティがうれしそうに手を振って見送るのを見ながら、ラザフォードがスティーヴンに言った。

「それに、彼女のシャペロンはなにを考えているのかよくわからない」クレイトンが茶化した。

スティーヴンはそれを聞いて、たしかにミス・チャリティはシェリーの評判を地に落とすようなことばかりしていると思った。

「ニコラス・デュヴィルが、たぐいまれな女性だと彼女を褒めたそうだね」ラザフォードはシャンパンをひと口飲んだ。「だから、〈オールマックス〉にも行ったそうだ。噂話によれば、きみたちふたりは隅のほうの柱のところに立ったまま、おたがいを牽制《けんせい》していたとか。まさに見物《みもの》だったろう」ラザフォードが肩を揺らして笑いながら続けた。「きみとデュヴィルがふたりして〈オールマックス〉へ行くなんて。子羊の群れに狼《おおかみ》が二匹、だな。ところで、デュヴィルはどこにいる？」ラザフォードは六百人もの招待客に視線を走らせた。

「心の傷を癒しているのだといいが」スティーヴンが答えた。

「デュヴィルが？」ラザフォードはまた笑った。「それもまた、きみたちふたりが〈オールマックス〉へ行くのと同じくらい想像しがたいな。彼はなぜ、心に傷を受けたんだ？」

スティーヴンはわざとらしく眉を上げてから、笑顔になった。「彼の愛情の対象が、先ほどほかの男との結婚に同意したからですよ」

「そうなのかい？」ラザフォードはシェリダンと踊っているメイクピースを驚きの目で見つめた。「まさかメイクピースではないだろう。あの美女があんな青二才のために人生を無駄にするなんて言わないでくれたまえ」

「彼女はメイクピースとは結婚しません」

「ならば、相手はだれなのだ？」

「ぼくです」

ラザフォードの表情は、衝撃から喜びへ、そして興味と期待へと変化した。シャンパングラスを持った手で会場を示しながら、彼は尋ねた。「きみたちの婚約を今晩この場で発表してもいいだろうか？　そのニュースを聞いた人々の顔が見たい」

「それもよいかもしれません」

「すばらしい！」ラザフォードはそう言うと、ホイットニー・ウェストモアランドのほうへ詮索するような視線を向けながらつけ加えた。「もうお忘れかと思いますが、以前私があなたがたの婚約を発表しようとしたとき、気まぐれな考えから、秘密にしたいとおっしゃいましたよね」

それを聞いたクレイトンとスティーヴンは目配せしあった。ホイットニーがクレイトンとの結婚を拒絶してロンドン社交界を大混乱に陥らせたことを思い出したのだ。「ふたりともやめてちょうだい。あのときのことを忘れられると思うの？」ホイットニーが恥ずかしそうに笑った。

「いいや」クレイトンがやさしくにやりと笑った。

スティーヴンたちが談笑しているところへ、シェリダンが一時間ぶりに戻ってくると、ラザフォードがその場から離れて、オーケストラのほうへ歩いていった。彼が指揮者になにか耳打ちし、音量がしだいに大きくなってから急に曲がやんだ。人々が何事かと話すのをやめて、オーケストラのほうを向いた。

「紳士淑女のみなさん、今宵《こよい》この場で、重大な婚約発表があります。新聞で発表されるよりも早く――」ラザフォードが驚くほどよく響く声で話しだした。シェリダンは周囲の人々と同じく、婚約したカップルはだれなのかと会場内を見まわした。「きっと、この場にいる独身男性諸君は、彼が婚約して競争相手でなくなったことに心からほっとするでしょう。みなさん、その名前を聞きたくてうずうずなさっていることと思います」数百人から興味津々の目で見つめられるのを、ラザフォードはあきらかに楽しんでいた。

「ここで名前を発表してしまうのでは、あまりにあっけないかと思いますので、婚約したふたりにダンスを披露してもらい、この舞踏会の正式な開会を宣言したいと思います」ラザフォードが人のいないダンスフロアを去ると、人々のあいだにざわめきが広がり、だれもがダンスフロアに注目した。指揮者の合図でワルツの演奏がはじまり、婚約したふたりとはいったいだれなのかと、人々は疑わしげに見つめあった。

「素敵な婚約発表ね」シェリダンが感想をもらした。

「そう言ってくれてうれしいよ」スティーヴンが彼女の手を引いて、ゆっくりダンスフロアへ向かった。そのほうがよく見えるからだと、彼女は思った。だが、ダンスフロアのすぐ近くまで来ると、彼は彼女の視界をふさぐようにして前に立った。「ミス・ランカスター」彼は呼びかけて、フロアを見ようとする彼女の注意を引いた。

「なに？」シェリダンは彼の目が楽しそうに輝いているのを見てほほえんだ。

「ダンスの相手をする名誉をいただけるかな？」

躊躇する暇も、言葉を発する暇もなかった。彼の腕に引き寄せられ、彼女は身を翻してダンスフロアに立った。その瞬間、人々はダンスを披露するのがだれかを知り、会場はどよめきと歓声に包まれた。

頭上には無数の蠟燭が灯《とも》されたクリスタルのシャンデリアがきらめき、その下で踊るふたりを鏡張りの壁が映しだしていた——背の高い男性がアイボリーのドレスをまとった美女を愛しげに抱いて、優雅にワルツを踊っている。鏡に映った姿を見たシェリーはその瞬間、ロマンティックな魔法にかけられたように、視線を上げてスティーヴンに向けた。柔らかい笑みをたたえている青い目が、やさしく見つめていた。その目は彼女を虜にして、なにかを約束し……求め……誘っている。

あなたを愛している。彼女は思った。

まるで、その言葉を聞いたかのように、腰に回された彼の腕に力が込められた。と、つぎの瞬間、彼女は自分がそれを口に出して言ったのだと気づいた。

舞踏室を見おろすバルコニーでは、クレイモア公爵未亡人が満足げな笑みを浮かべ、彼らがもたらしてくれるだろう孫のことを想像しながら、ふたりのダンスを見守っていた。人生の伴侶となる女性と踊る息子を見つめながら、彼女はこの場に夫のロバートがいてくれればどんなにうれしいかと思った。ロバートはきっとシェリーを気に入るだろう。四十年近く前に夫がはめてくれた結婚指輪を無意識にさすりながら、アリシアは夫がすぐそばに立っているような感覚に浸っていた。「ふたりをごらんなさい、愛するあなた」心のなかで呼びかけた。「スティーヴンはあなたにそっくりだし、シェリーはわたくしによく似ているわ」アリシアは夫が腰に手を回して耳もとでささやくのを感じた。「だとすれば、スティーヴンはきっと手一杯だな」と。

この瞬間をもたらすのに自分も一役かったのだと思うと、アリシアの唇に笑みがこぼれた。シェリーの結婚相手の候補者をあげろとスティーヴンに言われて、リストをつくって渡したときの、彼の憤慨した顔は忘れられない。候補者は全員、年寄りで財産のない男をわざと選んだのだ。大成功だわ！　彼女は思った。

すぐ横で、ヒュー・ホイッティコムもまた踊るふたりを眺めながら、かつてアリシアと愛するマギーがロバートと自分を相手に踊りあかした晩のことを思い出していた。シェリーとスティーヴンを見ながら、自分はうまくふたりを結びつけたものだと悦に入っていた。ふたりは愛しあっていた。彼女が記憶を取り戻すまでには荒波に揉《も》まれることもあるだろうが、ふたりは愛しあっている。ホイッティコムにはそれがわかった。「大成功だよ、マギー！」彼は心のなかで亡き妻に語りかけた。すると、心のなかに彼女の答えが響いた。「ええ、あなたはよくやったわ。さあ、今度はアリシアをダンスに誘いなさい。これは特別な瞬間よ」

「アリシア……」ホイッティコムはおずおずと手を差しのべた。「踊ってくださいますか？」

振り向いた彼女はすばらしい笑顔で、彼の手に自分の手を重ねた。「ありがとう、ヒュー！　最後に一緒に踊ってから、もうずいぶん時間がたったわね」

ダンスフロアの脇に立って、ミス・チャリティはワルツに合わせてつま先で床を叩いていた。淡い青い目はスティーヴンがシェリーの未来の夫として最初の役目を果たしているのを楽しげに見守っていた。やがて、他の人々も踊りはじめると、ニコラス・デュヴィルが近づいて耳打ちし、彼女を驚かせた。「ミス・ソーントン、一曲踊っていただけますか？」デュヴィルは晴れやかな笑顔で尋ねた。

彼女は笑みで応えて、小さな手を彼の腕に置き、まるで少女のような心持ちで、とびきりハンサムな男性と一緒にダンスフロアへ向かった。「メイクピースはかわいそうに。あちらでがっかりしているわ」彼女は口先だけで同情した。

「あなたががっかりしていないといいのですが」デュヴィルが言って、けげんな顔をした彼女につけ加えた。「あなたはぼくがシェリーに求婚したのをとても喜んでいらしたから」

ミス・チャリティは彼のステップに合わせながら、かわいらしくあわてた。「ニコラス、告白してもいいかしら？」

「もちろんです」

「わたくしは年寄りで、絶対に眠りたくない場面でうとうとしたり、物忘れがひどかったりするけれど……」

「ちっとも気づきませんでした」デュヴィルは紳士的に答えた。

「でも、まぬけではないので、あなたがシェリーに夢中になっていると思いこんだのは、最初の一時間だけでしたよ！」

デュヴィルは思わずステップを忘れそうになった。「ええっ……そうだったのですか？」

「もちろんです。すべては思いどおりに運びました」

「あなたの思いどおりに？」当惑したデュヴィルは、ミス・チャリティの答えに思わず大声で笑ってしまいそうになるほど驚き、自分の考えの浅はかさに顔を赤くした。

「そうですとも。自慢は好きではありませんけれど」彼女は誇らしげに小さくうなずき、シェリーとスティーヴンのほうに頭を傾けて、「あのとおり、です」と続けた。

デュヴィルはそっと視線を動かし、まだ完全には信じられない気持ちで彼女の顔をそっと見つめた。「いったい、なにをどうやったんです？」

「ちょっと押したり、つついたりしただけですよ。それでも、今晩〈オールマックス〉でシエリーがラングフォードを置き去りにしたのには驚きましたけれど。スティーヴンはメイクピースに激しく嫉妬していましたね」彼女は小さな肩を揺らしながら笑った。「あれは、この三十年間で一番おもしろい出来事でした！　本当に興奮したわ。ヒュー・ホイッティコムがシャペロンになってくれと頼んできたときから、きっと役に立てると思っていました。もちろん、普通のシャペロンとは違うと思っていましたよ。さもなければ、もっとほかの人に頼んでいたでしょうから」ミス・チャリティは黙ったままのデュヴィルを見あげた。彼ははじめて彼女に会ったような表情で見つめていた。「なにか言いたいことがあるの？」

「はい、たぶん」

「なんです？」

「どうか謝罪の言葉を受けとってください」

「わたしを見くびっていて申し訳ないと謝りたいのかしら？」デュヴィルが笑みを浮かべてうなずくと、彼女は笑顔を返した。「よくあることよ。そうでしょ？」

35

「自分の屋敷なのに、これではまるで客のようだ」オペラ観劇に行くために女性たちを迎えに来たスティーヴンは、おもしろがっている表情の兄に皮肉を言った。昨晩、ラザフォード家の舞踏会で婚約を発表してから、シェリーとふたりきりでいるのを許されなくなった。正式に婚約者と認められたせいで、かえって親しくすることができなくなってしまい、スティーヴンは納得がいかないようだった。

スティーヴンは母親である公爵未亡人の勧めでクレイトンの屋敷に移り、公爵未亡人が彼の屋敷に入って、結婚式までの三日間を過ごすことになったのだ。「ロンドン社交界の口さがない人々の目と鼻の先にいるのだから、シェリーが噂話の種になってはいけません」との配慮からだった。

スティーヴンはホイッティコム医師とシャペロンのミス・チャリティさえいれば、これまでどおりにシェリーと親密な時間を持てるものとばかり考えていた。

ところが、ホイッティコム医師は、スティーヴンがシェリーに個人的な関心を抱いていると社交界の人々が知ったからには、シェリーの評判が汚される可能性があるという公爵未亡人の考えに同調した。

今晩は、兄夫婦がシャペロンを務めて、スティーヴンとシェリーをオペラ観劇に連れていくことになった。公爵未亡人は先約があって同行できないが、彼らが帰る前には必ず戻っていると約束した。

「なんならシェリーをぼくらの家へ戻せばいい。そんなにこの屋敷にいたいのなら」クレイトンは、婚約者とふたりだけになれないせいで不機嫌になっている弟を楽しそうに眺めていた。

「まったく、ばかばかしいやり方だ。結婚式までもう三日しかないのだから、待ちきれずに彼女をベッドに連れこんだりはしないのに――」

階段の上から女性たちの声が響いてきたので、スティーヴンは話をやめ、ふたりは立ち上がった。スティーヴンが上着を身につけて横に並ぶと、笑いながら踊り場へ現われたホイットニーとシェリーに見とれていたクレイトンが「あれを見ろよ」とそっと言った。スティーヴンは「まるで美しい絵のようだな」と思ったままを口にした。

音楽のように響く笑い声はふたりの男性をほほえませ、ホイットニーとシェリーは大きな鏡の前で、ケープやボンネットをいろいろ試していた。鏡の両側には、執事のコルファックスとホジキンが背中で両手を合わせて、まっすぐ前を見て立っている。ホジキンはコルファックスほど表情を消すのが上手ではなく、視線がシェリーにそれて、口もとが笑みで引き攣《つ》っていた。

屋敷に着いたとき、ホイットニーはブルーのドレスを着ていた。シェリーは観劇には明るいグリーンのドレスを着る予定だと言っていた。だが、この日の午後、婚約のしるしにスティーヴンが大きなサファイアを贈ると、彼女は「サファイアブルーは大好きな色なの」と喜んだ。どうやら彼女たちはドレスを交換したらしい。なぜなら、ふたたび姿を見せたホイットニーはシェリーのグリーンのドレスを身につけ、シェリーは深いブルーのドレスを着ていたからだ。

ホイットニーの陽気な声が聞こえてきた。「きっとクレイトンは、わたしたちがドレスを取り替えたのに気づかないわよ」

「どちらのドレスがサファイアにぴったりでしょうかと尋ねても、気づかないでしょうね、すっかりあなたに見とれていて」シェリーが笑った。スティーヴンは笑いを押し殺した。

「では、出かけようか？」スティーヴンは兄に声をかけた。

「ああ」クレイトンが答え、ごく自然な流れで、スティーヴンはホイットニーの後ろに近づき、クレイトンはシェリーに腕を差しだした。シェリーが思わず笑い声をたてたので、クレイトンは「きみはグリーンがとても似合うと、もう言っただろうか、愛する人？」とジョークをささやいた。

手袋をはめていたホイットニーの両肩に男らしい手が置かれ、スティーヴンの声がボンネットの横から耳もとへ響いた。「シェリー」と彼がささやくと、ホイットニーは顔を下に向けたまま、肩を揺らして笑いをこらえた。「オペラから戻ったら、しばらくきみとふたりだけにしてくれるよう兄に頼んだ。兄がホイットニーの注意をそらしてくれるから――」それを聞いたホイットニーがくるりと振り向いて、彼を叱りつけようとした瞬間、スティーヴンがにやりと笑った。「まったく、なんでこんな悪ふざけを――」

アッパーブルックストリート十四番地の外では、華麗な馬車が列をなし、ランプの明かりが金色のホタルのように輝いていた。ちょうど通りかかったドランビー公爵夫妻の馬車から、公爵夫人がすばらしいパラティオ様式の玄関を見ながらため息をついた。「ねえ、あなた、ラングフォードが婚約したとなっては、うちのジュリエットはどちらに嫁がせればいいのかしら？　彼ほど優雅で洗練された男性は――」ドアが開いて四人が笑いながら出てきたのを見て公爵夫人はおしゃべりをやめた――ラングフォード伯爵が婚約者のあとを追って、玄関前の階段を駆けおりていく。「シェリー、ぼくはきみを間違えたりはしない！」と大声で言いながら。

呼びかけられたアメリカ人の女性は笑いながらなにか答えて、伯爵の馬車の後ろに停まっているクレイモア公爵の馬車へ向かった。ドランビー公爵夫妻は馬車の窓に顔を押しつけて、ラングフォード伯爵がクレイモア公爵の馬車に乗りこもうとした婚約者の腰に手を回して、腕のなかに抱きとり、自分の馬車に押しこむのを信じられない気持ちで見つめていた。

「たった今この目で見たものは、今年最大の話題の種になるわよ！　一刻も早くみんなに話さなくては！」公爵夫人がうれしそうに言った。

「いや、だれにも言わないほうがいい」公爵は座席に体を沈めた。

「いったい、どうして?」

「きっと、だれも信じないだろうよ」

36

壮麗な馬車の列がボウストリートへ入り、コヴェントガーデンのオペラハウス前で乗客たちを降ろそうと順番を待っていた。「まるでギリシアの神殿のようね！」シェリダンが馬車の窓から外を見て感嘆した。「あなたの図書室に飾ってあるタペストリーみたいだわ」

熱心に建物を眺める彼女に影響されて、スティーヴンも身をのりだすようにして王立オペラハウスを見た。「アテネのミネルヴァ神殿をモデルにしてつくられたんだよ」

シェリダンはスカートの裾を持ちあげ、片手をスティーヴンにあずけて馬車から降りたつと、なかへ入る前にちょっと立ちどまった。「すばらしいわ」彼女は言った。広々した前庭から、イオニア式の円柱とギリシア風の照明を抜けて大階段を上がろうとする人々は、そんな彼女をいぶかしげにちらりと見て通っていったが、彼女はそれを無視した。ロンドンでは、物慣れた無感動な態度で通すのが流行だったが、彼女はそんな流行を気にもとめなかった。喜びで顔を輝かせ、ロビーでも足をとめて、並んでいるボックス席や優雅な柱や、シェイクスピアの物語を題材に描かれたアーチ形の天井を見まわした。

スティーヴンは楽しんでいる彼女を急かすのは忍びなかったが、ほかの観客たちの邪魔になっていると思ったので、彼女の肘にそっとふれて言った。「遅くまでずっとここにいるのだから、あとでゆっくり眺めればいい」

「あら、ごめんなさい。こんなにすばらしいものがたくさんあるのに、いちいち立ちどまらない人がいるなんて想像できないわ」

スティーヴンのボックス席は舞台だけでなくオペラハウス全体をすっかり見渡せる場所にあった。席についたシェリダンは、両翼に並んでいる優雅なボックス席を見つめた。どのボックスもシャンデリアと黄金色の花が飾られ、正面には星が描かれている。

「きみがオペラを気に入ればいいのだが」スティーヴンは彼女の横の席について、右どなりのボックスの友人と挨拶を交わした。「毎週木曜日には、なるべく来るようにしているんだ」

彼女は彼を見あげた。「きっと好きになると思うわ。すごくわくわくしているの。これはいいしるしよ」信じられないほど幸福だった。のぞきこむ彼の目には笑みがあり、楽しげに話しているうちに、彼の視線は彼女の唇にじっと向けられた。

これはキスなのだ！　シェリダンはそう感じた。彼は視線で唇にふれ、それをわたしに伝えようとしている。無意識のうちに手が動いて、意識を取り戻した最初の日にそうしたように、彼の手を求めた。

それはほんの小さな動きだったので、たとえスティーヴンがボックス席を通りかかった友人に挨拶しているところでなくても、見過ごされてしまったかもしれない。それでも、シェリダンが彼のほうへ顔を向けると、彼の手がさっと彼女の手のひらにすべりこんできた。彼の親指が手のひらをやさしく撫でると、思わず背筋がぞくっとするのを感じた。これもキスなのだと気づいて、彼女はため息をついた。ゆっくりと、長く、深く。

胸の高鳴りを覚えながら、シェリダンは開いた扇子の下に隠した美しい男性の手を見おろした。指先がやさしく動くのを見ると、その感覚に体が溶けるのを感じた。

下のほうの桟敷席やオーケストラ席で人々がしゃべったり、ボックス席を見あげてしげしげと観察したりしているので、シェリダンは手のひらに感じる彼の指の動きに胸をどきどきさせながらも、そしらぬ顔でいるようにつとめた。

動きがとまって胸の鼓動も落ちついてくると、彼はほんの暇つぶしにしか思っていないかもしれないのに、自分ばかりこんなにどきどきしてしまうのはばかげていると思えてきた。好奇心といたずら心とから、彼女は実験をしてみることにした。スティーヴンがクレイトンと話しているときに、親指で彼の指の関節をそっと撫でてみた。彼はとりたてて反応を示さなかった。軽く握っていた手を開いたので、その手をひっこめるのかと思った。だが、彼は手を置いたままで、手のひらを上に向けた。シェリダンは彼の顔をそっと盗み見ながら、彼の長い指を一本ずつ指先でたどってみた。そうしているあいだずっと、スティーヴンは兄としゃべっていた。まったく気づいていないようなので、今度は彼の手のひらを指先でなぞってみた。**愛しています**。そう心のなかでささやきながら。**どうか、わたしを愛してください**。いとおしげな視線で見つめられたり、口づけをされたりするときには、愛されていると感じることもあったけれど、それを口に出して言ってほしかった。きちんと耳で聞きたかった。

愛しています。シェリダンは彼の手のひらにふれながら心で強く訴えていた。

スティーヴンは知的な会話を続けるふりをするのをあきらめて、うつむいている彼女をちらっと見た。騒々しい劇場で、経験の浅いヴァージンの娘と手をつないでいるだけなのに、まるで激しい前戯を一時間も続けたあとのように身も心も高まっていた。自分を必死で抑えているせいで、鼓動が熱く強いリズムを刻んでいたが、それでも彼女をとめたくはなかった。それどころか、この拷問のような苦しみをもっと与えてくれとばかりに、指を広げた。彼女の指先の動きは刺激的だったし、スティーヴンは彼女が自分にふれたいのだと思うと、たまらなくうれしかった。

きらびやかで洗練された貴族社会では、男女の役割ははっきり決められている。妻は跡継ぎをもうけるために、夫は体面や財産のために、愛人は情熱を与えあうために、それぞれ存在する。自分の配偶者となんの共通点もない夫婦は、他人の配偶者と情事を持つ。スティーヴンが知るかぎり、あまたの夫婦のなかで多少なりと愛情を抱きあっているのは二十組ほどだけだ。なにも接点がない夫婦ならば数百組もいる。妻は夫にふれることも、ふれられることも求めない。だが、シェリーはその両方を求めていた。

まぶたを伏せて横顔を盗み見ると、彼女は彼の手のひらにそっとなにかを書き、もう一度同じようになぞった。そうして三度目になにかを書いたときに、スティーヴンは手のひらから全身へと流れる強い欲望をできるだけ抑えこみ、彼女がなにをしているのか確かめることに意識を集中させた。繊細な指先は、まず弧を描き、それから直角をなす二本の線を描いた。

「C」そして「L」

彼女のイニシャルだった。

スティーヴンは熱いため息をついて、彼女の横顔から視線を上げたが、心のなかでは、いますぐに隅のほうの暗がりへ連れこんで、柔らかな唇を……。

頭のなかで彼女の胸を唇で愛撫していたとき、オペラの開幕が告げられた。彼女はそちらに関心を奪われた。それによって安堵したのか、がっかりしたのか、スティーヴンは自分でもよくわからなかった。

シェリーが期待に身をのりだして見つめるなか、優雅な弧を描く天井から垂れさがった緋《ひ》色《いろ》の幕が開いて、トランペットと月桂冠《げっけいかん》を持った女性たちが登場した。そして、オーケストラの演奏がはじまり、彼女は夢中になって舞台に見入った。


帰り道、スティーヴンは彼女の手を握りながら、こんなことに喜びを感じるなんてまるで思春期の少年のようだと思っていた。「オペラが気に入ったようだね」ふたり並んで屋敷の正面ドアの階段に向かいながら彼は言った。道は明るい満月で照らされていた。

「ええ、大好きよ！」彼女が目を輝かせた。「どこか聞き覚えがあるの。言葉ではなく音楽に」

うれしい知らせはそれだけではなかった。コルファックスが、スティーヴンの母親はもう寝室へ入ったと教えてくれたのだ。「ありがとう、コルファックス。おまえももう休みなさい」さりげなく言ったスティーヴンの心は、オペラハウスでの想像に戻っていた。執事は玄関広間の明かりだけを残して、廊下の蠟燭を吹き消しながら歩いていった。シェリーがおやすみの挨拶をしようとした。

「すばらしい夜だったわ、ありがとう、閣下」

「スティーヴンと呼んでくれ」どうしても名前で呼ばれたいと強く思っていた。

「ありがとう、スティーヴン」シェリーが言った。名前で呼びかけられた余韻を楽しむ暇もなく、彼は彼女の肘をとり、月の光だけに照らされた客間へといざなった。ドアを閉め、彼女に向きあう。

閉じられたドアと彼とに挟まれた格好になったシェリーは、月明かりで彼の顔を見ながら、こんな暗がりでどうするつもりなのだろうと思った。「なにを――」と口を開いた。

「これだよ」彼が答えた。彼女の顔のところで両手をドアにつき、体をもたせかけると、顔を近づけた。

抗う隙もなく唇を奪われた。体をすっかり密着させられて、彼の腰の動きが伝わってくると、恐ろしいほどの快感が襲ってきた。ひそやかなうめきを漏らして、手のひらを彼の首にすべらせてキスを返す。忍びこんできた舌を味わい、キスが深まるにつれて乱れる彼の息遣いに喜びを感じ、彼の腰の揺れに夢中で身をまかせた。

37

トマス・モリソンは『ポスト』紙を手にして、狭いが居心地のいいダイニングルームに入ると、朝食の皿を前にして窓の外の騒々しいロンドンの通りをぼんやり眺めている新妻のようすをうかがった。「シャリース、このところずっと、なんでそんなに怒っているんだ？」

シャリースは夫の顔を見あげた。船の上ではあれほどハンサムに思えたのに、狭苦しい家の狭苦しい部屋では怒りがこみあげるばかりで、返事をする気にもなれなかった。船では、颯爽としたロマンティックな制服姿でやさしく話しかけてくれたが、彼女が結婚の誓いを口にしたとたん、すべてがすっかり変わってしまった。夫はベッドであの忌まわしい行為を求め、それを拒むと、はじめて怒った。おとなしく我慢するつもりはないとわからせると、デヴォンでの短い新婚旅行は彼女にとってはなんとか楽しめるものになった。だが、ロンドンに連れてこられて住まいを見たとたん、言葉を失うほど驚いた。すてきな屋敷を持つ高給取りだというのは嘘だったのだ。シャリースの基準からすれば、それは恐ろしい貧乏暮らしで、彼女は家も夫も大嫌いになった。

もしバールトンと結婚していれば、男爵夫人になれたのだ。ボンドストリートやピカデリーの高級店で買い物ができたはず。今ごろはひだ飾りのついた美しいドレス姿で、ボンドストリートやペルメルの豪華な屋敷に住む新しい友人たちへの訪問を楽しんでいただろう。ところが、現実には全財産を使ってドレスを一着だけ買い、上流社会の人々がそぞろ歩くグリーンパークへ出かけたものの、完全に無視されてしまった！　昨日の午後、グリーンパークへ散歩に出て、上流社会の閉鎖性を思い知るまで、貴族の肩書きがどれほど必要なものかを理解していなかったのだ。

それればかりか、大嫌いな夫にドレスの値段を訊かれたので答えると、彼は今にも叫びだしそうになった！　趣味がいいとか、きれいだとか褒めてくれるどころか、頭にあるのはお金のことだけなのだ。

叫びたいのはこっちのほうよと、彼女は腹を立て、新聞を読んでいる夫に軽蔑の視線を向けた。故郷のリッチモンドでは、彼女は羨望と憧れの的だった。それが今では名もなき女で――いいえ、それ以下だ――公園で自分を無視してそぞろ歩きを楽しむ人々をうらやみながら毎日を無為に過ごしていた。

夫が問題なのは、わたしが特別な人間だとわかっていないことなのだ。リッチモンドでは父も含めてみんながそれをわかっていたのに、わたしが結婚した背が高いハンサムなまぬけは全然理解しようとしないのだ。なんとかわからせようと努力したけれど、勝手にそう思いこんでふるまっているだけだと侮辱された！　彼女は憤慨して、「人間のふるまいは他人がどう扱うかで決まるのです！」と教えてやった。あまりに分別くさい発言は、まるでミス・

ブロムリーの口から発せられたかのように聞こえたが、それでも彼はなんの反応も示さなかった。

だが、そもそも、雇われコンパニオンと女相続人の区別がつかないような男に、趣味のよさや洗練を求めるのが無理なのでは？

船の上で出会ったとき、彼はシャリースよりもコンパニオンのシェリダン・ブロムリーに心惹かれていた。シェリダンは自分の立場をきちんとわきまえておらず、ふたりは好きあっているように思えた。彼女は雇い先の主人と結婚する女家庭教師を主人公にしたロマンス小説の読者で、シャリースがばかげた話だとその本を笑うと、心から愛しあうふたりには身分も財産もなんの意味もないと言ってのけたのだ。

シャリースは皿の上のハムをつつきながら、苦々しく思い返した。だいいち、シェリダン・ブロムリーが一緒でなければ、こんな苦境に陥ることなどなかったのに！ 雇われコンパニオンふぜいに好意を抱いているモリソンの心を自分に向けたいなどと思わなかったろうし、彼と駆け落ちすることで、わたしが望めばどんな男性の心も自分のものにすることができるのだと、船の乗客たち、とりわけミス・ブロムリーに見せつけてやろうなどと考えたりもしなかった。わたしがこんなみじめな境遇に落ちたのは、財産と身分が重要視されるこの世界で、愛がすべてだなどというロマンティックな戯言《たわごと》を吹きこんだ、あの赤い髪の魔女のせいなのだ！

「シャリース？」夫が呼びかけた。

夫とは二日間も口をきいていなかったが、彼の声にただならぬなにかを感じて、シャリースは顔を上げた。彼が半信半疑の奇妙な表情を浮かべていたので、いったいどんな記事を読んだせいでそんなに間の抜けた顔になったのかと訊きそうになった。

「もしかして、あの船にはシャリース・ランカスターという女性がもうひとり乗っていたのか？　それほどありふれた名前でもないだろ？」

彼女は軽蔑したように夫をにらんだ。ばかげた質問をする、ばかげた男だ。名前はもちろんのこと、わたしにはありふれたところなどなにもない。

「新聞に書いてあるんだが」夫は彼女をぼうっとした目で見ながら言った。「三週間前に〈モーニングスター号〉でロンドンに到着したシャリース・ランカスター嬢がラングフォード伯爵と婚約したそうだ」

「なんですって！」シャリースは怒りにまかせて新聞を夫の手から奪いとった。「あの船に、わたし以外のシャリース・ランカスターがいたはずがないでしょ」

「じゃあ、自分の目で確かめろ」彼が言うまもなく、彼女は記事を読みはじめた。

しばらくして、彼女は顔を怒りで紅潮させ、新聞をテーブルに叩きつけた。「だれかがわたしになりすまして伯爵に近づいたのよ。なんてひどい、なんて恥知らずな……」

「いったい、どこへ行くつもりだ？」

「わたしの〝婚約者〟を訪問するわ」

38

そっと歌を口ずさみながら、シェリダンは今日の結婚式で着るドレスをとりだして、ベッドの上に広げた。そのすばらしい青色のドレスに着替えるにはまだ時間が早すぎたし、炉棚の上に置かれた時計の針はいつもの半分ほどの速度で、のんびり動いているように思えた。

友人の一部だけを招待して、招待されなかった人たちの気分を損ねるのは気が進まないし、シェリダンが内輪だけの静かで親密な式を好んだので、列席するのは親族だけと決めてあった。それに、身内だけの結婚式は、急すぎる結婚の理由を周囲に勘ぐられないために発表を数週間先延ばしにできるという利点もあった。

昨晩、公爵未亡人は〝お母様〟と呼ぶようにとやさしく言ってから、急すぎる結婚は噂話の種になるし、それほど急いで結婚するのはなぜなのか、あれこれ詮索されるものだと説明した。ただし、家族全員がミス・チャリティを招待することに賛成で、彼女はいつもこの屋敷にいるべき人だと考えていた。ホイッティコム医師も家族以外では特別に招待されたのだが、今朝になって、急患があって参列はできないが式後のシャンパンでの乾杯には必ずうかがうと連絡をよこした。

一時間後にクレイモア公爵が母親とホイットニーをここでエスコートし、その三十分後の午前十一時きっかりにスティーヴンがやってきて式がはじまることになっていた。イングランドの結婚式は午前八時から正午までのあいだに挙げると決められている。そうすれば、結婚するカップルは昼間の陽光を楽しめるし、前夜は結婚の重みについてじっくりひと晩考えることができるからだという。教区牧師がラングフォード伯爵の結婚式を司《つかさど》ることの重要性を承知しているのはあきらかだった。なぜなら、絶対に時間に遅れないようにと、一時間も前に到着していたからだ。その用心深さに、コルファックスはシェリダンに彼の到着を伝えようとしながら、思わず笑みを浮かべてしまった。コルファックスは階下にいる使用人たちと同じく、すでに礼装用の正式なお仕着せに身を包んでいた。この屋敷の使用人全員で、めでたいよき日を記念して花嫁のために古くから伝わる民謡を合唱しようと厨房で練習しているのだと、コルファックスは彼女に打ちあけた。彼らの心遣いに感動した彼女は、その申し出を即座に快く受けた。

シェリダンの見たところ、この屋敷内で冷静でいるのは執事のコルファックスと彼女自身だけだった。侍女は興奮のあまり、朝から入浴や身支度でやきもきして、あちこちでピンを落としたりタオルを置き忘れたりしていたので、とうとうシェリダンは残された時間をひとりでゆっくりしたいからと、侍女を下がらせたのだった。

化粧台の前に座って、今朝スティーヴンが届けてくれた白いビロード張りの大きな宝石箱に入っている、ダイヤモンドとサファイアの首飾りを見つめた。笑みを浮かべて首飾りにふれると、三連のダイヤモンドとサファイアがきらきら輝き、彼女は幸福を嚙みしめた。豪奢な首飾りは結婚式用のドレスよりもやや堅苦しいイメージがあったが、スティーヴンからの贈り物なのだからこれを身につけようと決めた。

スティーヴン……彼が夫になるのだと思うと、シェリダンはオペラのあとの客間でのひとときに心を馳せずにはいられなかった。彼の口づけは夢の世界の出来事のようだった。彼のたくましい体に強く抱きすくめられて、彼の舌が深く求めてくるたびに、彼の手がぼくのものだと主張するように胸にふれるたびに、まるで電流に撃たれたような感覚が全身に走った。ようやく抱きしめる腕を少し緩めたとき、彼の息遣いは乱れ、声はかすれていた。彼女はすっかり体の力が抜けてしまい、彼にすがっていた。「知っているか?」彼がざらつく声でささやいた。「きみがどれほど情熱的で、どれほど個性的か」

どう答えればいいのかわからないまま、シェリダンは彼に口づけを許し、体にふれることを許した自分になにか落ち度があったのだろうかと、うつろな記憶を探った。なにも見つけられなかったので、片手を彼の首へとすべらせ、頰をがっしりした胸に押しつけた。スティーヴンは笑いとうめきとが入りまじったような声を出して、彼女の手をやさしく戻してから、少し後ろへ下がった。「十分だ。結婚式の前にハネムーンを済ませてしまおうというのでなければ、いまは貞節を守る軽いキスで満足しなければ……」その言葉に彼女ががっかりした表情を見せたらしい。彼はやさしく笑って身を寄せ、もう一度キスをしてくれた。

ドアをノックする音で現実に引き戻されたシェリダンは、どうぞと答えた。「失礼いたします、奥様」副執事のホジキンだった。細い顔が青白く、どこかに痛みを抱えているかのようにゆがんでいる。「じつは、若い――言葉遣いからして〝レディ〟とはとうてい呼べない――女性が階下にいらしておりまして、お目にかかりたいとおっしゃっています」

シェリダンは化粧台の鏡に映ったホジキンに尋ねた。「どなたなの？」

老いた副執事は両手を広げたが、その手は震えていた。「その女性は、あ、あなただと言っています」

「なんですって？」

「ミス・シャリース・ランカスターだと名乗っているのです」

「そんな……ばかな」シェリダンの心臓がにわかに雷鳴のように激しく脈打ち、舌がもつれた。

ホジキンの表情は、その女は頭がおかしいとか偽者だとか言ってほしいと願っているようだった。「彼女は……その主張を裏づけるような事実をいろいろ語りました。私はバールトン男爵に雇われていたことがありますので、それが本当だとわかるのです」

バールトン……バールトン……バールトン。その名前がまるで警報のように頭に鳴り響いた。

「その女性は伯爵に会いたいと要求していますけれど、あなたはこの屋敷の使用人全員にとてもよくしてくださいました。この状況をなんとかすることができれば、どんなにいいかと思いますが、私たちはそのような立場にはございません。婚礼のために伯爵がここへいらっしゃれば、当然ながら、あの女性が面会を求めているとお伝えしなければなりませんが、あなたが先にお会いになって、もう少し落ちついてから……」

シェリダンは鏡台に両手をついてなんとか体を支え、その女性に会うから二階へ通すようにと言ってから、両目をきつく閉じて心を集中した。

バールトン……バールトン……バールトン。

さまざまな情景と声が脳裏につぎつぎに浮かんでは消えた。移り変わりの速度がどんどん速くなって追いつけないほどだった。

──船、船室、怯えている侍女。「もし、わたしたちがシャリース様を殺してお金を盗んだと、男爵が思ったらどうなります？　あるいはシャリース様を売ったとか、そういう悪事を働いたのだと思ったら？　男爵の言い分を信じるか、あなたを信じるかということになるでしょう。そして、あなたは貴族でもなんでもない。となったら、法律は男爵の味方です。ここはアメリカではなくイングランドなのです……」

──松明の火、作業員たち、渡り板の向こう側に立っている険しい表情の背の高い男性。「ミス・ランカスター、残念ながら事故が起きてしまいました。バールトン卿は昨日事故で亡くなりました」

──綿花畑、草地、商品を満載した馬車、赤い髪の少女……。「髪の色がこんなだから、パパはわたしをニンジンって呼ぶのだけれど、わたしの名前はシェリダン。シェリダンっていうバラの花があって、それにちなんでママがつけた名前なのよ」

――暴れ馬、厳しい顔のインディアン、夏の香り。「白人は、インディアンと違って、名前をつけるのが下手だ。おまえ、花ではない。炎だ。赤く燃える炎」

――焚き火、月明かり、ハンサムなスペイン人がほほえみながらギターを弾いている。「一緒に歌おう、愛する人」

――小さいがきちんとした家、怒っている少女、叱っている女性。「あの娘をあんなふうに育てるなんて、あなたは鞭で打たれても仕方がないわ。読み書きはできないし、礼儀作法も知らないし、髪はぼさぼさ。ラッパのような大声で、こう言ったのですよ。すぐに結婚するつもりはないけれど、ラファエル・ベナヴェンテとかいう男をすてきだと思っていて、いつか結婚を申しこもうと思っていると。その相手の男はどうやらスペイン系のならず者で、いかさまトランプが上手なのだとか。そのうえ、あの娘のもうひとりのお気に入りの仲間については、口にしたくもありません――犬と一緒に眠るとかいう名前のインディアンの男です！　もし、あなたに良心と呼べるものがあるのなら、あの娘を愛しているのなら、この家に置いていきなさい」

――男がふたり険しい顔をして庭に立っている。もうひとりが緊張した表情で戸口にいる。「コーネリア伯母さんの言いつけを守るんだよ、あっという間に帰ってくるさ――一年以内に――長くても二年だ」

――取り乱した少女がすがりついて叫んでいる。「いやよ、パパ。置いていかないで、お願いだから！　女物のブーツも履くし、髪もきれいにする、なんでもするわ。ここに置いていかれるのだけはいや。パパやラファエルやドッグ・ライズ・スリーピングと一緒に行きたいの！　そこがわたしの居場所なのよ。伯母さんがなんと言ったって！」

——恰幅《かっぷく》のいい厳しい顔つきの女性。「あなたにこの学校の教師になってもらえるかもしれません。伯母様からあなたがすばらしい女性だとうかがっていますよ、ミス・ブロムリー」

——少女たちが口々に「おはようございます。ミス・ブロムリー」と言っている。白いストッキングを穿いてリボンを飾った少女たちが会釈の練習をして、シェリダンは見本を示している。

化粧台についた手のひらが汗ばみ、膝に力が入らない。背後でドアが開くなり、金髪の娘が飛びこんできて、怒りの声を投げつけた。「とんでもない詐欺師！」

シェリダンは一気によみがえった数々の光景にめまいを感じながらも、必死に目を開けて、顔を上げ、化粧台の鏡に見入った。自分の顔のとなりに映っていたのは、よく知っている顔だった。「ああ、なんてこと！」うめき声をもらしたとたんに両手が震えだして、支えを失った彼女は床にくずおれそうになった。のろのろと両手を化粧台から離して、全身を叩きつけるような恐怖に襲われながら、ゆっくり振り返った。パニックで体を小刻みに震わせ、浴びせられた言葉で頭を一撃されたかのように感じながら、シャリース・ランカスターのほうを向いた。

「ひどい人！　卑劣で計算高い女だわ！　この部屋をよく見てごらんなさいよ！　なんであ

なたがこんなところにいるの！」金色と緑色で統一された豪華な部屋を見まわすシャリースの目は怒りに燃えていた。「わたしになりすましたのね！」

「ちがいます！」シェリダンはすかさず否定したが、その声は十分に聞きとれないほど小さかった。「ちがうわ、そんなつもりはなかった。ああ、神様、お願いですから――」

「お祈りしても刑務所行きからは逃げられないわ」教え子だった娘は顔を怒りでゆがませてぴしゃりと言った。「あなたはわたしになりすました……夢みたいなロマンスの話を吹きこんでモリソンと駆け落ちさせておいて、自分はわたしになりかわったのよ。げんに伯爵と結婚しようとしているじゃない！」

「そうじゃないわ、話を聞いて。事故に遭ったの。記憶をなくしてしまったのよ」

その言葉がシャリースの怒りの炎に油を注いだ。「記憶をなくした、ですって！」彼女は侮蔑を込めて叫んだ。「わたしがだれだかわかっているというのに！」そう言うなり、くるりと振り向いた。「すぐに警察を連れて戻るわ。記憶喪失だなんて信じられるわけがないでしょ、嘘つき女！」

シェリダンは無意識のうちに駆け寄り、シャリースの肩をつかんで、なんとか話を聞いてもらおうとしたが、その声はひどく震えていた。「シャリース、お願いだから、聞いて。わたしは頭にけがをした――事故よ――自分がだれだかわからなくなったのよ。お願いだから待って――話を聞いて――警察へなんか行ったら、それこそ恐ろしいスキャンダルになってしまう」

「日暮れ前に地下牢へ入れてやる！　あなたの大事な伯爵に、だまされていたのだと教えてやる――」シャリースは怒りにまかせてシェリダンの手を振りほどいた。

シェリダンは目の前が真っ暗になった。白い紙面に踊る黒い活字が浮かんで見えた。見出しが叫んでいる。スキャンダル。地下牢。〝ここはイングランドだし、あなたは貴族でもなんでもないから、法律は味方してくれない〟

「わたしが出ていくわ！」シェリダンは混乱した悲しげな声で叫ぶように言うと、ドアのほうへ後ずさりしはじめた。「二度と戻ってこない。なんの問題も起こさない。だから警察沙汰はやめて。スキャンダルは彼らの命取りになるわ。ほら、わたしが出ていくから」くるりと振り向いて走りだした。階段を駆けおりて、従僕にぶつかりそうになった。一時間もしないうちにスティーヴンがここへやってきて、結婚するはずの花嫁がいなくなったと知るのだと思うと、のどの奥に涙がふくれあがった。心臓が激しく打っている。図書室へ走りこんで便箋に走り書きをすると、それを打ちひしがれたホジキンに押しつけ、玄関ドアを引き開けて踏み段を駆けおりて道路を走り、一目散に角を曲がった。

必死で走りつづけるうちに息が切れて走れなくなり、シェリダンは建物の壁によりかかって、先日のことを思い返していた――愛する人の声がありもしないことをいかにも本当らしく説明していた。「アメリカにいたとき、ぼくらは口論をした。きみの具合が悪いあいだはそれをすっかり忘れていたが、この前の晩、きみはだいぶ回復していた。気づいてみたら、まだ心の隅にわだかまりがあったんだ」

「喧嘩の原因はなんだったの？」

「きみがほかの男に関心を抱きすぎると思ったんだ。つまり嫉妬したんだ」

あらためて衝撃を受け、彼女は行き交う馬車の流れを呆然と見つめながら、とぼとぼと歩いた。彼は本当は嫉妬などしていなかった。だからこそ、「わたしたちは愛しあっていたのですか」と訊いた瞬間から、彼は態度を硬くしたのだ。

なぜなら、愛しあってなどいなかったから。

彼女の心は衝撃と混乱のあまり、なにも感じなくなっていた。

39

結婚式の正装をしたスティーヴンは、玄関広間へ大股で入ってくると、執事のコルファックスに笑みを見せた。「教区牧師は到着しているか？」

「はい、閣下、青の客間にいらっしゃいます」答えたコルファックスの表情は、晴れがましい日には妙に不釣合いなほど意気消沈していた。

「兄は牧師のお相手をしているのか？」

「いいえ、居間にいらっしゃいます」

花婿は結婚式の前に花嫁に会ってはいけないのだと承知しているので、スティーヴンは尋ねた。「居間へ行っても大丈夫かな？」

「はい」

スティーヴンはいそいそと廊下を抜けて、居間へ入った。クレイトンが空っぽの暖炉を見つめて、背を向けて立っていた。「少し早く着いた」スティーヴンが声をかけた。「母上とホイットニーはすぐに来る。シェリーには会ったかい？　必要なものがあれば、なんでも
――」

クレイトンがゆっくり振り向く。その表情のあまりの暗さにスティーヴンは言葉を切って、「なにがあった？」と尋ねた。

「彼女がいなくなった」

スティーヴンは声を失って兄をじっと見つめた。

「これを残していった」クレイトンが手にした便箋を差しだした。「それから、若い女性がおまえに会いたいと言って待っている。彼女は自分が本物のシャリース・ランカスターだと言っている」クレイトンの口調はその主張をばかげた話だと笑ってはいなかった。

スティーヴンは短い支離滅裂な手紙を読んだ。あきらかに急いで書いたものらしい。信じられない言葉の一つひとつが彼の心を焼き、魂に焼印を押すかのように思えた。


きっとすぐに本物のシャリース・ランカスターの口からお聞きになるでしょうけれど、わたしはあなたが思っていたのとは別人でした。それは自分でも知りませんでした。どうか信じてください。今朝、シャリース・ランカスターが寝室へ入ってくるまで、わたし自身については、事故後に教えられたことしか知らなかったのです。こうして、自分がだれでどんな人間かを知った今となっては、あなたと結婚することは不可能だと気づきました。それに、すべてはわたしが意図的に仕組んだことだとシャリースはあなたに言うでしょう。この手紙に書き記した真実よりも、彼女の言葉のほうがずっと本当らしく思えるのではないかとも気づきました。

すべてはわたしのたくらみだと思われるのだと想像すると、わたしはとても耐えられません。あなたがこの先、わたしのことを詐欺師だと信じて生きていくのだと思うと、いったいどうすればいいのか、胸が張り裂けそうな気持ちです。あなたはきっとわたしを信じてくださらないでしょう。

彼女は最後の言葉を消して、署名していた。そこには「シェリダン・ブロムリー」と書かれていた。

シェリダン・ブロムリー。

シェリダン。人生でもっとも苦しい瞬間、彼女の置手紙を手にして信じられない言葉を脳裏に刻みつけながら、スティーヴンは彼女の本当の名前に目を奪われていた。強く、美しく、すばらしい名前だ。

そして、彼女には〝シェリダン〟のほうが〝シャリース〟よりもはるかにふさわしいと思った。

「面会を待っている女性は、彼女がおまえをだましたと言っている。故意にやったことだと」

スティーヴンは便箋を握りつぶして、テーブルのほうへ放り投げた。「どこにいる？」彼は厳しい声で訊いた。

「書斎で待っている」

怒りに燃え、恐ろしい形相でつかつかと居間を出たスティーヴンは、シャリース・ランカスターを名乗る女の正体を暴いてやろうと心に決めていた。あるいは、シェリーが意図的に彼をだましたというのは思い違いだと認めさせてやろうと。

だが、シェリーが釈明もせずに逃げだしたという否定できない事実が、彼の心に重くのしかかっていた。ひょっとして、それは罪の意識の表われなのだろうか……。

40

ステイーヴンは足早に書斎へ向かいながら、一、二時間もすればシェリーは戻ってくるはずだと自分に言い聞かせていた。彼女はすっかり取り乱したせいで逃げだしたのだ――ヒステリックになって。ホイッティコム医師が、記憶喪失は病的興奮《ヒステリー》の一形態だと言っていた。おそらく、記憶と一緒にヒステリーも戻ってきてしまったのだろう。

混乱しきったままたったひとりでロンドンの街をさまよう彼女の姿を思い浮かべながら、ステイーヴンは大股で書斎に入った。待ち受けていたブロンドの娘に冷たくうなずいてから、机の背後の椅子に座り、シェリーが意図的に彼を欺いたとする彼女の主張が嘘だと証明しようと心に決めた。「座りたまえ。話を聞こう」彼はそっけなく言った。

「言いたいことは山ほどあります!」しゃべりだした彼女は、まさにステイーヴンが桟橋で想像していた巻き毛のブロンド娘そのものだった。その皮肉な事実に気づいて、彼は一瞬、面食らった。

シャリースは彼が自分の話をなにひとつ信じたくないのだと察した。そして、このハンサムで裕福な男性が自分のものになっていたかもしれないのだと想像して、怒りをふくれあがらせ、決意をさらに固くした。氷のような冷たい態度にひるみながら、どこから話をはじめれば一番いいだろうかと考えていると、スティーヴンがいらだたしげに口を開いた。「この場で反論ができない者を、きみは一方的に糾弾した。さあ、さっさと話をはじめるがいい！」

「まあ、わたしを信じたくないんですね」シャリースは怒りのあまり大声を出した。「わたしも新聞でこの結婚を知ったときには信じたくはありませんでした。でも、あの女はあなたをだましたのです、周囲の人たちもみんな」

「彼女は記憶喪失にかかっていた――記憶をすっかり失ったのだ！」

「でも、顔を見たとたんにわたしだとわかっていたわ。それはどう説明なさいますか？」

スティーヴンには説明できなかったし、それに対する自分の反応を彼女に見せたくなかった。それどころか、彼女が語るどんな話にも反応を見せたくなかった。

「あの女は嘘つきで、ずる賢い詐欺師なんです、以前からずっと！　船にいるときは、いつかあなたのような男性と結婚すると言っていたし、それをもう少しでうまくやり遂げるところだったのでしょ？　最初はわたしの夫を誘惑しようとしたかと思ったら、つぎはあなたに狙いをつけたのよ！」

「彼女が戻ってきて、きみと対決するまでは、その話は嫉妬に燃えた生意気な小娘の戯言として無視する」

「嫉妬ですって！」シャリースは激怒して地団太を踏んだ。「あんな赤い髪の魔女に嫉妬だなんて、とんでもない！　言っておきますが、閣下、あの女は正体がばれたので逃げだしたのよ。二度と戻ってきません。聞いていますか？　あなたをだましたとわたしの前で認めたのだから」スティーヴンは胸にロープを巻きつけられたような気分に襲われた。ブロンド娘が言葉を発するたびに、そのロープがきつく食いこんでくるかのようだ。彼女は真実を語っている――軽蔑したような表情のすべてがそう訴えていた――シェリダン・ブロムリーに対する憎しみと、彼に対する憤りを語っている。

「アメリカからの船中で、あの女はわたしにバールトンとの結婚をやめさせ、ミスター・モリソンと駆け落ちするべきだと思いこませたんですよ！　いまになって考えれば、あの女がわたしの婚約者を自分のものにしなかったのは驚きだわ！」

暴れ狂う感情の嵐のただなかで、スティーヴンは目の前に座って涙を浮かべ、怒りで両手を握りしめている娘に最悪の事実をふたつも知らせなければならないのだと気づいた。彼は混乱した精神状態のなかで、それをこれ以上後回しにしたいとは思えなかった。手の込んだ嘘をついてまでシェリーに父親と婚約者の死を隠し通そうと必死に努力していたことに疲れはてていた。スティーヴンは淡々とした口調で言った。「バールトンは死んだ」

「死んだ？」うまくモリソンを追い払いさえすればバールトンが妻として迎えてくれるかもしれないという望みが砕け散って、シャリースは絶望のあまり嘆き悲しんだ。「どうして？」声を詰まらせながら小さい声で尋ね、ハンドバッグからレースのハンカチをとりだして両目にあてた。

事実を伝えたスティーヴンは彼女が顔をくしゃくしゃにするのを見ていた。その悲しみは嘘ではないと彼は思った。彼女は完全に取り乱していた。

「かわいそうなパパ。あんな女にだまされてミスター・モリソンと駆け落ちしてしまって、パパに合わせる顔がないわ。それが怖くて、まだ手紙一本書いていない。ああ、家に帰りたい！」シャリースは父親にもっともらしい嘘をつくつもりだった。離婚でも婚姻無効でもいいからお金でなんとかしてもらい、アメリカへ帰ろうと算段をしていた。「すぐにでも家へ帰ります」

「ミス・ランカスター」スティーヴンはそう声に出してから、シェリーのものだと思っていた名前でこの女を呼ぶのはひどく奇妙で胸が悪くなると感じていた。「きみの父上からの手紙を受けとった。バールトンの家主から転送されてきたものだ」机の抽斗を開けて手紙と小切手をとりだすと、ためらいながらも差しだした。「残念ながら、いい知らせではないが」

彼女は手をぶるぶる震わせながら手紙を読んでから、小切手を見て、視線をゆっくり彼へ向けた。「わたしのお金はこれですべてなの？」

シャリースがイングランドへ向かう途中に自分の意思でバールトンを捨ててほかの男と結婚したのは明白なので、スティーヴンは彼女の財政状況には責任がないし、関心もなかったけれど、彼女が沈黙を守るかどうかは重要な関心事だった。「もし、シェリダン・ブロムリーが故意にきみになりすましたという話を胸にしまっておいてくれるのなら」彼は事務的な口調で切りだした。「こちらは提供する用意がある、かなりの金額を……心の傷を癒すために、とでも表現しようか……この件について一切口外しないことの見返りとして」

「かなりって、どれくらい？」

その瞬間、スティーヴンは彼女を憎んだ。イングランド全土にスキャンダルが広がるというおぞましい事態を避けるために、金で口をふさごうとする行為がいやでたまらなかった。シェリーを疑い、彼女が戻ってくることを疑っている自分のこともいやでたまらなかった。置き手紙は別れを告げるのではなく、信じてくれと懇願していた。興奮しきった愛らしい女性が自分の言葉に耳を貸してもらえないことを恐れ、信じてくれと訴える、懇願の手紙だった。シェリーは万一ぼくがシャリースの言葉を信じてしまった場合を考えて、ぼくが冷静になるまで待ってから帰ってくるつもりなのだろう。

シェリーはきっと混乱して、取り乱して、憤慨して戻ってくるに違いない。戻ってきたら、事情を説明するはずだ。ぼくがシャリース・ランカスターの婚約者になりすました事情を質問し、その理由を知る権利が、彼女にはある。だから、きっと戻ってくるはずだ。彼女はぼくと対決しようと覚悟するだろう。彼女の心はとても強いのだから。


大金を懐にシャリース・ランカスターが去るのを眺めながら、スティーヴンは何度も自分に言い聞かせた。それから、立ち上がって窓際に近づき、事情を説明するために戻ってくる花嫁の姿をさがしながら街を眺めた。シャリース・ランカスターが辻馬車に乗りこむのを見ていると、背後に兄が近づいて静かに尋ねた。「どうするつもりだ？」

「待つ」

クレイトン・ウェストモアランドはこれまでに一度も味わったことのないような絶望感と躊躇を感じた。「教区牧師を帰らせたほうがいいか？」

「いや」スティーヴンがきっぱり答えた。「待つんだ」

41

ワイン色の上質な上着を手に掲げて、ニコラス・デュヴィルの上級近侍は主人の輝くように白いシャツとクラバットに目をやった。「いつも申しあげますけれど」彼はワイン色のビロードのベストのボタンをかけているデュヴィルに言った。「イングランドの紳士はだれひとり、ご主人様ほど上手にクラバットを結べません」

デュヴィルは彼に楽しげな視線を送った。「ぼくもいつも言っているが、ヴェルモンド、それはこのぼくがイングランド人ではなくフランス人で、おまえはイングランドに偏見があるから——」寝室に突然ノックの音が響いて、近侍がドアへ向かったために、デュヴィルは言葉を切った。「なにがあった?」高慢な近侍が下位の従僕を部屋へ入れたことに驚きながら、デュヴィルが尋ねた。

「恐れながら申しあげますが、若い女性がお目にかかりたいとおっしゃっています、閣下。青の客間にお通ししましたが、ひどく取り乱されています。ミス・ランカスターと言えばわかるとおっしゃいました。辻馬車でいらしたようですし、存じあげないかたですので執事が追い返そうとしましたが、ぜひとも会いたいとのことで。そのうえ、どうも具合がよくないらしく、なにしろ……」

みるみるうちに主人の表情が険しくなったので、従僕の説明はそこでとぎれ、デュヴィルは驚いている従僕を押し倒さんばかりにして、あわてて走っていった。

「シェリーなのかい?」と声をかけたデュヴィルは、顔を上げた彼女のすっかり取り乱した表情を見ていっそう心配になった。幾筋もの涙のあとがついた蒼白の顔。灰色の目は暗く翳り、ソファの隅に座っている姿は、いまにも逃げだそうとしている、あるいは転げ落ちそうになっているかのように見える。「いったい、なにがあった?」

「記憶が——戻ったの」彼女はまるで窒息しかけているように必死に息を吸った。「わたし——わたしは、詐欺師。みんな——詐欺師なの! シャリースはバールトンと婚約していた。それなのに、スティーヴンはどうして婚約者のふりをしたの? いいえ、婚約者になりすましたのは、わたし——」

「無理にしゃべらないで」デュヴィルはすかさず言って、グラスやデキャンタが並んでいる盆に近づいた。ブランデーをグラスにたっぷり一杯分注いで、彼女に手渡す。「さあ、これを。全部飲みなさい」ひと口だけすすって返そうとした彼女にグラスを押しつけた。「飲めば、気分がらくになるから」スティーヴン・ウェストモアランドと婚約していたのではないとわかったせいで動転しているのだと、デュヴィルは思った。

シェリダンは心配してくれるなんて信じられないと言いたげな視線で彼を見たものの、まるで操り人形のように彼の言葉にしたがって、のどを焼く液体を飲み干し、激しく咳《せ》きこんだ。

「しばらくは、無理にしゃべらないように」口を開こうとした彼女にデュヴィルが言った。シェリダンは言われるままに黙って、液体がのどを焼き、胃に染みこむのを感じながら、重ねた両手をじっと見つめていた。ふいに記憶が戻って、自分がだれなのかを思い出し、シャリースから身の毛もよだつような非難を浴びせられて、悲嘆のあまり夢中で屋敷を飛びだしてきた一部始終が、まざまざとよみがえってきた。もうかれこれ一時間もさまよい歩いて、たとえシャリースがなんと言おうが、スティーヴンを愛しているし嘘をついたことなど一度もないと彼に信じてもらうにはどうしたらいいのかと必死に考えたが、そのうちにあることに気づいて大きなショックを受け、すっかりたじろいだ。スティーヴン・ウェストモアランドはシャリース・ランカスターの婚約者ではなかった！　みんなが、わけのわからないこっけいな茶番を演じていたのだ。

その後、つぎつぎに辻褄の合わないことが思い出されて、恐ろしいめまいに襲われ、公園のベンチに座りこんでいたのだった。そして、嘘をつく必要性が一番薄いと思われるデュヴィルから答えをもらおうとやってきたのだ。ブランデーの酔いのおかげでどんな説明をされても受けとめる覚悟ができたような気がしていた。

「ラングフォードに使いを出そう」デュヴィルは彼女の顔に血の気が少し戻ったのを確認してから言ったが、彼女が激しく抵抗したので、まだヒステリーに近い状態にあるのだと気づいた。

「いや！　いや！　やめて！」

デュヴィルは彼女の向かい側に座って、なだめるように話しかけた。「きみがいいと言うまで、絶対にここから動かないよ」

「わたし、説明しなくては」シェリダンは、落ちついて頭を整理しようとつとめた。そして、考えを変えた。自分がいる嘘で固めた世界について真実を得るのに一番いい方法は、自分から話をする前に質問することだと気づいたのだ。「いいえ、説明する必要があるのはそちらだわ」注意深く言いなおした。

デュヴィルは彼女が言葉を選んでしゃべっているのがわかったし、たとえヒステリー状態で頭に血がのぼっているにしても、彼の家へやってきたのはたんなる思いつきではないのだと思った。彼女のつぎの言葉はその考えを裏づけ、彼は正直に話をせずにはいられなくなった。

「わたしがここへ来たのは、いくら考えても、あなただけはなんの得もしないからです……ウェストモアランド家の人々がみんなでついていた、この信じられない嘘から」

「それについては、きみのフィアンセと直接話したほうがいいんじゃないだろうか？」

「わたしのフィアンセ！」彼女は妙にかん高く笑った。「シャリース・ランカスターと婚約していたのはアーサー・バールトンで、スティーヴン・ウェストモアランドではないわ！まだ嘘をつくつもりなら、わたしは――」

「もう少しブランデーを飲みなさい」デュヴィルは身をのりだして、彼女の話をさえぎった。「ブランデーなんていらない！」シェリダンが叫んだ。「欲しいのは答えだけ、それがわからないの？」もっと落ちついたようすを見せなければ答えは得られないと悟った彼女は、暴れようとする感情になんとか歯止めをかけて、注意深く声の調子をなだめた。そして、彼の目を探るようにのぞきこみながら説明した。「あなたに会いにここへ来たのは、考えてみれば、あなただけはこの――このとんでもない茶番劇に積極的に参加していなかったと気づいたからなの。みんなはわたしが彼の婚約者だと言っていたけれど、あなたは一度もそうは言わなかった。お願い、助けてちょうだい。真実を教えて。すべてをありのままに。教えてくれないと、本当に頭がどうかしてしまいそうなのよ」

二日前にスティーヴンが婚約を発表したとき、デュヴィルは仰天したものの、ホイットニーからシェリーの父親が死んだと聞かされて、彼女が記憶を取り戻す前に急いで結婚するのも悪くはないかもしれないと思った。ホイッティコム医師からはストレスを与えるような話をしてはいけないと何度もくりかえして言われたが、こうなったからには、彼女は真実を洗いざらい知る必要があるし、そうしたいと思っているのも理解できた。

反対する医師がその場にいないのをいいことに、デュヴィルがほかの人々のしたことを説明するという難行を自分にひきうけたのは、シャリース・ランカスターが彼を、あきらかに彼だけを信頼しているからだった。

「助けて」彼女は絶望を込めてそっと言った。「あなたが話してくれたら、わたしからも話すことがあるの……難しくて、恥ずかしくて、口にしたくもないことだけれど、わたしはあなたに包み隠さず話すわ。隠し事は大嫌いだから」

彼女に見つめられて、彼はまるで難しい討論を打ち切るかのように椅子の背にもたれたが、視線は彼女の目からはずさないまま尋ねた。「もし、本当に聞く準備が整っているのなら、正直に話すよ」

「わたしは大丈夫よ」シェリダンはきっぱり答えた。

「どこから話せばいいかな?」

彼女は顔をゆがめて笑った。「最初から、お願い。いったい、どうして彼がバールトン卿の身代りを務めていたのか? 伯爵の家で頭に包帯を巻かれた状態で目を覚ます前のことで最後に覚えているのは、桟橋で会った彼からバールトン卿が亡くなったと伝えられたこと」

デュヴィルは、バールトンの死にふれたとき彼女が神妙な顔つきをしてはいたものの、ひどく嘆き悲しんではいないのを見てとった。彼女はバールトンに強い愛着を抱くほど深く知ってはいないだろうという、スティーヴンの推測は的を射ていたようだ。「きみの婚約者だったバールトンは、船が到着する前の晩に、馬車に轢かれて命を落とした」彼は穏やかな口調ながら率直に切りだした。

「彼が亡くなったのはとても残念なことでした」彼女もまた穏やかな口調だったので、このまま真実を知らないで困惑して苦しむより、すべてを洗いざらい聞いたほうが彼女のためだろうとデュヴィルは判断した。「でも、伯爵が関わるようになった経緯がわからないわ」

「ラングフォードはその馬車を操っていた」デュヴィルはきっぱり答えた。彼女がたじろいだのがわかったが、それでも驚くほどに平静だったので、話を続けた。「霧が深い夜明け前のことだった。バールトンが泥酔して馬車の前に飛びだしたんだが、ラングフォードは若い男の命を絶ってしまったと自分を責めた。ぼくが彼の立場なら、たぶん同じように思っただろう。運の悪いことに、そのとき彼は街中を走るのに慣れていない馬を使っていた。もしそうでなければ、バールトンはおそらくまだ生きていただろう。いずれにしても、事故から数時間して、ラングフォードはバールトンの婚約者が翌日アメリカから到着することを知った。しかも、バールトンには家族もいないし、婚約者のきみに彼の訃報を伝えてくれる信頼できる友人もいなかった。それどころか、もしバールトンの執事がきみの到着を知らなかったら、桟橋で出迎える者はだれもいなかったろう。そのあとのことは知っているね――ラングフォードは訃報を伝えるために桟橋へ出向いて、なにかできることがあればなんなりと言ってほしいと申しでた。そのとき彼はそれを伝えるのにすっかり気をとられていて、頭上の積み荷に気づかず、それがきみの頭を直撃してしまったんだ」

デュヴィルは身をのりだし、彼女をまじまじと見つめ、そこまでの話を理解したのを確かめるように少し間を置いてから、ブランデーをひと口飲んだ。彼女はとても冷静に見えたので、彼は驚嘆しつつ話をさらに進めた。「ラングフォードはきみを屋敷へ運んで、主治医のホイッティコムを呼んだ。きみは数日間意識不明のままで、ホイッティコムは目覚める可能性は薄いと考えていた。ようやく意識を取り戻したものの、きみは頭の傷の後遺症で記憶を失っていた。ホイッティコムはきみの心に負担になるようなことは決して言ってはいけないとみんなに厳しく釘を刺した。きみはラングフォードを婚約者だと思っているようだったので、彼らは――ぼくらは――そのままそう信じさせておこうと決めた。ぼくが知っていることは、これでほぼすべてだ。それから――」デュヴィルはスティーヴン・ウェストモアランドに公平をきすためにつけ加えた。「きみのけがを防げなかったことと、配慮のないやり方で訃報を伝えたせいできみを事故に遭わせてしまったことで、ラングフォードは自分を責めていた。それに、きみから婚約者を奪ってしまったことで、罪の意識や良心の呵責にひどく苦しんでもいた」

デュヴィルの話から自分なりの結論にたどりついたシェリダンは、激しい屈辱に襲われた。「それで、彼は自分を犠牲にしても、わたしに婚約者を与えなければいけないと思ったのね。そういうことなんでしょ?」

デュヴィルは躊躇したものの、うなずいた。「そうだ」

シェリダンは顔をそむけて、自分の愚かさに、だまされやすさに、そして、自分に対して責任感しか抱いていない男性を愛してしまったことに涙を流さないよう、必死でこらえようとした。彼が〝愛している〟と一度も口にしなかったのも無理はない! 別の結婚相手をさがさせようとしたことも! 「彼は罪の意識と責任感からわたしと結婚しようとしたのね」

「それだけが理由だとは思えない。おそらく、きみに対してなんらかの気持ちがあったのだろう」デュヴィルは慎重に言った。

「ええ、そうでしょうとも」シェリダンは恥ずかしさのあまりめまいに襲われた。「それは〝哀れみ〟という気持ちよ！」

「ラングフォードへ送っていくよ」

「あそこへは戻れないわ！」

「ミス・ランカスター――」デュヴィルは普段ならだれもがしたがわずにはいられない権威に満ちた声で呼びかけた。だが、うちひしがれて両手を自分の体に巻きつけているシェリダンは、ヒステリックな笑いをいっそう激しくさせた。「わたしはミス・ランカスターではないの！」

デュヴィルは彼女なら真実を語っても大丈夫だと思いこんでしまった自分の愚かさを呪い、体を支えてやろうとさっと近づいた。

「わたしはシャリース・ランカスターではないのよ」とくりかえすと、彼女の笑いはすすり泣きへと変化した。「わたしは付き添いとして雇われたコンパニオンだったの」彼女は両手を体に巻きつけたままで、身も世もなくすすり泣いていた。「わたしはインチキな家庭教師で、彼はわたしと結婚しようとした。彼の友人たちが知ったら、ひどい笑い話にされるわ。バールトン卿に会ったこともないインチキな家庭教師を哀れんで、結婚しようとしたのだから」

デュヴィルはあまりのことに呆然と彼女を見つめたが、その言葉を信じた。「なんてことだ」彼は小さくつぶやいた。

「自分がシャリース・ランカスターだと思っていたわ」彼女は肩を震わせながら悲しげに訴えた。「そう信じていたのよ、嘘じゃない、誓って！」

デュヴィルは遅まきながら彼女を腕に抱いて慰めようとしたが、いったいどんな言葉で慰めればいいのかわからなかった。「そう思いこんでいたの」シェリダンは彼の胸で泣いた。「今朝、彼女が部屋に入ってくるそのときまで、すっかり思いこんでいたの。誓うわ！」

「信じているよ」デュヴィルは狼狽しながらそう言った。

「彼女はあのままでは帰らないわ。きっと彼に話をする。彼は結婚するつもりでいたのに。内輪だけで結婚式をするつもりでいたのに。わたしにはもうなにもないわ——服も、お金も、なにもない」

なんとかして彼女を慰めようと思ったデュヴィルは告げた。「少なくとも、死んだのはきみの父親じゃない」

シェリダンは焦点の定まらないうつろな目を、ゆっくりと上げた。「なんですって？」

「先週のある晩、ラングフォードはバールトンの家主から転送されてきた手紙を受けとった。シャリース・ランカスターの父親の弁護士から彼女に宛てたもので、イングランドへ向かう船が出港して二週間後に父親が死んだと伝えていた」

シェリダンははっと息をのんで体の震えを抑えた。「あのかたは厳格だったけれど、愛情にあふれた父親だった。シャリースをそれはひどく甘やかして——」そこであることに気づいてショックのあまり彼女は吐き気を感じた。「先週といえば——それは、わたしが〈オールマックス〉とラザフォードの舞踏会へ出かけた日かしら？」

「そう聞いている」

彼女はさらなる屈辱で頭を垂れ、頬にあらたな涙が流れた。「別の結婚相手をさがせと言っていた彼が豹変《ひょうへん》して、なるべく早く結婚しようと決心した理由がこれでわかったわ」オペラハウスで彼の手にふれたときのことを思い出す。彼はあんなことをされてさぞかし不快だったに違いない。わたしにキスしたいふりをするのも、それに――。

「いっそ、死んでしまいたいわ！」彼女は絶望感に打ちひしがれた。

「そんなことを言ってはいけないよ」デュヴィルはどうしていいかわからなかった。「今晩はここに泊まりなさい。明日、一緒にラングフォードへ行って、説明しよう」

「説明なら、手紙に書いてきたわ！　あそこへは戻れない、絶対に。もし送り返されたら、頭がおかしくなってしまう。絶対に戻れないわ」

彼女の決心は固く、デュヴィルにはそれももっともだと思えた。

いったいどれくらい長く彼の腕のなかで泣いていたのか、いつのまに泣きやんだのか……。いつしか沈黙が流れ、ついにシェリダンは悲しみのあまりなにも感じなくなっていた。「ここにはいられないわ」感情の荒波に揉まれたせいで声がかすれていた。

「行くあてがないと、さっき言っていたじゃないか」

シェリダンは彼の腕を振りほどいて背筋を起こし、立ち上がると少しよろめいた。「ここに来るべきではなかったわ。わたしは罪に問われても不思議ではないのだから」

ステイーヴンが彼女を罪に問うかもしれないと考えると、デュヴィルは我慢ならないほどの怒りを覚えたが、その可能性は否定できなかったし、もしそんなことになればどんな結果になるのか想像もできなかった。「ここにいれば安心だ、少なくとも今晩は。朝になったら、ぼくになにができるか話しあおう」

自分は卑しむべき人間だという気持ちですっかり打ちのめされたシェリダンは、彼が助力を申しでてくれたことで、張りつめていた緊張の糸がぷっつり切れるのを感じた。「わたし——わたしはどこかに働き口を見つけなくては。でも、身元引受人がいません。このままロンドンにはいられません。わたしは——」

「朝になってから話をしよう、シェリー。今はとにかく休まなければいけないよ。夕食を二階の部屋へ運ばせるからね」

「きっと、彼や彼の家族を知っている人たちは、だれもわたしを雇おうとは思わないわね。ロンドンじゅうの人が彼を知っているのではないかしら」

「朝になってから話そう」デュヴィルがきっぱり言った。

疲れはてて言い返す力もなく、シェリダンはうなずいた。そして、階段をのぼりはじめたが、途中でふと立ちどまり、振り向いた。

「ムッシュ・デュヴィル?」

「ニッキーと呼んでくれと言ったはずだよ」

「雇われている身分のコンパニオンは、〝目上の〟人にファーストネームでは呼びかけられ

った。

彼女があまりに憔悴《しょうすい》していたので、デュヴィルはそれ以上議論せずに、彼女の言葉を待った。

「わたしがここにいることは秘密にしておいて――だれにも言わないと約束してくださ い！」

デュヴィルは躊躇して、どうしたものかと考えたが、結局は「約束する」と答えた。そして、力尽きた彼女がよろめきながら階段をのぼっていくのを見守っていた。彼女はそれまで一度たりとも従順な召使いに見えたことなどなかったのに、そのときの姿はまさにそれだった。彼女をこんな目に遭わせたスティーヴンに彼は激しい怒りを感じた。とはいうものの、彼は今日までじつにみごとに婚約者の彼を演じていた。みごとすぎたのだと、デュヴィルは認めざるをえなかった。

42

「下がります前に、なにかご指示はございますでしょうか、閣下？」

スティーヴンは手にした酒のグラスを見つめていた視線をすっと上げ、寝室の戸口に立っている老齢の副執事のほうを見て、「いや」と短く答えた。

シェリダン・ブロムリーが必ず戻ってくると信じて、ほんの三時間前まで家族と牧師をずっと屋敷に足止めしていた。もし彼女が潔白で、本当に記憶を失っていたのだとしたら、事情を説明して疑いを晴らしたいだろうし、ぼくが婚約者だと偽っていた理由を訊きたいだろう。戻ってこないことからして、彼女はそのどちらも必要としていないようだが、だとすれば、最初からすべてを承知のうえの演技だったのかもしれない。

こうなったからには、事実から目をそむけるすべはなく、どれほど酒を飲んでも、心のうちに燃えあがりだした地獄の業火《ごうか》のような怒りを鎮めるのには十分でなかった。シェリダン・ブロムリーはあきらかに記憶喪失などではなかったのだ。意識を回復したとたんに、彼女は当分のあいだ楽しく暮らすためのすばらしい計略を考えつき、愚かにもぼくは結婚を申しでることでそれに荷担してしまったのだ。雇い主のシャリースになりすました彼女は、バールトンのふりをしているぼくを見ながら、腹の底でさぞかし大笑いしていたのだろう。

これまでの経緯を思い出しているうちに、スティーヴンはさらに怒りがこみあげるのを感じた。またしても、昔ながらの女の策略にまんまとはめられたのではないか――「囚《とら》われの姫君」という策略に！　これで二度目だ！　最初はエミリー、今度はシェリダン・ブロムリー。

シェリダンほどの才能の持ち主なら、舞台でも成功するだろう。踊ったり歌ったり詩を暗唱したりする、野心に満ちた売春婦まがいの女たちと一緒に舞台に立つことこそ、彼女にふさわしい。彼は酒をもうひと口すすってから、彼女の最高の演技はどれだったろうかと考えた。第一幕はじつに印象的だった。意識のない彼女のベッドの傍らで眠ってしまい、朝になってすすり泣きで目を覚ました。「自分がどんな顔をしているのか、わからないんです」と彼女は言った。「些細なことに思われるかもしれませんけれど、わたしがどんなふうか、少しだけ教えてくれませんか？」その涙で心が締めつけられた。つぎに、彼女は自分の髪の色を口にした――万一、彼があの魅惑的な色に気づかないでいるといけないからだろうと、スティーヴンは苦々しく思った。「この髪は茶色ではありません。よく見てください。これは赤でしょ――」彼女はそう言った。

ぼくは彼女の炎のような髪にすっかり目を奪われて、まるで赤い髪の聖母のようだなどと思ったのだ。「こんな……こんな恥ずかしい色だなんて！」自分に完璧に似合っている髪を示しながら、彼女は悲しそうな表情を上手につくっていた。

さらに、彼女は自分がどうふるまえばいいのか、魅力的に困惑してみせた。「侍女のコンスタンスから聞いたのです——あなたは伯爵だと。礼儀作法を守って〝閣下〟と呼ばなければいけないのですよね。記憶にあるかぎりでは、王様の前では命じられるまで座ってはいけないはず」

なによりもすばらしかったのは、はじめてベッドから出た晩に、「わたしには家族がいるのでしょ?」とかわいらしく訊いたときだったと、スティーヴンは自分の愚かさを嘲笑《あざわら》いながら思った。母親はすでになく、父親はひとり身で、彼女はひとり娘だと答えると、彼女はあの大きな目で彼を懇願するように見つめながら、「わたしたちは深く愛しあったのですか?」と尋ねた。

彼女がうっかりぼろを出しそうになったのは、彼が覚えているかぎりでは、たった一度だけだった。屋敷にいるのであればシャペロンが必要だと彼が言ったとき、彼女は「シャペロンはいらないわ。わたしは——」と言ったのだ。あれがたった一度の失言だったが、考えてみれば十分な証拠だ。

彼女は使用人と気安く口をきいていたが、あれは自分が使用人あるいはそれに近い存在だったからだ。

「あの女は、なんと策略にたけているのだろうか」スティーヴンは歯嚙みした。おそらくあわよくば庇護を受けて、屋敷の一軒でもせしめようと企《たくら》んでいたのだろうが、ぼくはそんな女に自分の名前を差しだしたのだ!

自己嫌悪に強くさいなまれたスティーヴンは、グラスを置いて立ち上がり、自分の衣装部屋へ入った。

〈オールマックス〉から舞踏会へ向かう馬車のなかでは最初こそ強く抵抗したものの、あの赤毛の女は一時間足らずのうちに結婚を受け入れ、しかも、まるでぼくの強い説得にようやく折れたと思わせたのだ。

彼はシャツをひきはがすように脱いで、床に落とした。結婚式のために身につけていた衣装を、一枚ずつ脱ぎ去って床に山積みにした。ローブに着替えたところへ入ってきたダムソンは、床に山になっている衣服を見て呆然としたが、それを拾いはじめた。

「燃やせ!」スティーヴンは嚙みつくように叫んだ。「さっさと持っていけ。朝になったら、あの女が置いていったものはすべて捨てさせろ」

瓶に残った最後の酒を注いだグラスを手にして、暖炉の横に立っていると、またドアをノックする音がした。「いったい、今度はなんだ?」部屋へ入ってきたのはバールトンの執事をしていたホジキンだった。まるで拷問されているかのような苦しげな表情で立っている。

「この、このような状況のところへお邪魔したくないのですけれど、かといって、私の務めを考えますれば……お知らせしないのもどうもはばかられまして……その、お知りになりたいかと思いまして」

シェリダン・ブロムリーの記憶に結びつく執事の顔を見て、スティーヴンは嫌悪感を抑えるのに必死だった。「話をするか、それともひと晩ずっとそこに立っているつもりなのか?」

冷たい声でぴしゃりと言った。

口調のするどさに老執事はたじろいだようだった。「ホイッティコム先生から内密にご指示を受けまして、目を離さないようにしておりました、あの若いレディから」

「それで？」スティーヴンの目には怒りがぎらついていた。

「ですから、本日、あのかたがあのような状態で屋敷を飛びだされたとき、従僕にあとをつけさせました。あのかたはムッシュ・デュヴィルのお屋敷へ入られたそうです、閣下。今もそこにいらして……」それを聞いた伯爵がものすごい形相になったので、老執事は口ごもり、一礼してあわてて部屋から退散した。

デュヴィルだと！　彼女はデュヴィルのところへ去ったのだ。「尻軽女め！」スティーヴンは大声で毒づいた。

追いかけるつもりはなかった。彼にとってはもはや死んだも同然の女で、どこへ行こうがだれのベッドを温めようが、どうでもよかった。それにしても、あの女は転んでもただでは起きないようだ。スティーヴンは意地の悪い笑みを浮かべながら、デュヴィルの屋敷に入りこむためにいったいどんな口実を使ったのだろうかと考えた。だが、いずれにしろ、デュヴィルも嗅覚はするどいほうだから、自分とは違って彼女の虜にされたりはしないだろう。

彼女がかわいらしくねだって、ベッドで楽しませれば、きっとデュヴィルはどこかにこぎれいな家でも与えるのだろう。

もし、生まれながらの高級娼婦というものが存在するのなら、彼女はまさにそれだ。

デュヴィルの屋敷の客用寝室で、シェリダンは窓辺に立って冷たい窓ガラスに額を押しつけ、夜の闇をじっと見つめていた。泣き疲れて涙は涸《か》れてしまい、両目がひどく痛んだ。デュヴィルの強い勧めでこの部屋に入ってから六時間が過ぎ、混乱しきっていた頭はかなりはっきりしてきた。平静さを取り戻すとともに、あと少しで手にしようとしたもの——そして、失ったもの——がいかに大切だったかがまざまざと実感され、恐しい現実に耐えられるかどうか自分でもわからなかった。

シェリダンは窓際から離れて、のろのろとベッドに近づき、身を横たえた。記憶と闘うにはあまりにも疲れきっていた。目を閉じて眠りが訪れるのを待ったが、目の前に浮かぶのは、ラザフォード家の舞踏会でスティーヴンが見せたけだるい笑みと、愛情のこもったやさしいまなざしだった。「ミス・ランカスター……ダンスのお相手をする栄誉を賜りますでしょうか?」と彼の声が聞こえた気がした。彼女はふっと息をのんで、両目を固く閉じたが、馬車のなかで受けた彼の口づけの感触がよみがえってきた。「**これがきみがぼくと結婚する理由だよ**」と彼はハスキーな声でささやいた。彼の口づけは嘘ではなかった、そう思うと胸がきりきり痛んだ。たしかに、あれはうわべだけのものではなかった。そう信じなければ耐えられない。あれはすべて本物だったのだ。そう信じていなければ、この先どうやって生きればいいのかわからなかった。

彼に口づけされた記憶は自分だけのものであり、ずっと心に抱いていられる。それは〝シヤリース・ランカスター〟のものではなく、自分のものなのだ。彼女は寝返りを打ち、腹ばいになって眠りに落ちた。夢のなかで力強い腕に抱かれて息もできないほど甘美な口づけをされた。すると、あんなふうに彼に親密な接触を許したのは間違いだったという気持ちが薄れていった。現実の世界では二度と得られないものを、夢のなかで味わっていた。

化粧着を身にまとったホイットニーは、子ども部屋に立って、息子の天使のような寝顔をじっと見つめていた。ドアが開いたので視線を上げると、夫が部屋に入ってきたが、彼はここ数年見たこともないほどひどく厳しい表情を浮かべていた。彼女は「眠れなかったの」とささやき声で言うと、身をかがめてノエルがかけている毛布の肩口を直した。息子はしっかりしたあごと黒い髪が父親によく似ている。

クレイトンが背後から両腕をそっと彼女の腰に回して抱きしめた。「息子を産んでくれてありがとうと、最近きみに感謝しただろうか？」彼女の耳もとでささやいて、三歳の息子の寝顔を見おろした。

「昨日の夜、そう言ってくれたばかりよ」ホイットニーは彼を見あげてほほえもうとした。悲惨な結果で終わった今日の結婚式の話を、夫が注意深く避けていたのは十分わかっていたが、それを話題にせずにはいられなかった。「つらくてたまらないの」彼女は心の底から訴えた。

「そうだろうとも」クレイトンは静かに言った。

「ずっと待ちつづけたあげく彼女が戻ってこないとわかったときの、スティーヴンの表情が痛ましくて。きっと絶対に忘れられないわ」

「ぼくもだ」

「彼は十時過ぎまで教区牧師を足止めしていたのよ。いったいどうして、シェリーはあんなひどいことをしたのかしら？　ねえ、どうしてなの？」

「みんな本当の彼女を知らなかったんだよ」

「スティーヴンはシェリーにすっかり夢中だったわ。彼女を見つめているときも、見つめまいとしているときも、彼の心には彼女しかなかった」

「気づいていたよ」

ホイットニーはのどにふくれあがった悲しみをのみこんだ。「もしスティーヴンの助けがなかったら、あなたはヴァネッサと結婚して、わたしもだれか別の人の妻になっていたでしょうから、ノエルはこの世に生まれなかったわね」

クレイトンが彼女の肩にかかった髪を撫で、こめかみにやさしくキスをしたが、彼女はやるせない口調で続けた。「だから、彼にお返しができればとずっと思っていたわ。でも、できたのは願うことだけ。彼をわたしたちみたいに幸福にしてくれる女性に出会ってほしいと願うことだけだった」

「さあ、もうベッドへ行こう」クレイトンはかがんで息子の髪をくしゃくしゃにした。「スティーヴンは立派な大人だ。時間がたてば忘れるさ。彼自身が忘れたいと思っているのだから」そう言って、妻を寝室へ誘おうとした。

「あなたはそんなに簡単にわたしのことを忘れられたの、あのとき――」ホイットニーはふたりの結婚が風前の灯《ともしび》となった忌まわしい夜のことに直接ふれるのを注意深く避けた。

「わたしたちが引き離されたときに？」

「いいや」

ふたりでベッドに入ると、クレイトンはホイットニーを抱き寄せてからふたたび口を開いた。「とはいえ、ぼくときみとの付き合いのほうが長かったからね、スティーヴンがシャ――シェリダン・ブロムリーと一緒にいた期間よりも」

うなずいた彼女は頬をクレイトンの腕に押しつけ、ふたりを引き裂きそうになった出来事を思い出した彼は、彼女を抱いている腕に力を込めた。

「時間はなんの解決にもならないわ。イングランドで再会してから、あなたがもう一度わたしを愛するようになるまで、どれほど長かったか覚えている？」ホイットニーは暗闇に向けてしゃべった。

クレイトンは思い出にほほえんだ。「あれは、きみが音楽教師の嗅ぎタバコ入れに胡椒《こしょう》を入れたと、ぼくに告白した晩だった」

「あれはたしか、わたしがフランスから戻って一、二週間後のことだったわね」

「それくらいだったね」

「クレイトン？」

「あなたが言うほど早く、スティーヴンがこの痛手から回復するとは思えないわ。これまでずっとどんな女性だろうと自分のものにできたのに、彼が求めたのは彼女だけだった――エミリーを別にすれば。それに、エミリーのことがあってから、彼がどれほど皮肉っぽくなったか考えてみて！」

「なんだい？」

「もし彼が望めば、すばらしい女性がいくらでも彼を慰めたいと申しでるだろう。そして、今回は彼もその申し出を受けるに違いない。心もプライドも前回よりもずっと深く傷ついたろうから」クレイトンは顔をしかめて予言した。「当分のあいだ、女遊びに励むことだろう」

ホイットニーは彼の顔を見あげた。「あなたもそうしたの？」

「ああ、そうだな」クレイトンは認めた。

「まったく、男ってどうしようもないわ」彼女はつんとした。

クレイトンは含み笑いをしてから、彼女のあごの先に指をあてて上を向かせた。「マダム、男を見くだしていらっしゃるのかな？」からかうように眉を上げて尋ねた。

「そうね」ホイットニーは澄まして答えた。

「それならば」クレイトンは彼女を抱いたままあおむけになった。「きみが上になったほうがいい」

しばらくして、十分に満足して眠くなったクレイトンは、彼女を居心地よく横たえて、目を閉じた。

「クレイトン？」

彼女の口調がどうも気になって、彼は目を開けた。

「あなたは気づいたかどうかわからないけれど、今日シェリーが戻ってこないとわかったとき、チャリティ・ソーントンが涙を流していたわ」クレイトンが答えずにいると、ホイットニーはさらに続けた。「あなたは気づいていた？」

「ああ。なぜ、そんなことを訊くんだい？」

「あの人はものすごくがっかりしていたようよ。シャペロンとして役に立てると思っていたのにって。それに、ミス・ブロムリーにスティーヴン以外の結婚相手を見つけてあげられなくてとても残念だとも言っていた」

「それは聞こえたし、スティーヴンも聞いていただろう。だが、彼女が本当に言いたかったのは、大切なスティーヴンではなく違う相手をだましてほしかったということだろうよ」

「そうかもしれないけれど……」

「そうに決まっている。だが、なぜそんな話をするんだい？」

「なぜって――しばらくこの屋敷で暮らすようにと招待したの」

クレイトンが息をのんだのを感じて、ホイットニーは急いでつけ加えた。「ノエルの世話をするのを手伝ってくれるだろうと思って」

「ノエルに彼女の世話をするのを手伝ってもらう、というほうがふさわしいように思えるが」

ホイットニーは彼が怒っているのかおもしろがっているのか、茶化しているような口調からはかりかねた。「もちろん、ノエルの家庭教師も世話をしてくれるわ」

「だれの世話を――ノエルなのかチャリティ・ソーントンなのか?」

ホイットニーは不安げな笑みを浮かべた。「あなた、怒っているの?」

「いいや。むしろ……感心している」

「どうして?」

「絶妙のタイミングだから。もし一時間前にこの話を持ちだしていたら、まだ愛を交わす前で疲れてもいないし、ミス・チャリティをこの屋敷へ迎えるという話に目くじらをたてたかもしれない。だけど今は、もう目を開けていられないほど疲れている」

「そういうことになるだろうと思ったわ」ホイットニーは素直に認めた。

「きみらしいやり方だ」

彼女は唇を噛んで笑いをこらえ、うなずいた。

「それならば、度量の広い、男の鑑《かがみ》と結婚したことを幸運だと思うがいい」クレイトンはそう言うと、唇に笑みを浮かべて目を閉じた。

43

「頼みがあって来た」三週間後、クレイトンの屋敷のモーニングルームへやってきたスティーヴンが、いきなり切りだした。ホイットニーはお針子たちに指図して、明るい黄色の生地で部屋を模様替えしている最中だった。

義弟の突然の訪問とそっけない口調に驚いて、ホイットニーはその場をお針子たちにまかせて、スティーヴンを客間へ通した。結婚式が中止になってからというもの、夜ごと違う女性を連れている姿をあちこちで見かけていた。ヘリーン・デヴァネイと一緒に劇場に現われたという噂も耳にしている。明るい日の光のなかで見ると、彼の心がまだ癒えていないのがまざまざとわかった。彼の顔はみかげ石のように硬く冷たく、態度はよそよそしく、表情からは疲れと心の痛みが感じられた。きっと夜は満足に眠れず、起きているあいだは酒を飲まずにはいられないのだろう。「あなたの頼みならなんでもするわ。わかっているでしょ」ホイットニーはかわいそうにと思いながら、やさしく答えた。

「老人に仕事をやってくれないか――副執事なのだが。彼の顔を見たくないんだ」

「わかったわ」と答えて、彼女は注意深くつけ加えた。「どうしてその人の顔を見たくない

ないんだよ」

「バールトンの執事だった男だ。ほんの少しでも彼女を思い出させるものは、なにも見たくないんだよ」

のか教えてもらえるかしら?」

クレイトンが読んでいた新聞から視線を上げると、ホイットニーが険しい表情で書斎へ入ってきた。彼は何事かと立ち上がって、机の前に回った。「なにがあった?」

「さっきスティーヴンが来たの」ホイットニーが悲しげな口調で切りだした。「とてもひどいようすだったわ。バールトンの執事を見ると彼女のことを思い出してしまうから、そばに置きたくないそうよ。彼女が去ったせいで傷ついたのはプライドだけではないようね。彼女を愛していたのよ」ホイットニーの緑色の瞳がこみあげる涙で濡れていた。「そうだと思ったわ!」

「もう終わったことだ」クレイトンは静かだがきっぱりした口調で言った。「彼女が去って、すべて終わった。スティーヴンはいずれ立ちなおる」

「いまでもまだ、あんな有り様なのよ!」

「彼は毎晩違う女性を腕に抱いている。世捨て人になる気はないと請けあえるよ」

「でも、自分の殻に閉じこもってしまっていて、わたしのことも受け入れようとはしないわ」彼女は反論した。「それだけじゃないわ。考えれば考えるほど、シェリダン・ブロムリーはスティーヴンに対する気持ちはもちろんのこと、なにひとつ嘘などついていなかったと思えるの」

「彼女は野心家の詐欺師で、しかも有能だった。それ以外に考えようがないだろう」クレイトンは感情のない口調でそう言うと、机の後ろへ戻った。

ホジキンは打ちひしがれた沈黙で、主人を見つめていた。「私は——私は解雇されるのですか、閣下? なにかいたしましたでしょうか、それともなにか足らないことがありましたでしょうか、それとも——」

「今後は兄の家で仕えてもらうように手配した。下がっていい」

「ですが、これまで一度たりと責務をないがしろにしたことはございませんし、それに——」

「黙れ!」スティーヴンはぴしゃりと言って背を向けた。「おまえがなにをしたかは、どうでもいい」使用人の雇い入れや教育は普段ならすべて人任せだったので、この不愉快な仕事も秘書にやらせればよかったと後悔していた。

老執事は肩をがっくり落とした。力なくとぼとぼ部屋から出ていく後ろ姿は、入ってきたときよりも十歳ほども老けて見えた。

44

たとえ十分離れた場所からとはいえ、スティーヴンの姿を見ようと考えるのは間違いだとわかってはいたが、シェリダンはどうしても自分を抑えられなかった。彼は毎週木曜日にオペラハウスに来ると言っていた。彼女はイングランドを去る前にどうしてもひと目だけでも彼の姿を見たかった。見ずにはいられなかった。三週間前、悲劇に終わった結婚式の翌日に伯母のコーネリアに手紙を書いて事情を打ちあけ、アメリカへ帰る船賃を無心した。当面の生活は家庭教師をしてしのいでいた。勤め先は年長の熟練した家庭教師を雇うほどの財産がない大家族で、ニコラス・デュヴィルとチャリティ・ソーントンが署名してくれた身元保証書の真贋《しんがん》を確認することもなかった。そもそもミス・チャリティが内容にちゃんと目を通して署名したかどうかは怪しいけれど。

コヴェントガーデンのオペラハウスの一階席は人であふれ、何度も足を踏まれたり肩をぶつけられたりしたが、そんなことは気にならなかった。彼女の視線は、舞台側から数えて七番目の、まだだれもいないボックス席に釘付けになっていた。あまりに一心に見つめていたので、ボックス席の金箔の花と星の模様が、ぼやけて一緒くたになって見えた。しばらくして、オペラハウスの喧騒は最高潮に達した。七番目のボックス席の奥のカーテンが開き、シェリダンははっとして身を固くした。やっと彼の姿を目にすることができるのだ。だが、席に現われた人々のなかに彼はいなかった。

きっと数えまちがえたのだ。ボックス席の人々の顔を見ながら、もう一度ゆっくり数えた。一つひとつのボックスのあいだは金色の細い柱で仕切られ、どの柱にもカットグラスのシャンデリアがきらめいている。彼女は何度も数えなおしてから、視線を膝の上の両手に落とし、その震えをとめようとぎゅっと握りしめた。彼は今晩は来ないのだ。ボックス席をだれかに譲ったのだろう。働いてチケットを買うお金を稼いで、来週またここへ来よう。

オーケストラの演奏が大きくなって、緋色の幕が開いた。シェリダンはあんなにも好きだった音楽を聴こうともせず、席がふたつ空いているボックス席を見あげてはスティーヴンの姿をさがし、彼がいないのを確かめては、早く彼が来ますようにと心から祈った。

第一幕と第二幕のあいだに、いつのまにかスティーヴンがボックス席に現われた。記憶の霧のなかにいた暗い影が現実の存在となって目の前にいるのを見て、シェリダンは心臓が激しく打つのを感じた。涙で目がくもり、視界がぼやけるのをまばたきして防ぎながら、厳しいハンサムな顔をじっと見つめ、心に焼きつけようとした。

彼はわたしを愛してはいなかった。責任があると思いこんでいただけだ。それは十分わかっていたが、彼の形のいい唇に視線を奪われ、その唇がやさしくふれる感触を思い出さずにはいられなかった。男らしい顔立ちを見れば、その顔にまぶしい笑みがゆっくり広がったときにまったく違う表情が浮かぶのを想像せずにはいられなかった。

じつは、舞台に意識を集中していない女性はシェリダンだけではなかった。劇場の逆側に位置するクレイモア公爵のボックス席で、ウェイクフィールド侯爵夫人ヴィクトリア・フィールディングが、オペラハウスに入るときに偶然ちらりと見かけた若い女性はどこにいるのかと、一階席の人垣に目を凝らしていた。「さっき見かけたのは、絶対にシャリース・ランカ——いいえ、シェリダン・ブロムリーだったわ」ヴィクトリアが隣席のホイットニーにささやいた。「一階席に入る列に並んでいたの。待って——ほら、あそこにいる！」彼女は小さな声ですると鋭く言った。「紺色のボンネットをかぶっているわ」

後ろの席にいる夫たちが不審がっているのにも気づかず、ふたりはヴィクトリアの赤褐色に輝く髪とホイットニーのみごとな黒髪がふれあいそうなほど肩を寄せて、問題の女性のほうを必死になって見つめていた。

「あのボンネットをかぶっていなければ、髪の色ですぐにわかるのに！」

髪の色を確かめるまでもないと、ホイットニーは思った。それから三十分間というもの、くだんの女性は舞台にはまったく顔を向けず、ずっとスティーヴンのボックス席を見あげていて、それだけで証拠は十分に思えた。「ずっとスティーヴンを見ているわ」ヴィクトリアはホイットニーと同じく、スティーヴンの婚約者が突然あんなふうにいなくなったことに困惑と悲しみを感じていた。「彼女は彼が今晩ここへ現われるのを知っていたの？」

ホイットニーはうなずいて、一瞬だけヴィクトリアと顔を見あわせた「スティーヴンが毎週木曜日にオペラハウスへやってくることも、ボックス席の場所も知っているわ。彼と一緒にここへ来ていたから……あの数日前に」彼女は姿を消すという表現を口にしたくなかったので、少し言葉に詰まった。ヴィクトリアとジェイソン・フィールディングはスティーヴンの友人で、なんでも打ちあけられる数少ない存在なので、結婚式を内密にすませてから開く予定だった内輪のパーティに招待されていた。

「偶然を装ってスティーヴンと会うつもりなのかしら？」

「わからないわ」ホイットニーはささやき返した。

背後ではふたりの夫たちが、舞台を無視してなにやらひそひそ話している妻たちを眺めていた。「どうしたのだろう？」クレイトンはジェイソン・フィールディングに言い、妻たちのほうへ首をかしげてみせた。

「だれかがすばらしいドレスを着ているのでは？」

「一階席に落ちたりしないといいが」クレイトンが言った。「この前、ホイットニーとヴィクトリアがこんなようすだったときは、スティーヴンがボックス席に愛人を同伴していて、そのとなりのボックスにベイカーズフィールドと一緒にいたモニカ・フィッツウェアリングが、なんとか平静な表情を保とうとして必死になっていたよ」

「覚えてるよ」ジェイソンがにやりとした。「あの晩スティーヴンが連れていたのは、たしかヘリーン・デヴァネイだったな」

「あれは社交シーズンのなかで一番おもしろい三時間だったと、ヴィクトリアが断言していた」ジェイソンはクレイトンにそう言うと、身をのりだして妻に冗談っぽくささやきかけた。「ヴィクトリア、そこから下へ転がり落ちそうだよ」

彼女はきまり悪そうな表情で彼をちらっと見たものの、またしても熱心に一階席を見つめだした。

「あら、帰るようよ！」ホイットニーはほっとしつつ、がっかりしていた。「彼女はオペラが終わるまで待たなかったし、幕間《まくあい》に席を立たなかった。つまり、偶然を装って彼に会うのが目的じゃないわ」

クレイトンはふたりがひそひそ話しているのが気になって一階席を見渡してみたが、事情はわからなかった。だが、オペラのあと、豪華な食事をしている最中だというのに心ここにあらずの妻にこう切りだした。「きみとヴィクトリアは、いったいなにをあんなにひそひそ話していたのかな？」

ホイットニーは答えをためらった。シェリダンが姿を見せたので、その理由に興味を持っているのだと答えれば、夫がいやな顔をするのが目に見えていたからだ。「今晩オペラハウスで、ヴィクトリアがシェリダン・ブロムリーを見かけたの。顔がはっきり見えなかったので、本当かどうか確信はないけれど」その名前を出したとたん、クレイトンが敵意で眉をひそめたので、ホイットニーはその話題を口にするのをやめることにした。

翌週の木曜日、ヴィクトリアとホイットニーはそれぞれの夫がほかの用事で外出したのを確かめてから早々にオペラハウスへ出かけ、ボックス席に陣取って、一階席に入ってくる人々のなかからシェリダンの顔を見つけようとした。「彼女を見つけた？」ヴィクトリアが尋ねた。

「いいえ。それにしても先週あの混雑のなかで気づいたのは奇跡ね！　ここからだとだいぶ距離があるから、顔なんて見分けがつかないわ」

「がっかりするべきなのか、ほっとするべきなのか、よくわからないわ」舞台の幕が開くと、ヴィクトリアは椅子に深く座った。先週見かけたシェリダン・ブロムリーらしき女性はまだ発見できていなかった。

ホイットニーも椅子に深く座った。

「あなたの義弟が現われたわよ」数分後にヴィクトリアが言った。「一緒にいるのはジョーゼット・ポーターかしら？」

ホイットニーはスティーヴンのボックス席に視線をやってから、うわの空でうなずいた。

「すばらしくきれいな人ね」ヴィクトリアはその場の雰囲気をなんとか明るくしようとするかのような口調でつけ加えた。スティーヴン・ウェストモアランドには好意を抱いていたし、自分の夫が親しい友人として認めた数少ないうちのひとりだ。同じアメリカ人であるシェリダンのことは会ってすぐに好きになった。

ホイットニーは、笑顔で話しかけているジョーゼットにスティーヴンがどんな反応をするかじっくり観察した。彼は礼儀正しく耳を傾けているように見えたが、本当はジョーゼットの話をまるで聞いていないようだった。もしかしたら、彼女がボックス席にいることさえ忘れているのかもしれない。ホイットニーは視線を一階席へ戻した。「彼女はここにいるわ。きっと、いる。そんな気がするの」

「先週、彼女が一階席に入る列に並んでいなかったら、彼女がどこにいるのかきっとわからなかったと思うわ。こんなにたくさん人がいては、どこにいるのか見つけられないわね」

「わかったわ！　舞台ではなくスティーヴンのほうを向いている女性をさがせばいいのよ」

ホイットニーがうれしそうに声をあげた。しばらくして、彼女は興奮のあまり両手を握りしめた。「あそこよ！　先週と同じボンネットをかぶっている！　この席からだとほぼ真下だから、よけいに見つけにくかったのね」

じっと観察しているうちに、会場から出ようとしてその女性が立ち上がったので、ようやく愁《うれ》いに沈む顔がはっきり見えた。「彼女に間違いないわ！」オペラが終わる少し前に席を立ったシェリダンの悲しげな顔を見て、ホイットニーはかわいそうにと深く同情せずにはいられなかった。

だが、クレイトンが彼女に同情するとは思えなかった――少なくとも、ひたすらスティーヴンを見つめながらじっと座っているシェリダンの姿を直接に見ないかぎりは。けれど、もし夫がそれを見て、彼女に同情するようになったとしても、彼はスティーヴンを説得して彼女をさがさせることができるだろうか。ホイットニーが知るかぎり、スティーヴンの心に影響を与えることができるのはクレイトンただひとりだった。

45

「遅れたらいけないわ」ホイットニーは心配そうに時計を見ながら、シェリー酒を飲んでいる夫を急かした。「もう出かけなくては」

「きみはそんなにオペラが好きだったかな？」クレイトンが興味深げに妻をしげしげと見た。

「最近は……わくわくするような演目ばかりだから」ホイットニーはかがみこんで幼いノエルをぎゅっと抱きしめた。眠そうな目をしたノエルは家庭教師とチャリティ・ソーントンに手を引かれて寝屋へ向かった。

「わくわくするって、本当に？」クレイトンは片眼鏡の奥からおもしろがるような視線を送った。

「ええ、もちろん。それから、今晩はラザフォードとボックスを交換したのよ」

「どうして？」

「スティーヴンと同じ側のほうがよく見えるからよ」

「なにがよく見えるんだい？」

「観客よ」

その奇妙なやりとりについてクレイトンがさらに質問する前に、ホイットニーは口を開いた。「お願いだから、わたしを信じて、それ以上なにも訊かないで。見ればすぐにわかるから」

「見て、あそこに彼女がいるわ」ホイットニーはクレイトンの手首をつかんでささやいた。「だめよ――気づかれないように注意して。顔は動かさないで、目だけを動かすのよ」

クレイトンは頭を動かしはしなかったが、妻に言われた方向を見るのではなく、妻の顔に視線を向けて訊いた。「自分がだれをさがそうとしているのか教えてもらえれば、大変助かるのだが」

彼がどう反応するかがとても重要だとわかっていたので、ホイットニーは注意深く事情を語った。「シェリダン・ブロムリーよ。彼女が今晩ここへ来るとはかぎらないし、先に話したらあなたが行かないと言うかもしれないと思ったから、事前に説明できなかったの」

その名前を聞いた瞬間クレイトンの表情がこわばったので、ホイットニーは緑色の瞳を上げて懇願した。「お願いよ、クレイトン。彼女が悪い人だって頭から決めつけないで。わたしたちは彼女の言い分をひと言も聞いていないのよ」

「まるで罪を犯した悪女のように逃げだしたんだぞ。オペラが好きなのは知っているが、だからといって状況はなにも変わらない」

「スティーヴンに対する愛情があなたの判断力をくもらせているのよ」ホイットニーは静か

な口調で説明した。「彼女はオペラを観るために来たのではないわ。舞台には目もくれず、スティーヴンだけを見ているし、もし彼が舞台に飽きてよそ見をしても見つからないように、いつも彼のボックス席よりも後ろの列に座っているのよ。お願いだから、自分の目で確かめてみて」

クレイトンはしばらくためらっていたが、なにも言わずにそっけなくうなずくと、ホイットニーが示した右の方向へ視線を動かした。「青いリボンがついた飾り気のない紺色のボンネットをかぶっているわ。ドレスは紺色で、白い襟がある」ホイットニーが言った。

群衆のなかにシェリダンを発見した瞬間、クレイトンのあごに力が入ったので、ホイットニーにはそうとわかった。彼ははじかれたように視線を戻し、それっきり幕が上がるまでそちらを見なかった。ホイットニーはがっかりしたもののあきらめはせず、彼がもう一度そちらへ視線をやるのを期待して目の隅で観察していた。しばらくすると、クレイトンがほんの一インチだけ頭を右へ向けたが、その視線はもっとずっと右を向いていた。

それから二時間、ホイットニーはなるべく体を動かさないように注意しながら、夫とシェリダンのようすを観察した。オペラが終わるころには目がひどく痛かったけれど、自分の作戦がうまくいったのを感じていた。その晩クレイトンの視線は何度もシェリダンに向けられた。だが、二日後、彼がスティーヴンの婚約者だった女性に対する考えを変えたと判断してから、ホイットニーはようやく彼女の話を持ちだした。

46

「オペラの晩のことを覚えている?」従僕が朝食の皿を片づけると、ホイットニーは慎重に話をはじめた。

「きみの言ったとおり、〝わくわくする〟演目だった」クレイトンは真顔で答えた。「あのテノールは——」

「あなたは舞台なんか見ていなかった」ホイットニーは彼の言葉をさえぎった。

「そのとおりだ」彼はにやりとした。「ぼくを見ているきみを見ていたから」

「クレイトン、まじめに話して。とても大切なことなの」

眉を上げてみせた彼の表情には、おもしろがっているような、待ちかまえていたような雰囲気が感じられた。

「なんとかしてスティーヴンとシェリダン・ブロムリーをもう一度会わせたいの。昨日ヴィクトリアと話したのだけれど、彼女もふたりは少なくとも直接会って話すべきだと言っていたわ」

勢いこんでいたホイットニーは、クレイトンがさりげなく話しはじめた内容に驚いた。

「じつは、同じようなことを思ったので、昨晩〈ストラスモア〉でスティーヴンに会ったときに話をしてみたよ」

「なんで話してくれなかったの！　どんなことを話したの？　それで、彼はなんて？」

「シェリダン・ブロムリーと一度話してみてはどうかと勧めた。彼女があいつに会うためにオペラハウスへ来ていることも話したよ」

「で、どうなったの？」

「なにも。彼は立ち上がって、いなくなった」

「それだけ？　彼はなにも言わなかったの？」

「じつは、言った。母に免じて、今回ばかりはぼくに暴力をふるいたい気持ちを抑えるが、もしシェリダン・ブロムリーの名前をもう一度持ちだしたりすれば、そのときは覚悟するがいいと」

「本当に、そんなことを言ったの？」

「一言一句そのままではないが」クレイトンは皮肉を込めて言った。「スティーヴンの言葉はもっと短いが、じつに雄弁だったよ」

「そんな脅しにはのらないわよ。きっとなにか方法があるはずだわ」

「祈ってみてはどうかな？　あるいは巡礼にでも行くか？　それとも魔術を試すか？」軽い口調とはうらはらに、この件にはもう手出しするなとクレイトンが忠告しているのが彼女にはわかった。彼女が笑わないのを見て、彼はティーカップを受け皿に置き、椅子の背に寄りかかって、眉をひそめた。「たとえスティーヴンがどう言おうと、ぼくがどう言おうと、口を出すつもりなんだな？」

ホイットニーはためらったが、うなずいた。「やってみるわ。オペラハウスにいたときやラザフォードの舞踏会で彼を見つめていたシェリーの表情が、どうしても忘れられないの。それに、スティーヴンは会うたびにどんどん憔悴している。どう見ても、別れたままでいるのはふたりにとってよくないことなのよ」

「わかった」クレイトンは仕方がないと言いたげな表情で、彼女の顔をしげしげと見た。「それは間違いだときみを説得するすべはないのだね？」

「残念だけど、ないわ」

「いいだろう」

「もうひとつ告白することがあるの。じつはマシュー・ベネットの事務所に頼んで彼女の居所をさがさせているのよ。とにかく彼女を見つけないことには、なにもはじまらないから」

「きみがベネットの事務所に依頼する前に、オペラの幕間にでも彼女を尾行するよう従僕に言いつけなかったとは驚きだな」

「まあ、考えつかなかったわ！」

「ぼくは考えたよ」

なんの感情も示さない口調で、表情も変えずに言われたので、ホイットニーはその言葉を理解するのに少し時間がかかった。その意味が腑に落ちたとき、彼女は四年間の結婚生活でますます強くなっていた彼への愛情が一気に心にこみあげるのを感じた。「クレイトン、愛しているわ」彼女は言った。「彼女は男爵家で家庭教師をしている。スケフィントンという名前の家で、子どもが三人いる。はじめて耳にする名前だ。ベネットが住所を調べた」

ホイットニーは手にしたティーカップを置いて立ち上がり、くわしい情報を知るためにベネットの事務所に人をやろうとした。

「ホイットニー？」

彼女はモーニングルームの戸口で振り向いた。「どうしたの？」

「ぼくもきみを愛している」その言葉に妻が微笑みで応えたのを見てから、クレイトンは真顔で警告した。「本気であのふたりを会わせようとしているのならば、くれぐれも慎重に事を運ぶんだ。まずはスティーヴンがそれとなく彼女を見る機会をつくったほうがいいだろう。それから、このことでスティーヴンがきみを許さなくなる可能性もある、それもかなり長期間にわたって。それを覚悟しておかなければいけないよ。後悔しないように、よく考えて進めなさい」

「そうするわ」彼女は約束した。

部屋を去るホイットニーを見送ってから、クレイトンはゆっくり首を横に振った。妻がなにもせずにようすを見ているとは思えなかったからだ。あの性格からして、成り行きにまかせて待つというのはありえなかった。それが彼女の愛すべき点でもある。

とはいえ、ホイットニーの行動は彼が思っているよりもさらにすばやかった。「なにを書いているんだい？」同じ日の午後、クレイトンはホイットニーが客間の書き物机に座り、便箋を前にして、鷲ペンの羽根の部分で頰をこすりながら考え事をしているのを見つけた。

ホイットニーは視線を上げて、さっとほほえんだ。「招待客リストよ」

忙しい社交シーズンがついに終わりに近づいて、田園で過ごす平和で静かな夏の生活を心待ちにするころになっていたので、妻が客を招こうと計画していることにクレイトンは驚いた。「明後日《あさって》にはクレイモアへ戻るのだとばかり思っていたよ」

「戻るわよ。パーティは三週間後——ノエルの三歳の誕生日を祝うの。もちろん、内輪だけのささやかなパーティにするわ」

クレイトンは妻の肩越しにリストをのぞきこんで、リストの一行目を声に出して読むなり、笑いを噛み殺した。「子どもたちがさわっても安全な、小さな象——」

「サーカスをテーマにするつもりなの。道化師にジャグラー。食事は芝生の上で。くつろいだ雰囲気になるし、子どもたちも大人と一緒に楽しめるわ」

「ノエルはまだ幼すぎるのではないかな？」

「あの子にも友達が必要よ」

「だから、ロンドンではいつもフィールディングやソーントンの子どもたちと遊んでいる」

「ええ、そうね」ホイットニーは爽やかに笑った。「今日スティーヴンに誕生パーティの話をしたら、モントクレアでやっていいと言ってくれたわ」

「この六週間で一生分のパーティを開いたから、今回はスティーヴンにまかせられれば助かるよ」クレイトンが冗談を言った。「ノエルの名付け親なのだから、カントリーハウスを提供して、招待した子どもたちやその親たちをもてなすのもいいだろう」

「でも、こう提案したの。それなら、あなたたちのお母様の六十歳の誕生日を祝う舞踏会をモントクレアでやってほしいと。ノエルの誕生日はクレイモアでやるからと。お母様の誕生日はノエルの誕生日の三日後だから、それが一番いいと思って」

「じつに賢い」クレイトンは意見をさっさと翻した。「母上の舞踏会をやるとなると大事だからな」

「ノエルの誕生パーティはささやかな集まりよ――子ども連れの招待客が数組と、子どもたちの家庭教師」

ホイットニーが話しているあいだ、なにげなくリストを眺めていたクレイトンの視線が、スケフィントンの名前に釘付けになった。背筋をのばしてから話しだした彼の口調は楽しげな皮肉に満ちていた。「じつに興味深いリストだ」

「そうかしら?」彼女はほほえんだ。「ご招待したのは、たとえなにを見たり聞いたりしても絶対に思慮深くふるまうと信頼できる人たちと、すでにおおまかな状況を知っている人たち。そして、スケフィントンの家族」

「それに、もちろん家庭教師」

ホイットニーはうなずいた。「もちろんよ。そして、この計画のすばらしさは、いくらシェリーが逃れたくても、スケフィントンの家庭教師をしているのだから逃れられないという点にあるのよ」

「彼女の姿を見たとたんに、スティーヴンがいなくならないようにするには、どんな細工をする？」

「いなくなる？」ホイットニーは楽しそうに訊き返した。「自分を心から愛している甥《おい》を置き去りにして？　彼自身が溺愛している甥を？　そんなことをしたら、ノエルがなんと思うかしら？　だいいち、百以上も部屋がある大きな屋敷にいるというのに、家庭教師ひとりのせいで耐えきれずにいなくなるほど狼狽したりしたら、他人がどう思うかしら？　できるなら、ふたりだけで会わせたいのだけれど、スティーヴンがそんな申し出に応じるとはとうてい思えないから、彼が喜んで出かけてきて、簡単にいなくなれない状況が必要なのよ。自分がいなくなってもノエルは気づかないと彼は抗弁するかもしれないけれど、それでもフィールディングやタウンゼンドに対して面子《メンツ》を失うことになるでしょう。彼はとても誇り高い人間で、そのプライドはすでにシェリーに踏みにじられている。それをさらに傷つけるという犠牲を払ってまで、その場を立ち去るとは思えないわ。そのうえ、戸外でパーティを開けば、家庭教師の姿はつねに招待客から見えているのだから、スティーヴンがシェリーを避けることはできないはずよ、昼も夜も」

ホイットニーはいったん言葉を切って、招待客リストを考え深げに一瞥《いちべつ》した。「ニッキーはあえてはずしたの。ひとつには、彼はこの計画をやめさせようとするだろうし、たとえそうでなくても、こんな状況ではきっと来るとは言わないわ。いなくなったシェリーをスティーヴンがさがさなかったことも含めて、ニッキーはスティーヴンのやり方はひどいと思っている。すべてにすごく腹をたてているのよ。わたしがはじめてオペラハウスで彼女を見た翌日、ニッキーは居場所を知っていると認めたのだけれど、どこにいるのかと尋ねても教えてくれなかった。あの人がわたしの頼みを断わるなんて、はじめてのことよ。シェリーはスティーヴンのことでひどく傷ついたし、絶対に見つかりたくないと思っているから、なにも教えられないと強く言っていたわ」

「だが、スティーヴンは向きあおうとしたのに、彼女は姿を消したんだ」クレイトンがそっけなく指摘した。

「あなたの意見に同意したいけれど、ニッキーは決してそうは思っていないわ」

「そこで、ふたりを屋敷で鉢合わせさせてはならないと考えたわけだね」

ホイットニーは眉をひそめた。「いけないかしら？」

「シェリーがいなくなってからというもの、スティーヴンはデュヴィルをひどく嫌っている」

クレイトンの言葉を聞いたホイットニーは、シェリーをスティーヴンの目の前に引きだす計画が、はたしてうまくいくだろうかと心配になったようだった。たしかに彼女の計画は失敗の可能性をはらんでいるが、クレイトンも名案は浮かばなかった。「もし、スケフィントンが断わったら?」彼はぼんやり尋ねた。

ホイットニーは書類を指先でとんとんと叩いて、その可能性をきっぱり否定した。「いろいろ調べさせたのだけど、レディ・スケフィントンは〝ちゃんとした人たち〟と交際できるという理由で、夫のサー・ジョンを説き伏せてロンドンの社交シーズンに家族同伴でやってきたそうよ。レディ・スケフィントンはどうやらお金はあまりないけれど、社会的野心はたくさんお持ちのようだわ」

「それはすばらしい」クレイトンは皮肉で言った。「わが屋敷にお迎えするのが楽しみだよ。七十二時間の滞在、食事が十二回、午後のお茶が三回……」

ホイットニーはさらに続けた。「彼らがロンドンへ出てきたのは、一段上の階級への入口を見つけて、あわよくば十七歳の娘に申し分のない結婚相手を見つけるためよ。昨日までのところ、そのどちらも達成できていないわ。そういったことをすべて考えあわせてみれば、クレイモア公爵からのパーティの招待を断わるなんてありえるかしら?」

「いいや」クレイトンは認めた。「だが、ありえないことはない」

「いいえ、今回はないわ」彼の手に負えない妻は笑って、招待客リストに視線を戻した。「だって、あなたの弟はイングランド随一のすばらしい結婚相手ですもの」

「もしかしたら、週末に雪が降るかもしれないな」クレイトンは来るべきパーティの成功をあまり期待していないようだった。「世界の歴史を振り返れば、六月に雪が降ったこともきっとあるに違いない」

47

ロンドンの狭い借家の客間で、レディ・スケフィントンは痛む足をスツールにのせ、静寂を楽しんでいた。部屋の反対側では、夫のサー・ジョンが痛風の足をやはりスツールにのせて『タイムズ』紙を読んでいる。「静かね。なんの音もしない」レディ・スケフィントンはうれしそうに首をかしげた。「ミス・ブロムリーがアイスクリームを買いに子どもたちを連れていってくれたから。そのうちに帰ってくるのでしょうけれど、あの子たちがいないと本当に静かでいいわ」

「そうだね、かわいい人《ダヴ》」サー・ジョンは型通りに答えた。

彼女が話を続けようとしたとき、御者や執事も兼務している従僕が封筒を手に入ってきた。

「もし、またしても家賃の督促なら――」手にした封筒がクリーム色の上質紙なのに気づいて、彼女は封筒を裏返し、封蝋に目を奪われた。「あなた、どうやら――確かだと思うけれど――はじめて重要な招待を受けたようよ」

「そうかい、ダヴ」

封蝋を破って書状をとりだすと、レディ・スケフィントンはまるで金の王冠を授けられたかのように口をあんぐり開けた。手紙の内容を一文字読むごとに両手が震え、全身に興奮が走る。「クレイモア!」彼女は畏怖の念にうめき、雷鳴のごとく鼓動している心臓のあたりで片手を握りしめた。「招待されたのよ……クレイモアへ!」

「そうかい、ダヴ」

「クレイモア公爵夫妻がご長男の誕生パーティに招待してくださったわ。そのうえ——」レディ・スケフィントンはいったん言葉を切って、テーブルの上の気付け薬に手をのばしてから続けた。「クレイモア公爵夫人がわたし宛に書き添えてくださっているわ。シーズンのあいだにお近づきになれなくて残念でしたけれど、この埋め合わせは……クレイモアで……」彼女は気付け薬をひと息吸いこんでからさらに続けた。「……三週間後に。子どもたちも同道するようにと。これはどういうことだと思う?」

「すこぶる奇妙だな」

レディ・スケフィントンは招待状を豊かな胸に押しつけ、おごそかな声でささやいた。「あなた、この意味がわかります?」彼女は大きく息を吸った。

「わかるとも、ダヴ。他人宛の招待状が間違って届いたのだろう」

はっとして招待状を読み返した彼女は、首を横に振った。「いいえ、わたしたちに宛てられているわ——ほら、ごらんなさい」

サー・ジョンはようやく『タイムズ』紙から手紙へ関心を移し、手にとって読んだ。最初は半信半疑だった彼の表情が満足げな笑みに変化した。「だから言ったじゃないか、招待を求めてロンドンじゅうをあちこち奔走する必要などないと。きっとこの手紙は、私たちがブリントンフィールドの家にいても届いたろうよ」

「そうよ、これはただのご招待じゃないわ！　それ以上の重大な意味があるのよ」

サー・ジョンはふたたび『タイムズ』紙を手にした。「どうしてだい？」

「これはジュリアナに関係があるわ」

サー・ジョンが手にした新聞を少し下げたので、マデイラ酒のせいでふちが赤くなっている両目が新聞の上からのぞいた。「ジュリアナ？　どういうことだ？」

「考えてもみて、あなた！　社交シーズンのあいだずっとロンドンにいて、ジュリアナを〈オールマックス〉に連れていってやることこそできなかったけれど、毎日欠かさずグリーンパークを散歩していたの。そうしたら、ある日、彼に会ったのよ。彼はジュリアナをまっすぐに見つめて……わたしはそう思ったの……彼はうちの娘を見つめていたわ。だからこそ、クレイモアへ招待されたんだわ。彼は娘に目をとめて、その後ずっとさがして、招待することにしたのよ」

「それはいやなやり方だな——自分の妻から招待させるとは。認めるわけにはいかない。ひどく悪趣味だ」

レディ・スケフィントンは信じられないとばかりに夫に食ってかかった。「なんですって？　いったいなんの話をしているの？」

「わが娘とクレイモアの話だが」

「公爵の話ですって？」彼女はいらだって大声を出した。「わたしはラングフォードの話をしているの！」

「どうも話の筋が見えないな。もしクレイモアがうちの娘に関心を持っているとして、そのうえラングフォードもその気だとしたら、やっかいな問題になるぞ。招待を受ける前にはっきり決めておかないといけないな、ダヴ」

レディ・スケフィントンは夫の頭の鈍さに腹をたててしゃべりたてようとしたが、玄関広間のほうから急ににぎやかな声が聞こえてきたので、そちらに気をとられた。「子どもたちが帰ってきたわ！」叫ぶなり玄関広間へ走りおりて、そこにいた子どもを抱きしめた。つぎに「ミス・ブロムリー！」と叫んで、興奮のあまり家庭教師も抱きしめてしまった。「眠る時間も惜しんで旅行の支度をしなくては。これほど盛大なハウスパーティに行くのにはなにが必要なのか、想像もつかないわ」

「ジュリアナ、どこなの？」レディ・スケフィントンはその場にいるのが元気な黒髪の男の子たちだけだとやっと気づいて、あわてて娘の姿をさがした。

「ジュリアナはもう自分の部屋へ上がりました、レディ・スケフィントン」シェリダンはひどく興奮している雇い主を前にして疲れた笑みを隠し、〝これほど盛大なハウスパーティ〟に子どもたちを出席させる準備のために、いったいどれくらいよけいに働かなくてはならないのだろうかと恐ろしくなった。そうでなくても、休めるのは週にひと晩だけで、それ以外は毎日夜明けから夜の十一時まで休みなく働いている。普通なら家庭教師ではなくお針子や侍女がするような仕事までさせられていた。ハウスパーティのことで女主人が騒ぎまわっているあいだに、シェリダンはしばらく屋根裏部屋の自室へ入った。タンスの上に置いた水差しから洗面器に水を注いで顔を洗い、髪を整えてから、小さな窓のそばに座って縫い物を手にする。ハウスパーティに行くとなれば、繕い物やアイロンがけが増えるだろうが、よぶんな仕事が増えるのはそう悪いことではないのかもしれない。三人の子どもたちの家庭教師をしていると毎日が忙しくて、スティーヴンのことも、彼と過ごしたあの夢のような日々のことも考えずに過ごせるからだ。夜になって家のなかが寝静まり、蠟燭の明かりで縫い物をしていると、やはり彼のことを思わずにはいられなかった。恋い焦がれるあまり、そのうちに本当に頭がおかしくなってしまうのではないかと思ったりもした。身をかがめて縫い物をしながら、シェリダンは彼とのさまざまな場面を思い返し、さらに想像をふくらませた。

ときおり、シェリダンはスティーヴンとの婚約の惨めな結末を心のなかで描きなおしていた。空想はたいていいつも同じ場面――シャリース・ランカスターが彼女の寝室へ飛びこんできた場面――からはじまり、すべてはシェリダンが仕組んだ企みだったと彼女が自分勝手な主張をくりひろげている最中に、スティーヴンが部屋に入ってくる。その後の展開と結末は、さまざまなバリエーションがあった。

――シャリースの嘘を聞いたスティーヴンが彼女を屋敷から追いだしてから、シェリダンに事情を話しなさいとやさしく問いかけ、ふたりは予定どおり結婚式を挙げる。

――スティーヴンはシャリースの嘘にまったく耳を傾けないまま彼女を追いだし、やさしくシェリダンの話を聞いてくれ、予定どおり結婚式を挙げる。

——シャリースが現われたとき、ふたりはすでに結婚していて、スティーヴンはシェリダンの話を聞いて、すべて信じてくれる。

どの結末も、スティーヴンは罪の意識と責任感から結婚を考えたというニコラス・デュヴィルの話を否定してはくれないものの、シェリダンはその悲しい現実については折り合いをつける方法を考えついた——はじまりはどうあれ、スティーヴンもわたしを愛したのだと。

そういう流れでの結末も想像してみた。

——スティーヴンはずっとシェリダンを愛していることに気づかずにいたが、彼女がいなくなってようやくそれを自覚し、彼女をさがして見つけだし、ふたりは結婚する。

——ふたりはすでに結婚していて、スティーヴンはたとえなにがあろうと彼女への愛を貫く。

シェリダンは彼女が去ったことで彼が愛に気づくという結末が一番好きだった。それだけは現実になる可能性があるからだ。それが実現することを強く夢見ていたので、彼が颯爽とやってくるのをなかば期待しながら窓の外を眺めていた。そうして想像にふけるだけでなく、オペラハウスへ出かけて実際に彼の姿を眺めるのも楽しみだった——それは同時に苦しみでもあったけれど。

オペラハウスへ行くのをやめなければならない。いつか彼がこちらを振り向いてくれるのを期待して、自分で自分を苦しめるのはもうやめなければ。いつまでもむなしい期待を抱きつづけるのは、あまりにも苦しすぎる。

彼が美女をボックス席にはべらせながらあんなに厳しい顔をしているのは、自分がいなくなったせいかもしれないと思うことがあった。わたしを失った痛手が彼の表情をくもらせている……わたしを失ったことをくやんでいるからだ、と。

周囲はまだ明るく、甘い夢を見るには時間が早すぎたので、シェリダンはかぶりを振って夢想を振り払った。と、ジュリアアナ・スケフィントンが部屋にそっと入ってきたので、彼女に笑顔を向けた。

「ミス・ブロムリー、ここに隠れていてもいい？」十七歳の少女は不安そうな表情でそっとドアを閉め、ベッドのほうへ来た。ベッドカバーをしわくちゃにしないように注意深く腰をおろした彼女は、まるでうなだれた天使のようだった。サー・ジョンとレディ・スケフィントンの娘であるのが不思議なほど、かわいらしく思慮深い知的な少女なのだ。「考えられるかぎり最悪のことが起きたのよ！」ジュリアアナがうんざりした調子で言った。

「最悪のこと？　恐ろしいことやいやなことではなくて、考えられるかぎり最悪のことって？」

ジュリアアナはため息をついた。「ある身分の高い男性がわたしに目をとめたと言って、お母様はひとりで舞いあがっているの。本当は、その人はわたしのほうを見ただけで、ひと言も口をきいたことさえないのに」

シェリダンが口を開こうとした瞬間、ドアが開いて、レディ・スケフィントンが目を大きく見開いて立っていた。

「晴れがましいパーティにご招待されたのだけれど、いったいなにを着ていけばよろしいのかしら。ミス・ブロムリー、公爵のお姉様からの推薦状を持っているのだから、こんな場合にどうしたらいいか助言できるでしょう？　すぐにもボンドストリートへ買い物に行かなくては。ジュリアナ、背筋をのばしなさい。猫背にしていると、紳士がたに好かれませんよ。なにから手をつければいいかしら、ミス・ブロムリー？　馬車を雇って使用人たちも連れていかなくてはね。もちろんあなたも一緒に」

シェリダンは使用人のひとりと言われたのを受け流した。この家では当然のことだった。彼女は使用人であり、その仕事にありつけたことに感謝しなくてはならないのだ。「わたしは上流階級のドレスにはくわしくありません」シェリダンは慎重に答えた。「ですが、お役に立てれば幸いです、奥様。パーティはどこで開かれるのですか？」

レディ・スケフィントンは背筋をのばして、豊かな胸を張った。その姿はまるで、王と王妃の到着を告げる人のようだった。「クレイモア公爵夫妻のカントリーハウスですよ！」

シェリダンは部屋が傾いて見えるほど驚き、まさに耳を疑った。

「クレイモア公爵夫妻がわたしたち全員をご自宅に招いてくださったのよ！」

シェリダンは背後にあるベッドの支柱を手探りして、それにつかまって女主人を見つめた。彼女が自分の目で見てきた社交界の序列からすると、ウェストモアランド家は一番上の階層にあり、スケフィントン夫妻は底辺にあって、ウェストモアランド家の人々の目にとまることなどありえなかった。たとえ富や地位に歴然たる差がなかったとしても、家柄の点で天と地ほども違う。ウェストモアランド家の高貴さは周知の事実だ。それにひきかえ、サー・ジョンとレディ・グレンダ・スケフィントンのほうはなにもないに等しい。招待されるなんてありえないと、シェリーは思った。これはきっと夢で、しかも悪夢だった。

「ミス・ブロムリー、あなた顔が真っ青よ」

シェリダンは必死に息を吸ってから、声を出そうとした。「あの……彼らと……公爵夫妻と、お知り合いなんですか？」

「あなたはわたしたちを裏切らないと信じているわ。仕事を失いたくもないでしょう、そうよね？」

シェリダンはまたしても息を吸って、首を縦に振った。レディ・スケフィントンはそれをなにも口外しないという約束のしるしだと認めた。「サー・ジョンもわたしも、一度もお目にかかったことはないの」

「それでは、どうやって……つまり、なぜ――？」

「きっと、こういうことだと思うわ」レディ・スケフィントンは得意げに胸を張った。「ジュリアナがイングランド随一の花婿候補のお目にとまったのですよ！　パーティへの招待は表向きで、じつはラングフォード卿がジュリアナをそばで好きなだけ見たいがために考えついたことなのでしょう」

シェリダンは両目の奥に火花が散るのを感じた。

「ミス・ブロムリー、どうしたの？」

シェリダンはいまにも気を失いそうになりながら、ばかばかしい想像をしゃべっている女性の顔を見つめていた。

「ミス・ブロムリー？　ああっ、だめよ！」

「ママ、気付け薬をちょうだい、早く」ジュリアナの声が響くなか、シェリダンは気が遠くなった。

「大丈夫ですから」シェリダンはレディ・スケフィントンが鼻の近くで揺らしている気付け薬の瓶からやっとのことで顔をそむけた。「ちょっと……めまいがしただけ……」

「まあ、助かったわ！　上流社会でのふるまいについて、あなたに教えてもらわなくてはならないのだから」

シェリダンは思わずヒステリックな笑いをもらした。「どうして、わたしがそんなことを知っているんですか？」

「どうしてって、ミス・チャリティ・ソーントンの身元保証書に、あなたはすばらしく上品で、上流階級の礼儀作法にもくわしく、子どもたちの手本になると書いてあったからよ。あれはミス・ソーントンが書いたのでしょ？　あなたがわたしに見せた身元保証書よ」

あれはニコラス・デュヴィルが口述筆記させて、ミス・ソーントンは内容を読みもせずに署名させられただけではないかと、シェリダンは疑っていた。放蕩者の悪名高い独身男性が若い女性の身元を保証しても、信用されない可能性があるからだ。それどころか、ひょっとすると、ふたつの署名は両方とも彼が書いたのかも知れない。「保証書を疑いたくなるようなことを、なにかわたしがしたでしょうか、奥様？」シェリダンは逃げを打った。

「とんでもない。あなたはすばらしい女性よ、髪色はそんなだけれど。この先も、どうかわたしたちをがっかりさせないでね」

「そのようにつとめます」シェリダンはまだ気が遠くなりそうなのを我慢して答えた。

「じゃあ、しばらく休みなさい。ここは息が詰まるわね」

シェリダンは足をひきずってベッドへ近づき、言いつけを守る子どものようにどすんと座りこんだ。胸が激しく打っていた。レディ・スケフィントンは部屋を出てドアを閉めたが、すぐにまたドアを少し開けて、顔をのぞかせた。「あちらにいるあいだに、ふたりの男の子たちにも本物の上流の暮らしを身につけさせたいの。ジュリアナがラングフォード伯爵夫人になるとして、先々のことも考えなくてはいけないでしょ。ふたりに歌の練習をさせてね。あなたが古い楽器を使ってあの子たちと一緒に歌っていたのはとてもすてきだったわ。あの楽器は――」

「ギターです」シェリダンは苦しそうに答えた。

レディ・スケフィントンが去ると、シェリダンは膝に目を落とした。スティーヴンが公園でジュリアナを見初めたせいで、彼のもとへ行かなくてはならなくなった――そんなばかな話はとうてい信じられなかった。ジュリアナはたしかに魅力的な娘だけれど、彼女の本当の美質は話をしてはじめてわかるもので、スティーヴンはあきらかにまだ言葉を交わしてはいない。それに、〈オールマックス〉で耳にした噂話によれば、女性たちはだれでも彼の意のままで、求められもしないうちから身を投げだすということだから、わざわざハウスパーティを開く必要もないだろう。

いいえ、ちがうわ。クレイモアへひきずりだされようとしているのはスケフィントン一家ではなく、家庭教師のほうなのだ。この招待は彼らにはなんの関係もないのだと、シェリダンは気づいた。恐怖と絶望感がわきあがって、ヒステリックな笑いがこみあげた。ウェストモアランドの人々は――そしてクレイモアへ集まるその友人たちも――わたしが自分たちを欺いたと信じていて、罰する目的で手の込んだ復讐を準備しているのだろう。きっと、自分たちと対等の存在としてではなく、わたしの本当の姿である使用人として、みんなの前で晒《さら》し者にするつもりなのだ。

なによりも耐えがたく、屈辱的に思えるのは、自分にはこの計画から逃れるすべがないという現実だった。

シェリーは震えるあごを上げて、背筋をのばした。覚悟はできていた。それに、家庭教師という立場にあることは恥ずかしくもなんともない。伯爵夫人になりたいと思ったことなど一度もなかった。

もしかしたら絶対にないとは言えないのかもしれないと、シェリダンは考えなおした。本当のところ、自分はスティーヴン・ウェストモアランドの妻になりたかったのだから。そして、いまの境遇はそんな夢を見たことに対する罰、身分不相応の望みを抱いたことに対する罰なのだ。シェリダンは、自分をそんな目に遭わせた運命に怒りを覚えていた。

「アメリカへ帰りたい！　家へ帰る方法があるはずよ！」伯母のコーネリアに手紙を書いてからまだ五週間しかたっていなかった。〈モーニングスター号〉に乗りこんでからの経緯をすべて説明して、アメリカへ帰るための船賃を送金してくれと頼んだのだ。伯母はきっとお金を送ってくれるに違いないが、手紙がアメリカに着いてすぐに伯母が送金の手配をしてくれたとしても、こちらへ届くのには八週間から十週間はかかるだろう。

たとえ大西洋がずっと穏やかで、船がポーツマスとリッチモンドのあいだのどの港にも停泊しなかったとしても、伯母からの便りが届くのにはまだ三週間はかかるはずだ。お金を手にできるのは早くても三週間後だ。クレイモアのパーティまで三週間ある。もし万一、イングランドの地を踏んではじめて運命がわたしの味方をしてくれれば、恐ろしい復讐から逃れられるかもしれない。

48

クレイモアで待ち受けている恐ろしい日々に備えて心の準備をする時間は十分にあったので、シェリダンは運命に立ち向かう防備をしっかり固めることができたと思った。この数週間というもの、なんの罪も犯していないのだから正義は当然こちらにあるのだと自分に言い聞かせてきた。そして、心がこれ以上傷つくことがないように、スティーヴンのことを考えるのはきっぱりやめた。

その結果、いかにも冷静で無関心なふうを装って、クレイモアへの旅に耐えることができた。彼に会ったらどうすればいいのか――そもそも本当に彼に会うのだろうか――という恐ろしい不安を頭から消して、借り馬車の三台目に一緒に乗っているスケフィントン家の男の子たちのにぎやかなおしゃべりに意識を集中した。二時間の旅のあいだずっと、再会したらスティーヴンはどんな行動に出るだろうか、なにを言うだろうかとやきもきすることなく、子どもたちの陽気な歌声に耳を傾けた。スケフィントン家の馬車列が木々に縁取られた長い私道を抜け、石橋を渡ってクレイモア公爵の大邸宅へと向かう途中、シェリダンは窓からの美しい景色に目をやることなく、ひたすら熱心に少年たちの身なりを整えていた。広いテラスに囲まれてまるで翼を広げたようにそびえる豪壮な邸宅のみごとな正面玄関にも、バラ窓で飾られたバルコニーにも、一瞥もくれようとはしなかった。

お仕着せ姿の使用人たちが訪問客の来訪をめざとく見つけて屋敷から出てきたとき、シェリダンは胸をどきどきさせながらも、それを周囲に悟らせることなく、顔には礼儀正しい笑みを浮かべて対応した。紺色のホンバジン織りの簡素な服、首筋できつくまとめた髪。細い白い襟ののどもとまでボタンをきっちりとめて、馬車から降りたシェリダンはいかにも家庭教師らしい姿だった。彼女はふたりの男の子の肩に手を置いて正面玄関へと続く階段を上り、その後ろにサー・ジョンとレディ・スケフィントンが続いた。

シェリダンは誇り高くあごを上げ、背筋をのばした。恥じることも弁解するべきことも一切ないし、家庭教師という立場も卑下するべきものではない。わたしはだれにも嘘などついていないと、この三週間に何千回となく自分に言い聞かせていた。スティーヴンのほうこそ、わたしの婚約者だと信じさせ、わたしと結婚したいと思っていると嘘をついたのだ。彼の家族たちもそれに加担したのだから、罪はあちらにあって、恥じるべきはあちらのほうなのだ。

だが、不運にも、シェリダンが必死に保っていた平静さの仮面は、吹き抜けの玄関広間に通されたとたんに大きくひび割れた。そこにはさらに多くの使用人が来訪者をそれぞれの部屋へ案内するために控え、副執事のホジキンが来訪者に挨拶して割りあてられた部屋を知らせようと待っていた。「あなた様には特別に見晴らしのいい青の間をと、公爵夫人がおっしゃいました。ほかのお客様がたと応接間にいらっしゃいますが、旅の疲れを癒されましたら、どうぞそちらへいらしてくださるようにとのことでございます」副執事がサー・ジョンとレディ・スケフィントンに言った。すると、並んでいる従僕のひとりが進みでて、彼らを青の間へと案内した。

「ミス・スケフィントンにはそのおとなりの部屋をご用意してあります」別の従僕に案内されて立派な螺旋階段を上がっていくジュリアナを見送ってから、副執事は男の子たちのほうを向いた。

「さあ、小さな紳士たち、お部屋はプレイルームがある三階です。そして、家庭教師のかたは、もちろん――」ホジキンがシェリダンのほうを見た。彼女が覚悟していたとおり、彼の目は彼女の顔に釘付けになり、みすぼらしいドレスに移動してからふたたび顔に戻った。

「もちろん、そちらの近くの――向かい側です」彼は口ごもりながらやっと言い終えた。

シェリダンは彼に駆け寄りたい衝動にかられた。頬をやさしく叩いて、わたしは家庭教師なのだから大丈夫、そんな泣きだしそうな顔をしないでと慰めたかった。そんな衝動を抑えて、笑みを浮かべた。「どうもありがとう――」と礼を言ってからそっとつけ加えた。「ホジキン」

彼女の部屋は子どもたちの部屋よりも狭く、ベッドに椅子が一脚、洗面器と水差しがのったタンスがひとつあるだけだったが、スケフィントン家で与えられている屋根裏部屋にくらべたら王宮のようだった。しかも、屋敷はとても広いので、三階にいるかぎりは公爵の家族たちに姿を見られずにすむだろう。できるだけ忙しく働いていたかったので、手と顔を洗ってから荷物を整理し、子どもたちのようすを見に行った。

ほかにも家庭教師がふたり、近くの部屋をあてがわれていて、シェリダンが子どもたちを連れてプレイルームへ行くと、彼女たちもそれぞれ四歳くらいの男の子を連れてきていた。紹介しあってから、スケフィントン家の少年たちは幼い男の子たちのゲームに仲間入りすることになったため、シェリダンは時間をもてあますことになった。

にぎやかに遊んでいる四人の少年たちの声を聞きながら、シェリダンは大きなテーブルの上に木製の兵隊人形がずらりと並んでいる日あたりのいい広い部屋のなかを歩いた。本棚から本が二冊落ちていたので拾いあげた。その本を棚に戻すと、古いスケッチ帳にふと目がいった。そのとたん、心臓がとまるほど驚いた。いかにも子どもが描いたらしい絵——馬が草を食んでいる、あるいは池の水を飲んでいるように見える絵に、つたない字でスティーヴン・ウェストモアランドと名前が記されていたのだ。

シェリダンはあわててスケッチ帳を閉じたが、すぐそばに置かれた木馬の横のテーブルの上に目をやると、そこには馬の首に手を回して満面の笑みを浮かべている幼い少年の絵が飾られていた。その絵はあきらかに才能豊かな素人が描いたもので、いかにも腕白そうに見える黒髪の男の子は、まぎれもなく幼いころのスティーヴンだった。

「わたしも一緒にゲームをするわ。どんなゲームをしているの？」シェリダンはさっと絵に背を向けると、まだ七歳なのにすでに肥満の傾向があるトマス・スケフィントンに尋ねた。

「人数が多すぎるよ、ミス・ブロムリー。勝ったら賞品に特別なケーキをもらえるんだ。それはぼくがもらうんだよ」トマスが答えた。

「だめ、ぼくのものだよ」六歳の弟がすかさず言った。

シェリダンが兄弟の言い分にあきれながら他のふたりの家庭教師のほうを見ると、彼女たちは大変そうねと言いたげにほほえんだ。「疲れているのでしょう」家庭教師のひとりが気遣った。「わたしたちは昨日到着したので、ひと晩しっかり休んだの。この小さな紳士たちはわたしたちが見ているから、パーティがはじまるまで少し休んだらいかが?」

シェリダンはさっきのスケッチ帳をもう一度開いたり、壁にかかっている黒髪の元気な男の子の絵をもっとよく見たりしたい気持ちを抑えるのにすっかり疲れていたので、その申し出をありがたく受けて、急ぎ足で部屋をあとにした。部屋のドアは開けたまま、ベッドの横の椅子に座って、ここはスティーヴンが育った屋敷なのだという事実を忘れようとつとめた。けれど、三週間も不安と忙しさにさいなまれたあげくに、この半時間ほどのあいだにいろいろなことがあったので、ついにシェリダンは数週間ぶりに空想に浸ってしまった。両目を閉じて思い描いた。スケフィントン家への招待は自分とはなんの関係もなく、このまま三日間ずっとこの三階の部屋にいられて、だれにも見つからず、スティーヴンがここへやってくることもないのだと。

だが、すぐにジュリアナがやってきて、そんなはかない希望は砕け散り、シェリダンはひどい辱めを受けることになるのだと覚悟した。「入ってもいい?」遠慮がちに訊くジュリアナの声でシェリダンは空想の世界から引き戻された。

「大丈夫よ、どうぞ」シェリダンは答えて、思わずつけ加えた。「ラングフォード伯爵はもうこの屋敷にいらっしゃるのかしら?」

「いいえ。でも、もうすぐ到着なさるようで、ママは縁組をまとめるとか言ってすっかり舞いあがっているの。まったく、もう耐えられないわ」ジュリアナの目は怒りに燃えていた。「ママはどうしてこんなことをするのかしら? 最高のお金持ちで最高の肩書きを持ってさえすれば、どんなに年寄りでも醜くても、たとえわたしが好きになれない人であっても結婚させようだなんて。いったいどうしてなの! 自分よりも社会的地位が上だと思う人の前に出ると、あんなふうにおべっかを使うのはどうしてなの!」羞恥心や怒りをなんとか抑えようとしながら、十七歳の娘はシェリダンに訴えた。「ママがクレイモア公爵夫人たちと広間で話しているようすを見せたかったわ。ママはあの人たちによく思われようと必死で、それはもう、見ているとぞっとするほどよ」

シェリダンはジュリアナの母親が見せたような行動を嫌悪していることを注意深く押し隠して答えた。「母親というものは、娘には自分よりもいい人生を送ってほしいと願うものだから――」

ジュリアナが軽蔑をにじませて反論した。「ママはわたしの人生を心配してなどいないわ。わたしの幸福は小説を書くことなの! それなのに、ママはわたしを結婚に閉じこめようとする。まるで――」

「美しいプリンセスのように?」シェリダンは言葉をついだ。それは的を射ていた。レデイ・スケフィントンにとって、娘の美しい顔と姿は、社交界で一家を一段上の世界へ押しあげるための貴重な切り札だった。そして、分別のあるジュリアナはそれを見抜いているのだ。「わたしがもっと醜ければよかったのに！」ジュリアナは心の底から言った。「男性がだれも振り向きもしないほど醜ければよかったわ。あなたが来るまで、わたしがどんな生活をしていたかわかる？　毎日本を読んでいたのよ。それだけしかできなかった。なにかスキャンダルに巻きこまれでもしたら結婚市場での価値がなくなるからとママが心配して、どこへも出してもらえなかったの！　いっそのこと、そうなってほしかったわ」彼女は怒りを込めて言った。「いっそのこと、結婚できなくなってしまえば、お祖母《ばあ》さまがわたしに遺してくれたわずかな財産で暮らせばいい。ロンドンで小さな家に住んで、友達をつくるわ。オペラを観たり、小説を書いたり。自由に暮らせる」彼女は思い焦がれるようにそっとつけ加えた。「友達……あなたはわたしの最初の友達なのよ、ミス・ブロムリー。年齢の近い友達と付き合うことはママに禁じられていたから。流行にかぶれてはいけないからって。あの人たちは身持ちが悪いのだから、そんな人たちとお付き合いをすると――」

シェリダンは彼女の気持ちをわかっていると伝えずにはいられなかった。「評判に傷がつくとおっしゃったのね。そんなことになれば――」

「身の破滅だ、と！」ジュリアナの叫びは、そうなればうれしいと言っているかのように響いた。彼女の瞳はユーモアと勇気できらきら輝いている。「身の破滅。その結果、結婚できなくなる……それってとても素敵だと思わない？」

ジュリアナのような状況に置かれれば、それは永遠の解放を意味するように思えるのだろうが、現実にそうなればどんな結果が待っているか彼女は知らないのだと、シェリダンは思った。「いいえ、思わないわ」シェリダンはきっぱり答えたが、その顔は笑っていた。

「ねえ、ミス・ブロムリー、愛を信じている？　小説で読むような、男女の愛を信じている？　わたしは信じないわ」

「わたし――」シェリダンはスティーヴンが部屋へ入ってくるのを見たときに感じた胸のときめきや、彼と話したり笑ったりしたときの幸福感を思い出して、答えるのをためらった。そして、彼が自分にキスをすることで喜びを感じていると思ったときの満ち足りた気持ちを思い出した。あのときは、まるで自分が自然の摂理によって動かされているように感じられた。完璧さを感じたのだ――なぜなら、彼を喜ばせたのだから。でも、それは愚かな思い込みだったのかもしれない。ジュリアナがじっと見つめているのに気づいて、彼女はやっと答えた。「以前は信じていたわ」

「それで？」

「一方的な愛は、ひどい苦しみに変わることもあるわ」そう告白してしまってから、キスのことを思い出しただけで自分がこんなにも傷つきやすくなってしまうことにシェリダンは驚いた。

「わかるわ」とうなずいたジュリエットのすみれ色の瞳は、年齢以上に大人びていた。シェリダンの目から見ても、彼女は作家としての才能があり、驚くほどの観察力を備えていた。

「そうは思えないわ」シェリダンは明るく笑って嘘をついた。

ジュリアナはそれに反論して、するどい観察力を示した。「あなたがはじめてうちに来たとき、感じたの……ひどく傷ついているのを。そして、勇気と決意も感じたわ。それが一方的な愛のせいなのかどうかは訊かないけれど、そうに違いないと思っている。だから、ほかのことを訊いてもいいかしら？」

他人の人生をそう簡単に詮索してはいけないと言いかけたシェリダンだったが、ジュリアナがあまりに孤独でいたことと、魅力にあふれているうえに、好意的なので、そんな言葉をあびせる気にはなれず、かわりに「訊かれても気分が悪くならないようなことならば、なんでもどうぞ」と答えた。

「いったい、どうして、そんなに穏やかでいられるの？」

思いがけなくもかわいらしい質問をされて、シェリダンはジョークで返そうとして笑みを浮かべた。「わたしはお手本なのよ、わかっているでしょ。勇気と決意のお手本よ。さあ、もっと大事なことを話しましょう。この週末はなにをして過ごすのか、知っている？」

シェリダンがうまく話をそらしたのにジュリアナは感心して笑みを浮かべ、質問に素直に答えた。「なんだか妙に思えるけれど、戸外で食事をしたりして過ごすそうよ。とにかく、子どもたちも家庭教師もみんな一緒にテーブルにつくのだとか。ここに来る前に芝生の庭をお散歩していたら、すっかり準備が整っていたわ」ジュリアナは身をかがめて室内履きに入った小石をとっていたので、シェリダンの表情に恐怖と敵意が浮かんだのを見逃した。「ああ、それから、あなたがギターを弾いて弟たちと一緒に歌うことになっていて——」

そこまで聞いたシェリダンは、絶望にうちひしがれるのではなく、これまで感じたことのないほどの怒りに襲われてゆっくり立ち上がった。ジュリアナの話からすると、このパーティはわざわざシェリダンの姿が人目にふれるように計画されているらしい。招待客はシェリダンのことをよく知っている面々にかぎられている。みなウェストモアランド家と非常に親しい人ばかりで、スティーヴンの元婚約者が家庭教師として登場して恥をかくのを見て楽しんでも、ここで見たことをもらしてロンドン社交界の噂話の種にしてスティーヴンに迷惑をかける心配はない。静かにひとりで食事をすることさえ許されないのだと、シェリダンはぞっとした。そのうえ、宮廷道化師を演じて余興まで見せろというのか。「あのモンスターたち！」シェリダンは思わず低い声で罵った。

室内履きを履きなおしたジュリアナが顔を上げた。「弟たちのこと？　あの子たちならプレイルームよ」

「あの子たちじゃなくて、大人のモンスターよ！　あの人たちはまだ応接間にいるのかしら？」シェリダンの心は怒りでいっぱいになった。

ジュリアナが呆然として見つめているのにも気づかず、ついさっき冷静だと褒められたばかりだというのに、シェリダンはナポレオン・ボナパルトでさえひるませるような、強い決意を込めたまなざしをまっすぐ前へ向けて歩きだした。こんなことをすれば家庭教師の職を失うだろうとわかっていたが、いずれにしろこの週末が終わればレディ・スケフィントンに解雇されるだろう。レディ・スケフィントンは野心的でずる賢い人だから、シェリダンがウエストモアランド家の怒りの対象であり、このパーティが仕組まれたものだと知ったならば、わたしをたちまちクビにするに違いない。ウェストモアランドの人々が属している世界に入るためならば、自分の娘を喜んで差しだすほどの人なのだから。彼らがシェリダンを嫌っていると知ったなら、一瞬たりとも迷わずに荷物をまとめて出ていけと言うはずだ。

そんなことはもうどうでもいいと、シェリダンは長い階段をおりながら思っていた。傲慢なイングランド貴族に苦しめられるくらいなら、いっそ飢えて死のうと覚悟していた。

49

すっかり思いつめたシェリダンが、従僕に教えられて応接間にたどりつくと、閉じられたドアの前には使用人が立っていた。

「今すぐにクレイモア公爵夫人にお目にかかりたいのです」それはできませんと言われるのを予想していたし、必要ならば力ずくで踏みこむつもりだった。「わたしはシェリダン・ブロムリーです」

驚いたことに、従僕はさっとお辞儀をすると、「お待ちでございます」と言ってドアを開けた。

やはりこのパーティは自分を陥れるためのものだったのだと、シェリダンは確信した。「そうでしょうとも！」彼女は怒りに燃えた。広い部屋に入ったとたん、女性たちの笑い声が消え、会話がやんだ。シェリダンはヴィクトリア・シートンとアレグザンドラ・タウンゼンドを無視し、公爵未亡人とミス・チャリティに会釈もせずに素通りして、クレイモア公爵夫人の前に立った。

シェリダンは怒りに身を震わせながら、落ちつきはらって目の前に座っている、かつては姉と慕っていた女性を見おろした。「使用人に余興をやらせるほど退屈なのですか？」体の脇に下げた両手をしっかり握りしめて、さらに痛烈な言葉を浴びせた。「ギターを弾いて歌う以外に、いったいなにをお望みですか？　踊って見せなさいとでも？　なぜ、スティーヴンはまだここにいないのですか？　彼もあなたたちも、余興がはじまるのを楽しみにしているのでしょ？」怒りのあまり声までひどく震えだした。「残念ですけれど、すべて無駄になりました。わたしはここを去りますから！　わかりましたか？　レディ・スケフィントンにむだな希望を抱かせてわざわざここまで呼び寄せておきながら、本当の目的はわたしへの復讐だったなんて！　あなたがたは、いったいどんな――モンスターなのですか！　このパーティへの誘いがわたしをひきずりだすための計画ではなかったと、まだシラを切るおつもりですか？」

　ホイットニーはシェリダンがここへやってくるのは予想していたが、こんなふうに火花を散らすやりとりがはじまるとは思ってもみなかった。そこで、当初予定していたようにやさしく事情を説明するのではなく、真っ向からするどい一撃をくりだした。「わたしたちがあなたをスティーヴンの目の届く場所へ連れだしたことを、感謝してもらえると思っていたわ」ホイットニーは挑戦するように眉を上げて、冷静な口調で言った。

「そんな場所へ来たいと思ったことは一度もありません」シェリダンは言い返した。

「では、毎週木曜日にオペラハウスに来ていたのはなぜかしら？」

「オペラを観に行くのは個人の自由です」

「でも、あなたは舞台には目もくれず、スティーヴンを見つめていたわ」

シェリダンは真っ青になった。「彼はそれを知っているのですか？　お願いですから、彼に教えたなんて言わないで。いったいどうして、そんな残酷な仕打ちができるの？」

「なぜ……」あとひと息で姿を消した真相をシェリダン本人の口から聞けそうだが、ひとつ間違えればすべてが水の泡になると感じて、ホイットニーは注意深く尋ねた。「なぜ、あなたが彼の姿を見に来ていたと教えることが、残酷な仕打ちなのかしら？」

「彼は知っているのですか？」シェリダンが一歩も退かずに訊きなおしたので、ホイットニーは彼女の芯の強さに感心して笑みを漏らしそうになったが、唇を噛んでこらえた。いまここで、高貴な人々に囲まれた使用人という立場にあっても、シェリダンはじつに毅然としていた。だが、そのせいで、すっかり孤立してしまっている。ホイットニーは脅迫的な態度に出るのはいやだったが、ふっと息を吸うと、情け容赦なくその手段に訴えた。「彼は知らないわ。でも、あなたが話してくれなければ、知ることになるわね。なぜ結婚する寸前に彼を捨てておきながら、毎週彼を見るためにオペラハウスへ通っているのか。その理由はなにかしら？」

「そんなことを訊く権利はあなたにはありません」

「ありますとも」

「いったい自分をなんだと思っているのですか？　イングランドの女王かしら？」

「わたしはあなたの結婚式の招待客のひとり、あなたはその結婚式に現われなかった花嫁だわ」

「それなら、わたしに感謝していただかなくては！」

「あなたに感謝しろですって！」ホイットニーは驚きをそのまま口にした。「いったいなぜ？」

「どうして質問ばかりするの？　どうしてつまらないとがめだてばかりするの？」

ホイットニーはマニキュアした指先を眺めた。「義理の弟の心を思えば、つまらないこととは言えないわ。そこが意見の相違する部分なのかしら？」

「自分がだれだか知る前のほうが、あなたをとても好きだったわ」シェリダンが途方にくれたような口調で言った。こんな深刻な場面でなければ、笑ってしまうような発言だった。彼女はもうなにも信じられないと言いたげな表情であたりを見まわした。「以前のあなたは、わたしを困らせるようなこともしなかったし、理不尽なところなどなかった。結婚式の日にムッシュ・デュヴィルから、スティーヴンが急にわたしと結婚する気になった理由を聞きました。わたしはこうするしかなかったの。気の毒なミスター・ランカスター……シャリースに看取《みと》られずに亡くなるなんて」

ホイットニーはデュヴィルのうかつな発言がこの大惨事の原因のひとつだったと知って驚いたが、とりあえずは当面の計画を成功させるよう集中することにした。

「もう失礼してもよろしいですか？」シェリダンが無表情に訊いた。

「ええ、もちろん」ホイットニーがそう答えるのをヴィクトリアとミス・チャリティが見つめていた。シェリダンがドアを開けようとした瞬間、ホイットニーはやさしく声をかけた。

「ミス・ブロムリー、義理の弟はあなたを愛していたと、わたしは確信しているわ」

「そんなはずがありません！」耐えきれなくなったシェリダンは、彼女たちに背を向けたままドアノブを握りしめた。「もうやめてください。彼はわたしを愛しているふりさえしたことがないし、結婚について話したときも、見せかけの愛さえ示してはくれませんでした」

シェリダンの心は、希望と恐れ、疑いと喜びのあいだで大きく揺れていた。「お願いですから、嘘はつかないで」

「シェリー？」

シェリダンはホイットニーの声のやさしい響きに振り向いた。

「結婚式の日、スティーヴンはあなたがきっと戻ると信じていたわ。ミス・ランカスターがあることないことぶちまけたあとも、彼女を信じなかったの。あなたが戻ってきて説明するのを待っていたのよ」

驚いているシェリダンに、ホイットニーはさらに続けた。「あの夜、彼は牧師様をずいぶん遅くまで待たせたままにしていた。帰らせてはいけないと言っていたわ。あなたを求めていないのなら、そんなことしないはずでしょ？　責任感と罪の意識だけで結婚するつもりだったなら、そんなことするかしら？　だって、あなたがシャリース・ランカスターではないとわかってしまったのだから、なぜそんな気持ちを抱く必要があるの？　あなたの頭のけがは治っていたし、記憶は戻っていたのだから」

シェリダンは自分が手にしようとしていたもの――そして失ってしまったものを知って愕

然とした。「彼はあなたが逃げたなんて信じなかった。だから牧師様を帰そうとしなかったの」ホイットニーがたたみかけた。「牧師様は、結婚式は午前中にするのがしきたりになっていると頑固に言い張っていたけれど、スティーヴンは耳を貸さなかった」

シェリーは涙があふれそうになったので顔をそむけた。「そんなこと、考えもしませんでした……想像もできなくて……。きっと、彼はさぞかし動転していたのでしょう」彼女はそこで言葉を切り、ホイットニーのほうへ向きなおってから、しっかりした口調で続けた。「彼はしがない家庭教師との結婚など考えたりしませんわ」

「あら、考えますとも」ホイットニーは泣き笑いしながら言い返した。「これまでの個人的な経験からも、一族の歴史に照らしてみても――ウェストモアランド一族の男性はつねに自分がやりたいようにしてきたんですもの。考えてごらんなさい、スティーヴンが牧師様を屋敷にとめていたとき、彼はすでにあなたがシャリース・ランカスターに雇われたコンパニオンだと知っていたわ。そんなことは、彼にとってはどうでもよかったのよ。彼はあなたと結婚する決心をしていて、それはだれにもとめられなかった。あなた以外には」

ホイットニーはそこでいったん言葉を切って、シェリダンの顔をじっと見つめた。彼女の表情には喜びと苦悩が混じりあい……そして希望が浮かんだ。それを見て、ホイットニーはとてもうれしく思ったが、ひと言警告しておかなくてはならないとも思い、「困ったことに、ウェストモアランドの男たちは怒りが許容範囲を超えると手に負えなくなってしまうところがあって、スティーヴンはまさにそんな状態なの」と言った。

「彼の怒りが許容範囲を超えている、というの？」シェリダンが不安げに訊いた。

ホイットニーはうなずいて、シェリダンの反応を待った。事態を修復するのにはかなりの勇気が必要だろうが、彼女にその覚悟があるかどうか確かめたかったのだ。「もし、ふたりの絆を取り戻そうとするのなら、あなたが大変な努力をしなければならないわ。それどころか、きっとスティーヴンはあなたにひどくつらくあたるでしょう。冷たくはねのけて、口もきかないかもしれない。悪くすれば、あなたに対して抱いている怒りが爆発するかもしれないわ」

「そうね……」

「彼はわたしたちがあなたの名前を口にすることさえ許していないの」

「わたしを……嫌っているの？」シェリダンはきっとそうに違いないと思って声を詰まらせた。それも当然だと思った。

「そのとおりよ」

「でも彼は——こうなる前、彼はわたしを嫌ってはいなかったんですね？」

「あなたを愛していたんだと思うわ。彼のあなたへの態度は特別だった。女性に対してあんなふうになるスティーヴンははじめて見たわ。とくに、嫉妬していたのにはびっくり。とにかく普段とは全然違っていた」

シェリダンは自分の両手に視線を落として、彼の心のうちにあるそんな感情にふたたび火をつけられますようにと願った。そう願わずにはいられなかった。視線を上げて、ホイットニーを見つめて尋ねた。「どうすればいいのですか?」

「彼と闘いなさい」

「でも、どうやって?」

「それが難しいところね」ホイットニーはシェリダンがひどく不安げな顔をしているのを見て思わず笑いそうになるのをこらえた。

「言うまでもなく、彼はあなたを避けようとするでしょう。これがノエルの誕生パーティでなく、ほかにも招待客がいなかったなら、あなたを見たとたんにこの屋敷を出ていってしまうはずよ」

「つまり、はからずもこんな状況になったことを、わたしは喜ぶべきなのですね」

「正確に言えば、〝はからずも〟ではないわ。これがとても周到に用意された計画だというのはあなたの想像どおりだけれど、その目的はあなたを辱めることではなく、この週末ずっとスティーヴンをあなたの近くにとどめておくことなのよ。それから、ほかのふたりの家庭教師には、スケフィントンの兄弟の世話もしてくれるように頼んであるの。レディ・スケフィントンには、あなたをジュリアナのシャペロンに専念させるほうがいいと助言しておいたわ――少し距離を置いて見守らせなさいと。そうすれば、あなたは庭を歩いたりもできるし、もしよければ乗馬もできる。そうして、姿が目につくようにしておくのよ」

「なんと――なんとお礼を言えばいいのかしら」

「お礼なんて言いたくなくなるかもしれないわよ」ホイットニーは不安げな笑みを浮かべた。そして、たとえなにがあろうとスティーヴンと向きあう勇気をシェリダンが持てるように、ごく近い身内だけが知っていることを彼女に打ちあけた。「数年前、わたしは父の手でいまの夫と知らないうちに婚約させられたの。そのころ、わたしは幼馴染《おさなな じ》みの男性を愛していると思いこんでいたものだから、なんとか婚約から逃れようとあれこれ問題を起こして、その結果、夫が婚約を破棄したわ。不運なことに、そうなってはじめて、わたしは男性への気持ちが一時的なのぼせあがりで、本当は夫を愛しているとわかった。ところが、夫はわたしを完全に拒絶したの」

「でも、結局、ご主人は心を変えたのね」

「ちょっと違うわ」ホイットニーは頬を赤く染めた。「わたしが彼の心を変えさせたのよ。彼は別の女性と結婚寸前だった。わたし――わたしは彼のところへ行って、それをとめたの。スティーヴンが味方をしてくれて、あきらめて帰ってはいけないと言ってくれたわ。じつを言えば、今回の計画はそのときの体験から思いついたのよ」

「ご主人と再会してすぐになにもかもが変わったのですか？」

ホイットニーは心地よく響く笑い声をあげて、首を強く横に振った。「彼はわたしを見るのもいやだったみたい。あれは人生で一番屈辱的な夜だったわ。でも、試練が終わって、勝利を得たとき――わたしたちふたりともに勝利を得たのよ――わたしにはプライドのかけらも残っていなかった。でも、彼はわたしのものになったわ」

「わたしのプライドもずたずたになるだろうとおっしゃるの？」

「ええ。それもひどく。わたしの予想がはずれないかぎりは」

「正直に話してくださって、ありがとうございます。大きな間違いをしたけれど、それを自分の力で元通りにした女性がいたなんて、すばらしいわ」

「こんな話をしたのは、慰めあうためではないのよ。もっと大切な理由があるの。そうでなければ話したりしないわ」

「わかっています」

シェリダンはちょっとためらってから、不安げな笑みを浮かべたものの、しっかりした口調で尋ねた。「わたしはなにをすればいいのかしら？」

「まずは、彼があなたの存在に必ず気づくように、人目につきやすくしていること。それから、いつでもなんにでも応じられるようにしておくこと」

「応じるって……彼に？」

「そのとおり。だまされ、捨てられて、スティーヴンはあなたとは絶対に関わりたくないと思っているはずよ。だから、あなたのほうから誘いかけなくては――どうしても抵抗できないような気持ちにさせて――彼の心を取り戻すために」

シェリダンは恐れと希望と不安で高鳴っている胸を押さえてホイットニーにうなずき、先ほど無礼な態度をとってしまったほかの女性たちの顔を見た。彼女たちはみな愛情を込めた視線で、わかっているわよと言いたげに彼女を見つめていた。シェリダンが公爵未亡人とミス・チャリティに向かって、「先ほどはあんな態度をとってしまいまして」と言いかけると、公爵未亡人はやさしく首を振って、手を差しのべた。

「あのような状況では、きっとわたくしも同じ態度をとっていましたよ」

シェリダンは公爵未亡人の手を両手で大事そうに包みこんだ。「本当に、本当に、ごめんなさい――」

すると、ヴィクトリアがもう謝罪は十分だとばかりに、立ち上がってシェリダンを抱きしめた。「わたしたちはみんな、あなたを助けるためにここにいるのよ。スティーヴンにしっかり立ち向かえるように」

「そんなことを言って、怖がらせてはいけないわ」アレグザンドラ・タウンゼンドが笑いながらシェリダンの手を握った。そして、大げさに震えるまねをして、「それはスティーヴンにまかせましょう」と言った。

シェリダンはかすかにほほえんだ。「みなさんのご主人がたも了解のうえなのですか?」

三人がいっせいにうなずく。シェリダンは彼女たちの夫もみな幸福を願ってくれていると知って心からうれしかった。

待ち受けているのは、とてつもない試練だった。だが、彼女が逃げだしてからスティーヴンが牧師を何時間も待たせていたと知ったいま、そのときの彼の気持ちを思うと胸が張り裂けそうだった。シェリダンはこれ以上ないほどの幸福を感じていた。

50

シェリダンとアレグザンドラとヴィクトリアが去ったあと、応接間に残った三人の女性は普段と変わりなく落ちついていようと努力したが、一時間ほどして馬車が到着した物音が聞こえたときには、はっとして飛びあがるほど緊張していた。「きっとスティーヴンだわ」公爵未亡人は飲みかけのティーカップをあわてて受け皿に戻そうとして大きな音を立てた。高価なセーブルのカップが優美な受け皿の上で傾いている。招待客たちはスケフィントンの人々も含めて午前中につぎつぎに到着したが、スティーヴンだけはなかなか姿を現わさない。どうやら彼はなにかに手間取っているか、もしかしたらこの日のことをすっかり忘れてしまったのかと思われた。「こんなに遅くなるなんて、けがをしたとか追いはぎに遭ったとかいう理由でもないかぎり、たっぷりお仕置きをしてやりたい気分ですよ！　もう神経がくたくただわ。こんなにどきどきしながら待っているなんて、年寄りには体に毒というものね」公爵未亡人はすっかり疲れているようだった。

執事が来客を告げにやってくるのを待つまでもなく、ホイットニーは自分の目で確かめようと窓へ走り寄った。

「あの子かしら?」公爵未亡人が訊いた。

「はい……あら、だめだわ!」ホイットニーはそう答えると窓に背を向けて、いかにも落胆しているようすでカーテンにもたれかかった。

「スティーヴンが来たの? それともだめなの?」ミス・チャリティが尋ねた。

「スティーヴンです」

「よかったわ」

「それが……モニカ・フィッツウェアリングが一緒なのです」

「それはよくないわ」公爵未亡人は三歳の孫のノエルを、両手を広げて待っているミス・チャリティに渡した。ミス・チャリティはノエルと大の仲よしなので、必然的に今回の計画にも加わったのだ。ホイットニーはノエルの誕生パーティをミス・チャリティなしで開くわけにはいかないと思ったので、計画のことについても事前に説明しておいた。

「そのうえ、ジョーゼット・ポーターも」

「それはとてもよくないわね」公爵未亡人が暗い声で言った。

「それはとてもいいと思うわ!」大きな声で主張してノエルににんまり笑いかけたミス・チャリティに、ほかのふたりが注目した。ミス・チャリティはノエルのふっくらした両手を持って拍手をさせ、彼を笑わせた。顔を上げると、ふたりの公爵夫人が頭がどうかしたのかと言わんばかりに見つめているのに気づいた。「女性がひとりなら彼の時間を独占してしまうけれど、ふたりならおたがいに話すこともあるから、スティーヴンはシェリダンとの時間が持てるでしょ」ミス・チャリティはうれしそうに説明した。

「残念だけれど、モニカとジョーゼットは仲よくありません」

けれど、ミス・チャリティは意に介さなかった。「ふたりはきっと、スティーヴンによく思われたいから、楽しそうにおしゃべりするに決まっていますよ。それとも——」ミス・チャリティは眉をひそめた。「ふたりで協力して、哀れなシェリーをいじめるかしら。でも、そうなれば、スティーヴンはシェリーのことが気になるわね」

二番目の可能性を心配したホイットニーは義理の母親に助けを求めた。「どうしたらいいのでしょう？」

たとえ一瞬たりと興奮しないでいるのはもったいないとでも思うのか、ミス・チャリティが明るく言った。「男女の人数を合わせるために、ムッシュ・デュヴィルをお呼びすればいいわ！」

すっかり緊張しきっていた公爵未亡人は、ミス・チャリティを怖い顔でにらみつけた。

「なんてばかばかしい考えなの！　シェリダンがいなくなってからというもの、スティーヴンが彼の名前を出すだけで機嫌が悪くなるのはご存じでしょ！」

公爵未亡人のいつになく激しい剣幕に、ホイットニーがあわてて仲裁に入って、「ノエルを外へ連れていってやってくださいませんか？」とミス・チャリティをうながした。「子どもたちに池で白鳥を見せてお菓子を食べさせるようにと、家庭教師たちに頼んであるのです。もし、シェリダンが姿を見せたら、しっかりようすを見ていてください」

ミス・チャリティはさっとうなずいて立ち上がり、ノエルの手をとった。「小さな閣下、獲物を偵察にまいりましょうか？」

ノエルはその手を引き戻して、黒髪の巻き毛の頭を横に振った。「キスして、さよならしてから」と言うと、小さいながらもしっかりした足取りで祖母と母に近づき、キスをしてふたりを喜ばせた。そして、満足げにミス・チャリティに笑いかけると、彼女に手を引かれてフレンチドアから芝生の庭へ出ていった。

公爵未亡人はノエルがいるあいだは笑顔を保っていたものの、孫の姿が見えなくなったとたんに、玄関広間へと続くドアを怖い顔でにらみはじめた。心労が我慢の限界を超えていた。シェリダンとの和解を演出するためにせっかく入念な計画を練ったのに、その大切な場所に息子は女性をふたりも同伴したのだ。一緒に来た女性たちにまで怒りを感じていた。母がそんな気持ちでいるとはまったく知らず、スティーヴンは女性たちをエスコートして応接間に入ってくると、まっすぐ彼女に近づいた。「とてもお疲れのようですね」かがんで母の頬にキスをした。

「あなたがこんなに遅くなって、いったいいつ来るのかと気を揉ませなければ、疲れたりしませんよ」

スティーヴンは彼女のいつにないとげとげしい口調に驚いた。「時間は決められていないと思っていたものですから。ご心配をかけてすみませんでした」

「招待主をこんなに待たせるなんて、礼儀を知らないにも程があるわ」

スティーヴンは背筋をのばして、困惑した顔で母を見つめた。「このように遅参したことを、重ねて心よりおわびいたします」彼は丁寧にお辞儀をした。

彼は母の怒りをかわして、小さく肩をすくめてから、同伴者を挨拶させることにした。

「母上、ミス・フィッツウェアリングはご存じですね――」

「お父様はお元気かしら、モニカ?」公爵未亡人はかわいらしく会釈した若い女性に尋ねた。

「はい、元気にしております。ありがとうございます、御前様。よろしくお伝えするようにと、父からことづかってまいりました」

「お父様によろしくお伝えしてね。馬車に揺られてお疲れでしょうから、どうぞ上の部屋で夕食の時間までゆっくりお休みなさい。そうすれば顔色もよくなるでしょう」

「まったく疲れてなどいませんわ」ミス・フィッツウェアリングはあからさまに顔色がよくないと言われたので表情をこわばらせた。

公爵未亡人はそれを無視して、女王然としたしぐさでジョーゼット・ポーターのほうへ片手を差しのべた。「このところ具合がよくないと聞きましたよ、ミス・ポーター。この週末はじっと休んでいなくてはね」

「いいえ、それは――それは去年の話です。もうすっかりよくなりました」

「予防は一番の治療法です」公爵未亡人は引きさがらなかった。「かかりつけの医者がいつもそう言っていますし、わたくしがこの年齢まで元気で快活に過ごせているのもそのおかげです」

ふたりの招かれざる客に反論する暇を与えずに、ホイットニーが前へ進みでた。「おふたりともとてもお元気そうよ。でも、しばらくのあいだお休みになりたいでしょ」そう言って、ミス・フィッツウェアリングとミス・ポーターを部屋の入口へ先導し、従僕にそれぞれの部屋へ案内するようにと指示した。

「さて、かわいい甥はどこなのかな？」スティーヴンがホイットニーの頬に軽くキスをして尋ねた。

「ノエルはミス・チャリティと一緒に……」ホイットニーはこれはいいチャンスだと思った。「三十分ほどのうちにみんなで池まで行くことにしているの。あそこで子どもたちがささやかなパーティをするのよ。ノエルもお客様の子どもたちと一緒にそこに行くわ」

51

鏡のように穏やかな水面に、白鳥が優雅に浮かんでいる。シェリダンはほかのふたりの家庭教師と一緒に白い美しい東屋《あずまや》のそばに立ち、前庭にある池の土手でカモの幼鳥と遊んでいる子どもたちを見ていた。大きな白鳥をなんとかして岸に近づけようと呼びかける子どもたちのにぎやかな声に、両親たちの落ちついた話し声が混じって聞こえてくる。

シェリダンは子どもたちから目を離さなかったものの、ふたりの女性を伴って屋敷から出てきたスティーヴンを見たときの胸の高鳴りは、驚くほどに大きかった。彼が女性をふたり連れていることは事前にホイットニーが耳打ちしてくれたが、彼女たちの姿はほとんど目に入らなかった。心のなかでは、先ほど聞いたホイットニーの言葉だけが響いていた。あの夜、彼は牧師様をずいぶん遅くまで待たせたままにしていた。彼はあなたが逃げたなんて信じなかった。

その言葉を思い起こすたびに、シェリダンの心は痛み、後悔でいっぱいになった。彼女は彼と向きあう勇気を奮いおこし、彼を取り戻すために必要ならば、どんな〝誘い〟だろうと彼に与えようと決心した。

彼が近づいてくるにつれて、鼓動がいっそう激しくなり、ついにはそれしか聞こえなくなった。ノエルがミス・チャリティをしたがえて走ってきて、恥ずかしそうに彼女の前に立った。「おはな、あげるよ」ノエルはミス・チャリティに言われたとおり、自分で摘んだ野花をシェリダンに差しだした。

ミス・チャリティがノエルにそんなことをさせたのには理由があった。「スティーヴンはまずノエルをさがすでしょうから、あなたがノエルと一緒にいれば、彼がいつあなたに目をとめるか、はらはらして見ている必要がなくなります」とミス・チャリティはシェリダンに説明した。

シェリダンは身をかがめて、父親とスティーヴンの面影を感じさせるいかにも元気そうな三歳のノエルにほほえみかけ、差しだされた野花の花束を受けとった。「どうもありがとうございます」と言いながら、東屋へ近づいてくるスティーヴンの姿を目の隅で見ていた。彼女の背後では、オークの大木の下でみんなが集まって談笑していたが、そのうちに会話がとぎれ、笑い声が急にやんだ。

ノエルは太陽の光を浴びて輝くシェリダンの髪を見て、手をのばし、不思議そうな顔つきでミス・チャリティに尋ねた。「あついの？」

「いいえ、熱くはないわ」シェリダンは彼の愛らしさに感嘆しながら答えた。

ノエルがにっこりしてシェリダンの髪に手をのばしたとき、スティーヴンの声が響いた。

「ノエル！」

そのとたん、声のほうを向いて満面の笑みを浮かべたノエルは、ミス・チャリティがとめるまもなく、スティーヴンに駆け寄った。スティーヴンはノエルを抱き上げて「ずいぶん大きくなったな！　ぼくが恋しかったかい？」と言ってから、彼を左腕に抱えて、オークの木の下に集っている人々へ視線をやった。

「はい！」ノエルは大きくうなずいて元気に答えたが、シェリダンがためらいがちな笑みを浮かべて立っているのに気づくなり、急におろしてくれと体をよじりだした。

「なんだ、もう行ってしまうのかい？」スティーヴンが残念そうに尋ねた。ノエルをそっと地面におろしてやりながら、スティーヴンはタウンゼンド夫妻やフィールディング夫妻、そしてジョーゼットやモニカに聞こえるように冗談を言った。「どうやら、もっと豪勢な贈り物をしなくてはいけないようだな。いったいどこへ行くんだい、ノエル？」

ノエルはあどけない顔で彼を見あげ、少し離れて立っているくすんだ紺色のドレスの女性をぽっちゃりした指で指し示して、「キスして、さよならする！」と答えた。

自分がホイットニーたちの注目の的になっているのに気づかないまま、スティーヴンはかがめていた体をのばして、ノエルが指差したほうに視線をやって……凍りついた。かがみこんでノエルのキスを受けているのは、なんとシェリダンだった。彼女の目はまっすぐ彼に向けられている。

あごを噛みしめたせいで、彼の頬の筋肉がぴくりと動いたのをホイットニーは見逃さなかった。スケフィントンは本当にわたしの知り合いで、シェリダンがここにいるのはまったくの偶然なのだと、スティーヴンが思ってくれますようにとホイットニーは願ったが、それは無理な願いだった。スティーヴンはゆっくり頭をめぐらせて、ホイットニーの目をのぞきこんだ。沈黙したまま厳しい視線で彼女を見つめてから、きびすを返して屋敷のほうへ大股で歩きだした。

彼が屋敷を去ってしまうのではないかと心配になったホイットニーは、ワイングラスを置いて招待客に許しを得てから、彼を追いかけた。彼のほうが脚が長いうえに、なりふりかまわず歩いていたので、数分先に屋敷に着いた。執事に訊くと、彼が馬車を支度させるように言って二階へ上がっていったという。

ホイットニーは階段を駆けのぼった。部屋をノックしたが返事がないので、もう一度ノックした。「スティーヴン？　なかにいるのでしょ――」

ドアノブを回してみると、鍵はかかっていなかったので、なかへ入った。新しいシャツをはおって化粧室から出てきたスティーヴンの表情は、庭で見たときよりももっと険しかった。

「スティーヴン、話を聞いて――」

「出ていけ」スティーヴンはすばやくシャツのボタンをとめ、ジャケットに手をのばした。

「帰ったりしないわよね？」

「帰るって？」彼は嘲笑した。「帰れるわけがない！　きみはそれも承知のうえだろ。まったくすばらしいね。きみはひどい嘘つきだ」

「スティーヴン、お願いよ」ホイットニーは恐る恐る部屋へ入りながら懇願した。「話を聞いてちょうだい。シェリーはあなたが哀れんで結婚を決めたと思いこんだのよ。もう一度会って、ちゃんと話をすれば、きっと――」

スティーヴンは恐ろしい顔でホイットニーをにらんだ。「彼女に会いたければ、きみの友人のデュヴィルに頼んだよ。彼女は彼のところへ行ったんだから」

ホイットニーはスティーヴンの剣幕に押されて後ずさりしながら、早口で続けた。「もし、彼女の立場になって考えれば、きっとわかるはずよ」

「もし、きみが利口ならば」スティーヴンは彼女にのしかかるようにして、ぞっとするような低い声で警告した。「この週末は注意深くぼくを避けるほうが身のためだ。そして、来週からは、もし用事があればクレイトンにことづけしてくれ。さて、もうこれ以上邪魔はするな」

「わかっているのよ、彼女を愛しているんでしょう。だから――」

スティーヴンは肩を両手でつかんで彼女を力ずくで脇へどけると、その横を通り抜けた。

足早に廊下を横切り階段をおりていく彼を、ホイットニーは呆然と見送るしかなかった。「なんてことなの」彼女は弱々しげに嘆いた。スティーヴンと知りあって四年以上になるけれど、あれほど激しい怒りを向けられたことはなかった。

ホイットニーはパーティの招待客たちと合流しようと、ゆっくり階段をおりた。スティーヴンはモニカとジョーゼットを連れて地元の村へ散歩に出かけたので、数時間は帰ってきそうになかった。レディ・スケフィントンがほかの招待客と一緒に、出ていく彼を残念そうに見送ったが、もちろん残念がる理由は彼女だけ違っていた。彼の出発を喜んでいたのはふたりだけ。ひとりはマデイラ酒を楽しんでいるサー・ジョン、もうひとりは、シェリダンを手伝って子どもたちの世話をしているジュリアナだった。彼女は笑顔でノエルを抱きあげてから、同情しているような表情をシェリダンに向けた。

　シェリダンと再会したスティーヴンの激しい反応に呆然としていた公爵未亡人は、金髪のジュリアナを眺めながらぼんやりとホイットニーに話しかけた。「ジュリアナ・スケフィントンは状況をなんとなく悟ったようね。スティーヴンがシェリダンにものすごい顔を向けたのを見て、ジュリアナはたちまちシェリダンの味方についたわ。先ほど、少し話をしてみたのだけれど、とてもすばらしい少女ね。楽しくて頭がいいわ」

　スティーヴンから浴びせられたひどい言葉を思い返していたホイットニーは、ジュリアナのすばらしさを語ることに心を切り替えた。「そのうえ、美人ですわね」

「まさに天の奇跡のなせる業《わざ》ですわ。あの男と――」彼女はサー・ジョンのほうへうなずきかけ、レディ・スケフィントンのほうへあごを動かしてから続けた。「あの女とのあいだに、天使のような少女を与えたもうたのは」

52

いつもなら玄関前には従僕たちが何人も待機していて、出迎えてたちまち馬車を片づけるのに、スティーヴンが村から帰ってきてもだれも屋敷から出てこなかった。あたりを見まわしたが、目についたのは私道に立っている従僕ひとりだけで、その男は屋敷の奥にある厩舎《きゅうしゃ》からなだらかに続いている丘の連なりの方角をじっと見つめている。なんだかわからないが、あまりに真剣に見つめているので馬車の音にも気づかなかったらしく、スティーヴンが彼のすぐ後ろに馬車を停めたのでようやく振り向いて、小走りに手綱をとりに来た。

「みんなはどこにいる？」スティーヴンは執事が屋敷のなかから使用人を迎えに出さず、玄関のドアを開ける気配もないので不思議に思った。

「みんな厩舎です、閣下。すごい見物《みもの》なんで、見逃すわけにはいきません。だれもかれも屋敷の裏のほうで見物しています」

スティーヴンは従僕が言う〝すごい見物〟とはなにか確かめることにして、そのまま馬車で厩舎まで行くために手綱を取り戻した。

厩舎は長い柵《さく》で囲まれていて、建物と建物のあいだは広い芝生になっており、馬をつなぐ前に歩かせたりする場所になっていた。柵の向こう側は、木の茂った山並みの手前まで広々した草地の馬場で、馬に狩りの訓練をさせるためにあちこちに生け垣や岩壁が築いてある。スティーヴンが厩舎で馬車を停めると、柵に沿って馬丁や従僕や御者や厩舎の下働きが鈴なりになっていた。モニカとジョーゼットが馬車から降りるのを手伝ってから、周囲を見まわすと、ホイットニー以外のパーティの出席者全員が柵のいちばん端に陣取って、これからはじまる〝すごい見物〟を見逃してはならじと、丘が連なる方角をじっと見つめていた。

スティーヴンは兄クレイトンの横顔をしげしげと見た。兄もホイットニーの計略に一枚嚙んでいるのだろうか、そんなことがあろうとは信じられない。どうも確信が持てなかったので、まずはジェイソン・フィールディングと妻のヴィクトリアに訊いてみることにした。

「なにを見ているんだい?」

「少し待って、自分の目で見ればいい」ジェイソンは不自然な笑みを浮かべた。「前もって説明を聞かずに、その目で見るのがいちばんだ」

ヴィクトリアは彼と目を合わせにくいらしく、妙に明るい笑顔で言った。「きっと驚くわよ!」

フィールディング夫妻だけでなく、タウンゼンド夫妻もどうもようすがおかしい。いずれも妻のほうはやけにそわそわして、夫のほうは居心地が悪そうだ。シェリダン・ブロムリーがこの屋敷に現われたので驚いて不快に感じているのか、あるいは、彼女が来るのを事前に知っていたせいで、ぼくに対して罪の意識を感じているのか。スティーヴンは特別な友である四人の顔を眺めながら、この友情はもうこれで終わりなのかと自問した。その視線に気づいたアレグザンドラ・タウンゼンドの頬が赤く染まるのを見て、女性たちが知っていたのは間違いないだろうと思えた。三時間前、思いがけず、すぐ目の前に婚約者だったシェリダンがいるのを見つけてからはじめて、スティーヴンは彼女のことを考えるのを自分に許した。同じ屋敷内にいるという現実を心から閉めだすことが、ここにとどまる唯一の方法だった。

彼女は他人になりすまし、正体が露見しそうになったとたん、愛に目がくらんだ愚かなぼくを牧師や家族とともに置き去りにして、デュヴィルのもとへ走ったのだ。

彼女が姿を消してから数週間、スティーヴンは彼女が記憶喪失を装っていたときの言動を一つひとつ思い出し、たったひとつだけ失敗らしきものを見つけた。シャペロンを雇おうと提案したとき、彼女はこう言った。「シャペロンはいらないわ。わたしは――」そこで口ごもったのだ。

すばらしい女優にみごとな手口でまんまとだまされたものだと思うと、スティーヴンは自分の愚かさにあらためて嫌気がさした。

まったく一流の女優だ。今朝、ほんの一瞬視線を交わしたときの彼女の瞳のやさしさを思い出して、スティーヴンは憮然《ぶぜん》とした。彼女はまったく尻込みもせず、心を込めてまっすぐにぼくを見つめていた。それとも、彼女には心などないのだろうか。だとすれば、当然、良心もないのだろう。

シェリダンはもう一度ぼくの心をとらえようとしている。愛らしい欺瞞《ぎまん》に満ちた顔に恋い焦がれた女の表情を浮かべている彼女を見て、スティーヴンはそう考えた。

この数週間、デュヴィルが彼女を隠して楽しんでいるのだろうと思っていたが、どうやらあの男は驚くほど短期間で彼女に飽きてしまったらしい。

家庭教師として働いている彼女は、もっといい暮らしをしたいと願っているに違いない。今朝見せたやさしげな表情からしても、ぼくが許すのを期待しているのだろう。

スティーヴンが疑いの視線を男性たちに移したとき、ヴィクトリア・フィールディングの叫び声が響いた。

「ほら、来たわ！」ヴィクトリアが叫んだ。

陰気な想像をめぐらせていたのをやめて、スティーヴンはヴィクトリアが指差す方角へ、木々が生い茂った丘のふもとへと視線をやった。

騎馬が二頭、全速力で生け垣のほうへ駆けている。乗り手はいずれも馬の首に抱きつくように身を低くかがめ、みごとに並んで生け垣を飛び越えた。ひとりがホイットニーなのは、遠目でもすぐにわかった。女性にしろ男性にしろ、彼女ほどすばらしい乗り手はいないからだ。ところが、目の前で競っているシャツに膝丈《うわて》ズボンに乗馬靴姿の若者は、男にしてはほっそりした体つきながら、彼女よりも上手なようだ。危険きわまりない速さで走らせながら、スティーヴンが見たこともないスタイルでいとも軽やかに馬をジャンプさせる。顔を馬のたてがみに押しつけるようにして、障害物を簡単に飛び越える姿には喜びがみなぎり、人馬一体となった自信と信頼と高揚感があふれていた。

「馬があれほどジャンプするとは知らなかったな！」クレイトンが称賛の笑みを浮かべて舌を巻いた。わが目を疑っているスティーヴンに、彼はさらに言った。「スティーヴン、コマンダーに乗って狩りをしたことがあるだろ。あの馬は平らな場所では速く走るけれど、あんなふうに天高く飛んだことはあるかい？」

スティーヴンは午後の日差しに目を細めて、きれいに並走して生け垣を越え、つぎの障害物へと全速力で駆けている騎馬を見つめた。

「コマンダーのジャンプはじつにすばらしい」クレイトンはふたりの友人たちに言った。

騎馬は最後の障害を越えると方向転換して、見物客たちが待ち受けている囲いの出口へ向かって並走した。クレイトンは去年から新しい調教師をさがしていたので、乗り手を務めたほっそりした若者を雇うつもりなのだろうとスティーヴンは想像した。馬の足音が近づいてくるのを聞きながら、兄に彼を雇うよう進言しようとしたが、スティーヴンの言葉はとぎれた。厩舎の下働きが馬場に走って、穀物袋を地面に置いた——そして、コマンダーの乗り手が右に体を傾けると、長い髪が風になびいて見えた。それはシェリダンだった。

燃えるような長い髪をなびかせて馬を走らせるシェリダンの体が、どんどん右に傾いて、ついに馬から落ちた。モニカが恐怖の叫びをあげる。スティーヴンは無意識にシェリダンを助けようと走りだした……その瞬間、彼女が地面から穀物袋を拾いあげて、使用人も招待客も大きな歓声をあげた。

スティーヴンの恐怖はたちまちにして怒りに変化した。目の前であんなに愚かしいまねをして彼を恐怖に陥れたことへの怒り、そして、彼の心にいまだに強い感情を呼び起こす彼女に対する怒りだ。彼に動揺を抑える隙も与えず、彼女は馬を軽やかにギャロップさせて彼の目の前に現われた。モニカとジョーゼットは小さな悲鳴をあげて飛びのいたが、スティーヴンは馬が完全にコントロールされているのがわかったので、腕を組んでその場にとどまった。シェリダンは手綱をさっと引いてコマンダーをスティーヴンの目の前で停止させると、彼をまさに真上から見おろした。そして、馬の背から優雅にすべりおりた。使用人たちが歓声をあげ、招待客たちが拍手するなか、彼女は美しい唇に笑みを浮かべ、頰を紅潮させて、その場に立った。澄んだ灰色の瞳が彼の心を惹きつけた。その瞳は、どうぞわたしにほほえんでと懇願していた。

だが、スティーヴンは彼女の燃えるような髪からブーツのつま先まで、じろりと見た。「ドレスを身につけるということを、だれからも教わらなかったのか？」軽蔑しきった口調で訊いた。

ジョーゼットが笑い声をあげ、シェリダンは身をすくませたが、それでも視線をそらさなかった。観衆が見守るなか、彼女は彼にほほえみかけ、やさしい声で言った。「その昔、競技の勝利者は、愛する人に心からの敬意を込めて贈り物をしました」

彼女がなにを話しているのかと戸惑っているスティーヴンに、シェリダンはからの穀物袋を両手で差しだした。「どうぞわたしの愛を受けとってください、ウェストモアランド卿――」

スティーヴンは状況がのみこめないまま受けとった。

「まあ、なんて厚かましくて、乱暴な――」モニカが腹を立て、レディ・スケフィントンは恐縮するあまり泣きだしそうだ。

「ミス・ブロムリー！　身のほどをわきまえなさい！　みなさんに謝ってから、向こうで子どもたちの世話を――」レディ・スケフィントンが叫んだ。

「わたしの世話をお願い！」ジュリアナが割って入って、シェリダンの腕に自分の腕をからめて屋敷のほうへひっぱっていった。「どこで、どうやって、あんな乗り方を習ったのか教えてくれないと……」

ヴィクトリアはモニカたちから一歩離れて、レディ・スケフィントンを一瞥した。「わたしもミス・ブロムリーと同じアメリカ人なのです。同郷の人とお話しする機会に飢えています。夕食までのあいだ、失礼してもいいかしら？」彼女は夫のほうを見て訊いた。

ジェイソン・フィールディングは――かつてはスキャンダルにまみれ、社交界でつまはじきにされていた魅力的な男性は――自分の人生を変えてくれた若い妻に笑顔を向けた。そして、軽くうなずくと言った。「きみがいないと寂しくなるだろうが」

「わたしもアメリカの話が聞きたいわ」アレグザンドラ・タウンゼンドもそう言って、ヴィクトリアに同行することにした。「あなたは、どうかしら、閣下？　わたしがいなくなると、さぞ寂しいのではないかしら？」

ジョーダン・タウンゼンドは――かつては若き婚約者だったアレグザンドラとの結婚を

〝不都合がつきものの義務による結婚〟とみなしていたが——妻に温かい視線を送って答えた。「きみなしでは寂しくてたまらないのを、よく知っているだろう」

ホイットニーはふたりの共犯者たちがかなり屋敷に近づいたのを見計らって、顔に笑顔を貼りつけて、その場を去る言い訳を口にしようとしたが、レディ・スケフィントンに妨げられた。

「ミス・ブロムリーはどうしてあんなことを」レディ・スケフィントンの顔は怒りで赤く染まっていた。「わたしはいつもサー・ジョンに申しておりますのよ、よい使用人を雇うのは難しいと。そうですわね？」彼女は夫に同意を求めた。

サー・ジョンはうなずいて、しゃっくりをした。「そうだね、ダヴ」

夫の答えに満足したレディ・スケフィントンはホイットニーのほうを向いた。「どのようにしていらっしゃるのか、教えていただきたいですわ」

シェリダンが捧《ささ》げた穀物袋を足もとに置いたまま、なにもなかったかのような表情でモニカやジョーゼットと談笑しているスティーヴンに気をとられていたホイットニーは、あわてて振り向いた。「失礼しました、レディ・スケフィントン、少しぼうっとしていました。なにをお知りになりたいとおっしゃいましたの？」

「どうやってよい使用人を見つけていらっしゃるのでしょう？　使用人を見つけるのが簡単ならば、あんなアメリカ娘など雇いませんでしたわ。まったく大変な誤りでした」

「わたしは家庭教師を使用人とは思っておりません——」ホイットニーが話しはじめた。

思いがけないことに、それをスティーヴンが聞いていて、レディ・スケフィントンに意地の悪い口調で言った。「わが義姉上《あねうえ》は、家庭教師を家族とみなしています。いいや、たんなる家族より大切な存在なのかもしれません」彼は射るような目でホイットニーを見た。「そうではありませんか？」皮肉っぽくぴしゃりと訊いた。

レディ・スケフィントンは最初に紹介を受けて以来はじめてスティーヴンに話しかけられたので有頂天になってしまい、彼の口調の皮肉っぽさを感じとれなかった。この機を逃すなといわんばかりに急いで彼にすり寄った。「うちのジュリアナもごらんのとおりそんなふうなのです。すぐにシェリダン・ブロムリーの味方をするのです。ジュリアナは本当にすばらしい娘です」しゃべりつづけながらスティーヴンとモニカのあいだに体をねじこんだ。「とてもやさしくて、かわいらしくて……」

レディ・スケフィントンは屋敷に向かって歩くスティーヴンの横から離れず、サー・ジョンはその後ろをとぼとぼ歩いていた。

「あれではスティーヴンが気の毒だな」一方的にしゃべっているレディ・スケフィントンを眺めながらクレイトンが言った。

「そうは思えないわ」ホイットニーは先ほどの彼の皮肉に傷ついていた。彼女は三人の男性に軽く会釈をして、「ヴィクトリアやアレグザンドラとお話ししたいので失礼します」と言った。

彼女を見送った三人は口を開かず、しばらく考えこんだ。「妻たちはどう思っているかわからないが、これは失敗だな。うまくいくとは思えない」ジェイソン・フィールディングが三人の考えを代弁した。そして、クレイトンに向かってつけ加えた「スティーヴンのことならぼくやジョーダンよりもよく知っているだろ。この首尾をどう思う?」

「きみの考えているとおりだろう」クレイトンはシェリダンが〝愛のしるし〟を捧げたときのスティーヴンの表情を思い出して答えた。「これはとんでもない失敗で、シェリダン・ブロムリーは手ひどく傷つくことになるな。スティーヴンは彼女が罪に問われるのを恐れて逃げだした詐欺師だと信じている。もう一度彼にとり入ろうとして戻ってきたと思っているのだ。彼女がなにを言おうとなにをしようと、なんの役にも立たないだろう。なぜなら、彼が間違っていると証明しなければならないのだから。そんなこと、彼女には無理だ」


客間に集まって話しあっていた妻たちも、同じように考えていた。

ホイットニーは椅子に腰をおろすとじっと両手を見つめ、それから共犯者たちの顔を見まわした。公爵未亡人もその場に加わっていた。「あれは失敗だったわ」ホイットニーは寝室の窓から一部始終を見ていた義母に嘆いた。

「彼がシェリーを無視したときは、まったく泣きだしたくなったわ」アレグザンドラの声はいかにも苦しげだった。「シェリダンは本当に勇敢だったわ。あんなにも心のうちをさらけだして、弁解ひとつせずに」彼女は肩越しにミス・チャリティのほうを見て、礼儀正しく同意を求めたが、老婦人はなにも答えなかった。窓腰掛けに座って眉をひそめ、一点を見つめている彼女は一生懸命に聞いているようにも、なにも聞いていないようにも見えた。

「まだ一昼夜あるわ。そのうちに彼も態度をやわらげるかもしれない」公爵未亡人が言った。

ホイットニーは首を横に振った。「いいえ、それは期待できません。実際に会って話をすれば彼も耳を傾けるかと思ったけれど、このようすでは、たとえ話を聞いても自分の考えを変えないでしょう。はっきりそれがわかりました。姿を消した彼女がニッキーの屋敷へ逃げこんだのを、彼は知っていたわ。最近の彼がニッキーをどう思っているか、みなさんもご存じでしょう」

ミス・チャリティはそれを聞いて頭をぐいっと動かし、なにかを真剣に考えているのか、眉をいっそうひそめた。

「問題なのは、しっかりした証拠がないかぎり、シェリーがなにを言ってもスティーヴンは信じないということです。あの反応からしても、そうとしか考えられない。シェリーが姿を消した理由について、だれかが否定できない証拠を示さなければ――」ミス・チャリティが静かに席を立って部屋から出ていったのを見て、ホイットニーは言葉を切った。「きっとミス・チャリティはこんなことになってしまって耐えられない気持ちなのね」

「いいえ。たまらなくわくわくすると、おっしゃっていたわ」公爵未亡人が困惑したようなため息をついた。


自室の窓辺に立って、モニカと談笑するスティーヴンを見つめているシェリダンにとって、状況はさらに深刻だった。彼とふたりだけで話をしたいが、あきらかに相手にその気はないし、先ほどの試みが無残な結果に終わったからには、人前で話をすることもできなかった。

53

スティーヴンはシェリダンを無視しようと決心したものの、日が暮れるにつれて心が揺らぎ、松明がたかれ夕食のテーブルがしつらえられているあたりにいる彼女の姿を目で追っていた。再会のショックは最初の数時間こそ彼の心を怒りで強くしてくれたが、その効力はすでにすっかり薄れてしまっていた。招待客たちの背後で、ひとりだけ離れてオークの木にもたれ、そっと彼女の姿を見ているうちに、思い出の数々がどうしようもなくよみがえった。

彼女は書斎の戸口に立って副執事と話していた。「おはよう、ホジキン。今日はとてもすてきね。それは新しいスーツなの？」

「はい、お嬢様。ありがとうございます」

「わたしも新しいドレスなのよ」彼女はつま先でくるりと回ってみせた。「どう、すてきでしょ？」

そのすぐあと、別の結婚相手をさがしなさいと彼女に言いだしかねて、なんとなく時間稼ぎをしていて、彼女のために取り寄せた女性向きの雑誌をなぜ読んでいないのかと尋ねたことがあった。

「あのなかの一冊でも、目を通しました？」そう訊いた彼女の表情を見て、内容を説明される前から彼はにやりとしてしまった。「こんなとても長い名前のものがあったわ。『月刊淑女博物館、または洗練された娯楽と教養の宝庫—想像力を育み、精神に道を示し、イングランド人らしい公正な人格を高めるための集大成』」さらに彼女は内容を説明した。「頬紅をどうつければいいか書いてあったの。すっかり夢中になって読んだわ」彼女は笑顔で嘘をついた。「それがタイトルの『精神に道を示す』とか『人格を高める』とかにあてはまるかしら？」

だが、なによりも忘れられないのは、腕のなかで柔らかくしなる彼女の体と、あでやかでふっくらした唇の感触だった。彼女は生まれながらにして男を誘惑する女なのだと、スティーヴンは思った。手練手管を知らなくてもおのずと男を惹きつけてしまうのだと。

スケフィントン家の少年たちを呼びに屋敷のなかへ入ったシェリダンは、招待客たちの前で演奏を披露するらしく、変わった形の楽器らしきものを手にして戻ってきた。スティーヴンは彼女から視線を引きはがして、目の前のブランデーグラスに集中しようと努力した。彼女と視線を合わせないために、彼女を求めたりしないために。

彼女を求めたりしないために、だと？　自分の思いに気づいて、スティーヴンはうんざりした。シェリダンがロンドンの屋敷のベッドで瞳を開いた瞬間から彼女を求め、再会してまだ数時間だというのに、またしても全身で彼女を求めていた。地味なドレスを着て、髪をしっかり撫でつけ、うなじで髪留めのなかにしっかりまとめた姿を見ただけで、彼の体は欲望にうずいた。

スティーヴンは母と話をしているモニカとジョーゼットをちらっと見た。ふたりとも美しい。それぞれに黄色と緋色の豪華なドレスを着て、髪をきれいに結いあげ、立ち居ふるまいも優雅だ。彼女たちが馬丁のような格好をして、暴れ馬に乗るなど想像もできない。たとえ試してみたとしても、ふたりとも絶対にシェリダンほどみごとに乗りこなせまい。晴れやかな笑みを浮かべて、からの穀物袋を〝愛情〟のしるしとして捧げたりもしないだろう。

だが、ふたりとも、厚かましくもぼくの目をじっと見つめて、自分を抱き寄せてほしいと視線で誘いかけ、ぼくを思いのままにすることもないだろう。

かつてシェリダン・ブロムリーは魔法使いのようだと思ったことがあったが、彼女が手にした楽器をつまびきはじめると、スティーヴンはまたしてもそう感じた。彼女はその場のすべての人間を、とりわけ彼を魅了した。客たちは会話をやめ、使用人たちも動きをとめてうっとりと耳を傾けている。スティーヴンは視線を合わさないように手のなかのブランデーグラスをにらみつけていたが、彼女の視線を感じずにはいられなかった。今晩の彼女は、わざと頻繁に彼を見ていた。その視線は柔らかく、誘うようで、ときに懇願しているようだった。モニカとジョーゼットがそれに気づいて、なんと厚かましい女だろうと怒っていたが、スティーヴンは彼女たちの体には手をふれようとしなかった。シェリダンだけが、彼に自分を求めさせるすべを知っている――彼女だけが違うのだ。

自分の決意が崩れていくのを感じたスティーヴンは、ブランデーグラスを近くのテーブルに置き、客たちにおやすみの挨拶をして寝室へ引きあげた。彼女に惹かれる自分を忘れられるのなら、自分の部屋で意識を失うまで酒を飲むつもりだった。

54

疲れきったよろめく足取りで階段をのぼり、シェリダンはプレイルームの向かい側にある狭い寝室のドアを開けた。慣れない部屋なので慎重に手探りしてタンスを見つけ、その上に置いた蠟燭に火をつける。四本目を灯したとき、暗闇から低い男性の声が響いた。「明かりはそれ以上はいらない」

シェリダンは悲鳴を抑えて振り向いた。一瞬にして、口を押さえていた手がだらりと下がり、心臓が大きく鼓動し、純粋な喜びが全身を駆けめぐった。スティーヴン・ウェストモアランドが白いシャツの胸をはだけて、部屋にある唯一の椅子に脚を組んでゆったりと腰かけている。表情が妙にくつろいだ雰囲気だった。いつものような威厳が感じられない。シェリダンはめまぐるしく動いている頭のどこかで、記念すべき再会の場面にしては彼のようすに真剣みが感じられず、どうも状況にそぐわないと思ったものの、ふたたび会えたことがなによりもうれしかった。彼への愛情があまりにも大きかったため、なにもかもどうでもいいと思った。なにもかも。

「思い出してみれば」スティーヴンが物憂い魅惑的な声で話しだすと、彼女の心はとろけた。

「ぼくは結婚するつもりできみを待っていた」

「知っているわ、説明しますから。わたし――」

「話をするために来たのではない」彼がさえぎった。「さっき下にいるときに、きみは話以上のものをぼくに差しだそうとしていたように感じたが。それとも、ぼくの誤解かな？」

「いいえ」彼女はささやき声で答えた。

スティーヴンは黙りこくったまま、まるで美術品を鑑定するような視線で彼女を見つめていたが、じつはひどく酔っていて、魅惑的で個性的な彼女にすっかり心を奪われていた。ただ、うなじできつくまとめられた髪だけは気に入らない。彼は欲望と復讐心にかられていた。見た目はなにも知らないヴァージンのようだが、じつは巧妙で野心的でふしだらな、この女を自分のものにしようとしているいま、その髪形には違和感があった。「髪からピンをとれ」彼は我慢できずに短く命じた。

命令口調とその内容に驚きながらも、シェリダンは彼の言うとおりにピンをとって、髪留めをはずした。タンスの上にピンを置いてから向きなおると、彼はシャツのボタンをはずしているところだった。

「なにをしているの？」シェリダンはあえぎながら訊いた。

ぼくはなにをしている？　スティーヴンは自分に怒りを覚えた。誘われたにせよそうでないにせよ、こんなところまでやってきて、結婚式の当日になにも言わずに自分を捨てて逃げた女を相手に、自分はいったいなにをしているんだ？　彼女の問いへの答えに、彼はクラバットを拾いあげた。「出ていこうとしている」言い捨てて、もうドアへ向かっていた。

「だめ！　行かないで！」シェリダンの口から言葉がほとばしった。

彼女にふさわしいあざけりの言葉を吐こうと振り向いたスティーヴンの胸に、シェリダンの柔らかい体がすべりこんできた。懐かしい彼女の香りと感触に、意識がたちまち麻痺《まひ》したようになった。「お願いだから、行かないで」しがみついて泣いているシェリダンに、スティーヴンは両腕を体の両脇に垂らしたまま自分の負けを感じた。「話を聞いてほしい……愛しているの……」シェリダンが懇願していた。

スティーヴンは両手で彼女の顔を挟むようにして黙らせたが、視線はもう彼女の開かれた唇に引き寄せられていた。「いいか、よく聞くんだ。なにを話そうと、ぼくは絶対に信じない。なにひとつ！」

「それなら、あなたにわからせてあげる」シェリダンは情熱を込めて言うと、彼のうなじに手を巻きつけ、体をぴったり寄り添わせてキスをした。そのキスには、うぶな未熟さと本能的な巧みさが不思議に入りまじっていて、以前の彼はいつもたまらない気持ちにさせられたのだ。

そして、それは変わっていなかった。彼女の首筋を強くつかむと、スティーヴンは激しくキスを返し、彼女のせいでどんな気持ちになっているのかを見せつけた。そして、これ以上進めば引き返せなくなるぎりぎりのところで、シェリダンに最後のチャンスを与えた。「本当にいいのか？」

「自分のしていることはわかっているわ」

スティーヴンは彼女が差しだしたものを、はじめて彼女にふれた瞬間から求めていたものを奪った。なにも考えず、抑えがたい激しい欲望にまかせて奪った。彼女が欲しくてたまらない。焦りと乾きが彼の心を痺れさせ下腹を熱く高まらせる。体が荒々しい原始的な交わりを求めていた――どうしても、それが欲しかった。自分が求めるのと同じくらい激しく、彼女にも求めてほしい。これまでの経験をすべて駆使して、抵抗するすべをまるで知らない未熟な娘を責めたてる。温かく湿った秘密の場所に指を深く沈めた。誇らしげに立った薄紅色のつぼみの先端を強く吸うと、彼女はしなやかな体をのけぞらせ、甘い声をあげ、きつくしがみついてきた。そうして存分に味わってから、いよいよ形のいい両脚を押し開き、彼女の頭がヘッドボードに押しつけられそうになるほど強く、一気に貫いた。そのとたん、彼女が痛みに身をそらし、彼の背中に爪を立て、驚きと苦痛に耐える押し殺した叫びを漏らした。彼は凍りついた。「**自分のしていることはわかっているわ**」彼女はさっきそう言ったはずだ。

恐怖と混乱に襲われたスティーヴンは必死に目を開けた。彼女の涙に濡れた目には非難はなく、こんなことをせずにはいられなくなるほど彼を夢中にさせたことを喜ぶ、勝利の輝きもなかった。彼女は涙でのどを詰まらせ、かすれた声でなにかをささやきかけながら、彼の張りつめた肩に手をすべらせた。「抱きしめて」まるで祈るようにそっとささやいた。「お願いだから」

スティーヴンはわれを忘れてそれに応じた。両腕を彼女に巻きつけ、激しく貪るようなキスをすると、肩に置かれた彼女の手がやさしく動くと同時に、とろけそうなほど柔らかい体が彼を受け入れ、ぴったり包むのが感じられた。シェリダンはなにもかも捧げつくそうとしている……。

全身の神経が早くすべてを注ぎこみたいと訴えていたが、スティーヴンはそれをなだめて、彼女を何度も深く貫いた。全身の筋肉という筋肉がすべて硬くなり、彼女がいまにも彼に与えようとしている喜びと同じものを彼女にも与えようとしていた。彼女は目を固く閉じてかすかな声を漏らす。なにかを求めながら、それを得るのを恐れている。それでいて、得られないのも恐れている。ひたすら求めながら彼にすがりつく。彼はざらついた声でささやいた。

「……もうすぐだよ」

その言葉が終わる前に、シェリダンの体に火がついて、彼をきつく締めつけた。スティーヴンは輝くばかりの快感に自分がうめくのを聞いた。快感はみるみるふくれあがった。スティーヴンはもっと求め……耐えきれず絶頂を迎えた瞬間、彼女のなかに深く突き入れて、すべてを注ぎこんだ。

復讐心と傷ついたプライドのせいで彼女をベッドへ運んだものの、ぴったりと体を寄り添わせている彼女を腕に抱いていると、そんな気持ちはすべて忘れてしまっていた。彼女は復讐の餌食にするにはあまりにすばらしく、柔らかい体は彼の腕のなかで溶けてしまいそうに思えた。唇を合わせた瞬間から、自分たちふたりが特別に燃えあがりやすい組み合わせなのがわかったが、スティーヴンはいままで一度も、これほどわれを忘れて愛しあい、愛の行為に溺れ、深い満足感を味わったことはなかった。眠っている彼女を抱きしめて横たわりながら、スティーヴンは彼女が生まれながらにして備えている魅力に驚いていた。愛しあっている最中の彼女の敏感な反応――それは疑いようのないすばらしさだ。嘘偽りのない自然なものだ。あれほどの反応を演技してこしらえるとしたら、よほどの経験が必要だろうが、あきらかに彼女はまったくの未経験だった。

しばらくして、シェリダンはひとりでベッドのなかで目覚めた、いつもと変わりなく……いや、違う。ぱっと目を開けると、彼がベッド脇の椅子に座っているのが見えた。彼女はほっと安心した。彼はすでに身支度をしていたが、シャツの胸がはだけていて、ハンサムな顔は表情が読めなかった。われに返ったシェリダンはあわててシーツで胸をおおって、枕の上に体を起こし、あんなことがあったすぐあとなのに、この人はなぜ平気な顔をしていられるのだろうかと不思議に思った。心の隅のどこかで、恥ずかしいことをしてしまったのだとなんとなくわかっていたが、それ以上考えるのはやめた。彼の視線が胸をおおっているシーツに落ち、それからゆっくりと顔へ上がってきた。彼はまるで楽しんでいるようなひどくくつろいだ表情で、それでいて妙によそよそしさを感じさせていた……あんなふうに愛しあったばかりなのに、なにもなかったような顔をしているなんて。とはいえ、もう怒ってもいないようだし、棘々《とげとげ》しい表情でもないのがうれしかった。シーツをきつく胸に巻きつけるようにして、彼女は膝を引き寄せた。「話をしてもいい？」口を開いた。

「ぼくが先に話してもいいかな？」スティーヴンが穏やかに言った。

せっかく状況が落ちついているのにシャリース・ランカスターの話を持ちだす気にはなれなかったので、シェリダンはおとなしくうなずいた。

「きみに提案がある」そう切りだしたスティーヴンは、シェリダンの目が輝いたのを見て、〝提案〟という言葉で結婚の申し込みだと思うほど、ぼくを愚かだと思っているのかと信じられない気持ちだった。「ビジネスの提案だ」彼は強調した。「これはよく考えればきっと、おたがいにとって悪くない話だと思えるだろう。スケフィントンにいるよりはずっといいに違いない」

幸せに酔っていたシェリダンは一瞬にして冷水を浴びせられた。「いったい、どんな提案なの？」

「ぼくらには合わない部分がたくさんあるが、男女としては非常に相性がいい」

ふたりで分かちあった嵐のような親密さを、彼がそんな冷たい言葉で表現したのがシェリダンには信じられなかった。「どんな提案なの？」彼女は震える声で訊いた。

「ぼくがきみの体を欲しくなったときに、ベッドをともにしてくれ。その見返りに得るものは、自分の家と使用人、ドレスと馬車。そして、ほかの男をベッドに入れないかぎりは、なにをするのも自由だ」

「愛人になれと言っているのね」彼女はぼんやりと言った。

「そうさ。きみは野心家で賢いし、いまの仕事よりも条件ははるかにいい」彼女が黙っていると、スティーヴンはけだるい口調で続けた。「昨晩のことで、ぼくが結婚を申しこむなんて期待しなかっただろうね。それほど純真でも愚かでもないと言ってくれ」

棘のある言葉を浴びせられて、シェリダンがハンサムな顔をまじまじと見ると、彼の目は見たこともないほど皮肉たっぷりだった。屈辱的な申し出に息がとまりそうになった彼女は、首を横に振り、思ったままを答えた。「ああなることでなにを期待したのかはわからないけれど、少なくとも、あなたに求婚されるとは期待していなかったわ」

「よろしい。以前のぼくたちには、嘘や誤解があった。ぼくはきみに後悔してほしくないんだ」

スティーヴンは彼女の大きな灰色の目に涙が浮かぶのを見て、立ち上がり、彼女の額におざなりのキスをした。「少なくともきみは、さっきの提案を怒りまかせに断わるほど愚かではない。考えてみてくれ」

シェリダンがじっと見つめていると、彼は冷たい口調でつけ加えた。「答えを決める前に、ひとつだけ警告しておこう。もし今後、たとえ一度でも嘘をついたら、さっさと放りだすから、そのつもりでいなさい」ドアの前で振り返ってさらに続けた。「もうひとつだけ言っておこう。二度と〝愛している〟などと口にするな。きみの口からその言葉を絶対に聞きたくない」

言い捨てて、振り返りもせずに彼は去っていった。シェリダンは膝に頭をのせて涙を流した。だが、彼女が泣いたのは、自分が彼の腕のなかで我を忘れてしまったことを恥じ、あまりにも理不尽な心ない提案に一瞬だが心が動いたせいだった。

55

翌朝、体をひきずるようにしてベッドから出たシェリダンの心は、昨晩の取り返しのつかない出来事のせいで暗く重かった。明るい日差しに照らしだされ、おぞましい事実は隠しようがなかった。女としてのかけがえのない純潔を捧げたというのに、この先死ぬまでそれを恥じて暮らさなければならないのだ。

スティーヴンの愛を得るために、すべてを賭けた——きっと愛してくれていると信じて。その必死の願いに、彼はなんと答えたか？　窓から下を見ると、その答えをあらためて突きつけられた気がした。芝生の庭でくりひろげられている光景を見て、シェリダンは恥辱のあまり唇を噛んだ。昨晩彼女とベッドをともにしたばかりの男性が、仲睦《なかむつ》まじげにモニカと食事をしている。身を寄せるようにして話しかけるモニカに、満足げになにか答えた。椅子にもたれるように座って、モニカの顔をじっと見つめてから、頭をのけぞらせるようにして上機嫌な笑い声をあげた。

彼がこれまで見たこともないほど快活で満足したようすなので、シェリダンの恥辱と苦悶はいっそう大きくなった。昨日の夜、彼の前にすべてを投げだしたわたしに向かって、ステイーヴンは愛人にならないかというおぞましい提案をした。そして今日は、わたしのような愚かな行為には決して走らない女性と食事を楽しんでいる……彼が自分にふさわしいと判断した女性と。貞操と財産を引き換えにする汚らわしい提案ではなく、結婚を申しこむべき女性と。

窓辺に立って彼を眺めていると、あれこれ苦しい思いが心を駆けめぐったが、もう泣くのはいやだった。この光景を目に焼きつけておかなければと思った。細かい部分まですべてしっかり記憶して、二度と彼に対する気持ちをやわらげてはいけない。彼女は身をこわばらせて立ちつくし、苦しさのあまり心がなにも感じられなくなって、彼に対する愛情が消え去るのを待った。「けだもの」シェリダンは声にして罵った。

「入ってもいいかしら？」

ジュリアナの声に振り向いて、彼女は答えた。「ええ、もちろんよ」明るい笑顔をつくって、元気な声を装った。

「朝食を食べていたら、この窓にあなたの姿が見えたから。なにか食べ物を持ってきましょうか？」

「いいえ、食べたくないの。でも、気遣ってくれてありがとう」馬場でスティーヴンに愛情のしるしを捧げた、昨日の行動を説明しなければと思ったが、なんと話したらいいのか想像もつかず、シェリダンは躊躇した。

「ここを離れたいのではないの？」ジュリアナが尋ねた。

「離れる？　明日までは出発できないわ」シェリダンは苦しい思いを表に出さないように注意して答えた。

窓辺へ歩み寄ってとなりに立ったジュリアナは、シェリダンがさっきまで見おろしながら胸を痛めていた光景に目を向けた。

「ジュリアナ、昨日わたしがしたことを、ちょっと説明しなくてはいけないわね」

「説明の必要はないわ」ジュリアナが元気づけるような笑みを浮かべると、シェリダンはシャペロンではなく十七歳の乙女になったような気持ちになった。

「いいえ、説明しなくては」シェリダンはきまじめに続けた。「あなたのお母様が、あなたとウェストモアランド卿との縁組をどれほど望んでいらっしゃるかは承知しているのだから、あなたもきっと妙だと思っているでしょう――なぜ、わたしがあんな厚かましいまねをしたのか、なぜあんなふうに彼に親しげにふるまったりしたのかと」

ジュリアナはそれには直接答えず、話題を少し変えた。「数週間前に、ママがひどく意気消沈していたことがあったの。そして、あなたがうちに来たのは、それから一週間もしないころだった」

「お母様はなぜそんなに意気消沈していらしたの？」

「新聞でラングフォード卿の婚約発表を知ったからよ」

「まあ」

「そうなの。そして、彼の婚約者はアメリカ人だった」

すみれ色の瞳でじっと見つめられて、シェリダンは身の置き所がなかった。

「その女性については、噂話が乱れ飛んでいたわ。うちのママが噂話が大好きなのは知っているでしょ。それによれば、婚約者は赤毛で――炎のような赤い色の髪だとか。そして、彼に〝シェリー〟と呼ばれていると。それから、頭にけがをしたせいで記憶をなくしているけれど、もうすぐ治るだろうということだったわ」

シェリダンはそれでもまだシラを切ろうとした。「どうして、そんな話をするの？」

「もし助けが必要ならば、そう言ってほしいから。それに、わたしたちがここに招待された本当の理由は、あなたにあると思うから。昨日、池のほとりで、あなたを見たラングフォード卿は、ひどく狼狽していたわ。なにかが起ころうとしているのに、ママが全然気づかないのは驚きね」

「なにも起ころうとなどしていないわ」シェリダンは厳しい口調で否定した。「なにもかも終わったの」

ジュリアナはモニカとジョーゼットのほうへ頭を傾けた。「あの人たちは、あなたがだれか知っているの？」

「いいえ。会ったことがなかったから、わたしが――」シェリダンはわ、わ、わたしがシャ、シャ、シャリース・ランカスターだったときと言いかけて言葉に詰まった。

「あなたが彼と婚約していたとき？」

シェリダンは深く息を吸って、しぶしぶながらうなずいた。

もそうしたいわ」

「うちに帰りたい？」

シェリダンはヒステリックに笑ってしまいそうだった。「もし、できるのなら、すぐにでもそうしたいわ」

ジュリアナはきびすを返して部屋を出ようとした。「それなら、荷づくりしましょう」彼女は肩越しに意味ありげな笑みを投げた。

「待って――どうするつもりなの？」

「パパを味方につけて、わたしは具合が悪いから、あなたに付き添ってもらって先に帰りたいと頼むつもり。ママを連れ帰るのは無理だけれど、きっとわたしがひどく具合が悪くなってラングフォード卿の前でぶざまな姿をさらしたらいけないと思うはずだから、先に帰るのは許してもらえるわ」ジュリアナはかわいらしい笑みを浮かべて続けた。「ママはこれでもまだ、ラングフォード卿が急にわたしに恋をするのを期待しているの。わたしには、そんなことは決して起こらないとわかっているけれど」

シェリダンは立ち去ろうとしたジュリアナを呼びとめた。「ここを去る前にお目にかかりたいと、公爵夫人に伝えてくれるかしら？」ジュリアナは戸口から顔をのぞかせてうなずいた。

「女性たちは少し前に村のほうへ出かけたわ。残っているのはミス・チャリティだけ」

この前は、まるで罪人のように彼らの前から姿を消した。今回は黙って立ち去るつもりはなかった。「では、ミス・チャリティにこの部屋に来てくれるように伝えてもらえるかしら?」うなずいたジュリアナにシェリダンはさらにつけ足した。「わたしたちがここを去ることは、まだお父様以外にはもらさないでね。伯爵には自分の口から伝えるわ」

56

シェリダンがここを去ると告げると、ミス・チャリティは表情をくもらせた。

「でも、あなたはまだ、スティーヴンとふたりきりになっていないし、姿を消した理由を説明していないでしょ」ミス・チャリティは反論した。

「昨日の晩、ふたりきりになったんです」シェリダンは苦々しげに打ちあけた。わずかな荷物を旅行かばんに詰めながら、窓の外をちらりと見る。「その結果が、あれです」

ミス・チャリティは窓に近づいて、ふたりの女性と楽しげにしゃべっているスティーヴンを見おろした。「まったく男は困ったものね。あのふたりにはなんの関心もないくせに」

「彼はわたしにも関心がないんです」

ミス・チャリティが椅子に座り、シェリダンははじめて彼女に会ったとき陶器の人形のようだと感じたのを思い出した。彼女はいまもそんなふうに見えた——途方にくれた不幸な人形に。

「あのときなぜ、姿を消したまま戻ってこなかったのか、きちんと説明しましたか？」

「いいえ」

「なぜ、あんなことをしたの？」

あまりにすばやく訊かれたので、シェリダンはふいを突かれた。「だいたいのことは昨日お話ししました。自分がシャリース・ランカスターではないとわかった瞬間、目の前にシャリースがいて、わたしが故意になりすましていたとスティーヴンに暴露してやると、ものすごい剣幕で罵っていました。どうしていいかわからず、混乱しきったわたしはその場から逃げましたが、自分がだれなのかはっきり思い出すよりも先に、だれもがみんなわたしに嘘をついていたのだと気づいたのです。なによりも、シャリースの婚約者は伯爵ではなく男爵で、名前はウェストモアランドではなくバールトンでした。どうしてそんなことが？　わたしは答えが知りたかった。どうしても真実が知りたかったので、ニコラス・デュヴィルに会いに行きました」

「あの人は、どんな真実を教えたの？」

残酷な真実を蒸し返されて、シェリダンは思わず目をそらし、鏡で髪を整えるふりをしてから答えた。「すべてです。なにひとつ残らず。バールトン卿の死、スティーヴンがわたしにあらたな婚約者を見つける責任を感じたこと――シャリース・ランカスターに、という意味ですが。とにかく彼が全部話してくれました」話し終えたシェリダンは、スティーヴンが自分との結婚を望んでいると不覚にも信じてしまったことに、後悔の涙をのみこんだ。そのうえ、昨夜は純潔と誇りまで差しだしてしまったのだ。「ニコラス・デュヴィルは、わたしにとって一番の謎だったことも説明してくれました」

「謎って、なにかしら？」

シェリダンは自嘲の笑いをもらした。「〈オールマックス〉へ出かけた晩、スティーヴンが突然求婚しました。あの日、彼はシャリースの父親の死を知らされたのです。彼はわたしを愛しているとか、結婚したいとかではなく、哀れみと責任感から求婚したのです」

「そんなふうに説明するなんて、ニコラスが悪いわね」

「いいえ、そうではありません。わたしが愚かだったんです」

「それをすべて、昨晩ラングフォードと話したんでしょ？」

「話そうとはしたのですが、話には興味がないと言われてしまって」シェリダンは旅行かばんを持ち上げながら苦々しげに言った。

「じゃあ、なにに興味があったの？」ミス・チャリティは首をかしげて尋ねた。

ミス・チャリティのするどい問いに、シェリダンはさっと彼女を見た。ミス・チャリティがみんなに思われているほどぼんやりしているのかどうか、よくわからなくなることがときどきあったが、このときもまさにそれだった。シェリダンのほんのり赤く染まった頰をミス・チャリティは見逃さなかった。「彼はわたしが純潔なのかどうかに関心があると思ったんです、もし、わたしに少しでも関心があるのならば。でも、そうではありませんでした」シェリダンは口早に言った。「彼の目から見れば、わたしは罪があるからこそ逃げだしたということになるんですね。昨晩それを思い知らされました。それ以外は考えられないのでしょう」

ミス・チャリティが立ち上がった。シェリダンはこれが最後の別れだと思うと涙がこみあげ、小柄な老女をさっと抱きしめた。「みなさんによろしくと伝えてください。一生懸命わたしを助けようとしてくださったのは承知していますと」

「わたくしにできることは、もっとほかにあると思うけれど」ミス・チャリティの顔はいまにもしわくちゃになりそうに見えた。

「ええ、そうでした」シェリダンは自信に満ちた笑みを浮かべた。「ふたりだけで少し話したいとラングフォード卿に伝えてください。玄関脇の小さな客間でお待ちしていると」

ミス・チャリティが立ち去ると、シェリダンは呼吸を整えてから窓に近づき、外を見おろした。しばらくして、彼女がスティーヴンに話しかけるのが見えた。さっと椅子から立って大股で屋敷へ入る彼を見て、シェリダンはかすかな希望を抱かずにいられなかった――彼は自分をひきとめるのではないかと。もしかしたら、昨夜の冷淡さをわびて、ここにいてほしいと願うかもしれない。

階段をおりながら、シェリダンは甘い空想にふけらずにはいられなかった。はかない期待に胸を高鳴らせながら急ぎ足になったものの、客間に入ってドアを閉め、振り返った彼の表情を見た瞬間に、その期待は砕け散った。彼はシャツと乗馬用半ズボンというラフな格好で、ポケットに手をつっこみ、ゆったりした無関心な表情で彼女を見ていた。「会いたいと聞いたが？」彼は話をうながした。

狭い部屋の中央に立っている彼は、手をのばせば届くほど近くにいた。シェリダンは気力を振りしぼって冷静さを装い、うなずいてから切りだした。「わたしはここを出ていきます。この前のように、黙って去りたくはありません」

彼の皮肉っぽい表情のなかに、なんらかの反応を必死に探った。彼女に対する、彼女が去ることに対する、彼女が純潔を捧げたことに対する、なんらかの反応が見えないものかと。ところが、彼はなにを望んでいるのかとばかりに眉を上げただけだった。

「あなたの提案を受け入れる気はありません」彼女にとっては一生を左右する決断なのに、なんの関心も示さずにいる彼を、信じられない気持ちでシェリダンは見つめた――昨夜彼の腕のなかで純潔を、女としての名誉をすべて捧げたというのに。

スティーヴンは広い肩をほんの少しだけすくめて、感情のない口調で言った。「わかった」そのひと言が、シェリダンの心によどんでいた絶望を、抑えきれない怒りに変えた。彼女は彼に背を向けて去ろうとしたが、ふと立ちどまって振り向いた。

「まだなにかあるのか？」彼がいらだたしげに訊いた。

シェリダンは怒りのあまり、そして、自分の思いつきに感心して、あでやかな笑みを浮かべた。「ええ、ありますとも」つかつかと彼に歩み寄った。

スティーヴンは片方の眉を尊大に上げた。「なんだ？」

「これよ！」シェリダンは彼がぐらりとよろめくほど強く頬を平手で叩いた。そして、激怒した彼の表情に一歩だけ後ずさりした。荒い呼吸で、彼女の胸は大きく波打っていた。「あなたは心のない邪悪なモンスターよ！　あなたにこの体をふれさせた自分が信じられないわ！　汚され、踏みにじられたのよ――」彼のあごの筋肉が引き攣っているのが見えたが、彼女はもう引きさがらなかった。激怒しているせいで、彼の表情がそれこそモンスターのように変わってもひるまなかった。「昨晩、あなたに身を許したのはわたしの罪だけれど、その罪は許しを請うことができる。けれど、あなたを信じて愛した自分の愚かさだけは絶対に許せない！」

スティーヴンは彼女が音を立てて閉めていったドアをじっと見つめた。怒りと嫌悪で輝いていた整った顔と灰色の瞳の美しさを、頭から振り払えなかった。さっきの光景が感情に震える声とあいまって、心に強く焼きつけられていた。「あなたを信じて愛した自分の愚かさだけは絶対に許せない！」彼女の口から出た一言一句がすべて、本心であるかのように響いた。まったく、すばらしい女優だ！　エミリー・ラスロップなど足もとにも及ばない。もちろん、エミリーはシェリダンのような無垢《むく》な輝きや激しい気性は持っていなかった。エミリーは洗練されて、慎重に自分を抑えていたから、こんな修羅場は絶対にやってのけられなかったろう。

だが、エミリーならば、ぼくの提案をはねつけなかったかもしれない……。

スティーヴンはシェリダンが提案を拒絶するとは思っていなかった。彼女は事故直後に意識を失ったのを利用し、完璧な記憶喪失を装ってぼくを籠絡《ろうらく》し、家庭教師の身の上からあと一歩で伯爵夫人の地位を手に入れようとしたほど賢く、野心に満ちた女だ。ぼくの提案を受け入れれば、妻にこそなれないが、これ以上望めないほどの贅沢な人生が待っているはずなのだ。

彼女は思ったほど賢くはなかったのか……。

それとも、野心などなかったのか……。

それとも、贅沢に興味がないのか……。

それとも、最初から、なにも企んではいなかったのか——昨晩の彼女が無垢だったように。

スティーヴンは不安を感じつつ、最後の可能性を打ち消した。無実の人間は逃げ隠れなどしないものだ——シェリダンのような勇気と大胆さを持ち合わせていないかぎり。

57

ノエルの誕生祝いであることに配慮し、楽しい雰囲気を保とうと心を砕きながら、ホイットニーは招待客たちにシェリダン・ブロムリーが屋敷から去ったことを告げたが、和解のための試みが失敗したことで、招待客たちは暗い気分に包まれていた。シェリダンが出発して一時間もすると、雷雲が重く垂れこめて雨が降りだしたので、人々は室内へ逃げこんだ。女性たちの士気はさがる一方だった。ミス・チャリティだけがそんな気分に影響されず、ほかの女性たちや紳士たちの大半が自室で夕食前の休息をとるなか、元気に起きていた。じつのところ、彼女にとって邪魔が入らないのはもっけの幸いだったのだ。

ミス・チャリティはビリヤードルームの革張りのソファにちんまりと座り、クレイモア公爵がジェイソン・フィールディングとスティーヴン・ウェストモアランドを相手にプレイするのを眺めていた。「昔からずっと、ビリヤードはおもしろいと思っていたのですよ」彼女が嘘をついたとき、クレイトン・ウェストモアランドが長いキューで狙った玉を突きそこねた。「それは戦略なのかしら?——玉をすべて台に残して、ラングフォードに処理させるわけなの?」彼女は明るく訊いた。

「それはなかなか興味深い戦略ですね」クレイトンは彼女の突然の発言のせいで失敗したと怒りたい気持ちを抑えてそっけなく答えた。

「あら、どうしたの？」

ジェイソン・フィールディングがくすくす笑いながら答えた。「これでスティーヴンが全部片づけるだろうから、このゲームにはぼくらの出番はもうありませんよ」

「まあ、そうなのね」ミス・チャリティはキューの先になにかをこすりつけているスティーヴンに向かって無邪気にほほえみかけた。「つまり、あなたが一番上手ということね、ラングフォード？」

スティーヴンは名前を呼ばれて彼女をちらっと見たが、じつはなにも聞いていないしゲームに集中してもいないとミス・チャリティは見抜いた。シェリダンが去ってからずっと、彼はひどく暗い表情だった。にもかかわらず、突いた玉は正確に転がって、三個の玉をポケットに落とした。

「ナイスショット、スティーヴン」ジェイソンが言ったのをきっかけに、ミス・チャリティは大切な話をはじめることにした。

「紳士同士のお付き合いは、本当にすばらしいわね」クレイトンがジェイソンとスティーヴンにマデイラ酒を注ぐのを見ながら、ミス・チャリティが唐突に言った。

「なぜですか？」クレイトンが丁寧に尋ねた。

「女性は視野が狭くて、つまらないことで復讐に燃えたりしますもの」ミス・チャリティは狙いをつけてつぎの玉を打つスティーヴンに向けて言った。「その点、紳士がたは信念が固くて、おたがいへの忠誠心が強いでしょ。たとえばウェイクフィールドを見て」彼女はウェイクフィールド侯爵ジェイソン・フィールディングにほほえみかけながら尋ねた。「もし、あなたが女性だったら、先ほどのラングフォードのすばらしいショットに嫉妬を感じたのではないかしら？」

「はい」ジェイソンは冗談っぽく答えてから、すぐ真顔になって言った。「そんなことはありません、もちろん」

「あら、わたくしの勝ちね！」ミス・チャリティは、テーブルの周りを移動してつぎのショットにかかるスティーヴンに拍手を送った。「でも、男性同士の忠誠心と友情の手本といえば、だれがわたくしの頭に一番に浮かぶかご存じかしら？」

「いいえ、だれですか？」クレイトンが尋ね、スティーヴンはつぎのショットの狙いを定めていた。

「ニコラス・デュヴィルとラングフォードよ！」

スティーヴンのキューは狙った玉の横にあたった。玉はふらふらと横に転がり、偶然にもそこにあった玉にぶつかってポケットへ落とした。「あれは技じゃないな、運がよかっただけだ」ジェイソンが彼に言った。ジェイソンは話題を変えようとして、さらに続けた。「これまで何回くらい技ではなく運で勝ったことがあるか考えてみたことはあるかい？　考えてみようじゃないか」

ジェイソンが話題を変えようとしたのを無視して、ミス・チャリティはつぎのショットにかかろうとしているスティーヴンを見ないように注意しながら、クレイトンとジェイソンに向けて言った。「だって、ニコラスがあれほどスティーヴンに対して忠誠心に篤《あつ》い友人でなかったら、シェリーが屋敷に逃げこんできて泣いて訴えたとき、さっさと彼女を送り返したでしょうから。でも、彼はそうしたかしら？　いいえ、そんなことはしなかったわ！」

ミス・チャリティは向かい側にある鏡に映るスティーヴンを盗み見た。彼は目を細めて彼女の頭を後ろからにらんでいる。「シェリーからラングフォードが結婚を決めた理由を教えてほしいと頼まれて、哀れなニコラスはすべてを打ちあけて、彼女の心を打ち砕いたのよ！　嘘をつくなり、そのままラングフォードのところへ返すほうがよほど簡単だったでしょうに。それなのに、親愛なる友人のためを思って、苦しい仕事を引き受けたのよ」

つぎのショットを打とうとしていたスティーヴンが体を起こして、低いいらだった声で訊いた。「ぼくの友人のデュヴィルがシェリーになにを話したと？」

ミス・チャリティはびっくりしたと言わんばかりの顔で彼のほうに向きなおった。「あら、真実を、ですよ、もちろん。その時点で、すでに彼女は自分がシャリース・ランカスターではないとわかっていたので、ニコラスはバールトンが死んだことと、あなたが深い責任を感じていることを話したのよ。あなたが責任感と義務感でシェリダンの婚約者のふりをしているのだと」

三人の男性が言葉を失ってミス・チャリティを見つめた。彼女は笑顔でスティーヴンを見返した。「そして、もちろん、シェリーはロマンティックな女性だから、それでもまだ、あなたが結婚を申しこんだのには別の理由があるはずと考えたかった——信じたかったのね。でも、ニコラスは事実をはっきり言わなくてはならなかった。あなたはミスター・ランカスターの死の知らせを受けとったから求婚したのだと——哀れんだからだったと。それはかわいそうなシェリーの心を打ち砕いたけれど、ニコラスは利己心を捨てて友情を貫くためにするべきことをしたの」

スティーヴンは壁の棚にキューを叩きつけた。「あの、ろくでなしが！」小さく毒づきながら大股で部屋を出ていった。

ミス・チャリティはそんな罰当たりな言葉を耳にしたことには驚いたが、彼が部屋を去るのを落ちついた表情で見送ると、ジェイソン・フィールディングに話しかけた。「ラングフォードはどこへ行ったのかしら？」わざと眉をひそめて笑みを隠していた。

ジェイソンはスティーヴンが出ていったドアからゆっくり視線をはずすと、クレイトンを見た。「どこへ行ったと思う？」

「おそらくは、旧友と話をしに出かけたのだろう」クレイトンはあっさり答えた。

「まあ、すてき！」ミス・チャリティが明るく言った。「ラングフォードは行ってしまったし、あなたたちのどちらでもいいから、わたくしにビリヤードを教えてくださらない？　きっとルールを覚えられると思うのよ」

クレイモア公爵はミス・チャリティが恥ずかしくなるくらい長く、興味深げに彼女をじっと見つめた。「ビリヤードよりもチェスをお願いしましょうか？　戦略こそあなたの得意技らしいので」

ミス・チャリティは少し考えてから首を振った。「たしかにそのとおりだわ」

58

社交シーズンは幕を閉じたが、〈ホワイツ〉の奥の特別なゲームルームには、カードの手札やルーレットに大金を賭ける裕福な紳士たちが集っていた。セントジェームズストリートに面した古い歴史を誇る優雅な会員制クラブである〈ホワイツ〉は〈ストラスモア〉よりもずっとにぎやかで、明るい照明が輝いているが、神聖な雰囲気にはやや欠けている。とはいえ、通りに面した正面には張り出し窓があって、そのなかではかつて洒落者ボー・ブランメルがアーガイル公爵やセフトン卿、アルバンリー卿、ウスター卿といった友人たちや、ときには摂政皇太子と楽しいひとときを過ごしていた。

だが、張り出し窓よりも有名なのは〈ホワイツ〉の賭け帳で、長年にわたって会員たちが高尚な問題からささいな出来事まで、ありとあらゆる賭けをした記録が書きつけられている。たとえば戦争の勝敗、財産家の親類の死亡日、だれが美女をものにするか。なかには会員が所有する二頭の豚を競わせるレースの結果というものもあった。

奥のカードルームでは、ウィリアム・バスカーヴィルがスタンホープ公爵やニコラス・デユヴィルと一緒にホイストをやっていた。彼らは社交性を発揮して、すばらしい家柄の若者ふたりをゲームの仲間に加えていた。ふたりとも道楽者で娯楽に明け暮れ、ギャンブルでも飲酒でもだれにも負けたくないという野心を持っていた。テーブルでの会話はゆっくりで、とりとめがなかったが、賭けはすばやく賭け金は大きかった。「そういえば、今週はハイドパークでラングフォードを見なかったが」若い紳士のひとりが急に話を変えた。

ウィリアム・バスカーヴィルが自分のチップを数えながら答えた。「甥の誕生日だよ。クレイモア公爵夫人が小さなパーティを開くそうだ。すてきな女性だな、公爵夫人は。クレイモアに会うたびにそう言っているのだが」左どなりに座っているニコラス・デュヴィルをちらっと見て、彼は続けた。「きみはフランスにいたころから親しかっただろ？　彼女がまだイングランドへ帰ってくる前の話だが」

デュヴィルは自分のカードから目を離さずにうなずき、ゴシップを避けるためにつけ加えた。「ウェストモアランド家の全員と親しくさせてもらっているのは光栄の至りだ」

しこたま酒を飲んだ若い紳士のひとりがそれを聞いて驚いた表情になり、乱暴な口調で話に割りこみ、はずみで飲み物をこぼした。「そうじゃないだろ！　きみとラングフォードは赤毛の娘をめぐって〈オールマックス〉で殴りあい寸前だったとか」

バスカーヴィルが鼻を鳴らして一蹴した。「きみはまだ若いな。もっと社交界で経験を積んだら、戯言と真実とを見分けられるようになるだろう。そのためには、だれがどんな人間かをよく知らないといかん。同じ話は私も耳にしたし、デュヴィルもラングフォードもよく知っているが、それが尾ひれのたくさんついた噂だというのは明白だ。聞いたとたんにそうとわかったよ」

「ぼくもだ！」酔っていないほうの若い紳士が賛同した。

「嘆かわしい戯言だ。すぐに忘れ去られるさ」デュヴィルが認めた。

「そうだとも」ミス・チャリティの弟であるスタンホープ公爵は、チップをテーブルの中央にうずたかく積まれている山へ押しやった。「きみとラングフォードは親友だからな。ふたりともすばらしく友好的だ」

「疑いようがないな」素面《しらふ》の若い紳士がそう言ってから、デュヴィルにいたずらっぽくにやりと笑いかけた。「だが、もしあなたとラングフォードが喧嘩をするなら、ぜひその場に立ち会いたい」

「どうしてだね？」スタンホープ公爵が訊いた。

「ふたりが〈ジェントルマン・ジャクソンズ〉でボクシングしているのを見たことがあるんですよ。もちろん、対戦したのではなかったが、いずれもみごとな腕前でした。ふたりの対戦が見られるのなら、たとえ〈オールマックス〉へだって行きますよ」

「ぼくもだ！」酔っぱらった友人がしゃっくりをしながら叫んだ。

　バスカーヴィルは彼ら若者が洗練された男性のふるまいを知らないのにあきれて、これは教育してやらねばと思った。「ラングフォードとデュヴィルは拳で物事を解決しようなどと決して思わないはずだよ！　それこそが、きみらのような短気な青二才と、ラングフォードやデュヴィルのような紳士との歴然たる違いだ。きみらは年長者から優雅な作法を学んで、少しは上品さを身につけたらどうだ。デュヴィルのボクシングの腕前に感心するのではなく、すばらしい物腰やクラバットの結び方を見習いたまえ」

「ありがとう、バスカーヴィル」得意げなバスカーヴィルの視線を受けて、デュヴィルがけだるそうに礼を言った。

「どういたしまして、デュヴィル。真実を言っただけだ。ラングフォードといえば……」バスカーヴィルはチップを賭ける順番を待って言った。「洗練された紳士の鑑だ。殴りあいで物事を解決だなんて、とんでもない！　文明的な紳士のやるべきことじゃない」

「口にするのさえ、ばかばかしい」同意したスタンホープ公爵は全員の顔を見まわして、手元のカードの悪い手に賭けるかどうか思案した。

「どうも失礼しました、もし――」素面のほうの若い紳士がなにか話しかけて、急にやめた。「ラングフォードは田舎の屋敷へ出かけたとおっしゃいましたよね」それが間違いだという証拠が目の前にあるような、当惑したような口調で言った。

五人の紳士たちがそろって顔を上げると、ちょうどスティーヴン・ウェストモアランドがまっすぐに近づいてくるところで、その表情は友好的どころか、怒り心頭に発するというようすだった。挨拶しようと呼びかける知人たちの前を軽いうなずきだけで素通りし、スティーヴンはバスカーヴィルたちのテーブルへ近づいてきて、椅子の周囲をのしのし歩きだした。

その迫力に四人の紳士は身をこわばらせ、突如として捕食獣に襲われて絶体絶命の危機を迎えたかのように怯えた。

ただひとりニコラス・デュヴィルだけがスティーヴンのただならぬ顔色に関心がないようだった。〈ホワイツ〉にいる全員がいったいどうしたことかと振り向いて見ていた。ニコラス・デュヴィルはわざと無頓着にふるまうことで、かえってスティーヴンを挑発しているようだ。スティーヴンが彼の椅子の横で立ちどまると、デュヴィルは背筋をのばしてポケットに深く手をつっこみ、白い歯に葉巻をくわえたまま茶化すように彼を見た。「仲間に入りたいのか、ラングフォード？」

「立て！」スティーヴンが怒鳴った。

彼が挑戦状を叩きつけたのはあきらかだった。

たちまち、若い紳士たちが数人、どちらが勝つか賭けようと〈ホワイツ〉の賭け帳めざして走ったので、ちょっとした小競りあいが起きた。デュヴィルは葉巻の端を嚙んで椅子に身をかがめ、けだるそうな笑みを浮かべて、その申し出が本気かどうか考えているように見えた。スティーヴンの心を確かめるかのように、彼は片方の眉を楽しげにひそめて問いかけた。

「ここでか？」満面の笑みを浮かべている。

「その椅子から立て」スティーヴンが凄味のある低い声でうなるように言った。「この、ろくで――」

「ここでだな」デュヴィルがさえぎって、笑みを消し、ぱっと椅子から立つと、奥の部屋のひとつに向かって頭を傾けた。

喧嘩になりそうだという知らせがたちまち届いて、〈ホワイツ〉の支配人はあわててキッチンを出た。「ちょっと失礼します！　失礼いたします！」と言いながら、彼は奥の部屋のドアの前で物見高い人垣を丁寧にかきわけた。「〈ホワイツ〉の長い歴史のなかで、こんなことは一度も――」

彼の目の前でドアが乱暴に閉められた。

「お召し物が汚れますよ！　家具類が壊れますよ！」叫びながらドアを開けた支配人の耳に拳が骨を打つ野蛮な音が響き、デュヴィルがのけぞるのが目に入った。

支配人の顔からさっと血の気が引いた。彼は思わずドアをピシャリと閉め、後ろ手でノブを押さえた。百人の紳士の視線が彼に集中し、だれもが同じ情報を求めていた。「形勢はどうだ？」ひとりが訊いた。

奥の部屋にある緑色の羅紗《ラシャ》を敷いた玉突き台が傷つくだろうと想像して、支配人は顔をゆがませたが、なんとか震え声を絞りだした。「いまのところ……おそらくは……三対二ぐらいの確率で……」

「どっちの勝ちだ？」賭け金を書きこもうと賭け帳の列に並んでいる、優雅に装った紳士たちが返事をせっついた。

支配人がまるで勇気を求めて祈りを捧げるように天をあおいでから、くるりと振り返ってドアを細く開けてようすをうかがおうとした瞬間、壁に体が思いきりぶつかったのか雷鳴のような音が響いた。「ラングフォードが優勢！」肩越しに振り返って叫んだが、ドアを閉めようとした瞬間、まるで垂木を鳴らすようなものすごい音がして、彼はもう一度なかをのぞいた。「いや――デュヴィル！　いや、ラングフォード！　いや――！」人垣が重さでなかへなだれこむ寸前に、彼はドアをぐいっと閉めた。

殴りあう音がやんだあと長い時間がたってから、支配人がドアを背中で押さえつけたままでいると、急にドアが開いて彼は室内へ倒れこみ、スティーヴンとデュヴィルが出てきた。部屋に残された支配人はようやくほっとして、一見して奇跡的になんの被害もないように見える室内を見まわした。安堵のため息をついて心からの祈りを捧げようとしたとき、磨かれた側卓の脚が一本みごとに裂けているのが目に入って、もしかしたらほかにも壊れているものがあるかもしれないとぴんときた。胸をどきどきさせながら玉突き台へ近づき、そんな場所にあるはずのない大ジョッキをどけると、緑色のラシャの台に大きな穴が空いていた。目を細めて、室内をさらに調べると……部屋の片隅のカードテーブルの周りにきれいに並んでいる四脚の椅子はどれも三本脚だった。

手の込んだ金時計が、象嵌の卓の真ん中に鎮座しているはずなのに妙に片側へ寄っていたので、持ちあげて直そうとすると、時計の文字盤がはずれて、針がぶらぶらしたので、支配人は悲鳴をあげた。

支配人は驚きと憤りに身を震わせ、なんとか体を支えようと近くにあった椅子をつかんだ。椅子はたちまち崩れ落ちた。

壁の向こう側、〈ホワイツ〉のメインルームでは、デュヴィルとラングフォードが奥の部屋から出てきたとたんに、いつになくにぎやかな会話がはじまった――本当の興味の対象を隠すための戦術のひとつとして、大人の男性が使うたぐいの会話だ。

不自然な雰囲気にも興味津々の視線にも無関心なのか、それとも気づかないのか、殴りあいを終えて並んで登場したふたりは、部屋の中央で別れた。スティーヴンは飲み物を持っている給仕をさがし、デュヴィルは先ほどまでカードをしていたテーブルへ戻った。「ぼくが親になる番だったかな？」彼は椅子に座るとトランプに手をのばした。

ふたりの若い紳士たちがそうですと声をそろえ、スタンホープ公爵はよくわからないと礼儀正しく答えた。バスカーヴィルは先ほどよけいな説教をしてばかを見たと立腹していたが、だれもが知りたいと願っている質問を発した。「あちらでなにがあったのか、ここにいるふたりに教えてやってはくれないか、さもないと勝負に集中できないどころか、今晩はきっと眠れないだろう」彼はせっかちにつけ加えた。「まったく紳士らしくない行動だよ。ふたりとも、どうしたんだ！」

「話すことなど別にないさ」デュヴィルは穏やかに答えて、テーブルの中央に置き去りにされていたカードの山を手にとると、上手にシャッフルしはじめた。「結婚式の相談をしていただけだ」

バスカーヴィルはけげんな顔をした。若いふたりはおもしろがっていたが、酔っているほうのひとりが向こうみずにもその説明をまぜっ返そうとした。

「結婚式？」彼はデュヴィルの破れた襟もとに意味ありげな視線を投げかけながら訊いた。

「男がふたりで結婚式の相談を？」

「どちらが新郎になるかを決めたんだ」デュヴィルはなんでもないことのように答えた。

「それで、決まったのですか？」もうひとりが酔った友人に警告の視線を送り、デュヴィルの話を心から信じている表情をつくって訊いた。

「ああ」デュヴィルはチップをテーブルの中央に投げて、けだるそうに答えた。「ぼくは新郎の付き添い役をつとめる」

酔ったほうの男がワインをぐいっと飲んで、「結婚式か！」と鼻を鳴らした。

ニコラス・デュヴィルはゆっくりとカードから顔を上げ、彼を探るように見つめた。「葬式にしたいのか？」

最悪の事態を心配したバスカーヴィルが割って入った。「ラングフォードとほかにもなにか話しあったのか？　ずいぶん長くあの部屋にいたじゃないか」

「少々呆《ぼ》けている小柄な老婦人について話した」デュヴィルは皮肉っぽく答えた。「それから、天が与えた知恵に驚嘆した。どういうわけか、脳が働きを終えたあとでも、舌が働きつづけることがあるらしい」

スタンホープ公爵がすっと顔を上げた。「私の知っているだれかについて話しているのでなければいいが」

「『まぬけ《バードウィット》』ではなく『神の愛《チャリティ》』と呼ばれている女性をご存じですか？」

公爵の姉だとちゃんと知っているはずなのになんとも皮肉っぽいデュヴィルの言い方に、公爵は大笑いしそうになったが、それを抑えて「たぶん」とだけ答えた。と、紳士がひとり賭けトランプの仲間に入ろうと近づいてきて、公爵とバスカーヴィルに親しげにうなずきかけ、デュヴィルのとなりの椅子に座った。

紳士はテーブルの下に長い脚をゆったりのばして、見慣れないふたりの若い紳士たちに視線をやった。彼らは正式に紹介されるのをうずうずしながら待っている。デュヴィルがそれを感じて口を開いた。「こちらのふたりはぼくらの金づるで、バンブラテン卿とアイレー卿だ」彼は紳士に言った。それから、ふたりに向きなおって、「ラングフォード卿のことはもちろん知っているだろう?」と言った。ふたりがそろってうなずくと、デュヴィルはカードを配り終えた。「よし。では、彼とぼくとできみたちから父親の金をはぎとることにしようか」

自分で配ったカードに手をのばしたデュヴィルは、あばら骨の痛みに顔をしかめた。「手を痛めたのか?」スタンホープ公爵はデュヴィルが顔をしかめた理由を誤解した。

スティーヴンはその疑問が自分に向けられたものだとばかり思い、腫れあがった拳に視線をやって、手を曲げ伸ばししてから「たいしたことはありません」と答えた。彼は極上のブランデーが入ったグラスを運んできた給仕からグラスを受けとると、ひとつを自分の前に置き、もうひとつをデュヴィルに渡した。「ぼくのおごりだ」さりげなく言ってから、なにかを聞きたそうにしている若い男たちをじろりと見た。その視線にひるんだひとりが思わずワイングラスを倒した。

「グラスをちゃんと持っていられないらしい」デュヴィルがスティーヴンの視線の先をたど

って、そう説明した。

スティーヴンは長い脚を足首で組み、顔を紅潮させている若者たちを信じられないという表情で一瞥した。「厳しい世の中に出す前に、しっかり教育してやらなくてはいけないようだな」

「ぼくもそう思う」デュヴィルが同意した。

59

スケフィントン一家は街中の借家を引き払って、ブリントンフィールドの村へ戻っていた。そのせいで、デュヴィルがシェリダンの居場所にたどりついたのは予定していたよりも三時間以上も遅かった。彼はいま、スティーヴンが考えたロマンティックな戦略を実行に移そうとしていた。スティーヴンは思案したあげく、彼女を取り戻し、たがいの誤解をとくための最良かつ唯一の方法を考えたのだ。

自分がスティーヴンの敵ではなく使者になったことについて、デュヴィルは少しも違和感を覚えていなかった。ひとつには、はからずもふたりの仲を裂く手助けをしてしまった責任を感じて、それを修復するためになんでもしようと思っていたからだ。そのうえ、彼はこの使命を楽しんでもいた。シェリダンを説得してスケフィントン家の家庭教師をやめさせ、条件のいい〝別の働き口〟を得るために馬車で数時間ほどの場所まで連れていく、というのが彼に与えられた使命だった。

それを成功させるために、デュヴィルは非の打ちどころのない経歴を誇る家庭教師をふたり連れてきていた。

レディ・スケフィントンが娘をデヴォンに連れていき、ノリンガム公爵の独身の後継者がそこで七月を過ごすと聞いたはずなので、デュヴィルはサー・ジョンを説得してシェリダンの代わりに家庭教師ふたりを雇わせればいい手はずになっていた。スティーヴンが家庭教師たちに半年分以上の給金をひそかに前払いすることになっているので、それはさほど難しくはないだろう。

ここまでは首尾よく計画どおりに進めて、デュヴィルはシェリダンの説得にかかった。いますぐに荷物をまとめて、彼と一緒に〝よりよい地位〟を与えてくれるある貴族のもとへ行こう、と。この説得を成功させるために、彼はできるかぎり本当のことを伝え、場合によってはちょっとした作り話やユーモアのセンスをまじえて話をすることにした。

「ハーグローヴ子爵はやや気まぐれで、短気な面もある。現在のところ自分の後継者でもある甥を溺愛していて、最高のものを与えたいと願っているんだ」

「わかったわ」シェリダンはその子爵はどれほど気まぐれで短気なのかと思いをめぐらせた。

「待遇はすばらしいよ。子爵の欠点をすべて補ってあまりある」

「どれくらいすばらしいの？」

デュヴィルが給金の額を言うと、シェリダンは驚きの声をあげそうになった。

「給金がいいだけではなく、いろいろと恩恵がついてくるんだ」

「どんな恩恵なの？」

「広い自分の部屋、自分の侍女、自分の馬……」

ひと言ごとに彼女は目を見張った。「まだあるの？　そんなことってあるのかしら？」彼の言葉をさえぎって尋ねた。

「じつはもっとある。今回の話のもっとも魅力的な条件は、いわゆる……終身契約、だね」

「どういう意味かしら？」

「もし、きみがこの話を受けてその地位がきみのものになれば、付随するすべての恩恵も一生きみのものになるという意味だよ」

「イングランドにそんなに長くいるつもりはなかったのだけれど」

「そこはやや問題だが、子爵と相談すればいい」

どうしようかと迷ったシェリダンは、その貴族がどんな人物なのかもっと知りたいと思った。「彼は高齢なかたなのかしら？」

「どちらかといえばね」肯定したデュヴィルは、スティーヴンが自分よりも一歳年上なだけだと思い出して、心のなかで笑った。

「以前にも家庭教師を雇っていたの？」

デュヴィルはその質問に笑いだしそうになったが、それはいけないと自分をたしなめて、彼女が予期しているだろう答えを口にした。「イエス」

「その人たちはなぜやめたの？」

頭のなかにさまざまな答えが浮かんだが、彼はそのひとつを選んだ。「たぶん、終身契約を望んだのに彼がそれを与えなかったからじゃないかな？」すらすらとそう言うと、もうそれ以上質問されないように続けた。「さっきも話したが子爵はとても急いでいるんだ。もし、きみがこの話に関心があるのなら、荷物をまとめてすぐに出かけなければ。今日の二時にきみを先方へ連れていくと約束した。いますぐに出発しても、三時間は遅れるだろう」

シェリダンはイングランドに着いてからはじめて訪れた幸運を信じられずにためらっていたが、ようやく立ち上がった。「イングランド人の優秀な家庭教師をいくらでも雇えるでしょうに、子爵がなぜわたしを選んだのかがわからないわ」

「アメリカ人がいいそうだ」デュヴィルはきっぱり答えた。

「わかったわ。彼に会って、うまくいきそうなら彼のところに残ります」

「先方もそれを望んでいるよ」デュヴィルは言った。そして、荷物をつくりに二階へ上がろうとしたシェリダンに声をかけた。「ドレスを持ってきたよ。あまり暗い色ではないものがいいかと思って――」彼はシェリダンが着ている完璧にこぎれいだが地味な色合いのドレスに視線をやってから続けた。「ハーグローヴ子爵は暗い色は好みじゃないから」

60

「どうかしたのかい？」太陽がゆっくり低くなりはじめたころ、デュヴィルが尋ねた。

馬車の窓から田舎の緑あふれる風景を眺めていたシェリダンは、首を横に振った。「わたしはただ……変わるのが心配なだけ。新しい勤め口、すばらしいお給金、広い自分の部屋、そして馬。あまりにもすばらしすぎて、本当じゃないみたい」

「じゃあ、なぜそんなにしかめ面をしているのかな？」

「こんなに急にスケフィントンを去るのがなんだか申し訳なくて」

「あそこには、いまではふたりも家庭教師がいる。スケフィントンときたらすごく興奮して、きみの荷づくりを手伝いそうな勢いだったよ」

「彼らの娘に会ったらきっとわたしの気持ちがわかるでしょうね。手紙を残してきたけれど、別れの挨拶ができなくて残念だったわ。それどころか、あの両親のところにあの娘を残してくるのは気が進まなかった」シェリダンは不安を払いのけるように身震いし、笑顔になってから続けた。「あなたの心遣いにはとても感謝しているのよ」

「この先もずっと、その気持ちが変わらないといいけれど」デュヴィルの口調にはわずかに皮肉があった。彼は時計をとりだして時間を確かめると顔をしかめた。「ひどく遅くなってしまった。先方はぼくらが結局は来ないのだと思うかもしれないな」

「どうして？」

デュヴィルは答えるのに少し時間がかかったが、シェリダンが疑問を感じるよりも早く口を開いた。「きみをうまく説得して連れてこられるかどうかわからないと、言ってあるからだ」

シェリダンはたちまち笑いだした。「そんないい条件の話を断わる人がいるかしら？」そう言ったが、急に不安な顔になって尋ねた。「先方へ着いたら、もう別の人にその勤め口をあげてしまっているかもしれない、ということではないわよね？」

どういうわけか彼はその質問がおもしろかったらしく、笑顔になって両肩を窓に押しつけ、長い両脚を座席に投げだして、くつろいだ姿勢をとった。そして、彼女の心配そうな表情を見ると、自信たっぷりに保証した。「その勤め口は、まだきみのものだと思うよ。きみさえその気ならば」

「今日はきれいな日ね——」半時間ほどしてシェリダンは口を開いた。そのとき、馬車が急にスピードを落として揺れはじめたので、彼女はしゃべるのをやめて、なにかにつかまろうとした。と、馬車ががたんと大きく揺れて、幹線道路から左へ大きく曲がった。「もうすぐなのね」彼女はデュヴィルが買ってくれた刺繡が施された薄青色のドレスの袖とカフスを直し、髪の乱れがないか確かめた。

デュヴィルは身をのりだして、木々が生い茂った細い道沿いに立つ石づくりの古い建物を見つけると、満足の笑みを浮かべた。「子爵のカントリーハウスはこの先にある。だけど、彼はこの時間ならここにいるはずだし、今回の件について話しあうには、ここがもっともふさわしい場所だと言っていた」

不思議に思ったシェリダンは馬車の横の窓から外を見て、戸惑いと驚きで繊細な眉をひそめた。「ここは教会かしら?」

「ぼくが知るかぎりでは、十六世紀にスコットランドの小修道院の一部だった礼拝堂だ。許しを得て解体され、ここへ運ばれた。子爵の先祖の歴史に大きな意味を持っている」

「礼拝堂が先祖の歴史に重要な意味を持つって、どういうことかしら?」シェリダンは困惑して尋ねた。

「子爵の古い先祖が、この礼拝堂で、結婚をいやがる花嫁と無理やり式を挙げたそうだ」シェリダンがぞっとして身震いすると、デュヴィルはさりげなくつけ加えた。「考えてみれば、それが一族の伝統なのかもしれないな」

「まるでゴシックの物語ね——そのうえ、おもしろくも魅力的でもないわ! あちらに馬車が二台見えるけれど、だれも乗っていないわ。こんな時間にこんな人里離れた場所で、子爵はいったいなにを祈るのかしらね?」

「秘密の祈りさ。とても個人的な」デュヴィルはそう答えて話題を変えた。「さあ、支度はできたかな? 見せてごらん」

自分のほうを向いた彼女を見て、デュヴィルは顔をしかめた。「髪が髪留めからすべり落ちそうだよ」さっきさわってみたときは大丈夫だったのにどうしてかしらと、シェリダンはいぶかりながら髪に手をのばしかけたが、彼のほうがすばやかった。

「ほら、直してあげるよ。きみは手鏡を持っていないだろ」

彼女が抵抗するまもなく、デュヴィルは長いピンを押しこむのではなく抜き取ってしまい、自由になったみごとな髪が彼女の肩をおおった。

「ブラシは持っているかい？」

「もちろんよ、でも、こんなふうにしてしまったら――」

「怒らないで。そのほうが異議を申し立てるときに都合がいいよ、自分が……華やかに……見えると知っていたほうが」彼はしどろもどろになりながらも嘘をついた。

「子爵の申し出に、わたしがどんな異議があると思うの？」

デュヴィルは御者がとりつけてくれたステップを使って馬車から降り、シェリダンに手を貸して降ろしてから、曖昧に答えた。「ひとつやふたつはあると思うよ、最初のうちは」

「まだわたしに話していないことがあるのかしら？」思わず少し後ずさりして尋ねたシェリダンは、御者が急に馬車を進ませたので驚いて歩きだした。ふたりで連れだって歩くと、そよ風がスカートを揺らし、髪を撫でた。家庭教師をひとり雇うために大枚をはたこうというのはどんな男性なのか、ヒントになるようなものはないかと、シェリダンは絵のように美しい礼拝堂の側庭にちらっと目をやった。

左側でなにかが動いたのが目に入って、シェリダンはどきりとした。思わず片手を胸にあてると、デュヴィルがめざとく彼女を見た。「どうかしたの？」

「なにも。ただ、あちらにだれかがいたような気がして」

「たぶん、彼だろう。あそこで待つと言っていたから」

「あそこで？　こんな場所でなにをしているの？」

「瞑想《めいそう》、だと思うよ」彼は簡潔に答えた。「自分の犯した罪について思いをめぐらせているのさ。さあ、早く行って、彼と話をするといい。それからね、いいかい？」

左へ曲がろうとしたシェリダンは立ちどまって、肩越しに振り向いた。「なあに？」

「もし彼から提案された話を受けるのが本当にいやだったら、ぼくと一緒にここを去ろう。なんの遠慮もいらないからね。もっと別の話を受けることもできるよ――たぶん、これほどすばらしい話ではないかもしれないけれど。とにかく、それを覚えておいて」彼はきっぱり言った。「もし、どうしても断わりたければ、ぼくが責任を持って連れて帰るからね」

シェリダンはうなずいてから前を向き、靴が汚れないように気をつけながら道を横切って、白い塀まで歩き、小さな門を押し開けて側庭に入った。木立に囲まれたその場所はひどく薄暗かった。前方の木の陰に男性がひとり見えた。両脚をやや広げて立ち、片手に持った手袋を手持ちぶさたに腰にはたきつけている。その姿にはなんとなく見覚えがあった。さらに進むにつれ、しだいに不安になり、緊張で胸の鼓動が速くなった。

彼女はさらに三歩進んだ。男性も三歩近づく。彼の重々しい声が耳に届いたとたん、シェリダンはその場に凍りついた。「もう来ないのかと心配でたまらなかった」

シェリダンの足がとまった。つぎの瞬間、彼女は身を翻して走った。怒りと驚きのせいで必死に走ったが、それでも彼にはとうていかなわない。小さな門のすぐ手前で追いつかれ、腕をつかまれてしまった。「放してちょうだい！」シェリダンは荒い息を吐きながらきつく言った。

スティーヴンは静かに頼んだ。「少しでいいから、ここでぼくの話を聞いてくれないか？」

シェリダンがうなずいたので手を放すと、彼女はすかさず頬を打とうとしたが、今回はそれを予期していたのでもう一度両腕をつかんでとめた。スティーヴンは目に傷ついた表情を浮かべて訴えるように言った。「こんなふうに、きみを押さえつけたくはない」

「わたしのせいじゃないわ、この人でなし――卑劣な――好色漢！」彼女は腕を振りほどこうとむなしくもがいた。「ニッキー・デュヴィルも共犯なのね！　わたしをここまで連れてきて――仕事をやめさせて、新しい勤め先を紹介するからとだまして――」

「きみに申し入れたい提案があるんだ」

「あなたの提案なんて聞きたくもないわ！」彼女は抵抗をあきらめ、怒りに燃える瞳で彼をにらみつけた。「この前の提案を思い出すと、心がまだ痛むのだから！」

その言葉に彼は思わずひるんだが、まるで耳に入らなかったかのように話を続けた。「新しい提案には、家がついてくる。それも一軒じゃない」

「前にもそれは聞いたわ！」

「いや、まだ聞いていない！　きみの意のままに動く使用人たちも、使いきれない金も宝石も毛皮もついてくる。それに、このぼくも」

「**あなたなんかいらない！**」シェリダンは叫んだ。「わたしのことをまるで……ふしだらな女みたいに扱うなんて、許せない。さっさといなくなって！」怒りと悲しみで声がひび割れていた。「恥ずかしくてたまらないわ……あまりにもありふれた物語で……家庭教師がご主人様に恋をして……でも、物語の主人公はあなたみたいなことはしないわ。よくも、あんなひどいこと――」

「そんなふうに言わないでくれ！」スティーヴンが感情をあらわにした。「頼むから、そんなふうに言わないで。あれはひどいことなんかじゃない。あれは――」

「おぞましいことだわ！」シェリダンが叫んだ。

「新しい提案には、ぼくがついてくる」彼が続けた。その顔は緊張のあまり蒼白だった。

「ぼくの名前、ぼくの誓約、ぼくが持っているすべてが」

「欲しくない――」

「いや、欲しいはずだ」スティーヴンはわかってくれとばかりに両手で彼女を揺さぶった。

ほんの一瞬、シェリダンは喜びを感じかけたが、きっと彼はまたしても良心の痛みと責任感に駆られているのだろうと気づいた。今回は、彼女を堕落させてしまったせいで。

「やめて！」シェリダンは涙でのどを詰まらせた。「あなたは罪の意識を感じるたびに求婚しなくてはならなくなるの？　それに、最初に求婚したときは、あなたが罪の意識を感じるべき相手はわたしではなかった」

「罪の意識……」とくりかえしたスティーヴンは苦々しげに笑った。「きみに対する唯一の罪は、あのとき意識を取り戻した瞬間からずっときみを求めたことだ。頼むから、ぼくの目を見てくれ……そうすれば真実がわかる」シェリダンのあごを手で上向かせた。彼女は抵抗するでもなく、歓迎するでもなかったが、視線はまだ彼の肩にあてていた。「ぼくは若い男の命を奪った。そして、彼の婚約者を見て、彼女までも奪いたくなった。そんな自分にどんな思いがしたか、きみにはほんの少しでもわかるのか？　男を殺して、その男が結婚するはずだった女性に欲望を抱いたのだ。ぼくはきみと結婚したかったんだよ、最初から」

「いいえ、そうじゃないわ！　ミスター・ランカスターが亡くなって、遺された哀れな娘はあなた以外だれも頼る相手がいなくなった。だから責任を感じて結婚することにしたんでしょ！」

「もし、そうならば、〝残された哀れな娘〟のためにあらゆる尽力はしても、結婚だけはしようなんて思わなかった。罰当たりな話だが、あの手紙を受けとった一時間後、ぼくは結婚を祝って兄とシャンパンで乾杯していた。もし、きみと結婚したくないと思っていたのなら、毒草《ヘムロック》を飲んでいただろうよ」

涙を浮かべたシェリダンは彼の皮肉っぽい物言いに笑みを漏らしそうになって、あわてて唇を噛んだ。彼を信じるのが恐ろしく、不安でたまらなかったが、愛しているので信じたい気持ちを消せなかった。「ぼくを見て」スティーヴンが彼女のあごを上げさせると、彼女はすばらしい瞳をようやく彼の目に向けた。「一緒に礼拝堂へ入ってくれ。その理由はいろいろあるんだ。礼拝堂のなかでは教区牧師が待っているが、ぼくらのあいだに罪の意識はない。それから、一緒になかへ入る前にぼくの願いをいくつか聞いてくれ」

「どんなこと？」

「きみの髪ときみの心を持った娘をぼくに与えてくれ」スティーヴンは願いを列挙しはじめた。「息子には、きみの目ときみの勇気を持っていてほしい。もし、それが気に入らなければ、きみの好きな組みあわせにしてもいいよ。いずれにしろ、ぼくらの子どもを産んでくれたきみに心から感謝するから」

シェリダンは全身に痛いほどの喜びが広がるのを感じた。スティーヴンはやさしい笑みを浮かべて続けた。「ぼくはきみの名前を変えたい。きみがだれで、だれのものかを二度と疑わないように」彼女の目をのぞきこみ、腕をそっとさすりながら訴えた。「今夜、きみとベッドをともにしたい、この先の夜もすべて。この腕のなかできみの吐息を聞き、きみの体に腕を巻きつけて目覚めたい」両手で彼女の頬を包んで、親指であふれる涙をぬぐった。「そして、最後にひとつ。ぼくが生きているかぎり、毎日〝愛している〟という言葉をきみに聞いてほしい。もし、この最後の願いをすぐには聞き入れられないというのなら、明日の晩まで待つよ。そうしたら、きみはきっと同意してくれるだろうから。いま言ったことをすべて叶えてくれるのなら、ぼくはきみのためになんでもする」

スティーヴンはさらに続けた。「クレイモアの館のベッドで、ぼくらのあいだに起きたことは、おぞましいことなんかじゃない――」

「あのときのわたしたちは惹かれあっていたわ！」シェリダンは罪の意識に顔を赤く染めて言った。

「シェリダン、最初にきみの唇がぼくの唇にふれた瞬間から、ぼくらは惹かれあっていたんだよ」スティーヴンが静かに言った。

彼女にはそれを恥じるのではなく誇りに思い、運命からの特別な贈り物だと思ってほしかったが、若い未経験な女性には無理なことを期待しているのだとスティーヴンは悟った。あの晩のことをおたがいの欲望のせいだと片づけてしまうのも仕方ないのかもしれないと彼があきらめかけたとき、シェリダンが顔を横に向けて、彼の手のひらにキスをした。「わかっているわ」彼女はひと言だけささやいた。

そのひと言で、彼は全身に誇りがよみがえるのを感じた。**わかっているわ。**非難も嘘も拒絶もなかった。彼女が視線を上げたとき、その深く澄んだ瞳はやさしく彼を受け入れ、喜びで静かに輝いていた。

「一緒に礼拝堂へ入ろうか？」

「ええ」

61

馬車がすっと停まると、スティーヴンは二時間前に式を挙げたばかりの花嫁の唇から、いやいやながら唇を離し、花嫁もまたいやいやながら体を起こした。「ここはどこなの？」彼女がささやき声でけだるそうに尋ねた。

「家だよ」と答えたスティーヴンは、自分の声がかすれているのに驚いた。

「あなたの？」

「ぼくらの、家だ」と訂正した彼の言葉の響きに、シェリダンはぞくぞくする喜びを感じた。

使用人が馬車のドアを開け、ステップをおろした。シェリダンは無意識に指先で髪のほつれをとかし、額にかかった後れ毛をかきあげた。ふと気づくと、スティーヴンが目もとにしわを寄せて、なにかを考えるような視線を彼女の髪から肩へと送っていた。「なにを考えているの？」彼女は尋ねた。

彼の笑みが深くなった。「ロンドンの屋敷で、化粧室から頭にタオルを巻いたきみが現われて、自分の髪をひと房つかんで〝これは赤でしょ〟と言ったとき以来のことを、あれこれ考えていたんだよ」

「あのとき、どう思ったの？」先に馬車から降りて手を差しだした彼に、シェリダンはなおも訊いた。

「あとで話すよ。それよりも見せたいものがあるんだ」スティーヴンは約束した。

「なんだか謎めいているわね」シェリダンが茶化した。

この四年間というもの、多くの女性たちが、彼が設計して築いたモントクレアと呼ばれる宮殿のような大邸宅の女主人になりたいと望み、熱心に彼の気を惹こうとした。そして、いま彼は、この大邸宅の女主人として自分が選んだ女性がどんな反応を示すか楽しみにしていた。

シェリダンは彼の腕に手をからめて、迎えに出てきた従僕に心からの笑顔を向けて一歩前へ進み、目の前にそびえ立つ石づくりの豪華で広大な屋敷を見あげた。立ちどまり、屋敷の正面に連なる煌々《こうこう》と照らされた窓を信じられないと言いたげな表情で見つめてから、馬車が見渡すかぎり並んでいる車寄せを肩越しに見た。それから、彼に視線を移して、すっかり驚いた口調で尋ねた。「パーティを開いているの？」

スティーヴンは頭をのけぞらせるようにして大きく笑ってから、両腕を彼女に巻きつけて髪に顔をうずめた。「ぼくはきみに夢中だよ、レディ・ウェストモアランド」

彼女は宮殿のような大邸宅にはあまり感動しなかったものの、自分の新しい名前の響きにはとても喜んだ。「シェリダン・ウェストモアランド」彼女は大きな声で口に出し、「そう呼ばれるのはとてもうれしいわ」と続けた。背後にニコラス・デュヴィルの馬車が停まると、シェリダンの意識は先ほどの関心事へ戻った。「パーティを開いているの?」

うなずいたスティーヴンは、近づいてくるデュヴィルを待った。「ぼくの母の六十歳の誕生パーティだ。記念に舞踏会を開いた。兄も義姉も礼拝堂にいなかったのはそのせいなんだ。ぼくがいないあいだ、招待主の役目を担ってもらったから」彼女が申し訳なさそうな表情になったので、彼はさらに説明した。「招待状は何週間も前に発送してしまっていたけれど、結婚式を挙げるのをこれ以上待ちたくなかったんだよ。もっと正確に言えば……結婚式が挙げられるかどうか、どきどきしながら待つのに耐えられなかったんだ」

「そうじゃなくて」正面玄関前のテラスの階段を上がりながら、シェリダンは困惑したような声で言った。「わたしはこんな格好だから――」

それを聞きつけたデュヴィルが傷ついたような表情を見せた。「それはぼくがロンドンで選んだんだよ」

「ありがとう、ニッキー。でも、これは舞踏会用のドレスじゃないもの」シェリダンが自分の不安を説明しようとすると、執事が扉を開け、音楽と人々の笑い声がどっと押し寄せてきた。目の前にはすばらしい広間があり、その両端に大きな階段がU字型を描いて優雅にのびている。気づくと、すぐ横に見慣れた執事が満面の笑みを浮かべて控えていたので、シェリダンはドレスのことなどどうでもよくなった。「コルファックス!」彼女はうれしげに叫んだ。

執事は丁寧にお辞儀をした。「おかえりなさいませ、レディ・ウェストモアランド」

「みんな集まっているのか？」二階の大きなベッドの上に着替えの衣裳が待っているはずだと思いながらスティーヴンは訊いた。

「おそろいでございます」

うなずくと、彼は新郎付き添い役のデュヴィルを見た。「先に舞踏室へ行ってくれないか。ぼくとシェリーはまず着替えるから」

「いいとも。早くみなさんのお顔を拝見したいしな」

「ぼくらは着替えてから行くよ、そうだな――」スティーヴンは朝まで続くだろう舞踏会に姿を見せる前に、花嫁とのふたりだけの逢瀬《おうせ》を楽しめるだろうかと思っていた。

「二十分後に、だな」デュヴィルがその魂胆はお見通しだぞという表情で言った。

シェリダンはいったいなにに着替えるのかと考えながら、ふたりの会話をうわの空で聞いていた。階段を上りながらスティーヴンに訊いたが、彼の答えはデュヴィルの声にかき消された。「二十分だぞ。それ以上かかったら、迎えに行くからな」

デュヴィルの念押しにスティーヴンがなにか小声でつぶやいた。「いまニッキーになんと言ったの？」

「〝時間厳守の鑑〟と言ったのさ」スティーヴンは新妻の疑うようなまなざしを受けて、仕方なくにやりとして嘘をついた。

「そうは聞こえなかったわ」

「あたらずとも遠からず、さ」彼は廊下の一番奥の部屋の前で足をとめて言った。「きみのためにちゃんとしたドレスをつくらせる時間がなかったので、この場に——きみが戻ってきてくれたためでたい日に——ふさわしいドレスをホイットニーが持ってきてくれた」そう話しながら、ドアノブをつかんで部屋のドアをぱっと開いた。室内には侍女が三人控えていたが、シェリダンの視線は、大きなベッドの上に広げられている象牙色のサテンの華麗なドレスに釘付けになった。ベッドカバーから垂れたドレスの長い裾は、床にまで広がっている。シェリダンはその美しさにすっかり心を奪われたまま、一歩前へ進み、視線を豪華なドレスからやさしくほほえんでいる夫の顔へと移した。「これは？」

スティーヴンは彼女のうなじを手で支え、彼女の頬を自分の胸に押しつけるようにして抱きしめながら、耳もとへそっとささやいた。「ホイットニーが結婚式に着たドレスだよ。きみが帰ってきたらぜひ着せたいと願っていた」

シェリダンは幸福なあまりに泣くのは理屈に合わないと涙を抑えた。

「支度するのにどれくらいかかる？」

「一時間」シェリダンが残念そうに言った。「もし髪をきちんと結わなければいけないのなら」

スティーヴンは侍女たちに聞こえないように、またしても耳もとへささやいた。「ブラシでとくだけでいいよ。髪は肩に垂らしたままでいい」

「ええ、でも——」

「きみの赤く燃えるように輝く長い髪が、大好きだ」

「それなら、今夜は髪を結いあげないことにするわ」彼女は少し震える声で言った。「いいね、なにしろもう十五分しかない」

バルコニーに陣取った副執事が、目の前を通りすぎて混雑した舞踏会場へと入っていくホーソーン公爵夫妻の到着を告げたとき、公爵未亡人はホイッティコム医師に視線をやって尋ねた。「ヒュー、いま何時かしら?」

さっき自分の時計を見たばかりのクレイトンが医師の代わりに答えた。「十時を回ったところです」

それを聞いて、そこに集っていた数人は、てんでにがっかりしたようだった。ホイットニーが悲しいあきらめの口調で、みんなの心を代弁した。「シェリーが拒絶したのでなければ、ふたりはもう三時間も前にここに着いているはずよ」

「きっとうまくいくと――」言いかけたミス・チャリティが途中でやめて、絶望のあまり小さな肩をがっくりと落とした。

「たぶん、デュヴィルが彼女を説き伏せて礼拝堂まで連れてこられなかったのだろう」ジェイソン・フィールディングが言ったが、彼の妻ヴィクトリアは首を横に振って事もなげに言った。

「ニッキー・デュヴィルがその気になれば、絶対に彼女を説得するはずよ」

デュヴィルを拒める女性はいないという意味に受けとられたのだとは気づかずに、ヴィクトリアが夫を見ると、彼はクレイトン・ウェストモアランドに顔をしかめながら話しかけていた。「デュヴィルにはぼくの知らないなにかがあるのかな？　女性を抵抗できなくさせるようななにかが？」

「ぼくは彼に抵抗するのに、なんの問題も感じないが」クレイトンはにべもなく言ってから、背筋をのばして、母に誕生日のお祝いを言いに来た大叔母たちを迎えた。

「すばらしい舞踏会ですわね、アリシア。今夜はさぞお幸せでしょ」

「もっと幸せになれるはずですけれど」公爵未亡人はそう言って、招待客たちと話をするために舞踏室へ行こうとした。

上のバルコニーでは、副執事があらたに到着した客たちの名前を呼びあげていた。「サー・ロデリック・カーステアズ、ミスター・ニコラス・デュヴィル……」

公爵未亡人はくるりと振り返り、心配しながら待ちかねていた人々と一緒に上を見あげた。デュヴィルは彼女たちを見おろすと、バルコニーから舞踏室へと続く長い階段を厳しい表情でおりた。「だめだったのね！」彼の表情を見たホイットニーが苦しげな声でささやいた。「わたしたち失敗したのね」

クレイトンが彼女の腰に腕をすべりこませて、すっと抱き寄せた。「精一杯やったよ、ダーリン。できることはすべてやったんだ」

「そうですとも」ミス・チャリティも口をそろえた。彼女はあごを震わせながらホイッティコム医師を見てから、ニコラス・デュヴィルに視線を移した。

「ラングフォード伯爵ご夫妻！」

その名前が呼びあげられた瞬間、舞踏室全体にどよめきが起こり、人々はてんでに驚きの表情でバルコニーを見あげたが、希望の灯火《ともしび》を抱きつづけてきた七人はとりわけ盛大に喜んだ。彼らは喜びのあまり手を握りあって、涙を浮かべた目と満面の笑みとで、バルコニーを見あげた。

黒の燕尾服に白いベスト、白いフリルのシャツというあらたまった姿で、ラングフォード伯爵スティーヴン・ウェストモアランドが現われた。彼と腕を組んだシェリダンは中世の花嫁を模したみごとなドレスに身を包んでいる。象牙色のドレスには真珠がちりばめられ、四角く開いた襟ぐりと、ウエストに向かってV字型を描いている身ごろが豊かな胸を強調している。腰には金の鎖が巻かれ、きらびやかな鎖の輪それぞれにダイヤモンドと真珠の房飾りがついていて一歩進むごとに揺れ、髪は燃えあがる波のように肩をおおっている。

「まあ、なんて――」ミス・チャリティが感嘆のあまり声をあげたが、その声は人々の歓声にかき消された。歓声と拍手が雷のように轟いて、垂木を揺らさんばかりに響きわたった。

62

結婚初夜が訪れた。

シャツの襟もとを開け、袖を肘まで折りあげたスティーヴンは、寝室で脚を低いテーブルに投げだして背もたれの広い椅子に座り、ブランデーのグラスを片手に、花嫁がドレスを脱いで侍女を下がらせるのを待っていた。

ぼくの初夜の晩……。

ぼくの花嫁……。

近侍が寝室へ入ってきたのを見て、スティーヴンは驚いた。「今宵のお手伝いをいたしましょうか？」ダムソンは毎晩同じように姿を見せている自分を見て、妙に困惑している主人に話しかけた。

お手伝い、だと？　これから待ち受けている楽しみについて思いをめぐらせていたスティーヴンは、ダムソンの申し出に思わず笑いそうになったが、なんとか抑えた。忠実なる近侍が服用のブラシを持ってベッドの横に立ち、初夜の晩の花婿が一枚脱ぐごとにそれを受けとってきちんと衣装ダンスにしまうという場面を、ふと想像してしまったのだ。

「閣下？」呼びかけられたスティーヴンは、自分が惚《ほう》けた笑みを浮かべてぼうっとしていたのに気づいて首を横に振った。

「いいや、結構だ」彼は丁寧ながらきっぱりと答えた。

ダムソンはスティーヴンのはだけた胸と折りあげられた袖を非難するように見た。「ローブは黒のブロケードになさいますか？」

ローブをどう使うのか真剣に考えて、スティーヴンの唇は笑みで引き攣った。「いや」

「なら、ワイン色の絹のローブはいかがでしょう？」ダムソンがあきらめずに勧めた。「あるいは濃緑色のほうがお気に召しましょうか？」未婚の中年の近侍は、花婿がズボンとシャツだけの姿では花嫁への印象が悪いのではないかと心配しているのだと、スティーヴンは気づいた。

「どちらも結構だ」

「それでしたら――」

「もう自分の部屋で休みなさい、ダムソン」このままではきっとシャツに合った飾りボタンとクラバットをつけろと勧めるだろうと見越して、スティーヴンは近侍を下がらせることにした。「ありがとう」とすかさず言い添えて、近侍の心遣いを傷つけないように笑顔を向けた。

主人の新婚の夜の装いを完璧に調えたい近侍が戻ってくるかもしれないと思って、スティーヴンはブランデーグラスをテーブルに置いて立ち上がり、寝室の内鍵をかけた。

ダムソンは知らないことだが、スティーヴンはシェリーとのはじめての夜を先にすませてしまっていた。主寝室へと続くドアを開けながら、彼はクレイモアでのあの夜のはじまりと終わりを思い出して胸の痛みを感じた。だが、愛を交わした思い出には悔やむことはなにもなかった。あの夜の罪滅ぼしをしようと心に決めて、彼は室内へ足を踏み入れた。着替えに十分な時間を与えてあったにもかかわらず、新妻がそこで待っていなかったのに彼は驚いた。そして、となりにある浴室へゆっくり向かった。と、彼女の寝室から侍女が柔らかなタオルをたくさん抱えて出てきた。

妻は湯浴《ゆあ》みしているのだと、スティーヴンは気づいた。

いまごろは、きっと……。彼は手をのばして、いやがる侍女からタオルを奪いとった。そして、もう下がりなさいと命じた。

「ですが、奥方様のお召し替えを手伝いませんと！」

もしかしたら、自分たち以外の夫婦はみんな、おたがいの素肌をさらすことは絶対になく、使用人の前では正装して寝室へ入るのだろうか。そんなことを考えて笑みを浮かべながらスティーヴンが浴室へ入ると、大理石の浴槽のなかに妻がいた。斜め向こうを向いている。髪は頭の上でまとめていて、うなじの後れ毛がかわいらしい。胸は泡ですっかりおおわれていた。

スティーヴンはその光景にすっかり魅了された。この美女は自分の妻なのだ！　浴槽からラヴェンダーの香りが立ちのぼって、ヘリーンとの仲を非難したときのシェリダンを思い出した。ヘリーンのことはすでに清算していた。彼の相手としてゴシップ紙で名前が出た女性たちについても、彼女はひどく怒っていた。シェリダンはぼくの結婚前の女遊びを嫌ったが、今晩はそれが役に立つだろうと、彼は心の奥でにやりとした。知っているかぎりの秘儀をつくして、彼女の初夜を決して忘れられないものにしなければ。

かなりの自信を心に、スティーヴンはまずは侍女の役を務めようと浴槽の縁に腰をかけた。いい香りがする湯に浸けて両手を温め、その手を彼女の肩に置いて、親指をなめらかな肌にすべらせた。

「そろそろ出るわ」彼女が振り返らずに言った。

侍女のふりを演じているのがおかしくて、思わず笑いながら、スティーヴンは立ちあがって彼女の背後にタオルを広げた。お湯から上がった彼女に背後からタオルを巻きつけ、両腕で抱きしめる。シェリダンは驚いて身をこわばらせたが、侍女がタオルを掲げてくれたのではなく夫が腕を巻きつけたのだと気づいた。彼女はそっと体を夫にあずけるようにして、全身をぴったり寄り添わせた。夫の腕に自分の手を重ねて、横を向き、頬を胸板にこすりつけた。それは彼女が夫を求めていること、愛していることを示すしぐさだった。スティーヴンが自分のほうを向かせると、シェリダンはわけもなく震えながら彼を見た。「化粧着をはおってもいいかしら?」

そんなふうに許しを願うのはなんとなく奇妙に感じられたが、スティーヴンはいくら時間をかけてもかまわないと思っていたので、躊躇することなく笑顔で答えた。「なんなりと好きにしていいよ、レディ・ウェストモアランド」彼女がタオルを巻いたままもじもじしていたので、なぜ急に慎み深さを発揮しているのかと思いながら背を向けて主寝室へ戻った。不意を突かれた感じだった。

しばらくして部屋へ入ってきた彼女を見たとき、スティーヴンはさらに大きく不意を突かれた感じがした。まだ濡れている髪をタオルに包んだ姿はひどく心をそそった。まるでクモの糸で編んだような繊細なレースの化粧着は襟ぐりが深く開いていて、そのうえ豊かなふくらみの先端から足首にいたるまで全身が微妙に透けて見える。その姿はまさに夢のなかで男を誘惑する美女のようだ。裸でもないがおおわれているとも言えず、男を魅了せずにはいられない。まるで船を難破させるセイレーンのような、汚れなき天使のような。

シェリダンは自分を見つめる彼の目が、まるで暖炉の熾火《おきび》のように燃えているのを感じた。彼がこれからなにをするつもりなのか、その手がかりになるのはクレイモアの屋敷でのあの晩の出来事だけだったので、とにかくスティーヴンの指示を待った。そこに立ったまま、どうしていいかわからず、すごく心細く、居心地が悪かった。もしかしたら、侍女が湯にラヴェンダーの花びらを散らしたせいでそんな気持ちになったのかもしれない。二週間前にボンドストリートで、スティーヴンの愛人のヘリーン・デヴァネイがラヴェンダー色のビロードで内装された銀色の馬車に乗っているのを見かけたせいなのかも……。ジュリアナ・スケフィントンが見つけて教えてくれたのだが、シェリダンには一目で彼女だとわかっていた。スティーヴンの愛人——もし願いが叶ったのならば、元の愛人——を目の前にすると、どんな女性もごく平凡な洗練されていない女に見えてしまう。シェリダンもまさにそう感じた。

そんなふうに感じるのはいやだった。スティーヴンに愛していると言ってもらいたい。ヘリーン・デヴァネイには二度と会わないと言ってほしい。すっかり記憶が戻ってみると、アメリカにもヘリーン・デヴァネイのような女性がいたのを思い出した。ある晩、賭博場の窓からなかをのぞくと、胸を大きく開けた真っ赤なドレスを着て、髪に羽根飾りをつけた女がラファエルの膝にのっていた。その女が彼の髪に指先をすべらすのを見て、激しい嫉妬が湧きあがるのを感じたけれど、もし目の前でヘリーン・デヴァネイがスティーヴンの膝にのっていたら、きっと嫉妬の激しさは比べ物にならないだろう。

もし彼がまだ、あのブロンドの美女を囲っているのなら、いますぐに別れてくれと要求する勇気が欲しかった。もし彼があの愛人を求めるよりも強く、妻である自分を求めるようになれば、たぶんその話も切りだしやすくなるはずだ。だが、問題なのは、いったいどうしたらそんなふうに自分を求めさせることができるのか、彼に教えてもらわなければまるでわからないことだった。クレイモアでの夜、彼が髪をおろせと命じたのを思い出して、シェリダンは両手を髪にやった。「こうするの?」

スティーヴンは、新妻のレースのドレスの身ごろからこぼれんばかりになっている豊かなふくらみに目を奪われていた。「なにをするって?」彼女に近づきながらやさしく尋ねた。

「髪をおろします?」

シェリダンが許可を求めた。彼女はクレイモアでの冷酷な仕打ちを覚えているのだと気づいて、スティーヴンは胸がするどく痛むのを感じた。彼は柔らかなふくらみの先端から注意深く視線をそらしながら、彼女の肩に両手を置いた。「ぼくがやってあげるよ」そっと答えた。

シェリダンは半歩だけ後ずさりした。「いいえ、髪をおろしたほうが好きなら、そうするから」

「シェリダン、どうした？　なにがそんなに不安なんだい？」

ヘリーン・デヴァネイのことが不安なのと、シェリダンは心のなかで答えた。「どうすればいいのかわからないの。ルールを知らないし」

「なんのルール？」

「どうすればあなたを喜ばせられるのか知りたいの」ついに本心を口にした。スティーヴンが笑いたいのを必死でこらえているような表情になったのを見て、シェリダンは哀願した。

「いやよ、お願いだから、笑わないで！　やめて……」

スティーヴンは生まれながらの誘惑者を抱きしめてじっと見つめ、敬意を込めて「まいったよ……」とささやいた。シェリダンは真剣だ。この女性は美しく、官能的で、清らかで、勇気がある。そのうえ、とても、とても真剣なのだ。だとすれば、間違った答えをすれば彼女をひどく傷つけてしまう。「笑ってなどいないよ、ダーリン」彼はまじめな顔で答えた。

笑われていないことに満足したシェリダンは質問に戻った。「なにが許されるの？」

スティーヴンは片手を彼女の頰にあて、その手を髪へとすべらせた。「すべてが許される」

「ゴールは……あるの？」

これまでの経験を駆使して今夜を必ず忘れられない夜にしてみせると、彼はもう一度誓った。「あるとも」彼は答えた。

「どんなゴールなの？」

スティーヴンは彼女の背中に腕を回して、手のひらを軽く押しつけた。「ぼくたちができるだけ固くひとつに結びついて、その結びつきを楽しむのがゴールだ」

「楽しんでいるかどうかは、どうしたらわかるの？」

こうして会話をしているだけで、彼の下腹部はどうしようもないほど熱く高まってきた。

「きみが楽しければ、ぼくも楽しい」

「自分が楽しいかどうか、わからないわ」

「そうかい？　それは確かめてみるしかないだろうな」

「いつ？」シェリダンは彼が〝いつか〟と答えるのではと心配しながら尋ねた。

指先であごを上向かせられると、彼の唇が〝いま〟と答えるのが見えた。

羞恥心と期待で全身をいっぱいにしたシェリダンが彼の指示を待っていると、スティーヴンはまるで天国に着いたかのような至福の表情で彼女の瞳をじっと見つめた。ようやく身をかがめて、ゆっくりと、そっとこするように唇にふれた。片手を彼女の襟足から胸もとへとすべらせると、シェリダンはキスを返そうと身を寄せた。彼女はキスが好きなのだと、スティーヴンは思った。もっとほかにも、好きなことがあるはずだ。彼女の指先が遠慮がちに、ステはだけたシャツの前立ての隙間から忍びこんできた。「シャツを脱いでほしいかい？」言葉が自然に口から出た。

そんなことを訊くからには、きっと自分もドレスを脱ぐことになるのだとシェリダンは感じた。うなずくと、彼はその求めに応じた。シェリダンは身を離して彼がシャツのボタンを剝《は》がすのを見ていた。飾りボタンの最後のひとつがテーブルに置かれた。ゆっくりと剝がすようにシャツを脱いだスティーヴンは、見つめているシェリダンの視線を感じることで、ひどく興奮を覚えた。

シェリダンはぶ厚い筋肉におおわれた広い肩や、引き締まったたくましい胸板にすっかり見とれた。ふと片手を上げて、彼の胸に近づけ、許しを求めるように視線を上げた。スティーヴンが喜びの笑みを浮かべてかすかにうなずくと、彼女はその手をたくましい胸にあてて、手のひらをゆっくり広げて指先を乳首にすべらせ、もう片方の手もその横にあてた。彼は美しい。まるでギリシア彫刻の神の像だ。胸にあてた両手で彼の乳首をこすりあげると、たちまち筋肉が痙攣《けいれん》するように動いた。「こうされるのは、嫌いなの？」シェリダンは翳りを帯びた青い目に尋ねた。

「好きだ」スティーヴンがざらつく声で言った。

「わたしも好きよ」シェリダンはなにも考えずにほほえんだ。

「さあ――」スティーヴンは彼女の手をとって、ベッドへと誘った。ベッドに腰をかけて、となりに並ぼうとした彼女を抱き寄せて、くぐもった笑いを漏らしながら膝の上に座らせる。

「いいよ」とうながされて、シェリダンは彼の張りつめた胸や腕を探りはじめた。しばらくそうしているうちに、彼の言ったことがようやくわかった。きみが楽しければ、ぼくも楽しい。彼はそう言った。たしかに、そういうことなのだ。なぜなら、彼の大きな手が身ごろにおりて、胸を包まれると、鼓動が速くなるのを感じたからだ。彼の乳首をさわると、彼も彼女の乳首のあたりを指先で撫でた。彼の筋肉が硬くなるのは、わたしの鼓動が速くなるのと同じだろうか。震える息を吸って、その先を待ったが、彼の手はドレスの身ごろの凝った留め具のところで動かなくなった。

スティーヴンは彼女が留め具を自分ではずしたいか、それともはずしてほしいのか、それともそのままにしておいてほしいのか、決めるのを待っていた。うれしいことに、彼女は両手を彼の首に巻いて胸を押しつけ、はずしてくれと意思表示をした。それを求めているのだが、口に出して頼みたくないのだ。複雑な留め具をまたたくまにはずして、スティーヴンは身ごろのなかへ手をすべりこませた。ふっくらした胸をつかんで、乳首を指でなぶると、またたくまに先端がつんと立って、柔らかい乳房全体が手のなかでふくらんだように思えた。それとともに、彼の股間のものも硬くなった。

スティーヴンが舌先で硬いつぼみを転がし、強く吸いこむと、彼女の息が浅く速くなった。自分の胸を愛撫している黒髪を見つめているうちに、シェリダンの全身に熱いものがあふれてきて、その髪に指を差しこまずにはいられなくなった。彼はもう片方のふくらみに移って、惜しみない愛撫を与えている。唇で乳首を強く挟みつけられて、あえぎながら彼の頭を自分の胸に押しつけ、とろけるような快感を彼にもあげたいと願った。

まるでそれを感じとったかのように、スティーヴンは彼女をベッドに横たわらせ、頭をそっと枕に置いてから、自分もとなりに身を横たえた。シェリダンが腕のなかで身をよじらせ、舌先で彼の乳首にふれ、口に含んで強く吸うと、彼女の髪に沈められた彼の指が、まるでぼくの体を自由にしていいよと許すかのように動いた。

これでは彼女に絶頂を与えるどころか、自分が喜びのあまり死んでしまう。シェリダンの全身を愛撫しやすくしようとしてベッドに横たえたのに、こんなことになろうとは思ってもみなかった。指先で胸を愛撫され、唇を押しつけられると、欲望が全身に噴きだした。これ以上耐えられず、彼女を抱きかかえたまま体を反転させて上になった。身ごろを全開にして、指先でレースをかきわけ、目を閉じて必死に息を整える。目を開けると、身ごろの下は素肌で、ふたりを隔てるものはもうなにもなかった。クレイモアの夜、部屋はほとんど真っ暗だったせいか気づかなかったが、シェリダンの長いみごとな脚、肉感的な尻、細いウエスト、ゆたかな胸、そのすべてが彼を魅了した。ひと晩かけてゆっくり愛を交わそうという目論見は、全身を責めたてる欲望にいまにも敗北しそうだった。

スティーヴンは肘で体重を支えながらシェリダンを見おろして、息をのんでいた。それに気づいて、シェリダンの心は沈んだ。いったいわたしの体のどこがいけないのだろう。それがわかれば、隠すこともできるのに。彼女は震える声で訊いた。「わたしのどこがいけないの？」

「きみのどこがいけないかって？」スティーヴンは信じられない気持ちで訊いた。目の前の魅力的すぎる光景から視線をはずして、彼女に口づけする。「きみのいけないところは、あまりにもすばらしすぎて、欲しくてたまらなくなってしまうところ……」彼女の腰に手を巻きつけてぐっと引き寄せた。

そして、唇を奪った。彼女の口を開かせると、唇を荒々しくこすりつけ、唇の端を熱心になぞる。熱いキスを深めるうちに、シェリダンの全身に欲望が電流のように流れた。おおいかぶさるようにしたスティーヴンは、彼女が甘いうめき声を漏らすまで口づけをした。それから胸へ唇を押しつけ、手をなめらかな下腹へ、そして両脚のあいだのひそやかな茂みへとのばした。指をそこへすべりこませると、シェリダンは彼にしがみついて、迎え入れようと両脚を開いた。

シェリダンは十分すぎるほどにうるおって、彼を求めていた。と、急に彼が起きあがったのか、空気の冷たさを感じて、ベッドが少し傾いたように思えた。閉じていた目を開けると、彼がウエストバンドをはずしているのが見えた。すぐにスティーヴンがベッドに戻ってくると、先ほどまでよりもさらに熱い愛撫がはじまって、シェリダンは夢中になった。耐えがたい欲望に体を震わせながら、彼の肩に強くしがみつく。

スティーヴンはとうとう我慢の限界まで来ていた。思わず両手で彼女の腰を強くつかんで、引き寄せる。そして、彼女の両脚のあいだに膝を入れ、自分の体を割りこませ、すっかりうるおって彼を待っている柔らかい場所を探りあてた。腰をおろしてゆっくりそこへすべりこむと、濡れたぬくもりが彼を迎え入れ、ぴったりと包み、同時に彼女の爪が背中にくいこむのが感じられた。

シェリダンがどこまでも深く受け入れようと脚をからめると、スティーヴンは最後にもう一度だけペースを緩めようと試みた。彼女の腰を片腕で抱き、頰を自分の胸にひき寄せて、彼女のなかでやさしく動いた。そして、しだいに強く激しく突き動かした。ひと突きするごとに、少しずつ深く、少しずつ速く。だが、シェリダンが彼に唇を押しつけて腰を揺すりはじめると、たちまち抑制が消しとんだ。

彼の心臓が雷鳴のように轟くのを聞き、彼の硬いもので何度もくりかえし強く貫かれるうちに、シェリダンのなかでみるみる快感が高まり、それが頂点に達して、自分の体がひとりでに彼を強く締めつけるのを感じた。めくるめく快感に激しくあえぎながら「愛しているわ」ときれぎれに叫ぶと、彼はおおいかぶさるようにして、唇を激しくむさぼりながらいっそう深くまで貫いた。彼の手が彼女の手を求め、彼女の顔の横で枕の上に押さえこむと、指をからめてきつく握った。

まるで宇宙が爆発したかのような喜びのなか、シェリダンはすすり泣くようなうめき声を漏らしながら、自分の体の奥にスティーヴンが命を注ぎこむのを感じていた。彼の体が体内で何度も痙攣《けいれん》し、手を握る力が強くなる。

スティーヴンはやっとのことで忘我の淵《ふち》から身を起こし、彼女を押しつぶしてしまわないように上半身を支えた。いつか想像したとおり、シェリダンのサテンのようなみごとな髪が枕をおおいつくしている。そして、彼の手は彼女の手をしっかり握っている。

ぼくの手が彼女の手をしっかり握って……。

喜びと畏怖の念と敬意に打たれて、スティーヴンはいましがた自分にたとえようのない欲望とたとえようのない満足をもたらした女性をじっと見おろした。彼女のまぶたが震えて、重たげな目が開いた。スティーヴンはほほえんで愛していると言おうとしたが、あまりにも胸がいっぱいで、枕の上で握りあった手に目をやると、のどの奥になにかわからないかたまりが詰まっているように感じられた。

これまで一度も、女性と手を握りあってこのときを迎えたことはなかった。

それを望んだことは一度もなかった。

いま、このときまでは。

スティーヴンは彼女の唇にキスをした。体と体をひとつに結びつけたまま、手と手をからめあったまま。目を閉じて、息を吸いこみ、自分がどう感じているか話そうとした。こんな気持ちは一度も味わったことがないと言おうとしたのだが、感情があまりに高ぶっていて言葉にならず、ひと言だけ口にした。「きみに出会うまで……」

それだけでシェリダンにはわかった。それはスティーヴンにも通じた。なぜなら、彼女がからめあった手に力を込め、顔を横に向けて彼の指にキスをしたからだ。

エピローグ

かつてヨーロッパの宮殿に置かれていたすばらしい家具が並ぶモントクレアの応接間で、富と地位を象徴するすべての飾りに囲まれて、スティーヴン・ウェストモアランドは壁にずらりとかけられた金の額縁入りの先祖の肖像画を見あげ、物思いにふけっていた。新婚二日目の新妻とふたりきりになりたくてもなかなか思いどおりにはいかないが、彼らもそんなふうに思ったことがあったのだろうか。

炉棚の上の肖像画のなかから、たくましい黒い軍馬に乗って、脇に冑《かぶと》を抱えマントをなびかせた初代ラングフォード伯爵が、こちらを見おろしていた。その風貌からすると、彼を新婚の花嫁とふたりきりにする配慮のない騎士がいれば、たちまち城の堀《ほり》に投げこんでしまったことだろう。

目の前の壁にかかった肖像画には、第二代ラングフォード伯爵がふたりの騎士をしたがえて、暖炉の前で横たわっていた。奥方は近くに座って、女たちと一緒にタペストリーを織っている。第二代伯爵は先代よりも洗練された風貌だと、スティーヴンは思った。この人ならば、きっと騎士たちにわざと用事を言いつけて城の外に出し、跳ね橋を上げて厄介払いするという手を使いそうだ。

祖先の肖像画を眺めるのに飽きたスティーヴンは頭をやや傾けて、向かい側に座っている妻を眺めることにした。シェリダンは母や兄クレイトン、ホイットニー、そしてニコラス・デュヴィルに囲まれている。心のなかで、スティーヴンは妻のあごに手を添えて上向かせ、熱いキスをしだいに深めながら、もう片方の手でレモン色のドレスの肩口から豊かな胸へと愛撫を進めていた。うなじにキスの雨を降らせ、唇がゆっくり乳首におりたところで、ニコラス・デュヴィルが心を見透かすようなおもしろがるような視線を送ってきているのに気づいた。いたずらを見つかった少年のように思わず顔を赤らめたとき、昨日副執事に戻されたばかりのホジキンが近づいてきて報告した。「失礼いたします、閣下。お客様がおみえでございます」

「だれだ？」スティーヴンは来客を堀に投げこんで館の門を閉じろと命じたい衝動を抑えて——この屋敷にはそれほど深い堀はないので——いらだたしげに訊いた。

ホジキンが声をひそめてささやいた。弁護士のマシュー・ベネットが来ていると聞いて、スティーヴンは至急会わなければと思った。どうやらベネットはアメリカから戻ったその足でこの屋敷を訪ねたらしく、しかもだれかを連れて戻ったらしい。「失礼するよ」と言ったが、その場の人々はみな、家事に関してシェリーに助言するのに忙しくて、だれも彼の言葉が耳に入らなかったようだった。だが、シェリーだけは気づいた。彼女は大きな屋敷を切りまわすための助言に耳を傾けるのを中断して、ふたりだけになりたいわねと笑顔で伝えてきた。

スティーヴンが書斎に足を踏み入れるや、ベネットは説明をはじめた。「突然の訪問をどうかお許しください、閣下。ご結婚されたばかりで訪問客には会わないとお聞きしたのですが、アメリカを出立するとき、ミス・ランカスターのご親族をさがして至急イングランドへお連れするようにとご指示をいただいておりましたもので。大変残念なことに、ミス・ランカスターの唯一のご親族であるお父上は、私が植民地へ到着する前に亡くなられました」

「知っている。バールトンに宛てた手紙を受けとったのだが、そこに書いてあった。彼女にはほかには親族はいないはずだが、いったいだれを連れて戻ったんだ？」

ベネットの表情がたじろぎ、やや困惑しているように見えた。「ご承知かもしれませんけれど、ミス・ランカスターは雇ったコンパニオンと同行していらっしゃいました。シェリダン・ブロムリーという名前の若い女性で、すぐにアメリカへ戻る予定でした。ところが、その後音沙汰がなく、彼女の伯母であるミス・コーネリア・ファラデーが、イングランドじゅうをさがしまわってでも必ず見つけるとおっしゃいまして。残念なことに、この件に関して私にもあなた様にも一任するつもりはないと、非常に強硬です。私と一緒にイングランドへ渡って姪をさがすと強く主張なさいました」

ふたりだけで過ごした二日間のあいだに、シェリダンは育ての親とも言える伯母と数年間まったく音信不通になっている父のことを、スティーヴンに話していた。これならば、愛する妻に予想外の〝結婚の贈り物〟ができるかもしれないと、スティーヴンは思った。新婚の屋敷にこれ以上客が増えるのは困るが、彼女が喜ぶのならばそれが一番だ。「よくやった!」スティーヴンは笑顔で言った。

「ミス・ファラデーにお会いになられたあとも、そうおっしゃっていただけるとうれしいのですが。なにしろ——意志の強いかたで——絶対に姪御さんをさがしだすと」ベネットはうんざりした口調で言った。

「その件については、またたくまに片づくさ」スティーヴンは数分後に応接間でくりひろげられるだろう光景を想像してほほえんだ。「ミス・ブロムリーの居場所なら知っているから」

「なんと、ありがたい!」ベネットは疲れはてたようすで言った。「じつは、失踪していたミス・ブロムリーの父親が、私があちらにいるあいだに突然戻りまして。彼とその友人たちもミス・ブロムリーの安否を大変心配して、無事に戻すための手配がこちらでちゃんととられているか、その目で見なければと言い張るものですから」

「心配は無用だ」スティーヴンは強く言いきって、にやりとした。「だが、彼女は彼らのところへ『戻り』はしない」

「なぜですか?」

スティーヴンは十分前には、シェリダンとふたりだけになることしか考えていなかった。ところがいまや、来訪者がだれかを知って彼女がどれほど喜ぶか、そしてマシュー・ベネットがどんな表情をするかが楽しみで仕方がなかった。彼は上機嫌でベネットを応接間に招き入れ、来訪者を連れてくるようホジキンに命じてから、椅子に座っているベネットの顔が一番よく見える暖炉のそばに陣取った。そして、「シェリー」とやさしく呼びかけた。ちょうどそのとき、デュヴィルが礼拝堂へ彼女を連れていくためにどんな演技を見せたのか、おもしろおかしくみんなに話していた。「きみにお客様だよ」「だれかしら？」シェリダンはあまり気が進まない表情で答えた。その視線がスティーヴンからホジキンへ注がれているあいだに、ハンサムな中年の男性が、気が急いてたまらないのか前のめりになって応接間へ入ってきた。その後ろには、襟の詰まった簡素なドレスを着た灰色の髪の女性が戸口に立っていた。「おくつろぎのところ申し訳ないが」中年の男性がぶしつけな口調でスティーヴンに話しかけた。「娘が行方不明なので」

スティーヴンが見つめるなか、座っていたシェリダンはその声を聞いてさっと振り返り、ゆっくりと立ち上がった。「パパなの？」彼女がささやき声で言うと、男性はその声のほうへ頭をさっとめぐらせた。シェリダンは目を見張った。目の前にいるのは父親の亡霊で、身動きしたら消えてしまうかもしれない。愛情のこもった目で見つめながらも身じろぎもせずにその場に立っていた。「パパ……？」

娘の呼びかけに答えて父親が両腕を広げると、彼女はそこへ飛びこんだ。

スティーヴンは父娘《おやこ》の再会に感きわまり、ふたりの時間を尊重してやろうと目をそらした。ふと気づくと、デュヴィルも家族も同じようにしていた。「いったいどこへ行っていたの？」シェリダンが涙を流しながら、父親の顔を両手に包むようにして訊いた。「どうして、ずっと手紙をくれなかったの？　死んでしまったのかと思ったわ！」

「刑務所に入れられていたんだよ」彼は恥じるのではなくうんざりした口調で言ってから、黙ったまま見守っている面々に弁解の視線を送った。「ラファエルとカードゲームで勝って、負けた相手から掛け金代わりに馬をもらったのだが、それがなんと、盗んだ馬だったんだ。そいつと一緒に捕まってしまって……縛り首にならなくて幸運だった。コーネリアからはいつも、ギャンブルは身を破滅させると注意されていたのに」

「わたくしの言うとおりでした」戸口から女性が言った。

「幸運なことに、彼女は更生したギャンブラーの求婚を受けてくれた。畑仕事のやり方はまだ忘れていないし、彼女のために大地主のファラデーと喜んで仲直りするつもりだ」彼がそうつけ加えたが、だれも聞いていなかった。シェリダンが戸口に立っていた女性の声にさっと顔を向けるなり、たちまち笑顔になってその女性と抱きあったからだ。

シェリダンは礼儀作法を思い出して、父親と伯母をスティーヴンに紹介しようとしたが、それをさえぎって父親が言った。「おまえに会いたがっている者がもうひとりいるよ、シェリー。ただ、いまのおまえを見てもわからないかもしれないけれどね」彼は誇らしげな笑顔で娘を見つめてから、ゆっくり視線を動かした。

ラファエルの笑いを含んだ声が聞こえたかと思うと、彼がゆっくり部屋へ入ってきた。シェリダンが覚えているよりももっとハンサムで、イングランドの貴族の応接間でも、旅の途中に焚き火の前でギターを弾いてくれたときと同じようにくつろいだ印象だ。「やあ、シェリー」彼が懐かしいやさしい声で言った。スティーヴンが全身をこわばらせたが、目の前で彼の新妻は別の男の腕のなかへ身を投げだし、その男は引きしまった体で彼女を抱きあげて回転させた。「結婚するという約束を実行するために来たよ」ラファエルがからかった。

「おや、まあ！」ミス・チャリティがスティーヴンの恐ろしい形相を盗み見た。

「あら、大変！」公爵未亡人も息子が目を不気味に細めているのを見た。

「あの人はいったいどういうつもりなの？」ホイットニーは小さな声で言った。

「考えたくもないな」クレイトンが答えた。

ニコラス・デュヴィルは椅子の背にゆったり寄りかかって、黙ったままおもしろそうに見ていた。

「すぐに結婚できるかい、シェリー？」ラファエルが冗談を言いながら彼女をおろし、頭の先からつま先まで眺めた。「ぼくはずいぶん長く刑務所にいたんだな。あのかわいいニンジンがこんなに――」

全員が注目するなか、シェリーは彼に見つめられてもまったく意に介さず、両手を腰に置いて、彼が口にした自分のニックネームに異議を唱えた。「夫がいる前で、そんなおかしなあだ名で呼ばないでいただきたいわね。それに……」シェリダンはスティーヴンにやさしい笑顔を向けてから、ラファエルの腕をとって前へ押しだしながらつけ加えた。「わたしの夫はこの髪が特別に大好きなのだから」

その言葉で、彼女の父親と伯母とラファエルが暖炉の横にいるスティーヴンのほうを向き、シェリダンはすばやく夫を紹介した。

紹介がすむと、スティーヴンは三人からしげしげと観察されているのを感じた。三人とも、彼がこの大邸宅の持ち主であることにも、ラングフォード伯爵であることにも関心がないようすだ。しかも、ラファエルはシェリダンにあからさまな関心を示すうえに、七十歳以下の女性と同じ部屋に置くにはあまりにハンサムで男性としての魅力にあふれすぎている。この男をこの場でぶちのめすべきだろうか、そうするほうが賢明なのだろうか。

その判断は後回しにして、スティーヴンはシェリダンの腰にさっと手を巻きつけて、ぐっと引き寄せ、仲のよさを見せつけた。「幸せなのか、シェリー？」父親が尋ねた。「おまえを見つけて連れて帰るとドッグ・ライズ・スリーピングと約束した。おまえが幸せかどうか彼も知りたがっている」

「わたしはとても幸せよ」彼女はやさしく答えた。

「それはたしかなのね？」伯母のコーネリアが尋ねる。

「たしかですとも」シェリダンが大きくうなずいた。

ラファエル・ベナヴェンテは少し考えてからスティーヴンに握手の手を差しだした。「あなたはきっと特別な人に違いないな、見てのとおり、シェリーがこれほど愛しているのだから」

スティーヴンは彼に決闘の武器を選ばせるのはやめて、最高のブランデーを勧めることにした。ラファエル・ベナヴェンテは思慮分別があり、洗練度も申し分ないと判断したからだ。ひと晩くらいなら自分の屋敷に彼を泊めるのはとてもうれしいと、スティーヴンは思った。

その話をスティーヴンがシェリダンにしたのは、その晩遅く、心も体も満ち足りた状態で彼女を胸に抱いているときだった。

シェリダンが顔を上げ、彼の胸に手を置いて、ゆっくりと探るように指先をすべらせると、たちまち彼の全身に力がよみがえった。「愛しているわ」彼女がささやいた。「愛しているわ、あなたの強さを、あなたのやさしさを。わたしの家族にもラファエルにも親切にしてくれる、あなたを愛している」

その言葉を聞いて、スティーヴンは彼らに好きなだけこの屋敷にいてもらおうと決めた。そうシェリダンに告げたスティーヴンは、彼女の手が胸から下へとすべっていく感触を味わいながら、笑いを含んだうめきを漏らした。

訳者あとがき

ロマンス小説の名手ジュディス・マクノートがウェストモアランド一族を主人公にした、長篇ヒストリカル作品の最後を飾る『あなたに出逢うまで』(原題は*UNTIL YOU*)を、こうして御紹介することができるのは、このうえない喜びです。

リージェンシー作品に新風を吹きこんだ『とまどう緑のまなざし』が大好評を得たのち、中世を舞台にした『黒騎士に囚われた花嫁』に続いて、続篇を待ち望む読者からの熱い声に応えて書かれたのが、この『あなたに出逢うまで』なのです。

『とまどう緑のまなざし』の主人公だったクレイトンの弟、ラングフォード伯爵スティーヴン・ウェストモアランドと、アメリカ育ちの聡明な赤毛の美女シェリダン・ブロムリーが、記憶喪失や誤解の連続といった紆余曲折をのりこえたすえに結ばれる濃密な物語を、どうぞゆっくりとお楽しみください。

舞台は十九世紀のロンドン。濃い霧がたちこめる夜、馬車を走らせていたスティーヴンは、道路へふらりと飛びだしてきたバールトン卿を轢き殺してしまいます。自分に過失がないとはいえ、強い罪悪感を抱いたスティーヴンは、バールトン卿の婚約者シャリース・ランカスターが翌日アメリカからやってくると聞いて港へ出向きます。

ところが、入港した船の客室では、シャリースの付き添い役として同行してきた女教師のシェリダン・ブロムリーが途方にくれていました。なんとシャリースが、船中で知りあった男性と駆け落ちして姿を消してしまったのです。

バールトン卿に会って事情を説明しなければと桟橋へ降りたったシェリダンを、スティーヴンはシャリースだと誤解して、婚約者であるバールトン卿の死を伝えます。突然の訃報に呆然とするシェリダン。つぎの瞬間、ウィンチで吊り上げられた積荷がぶつかってきて、彼女は頭に重傷を負って倒れてしまいます。

スティーヴンの屋敷へ運ばれたシェリダンは三日後にようやく意識を取り戻したものの、完全な記憶喪失に陥って、自分が誰なのかさえ思い出せません。「名前はシャリース・ランカスター。結婚するためにアメリカからやってきた」とだけ聞かされます。そのうえ、重傷の身の彼女に婚約者の死を知らせてショックを与えてはいけないという医師の判断で、スティーヴンと婚約していると信じこまされます。

こうして誤解と嘘ではじまったふたりの関係が、やがて真実の愛へたどりつくまでの波瀾万丈の道のりが、いかにもマクノートならではの繊細で魅力的な筆致で描かれていくのです。シェリダンがいつ、どのようにして記憶を取り戻すのか、本物のシャリースの登場で悲劇的に別れた後、ふたりがどうやって再会して、重ねられた誤解をとくのか。物語の魅力に引きこまれて読み進めずにはいられません。

スティーヴンは『とまどう緑のまなざし』では屈託のない真っすぐな性格の若者でしたが、本作ではかつての恋人に裏切られた痛手から女性の愛が信じられなくなった、誇り高い辛辣な男性に変貌しています。ですから、シェリダンを愛しながらも、なかなか自分の本心を認めようとしません。そのうえ、シェリダンにも裏切られたのだと思いこんだせいで、ひどい仕打ちをしてしまいます。

ヒロインのシェリダンは、輝く赤毛に灰色の瞳の個性的な美女。幼いころに母を失いましたが、父と馬車で放浪の旅をしながらたくましく成長し、暴れ馬をも乗りこなす情熱的な女性です。しかも、理知的でありながら夢見がちで、ロマンス小説の愛読者。純真でいながら男性を惹きつけずにはおかない天性の魅力の持ち主で、スティーヴンの心をまたたくまに虜にしてしまいます。

いつもながら、脇を固める人物たちの性格や行動も丁寧に描かれて、まさに魂が吹きこまれています。なかでも、シェリダンのシャペロン役をつとめる老婦人ミス・チャリティは、見かけによらずとても重要な役どころ。また、『とまどう緑のまなざし』の主人公だったクレイトンとホイットニーをはじめ、ニッキー・デュヴィルやホイッティコム医師などこれまでの作品で描かれた人物が数多く登場しています。もちろん、本作だけを読んでも十分以上に楽しめますけれど、前作の読者にとっては、登場人物との久しぶりの再会に感慨深いものがあるのではないでしょうか。

なお、本文中で「インディアン」という言葉を使っておりますが、これは作品の時代設定などを考慮したうえで、原文どおりに訳出したものであることをここに申し添えます。

二〇一二年十月

ザ・ミステリ・コレクション 23

あなたに出《で》逢《あ》うまで

著者　ジュディス・マクノート
訳者　古草秀子《ふるくさひでこ》

発行所　株式会社 二見書房
東京都千代田区三崎町2-18-11
電話 03(3515)2311［営業］
03(3515)2313［編集］
振替 00170-4-2639

印刷　株式会社 堀内印刷所
製本　株式会社 関川製本所

落丁・乱丁本はお取り替えいたします。
定価は、カバーに表示してあります。

ISBN978-4-576-12151-2
http://www.futami.co.jp/

あなたの心につづく道（上・下）
ジュディス・マクノート
宮内もと子［訳］

十九世紀、英国。若くして爵位を継いだ美しき女伯爵エリザベスを待ち受ける波瀾万丈の運命と、謎めいた貿易商イアンとの愛の旅路を描くヒストリカルロマンス！

とまどう緑のまなざし（上・下）
ジュディス・マクノート
後藤由季子［訳］

謎の男にダンスに誘われるが……ロマンスの不朽の名作たホイットニー。ある夜、仮面舞踏会でサタンに扮したパリの社交界で、その美貌ゆえにたちまち人気者になっ

黒騎士に囚われた花嫁
ジュディス・マクノート
後藤由季子［訳］

スコットランドの令嬢ジェニファーがイングランドの〈黒い狼〉と恐れられる伝説の騎士にさらわれた！ 仇同士のふたりはいつしか…動乱の中世を駆けめぐる壮大なロマンス！

哀しみの果てにあなたと
ジュディス・マクノート
古草秀子［訳］

十九世紀米国。突然の事故で両親を亡くしたヴィクトリアは、妹とともに英国貴族の親戚に引き取られるが、彼女の知らぬ間にある侯爵との婚約が決まっていて…⁉

その瞳が輝くとき
ジュディス・マクノート
宮内もと子［訳］

家を切り盛りしながら〝なにかすてきなこと〟がいつか必ずおきると信じている純朴な少女アレックス。放蕩者の公爵と出会いひょんなことから結婚することに……

光輝く丘の上で
マデリン・ハンター
石原未奈子［訳］

やむをえぬ事情である貴族の愛人となり、さらに酒宴の余興で競売にかけられたロザリン。彼女を窮地から救いだしたのは、名も知らぬ心やさしき新進気鋭の実業家で…

ハイランドで眠る夜は
リンゼイ・サンズ
上條ひろみ［訳］

両親を亡くした令嬢イヴリンドは、意地悪な継母によって〝ドノカイの悪魔〟と恐れられる領主のもとに嫁がされることに…。全米大ヒットのハイランドシリーズ第一弾！

その城へ続く道で
リンゼイ・サンズ
喜須海理子［訳］

スコットランド領主の娘メリーは、不甲斐ない父と兄に代わり城を切り盛りしていたが、ある日、許婚が遠征から帰還したと知らされ、急遽彼のもとへ向かうことに…

運命は花嫁をさらう
テレサ・マデイラス
布施由紀子［訳］

愛する家族のため老伯爵に嫁ぐ決心をしたエマ。だがその婚礼のさなか、美貌の黒髪の男が乱入し、エマを連れ去ってしまい……雄大なハイランド地方を巡る愛の物語

あなたに恋すればこそ
トレイシー・アン・ウォレン
久野郁子［訳］

許婚の公爵に正式にプロポーズされたクレア。だが、彼にとって〝義務〟としての結婚でしかないと知り、公爵夫人にふさわしからぬ振る舞いで婚約破棄を企てるが…

恋のかけひきは密やかに
カレン・ロバーズ
小林浩子［訳］

異母兄のウィッカム伯爵の死を知ったギャビー。遺産の相続権がなく、路頭に迷うことを恐れた彼女は兄が生きているように偽装するが、伯爵を名乗る男が現われて…

誘惑は愛のために
アナ・キャンベル
森嶋マリ［訳］

やり手外交官であるエリス伯爵は、ロンドン滞在中の相手として国一番の情婦と名高いオリヴィアと破格の条件で愛人契約を結ぶが……せつない大人のラブロマンス！